«PAVILLONS»

Collection dirigée par Claire Do Sêrro

NINA WÄHÄ

AU NOM DES MIENS

roman

traduit du suédois par Anna Postel

Robert Laffont

Traduit avec le concours financier du Swedish Arts Council

Titre original : TESTAMENTE

ISBN 978-2-221-24653-5
(édition originale : ISBN 978-91-1-308697-2, Norstedts, Sweden)
Dépôt légal : août 2021
Éditions Robert Laffont – 92, avenue de France 75013 Paris

Ce qui suit n'est autre qu'une histoire de meurtre. Que dis-je ? C'est bien plus que cela.

Mais je ne veux leurrer personne en dissimulant un événement aussi central dans le récit.

Quelqu'un va mourir. Quelqu'un sera coupable. Nous devons découvrir qui. Et qui d'autre. Et pourquoi.

Hélas, vous devrez vous familiariser avec tous les personnages, car ils ont tous leur rôle à jouer dans cette histoire, d'une manière ou d'une autre. Comme le claironne cette chanson populaire suédoise à propos d'animaux inconnus, ils sont tous différents, « beaucoup sont de taille notable, mais sont insaisissables, beaucoup sont invisibles, mais n'en existent pas moins ».

Peut-être vous arrêterez-vous plusieurs fois au cours de ce périple pour vous demander : « Quel est l'intérêt de ce chapitre ? » Ayez confiance ! Remettez votre sort entre mes mains, laissez-moi vous guider à travers des époques sombres et lumineuses.

Allons-y ! Commençons.

Voici l'histoire de la famille Toimi et de quelques événements qui influèrent de manière significative sur la vie de ses membres. Quand je dis la famille Toimi, je pense à la mère et au père dans cette pièce, Siri et Pentti, et je pense à tous leurs enfants,

ceux qui vivaient au moment des événements et
ceux qui ne vivaient plus. Je pense aussi à
ceux qui n'étaient pas encore nés. Et à
ceux qui viendraient ensuite.

*

Quelques éléments de réflexion :

Toimi est un drôle de nom pour une famille. En suédois, le mot signifie « fonctionnel ». Ce serait un drôle de nom pour plus d'une famille. Mais surtout pour celle-ci. Ou plutôt, *même* pour celle-ci.

Nous passerons le plus clair de notre temps dans la cambrousse. En Tornédalie finlandaise, plus précisément.

En réalité, il suffit de savoir cela. Et que les Toimi sont des paysans, que nous sommes au début des années 1980, que Noël approche et que la famille compte beaucoup d'enfants, un peu trop à mon goût, car il faut pouvoir les suivre, mais c'est ainsi, il n'y a rien à faire.

Vous êtes prêts ?

Alors allons-y, mes amis !

Personnages principaux :

ANNIE – l'aînée des sœurs vivantes, habite à Stockholm, enceinte.

ALEX – le père de l'enfant que porte Annie.

LAURI – le frère homosexuel qui a suivi Annie à Stockholm, s'installe ensuite à Copenhague.

ESKO – l'aîné des frères vivants, achète la ferme aux parents.

SEIJA – la femme d'Esko.

TATU/RINNE – le cinquième fils, au visage marqué par une vieille cicatrice de brûlure, vient de sortir de prison.

SINIKKA – la femme de Tatu. Enceinte ?

HELMI – la sœur du milieu. Son prénom signifie « perle ». Est toujours fauchée.

PASI – le mari d'Helmi.

PTIT-PASI – le fils d'Helmi.

ONNI – le benjamin de la fratrie. Son prénom signifie « bonheur ».

ARTO – l'avant-dernier garçon de la fratrie, se brûle en tombant dans le baquet en cuivre. *(Mais chut, nous ne le savons pas encore.)*

SIRI – la mère.

PENTTI – le père.

TARMO – le frère homosexuel qui s'est installé à Helsinki pour étudier.

LAHJA – la plus jeune sœur. Son prénom signifie « don ».

MAIRE – l'amie de Lahja.

VALO – le frère au beau visage. Son prénom signifie « lumière ».

HIRVO – le frère qui sait parler aux animaux. Son prénom ne signifie ni « élan » (Hirvi) ni « terrible » (Hirveä), mais on ne peut s'empêcher d'y penser.

VOITTO – le prénom de ce frère signifie « profit ». Mais un profit pour qui ?

RIIKO – le premier-né, décédé à l'âge de deux ans environ.

ELINA – la première-née, décédée à l'âge de cinq ans environ.

Première partie

THE CAST, THE SCENERY[1]

1. Les titres des parties sont en anglais dans le texte original. (*Toutes les notes sont de la traductrice*.)

Annie rentre chez elle

Annie rentre chez elle. La pièce commence. On nous présente la contrée et les personnages. Les personnages ? Non, les personnes !

L'une finit à l'hôpital, une autre brille par son absence. Mais rien ne s'est encore passé, si ?

Rentrer chez soi est quelque chose de particulier. Cela peut nous plaire ou nous déplaire, mais on n'y est jamais indifférent. Chez Annie, cela suscitait toujours beaucoup d'émotions.

Négatives – étant donné qu'elle avait toujours un peu, un tout petit peu peur que son pays natal lui mette le grappin dessus et qu'elle soit tout à coup coincée, piégée, prisonnière. Physiquement incapable de partir, de rentrer, de s'éloigner. Un sentiment d'urgence qu'elle avait, adolescente, l'impression qu'elle devait se hâter, sans quoi l'endroit, cet endroit, la happerait, elle y resterait enchaînée. Ses pieds prendraient racine, se cramponneraient à la terre. C'est pour ça qu'elle avait quitté sa contrée dès l'âge de seize ans.

Positives – car plusieurs de ses frères et sœurs (la plupart, d'ailleurs) vivaient encore là. Le lien qui les unissait était fort, parfois physique, c'est ce qu'elle ressentait. Comme s'ils étaient unis sinon par des cordons ombilicaux, du moins par quelque chose d'autre, d'autres chaînes invisibles, puissantes. Comme un « roi-de-rats » dont les queues sont entremêlées et involontairement soudées ensemble. Ainsi vivaient-ils leurs vies, côte à côte, jamais seuls, toujours liés.

Cette fois, pourtant, l'inquiétude d'Annie n'était pas simplement causée par son retour. Sa robe la serrait et elle avait dû acheter un nouveau manteau cet hiver, l'ancien étant devenu trop petit. Elle passa les mains sur son ventre, qui avait réellement commencé à faire saillie sur son corps maigre et dans lequel, chaque soir, frétillait une nouvelle vie, d'abord légèrement, peut-être qu'elle se faisait des idées, puis, tout le monde le sait, de plus en plus fort. Un enfant qu'elle n'avait pas souhaité, mais qu'elle n'avait pas pu refuser.

À vingt-sept ans seulement, elle avait déjà subi un avortement ; on était en 1981, et si possible on n'avorte pas plusieurs fois, ni à l'époque, ni maintenant, ni jamais peut-être. Pour Annie, le curetage avait été douloureux et, à cause des cicatrices utérines, les médecins lui avaient déconseillé une seconde intervention si elle voulait un jour porter un enfant, et maintenant qu'un enfant avait commencé à grandir là-dedans, qui était-elle pour le refuser, sachant que ce serait peut-être son dernier (et le seul) ?

Le premier enfant, elle ne pouvait vraiment pas le garder ; l'homme, le père (un dénommé Hassan) était un *ticket to nowhere*. Une impasse. Un travailleur migrant, comme elle, mais d'un pays extra-européen, un pays où, qui plus est, il voulait retourner, et où les droits de la femme et la lutte féministe n'avaient pas autant progressé que dans les pays nordiques, loin s'en faut. Un pays où Annie ne pourrait ni ne voudrait jamais vivre. Annie avait de plus grandes ambitions.

Pour ce qui est du père de cet enfant-ci, eh bien, *the jury is still out*. Annie n'était pas amoureuse, elle le savait. Elle ne l'avait sans doute jamais été. Elle se demandait parfois si elle n'était pas sentimentalement détraquée, sans doute à cause de son enfance, de ces nombreuses années privées d'amour et, songeait-elle parfois, de parents, mais elle ne s'appesantissait pas là-dessus, elle se contentait de hausser les épaules. Ça lui passait au-dessus.

Sa vie était à elle, à elle seule, et elle ne laisserait rien ni personne la lui gâcher.

Mais un enfant ? Maintenant ?

Avec Alex. Alex, du boulot. Alex aux yeux dangereusement sombres. Ces cheveux bouclés. Ce torse poilu. Cette voix rauque, basse. Ce sourire en coin. Celui qui était là, tout simplement, et qui continua à l'être, et à lui poser des questions, à lui faire la cour, à insister. Alex qui lui avait montré ses peintures à l'huile tard un soir à Lappkärrsberget après avoir partagé avec elle une bouteille de chianti. Qui lui avait expliqué comment mélanger les couleurs. Qui l'avait écoutée parler de Pompéi. Elle rêvait de s'y rendre. D'extraire la ville de la lave. De nettoyer au pinceau, délicatement, ces visages déformés par la peur, et d'archiver, recueillir, inscrire dans un journal les petits fragments, reconstituer délicatement un ensemble.

Mettre de l'ordre dans une catastrophe advenue dans un passé lointain avait quelque chose d'attrayant. L'expression « dans un passé lointain » était sans doute la clé. Annie pouvait ainsi échapper aux sentiments et examiner le monde de manière clinique. C'était cette partie de l'archéologie qu'elle aimait.

Alex avait compris, pas tout, mais quelques bribes de ce qu'elle lui avait raconté. Et il avait placé ses grandes mains en corolle autour de son visage et l'avait embrassée, plusieurs fois, encore et encore, jusqu'à ce qu'elle l'embrasse en retour, d'abord à contrecœur, puis avec plaisir. Et maintenant, elle portait son enfant. Il avait de grands projets, des rêves même, pour leur avenir commun, leur vie ensemble. Une vie de bohème où ils peindraient la nuit (peu importait qu'Annie veuille peindre ou non), manifesteraient le jour, feraient l'amour l'après-midi et boiraient du vin le soir.

— Et l'enfant, alors ? demandait Annie.

— L'enfant, notre enfant, sera un génie. Je viens d'une famille de génies. Cet enfant, ce fils, il va conquérir le monde un jour, répondait Alex.

— Cet enfant sera la troisième partie de notre union, disait Alex.

— Aucun problème, disait Alex.

Annie le croyait volontiers.

Ils l'appelleraient Oscar. Ils avaient choisi le prénom ensemble. Plus ou moins. Comme l'un des anciens rois du pays où ils vivaient à présent, Oscar II. Un roi poète et écrivain, qui avait récompensé la littérature et les écrivains et qui, en outre, partageait les réserves d'Alex vis-à-vis du barde national August Strindberg.

Annie voulait bien croire Alex. Le croire quand il chantait à son oreille, *Alex is the man, Alex understands*. Mais au fond d'elle, une inquiétude la rongeait – tous ces projets et ces rêves sont-ils vraiment les nôtres, les miens, et dans ce cas, me laissent-ils une place ?

Parce qu'elle allait partir.

Permettez-moi de reformuler : elle partira.

Elle n'avait pas le choix.

Peut-être que l'individu qu'elle portait en elle chamboulerait ses plans, ou repousserait un peu le calendrier, mais dès lors qu'Oscar serait assez grand, elle partirait. L'enfant resterait avec son père. Si c'était impossible, il resterait avec Siri. Grand-mère Siri.

Déjà plusieurs fois grand-mère à cinquante-quatre ans, Siri apprendrait bientôt que son aînée attendait son premier enfant à naître cet été. L'aînée de ses enfants vivants. Annie.

Elle aurait pu appeler. Elle aurait pu le lui annoncer par téléphone : ne leur avait-elle pas parlé tout l'automne, peut-être pas à Siri, mais à ses frères et sœurs, ceux qui vivaient encore à la maison, et aux autres, qui habitaient dans les environs, à Tornio, à Karunki, à Keminmaa ou dans un autre bled du Nord, à la maison donc, ou suffisamment près pour que ce soit la même chose ?

Elle n'avait pas pu. Parce qu'il ne s'agissait pas seulement de le dire. Ça ne s'arrêterait pas là. Une gigantesque porte s'ouvrirait, des questions en engendreraient d'autres, de plus en plus nombreuses, et Annie n'avait aucune envie de répondre. Pas devant Siri, encore moins devant Pentti (qui peut-être s'en moquait) et, en y réfléchissant, elle ne voulait en parler avec personne. Elle préférait faire comme si de rien n'était, pour les siècles des siècles, amen, mais, nous le savons, toute grossesse a une fin.

Rentrer chez soi. Quitter cet horizon plat, ces ponts, cet asphalte, ces paysages nus, dépourvus d'arbres ; voir l'environnement changer, la forêt pousser, la nature s'élever. Dans le Norrland, la nature impose le respect, c'est un élément dont on ne peut faire abstraction. Les arbres poussent où ils poussent, assument pleinement leur présence. Pendant les mois d'été, la forêt est magique, les bouleaux blancs, baignés de cette éternelle lumière, inspirent la dévotion, même chez les non-croyants. Puis vient le solstice d'été, et avec lui les moustiques, et avec les moustiques le début du déclin, celui de la nature, cette marche vers l'obscurité, vers la longue nuit où plus rien ne nous protège, pas même la peau laiteuse des bouleaux.

C'était le 18 décembre, le degré zéro de la lumière. Il ne pouvait pas faire plus noir que ça. Sous peu, les journées commenceraient à faire valoir leurs droits et, même si le processus devait être long, ce moment revêtait une importance particulière, d'un point de vue spirituel, pour les gens tapis dans le noir. Savoir que la tendance est sur le point de s'inverser, se bercer de cet espoir. Puis savoir qu'enfin elle s'est inversée ; que même si nous ne le voyons pas, la lumière prépare son grand retour.

Il faisait encore nuit quand le car Tapanis entra dans la gare routière de Tornio. Le souffle d'Annie formait devant elle un panache de fumée.

Le car était un peu en avance, elle allait devoir patienter au moins un quart d'heure avant qu'on vienne la chercher.

Qui viendrait ? Elle l'ignorait encore. Il n'était que six heures passées de quelques minutes ; se lever aux aurores, conduire jusqu'à la ville, à cent kilomètres, ça avait dû en rebuter plus d'un. Un samedi qui plus est.

Annie fouilla dans sa poche à la recherche de ses cigarettes.

Ils lui avaient dit que fumer pouvait nuire à l'enfant, et elle avait presque arrêté.

Elle n'en ressentait le besoin qu'à de rares occasions. Si elle allait bien, l'enfant qu'elle portait irait bien aussi, non ? Et si une cigarette de temps en temps lui permettait de se sentir mieux, Oscar se sentirait mieux lui aussi, non ? Plutôt qu'avec une maman mal en point.

Maman. Étrange de penser à ce mot ainsi.

Annie alluma une cigarette et inspira la fumée.

Une maman, elle ? Était-ce possible ?

La maman, c'était Siri. Une maman porte un tablier et a les mains calleuses, une maman tire les cheveux quand on fait une bêtise, une maman nourrit, soigne, une maman allume le sauna, épluche les pommes de terre, un gamin sur la hanche et d'autres dans les jupons, une maman ne fait pas d'études, ne réalise pas ses rêves, *hey*, elle n'a même pas de rêves. Une maman est tant de choses et rien de tout cela ne correspond à Annie.

I'm going places, mais à présent je rentre chez moi. Je retourne là où tout a commencé.

À Stockholm le thermomètre affichait zéro, les gens étaient stressés et apprêtés, talons glissants, cheveux permanentés. Ici, dans le Nord, la couche de neige était déjà épaisse, les hommes et les femmes paraissaient bien plus âgés, en tout cas c'était vrai pour les rares personnes de sortie à cette heure-ci ; les voitures étaient démodées, sales et usées, cabossées et rouillées. Les gens ne semblaient-ils pas tout simplement plus malheureux ici ? Les gens sont-ils plus malheureux quand leur vie n'a aucun sens, aucun but ? La vie peut-elle avoir un sens, ici ? Sans métro, ni restaurant, ni magasin Nordiska Kompaniet, ni appartement, enfermement, isolement ? Si personne ne voit votre vie défiler, existe-t-elle ? A-t-on une existence, une vie, une histoire ?

Annie vit une Mercedes noire déraper sur la zone de stationnement des cars avant de se diriger vers elle et, bien qu'elle ne reconnût pas la voiture, le style de conduite lui fut immédiatement familier, aussi distinctif qu'une empreinte digitale.

Tatu. Incroyable. Alors, comme ça, ils l'avaient libéré ? La dernière fois qu'elle avait entendu parler de lui, il purgeait une peine de douze mois à l'établissement pénitentiaire de Keminmaa.

Il avait, pour employer ses propres termes, pris un virage un peu serré et allait peut-être un peu vite et, tout à coup, merde, elles étaient là, comme deux nichoirs à oiseaux, les vieilles. Il ne l'avait vraiment pas fait exprès. (Personne n'en doutait, évidemment.)

Mais la mort fait fi de ces détails.

Sur le siège conducteur se trouvait donc son frère cadet, l'un des neuf, une clope au bec, avec son sourire tordu mais encore charmant, et toutes ses dents. Son profil gauche portait la cicatrice qui lui avait valu le sobriquet de *Rinne*, « la pente », parce qu'il ressemblait, comme l'avait dit Lauri quand il avait inventé ce surnom vite adopté, à une pente bosselée, avec sa silhouette à jamais métamorphosée par l'incendie du garage de 1976 (mais vous en apprendrez davantage plus loin). Annie ne s'était toujours pas habituée au surnom, il n'était pas naturel dans sa bouche, elle ne supportait pas ce qui pour la plupart des membres de la famille était si facile : ils pouvaient prendre le contrôle sur le passé, sur ce qui faisait mal, et en faire une curiosité, une force, un trait d'humour. Une plaisanterie.

— Tu t'es évadé ?

Il éclata de rire, à mi-chemin entre la toux et le hoquet.

— Ils m'ont libéré plus tôt. Pour bonne conduite, figure-toi.

Elle dut avoir l'air surprise, car il poursuivit :

— Je suis aussi étonné que toi. Toute la famille l'était. Sauf la mère, bien sûr.

La mère, évidemment. Pour Siri le petit Tatu était un ange. Elle n'a jamais utilisé le sobriquet, l'insulte. Annie se demanda si les autres mères aimaient leurs enfants de manière aussi sélective, avec une intensité différente, et, le cas échéant, le montraient-elles aussi clairement ?

— En tout cas, j'en connais une qui s'est empâtée, lança Tatu quand elle se laissa tomber à côté de lui. La faute aux gâteaux suédois ?

Annie ne voulait pas en parler, pas avec son petit frère, avec personne d'ailleurs, mais elle comprit qu'il ne serait pas le seul à se poser des questions. Il fallait s'habituer, tout bonnement. Elle haussa les épaules.

— Un petit pain dans le four, comme on dit en Suède. Il sera là pour la Saint-Jean, plus ou moins. Tu vis à la maison maintenant ?

Elle s'efforça d'adopter le ton le plus neutre possible, impossible de procéder autrement avec ses frères et sœurs. Il leur suffisait de flairer la moindre once d'angoisse pour attaquer. Elle sentit le regard de Tatu peser sur elle, puis il répondit :

— Oui, enfin... j'ai mes affaires à la maison, mais je n'y dors pas souvent.

Il était lancé. Annie sentait que la menace était écartée, Tatu était passé à autre chose.

— Moi aussi, j'ai rencontré quelqu'un. Elle s'appelle Sinikka. C'est la petite sœur de Veli-Pekka. Tu te souviens de lui ? Tu sais, il avait cette voiture rouge transformée en tracteur et ils habitaient à Karunki.

Annie acquiesça, elle se souvenait. Pas de la petite sœur, mais du tracteur.

C'était du Tatu tout craché, il lisait entre les lignes, il voyait ce qu'il voulait voir du monde, il n'avait pas besoin d'en savoir plus. Le reste du voyage, il parla de ses affaires. De cette fille chez qui il s'était peu ou prou installé, de la ferme de ses parents, de son père malade, des taulards qu'il avait rencontrés quand il était au trou, de ses projets d'avenir, de la ferme de leurs parents, de leurs disputes de plus en plus fréquentes, et Annie pouvait souffler.

Elle était heureuse que Tatu soit venu la chercher, plutôt que quelqu'un d'autre. Il était le membre de la fratrie qui avait toujours beaucoup à faire de son côté, de sorte qu'on échappait aux regards inquisiteurs, désapprobateurs, et aux questionnements. Pendant le reste du trajet, à moitié assoupie, elle écouta son frère comme on écoute la radio, les yeux reposant sur la forêt au-dehors, ces petits chemins qu'elle connaissait par cœur, où elle avait passé une grande partie de sa vie, à pied, à vélo, à mobylette, en voiture et en tracteur.

Mais ça, c'était à l'époque ; à présent c'était différent, elle était de passage, une invitée. Elle entendait la forêt murmurer son prénom, reviens, disaient les bois, mais elle ne voulait pas les écouter, faisait semblant de rien.

Elle se voyait dans la vitre – ces yeux graves, clairs, dilués, finlandais, et sa coiffure, ces cheveux teints en brun qui encadraient son visage, soulignant sa pâleur, sa bouche mince, son nez grec. Annie était belle, pas d'une beauté sensationnelle, pas le genre de beauté sur laquelle les gens se retournent dans la rue, mais elle avait les pommettes saillantes, le regard droit, et elle était encore assez jeune pour être belle. Dans quelques années, cinq, dix, quinze, qui sait à quoi elle ressemblerait ? Elle n'avait pas de base à partir de laquelle vieillir, pas comme d'autres : Alex, par exemple, avait une beauté qui vieillirait bien, et même Tatu, se dit-elle en regardant son petit frère au volant – de ce côté on ne voyait pas la cicatrice. Il était adulte à présent, au moins physiquement, il était brun, de sang wallon ou sami, ou les deux, brun comme l'étaient certains des frères et sœurs. Annie, elle, était blonde. Tatu allait se bonifier avec le temps – d'un côté du visage, en tout cas. Il avait des prédispositions. Comme Pentti.

On pouvait dire ce qu'on voulait du père, mais il avait toujours été beau, d'une beauté sauvage.

C'était amusant, la plupart des enfants avaient hérité de l'apparence de leur père ou de leur mère. Seul Lauri était un mélange des deux, avec ses cheveux sombres et ses yeux pâles.

Quant à Riiko et Elina, difficile de dire à qui ils auraient ressemblé s'ils avaient encore été là. Les deux premiers-nés de la fratrie n'avaient pas survécu à leurs premières années, l'une emportée par une pneumonie, l'autre par une anomalie cardiaque congénitale, un souffle au cœur.

Annie caressa son ventre. Elle se rappelait son frère et sa sœur comme les images floues qu'ils étaient sur les photos jaunies. Elle avait toujours été incommodée par la présence de ces clichés, accrochés au mur dans la chambre des parents. Le premier portrait de famille. Une autre famille. Une famille fonctionnelle, peut-être. Pour un bref moment.

Pouvait-on répartir les enfants en catégories de tempérament d'après celui des parents ? L'un solaire, lisse, accommodant. L'autre fougueux, lunatique, mélancolique. Ici, il y avait davantage de variations. Ils étaient plus nombreux à être une combinaison des deux, et certains avaient peut-être leur caractère propre.

Ce mélange improbable, la rage profondément ancrée du père et l'optimisme, la croyance en l'avenir presque russe de la mère.

Que deviendrait le bébé d'Annie ? Un mélange d'elle et d'Alex, ou quelque chose de singulier, un individu prédéterminé, indépendant d'eux et des erreurs futures qui joncheraient le chemin de leur parentalité ? Et comment étaient-ils, exactement, Annie et Alex ?

Différents, très différents. S'il avait les cheveux sombres, son caractère ne l'était nullement, car il traversait la vie d'un pas léger, comme un danseur. Comme le petit frère enjoué qu'il était, le deuxième et dernier de la fratrie. Annie n'était pas comme Alex. Ni physiquement ni de tempérament.

Certaines personnes sont belles à la manière des diamants taillés, ou du marbre, peut-être. Il faut à leurs traits du temps et de la résistance pour prendre forme, se révéler. Avec Annie, on ne savait pas vraiment, mais elle soupçonnait que les années ne l'embelliraient pas. Que ses traits pâliraient, que son visage gonflerait comme un cadavre abîmé par l'eau. Cependant, l'apparence avait toujours été secondaire à ses yeux. Elle appréciait la beauté, bien sûr, mais ce n'était pas une obsession. Pas comme certains de ses frères et sœurs, envoûtés par leur reflet dans le miroir, ou par celui des autres.

Une heure plus tard, lorsque la voiture entra dans la cour, le jour commençait à poindre. C'était allumé dans l'étable et dans la maison, et Annie prit une profonde respiration avant de descendre du véhicule.

— Je crois que la mère sera bigrement contente. Une fois le premier choc passé, bien sûr.

Tatu lui serra les épaules et alluma une nouvelle cigarette avant de s'éloigner d'un pas nonchalant vers le garage, sans plus d'intérêt pour l'attention dont Annie ferait bientôt l'objet dans la maisonnée. Les épaules minces de Tatu dans son manteau en cuir bien trop fin pour la saison, remonté jusqu'aux oreilles. Ses pieds qui semblaient se mouvoir à quelques centimètres au-dessus du sol, légers comme des plumes. Lui aussi traversait la cour, et la vie, en dansant.

Ce qui gênait surtout Siri, semblait-il, c'était qu'Annie ne fût pas mariée et qu'elle n'eût aucune intention d'épouser Alex. À part ça, elle n'était pas particulièrement étonnée de la voir revenir enceinte de quatre mois. Leur mère venait d'un autre temps ; et sans doute voit-on rarement une fracture générationnelle aussi profonde qu'entre ces deux femmes.

Siri n'avait pas eu le choix : de son mariage dépendait sa survie. Mais être jeune dans les années 1940 en Carélie et être jeune dans les années 1980 à Stockholm étaient deux réalités irréconciliables. Annie ne dit rien, se contenta de hausser les épaules. Siri ne comprendrait pas, de toute façon. Leur mère devait sentir, elle aussi, qu'il y avait certaines choses qu'elle ne pouvait comprendre, c'est pourquoi la discussion s'était arrêtée.

Tous les frères et sœurs s'attroupèrent comme d'habitude autour d'Annie, curieux non seulement des cadeaux de Noël exotiques et luxueux dissimulés dans son sac, mais aussi de son ventre rond. Très vite elle sentit ses épaules se détendre, put reconnaître qu'elle avait été inquiète, maintenant qu'elle ne l'était plus. Elle s'assoupit sur la banquette-lit de la cuisine, repue après le petit déjeuner, le pain de seigle, le café bouilli, ces saveurs familières qui faisaient partie de son code génétique, ces éléments constitutifs de son être absents de la grande ville. Ce n'est qu'en les regoûtant ici qu'elle avait pris conscience qu'ils lui manquaient, là-bas. Parce qu'on trouve beaucoup de choses à Stockholm, mais pas le pain de seigle de Siri.

Elle resta allongée sur la banquette à observer la pièce, la maison, qui faisait toujours partie d'elle ; elle connaissait la moindre latte du plancher, la moindre marche grinçante de l'escalier menant à l'étage qu'ils avaient construit l'année des neuf ans d'Annie, l'année de la naissance d'Hirvo.

Elle se souvenait de la sensation de gravir l'escalier à pas de loup, jusqu'à la chambre des parents où Siri reposait avec Hirvo au sein, les cheveux étalés autour de sa tête, le regard doux, ouvert, heureux. Heureux, oui. La plupart des souvenirs étaient teintés de mélancolie, ou de quelque chose d'autre, plus sombre, mais Siri avait toujours semblé intouchable lorsqu'elle venait d'accoucher. Comme si la vie prenait une dimension supérieure à ce moment-là, pendant la première année des enfants. Et des premières années, il y en avait eu beaucoup dans la famille Toimi.

Par terre jouaient les plus jeunes des frères, Arto et le benjamin, Onni, les seuls à ne pas avoir encore commencé l'école ; les autres avaient filé à peine le petit déjeuner avalé, s'employant déjà à vivre leurs propres vies (Hirvo dans les bois, où personne ne savait ce qu'il faisait), occupés à leur besogne (Lahja), pour ensuite aller à la bibliothèque (Lahja à nouveau), en route vers Tornio (Valo), et la maison était alors redevenue silencieusc, plus silencieuse.

Le feu crépitait, Onni et Arto faisaient rouler leurs voitures, quand ils n'étaient pas calmes. Trop calmes.

Plus silencieux que d'habitude.

Il lui fallut un moment, mais Annie finit par comprendre ce qui avait changé.

Sa mère.

Sa mère était silencieuse. Voilà la différence. En temps normal, elle avait toujours la bouche ouverte, pour donner la réplique aux présentateurs radio, pour les réprimander, pour commenter ou se moquer de leurs annonces, et elle faisait de même avec ses enfants, sermonnait, grondait, marmonnait, fredonnait, chantait, accompagnait leur chant, remplissait la maison de bruit et de vie. Mais à présent, elle se taisait.

C'est comme si le silence de Siri soulignait sa présence.

En temps normal, une multitude de choses empêchaient de le voir, mais à présent Annie remarqua qu'elle avait vieilli.

Depuis quand ?

Elle n'en savait rien.

Quand Annie était-elle venue pour la dernière fois ?

Le temps passe partout, pas seulement à l'endroit où l'on se trouve.

Siri confectionnait une pâte, elle pétrissait en rythme, le haut du corps dans la jatte, les cheveux poivre et sel dans un fichu, le visage nu. Elle n'avait pas toujours été belle, Siri, ce n'est qu'à l'âge adulte que ses traits s'étaient révélés. Elle avait le physique caractéristique des Caréliens, celui que certains qualifient de russe, avec des yeux aqueux, détrempés, délavés, une peau diaphane tendue sur des pommettes saillantes, tout ce qu'Annie avait hérité de sa mère, les traits, à défaut du caractère, des traits qui avaient toujours été si fiers et si fermes. Annie voyait désormais que la peau du visage de Siri commençait à pendre, que le temps la rattrapait. Les pattes-d'oie autour des yeux, la bouche fine comme un trait, les lèvres blanches, exsangues. Son visage comme une baudruche crevée, songea Annie.

Elle voulait tendre la main et la toucher, lui caresser la joue avant que ce soit trop tard, mais elle ne le fit pas.

Au lieu de cela, elle resta étendue sur la banquette de la cuisine à se caresser le ventre. Comme les femmes enceintes le font depuis des millénaires, inconsciemment, comme un réflexe, pour protéger l'enfant à venir, peut-être, ou le réconforter. Ou lui demander pardon d'avance.

Elle n'avait pas encore vu son père. Personne ne l'avait même nommé. Personne n'avait ri de lui, comme ils le faisaient toujours pour désamorcer son côté sombre, ce qui faisait mal, qui effrayait, qui embarrassait.

— Comment ça se passe à la ferme ? finit-elle par demander.

Siri s'arrêta au milieu d'un mouvement, en plein pétrissage, un seul instant, à peine visible, mais Annie le vit, vit qu'elle s'était figée avant de reprendre.

— On fait aller.

Au printemps dernier, la dernière fois qu'Annie était rentrée, quand Tarmo, son petit frère super intelligent, avait obtenu avec un an d'avance son diplôme de fin de collège (mais ça, c'est une autre histoire, tout vient à point à qui sait attendre), ils se chamaillaient sans cesse pour des questions financières, les parents. Ils ne roulaient pas sur l'or et l'État avait introduit des règles plus strictes en matière d'hygiène et de contrôle du lait, ce qui signifiait qu'il fallait investir dans des équipements de plus en plus onéreux ; Pentti n'y était pas seulement indifférent, il y était carrément hostile, et depuis de nombreuses années, Esko, l'aîné des frères d'Annie, tentait d'influencer le père, essayant de lui faire comprendre qu'il n'y a qu'une façon de survivre comme paysan aujourd'hui : en se développant.

À en juger par la réaction de Siri, les disputes avaient continué. Annie connaissait bien le genre très particulier de terreur que Pentti pouvait faire régner. Elle durait, perdurait, brisait lentement les résistances.

Une partie de lui doit en jouir. C'est la seule explication. Ça doit être la seule explication.

— Alors, vous n'allez pas en vendre une partie à Esko ? Il y tient tellement. Ça lui permettrait de la moderniser, comme il le souhaite.

Le grand frère d'Annie, qui vivait à peu près toujours au même endroit, sinon dans le même village, du moins dans la même commune, à dix kilomètres d'ici seulement, à présent marié et père de famille, avait un rêve pour sa ferme natale : il voulait que l'exploitation prospère, à nouveau ou pour la première fois, et il voulait donner à sa femme et à ses enfants un avenir radieux. Il avait dit à plusieurs reprises, comme ça, en passant, qu'il était le seul de la famille à vraiment aimer cette ferme, *cet endroit*.

Sans se retourner vers Annie, Siri haussa les épaules ; de son corps tout entier émanait l'idée que cette conversation n'était en rien plus importante que la vie, dans laquelle elle était pleinement engagée.

— Je lui vendrais toute la ferme si ça ne tenait qu'à moi. Pour arrêter ce travail harassant. Ne faire que ce dont j'ai envie. Mais, Annie, ce n'est pas comme ça que ça marche.

— Tu sais, le divorce, ça existe.

— À Stockholm, peut-être.

Ainsi allait la conversation, comme chaque fois que l'on remettait ce petit mot sur le tapis. Annie aurait voulu que la vie donne à sa mère une deuxième chance, tout en sachant fort bien que ça n'arriverait pas.

Mais ça *devrait* pouvoir arriver.

Elle mérite de se reposer, d'échapper aux regards inquisiteurs qui ne dorment jamais.

*

L'effet boule de neige.

Une vie se dessine si clairement *a posteriori*. Lorsqu'on la vit, lorsqu'on est emporté dans son tourbillon, on a l'impression que les choses, les événements, les mots, les actes, se déroulent l'un après l'autre ou en parallèle, et il est difficile de comprendre les liens de cause à effet. Mais ce qui est pénible aujourd'hui sera bientôt du passé, un passé lointain qui ne fait plus souffrir, que l'on remarque à peine, et c'est à ce moment-là, lorsqu'on ne se trouve plus au début, ni même au milieu, que l'on perçoit les liens entre toutes choses. Comment un événement qui semblait tenir du détail, dénué d'intérêt, ou détaché d'un ensemble, jouait tout de même un rôle significatif dans quelque chose de plus grand, sans qu'on en ait conscience.

C'était un lundi matin, le 21 décembre 1981, quelques jours avant Noël. Annie se réveilla de bonne heure, c'est du moins ce qu'elle pensait, mais quand elle jeta un coup d'œil à sa montre posée sur la commode près du lit, elle vit qu'il était presque sept heures et demie. Elle était la dernière levée. Elle n'avait toujours pas vu l'ombre de son père.

Elle aimait son appartement, elle aimait Stockholm, mais elle ne s'était pas habituée à la vie dans un immeuble, à tous ces bruits de pas étrangers qui résonnaient dans le béton ; elle avait le sommeil léger, chez elle, mais ici, elle dormait profondément, d'un sommeil sans rêves, confiant, lourd.

Comme on dort quand on est vraiment chez soi.

Elle entendait le tintamarre dans la cuisine, elle entendait tout le monde s'affairer pour ne pas rater le bus scolaire en ces derniers jours avant les vacances, avaler son petit déjeuner, se coiffer, ça n'en finissait jamais ; maman Siri qui, outre l'éternel labeur quotidien et toutes les besognes qu'il fallait accomplir, s'était fixé un objectif personnel : s'occuper de la lessive de Noël. Elle avait allumé le sauna qui d'habitude ne fonctionnait que le soir ou les jours de fête, pas un lundi ordinaire, mais c'était différent aujourd'hui ; dehors, dans la cour, Onni se roulait dans la neige, Arto glissait, instable, sur son *spark*[1] et chutait souvent après quelques poussées, Annie regardait par la fenêtre en buvant son café du matin. Rien qu'un tout petit peu nauséeuse, seulement de temps en temps.

Le grand baquet était sorti, celui dans lequel les enfants se baignaient l'été et que Siri utilisait pour la lessive en décembre.

Elle commençait par les rideaux, continuait par le linge de lit et terminait par les tapis. Toujours dans le même ordre, comme elle l'avait toujours fait, le seul ordre possible.

D'abord ce que l'on voit, puis ce que l'on sent, et enfin les fondations, ce sur quoi tout tient, tout repose, ce à quoi on se fie.

La bassine fumait et Siri apportait l'un après l'autre de lourds seaux d'eau, de l'eau bouillante, comme toujours, et pour Annie il était bon de savoir que certaines choses ne changent pas.

C'était une sensation étrange que de se trouver bien au chaud dans la cuisine, sur la banquette, à regarder la vie se dérouler dans la cour, voir sa mère verser encore deux seaux d'eau brûlante dans la bassine, voir ses petits frères

1. Sorte de luge-trottinette montée sur deux longs patins.

jouer, sa mère leur tourner le dos, voir Arto accélérer sur son *spark*, un peu trop, le voir déraper, perdre le contrôle et ne pas sauter en marche – pourquoi n'a-t-il pas sauté, à six ans il devait bien avoir une idée des conséquences ? Mais le *spark* heurta la bassine, propulsant le petit corps dans l'eau bouillante ; Annie vit l'accident survenir mais cela n'avait pas d'importance, elle savait que ça allait arriver un instant avant que ça arrive, et elle contempla le film, le film muet ; au même moment Onni glissa, se cogna le coude, le genou, il était trop petit pour comprendre ce qui venait de se passer, mais en entendant ses cris Siri se retourna sur le seuil du sauna, vit Arto et comprit.

La réaction de sa mère sortit Annie de sa léthargie, elle prit conscience que l'événement était réellement en train de se produire sous ses yeux.

Elle ouvrit la porte et fut assaillie par les bruits, les pleurs d'Onni, les hurlements de Siri ; elle se précipita dans la cour, aperçut le petit corps inanimé, tira Arto hors de l'eau, lui arracha ses vêtements et cria à sa mère :

— Appelle une ambulance, maman, appelle tout de suite.

Annie ignorait quoi faire dans ce genre de situation. Elle avait déshabillé son frère, espérant que son instinct ne l'avait pas trompée.

Siri entra dans la maison en courant avec Onni, tandis qu'Annie serrait contre elle son petit frère inconscient. Elle le berçait, le balançait doucement, et soudain il ne lui sembla plus du tout étrange de devenir bientôt mère, de porter son propre bébé dans ses bras.

Le corps mince, la peau pâle qui maintenant prenait une teinte rouge vif, les cheveux sombres et les longs cils qu'il avait hérités de son père, tout comme les yeux bruns. Ces yeux qu'on ne voyait pas sous ses paupières fermées, et le pouls qu'on distinguait sur son cou, juste sous la peau fine. Annie ramassa un peu de neige sur la marche inférieure et tamponna son corps avec, la regardant fondre contre ses côtes, son ventre, ses bras, ses jambes.

Combien de temps était-elle restée assise comme ça ?

La porte de la maison s'ouvrit, Onni regarda dehors et Annie lui fit signe de venir. Les deux garçons étaient proches en âge et Onni, qui admirait son grand frère, voulait toujours se trouver exactement au même endroit que lui. Annie lui montra comment tamponner le corps de neige et Onni se lança dans la mission avec un grand sérieux.

— Comme tu es doué ! Un vrai petit infirmier. Quelle chance il a, notre frère, de t'avoir.

L'ombre d'un sourire passa sur le visage d'Onni qui continua à badigeonner Arto de neige.

— Pas sur le zizi, ça brûle.

La voix d'Arto était faible, mais distincte.

De gros flocons de neige flottaient dans l'air autour d'eux, comme immobiles : l'instant était figé dans le temps. Annie et Onni éclatèrent de rire, comme le rire gonfla ils virent Arto sourire faiblement, ses paupières frémir, et Annie s'efforça de ne pas montrer à ses petits frères les larmes qui lui brûlaient les yeux.

Pendant tout le temps où ils attendirent l'ambulance – cela dura peut-être une demi-heure (ou peut-être plus, elle n'avait pas sa montre et d'ailleurs, même si elle l'avait portée, ça aurait sans doute été la dernière chose qu'elle aurait regardée) –, elle ne vit pas l'ombre de Pentti. Ni Siri, mais Annie supposa que la mère passait les coups de fil qui devaient être passés ou organisait ce qui devait l'être.

Annie était assise sur les marches devant le sauna avec Arto dans les bras et Onni à côté, et elle savait que son père se trouvait dans l'étable située de l'autre côté de la cour, elle était sûre que le père avait entendu les cris. Mais il n'était pas sorti.

Elle était là, avec un frère sur les genoux et un autre à côté, et elle leur racontait une histoire, celle des trois rois qui étaient partis à cheval au bout du monde en quête de réponses à l'énigme de la vie. Arto était revenu à lui, mais ses yeux étaient brillants et son regard disparaissait souvent ailleurs, au loin. Tout à coup, il se contracta, son corps se raidit, s'agita, puis il se détendit immédiatement.

Annie était une boule de nerfs, elle s'efforçait de ne pas le montrer, mais à l'intérieur elle avait l'impression que son squelette s'était dissous, que seule sa peau l'empêchait de se désagréger. Sa peau et le fœtus, l'enfant.

Hirvo sortit de la forêt juste à côté de l'étable, il devait encore être parti faire un tour. Ce qu'il faisait dans les bois, personne ne le savait vraiment, il n'en parlait pas même si on demandait, et cela faisait bien longtemps qu'ils avaient cessé de poser des questions. Ce frère si spécial. Dix-huit ans le mois dernier et la seule chose qu'il faisait de ses journées, c'était disparaître dans les bois. Il habitait toujours chez les parents, mais il était détaché des autres, naviguait sur son propre navire, sa propre mer.

Il jeta un coup d'œil à la dérobée en direction d'Annie et de ses frères, elle savait qu'il ne pouvait rien faire pour les aider, mais cela lui fit tout de même mal qu'il n'essayât pas. Elle ne vit pas son hésitation, elle en était incapable.

Mais elle savait qu'Hirvo souffrait. Arto était le membre de la fratrie auquel il tenait le plus, duquel il se sentait le plus proche. Hirvo les considéra de son regard impénétrable, hermétique, fermé, puis tourna les talons et se dirigea à pas furtifs, voûté, vers l'étable où il s'engouffra pour ressortir quasiment aussitôt, repartant vers la forêt d'où il venait de surgir, d'un pas lent d'abord, puis de plus en plus vite, et lorsque les arbres l'engloutirent il avait atteint une allure de marche militaire, s'éloignait au galop. Siri ne se montrait toujours pas. Pentti non plus.

Esko arriva avant l'ambulance. Siri avait dû l'appeler. Il habitait si près. Et la scierie dans laquelle il travaillait ne se trouvait qu'à quatre kilomètres de là. En l'absence de vent, le bruit des lames de scie résonnait dans toute la contrée. Esko dérapa dans la cour, arrêta la voiture juste devant le sauna et au regard d'Annie vit que l'heure était grave.

Cela n'augurait rien de bon.

Comme il avait l'air impuissant, le frère aîné qui avait toujours réponse à tout, qui voulait et pouvait toujours rafistoler ce qui était cassé.

— Il a glissé. Il faisait du *spark* et il a glissé.

Esko opina du chef, l'air résolu. C'est l'expression qu'il arborait lorsqu'il était peiné, fâché, bref, une mimique qu'il affichait souvent.

— Où est Pentti ?

Annie indiqua l'étable d'un mouvement de tête et haussa les épaules.

Esko sortit une cigarette de la poche de son blouson et s'y dirigea.

Esko. Avec ses cheveux blonds, qui avaient un peu poussé depuis la dernière fois ; portait-il déjà la moustache ? Il avait toujours de l'allure. Bien qu'il eût vieilli. Si grand, si fiable, à bien des égards un vrai grand frère. Il avait tout fait comme il fallait, tout ce qu'on aurait pu exiger de lui. Pourtant, il n'était aimé ni de sa mère ni de sa femme ; peut-être l'était-il de son père – si tant est que Pentti fût capable d'aimer.

Sinon aimer, du moins respecter.

Les autres frères et sœurs s'étaient toujours moqués d'Esko. Il lui manquait une caractéristique que la plupart des autres possédaient, une sorte de roublardise. Il avait un regard clair et droit et l'ambition de faire le bon choix dans toutes les situations. Aucun démon ne le tourmentait. Certaines personnes semblent traverser la vie loin du mal. Elles flottent à quelques pas du sol, enveloppées par une lumière, complètement nues, le monde ne leur offrant aucune protection. Elles ne sont peuplées d'aucun sentiment haineux. Elles peuvent être peinées, voire parfois en colère, mais aucune méchanceté ne les habite. Esko était comme ça. Il était incompris de sa famille, et c'est peut-être ça qu'ils sentaient sans pouvoir mettre les mots dessus, l'absence de mal en lui. Ce mal qu'ils sentaient si clairement en eux, dans leur héritage et même, oui, dans leur ADN.

Quand Esko revint de l'étable, assez rapidement d'ailleurs, son regard était tel qu'Annie ne posa pas de questions. Elle prit sur elle, refusa de savoir. Quoi que leur père eût fait ou dit. Avec Pentti c'était inutile d'essayer de comprendre. Le père était une personne *sui generis*, il l'avait toujours été. Avec lui, toutes les conventions qui régissaient la vie humaine étaient mises à mal.

C'était Siri qui leur avait appris à être humains.

Que leur avait appris Pentti ? Difficile à dire. Peut-être à *ne pas* être humains ?

Certains membres de la fratrie avaient été plus influencés que d'autres par le père.

Peut-être était-ce génétique ?

Peut-être, plus simplement, était-ce dû au fait qu'ils avaient grandi dans une maison avec tant de bouches à nourrir, tant de cœurs à aimer... ou pas. Les sentiments étaient impénétrables et en même temps tout-puissants. Il était par de nombreux aspects un paradoxe ambulant, leur père. Mais il avait certainement toujours exercé une influence.

*

Le déshabiller, c'était la bonne chose à faire. Le badigeonner de neige aussi. Le mieux aurait été de le rincer sous un filet d'eau froide. Une partie du corps après l'autre. Mais globalement elle avait bien fait. Son instinct fonctionnait, l'instinct parental, l'amour.

Esko téléphona depuis l'hôpital. Il avait suivi l'ambulance en voiture. Siri avait pu monter dans le véhicule de secours. Elle avait les joues pâles – plus encore que d'habitude, si tant est que cela fût possible. Le regard vitreux, elle avait serré de toutes ses forces son sac à main et ôté son fichu. Annie l'avait vue tenter de coiffer ses cheveux en arrière, quelques mèches rebelles rebiquaient sur sa tête. Siri savait qu'elle allait être confrontée au monde extérieur, à la ville, elle s'était donné du mal ; elle ne s'était pas changée, elle avait gardé son jean, mais avait enfilé son manteau du dimanche – il sentirait la fumée du sauna ; tant pis.

Annie était restée à la ferme, il fallait bien que quelqu'un se dévoue. Elle continua la lessive de Noël sur des jambes flageolantes, ne lâcha pas Onni du regard, non par nécessité – il s'accrochait fermement à sa jupe lorsqu'elle transportait avec peine l'eau et le linge trempé qui pesaient une tonne. Elle diluait l'eau bouillante avec de la neige – le linge ne serait pas aussi propre, mais qu'importe, de toute façon les mains d'Annie n'auraient jamais supporté l'eau brûlante. Les mains de Siri étaient cuirassées par une longue vie de nettoyage de tapis et de rideaux.

Annie travailla toute la matinée et jusqu'en début d'après-midi, puis, quand elle commença à avoir des vertiges, rentra avec son petit frère pour lui préparer à manger. Elle fit revenir des pommes de terre qui restaient du dîner de la veille, réchauffa une saucisse et autorisa son frère à mettre autant de moutarde qu'il voulait; il vida la moitié du pot, tandis qu'elle fumait une cigarette et buvait un café bien serré.

Esko téléphona ensuite pour lui dire qu'elle avait eu, dans l'ensemble, les bons réflexes.

— Et maintenant?

Annie retenait presque sa respiration, elle voulait savoir, tout savoir, et en même temps non, car elle devrait porter le message aux autres. Toujours chercher l'équilibre entre protéger ses frères et sœurs et les mettre devant le fait accompli.

— Ils l'ont endormi, il avait tellement mal, il hurlait, et ils doivent lui faire une greffe de peau.

— Une greffe de peau?

— Bah, je ne sais pas, Annie, ils ont tout expliqué, mais Siri était si secouée que j'étais incapable de me concentrer.

À l'autre bout du fil, Annie entendait son grand frère, sa respiration tremblante, le crépitement de sa cigarette. Elle se représentait de la peau, lisse et anonyme, comme une carte formée de grands pans de tissu. Comme de la neige fraîche que personne n'a foulée.

— Je ne l'ai jamais vue dans cet état. Pas même quand…

Esko se tut et Annie ne dit rien. Ils songeaient tous les deux à la mort de leur frère Riiko, un souvenir qu'ils étaient les seuls à partager, puisque eux seuls étaient en vie à ce moment-là ou, plus exactement, pendant les années qui suivirent. Puis – leur mémoire suivant un chemin tout tracé – ils pensèrent à l'incendie du garage, et à Tatu, la dernière fois que leur mère avait veillé près d'un lit d'hôpital.

— Même pas à ce moment-là, non, jamais.

La cigarette grésilla et s'éteignit quand la salive d'Esko rencontra la braise.

— Pentti est réapparu ?

— Non.

— Il faut qu'on... On en reparlera plus tard. Mais elle refuse de rentrer. Elle va attendre ici jusqu'à ce qu'Arto puisse sortir.

— Si sa décision est prise, elle ne changera pas d'avis.

Annie resta longtemps avec le combiné à la main après avoir raccroché ; elle regarda l'étable, là-bas, de l'autre côté de la cour, sous son blanc manteau ; une boule de neige avait été mise en mouvement, même si Annie ne le savait pas encore.

L'après-midi, les frères et sœurs rentrèrent de l'école et apprirent ce qui était arrivé. Lahja secoua sa tête rasée en entendant Annie raconter l'accident, puis elle ouvrit et ferma la bouche plusieurs fois. Annie était stupéfaite : comme sa sœur était devenue silencieuse depuis la dernière fois, et grande. Elle n'avait pas l'air à sa place sans Tarmo à ses côtés.

Un oiseau rare, là, dans la maison d'enfance.

Des oiseaux rares, ils l'étaient tous, à leur manière. Lahja ne dit rien, mais Annie vit qu'elle avait de la peine. Arto était aimé. Lahja n'était pas du genre à se complaire dans ce genre de sentiments, elle fonçait, bille en tête. Elle haussa les épaules et se mit à éplucher des pommes de terre. Valo s'occupa d'Onni, ils sortirent dans la cour sombre et Valo poussa son cadet sur le *spark* dans la lumière déclinante du crépuscule, et Annie put téléphoner à ses autres frères et sœur pour leur faire part des événements.

Hirvo entra en traînant les pieds, les oreilles rouge vif, comme deux entonnoirs de part et d'autre de la tête. Son crâne rasé renforçait l'aspect consanguin de ses traits.

Oreilles décollées, yeux rapprochés, il ne lui manquait que des doigts surnuméraires, cependant il n'était pas idiot – il était peut-être autre chose, mais idiot, sûrement pas. Même s'il vivait toujours à la maison, personne ne lui prêtait réellement attention, parfois on ne savait pas vraiment ce qu'il comprenait de son environnement et de ce qui se tramait autour de lui.

Il avait le regard fuyant, impossible à croiser. Son vieux bégaiement avait aussi créé chez lui une nervosité, quelque chose d'un peu saccadé, mais ce défaut de langage s'était estompé, ou peut-être qu'il parlait moins, tout simplement, quoi qu'il en soit il naviguait parallèlement aux autres, à bord de son navire personnel. Il avait suivi une formation de deux ans en lycée professionnel, et aujourd'hui il était journalier dans la sylviculture ; en ce moment le travail manquait, sauf quand il s'agissait de vendre des sapins de Noël à Tornio, mais il ne faisait ça que le week-end. Son suédois était trop mauvais pour aller jusqu'à Luleå, or les Suédois achetaient plus de sapins que les Finlandais – au final, ça ne lui faisait pas beaucoup de boulot. Ses excursions dans la forêt pouvaient durer plusieurs jours, il allait et venait sans en informer personne.

Lorsqu'il entendit ce qui était arrivé de la bouche de ses frères et sœurs, ne se contentant pas d'en être spectateur, il parut presque indifférent et marmonna quelque chose d'inaudible, puis il se laissa tomber sur la banquette de la cuisine et se mit à affûter son couteau à tailler le bois, l'air décidé et insensible. Pourtant, Annie savait qu'il était terrifié, qu'il avait peur de ce qui pouvait advenir. Hirvo avait des affinités avec Arto, ils possédaient le même esprit pratique et il l'emmenait parfois dans ses expéditions en forêt. Il fixa sa sœur aînée avec quelque chose de douloureux dans le regard mais, au lieu de prendre la parole, il détourna les yeux et continua son affûtage. Si Annie n'avait jamais compris Hirvo, cela faisait bien longtemps qu'elle avait cessé de se moquer de lui. À présent, ils s'apparentaient plutôt à deux unités distinctes gravitant sur deux orbites différentes.

Helmi poussa un hurlement à l'autre bout du fil et dit qu'elle viendrait, avec Ptit-Pasi. Elles n'avaient toujours pas eu le temps de se voir même si Helmi avait bien sûr téléphoné dès qu'elle avait été mise au courant de l'état de sa grande sœur. Annie ne posa pas de questions sur son Pasi (le grand Pasi). Elle supposait qu'il bossait, ou qu'il était dans l'une de ses *phases*. Helmi était portée sur la bouteille, elle aussi, mais pas autant que son mari. Et puis, elle était responsable de Ptit-Pasi, et jusqu'à présent ça l'avait quelque peu freinée. D'après ce qu'en savait Annie. Mais qu'en savait-elle, en réalité, mille deux cents kilomètres les séparaient.

Annie savait fort bien que sa sœur cadette avait du mal à s'arrêter, et que bientôt elle s'enfoncerait plus profondément là où son mari, à l'âge de vingt-cinq ans, passait déjà de longs moments. Le temps qu'il ne passait pas à... comment dire... on ne pouvait pas vraiment appeler cela « travailler », mais il fallait bien nommer ça d'une manière ou d'une autre, et « travailler » était le mot qui correspondait le mieux. Blanchir de l'argent suédois du côté finlandais et souscrire des assurances automobiles frauduleuses, ce n'était pas vraiment un travail. Une activité laborieuse, peut-être, mais pas un travail.

Helmi aurait peut-être pu employer son énergie à faire quelque chose de sa vie, mais elle manquait de discernement et elle réfléchissait toujours avec ce qu'elle avait dans la poitrine et entre les jambes. Et ce qui devait arriver arriva : elle tomba enceinte d'un homme comme Pasi Alaniva. Des deux sœurs, Helmi avait toujours été la meneuse, l'intrépide ; enfant, elle cherchait l'aventure.

Tatu passa à la maison et proposa d'aller chercher Tarmo à Tornio. Il revenait d'Helsinki, ses vacances de Noël venaient de commencer. Lahja avait demandé à Annie d'en informer Rinne (que presque plus personne n'appelait Tatu), puisqu'elle devait lui téléphoner. Tout le monde savait qu'on pouvait compter sur lui : s'il s'agissait de conduire quelqu'un quelque part, il était toujours partant, quelles que soient la distance et l'heure du jour ou de la nuit.

Annie appela chez elle pour parler à Lauri, mais personne ne répondit ; son petit frère avait dû sortir, ou bien il faisait des heures supplémentaires sur le ferry ou dormait, tout simplement.

Alex n'avait toujours pas emménagé chez elle. Ce n'est pas qu'il n'en avait pas envie, non, c'était Annie qui attendait quelque chose. Ce qu'elle attendait, elle ne le savait pas elle-même.

S'ils s'installaient ensemble, cela changerait beaucoup de choses. Lauri serait obligé de chercher un autre logement, et Annie ne vivrait plus seule, elle vivrait en concubinage avec un homme, le père de son enfant à naître, enchaînée et reliée à lui pour toujours, inexorablement.

Au bout d'un moment, ils étaient tous arrivés, au compte-gouttes, d'un pas lent. Helmi avec son fils de trois ans sous le bras, Helmi qui diffusait sa chaleur caractéristique partout où elle allait. Tarmo avait franchi le seuil juste après.

Tarmo, ce mouton noir dont le cerveau était vite devenu trop grand pour leur petite ferme.

Valo et Onni avaient fini par arriver, eux aussi, et puisqu'ils étaient tous réunis, Lahja avait annoncé que le repas était prêt, s'ils avaient un petit creux, elle avait tout sorti sur la cuisinière et tout le monde s'était mis en file tandis qu'Annie, la plus grande, la plus âgée, distribuait des portions de bolognaise et de pommes de terre. C'était la bolognaise avec laquelle ils avaient tous grandi, sans aucune trace de tomates, mais où le gras formait une pellicule huileuse à la surface. Des flaques dans lesquelles on pouvait tremper son pain de seigle rassis. Puis ils s'étaient installés aux quatre coins de la cuisine pour manger.

Tout était étrangement familier, les bruits, les goûts, les sentiments. Tout était exactement comme d'habitude et pourtant radicalement différent.

Annie regarda autour d'elle. Ils étaient là, pas tous, mais un grand nombre de ses frères et sœurs. Il n'en manquait que quatre. (Ou six, selon la manière de compter.)

Le roi-de-rats était réuni.

Ils mangeaient en silence, tous inquiets du sort d'Arto, tous – oui, vraiment tous – préparés à la mort.

Les plus âgés d'entre eux se rappelaient leur frère et leur sœur décédés, les plus jeunes avaient grandi avec le récit de leurs souvenirs, et puis dans une ferme les animaux qui meurent sont monnaie courante. Même si la mort fait peur, elle n'est pas étrangère, elle est naturelle. Comme un vieux parent avec qui on noue tous un lien particulier. Après manger, on s'entraida pour faire la vaisselle. On déshabilla Onni qui résistait et poussait les hauts cris, on le lava dans l'évier, lui enfila son pyjama, et il s'endormit sur la banquette de la cuisine à côté de Ptit-Pasi aussitôt que sa tête toucha les genoux d'Helmi.

Le reste de la soirée s'écoula. Le calme était descendu sur la ferme, succédant à l'agitation de la matinée. Une sérénité de Noël, pourrait-on dire, le genre de calme qui ne vient qu'après une catastrophe évitée de justesse. Car personne n'était mort aujourd'hui (pas encore). Quelques-uns étaient assis dans le séjour, devant la télévision, tandis que les autres étaient rassemblés dans la cuisine. Ils décidèrent de mettre la main à la pâte et de confectionner les gâteaux de Noël, chose que Siri aurait sans doute envisagé de faire si elle n'avait pas été bloquée à l'hôpital. Les étoiles de Noël à la confiture, les biscuits et les brioches au safran. Ils étaient en train de pâtisser quand la porte s'ouvrit, et Pentti entra.

L'atmosphère changea du tout au tout, un grand froid s'engouffra dans la maison, pas seulement parce qu'il avait ouvert la porte aux températures négatives du dehors, mais aussi parce qu'il inspirait à presque tous ses enfants une curieuse terreur – c'était là sa marque de fabrique.

— Alors, on fait salle comble, à ce que je vois !

Voilà ses premiers mots, quand il vit ses enfants couverts de farine, les joues roses.

Leur bonheur. Ce bonheur qui sembla l'irriter.

Annie lui servit une assiette de pommes de terre et de bolognaise qu'il accepta sans rien dire. Il s'assit à sa place, sa vieille place habituelle, la place d'honneur d'où il avait vue sur toute la cuisine. Il poussa un soupir.

— Cuillère, dit-il, et Lahja, qui se trouvait le plus près, ouvrit le tiroir et lui en tendit une.

Le silence régnait dans la cuisine. Depuis le séjour, on entendait les voix de la télévision. Ça, et la mastication de Pentti.

C'était étrange en réalité. Cet homme. Si petit, pas plus de 1,65 mètre, un regard naturellement noir et des cheveux de jais, pas un seul cheveu gris. Il avait conçu quatorze enfants et n'avait pas un seul cheveu gris, oui, c'était génétique, mais aussi symbolique, n'est-ce pas ?

Il y avait du sang sami dans la famille de Pentti, réalité qu'on ne voulait pas reconnaître et dont on avait interdiction de parler, mais c'était ainsi. Du sang sami, mais pas seulement ; il y avait quelque chose de plus profond, cette fureur (et folie) sacrée devait venir d'un haut siège religieux. C'était du sang catholique qui coulait dans ses veines.

— Du lait fermenté, commanda-t-il, brisant le silence.

Annie vit Helmi sursauter au son de sa voix ; assise sur la banquette de la cuisine, c'est elle qui se trouvait le plus près de lui. Elle lui servit rapidement un verre qu'elle poussa dans sa direction.

Ses mouvements étaient vifs et précis, ce qui n'empêcha pas Pentti de lui saisir le poignet. Ses réflexes. Toujours rapides malgré son âge croissant.

— Tu es venue avec la famille ?

Il s'adressait à elle sans la regarder. À l'inverse, il avait les yeux braqués sur Annie.

— Seulement avec Ptit-Pasi.

— Encore heureux. Vous serez ma ruine à bouffer comme ça, mais qu'y puis-je, vous êtes la chair de ma chair. La chair de ma chair. Voilà la limite.

Toujours la même rengaine. Ils l'entendaient chaque fois qu'ils amenaient leur famille ou un ami, et il n'y avait rien à craindre. C'était simplement un autre des monologues de Pentti.

Mieux valait ça qu'autre chose.

Le cerveau de Pentti était comme un terrain miné. Un étranger n'y voyait aucune logique, mais ses enfants, qui avaient grandi avec lui, qu'il avait éduqués, savaient exactement comment il allait réagir dans toutes les situations.

Toutes ? Non. C'est ce qui pouvait effrayer. Juste au moment où on pensait avoir compris le système, décrypté le code, il changeait. La plupart du temps, Pentti ne les regardait pas. Il regardait dans le vague, pas dans les yeux. Il les regardait rarement dans les yeux. Mais à présent, il fixait sa fille aînée. Annie trouva qu'il avait l'air gai. À croire qu'il ne savait rien de ce qui était advenu ce jour-là.

— Vous faites même des gâteaux.

— C'est Noël dans quelques jours, tu sais.

Annie s'était sentie obligée de répondre. Elle était la plus âgée et elle réussissait souvent à se frayer un chemin dans les fourrés obscurs du cerveau de Pentti. Elle portait en elle le souvenir d'une époque révolue. Ou plutôt le souvenir d'un souvenir, car elle ne se rappelait pas le temps où elle ne craignait pas son père et son tempérament. Mais parfois elle était envahie par une sorte de tendresse, au milieu de toute cette colère, au milieu de tous les autres sentiments, et prise d'une envie soudaine de tendre la main et de lui caresser la joue – son petit papa. L'enfant qu'il fut jadis. Mais cela passait en un éclair, car à présent il était sinon impossible, du moins très difficile à aimer. Il engloutit le contenu de son assiette à grandes cuillerées en pestant.

— Je sais, merci, pas la peine de remuer le couteau dans la plaie. Ici, on jette l'argent par les fenêtres, mais je suis le seul à m'en inquiéter. Et maintenant, avec un gosse aux urgences et la ménagère occupée, le travail s'arrête. On doit tout faire soi-même.

C'était la première fois qu'il parlait d'Arto. Et il ne regardait plus Annie.

— Donc tu es au courant ?

— C'était un beau bordel ici aujourd'hui ! Comment voulez-vous qu'on bosse avec toutes ces allées et venues ?

Pentti se tut et continua son repas, semblant apprécier le plat, car il claqua plusieurs fois la langue à grand bruit et leva son assiette pour faire glisser dans sa bouche les dernières gouttes de sauce ; quand il eut fini, il laissa sa vaisselle sur la table de la cuisine, passa dans la pièce principale et se laissa tomber dans un fauteuil devant la télévision. Les enfants purent enfin souffler et les autres frères et sœurs revinrent progressivement dans la cuisine, attirés par la chaleur autour du poêle à bois, ou repoussés par le froid qui avait envahi le séjour.

— Au fait, Annie, dit Tatu, bienvenue à la maison, pardi !

Il fit sa plus belle imitation de Pentti, la voix grave agrémentée d'un vibrato retenu, l'inflexion tornédalienne exagérée. Les enfants se réunirent, comme souvent, dans le rire, dans ce moment d'hilarité libérateur. Le rire comme exutoire, qui rendait possible la méchanceté, cette méchanceté innée. Celle qui faisait défaut à leur frère aîné, le rendant si différent des autres. Peut-être était-ce à cause de ça qu'il était à l'écart ?

*

Annie ne se souvenait pas que Siri lui eût jamais parlé d'accouchement. Ni d'ailleurs du corps féminin. Non, elle ne lui avait jamais parlé de quoi que ce soit qui puisse être perçu comme gênant, c'était inhérent à sa génération, ou peut-être surtout à son caractère. Car Annie savait que les mères de ses amies avaient mieux préparé leurs filles qu'elle.

Annie n'oublierait jamais l'hiver de ses premières règles. Elle avait onze ans et demi et c'était en février. Au plus froid de l'hiver, avec du permafrost jusqu'en Chine et une obscurité qui n'avait pas encore relâché son étreinte. Valo venait de naître et occupait le plus clair du temps de Siri avec ses coliques, et Annie devait l'assister plus encore que d'habitude. Elle se rappelait son épuisement, continuel ; elle avait en plus grandi de près de cinq centimètres depuis l'été, et ça aussi, c'est fatigant. Elle avait été réveillée au point du jour par une douleur indéterminée dans le corps, des douleurs de croissance, mais aussi quelque chose d'autre, de sourd, presque animal. Lorsqu'elle était allée aux toilettes – ils les avaient installées l'année précédente –, elle était restée pétrifiée : il y avait du sang dans sa culotte.

Elle avait regardé autour d'elle, inquiète que quelqu'un la vît, au beau milieu de la nuit, au beau milieu de l'hiver.

Que se passait-il ? Les filets rouges devenaient si réels contre la porcelaine de la cuvette blanche. Pas le choix, il fallait tirer la chasse, bien que Pentti eût insisté pour qu'on s'en abstienne après avoir fait seulement pipi – d'ailleurs pour faire pipi avait-on besoin d'utiliser les toilettes ? –, non, il ne fallait pas gâcher l'eau comme ça, mais elle le fit quand même et qu'importe si le bruit réveillait quelqu'un.

C'était une question de vie ou de mort.

Elle se leva. Elle avait la tête qui tournait, un voile noir devant les yeux, le goût du sang dans la bouche. Elle ne savait pas pourquoi elle était punie, mais à ce moment-là elle était certaine que c'était une punition. Elle ne vivait pas dans une famille pieuse, à la différence de plusieurs des frères de Pentti, c'est peut-être justement la raison pour laquelle elle avait souvent l'impression que Dieu la voyait, qu'Il pouvait, ou non, la toucher de Sa main protectrice.

Et à présent, Dieu avait clairement retiré Sa main.

Paniquée, elle réunit ses vêtements à la hâte, aussi silencieusement que possible, et quand elle fut habillée, en prenant soin de ne pas réveiller les frères et sœur avec qui elle partageait sa chambre (Helmi, Lauri, Voitto), elle descendit à pas de loup et sortit. L'aube poignait. Annie mit ses chaussures et ses skis, ne se soucia pas d'emporter à manger, il n'y aurait pas de temps pour ça, et fonça vers le nord-est.

Elle jeta un dernier coup d'œil à la maison, à la cour, à l'étable, à tout ce qui était « chez elle », et elle ne ressentit pas de peine. Juste de la rage.

C'était donc tout ? Cette ferme minable, décrépite, pauvre, laide, c'est tout ce qu'elle allait voir de sa vie ? Tout ce qu'elle allait vivre ?

Elle skia jusqu'à ce que la sueur lui dégouline dans le dos, elle la sentait dans cet interstice, ce corridor qui se crée entre le corps et le pull en laine. Alors elle se débarrassa de ses skis, et se laissa tomber contre un arbre. Son pouls battait dans ses oreilles, elle sentait le goût de sang comme une plaie ouverte dans sa gorge, et son cœur tambourinait dans sa poitrine. Elle resta assise longtemps, jusqu'au lever du jour. Jusqu'à ce que son corps ne soit plus à deux doigts d'exploser. Jusqu'à ce qu'elle ressente le froid et la faim.

Elle vivait.

Quelle heure pouvait-il être ? Elle ne le savait pas, mais plusieurs heures avaient dû s'écouler. Elle qui était convaincue qu'elle allait mourir, il lui semblait maintenant qu'elle allait survivre. Il lui fallut quelques instants pour se faire à cette nouvelle idée : la vie n'était pas finie. Elle ne savait toujours pas ce qui s'était passé, mais la peur avait disparu. Ne demeuraient que la faim et le froid. Elle se leva sur des jambes tremblantes, chaussa ses skis et, lentement, reprit le chemin de la maison. Sa culotte était raide et froide de sang coagulé et à chaque pas un filet s'écoulait, doucement.

Il était un peu plus de neuf heures lorsqu'elle franchit la porte. Le petit déjeuner était pris, les enfants partis à l'école. Les petits – Lauri, Tatu et Hirvo, et Valo, évidemment – étaient à la maison.

Pentti se trouvait dans l'étable, Siri faisait la vaisselle du matin. Elle afficha un air étonné mais dénué d'inquiétude lorsque Annie entra. Après avoir donné naissance à un certain nombre d'enfants, on ne s'inquiète peut-être plus pour eux. Ou peut-être que la somme d'inquiétude est constante, mais que, répartie entre les enfants, elle atteint un niveau très bas.

— Tiens, te voilà, toi.

Annie posa sur sa mère un regard rebelle, sans vraiment savoir pourquoi, mais elle était toujours emplie de la rage qui l'avait envahie le matin.

— Je suis malade. Je ne vais pas à l'école aujourd'hui.

La mère ne leva pas les yeux, se mit à essuyer les assiettes creuses et les cuillères pour les ranger dans l'armoire.

— Qu'est-ce que tu as ?

— Je ne sais pas, mais je saigne.

— Tu saignes ?

Annie ne répondit pas, Siri resta silencieuse quelques instants en nettoyant l'évier, puis elle poussa un petit gloussement.

— Alors, ma chérie, tu n'es pas malade ! Tu es devenue femme.

Elle sourit à Annie, avec un regard qui pouvait signifier tant de choses, peut-être de la tendresse à l'idée que sa première fille (aujourd'hui en vie) avait finalement survécu, qu'elle avait rempli sa mission de mère, ou peut-être était-ce un sourire amusé, comment sa fille avait pu ne pas entendre parler de ce passage obligé par lequel une fille devenait une femme, ou c'était peut-être autre chose, une troisième option, inconnue, quoi qu'il en soit Annie, du haut de ses onze ans, ne ressentit pas l'amour maternel mais la trahison, l'impression d'être à nouveau lâchée dans un monde inconnu, dans ce nouveau corps, sans y être aidée, sans y avoir été préparée.

Annie haussa les épaules.

— Ah bon ? Si c'est comme ça, je vais me coucher.

— C'est bon pour aujourd'hui, car c'est ta première fois, mais tu auras ça chaque mois jusqu'à ce que tu sois vieille, et on ne peut pas chaque fois rester à flemmarder.

Annie monta dans sa chambre, s'allongea sur son lit, tira le couvre-lit sur elle et ferma les yeux. Au bout d'un moment, Siri la rejoignit.

— Tiens, dit-elle en jetant quelque chose au pied du lit. Tu les laveras d'une fois sur l'autre.

C'étaient de vieux torchons usés jusqu'à la corde, troués, ces chiffons que l'on garde pour tout lustrer, des cuivres jusqu'aux fenêtres. Ces lambeaux de tissu formaient un petit tas au sol.

Voilà la seule discussion qu'Annie ait jamais eue avec sa mère au sujet des règles.

Le lendemain, à l'école, elle aborda la question avec ses amies. Elles étaient nombreuses à avoir des sœurs aînées et, grâce à elles, Annie parvint à rassembler suffisamment d'informations pour aller jusqu'à sourire de sa réaction de la veille, d'avoir skié sans but dans la forêt obscure comme une écervelée, convaincue qu'elle allait mourir. Par la suite, elle avait veillé à éduquer ses sœurs pour qu'elles n'aient pas à vivre ses tourments. L'image de la maison de ses parents baignée dans la lueur de l'aube ne la quitta jamais, l'opprima comme une couverture humide, mais elle éveilla aussi dans sa poitrine un désir concret, une conviction qu'elle devait partir, ne jamais rester et devenir comme sa mère. Tout sauf ça.

Après cet incident, elle cessa de penser à des dieux, des punitions et autres inepties, et si jamais l'image d'une grande main paternelle dans le ciel lui apparaissait, elle la repoussait rapidement. Ce sont des idées d'enfant, pas de femme.

Laver de vieux torchons imbibés de sang n'était pas une occupation à laquelle Annie (ni d'ailleurs Helmi qui eut ses premières règles deux ans plus tard, dès l'âge de neuf ans) avait envie de s'adonner ; parfois il était plus simple de chiffonner de vieux journaux et de les glisser dans sa culotte. Dans le petit couloir près de l'escalier, il y avait une fente, juste à côté de la chambre d'Annie et d'Helmi, où elles laissaient tomber leurs serviettes hygiéniques improvisées maculées de sang séché, de vieux articles couleur rouille jetés dans un espace, entre l'escalier et le mur, qu'on avait prévu d'isoler, mais, comme tant d'autres choses (dans la vie), cela n'avait jamais été fait.

Cette colonne d'air doublée de vieux journaux ensanglantés allait jouer un rôle déterminant dans le démontage express de la maison. Pour faire court, un remarquable couloir de transport pour l'oxygène, cette composante essentielle du feu. Mais nous vous en dirons davantage plus tard.

Un tiens vaut mieux que deux tu l'auras. On dit toujours qu'on ne regrette aucun des enfants qu'on a eus, mais Annie se demandait souvent ce que ressentait Siri vis-à-vis de tous ses rejetons. Elle ne pensait même pas à Pentti. Certes, tous les enfants étaient les siens, mais en même temps ils ne l'étaient pas. Il n'assumait aucune responsabilité sentimentale vis-à-vis d'eux. Mais Siri... regrettait-elle certains de ses enfants et, le cas échéant, lesquels ?

Annie n'éprouvait pas les mêmes sentiments à l'égard de tous ses frères et sœurs, elle en avait conscience ; elle savait aussi que Siri avait ses chouchous, des enfants excusés pour des bêtises qui en auraient condamné d'autres. Cheveux tirés, fessées, gifles ou sermons. Elle ne pouvait se représenter l'amour maternel, cet amour inconditionnel. Et elle ne regrettait pas son avortement. Nullement. D'ailleurs, elle n'y avait plus pensé jusqu'à ce qu'elle tombe de nouveau enceinte.

Lorsque la graine avait été plantée dans son corps, elle avait senti presque immédiatement un changement physique, et pas dans le bon sens. Elle avait eu l'impression d'être envahie, comme si quelque chose d'étranger était entré en elle, l'avait en partie occupée ; elle s'était emplie de sentiments, de pensées, des pensées qu'elle ne reconnaissait pas, qui n'étaient pas les siennes. Elle avait souvent pleuré, souffrant de nausées et de tempêtes émotionnelles, ces phénomènes qu'on attribue traditionnellement aux femmes et auxquels elle avait heureusement échappé grâce à son patrimoine génétique ou parce qu'elle les avait activement combattus toute sa vie, mais qui avaient alors pris le dessus.

Elle voyait son père en elle, le reconnaissait dans ses actions, guidé par ses sentiments, irrationnel (pas seulement, il avait bien sûr un côté calculateur), et cependant elle n'était pas son père, refusait de devenir comme lui. Hors de question. Quand elle s'était réveillée après l'intervention, elle s'était sentie submergée d'émotions, comme souvent après une anesthésie générale, mais elle n'avait pas éprouvé de peine. Elle avait l'impression qu'un voile lui avait été ôté de devant les yeux, elle était à nouveau capable de réfléchir, de s'éloigner de l'affect. Cela, ajouté à l'identité du père de l'enfant, la rendait plus que certaine d'avoir pris la bonne décision cette fois-là.

Cette fois-ci, c'était différent. Cette grossesse-ci. Elle se sentait mieux, ne souffrait pas de ces tempêtes émotionnelles, sans doute parce qu'elle avait très tôt décidé qu'elle garderait l'enfant, mais en dictant ses conditions. Si Alex voulait s'impliquer, très bien. Mais elle pouvait le faire tout aussi bien sans lui. Annie n'avait jamais rêvé d'une vie à deux et elle n'avait jamais été amoureuse au point de faire passer les besoins de l'être aimé avant les siens, ni même au point de faire des compromis.

C'est pour ça qu'elle avait continué à fumer, presque sans culpabilité.

C'est pour ça qu'elle ne pouvait se résoudre à emménager avec Alex, même si elle savait qu'il en avait envie, que c'était peut-être la seule chose dont il avait envie à présent.

Quand il avait appris qu'elle était enceinte, il l'avait aussitôt demandée en mariage. Il s'était agenouillé là, au beau milieu du café. Annie avait eu la honte de sa vie.

— Non, non, avait-elle dit, tu es fou, je ne me marierai jamais. Non. Relève-toi.

D'abord il avait paru blessé, mais quand il avait compris qu'elle comptait tout de même garder l'enfant, il l'avait serrée dans ses bras, soulevée, et fait tourner dans les airs. Les gens les avaient regardés et il avait ri.

— Je vais être papa ! Papa ! Papa !

Puis il s'était tourné vers Annie avec un sourire en coin.

— Je n'ai pas dit mon dernier mot, ma petite. Tu vas voir ce que tu vas voir. Je suis patient. Mon amour va briser ta résistance. Tu verras.

Annie avait ri et l'avait embrassé mais, au fond d'elle, elle était comme d'habitude, neutre, elle ne ressentait rien de spécial.

Quand Hassan était arrivé à l'hôpital après l'avortement, après avoir deviné où se trouvait Annie, il était hors de lui. L'avortement était un péché mortel. On ne pouvait pas faire ça. Ne comprenait-elle pas ce qu'elle avait fait subir à l'embryon et à elle-même ?

C'était inacceptable. Il était resté à son chevet, le visage cramoisi, il avait pleuré, pleuré à cause de ce qu'elle avait fait, pleuré pour son enfant qui ne naîtrait pas, pleuré parce que leur amour, l'amour qu'elle lui portait, n'était pas suffisamment fort, et Annie n'avait rien ressenti d'autre qu'un léger malaise et peut-être un peu d'embarras parce qu'il faisait une scène et qu'elle était impatiente de le voir partir. N'importe qui peut comprendre qu'on ne bâtit pas une relation ou une famille sur ce genre de sentiments.

À part ça, elle avait aimé être avec lui. Aimé sa sincérité, sa rectitude, aimé sa peau couleur olive, ses cheveux noirs, la fourrure qui couvrait presque tout son corps, aimé qu'il l'emmène à l'aventure, dans des bars élégants et des clubs clandestins, aimé sa façon de faire l'amour avec elle, durement, sans concessions, sans vraiment se préoccuper de ses besoins à elle. Il aimait lui tirer les cheveux quand il la chevauchait et elle aimait se sentir vulnérable et impuissante.

Jamais néanmoins elle n'avait envisagé un avenir avec lui. Annie ne voyait qu'une personne dans son avenir : elle-même. Et quelque part dans son sillage, toujours liés, ses frères et sœurs. Ils seraient à jamais unis, *like it or not*.

Avant que Lauri ne s'installe chez elle, les amis d'Annie ne connaissaient rien de sa famille. Ils savaient qu'elle venait du nord de la Finlande et qu'elle avait grandi dans une ferme *in the middle of nowhere*, mais elle avait délibérément évité de mentionner tous ses frères et sœurs, Pentti, Siri, ses origines, tout ce qui constituait sa vie.

Parce que la plupart des gens veulent simplement être vus.

Veulent simplement qu'on les écoute. Et s'amuser, bien entendu. Annie faisait en sorte de s'entourer de gens qui partageaient sa philosophie de vie.

Et quand on travaille dans un bar, on rencontre automatiquement ce genre de personnes. Des gens qui aiment rire et s'amuser, qui ne sont pas obsédés par le passé, qui vivent l'instant présent et qui aiment faire la fête, quel que soit le jour de la semaine.

Elle avait rencontré Hassan un soir où elle rentrait d'*after*. Il conduisait le taxi, ils avaient commencé à discuter et avaient beaucoup ri ensemble. Annie avait fini par l'inviter à boire le thé et ils avaient couché ensemble au moment où le ciel commençait à pâlir. Puis ils s'étaient vus plus ou moins régulièrement, mais toujours chez elle, ce qui convenait très bien à Annie.

Ce n'était pas censé durer.

Jusqu'à ce que cette petite grossesse se mette en travers de son chemin. Et tout à coup il était là, près de son lit d'hôpital, à pleurer et à lui dire que c'était fini. Annie avait été plutôt soulagée. Bien sûr qu'il lui manquait parfois, quand elle couchait avec Alex, Alex qui tenait à lui donner du plaisir avant de la pénétrer, mais ce n'était qu'un manque physique, elle ne se serait jamais autorisée à ressentir autre chose ; et s'il y avait eu d'autres sentiments, elle ne l'aurait jamais admis, ni vis-à-vis d'elle-même, ni vis-à-vis de lui, ni de personne.

Elle l'avait croisé une fois avec sa famille. Juste avant de rentrer chez ses parents, quelques jours plus tôt seulement. Elle faisait ses courses de Noël au grand magasin NK ; son manteau était ouvert, son ventre faisait clairement saillie sur son corps filiforme. Elle montait les escalators, il les descendait. Il était avec son épouse, une grosse femme à moustache, et deux enfants qui semblaient être de l'âge d'Onni et Arto, six et quatre ans. L'épouse et les enfants discutaient, Hassan se tenait quelques marches derrière eux. Leurs regards s'étaient rencontrés. Puis Hassan et Annie s'étaient croisés. Elle ne s'était pas retournée, mais elle était sûre que lui, oui. C'est la seule fois où elle l'avait vu dans son autre vie, sa vraie vie. Ensuite, elle avait dû s'asseoir au milieu des jouets, mais le personnel lui avait souri, lui avait donné un verre d'eau et avait prononcé de gentilles paroles à propos des ventres ronds. Annie avait joué le jeu et, au bout d'un moment, s'était sentie ragaillardie.

La salopette déchirée

Annie (ou Esko ?) tente de réunir la famille. Le frère Lauri entre en scène, et avec lui viennent les drames. Toujours plus de drames.

Mais pour l'instant, il ne s'est encore rien passé.

Quand on grandit dans une ferme, la mort est omniprésente. Pas seulement la mort, la vie aussi. Et les saisons. Les saisons deviennent évidentes. Vivre dans une ferme ne convient pas à tout le monde.

Annie avait toujours su qu'elle devait partir. Plusieurs de ses frères et sœurs devaient partir, ils le savaient, l'avaient toujours su. À l'école, les enfants de paysans étaient considérés comme frustes, négligés. Bien que la plupart des élèves de la classe fussent enfants de paysans – ou peut-être justement pour ça.

Quoique moyennement douée pour les études, Annie avait rapidement compris que l'école représentait une chance unique de quitter la ferme. Aussi, une fois l'enseignement obligatoire terminé, avait-elle intégré une école professionnelle à Tornio, filière hôtellerie et restauration, spécialité service. Elle y avait suivi des cours pendant toute une année et avait bientôt commencé à faire des extras au Grand Hôtel.

Le jour de la remise des diplômes, Siri et Pentti étaient là (ils avaient de toute façon une course à faire en ville, sinon ils n'auraient jamais pu se libérer. Un jour en semaine, pensez-vous !). Pentti avait impatiemment tapé du pied en jetant des coups d'œil à l'horloge et Siri, avec sa mise en plis, avait paru à la fois heureuse et peinée lorsque Annie avait reçu son diplôme sur le petit podium battu par les vents.

Après, Annie avait invité ses parents à déjeuner au Grand Hôtel, justement (du côté chic, pas du côté Ukkola), et avait essayé de discuter avec eux, de mener la conversation, comme elle avait vu ses clients le faire. Siri et Pentti l'avaient regardée sans comprendre. Ils ne se souciaient guère de ce qui se passait dans la grande ville.

— Système à la con, avait lancé Pentti.

Siri avait tenté de le faire taire, elle ne voulait pas que sa grossièreté révèle leur statut de péquenauds (comme si c'était la seule chose qui pouvait dévoiler leur vraie nature dans cette salle froide, silencieuse, aux cliquetis de porcelaine !), mais Pentti ne s'était pas laissé réduire au silence.

— Tout le système est contre les petites entreprises et surtout contre nous, les paysans. Les hommes politiques se foutent bien de nos problèmes, ici, dans le Nord, personne ne s'occupe de nous.

Annie, qui depuis peu lisait le journal, savait que son père avait tort. Elle savait que le gouvernement, dirigé par le bien-aimé Kekkonen, avait mis en œuvre plusieurs réformes agraires au cours de son dernier mandat, et elle savait que le père idolâtrerait et voterait toujours pour le président adoré, le père de la patrie, mais qu'il choisissait ici et maintenant une autre posture parce que… eh bien, parce que c'était ainsi qu'il fonctionnait. Il aimait regimber, semblait même encouragé à le faire les rares fois où on essayait de passer un bon moment. Par conséquent, elle n'avait pas répondu, espérant que son silence pousserait le père à se taire, puisque personne ne lui opposait de résistance. Mais il s'était indigné :

— Qu'est-ce que c'est lent ! On va attendre encore longtemps ?

Aussitôt, un serveur était apparu, prêt à prendre la commande, impassible – Annie savait maintenant que c'était ce qu'on apprenait à l'école hôtelière. Le client est roi.

Siri trouvait l'expérience excitante, Annie le voyait bien. Effrayante et excitante à la fois. Elle craignait de mal faire, de poser sa serviette sur ses genoux au mauvais moment ou dans le mauvais sens, mais elle avait décoché un clin d'œil à sa fille, sans jamais cesser d'admirer les lustres à pendeloques et les hôtes opulents qui conversaient à mi-voix.

Pentti était surtout agacé par les nappes blanches amidonnées et les murmures. Il avait coincé sa serviette dans son col et mangé sa vichyssoise à grand bruit tandis que Siri, assise à côté de lui, rougissait. Si Annie n'avait pas eu aussi honte, la scène aurait sans doute été assez touchante.

— Ta soupe de pommes de terre est meilleure, Siri. Et elle ne coûte pas quatorze marks.

Voilà à quoi songeait Annie en garant le pick-up de Pentti devant le Grand Hôtel. Elle allait rendre visite à Arto, bien qu'il fût toujours plongé dans un coma artificiel, et elle devait apporter un change pour Siri. Elle en profiterait pour faire un tour en ville, comme on le fait quand on rentre à la maison.

Mais d'abord, elle essaya d'appeler chez elle.

Pour parler à son petit frère, Lauri, lequel vivait chez elle depuis plusieurs mois déjà. Annie n'avait rien contre le fait d'habiter avec son frère, mais elle savait qu'Alex attendait. Il prenait son mal en patience, prêt à emménager. Elle savait que la chambre dans laquelle s'était installé Lauri serait parfaite pour une chambre d'enfant.

Toutes ces décisions à prendre, tous ces mots à prononcer. Rien que d'y penser, Annie était épuisée. Aussi évitait-elle de trop y réfléchir.

Annie frissonnait dans la cabine téléphonique en face du Grand Hôtel en écoutant les tonalités. À travers la vitre, elle voyait les décorations de Noël suspendues aux fenêtres du foyer. Des couronnes d'épines de sapin rehaussées de rubans de soie rouge. Pas de réponse.

Elle attendit, s'imagina son petit frère, rentré aux aurores, fatigué, ou – n'ayons pas peur des mots – ivre. Elle laissa sonner encore un peu. Comme il ne répondait pas, elle composa le numéro d'Alex, qui décrocha au bout de quelques sonneries.

— *Principessa !*

Il parlait toujours un peu trop fort au téléphone. Annie eut envie de lui dire que ce n'était pas la peine, qu'on l'entendait bien sans qu'il crie, mais elle n'avait pas le cœur à ça. On ne dit pas à un chiot qu'il est vain de poursuivre sa queue, on le laisse simplement s'en rendre compte tout seul, en temps utile. C'est cette approche qu'avait adoptée Annie dans sa relation avec Alex. *All in due time*.

Elle ne lui raconta pas ce qui était arrivé à Arto, elle ne lui raconta pas grand-chose en réalité, et très vite la discussion se tarit.

— Ah oui..., fit Alex d'une voix hésitante.

— Oui..., répondit Annie. Je voulais simplement voir comment tu allais.

De l'index, elle dessinait de petits rectangles sur la vitre.

— Oui, moi, ça va, et toi ?

On entendait à son intonation qu'il souriait. Comme toujours. Il souriait toujours.

— Moui..., rien de spécial.

— Et le ventre ?

— Ça pousse.

Silence.

— D'accord, alors je vais y aller *mi amore*, mais appelle-moi vite, *bella donna*.

— Promis.

Clic. Elle essaya à nouveau d'appeler chez elle. Réponds, bon sang, Lauri, réponds ! Mais personne ne répondit.

*

Lauri avait été homosexuel d'aussi loin qu'il s'en souvînt.

Enfin, il l'avait toujours su. Dès qu'il avait eu une sexualité. Je ne suis pas comme les autres garçons. Mes frères, mes camarades de classe. Ou papa Pentti.

Il préférait la compagnie de ses sœurs. Il peignait leurs cheveux, les regardait se maquiller, se laissait farder. Ses sœurs aînées étaient ses idoles, ses modèles. Il avait toujours partagé leur chambre et, quand il n'en avait plus eu le droit, quand on avait décrété qu'Annie et Helmi auraient leur propre chambre, il avait continué à en rêver et à y passer tout le temps qu'elles voulaient bien lui accorder. Dans leur domaine.

Quand Annie avait quitté la ville, c'est comme si une partie de lui était morte. Sinon morte, du moins en pause. Dès qu'il eut terminé le lycée, filière hôtellerie et restauration lui aussi, il l'avait suivie. Avait pris le car Tapanis jusqu'à Stockholm, arborant le jean le plus moulant de la ville et la veste en cuir d'Helmi. Il avait dix-huit ans, les joues lisses et douces, des boucles châtain clair et un regard affamé, un corps assoiffé d'amour, de beauté, d'aventure, de *vie*, la vie qui devait enfin commencer.

Avant cela, il avait appelé Annie une fois par semaine. (En cachette, de peur que Pentti ne sorte de ses gonds à cause de la facture téléphonique.) Il enroulait le fil du téléphone autour de son doigt, qui finissait tout bleu, en écoutant les récits de sa sœur ; des histoires de talons et de mise en plis, de danse, de discothèques, de métro ; il l'écoutait parler de la langue suédoise, de son appartement, de ses collègues, l'écoutait promettre que oui, tu pourras vivre chez moi jusqu'à nouvel ordre, jusqu'à ce que tu te trouves un logement, oui, viens, mais termine l'école d'abord, promets-le-moi, et il le lui avait promis, sachant qu'elle ne transigerait pas là-dessus, c'était une condition non négociable. Encore deux ans, puis un, puis quelques mois, semaines, jours, minutes.

Les jours suivant ces conversations, ses pas étaient un peu plus légers, les railleries de Pentti plus supportables. Les camarades qui se moquaient de lui... rien ne pouvait le toucher tant qu'il avait la voix d'Annie fraîchement en mémoire. Vous allez voir ce que vous allez voir, c'était sa seule pensée. Vous allez voir ce que vous allez voir.

Un jour je m'en irai au loin, là où il se passe des choses et vous, vous resterez là. Ici, dans cet endroit qui pue la bouse de vache. Le trou du cul du monde.

C'est à cela qu'il pensait, assis par terre dans les toilettes à attendre que ses cheveux sèchent, et son pull, suffisamment pour qu'il puisse retourner en cours, ou pour rentrer chez lui sans qu'on lui pose de questions. Ils adoraient le « baptiser », comme ils disaient, lui faire répéter des phrases, à propos de pipes, ou de l'eau des chiottes, ou de son caractère répugnant. Au bout d'un moment, il avait acquis une telle maîtrise de l'exercice qu'il se sentait loin, loin, comme si seul son corps demeurait là, figé dans cet enfer glacial. Et comme il souffrait en silence, apparemment résigné, le harcèlement avait continué pendant toute l'école primaire et secondaire, et jusqu'au lycée, bien qu'ils soient presque adultes à présent. Mais Lauri était en partie coupable, puisqu'il ne se rebiffait jamais. En tout cas, c'est ce qu'on pouvait se dire si l'on cherchait des explications.

Dès le lendemain de la remise des diplômes, il était donc parti. Son sac était prêt, rangé sous son lit depuis des semaines. Il ne possédait pas grand-chose, et il n'y avait pas grand-chose qu'il voulait conserver. Lauri ne lisait pas de livres, ne construisait pas de modèles réduits, ne moulait pas de soldats de plomb. Dans son sac, il y avait les quelques vêtements dont il n'avait pas honte, une paire de lunettes de soleil qu'Annie lui avait offerte pour Noël l'année d'avant et une petite bouteille de Koskenkorva à moitié vide, vestige de la fête de la veille.

Il ne se donna même pas la peine de saluer Pentti, mais Siri le conduisit jusqu'à Tornio. Elle ne prenait le volant, ne s'engageait sur les routes que si elle y était obligée. Elle n'aurait accompagné aucun autre de ses enfants en voiture, mais pour Lauri, c'était différent.

Il était l'un des préférés. Elle voulait ce moment avec lui, rien que tous les deux. Ils bavardèrent pendant tout le trajet, la conversation allait bon train, en confiance, agréable, ce que tel ou tel voisin faisait de tel ou tel lopin de terre, leurs pronostics sur la récolte de fraises de cette année, le quotidien, tout comme d'habitude, pas un mot sur son départ, alors qu'il partait si loin, jamais un mot sur cette autre vérité, innommable, son homosexualité, la raison pour laquelle il était forcé de partir. Il ne pouvait pas être un de ceux qui restent ; il savait que Siri l'aimait tel qu'il était, qu'elle l'acceptait, beaucoup de mères ne l'auraient pas fait, mais elle oui, et il savait qu'elle comprenait que c'était trop petit pour lui ici.

Pourtant, il dut essuyer ses larmes en attendant le car.

— Ne pleure pas, maman. Tout va bien se passer.

Elle acquiesça. Puis elle tira de son porte-monnaie en cuir brun un billet de cinq cents marks.

Lauri savait ce que ça représentait, il savait qu'elle avait dû mentir à Pentti, alors il lui embrassa la joue et prit l'argent sans un mot, et, bien qu'il ne regrettât pas un instant sa décision de partir, qu'il ne regardât pas un seul instant en arrière, il pleura comme un enfant dans le car Tapanis, derrière les élégantes lunettes de soleil cadeau de sa sœur, arborant le jean le plus moulant de la ville et la vieille veste en cuir d'Helmi.

Viens avec moi, maman, voulait-il dire, mais il ne le dit pas.

Au lieu de cela, il chanta pour elle, car il ne supportait pas le silence. Ils se tenaient là, à la gare routière, enlacés, la tête de Siri contre le torse de son fils, sa voix dans son oreille.

Il entonna la chanson qui parlait de Kerenski, cette chanson que sa mère aimait tant, qui racontait comment le révolutionnaire russe étalait sa pâte et qu'il allait utiliser la Finlande comme sel. Cette chanson mettait toujours Siri de bonne humeur, elle adorait la voix de son fils.

Mais pas aujourd'hui.

— *Kaleva kultani*, dit-elle doucement en lui caressant la joue.

Kaleva était son nom de baptême, emprunté au président de l'époque, le père du peuple, Urho Kaleva Kekkonen, l'homme qui avait défendu la Finlande, l'avait protégée des Russes. Lauri était le nom d'un autre héros, un héros de guerre qui s'était battu pour la Carélie, à l'instar de Pentti.

Ah, s'ils avaient su quand ils lui avaient donné ce nom qui il était ou deviendrait peut-être ! Ou ne deviendrait pas.

Car est-on quelqu'un, en réalité ? Devient-on quelqu'un ?

Lauri avait toujours été homosexuel, mais il n'avait pas toujours été excessif. Il avait toujours eu un côté sombre, mais il ne l'avait pas toujours tourné vers l'intérieur, retourné contre lui. Ce côté sombre viendrait à blesser des personnes de son entourage, des personnes à qui il tenait, voire qu'il aimait. Qu'il *aimait* ? Oui, peut-être.

Pour chasser ses larmes, il se concentra sur le paysage au-dehors. Il s'efforça de mémoriser tout ce qu'il voyait, la Suède, ce pays d'adoption, il voulait échanger son paysage intérieur, sa Finlande intérieure, contre le nouveau paysage qui se déroulait sous ses yeux. Les toponymes, les forêts de sapins, les Volvo, les stations Shell. À mesure que le paysage changeait, il changeait lui-même – du moins il le voulait, s'y efforçait.

Ceci est à moi, maintenant. Je ne reviendrai jamais, songea-t-il. Il s'entraîna à prononcer les mots suédois, en silence, en chuchotant, pour lui-même, tandis que les kilomètres défilaient devant la fenêtre, le rapprochant de l'endroit, du point, où la vie pourrait enfin commencer.

La nuit tombait. Le car marqua une pause à Sundsvall.

Lauri acheta un café, s'installa sur l'aire de repos, alluma une cigarette et contempla les gens autour de lui, absorbant avidement tout ce qu'il y avait de suédois.

Un peu plus loin, il aperçut quelques femmes d'un certain âge. Il les reconnut : elles voyageaient dans le même car que lui. En robe de polyester et coiffées d'un fichu, elles buvaient le café qu'elles avaient apporté et mangeaient des pirogues de Carélie avec une crème au beurre et à l'œuf émietté. Ces dames finlandaises ne l'intéressaient pas : elles ne faisaient plus partie de son monde.

Derrière elles se trouvait une famille avec des enfants en bas âge ; les gamins chialaient, la morve au nez, et la mère tentait de les calmer. Le père, lui, regardait Lauri. Ou plus exactement, il le dévisageait.

Lauri n'avait que dix-huit ans et n'était pas très expérimenté, mais il savait reconnaître le désir.

Le père avait la trentaine. Il était suédois, portait des favoris et une chemise à carreaux.

Lauri n'avait pas le choix, il se leva et se dirigea vers les toilettes.

Il ne se pressa pas, il savait que l'homme le contemplait, luttant contre ses démons. Il en allait ainsi pour ceux qui vivent leur vie en secret – toujours ce combat intérieur, cette équation insoluble.

Les toilettes des hommes étaient vides, Lauri regarda dans toutes les cabines, puis il attendit, appuyé contre le mur. Il savait qu'il était beau. Il déboutonna le premier bouton de son jean et, quand l'homme arriva enfin, se lécha la lèvre supérieure et lui demanda, dans son suédois teinté d'un fort accent, s'il aimait ce qu'il voyait.

L'homme opina, incapable de parler.

Lauri l'attira dans la cabine du fond et verrouilla la porte. Lentement, très lentement, sans jamais le quitter du regard, il déboutonna le jean de l'homme, faisant apparaître une queue de taille normale, en érection complète. Lauri lui baissa le pantalon jusqu'aux chevilles et s'accroupit. Il avait déjà taillé des pipes et se sentait naturellement doué. Peut-être parce qu'il avait rêvé tant de fois de ce genre de situations qu'il les avait déjà vécues en son for intérieur. L'homme semblait d'ailleurs plus que satisfait, il gémissait et plongeait les mains dans les boucles de Lauri.

— C'est bien, murmurait-il, comme s'il réconfortait ou félicitait un animal.

Tout à coup, la porte des toilettes s'ouvrit et quelqu'un entra dans la cabine d'à côté. L'homme se figea, puis accéléra le rythme. Il empoigna les cheveux de Lauri, imposa la cadence et très vite il se vida violemment dans la bouche de Lauri, sans un bruit.

On tira la chasse d'eau dans la cabine d'à côté, la porte s'ouvrit et se referma.

Le regard onctueux et gorgé de désir de l'homme devint dur, fermé. Il lança à Lauri un billet suédois de cent couronnes avant de prendre la poudre d'escampette.

Lauri resta assis quelques instants sur le sol carrelé avant de ramasser le billet; puis il alla au restaurant et commanda un steak au poivre.

Il tenta de démêler ses sentiments et se dit oui, bien sûr, je me sens sale, à ce moment précis, si je pense à ce qui vient de se passer, mais si je n'y pense pas, je ne sens rien, à part qu'il est vachement bon, ce steak au poivre. C'est la méthode qu'il avait utilisée au cours de ses moments difficiles à l'école, une méthode qu'il serait amené à développer au fil des années.

Quand il remonta dans le car quelques instants plus tard, le steak au poivre reposant comme une pierre chaude et lourde dans son estomac, il avait l'impression d'avoir déjà commencé le voyage, le voyage qui devait lui permettre d'adopter la Suède, à sa manière bien particulière.

Annie, qui savait que Lauri arriverait bientôt, vint le chercher à la gare routière. Pour elle, ce n'était pas un jour de fête, ce n'était rien de spécial. C'était une belle journée estivale, et à seize heures on arrivait à l'heure la plus chaude de la journée; elle portait une robe à fleurs couleur rouille qu'il n'avait jamais vue. Il fut frappé par son assurance : elle ne se perdait jamais, elle n'avait pas besoin de se tenir à la rampe dans les escaliers mécaniques. Tout ça comparé à son propre manque de confiance lui fit se promettre qu'il s'acclimaterait le plus vite possible pour cacher qu'il était en réalité un vrai bouseux. Il effacerait l'ancien Lauri, celui qui existait jadis.

Il observa sa sœur, tous ses gestes, pour les emmagasiner dans sa mémoire et pouvoir ensuite les réutiliser. C'était un caméléon et il avait une grande expérience dans l'imitation de ses sœurs, Annie d'abord puis, quand celle-ci avait quitté la maison, Helmi. Même si, au goût de Lauri, Helmi était un peu trop négligée.

Pour rejoindre son nouveau chez-soi, il fallait prendre le métro, le bus, puis parcourir à pied une petite distance dans une zone résidentielle ensoleillée au sud de la ville qui portait le nom dramatique de Brandbergen[1].

Brandbergen n'était pas un ghetto, mais il s'avéra qu'il y vivait beaucoup de Finlandais. La plupart ne venaient pas d'aussi loin qu'Annie et Lauri, étant plutôt originaires des régions méridionales de la Finlande. C'était tout de même rassurant d'entendre sa langue maternelle, certes parlée avec un accent plus élégant, lorsqu'on allait chez Tempo acheter cet insipide café suédois et des galettes croustillantes.

L'appartement d'Annie était lumineux et bien entretenu, avec du joli papier peint à petites fleurs, du linoléum facile à nettoyer dans toutes les pièces, un grand canapé en cuir noir dans le séjour et une volumineuse chaîne hi-fi dans la bibliothèque en acajou. Le sol de la cuisine était couvert d'un tapis en lirette fabriqué par Siri, mais pour le reste on ne voyait trace de sa maison d'enfance. Hormis que c'était propre d'une manière qui lui semblait familière.

Annie prépara du café, le servit sur le balcon et, avec un sourire malicieux, sortit une bouteille de cognac et en versa quelques gouttes dans chaque tasse.

Ils restèrent là, dans le soleil du soir, à fumer des cigarettes et à discuter, et Lauri se sentait si libre qu'il en était ivre, ivre d'être enfin là. Annie lui parla d'une amie qui habitait la même banlieue, quelques immeubles plus loin, et qui travaillait sur les bateaux. Elle pouvait lui obtenir un entretien d'embauche s'il le voulait, car elle connaissait le maître d'hôtel.

— Je peux t'apprendre quelques mots de suédois, mais à vrai dire ils s'en moquent un peu. Une bonne présentation, un sourire avenant, adjugé vendu. Le reste s'apprend. Mais le charme, c'est inné.

Elle leva sa tasse vers lui et éclata à nouveau de rire.

Lauri prenait plaisir à voir sa sœur ainsi, à l'aise, et heureuse, apparemment. Il se souvenait d'elle comme tellement contenue, on aurait dit qu'elle s'agrippait toujours

1. Mot qui signifie littéralement « montagnes de feu ».

à quelque chose, à l'intérieur d'elle-même, mais à présent elle paraissait avoir lâché prise, pas complètement, mais un peu.

Il était heureux qu'elle l'ait laissé entrer dans son monde. Pas entièrement, mais un peu plus près d'elle. Il se sentait important.

Lauri décrocha le job sur les bateaux. Comme Annie l'avait annoncé, il n'avait pas eu besoin de grandes compétences. Une fois qu'il avait montré qu'il savait porter des assiettes, servir un plat, verser du vin et débarrasser du bon côté, ce n'était plus qu'une question de timing, de feeling – de l'audace, mais pas trop, un air enjoué et disponible. Lauri n'avait aucune difficulté à être aimable avec les clients – avec tous les gens qu'il rencontrait d'ailleurs – parce qu'il n'avait jamais été aussi heureux. Tous les gens qu'il croisait l'enthousiasmaient, le passionnaient, car ils étaient différents de lui et il s'escrimait lui-même à ne pas être celui qu'il était.

Il était déterminé : il allait devenir quelqu'un d'autre, une personne différente de celle qu'il avait été, de celle qu'il était devenu, le fils qui décevait toujours, qui décevait Pentti en tout cas, le fils sur lequel il ne pouvait jamais compter parce qu'il n'avait pas l'étoffe nécessaire. Sur les ferries, il ne décevait personne. Il arrivait à l'heure, faisait ce qu'il avait à faire, toujours avec le sourire. Et qui n'aurait pas le sourire? Les pourboires pleuvaient, il gagnait de l'argent pour la première fois de sa vie et se sentait comme un roi; quand il zigzaguait entre les tables en pantalon noir ajusté et chemise immaculée, il avait l'impression d'être une star qui attirait tous les regards.

Tard le soir, on faisait des rencontres éphémères. Lauri accompagnait volontiers les clients dans leur cabine. Après son service, bien sûr. Il pouvait boire comme un trou sans que ça l'empêche de se lever le lendemain matin pour servir le petit déjeuner, parfois sans même se doucher, avec quelque chose d'humide qui lui dégoulinait dans le caleçon tandis qu'il servait du café frais aux passagers matinaux.

Sur les ferries, on travaillait une semaine sur deux – sept jours à bord, sept jours de repos. Lauri embarquait souvent à Helsinki et travaillait surtout sur l'*Isabella*, le bateau qui assurait la liaison entre le port Stadsgården, à Stockholm, et la capitale finlandaise, puis il errait sans but dans la ville en prenant un air supérieur.

Plus jamais il n'habiterait dans ce pays ; bien sûr, toutes les régions finlandaises ne se valaient pas, mais même à Helsinki il manquait quelque chose, un rythme, un feeling disco, tout était années 1900, marron, terne, et il comprenait pourquoi son petit frère Tarmo s'y plairait quelques années plus tard.

Helsinki semblait propre et asexué, et Lauri ne voulait certainement pas s'identifier à ça. C'était toujours un soulagement de remonter sur le ferry dans l'après-midi pour commencer la mise en place en vue du service du soir.

Tout dans la restauration plaisait à Lauri : astiquer les verres et les couverts, plier les serviettes amidonnées, accueillir les clients et les mettre à l'aise. Il avait l'impression de respirer le luxe. D'être lui-même luxueux, cher, précieux. Et quand il débarquait à Stockholm à la fin de sa semaine de travail, il aimait passer par le centre-ville, s'arrêter au marché couvert Hötorgshallen, acheter quelques fromages bien odorants, des raisins et de la confiture, et apporter ses provisions, en plus de sa ration de vin hors taxe, à la maison à Brandbergen.

Annie travaillait surtout sur le *Sally*, qui assurait la liaison Stadsgården-Turku, et elle appréciait les festins de vin que son petit frère préparait pour fêter leur semaine de congé. Beaucoup de ceux qui officiaient sur les bateaux travaillaient aussi dans des bars de la ville, et il y avait toujours une fête quelque part où l'on pouvait se greffer. Même Annie travaillait de plus en plus à terre, à mesure que son suédois s'améliorait. À présent, elle était employée des week-ends entiers au restaurant Hasselbacken sur l'île de Djurgården, ce qui chagrinait Lauri et gâtait un peu sa joie s'il y réfléchissait. Conséquence : il évitait de trop y penser.

*

Annie tenta à nouveau d'appeler chez elle, en vain. Tant pis, se dit-elle. Elle avait froid aux mains et aux pieds dans la cabine téléphonique, elle réessaierait plus tard, voilà, peut-être de chez Helmi.

Après avoir raccroché, Annie fit un petit tour en ville. *Ville*, c'est un bien grand mot, tout dépend du point de vue, d'ailleurs elle était étonnée de découvrir à quel point Tornio avait rétréci à mesure que son monde grandissait, à mesure qu'elle s'appropriait Stockholm.

Elle voyait partout des visages familiers, un ancien camarade de classe, son frère ou sa sœur, ceux qui étaient restés, et si elle croisait leur regard elle leur adressait un signe de tête poli, mais à aucun moment elle ne s'arrêta pour discuter. Elle longea la Puutarhakatu (rue du Jardin), bifurqua dans la Hallituskatu (rue du Gouvernement), l'artère principale, et jeta un coup d'œil dans la petite boutique de Mme Kaunio, là où elle avait dépensé son premier salaire du Grand Hôtel. Elle y avait acheté son premier vêtement de marque, une combinaison mauve en laine mélangée. Elle grattait affreusement, ce qui n'avait pas empêché Annie de la porter jusqu'à ce qu'elle se déchire, qu'on ne puisse plus la repriser, voilà à quel point la tenue était importante, c'était un symbole, un trophée. Annie n'avait mangé que des pommes de terre sautées jusqu'à la fin du mois, mais le jeu en valait la chandelle.

Elle vit Mme Kaunio, affairée avec un client, un sourire avenant aux lèvres, et sa fille, Leena, avec qui elle était allée au lycée, occupée avec un autre client.

Annie eut pitié de Leena, debout à la caisse, et se surprit à frissonner. Ça aurait pu être moi. J'aurais pu rester et croupir ici, mariée à un Jarmo, un Jaako ou un Jukka, travailler ici ou dans un autre magasin, ou bien dans un restaurant. Je serais… restée, tout simplement. Annie ne s'imaginait rien de pire que ça : rester. Helmi semblait s'en moquer. Esko aussi. Tout comme Siri, et même Tatu, qui se promenait au milieu de ces gens, avec la mort de vieilles dames sur la conscience.

Eh oui, presque tous se fichaient de la punition qu'ils s'infligeaient au quotidien, à chaque minute, piégés dans ce trou irrespirable où il n'y avait rien à voir, où on ne pouvait échapper aux regards et être tranquille. Pourtant c'était impossible, non ? Ils devaient bien avoir au fond d'eux envie de partir, de quitter cet enfer ?

Elle considéra Leena, dans la boutique. Ne jalousait-elle pas intérieurement Annie qui avait pris son courage à deux mains et décampé ? Leena dut sentir les regards d'Annie parce qu'elle tourna la tête et les yeux des deux anciennes camarades se rencontrèrent. Elle lui adressa un sourire joyeux et lui fit signe de venir. Soudain pressée de partir, Annie gesticula vers la vitrine, espérant que l'autre comprendrait qu'elle devait y aller, mais peut-être un autre jour, demain ?

Elle pensait à Lauri en longeant les trottoirs couverts de neige, chaussée de ses bottes de cuir hors de prix, beaucoup trop légères et glissantes pour le paysage hivernal du Nord, mais qu'importait ! Lauri partageait son désir d'ailleurs. Elle savait que son frère avait été sérieusement malmené par ses camarades de classe et que cela n'avait fait que renforcer ce désir, n'empêche, il avait toujours eu ça en lui, ce caractère un peu hautain, comme s'il se sentait supérieur aux pauvres gens d'ici, isolés et confinés dans ce bled perdu. Si son frère avait été plus studieux, il serait sans doute devenu vétérinaire. Mais serveur lui convenait mieux. Mieux qu'à elle – elle ne comptait pas faire ça toute sa vie.

*

Lauri se souvenait du printemps où sa vache préférée, Kulta, avait mis bas. Il ne devait pas avoir plus de huit ou dix ans.

Lauri affectionnait tout particulièrement le printemps à la ferme. Il prenait plaisir à aider au vêlage et, grâce à ses bras, ses mains et ses doigts longs et fins, il pouvait assister Pentti. Il glissait les mains dans la vache pour palper le veau et juger de l'avancement de la mise bas. Il adorait ça, à la fois la sérénité et la solennité qui régnaient autour de la bête parturiente, et l'idée d'être présent à l'instant précis de la naissance. C'était comme à Noël, mais le cadeau qui voyait le jour était plus beau que tout ce qu'on aurait pu imaginer trouver dans ses paquets. Il ne se sentait jamais aussi aimé par son père que dans ces moments où il savait qu'il pouvait rendre service, qu'on avait besoin de lui.

Lauri était si fluet, si chétif, si peureux qu'il ne servait pas à grand-chose, il savait que c'était ce que pensait son père puisqu'il le lui disait volontiers, dès que l'occasion se présentait, mais à cet instant, quand il s'agissait de mise bas, Lauri était le meilleur assistant que son père puisse trouver. Aucun des autres enfants n'était aussi passionné que lui, et beaucoup n'avaient d'ailleurs pas le cœur assez bien accroché.

Quand il serait grand, il serait vétérinaire, il le disait à son père qui, à lui, ne répondait pas : « Toi ? Mais l'école, ce n'est pas ton truc » ou : « Tu ne supporteras jamais toutes ces années d'études » ou bien encore : « Un idiot comme toi ! Oublie ! »

Il n'avait exposé Lauri à aucune des moqueries, aucun des sarcasmes qu'essuyaient habituellement ceux de ses enfants qui se permettaient de rêver à une carrière. Lauri n'en était que plus sûr que son rêve allait se réaliser. Il osait rêver.

Quatre vaches avaient mis bas à la ferme la semaine précédente, tout s'était bien passé, et chaque fois ils étaient rentrés à la maison tout guillerets ; Lauri n'était pas le seul à être ému par le miracle de la vie, Pentti aussi, en tout cas quand il s'agissait d'animaux – pour ses enfants, *not so much*.

Ils buvaient du café à la soucoupe[1] et Lauri se sentait protégé par le regard souriant de son père, ils entretenaient une complicité, ils formaient une équipe, ils partageaient une confiance en l'avenir.

À présent, c'était au tour de Kulta.

---

1. Pratique courante autrefois en Suède. On buvait le café à la soucoupe et non à la tasse, notamment pour qu'il refroidisse plus vite.

Quand elle était arrivée à la ferme quatre ans plus tôt, Lauri avait eu le droit de la baptiser. Elle était brun et blanc avec une tache en forme de cœur sur un flanc, et il avait insisté pour l'appeler Kulta, malgré le scepticisme de ses parents et les moqueries des aînés qui disaient merde, on ne peut tout de même pas lui donner un nom de bière suédoise. Kulta était une vache plus petite que les autres, mais elle donnait énormément de lait, souvent plus que les autres, d'ailleurs. Sa taille présageait tout de même une mise bas difficile.

C'était en fin d'après-midi et Lauri avait dû interrompre l'épluchage des pommes de terre (il était passé devant ses frères et sœurs avec un air triomphant, pour une fois il était irremplaçable) parce que Pentti était venu le chercher en lui disant que le tour de Kulta était venu. Elle allait vêler.

Elle était étendue dans la stalle du fond de l'écurie, l'air épuisée.

— Quelque chose ne va pas, dit Pentti.

Il tapota l'épaule de Lauri et, ensemble, ils s'approchèrent de la bête.

— Examine-la pour voir ce qu'elle a. Le veau est peut-être en siège : elle a des contractions depuis ce midi, mais le travail n'avance pas. Va falloir essayer de le retourner.

Lauri n'avait jamais eu à faire ça, mais étonnamment il n'était presque pas inquiet. Il se sentait à la hauteur de la tâche. Il remonta ses manches, posa une main rassurante sur la croupe de la vache avant d'introduire le bras. Elle réagit à peine. Il tâtonna à l'intérieur de sa vache bien-aimée.

— Je sens quelque chose. Le museau, je sens le museau !

Lauri regarda son père, lui aussi excité, ils étaient si proches à cet instant précis, presque en accord total.

— Essaie de savoir si le cordon est autour du cou !

— Non, c'est impossible, je n'y arrive pas.

— Si, c'est possible. Allonge le bras.

Pentti lui avait tapoté le dos, et Lauri sentait son excitation, comme il sentait en lui cet état étrange, à la frontière entre la vie et la mort. Leurs yeux se rencontrèrent et son père lui lança un regard encourageant, d'où il émanait aussi autre chose, comme une interrogation, comme si Lauri était devenu l'autorité, qu'il en sût plus que Pentti.

Lauri avait inséré le bras tout entier dans la vache. Son pull serait fichu. Il tâtonna le long du museau du veau, passa les oreilles jusqu'à atteindre le cou. Effectivement, il sentait quelque chose, c'était le cordon ombilical, comme l'avait pressenti Pentti. Sous les doigts, on aurait dit un tuyau d'arrosage, ces tuyaux vert foncé, lisses et glissants.

— Je sens le cordon ! Il est autour du cou, papa !

— Défais-le. Allez !

Lauri commença par tirer doucement, puis, prenant conscience que le cordon n'était pas trop serré, osa tirer un peu plus fort, jusqu'à le faire passer par-dessus les oreilles et le mufle.

L'opération devait être désagréable pour Kulta, car elle sursauta et décocha instinctivement un coup de pied. Son sabot passa à quelques centimètres de la tête de Lauri, heurtant son épaule en biais. Ça laisserait un hématome gros comme un œuf qu'il pourrait contempler plus tard, mais pour le reste, pas de blessure.

Lauri souffla, satisfait d'avoir rempli sa mission.

— Je crois que j'ai réussi, dit-il.

— Mais alors, aide-la à le sortir ! Les contractions se sont arrêtées. Il faut prendre le relais, l'exhorta Pentti.

Lauri saisit la nuque du veau, le tracta de toutes ses forces, mais Kulta ne l'aidait pas du tout, elle gisait là, totalement immobile, la respiration lente. C'est difficile de faire vêler une vache sans son aide. Au bout d'un moment, une demi-heure peut-être, il avait réussi à faire bouger le veau suffisamment pour que Pentti puisse l'atteindre et prendre le relais. Avec la force du père, tout alla très vite : quelques instants plus tard, le corps entier était là, allongé sur le sol de l'étable, sans mouvement. Pentti lui assena des claques sur le dos, cela pouvait mettre en route le réflexe de respiration chez les nouveau-nés, Lauri l'avait déjà vu par le passé, mais là, il ne se passa rien.

Pentti continua à frapper le veau. Il n'arrêtait pas, et Lauri essaya de tirer son père vers l'arrière pour le faire cesser.

— Arrête, tu lui fais mal, cria-t-il.

Pentti le repoussa. Ses yeux étaient sombres, aussi sombres que les sentiments de Lauri. Tout en lui était noir. Il était tétanisé.

— Ce veau ne sent plus rien, déclara Pentti en secouant la tête. Il n'est plus.

La lèvre inférieure de Lauri tremblait; tout son être tremblait.

— Mais je l'ai sauvé. Je l'ai libéré du cordon.

Pentti haussa les épaules.

— Trop tard. Tu sais que tout se joue en quelques secondes, là-dedans.

Lauri s'effondra à côté du veau sans vie. Il avait honte. Quel piètre vétérinaire il faisait! Il aurait dû le comprendre, que c'était voué à l'échec. À quoi bon avoir ce genre de rêves?

Tandis qu'il sanglotait, il sentit que son jean était mouillé. Une tache sombre s'étalait sur le sol. Du sang. C'était du sang.

— Papa, elle saigne, Kulta saigne! Il faut l'aider.

Mais Pentti réagit à peine, haussant à nouveau les épaules. Lauri vit que les mains de son père tremblaient.

— On ne peut pas la sauver. Laisse faire la nature.

— Mais elle perd du sang! Beaucoup de sang.

— Cette vache n'était pas faite pour mettre bas. Elle n'avait pas le physique. Laisse-la tranquille, elle finira par s'endormir.

Sur ces mots, il sortit de l'étable.

Lauri posa la tête de Kulta sur ses genoux et lui caressa tendrement le museau et le front. Il se tint ainsi un long moment. La journée ensoleillée laissa la place au soir, le ciel commença à s'obscurcir. Personne ne vint le chercher. Personne ne l'appela. Il demeura dans cette position longtemps, à regarder sa vache bien-aimée agoniser sans que personne lui vînt en aide. Lui non plus ne pouvait rien faire. Il continua de lui caresser le mufle en pleurant silencieusement.

Bien plus tard, il entendit la porte de l'étable s'ouvrir. Pentti parut étonné de le trouver là. Sur son visage on ne voyait plus trace de leur complicité, du souvenir de ce qu'ils venaient de partager. À présent il était là, une pelle dans chaque main.

— Ah, tu es toujours là, toi ? Alors, ça y est, elle est morte ?

Lauri fit signe que non, les joues striées de larmes, le regard trouble.

— Dégage !

Comme Lauri ne bougeait pas, Pentti se fâcha et l'éloigna de force. Il prit une pelle et la leva vers la tête de la vache. On aurait dit qu'il prenait son élan pour donner le premier coup de pelle, comme quand ils avaient creusé pour construire le nouveau garage. Mais au lieu de cela, la pelle percuta la tête de Kulta et Lauri vit ses pattes tressaillir avant de s'immobiliser pour toujours. Il pleurait encore, il avait mal à la tête à force de pleurer, ses vêtements étaient saccagés, et tout était flou à cause des larmes. Pentti lui lança une des pelles.

— Allez, je veux les enterrer avant l'heure du coucher. Sinon ça va attirer les mouches et ce sera l'enfer pour s'en débarrasser.

Lauri était incapable de bouger. Il resta immobile, dans la même position, sans pouvoir arrêter le flot de larmes.

Son père soupira, mais n'insista pas.

— Va dans le sauna te débarbouiller avant de rentrer, Siri va devenir folle si tu salis la maison. Elle vient de battre tous les tapis.

Il s'empara des pelles et s'éloigna. Devant l'étable, Lauri l'entendit appeler Voitto, l'un des plus grands, un fils qui ne pleurerait jamais au point de ne pouvoir enterrer une vache. Lauri essuya ses larmes, renifla, déglutit plusieurs fois, et au bout d'un moment il parvint à sortir, le pas hésitant, en direction du sauna. Il n'y avait personne à l'intérieur ; il jeta ses vêtements dans le poêle où le feu crépitait de toutes ses forces, puis il s'allongea sur le banc du bas et ferma les yeux.

Je ferme les yeux juste quelques instants, se dit-il.

Il fut réveillé en sursaut par de l'eau froide sur le visage, Pentti penché au-dessus de lui, le visage écarlate, de chaleur, pensa-t-il, avant de comprendre que c'était de colère, et se retrouva étendu dans l'herbe devant le sauna.

— Mais qu'est-ce qui te prend, bordel ? hurla Pentti. Faire peur à ta mère comme ça !

Plus tard, une fois bordé, avec Annie assise sur son lit pour lui souhaiter bonne nuit, la journée lui sembla un long cauchemar. Il regrettait son plus beau jean, mais pas son pull.

— Je te donne mon vieux pull en velours.

Il regarda sa sœur. C'était son plus beau pull : rêveur, il glissait souvent la main sur le tissu, dans un sens, puis dans l'autre, sentant changer sous ses doigts l'étoffe pareille à de la fourrure. Elle lui caressait les cheveux, comme elle le faisait quand il était petit et qu'elle le couchait, à l'époque où il avait encore besoin d'être cajolé pour oser entrer dans le sommeil, la nuit, l'obscurité. Les cheveux d'Annie étaient mouillés, elle venait du sauna, et ses joues avaient la teinte de ceux qui en sortent, elle avait l'air si vivante dans la pénombre, belle, se dit-il, son ange gardien.

— Je ne le mets pas. Et de toute façon, il t'ira mieux qu'à moi : je suis plutôt automne. Je dois mettre du bordeaux, pas comme toi. Toi, tu es plutôt été, tu peux mettre du rouge clair.

Elle regagna ensuite la chambre qu'elle partageait avec Helmi, mais le lendemain matin, quand il se réveilla, le pull en velours rouge était posé sur une chaise au pied de son lit.

Après cet événement, il ne retourna plus à l'étable. Il savait où étaient ensevelis Kulta et son veau, dans un coin de la ferme où on enterrait toutes les bêtes mortes, mais il n'y alla jamais.

*

Après qu'il eut abandonné son rêve de devenir vétérinaire, son intérêt pour ses sœurs et leurs occupations grandit.

Il aimait s'asseoir sur un des lits de leur chambre et les regarder se pomponner, Annie, la plus âgée et la plus expérimentée, qui enseignait à Helmi, laquelle apprenait vite. Parfois, il avait le droit de participer – elles lui appliquaient du fard et du mascara –, mais le plus souvent il se contentait d'observer. Pentti entrait dans une colère noire quand il le voyait maquillé et, s'il visait juste, ses gifles lui faisaient tinter les oreilles plusieurs jours.

Sa première expérience sexuelle, il la vécut, en dépit des événements, dans une étable. Il se trouvait chez Olli, l'un des frères de son père qui vivaient du côté suédois, pour l'aider à s'occuper des enfants pendant que sa femme était à l'hôpital pour se faire opérer d'une tumeur au sein. Lauri avait quatorze ans. Cette année-là, on lui avait offert pour son anniversaire une salopette à pattes d'éléphant marron en velours à grosses côtes. Moulante aux fesses et à l'entrejambe, comme une seconde peau. Dedans, il se sentait incroyablement… adulte, pensait-il, mais en réalité sexy, même s'il n'en comprenait pas tout à fait la portée.

En temps normal, ils auraient envoyé Helmi, une fille, de deux ans son aînée qui plus est, mais Siri était enceinte d'Arto et avait besoin de plus d'aide que d'habitude. Et puis, il n'en avait que pour trois jours, quatre tout au plus, et Lauri était habitué à garder des enfants – comme il ne s'occupait plus des animaux, il s'était mis à aider Siri à la maison, il avait aussi appris à cuisiner, pâtisser, nettoyer et s'occuper de l'intérieur. Lauri n'avait que de vagues souvenirs d'Olli et Eeva qu'il avait rencontrés aux cinquante ans de Pentti, quatre, presque cinq ans plus tôt, mais il avait hâte de s'éloigner de la maison, d'échapper aux cris et aux disputes, et la Suède, la Suède, la Suède… la Suède avait quelque chose de particulier.

D'aussi loin qu'il s'en souvînt, le pays voisin avait dégagé une aura magique. Cela venait des récits de guerre, d'enfants qui avaient eu la chance d'être envoyés là-bas et n'avaient pas été obligés de revenir (c'était ainsi que Lauri voyait les choses : ils avaient eu la *chance* d'échapper à la Finlande, à cette terre stérile ; il n'y avait chez lui aucune réflexion sur la famille et les liens, et la peur qu'avaient dû ressentir ces enfants). Lauri avait commencé très jeune à rêver de ce jour où il serait assez grand pour quitter la Tornédalie sans jamais se retourner.

Je dois me préparer, se disait-il. Je dois apprendre la langue, apprendre à entrer dans le moule.

Olli et Eeva avaient quatre enfants, âgés de deux à dix ans, une petite étable avec une quinzaine de vaches, et quelques terres. Ils étaient laestadiens, comme tous les frères et sœurs de Pentti, et Lauri savait que ça impliquait qu'ils ne possédaient ni radio ni télévision, et qu'il n'y avait pas d'alcool dans la maison. Il ne connaissait rien de plus sur eux ou leur religion.

Il avait tout de même quelques souvenirs, se rappelait qu'ils avaient été gentils avec lui et Rinne, qu'ils leur avaient dit qu'ils pouvaient venir leur rendre visite quand ils le voulaient. Ils avaient un drôle d'accent, pas parce qu'ils parlaient le finnois d'Helsinki, mais parce qu'on aurait dit que les sons qui sortaient de leur bouche les prenaient par surprise. Vous pouvez passer l'été chez nous, les garçons, leur avaient-ils dit.

Lauri trouvait cela tentant, mais l'été il fallait rentrer le foin et on ne pouvait se passer de bras à cette époque-là, si jeunes fussent-ils. C'était resté lettre morte. Jusqu'à maintenant.

Tout s'était bien déroulé, tout se déroulait si bien. Voitto, qui venait de fêter ses dix-huit ans et avait obtenu son permis la semaine d'avant, l'avait emmené, et Lauri avait même croisé Eeva avant qu'Olli la conduise à l'hôpital. Elle lui avait montré tout ce qu'il y avait à savoir en le regardant de ses yeux bleu clair humides. Les enfants s'étaient révélés d'une incroyable gentillesse, bien élevés, calmes, pas du tout comme ses propres frères et sœurs. Leur finnois était rudimentaire, ce qui avait réjoui Lauri. Il y avait vu une possibilité de pratiquer son suédois, ce qui venait à point nommé en prévision du déménagement dont il rêvait quotidiennement.

Olli était gentil, lui aussi, très différent de Pentti, même s'ils se ressemblaient physiquement. Olli avait près de vingt ans de moins que son frère et mesurait une tête de plus, mais il avait les mêmes cheveux de jais, les mêmes yeux noirs et le même rire. À ceci près que, quand Olli riait, Lauri n'était jamais ni inquiet ni gêné.

C'était la veille de son départ, deux semaines s'étaient écoulées, le lendemain matin de bonne heure Olli irait chercher Eeva à l'hôpital et, à son retour, vers midi, Voitto viendrait récupérer Lauri. Il ne pouvait pas rester plus longtemps, car son frère était passé devant le conseil de révision le jour de ses dix-huit ans et son service militaire était imminent.

Lauri avait couché les enfants et terminé la vaisselle du dîner. Il sortit dans l'étable où Olli nettoyait le couloir à lait, et se posta devant la fenêtre. C'était au mois de janvier, il faisait froid et sombre, mais un feu agréable crépitait dans la maison. Lauri portait sa salopette en velours côtelé marron, comme tous les jours, et un pull en laine brun et orange qu'il avait mi-hérité, mi-volé à Annie. Ses cheveux avaient poussé, formant des boucles le long de son cou et sur ses épaules. Il se trouvait bien ici, à regarder ce champ suédois, en plein hiver. Il sentit le regard d'Olli peser sur lui.

— Tu as fait du bon travail, Lauri Kaleva.

— Merci. C'était un plaisir. Et j'ai pratiqué le suédois.

— Tu es presque aussi doué que ma femme, du haut de tes quatorze ans. C'est incroyable, quand on y pense. Les voies du Seigneur sont impénétrables.

Lauri hocha la tête. Olli le regardait de ses gentils yeux doux.

— Je voudrais te faire un cadeau pour te remercier.

— Ce n'est pas la peine, je suis content d'avoir pu me rendre utile. Et les enfants sont si bien élevés !

Lauri éclata de rire.

— Pas comme mes frères et sœurs qui sont comme des chats sauvages.

— Viens t'asseoir, Lauri Kaleva, fit Olli depuis le banc où il avait pris place, en se tapotant les cuisses.

Lauri le regarda, hésita. Que voulait-il dire ? S'asseoir sur ses genoux, comme un enfant ? Ici, dans l'étable, au milieu des vaches ?

— Allez, viens.

Olli fit à nouveau claquer sur ses larges cuisses ses grandes mains labourées de rides. Ses yeux étaient doux, bienveillants.

Lauri s'approcha lentement. Olli le saisit et le fit asseoir sur ses genoux. C'était à la fois excitant et effrayant. Il y avait comme des picotements dans son caleçon. Olli l'attira contre lui, si près qu'il était sûr de sentir quelque chose se raidir dans le pantalon de son oncle.

— C'est ça, Lauri Kaleva, dit l'oncle avec un soupir satisfait en sentant les fesses de Lauri contre son érection. N'aie pas peur.

Il souleva Lauri de ses mains qui, la veille, s'étaient jointes dans une prière à l'église, et le plaqua contre un des murs qui séparent les stalles.

— Non, tenta Lauri, mais son visage était pressé contre le bois plein d'échardes et de toute façon ça n'avait plus d'importance.

Olli ne s'arrêterait pas.

Lauri l'entendit retirer maladroitement sa ceinture d'une main tandis que, de l'autre, il lui palpait les fesses et lui caressait le dos.

L'oncle essaya sans conviction d'ôter la salopette en velours marron de Lauri, mais son excitation l'en rendit incapable et il finit par arracher bretelles et boutons, dans son empressement à se frayer un chemin dans le corps adolescent de Lauri.

Lauri se rappelait la douleur, car l'oncle était entré de force, sans lubrification, il se rappelait la frayeur, mais il se rappelait aussi le plaisir sous-jacent, plaisir qu'il n'avait pas pu goûter au moment même, mais qu'il allait se remémorer toute sa vie d'adulte, pour en faire une source de fantasmes et de jouissance.

Après, Olli parut gêné, et son comportement changea : l'oncle sympathique qui prenait le temps de discuter avec son neveu évita ensuite son regard.

À cet instant, comme plus tard dans sa vie.

Olli marmonna des excuses et disparut dans la maison, mais Lauri se laissa tomber à genoux, et demeura longtemps ainsi, les fesses à l'air dans le noir, au milieu des vaches et de leurs rassurantes ruminations. Il ne pleura pas. Il se sentait étonnamment exalté malgré la douleur, comme si cet événement était la preuve ultime qu'il avait accompli sa mission. Et aussi bien qu'Eeva. Il était capable de la remplacer, sur tous les plans. La douleur s'apaisa, un peu du moins, tandis que les vaches respiraient autour de lui.

Quand il retourna dans la maison, elle était plongée dans l'obscurité. Il se faufila dans les toilettes en silence, se nettoya et dut retenir sa respiration pour que la douleur ne se manifeste pas par des cris, des pleurs ou des lamentations.

Lauri avait eu mal pendant plusieurs semaines et saigné pendant plusieurs jours, chaque fois qu'il allait aux toilettes. Pour autant, il n'avait pu se résoudre à jeter la salopette en velours côtelé et l'avait roulée en boule au fond de son armoire.

(Cette fois-ci, Eeva avait survécu au cancer, lequel l'emporta quinze ans plus tard.)

*

Quand Annie arriva chez Helmi, la nuit avait déjà commencé à tomber. Elle avait passé plus de temps que prévu à l'hôpital. Esko avait essayé de lui parler, mais il était fatigué, et avait tenu des propos décousus sur Pentti, et sur les événements du jour de l'accident. Voilà : il avait raconté à Annie ce qu'il avait vu. Mais elle ne voulait pas vraiment le croire. Elle comprenait que si Pentti était véritablement aussi malade que l'affirmait Esko, alors la boule de neige ne pourrait pas être arrêtée. Et il y aurait des problèmes. Que quelqu'un devrait résoudre. Et Annie ne voulait pas être cette personne. Pas maintenant.

— Je ne sais pas s'il imagine que ça va aboutir, mais il répète à maman qu'elle doit demander le divorce.

Helmi éclata d'un rire surpris.

— Il est sérieux ?

— Visiblement.

Annie haussa les épaules. Elle ne voulait pas y penser, c'était d'ailleurs pour cette raison qu'elle s'était rendue chez Helmi, malgré l'heure tardive, et bien qu'elle sût qu'on avait besoin d'elle à Aapajärvi. Elle voulait juste occulter cette pensée, ne serait-ce qu'un instant. Elle goûta le café du bout des lèvres, il était chaud et sentait aussi bon que dans ses souvenirs d'enfant, du temps où elle n'en buvait pas encore.

— Ils ne divorceront jamais.

Helmi touilla son café. Elle avait rempli la moitié de la tasse de sucre et essayait de le faire fondre. Le café débordait, coulait le long du récipient. Des filets brun clair. Pourtant, Helmi n'avait pas l'air de s'en rendre compte. Ptit-Pasi arriva à pas hésitants, tout juste réveillé de sa sieste de l'après-midi, et Annie se pencha en arrière sur la banquette, heureuse d'échapper à ces pensées, quelques instants encore. Elle pouvait faire semblant, quelques instants encore.

*

Les événements de l'aire de repos jouèrent un rôle significatif pour Lauri et sa vie sexuelle. C'étaient des rencontres rapides et anonymes, et souvent, presque toujours, c'était Lauri qui recevait l'amour d'un autre homme, généralement plus âgé.

Il les repérait tout de suite, les pères de famille, c'était un sport pour lui de les flairer. Il fréquentait surtout Annie et ses amis, mais il lui arrivait de sortir avec ses collègues du bateau, le même genre de personnes que lui, jeunes, affranchies des préjugés, excessives, qui avaient choisi de vivre dans une grande ville, voulaient un travail lucratif et des soirées tardives. C'est là que Lauri se fit ses premiers amis homosexuels. Des amis avec qui il ne couchait pas, pour la plupart d'entre eux en tout cas. La plupart du temps.

Lauri avait des amis, sa sœur près de lui, un travail, de l'argent et un libre accès au sexe – que demander de plus ? Quand il avait appris la grossesse de sa sœur, il avait été déçu mais avait tâché de ne pas le lui montrer, et comme elle ne semblait pas elle-même très enthousiaste à l'idée d'avoir un enfant ni à celle que son copain s'installe chez elle, il avait du mal à s'y faire ou à la prendre au sérieux.

Le mec d'Annie était beau. Très beau. Trop beau pour Annie, pensait Lauri. Mais pour une obscure raison, Annie se comportait comme si c'était l'inverse, et qu'elle eût l'embarras du choix.

Ça ne tiendrait sans doute pas.

Sa sœur ne manifestait aucun intérêt pour les hommes. Non qu'elle préférât les femmes, mais elle était incapable de ressentir des sentiments profonds, pensait Lauri. Qu'elle ait une sexualité lui paraissait inimaginable. Il aurait presque pu croire qu'elle n'avait rien entre les jambes, ni con ni queue. Comme une poupée.

Oui, elle lui rappelait un peu une Barbie, sa sœur. Grande et mince avec un sourire affecté sur ses lèvres fines. Mais elle n'avait pas la langue dans sa poche. Sa peau ne changeait jamais de couleur, comme si le sang qui coulait dans ses veines était transparent. Du lait dilué.

Il aimait vivre avec sa sœur mais, bien qu'il fût à Stockholm depuis plus d'un an et qu'il eût appris beaucoup des choses qu'il avait décidé d'apprendre en arrivant en ville – emprunter les escaliers mécaniques, commander au bar ou agiter sa chevelure –, Annie semblait toujours avoir une longueur d'avance. Stockholm serait toujours davantage la ville de sa sœur que la sienne. Plusieurs de ses amis homosexuels parlaient de Copenhague qu'ils prétendaient encore plus libre et décadente que Stockholm. Alors, quelque part au fond de lui, grandissait un nouveau rêve.

Il méprisait de plus en plus ouvertement tout ce qui était finlandais (même si, sur les ferries, il était bien obligé de parler sa langue). Plus il s'éloignerait de son pays natal, plus il pourrait faire peau neuve.

À présent, Annie était absente – partie chez les parents pour Noël.

Lauri avait acheté du vin, du fromage, des pâtes de fruits et des cerises confites de la meilleure marque, et il était impatient de se promener en slip, enveloppé dans la douce robe de chambre en soie de sa sœur, d'écouter de la musique et de profiter de sa solitude.

Il était en vacances pour une semaine entière et n'avait prévu de voir personne ; il reprendrait le travail au réveillon du Nouvel An. Mais, dès le premier jour de congé, ses projets avaient capoté quand on avait sonné à la porte vers midi. Lauri ne comptait pas s'excuser, il avait ouvert en slip et peignoir et découvert avec surprise Alex devant la porte.

— Annie n'est pas là, dit Lauri.

Il pinça les lèvres, une expression qu'il avait vue chez un camarade plus âgé et qu'il trouvait si élégante qu'il l'avait aussitôt adoptée, dans le cadre de son travail de renouvellement personnel.

— Non, je sais, mais je me disais que…

Alex dégaina une bouteille de vin de sous son manteau. Ses yeux pétillaient.

— Je me disais que…

Il sourit, et Lauri, qui n'avait jamais été le destinataire de ce sourire, sentit ses joues brûler. Pour une fois, il était sous le feu des projecteurs.

— Entre, entre, tu as apporté le sésame, dit Lauri en éclatant du rire emprunté qu'il avait fait sien comme un chaînon supplémentaire de sa nouvelle *persona*, tout en essayant fébrilement de comprendre ce qu'Alex faisait là.

Alex et Lauri se connaissaient, ils sortaient souvent ensemble, pas seuls mais avec Annie et d'autres collègues. Alex travaillait au restaurant Gyllene Freden dans la vieille ville, et ils pouvaient parler librement, ils passaient même de bons moments tous les deux.

— Tu dois te demander ce que je fais là, dit Alex, une fois installé avec Lauri sur le canapé, un verre de chianti à la main. Je me le demande aussi. Je ne sais pas, pour être honnête. Je crois seulement que…

Il prit à nouveau son élan.

— Tu sais que nous allons avoir un enfant.

Lauri hocha la tête.

— Qu'est-ce que tu en penses ? Tu n'es pas obligé de répondre, ça n'a aucune importance. Mais celle qui devrait répondre, ou au moins avoir un avis sur la question, c'est ta sœur. Annie.

Lauri remarqua qu'Alex bafouillait. Il avait dû boire avant de venir. Ses boucles noires tombaient sur son front et son regard fixait un point au loin. Lauri ne répondit pas.

— Elle ne dit rien. Elle est muette comme une carpe. Je ne sais pas ce qu'elle veut. Et elle fume. Est-ce qu'elle se rend compte qu'elle est enceinte ? Je me pose la question.

Il avala une lampée de vin et alluma une autre cigarette avec la braise de la précédente. Lauri regarda les mains d'Alex, des mains lisses aux longs doigts. Des mains qui n'avaient jamais utilisé une pelle ni aidé une vache à vêler. De belles mains.

— Elle le sait. Ma sœur n'est pas douée pour exprimer ses sentiments, mais elle sait qu'elle est enceinte.

— Mais est-ce qu'elle sait que je suis impliqué ? que je suis le père ?

Il écarta les bras et se projeta en arrière contre les coussins. Lauri observa l'homme sur le canapé. Il était vraiment beau avec ses grands yeux presque ronds et un creux dans son menton proéminent. Ses cheveux bruns ondulaient légèrement sur ses épaules et Lauri s'aperçut qu'ils étaient clairsemés par endroits. Il avait un beau sourire aussi, mais pas à cet instant.

Il posait sur Lauri un regard implorant, un regard qui rappelait celui d'un bovin. Aide-moi, disaient ses yeux.

— C'est juste qu'Annie… il faut que tu le comprennes… est un produit de son éducation. C'est particulier d'être élevé comme on l'a été.

— À la campagne ? Beaucoup de gens grandissent à la campagne.

— Oui, mais il n'y a pas que ça. On était si nombreux. On était tellement de frères et sœurs et on n'avait personne d'autre. Si tu as des frères et sœurs, tu dois savoir à quel point on peut s'emporter les uns contre les autres. On n'a pas le choix.

Alex acquiesça, mais il n'avait pas l'air de comprendre ou de trouver que cela expliquât quoi que ce soit.

— On se dispute, on se bat, on hurle, et puis on tourne la page et on se réconcilie. Mon frère et moi, on se chamaillait comme des fous. On en venait aux mains ! Plusieurs fois par semaine !

— Mais nous, on était si nombreux. Et nos parents... ça ne tournait pas rond dans leur tête. Surtout notre père.

— Tous les parents sont fous à lier.

— C'est difficile à comprendre... on était tellement nombreux. Et Annie a toujours été l'aînée. Je crois que ça lui a coûté de laisser tant de choses derrière elle. Et quand on attend un enfant, eh bien, je crois qu'on pense beaucoup à sa propre enfance, peut-être...

Alex l'interrompit. Ses yeux étaient mi-clos, ses gestes lents.

— J'ai aussi pensé à mon enfance. Il y a beaucoup de choses qu'on n'aurait pas faites pareil.

Il leva les yeux vers Lauri comme s'il prenait soudain conscience que lui aussi était présent.

— Je ne savais pas que vous étiez aussi nombreux.

— Si, on est douze. Ou quatorze.

— Raconte.

Et Lauri lui parla de ses frères et sœurs. Alex l'écouta sans rien dire. Il s'adossa au canapé et but son vin. Lauri s'arrêta plusieurs fois pour voir s'il s'était endormi. Chaque fois, Alex esquissait un signe de la main, un petit geste circulaire de la main qui tenait sa cigarette, continue, je t'en prie, continue. Une fois qu'il eut évoqué tous les membres de la fratrie, les vivants et les morts, les parents, et la ferme, Alex le regarda à nouveau.

— Qu'est-ce que je dois faire à ton avis ? Y aller ?

— Non ! Surtout pas. Ce n'est pas comme ça que tu gagneras son cœur.

Lauri imagina Alex en manteau de cuir et bottines en daim là-haut, sur les routes enneigées, dans le sauna, dans la maison familiale. Il s'esclaffa.

— Je crois qu'il faut que tu lui laisses un peu d'espace. Que tu attendes qu'elle vienne vers toi.

Alex afficha une mine dépitée.

— Je ne sais pas si j'en suis capable.

Lauri émit un gémissement las, il commençait à en avoir assez que tout tourne autour d'Annie ; même quand elle n'était pas là, il était question d'elle. Il se leva et mit un disque, l'album *Super Trouper* d'Abba. Il exécuta quelques pas de danse, ondula des hanches, séducteur, pour plaisanter. Alex ne le remarqua même pas, il pensait à autre chose, à Annie. Lauri soupira et se jeta sur le canapé. Ils restèrent assis là, en silence, à boire et à fumer tandis que la nuit tombait au-dehors et que les notes de piano enveloppaient la pièce de leur belle mélancolie. La voix claire de la chanteuse frappait Lauri en plein diaphragme, le rendant soudain nauséeux.

Tell me does she kiss like I used to kiss you ?

Does it feel the same when she calls your name ?

Lauri ne savait pas d'où elle lui venait, cette pulsion de détruire les choses, les belles choses qui se trouvaient sur son chemin. Peut-être était-ce génétique, avait-il ça dans le sang ? Il pouvait déjà, malgré son jeune âge, boire jusqu'à avoir des trous noirs, se trouver dans un état de somnolence d'où il s'éveillait de temps à autre, voyait des choses advenir, se voyait lui-même accomplir des actions dont il se savait capable mais qu'il n'aurait jamais envisagées sobre, ni même un peu moins ivre.

Cette nuit-là renfermait ce possible.

Lauri sentait l'attirance s'immiscer en lui, et il sentait qu'Alex avait envie sinon de lui, du moins d'obtenir *quelque chose* de lui : il voulait avoir accès à Annie, or le sésame, Lauri le possédait, lui, raison pour laquelle il se sentait désiré.

Alex s'était endormi sur le canapé et Lauri découvrit, sans pouvoir en assumer la responsabilité, dans un moment de lucidité au milieu de son ivresse ténébreuse, qu'il était en train de lui faire une fellation. Alex, le compagnon de sa sœur, le père de son enfant. Il leva les yeux vers lui, mais sa tête était renversée en arrière sur le canapé et, même si son corps répondait à la stimulation, il n'avait pas l'air éveillé. Lauri comprit immédiatement que c'était une erreur, il était en train de commettre une faute grave, très grave – Annie, qui s'était toujours occupée de lui, qui l'avait laissé vivre chez elle, qui lui avait tout donné, Annie si parfaite. Tout à coup des mains agrippèrent ses cheveux et il prit cela comme un signe qu'Alex était sur la même longueur d'onde que lui ; il continua jusqu'à ce que surviennent les spasmes familiers et le goût, familier lui aussi. Quand il se redressa, quand il finit par oser s'asseoir, il s'attendait à quelque chose, il ne savait pas à quoi, mais pas à ce qu'Alex continue de dormir.

Il avait dormi du début à la fin.

La nausée l'envahit, plus forte à présent ; il fut secoué par un haut-le-cœur, puis sentit le goût familier redescendre dans sa gorge, les larmes brûler derrière ses paupières. Il entra dans sa chambre, ferma la porte à clé, se coucha dans son lit et le sommeil noir l'engloutit. Au loin, il entendit des coups frappés à la porte ; au loin, le téléphone sonna, mais il continua de dormir, oui, il dormit jusqu'à ce que le soleil se couche à nouveau ; alors il se leva, but du lait à même la bouteille, ce qui était interdit quand Annie était là, urina dans l'évier, ce qui était également interdit quand Annie était là, et retourna se coucher. Il savait qu'il venait de commettre une faute d'une gravité sans précédent, c'était comme s'il s'infligeait des sévices puisqu'il détruisait les liens qui l'attachaient à sa sœur, mais il ne pouvait pas rembobiner, il pouvait seulement essayer de vivre avec ce qu'il avait fait.

Quand il répondit enfin au téléphone, il entendit la voix d'Helmi au loin.

— Où tu étais passé ? On n'a pas arrêté de t'appeler.

Il se fendit d'une réponse évasive qu'elle écouta à peine.

— Bon, peu importe, il faut que je te raconte ce qui est arrivé.

Elle semblait excitée, car, devinait-il, elle devait tenir un bon ragot, elle paraissait se réjouir du malheur d'autrui. Helmi ressemblait parfois à ces vieilles paysannes. Une vraie bouseuse ! songea-t-il avec mépris.

Pas comme lui, *big city boy*.

Une fois qu'elle lui eut tout raconté, il eut un peu honte de ses pensées. Pauvre Arto ! Lauri éprouva une douleur physique en imaginant le petit corps d'enfant et l'eau bouillante.

— Alors, tu viens quand ?

— Comment ça ? Je n'ai pas prévu de venir.

Il était surpris de la question.

— Mais Arto est à l'hôpital !

— Et les médecins disent qu'il va se remettre.

— Lauri, voyons !

— Quoi ? Je ne peux pas venir. Je dois bosser.

— Attends, je te passe Annie.

— Non, je n'ai pas envie, ce n'est pas la peine.

Helmi était déjà partie. Il entendit sa grande sœur saisir le combiné, ou plutôt il le sentit, dans sa gorge qui se serra jusqu'à n'être plus qu'une paille étroite. Il peinait à respirer.

— Lauri, maintenant tu rentres.

En entendant la voix d'Annie, il fut de nouveau submergé par les événements du samedi soir. Il comprit aussi qu'il avait perdu la bataille.

— Je ne suis pas sûr de pouvoir prendre des congés, répondit-il, mais il savait déjà qu'il n'avait pas le choix.

— Il y a autre chose, Lauri, pas seulement Arto.

Elle baissa la voix, comme si elle ne voulait pas qu'Helmi l'entende.

— Ah bon ?

— Je sens que quelque chose de terrible va arriver.

Il n'avait pas été difficile d'obtenir un congé, on se bousculait pour travailler à Noël et au jour de l'An, des nouveaux, des déracinés, ceux qui se retrouvaient seuls dans la ville désertée, ou ceux qui venaient de rentrer. Le salaire était meilleur et les pourboires généreux, d'après les connaisseurs. Lauri grimpa dans le car Tapanis le soir même, il trouva une place tout au fond et s'appuya contre la fenêtre.

Il était épuisé. C'est la honte qui le fatiguait tant. Comment pourrait-il regarder sa sœur dans les yeux ?

*

Le réveil de Pentti dans la chambre d'à côté tira Annie du sommeil. Elle savait qu'il était quatre heures et demie, puisque c'est à cette heure-là qu'il sonnait, tous les jours de la semaine, tous les jours de l'année, aussi sûr qu'un amen à l'église, et elle savait qu'elle ne se rendormirait pas. Bien qu'elle se fût couchée tard, bien qu'Onni, allongé près d'elle dans le lit, eût crié dans son sommeil un nombre incalculable de fois, elle ne se rendormirait pas, cette nuit non plus.

Elle resta à écouter les bruits de la maison, le père qui vaquait à ses obligations matinales, s'habillait, pissait, préparait son café, tout le tralala. Elle ne bougea pas du lit, attendit d'entendre la porte d'entrée s'ouvrir et se refermer, le crissement de la neige glacée sous les bottes en caoutchouc. Puis elle se leva.

Elle se regarda dans le miroir. Elle avait l'air fatiguée. Elle *était* fatiguée. Mais depuis son arrivée, la fatigue avait pris le dessus. Petit à petit, elle l'avait grignotée. Annie n'avait pu parler à personne de ce que lui avait raconté Esko, car elle savait comment cela marchait, elle savait ce qu'on attendait d'elle.

Esko avait près de quatre ans de plus qu'elle mais à plusieurs égards ils étaient comme des jumeaux tant ils avaient été proches, jadis. Et même s'ils ne l'étaient plus tant que ça, le lien demeurait, ainsi que ce sentiment de responsabilité qu'ils partageaient. C'était toujours à eux de défendre, ensemble, la cause de leurs frères et sœurs. Ils devaient manier la carotte et le bâton, et elle savait, avec l'information qu'Esko lui avait balancée à la figure, qu'il lui revenait à présent de réunir tous les enfants, de leur présenter les faits et de leur montrer la marche à suivre.

Annie le savait, mais elle ne le voulait pas. Elle n'en avait pas la force. Elle voyait sa peau, si fine qu'elle semblait à peine couvrir les joues, l'os, le cartilage, comme si la dernière couche pouvait tout à coup s'évaporer, disparaître et la laisser sans aucune protection contre le monde extérieur. Je m'en occuperai plus tard, avait-elle envie de dire. Et elle voulait traiter de la même manière cet autre problème, celui qui grandissait et l'obligeait à renouveler sa garde-robe.

Plus tard, plus tard.

Mais certaines choses ne peuvent être repoussées. Une fois mises en branle, on ne peut plus les arrêter.

Annie était une grande fille, elle faisait ce qu'il y avait à faire, sans ronchonner. Alors elle se leva, alluma la cuisinière, fit du café, sortit le petit déjeuner et réveilla ses frères et sœurs. Quand le ciel s'éclaircit, quand tous les enfants furent nourris et vêtus, la vaisselle faite, le repas du midi prêt et les mille autres petites tâches à accomplir finalisées, elle reprit le pick-up et roula vers la ville. Pour réunir la famille, ramener tout le monde au bercail.

*

C'est Annie et Helmi qui vinrent le chercher. Sur la banquette arrière, il y avait Ptit-Pasi, et Lauri n'eut aucun mal à croiser le regard des autres.

Il lui suffisait de réduire au minimum son espace intérieur, de le rendre, pour ainsi dire, imperméable, de ne rien laisser ni sortir ni entrer, et alors tout se passait à merveille. Ne pas réfléchir à ce qui faisait mal pour l'empêcher d'exister. Or il avait eu le temps de réfléchir pendant le trajet en car. Il avait élaboré un plan.

Il travaillerait sur les ferries quelques mois encore, tout au plus. Puis il déménagerait. Il quitterait Stockholm pour descendre plus au sud. Il avait entendu parler des ferries entre Malmö et Copenhague. Ces derniers étaient plus petits, le trajet plus court et on faisait des allers-retours toute la journée. On n'était pas obligé de dormir à bord. Ses amis chantaient les louanges de Copenhague, ce paradis sur terre. On n'était même pas obligé d'y vivre, on pouvait loger à Malmö si on voulait. Et le danois n'était pas une langue difficile : il suffisait de parler suédois en imaginant avoir une queue dans la bouche, comme l'avait formulé son ami Jimmy.

— Un peu pâteux, mais pas dégueu.

Mais chaque chose en son temps ; pour l'instant il était assis à côté de Ptit-Pasi, avec ses sœurs aînées à l'avant, et il les écoutait parler.

Le moment était venu, disaient-elles.

La grande séparation approchait, croyait savoir Helmi.

Annie n'était pas convaincue, elle disait que Siri ne quitterait jamais Pentti, qu'à ses yeux rien n'était impardonnable.

— C'est impossible, dit Helmi. Même pour Siri il y a des bornes à ne pas dépasser.

Annie haussa les épaules – on verrait bien. Lauri sentit le regard de sa sœur se poser sur lui dans le rétroviseur. Il s'était efforcé de ne pas la regarder dans les yeux, mais il voyait bien les coups d'œil qu'échangeaient les deux filles à l'avant et savait ce qu'ils signifiaient.

Quel drame était encore survenu ?

Parce que, avec Lauri, il y avait toujours quelque chose, c'était comme ça depuis toujours, depuis sa plus tendre enfance. Le plus souvent ce n'était rien de grave, ça passait tout seul. Cette fois-ci, il suffisait de fermer les yeux, de se jeter à l'eau, de survivre à cela pour être libre, libre de recommencer, loin de cette foutue famille.

Aapajärvi n'avait pas changé. Ça le surprit. Froide et moche. Annie lui saisit le bras quand ils se dirigèrent vers la maison – pour ne pas glisser, bien sûr, mais aussi parce que, il le sentait, elle voulait le soutenir, faire ça pour lui, et il pouvait même imaginer, s'il s'y ingéniait vraiment, qu'elle lui pardonnait, bien qu'elle ne sût rien, elle lui pardonnait, intuitivement, instinctivement.

La fratrie était là. Arto devait aussi rentrer de l'hôpital. C'était la veille de Noël et, pour la première fois depuis plusieurs années, tous les enfants seraient rassemblés.

Comme elle est lourde, la responsabilité qui incombe à l'aîné

La boule de neige se met en branle, impossible à freiner.

Ah ! toutes ces vérités occultées qui n'attendent qu'une bonne raison pour montrer le bout de leur nez, pour se dévoiler, venir tout détruire, annihiler l'espoir d'un retour en arrière.

Mais il ne s'est encore rien passé, si ?

— Annie, tu ne me croiras jamais.

— Venant de lui, rien ne peut m'étonner.

— D'accord, mais tu ne diras pas que je ne t'avais pas prévenue.

Annie haussa les épaules.

Il était tard, et Arto avait pu rentrer à la maison.

Il n'était resté que trois jours à l'hôpital. Son séjour aurait dû être plus long, mais les soignants avaient eu pitié de lui, ils voulaient qu'il passe Noël à la maison. À moins que, ayant eu vent de la taille de sa famille, ils aient voulu éviter les innombrables allées et venues dans les couloirs pendant les fêtes. Il était maintenant au lit, bien emmitouflé, dans la chambre de Siri et Pentti.

Esko s'était attardé, éternisé, faisant les cent pas, et Annie savait que son grand frère souhaitait parler, qu'il souhaitait ouvrir son cœur, partager ce qu'il avait vu et qui l'avait à ce point ébranlé, mais elle était fatiguée. Sur les rotules.

Je n'aurais pas dû venir. J'aurais dû rester à Stockholm, dire à Alex de venir s'installer, il n'attend que ça, le pauvre, je devrais m'occuper un peu plus de moi et de mes affaires, songea-t-elle en soupirant à cause de tout ce qu'on attendait d'elle, de ce qu'elle devait faire et être. Cependant, elle avait fini par enfiler un vieux manteau de laine suspendu dans l'entrée, se coiffer du bonnet en fourrure d'un de ses parents et suivre Esko vers le garage.

Esko avait fumé comme un pompier et lui avait raconté ce qu'il avait vu, d'abord hésitant, puis de moins en moins. Plusieurs fois, elle avait éclaté de rire, mais, en voyant la mine épouvantée de son frère, elle avait dû se mordre la langue. Ne comprenait-il pas à quel point c'était dingue ? Esko était sérieux, pourtant. Après qu'Esko eut tout déversé, elle demeura longtemps muette. Son frère attendait, attendait, sa frustration grandissait. Ce n'était clairement pas la réaction escomptée.

— On doit aider maman.

Esko essaya d'attirer le regard d'Annie, mais elle fixait l'ongle de son pouce, comme s'il renfermait la réponse à toutes les questions du monde.

— On ne peut pas aider les autres, on ne s'aide que soi-même.

— Arrête ton char, Annie. Il faut qu'on l'aide.

Annie soupira. Pourquoi ça devait lui retomber dessus ? Qu'est-ce qu'il lui avait pris de revenir ?

— Siri ne veut pas de notre aide.

— Pour nous aussi, ce sera une bonne chose. J'ai tout prévu. Ça peut marcher, mais seulement si on s'entraide. Toi et moi, on doit collaborer.

*

Être ensemble, c'était une telle force.

Tous les frères et sœurs étaient revenus.

Tous, sauf Voitto.

Mais il était posté très loin, sur une île de la Méditerranée, et personne n'avait vraiment envie de le voir revenir. Bien qu'il ne fût presque jamais rentré à la maison depuis le début de son service militaire huit ans plus tôt, et qu'il eût été envoyé de plus en plus loin, il ne manquait à personne, et personne ne comptait sur sa présence, quel que soit l'événement. Conclusion, on ne l'appelait pas, et il ne se manifestait pas non plus.

Mais tous les autres se tenaient en rang d'oignons, comme pour une procession, quand Esko avait franchi le seuil avec Arto dans les bras et l'avait déposé délicatement sur la banquette-lit de la cuisine.

La maison sentait Noël, une odeur de propre et de savon noir, le feu crépitait paisiblement et la table de la cuisine était ornée du chemin de table rouge tissé de la main de Siri. Tout le monde s'était réuni autour de la table, dressée pour la collation de Noël : on avait sorti la vaisselle du dimanche et sur le plat à gâteaux se pressaient des sablés à la confiture, des étoiles aux pruneaux et des pepparkakor[1]. Lahja servait le café. Une solennité joviale envahit la pièce et la communion était telle qu'elle ne fut même pas altérée par l'entrée de Pentti qui demanda pourquoi personne ne l'avait prévenu que le café était servi. Il ébouriffa les cheveux d'Arto, prit une poignée de biscuits, disparut dans le salon et alluma la radio.

*

Esko avait commencé à mûrir son plan le jour de l'accident. Là, assis sur les marches devant l'hôpital, les larmes aux yeux. Il était tard et il pleurait à cause de ce qu'il avait vu, de ce qu'il savait, à cause de ce fardeau qui pesait sur ses épaules ; il devait parler à sa mère et vider son sac. Il lui faudrait être fort, gérer la situation, lui qui avait toujours été faible, une personne à écraser, à exploiter. Il y avait comme une fragilité en lui, une mollesse, une maladie. Et puis il était trop fiable.

Sa mère était au chevet d'Arto, elle voulait être là à son réveil et il avait promis de l'y conduire.

1. Biscuits aux épices confectionnés surtout pour les fêtes de fin d'année.

Esko, le garçon fiable.

Esko, la loyauté même.

Esko, sur qui on pouvait toujours compter.

Il savait que l'on se moquait de lui dans son dos. Mais qu'y pouvait-il? On est qui on est. Il était désormais importuné par des images, des souvenirs dont il ne parvenait pas à se débarrasser malgré ses efforts. Oui, malgré ses efforts, c'était la première chose qu'il voyait au réveil et la dernière au coucher.

Il voyait son père.

Il ne voulait pas y penser, mais elles déferlaient sur lui, le harcelaient, ces images contre lesquelles il n'arrivait pas à se défendre. Il ne ressentait aucune colère, non, son corps, son être, semblait incapable de s'enflammer – tout le contraire de son père, toujours prêt à prendre le mors aux dents. Il se sentait comme un navire, un navire dont les amarres avaient commencé à lâcher. Bientôt, il se trouverait à la dérive; ce sens du devoir, cette loyauté et ce respect qu'il avait éprouvés vis-à-vis de son père, dont ses frères et sœurs, la plupart en tout cas, étaient totalement dépourvus, s'effaçaient à présent aussi chez Esko. Une fois que le père aurait disparu mentalement de sa sphère, il ne ressentirait plus aucune obligation envers lui. C'est avec cette force qu'il pourrait mettre son plan à exécution.

Il essuya ses larmes avec la manche de son manteau, retira un peu de morve de sa moustache, l'essuya sur son pantalon et alluma une cigarette.

Allons, allons.

Grand garçon.

La ferme finirait par lui appartenir, il allait s'en assurer. C'était prévu depuis toujours, et il avait tant attendu. Cela faisait dix ans que Pentti, le jour de ses cinquante-deux ans, lui avait dit qu'il pourrait l'acheter. Le moment était venu, il avait tout planifié, avait-il dit, c'était un des jours joyeux de Pentti, oui, ils étaient plus nombreux autrefois, ou plutôt, ils existaient, jadis, ils avaient dû cesser plus ou moins à la naissance d'Arto, ou d'Onni, Esko ne se rappelait pas très bien, il ne vivait plus à la maison.

Pentti lui avait rendu visite, il venait de devenir grand-père, cet été-là, et il en était heureux, il était passé plusieurs fois pour boire un café avec son fils aîné, en ces soirées estivales.

Il avait l'air fort à ce moment-là, le père. Vigoureux, alerte. Le regard résolu, les yeux plissés, un bonheur bourdonnant dans la poitrine. Depuis longtemps disparu.

— Un jour, bientôt, tu me rachèteras Aapajärvi. Je te ferai un bon prix.

Ce soir-là, ils étaient installés sur la terrasse et contemplaient la cour, le père et le fils. Il régnait un silence total, comme parfois l'été en Tornédalie. Pas de stridulations de grillons ou de cigales, nulle rumeur de la ville au loin, même le mugissement des rapides de Kukkola ne parvenait pas jusque chez Esko.

— Enfin, ne te méprends pas. Ce sera au prix du marché. Mais pas un prix exorbitant. Juste assez pour que tes frères et sœurs ne se mettent pas en rogne contre toi plus tard.

Il fit claquer sa langue, hocha la tête, pensif.

— Et vous construirez une maison près du grand pin, toi et Seija, où vous pourrez habiter avec tous les enfants. Vous en aurez beaucoup, ça se voit. C'est le genre de chose qu'on voit.

Le père le regarda attentivement, puis se rembrunit.

— Sous le grand pin. C'est là qu'on aurait dû bâtir la maison. Mais c'est facile à dire, après coup.

Esko l'avait laissé parler, il avait ce don de mettre Pentti à l'aise. Lui-même n'existait plus.

— Siri et moi continuerons à vivre dans la vieille maison, mais nous n'aurons plus notre mot à dire sur la ferme, tu la reprendras. Dès que votre maison sera construite. Ça ne devrait pas prendre plus de six mois.

Esko plongea les yeux dans ceux de son père, ils se sourirent.

— Tout va bien se passer, tu verras.

Pentti lui avait donné une tape affectueuse sur l'épaule et s'était éloigné d'un pas nonchalant vers sa Merco.

Esko se souvenait de cette journée. Il s'en souvenait fort bien. C'était la dernière fois que Pentti avait parlé de l'affaire. Quand Esko avait voulu la remettre sur le tapis, ce n'était jamais le bon moment, on était pressé, ou bien il y avait autre chose.

Il y avait toujours quelque chose.

Mais Esko n'avait jamais cessé de croire son père. C'était la seule pomme de discorde dans le ménage d'Esko, le seul sujet autour duquel lui et Seija se disputaient : cela faisait près de dix ans qu'il attendait de pouvoir acheter la maison parentale, mais le jour tardait à venir.

Seija disait qu'il ne viendrait jamais, que le Pentti d'aujourd'hui n'était pas le même que dix ans plus tôt, qu'il ne vendrait jamais la ferme, il y mourrait, seul et malheureux, il survivrait à tout le monde, eux devraient tourner la page et prévoir un autre avenir, un avenir nouveau.

Ils avaient de l'argent, pas beaucoup, mais Esko avait épargné pendant toutes ces années, et Seija disposait d'un petit héritage : cela aurait suffi, ou presque, comme apport pour le crédit et les matériaux de construction. Sans compter qu'Esko rêvait de moderniser l'exploitation, et on pouvait obtenir des subventions de l'État pour cela. Il avait tenté d'en parler à Pentti, qui s'était contenté de grogner. Ça ne l'intéressait pas le moins du monde, il n'avait aucun respect pour le gouvernement. Qu'avaient-ils fait pour lui ? Et cetera.

L'argent devait suffire à tout recommencer ailleurs, plus au sud. Seija était institutrice, elle n'exerçait pas encore, mais elle pouvait s'y mettre, non ? Et Esko travaillait à la scierie, il était contremaître et n'aurait aucun mal à trouver un nouvel emploi, puisqu'il était la fiabilité faite homme. Ils pouvaient déménager à Oulu, à Tampere, à Helsinki ou... Oui, quand Seija était de bonne humeur, elle pouvait même rêver de la Suède.

Mais Esko disait toujours non, il n'y avait aucun moyen de discuter, il savait ce qu'il voulait et ne comptait pas changer d'avis. Non, il ne pouvait pas faire volte-face à présent. Étonnamment, plus le temps passait, plus il lui importait de camper sur ses positions, comme si c'était la seule chose qui lui restait – voilà ce qu'il se disait parfois, dans les moments sombres. Il allait attendre, encore un peu, bientôt ça arriverait. La ferme serait à lui. Reconquise, sa maison d'enfance.

Au fond de lui, il hésitait, bien sûr. Il voyait la vie défiler autour de lui et avait l'impression de vieillir tout en restant immobile, figé dans le temps, abandonné au bon vouloir de son père, un père qui n'avait jamais d'un seul mot montré qu'il se rappelait la conversation qu'ils avaient eue un soir de juin 1972.

Esko se leva du banc dans le couloir de l'hôpital et croisa son reflet dans l'une des parois de verre. Il était pareil à lui-même, se dit-il, mais son regard semblait maintenant apeuré, effrayé. Il entendait le personnel soignant discuter à voix basse dans le corridor et distinguait au loin des bips réguliers, sans doute d'un électrocardiogramme. Il était là, à présent.

Il ne ressentait plus d'amour pour son père. Il avait l'argent. Il avait les munitions, une arme. Quelque chose à utiliser contre son père. Pour la première fois, il se sentait libre.

Je vais pulvériser cet individu, se dit-il. Je vais le faire à ma manière, il ne comprendra ce qui lui arrive que lorsqu'il sera trop tard.

Il avait besoin d'Annie ; s'il réussissait à la convaincre, les autres suivraient. Ils obéissaient à Annie, ils l'avaient toujours fait, tous les frères et sœurs. Il n'était pas nécessaire qu'elle connaisse le plan dans les moindres détails, l'essentiel, c'était qu'ils s'entraident à certains moments clés. Il dirait seulement à Annie ce qu'elle devait savoir.

*

Assis dans une cabine téléphonique de l'hôpital, il essayait d'appeler chez lui. Chez lui, à Aapajärvi.

Là où tout avait commencé. La ferme où ils avaient grandi. Le foyer originel.

Esko se souvenait de tout. De chaque minute qui l'avait modelé. Il se rappelait quand ils avaient installé l'eau courante, au temps où la maison n'était pas pleine de gosses qui piaillaient. L'époque où il était le benjamin de la famille, lui qui était à présent l'aîné. Et depuis si longtemps. Parfois, c'était comme un rêve.

Il se rappelait l'abri à bûches.

Le cabanon à bricolage.

L'ancien garage, puis le nouveau.

Les endroits où l'on amenait les enfants décédés.

Il s'en souvenait, bien sûr, puisqu'il se souvenait de tout, mais ses réminiscences étaient si vagues qu'il se demandait parfois si elles n'étaient pas plutôt des fantasmes, des reconstructions. Esko n'était pas un rêveur. C'était un réaliste. Il pesait toujours le pour et le contre. Il s'arrangeait pour que justice soit faite ; pour ne jamais avoir de dettes envers personne ; pour toujours avoir un coup d'avance.

Il préférait que les autres aient une dette envers lui, la plus infime fût-elle.

Son côté calculateur, toujours à y regarder à deux fois, ne lui avait pas valu beaucoup d'amis. Ni de petites amies. La plupart des gens, s'ils n'avaient pas tout à fait peur de lui, ressentaient une légère gêne en sa présence. Il suscitait le malaise. Comme si une vague odeur le suivait, laquelle l'accompagnait dans chaque pièce qu'il traversait – l'odeur d'un homme terrorisé.

Plus jeune, il était beau. Élégant. Les mâchoires carrées et les cheveux couleur crinière de lion, épais, ondoyants. Les biceps saillants. Le torse glabre. Des muscles tendus sous ses vêtements – des muscles qu'il avait développés sans savoir comment. Il avait tout pour plaire. Mais son masque ne se fissurait jamais et il ne voulait pas avoir affaire à ces filles en bas de nylon, les paupières lourdes d'eye-liner, un chewing-gum à la bouche, et bientôt elles se désintéressèrent de lui.

Esko savait ce qu'il voulait. Pas *qui*, mais *quoi*. Quand il la rencontrerait, il saurait. Et quand il rencontra Seija, il sut. Elle n'était pas comme les autres. Ni jupe courte ni maquillage, des vêtements simples, toujours en jean et en pull de laine, en tee-shirt l'été, les cheveux propres lâchés sur les épaules. Mais elle avait le regard droit et elle était sans ambiguïté, entière, pas de jeu ni de gloussements derrière son dos, elle ne faisait pas peur à Esko, et elle sentait le Lux. C'était elle.

Il le savait.

C'était la première fille qu'il avait voulue, et il l'avait eue. C'était le premier garçon à la regarder comme ça et, au début de leur relation, elle pouvait rester longtemps à contempler sa silhouette endormie, laisser son regard caresser chaque centimètre de sa peau, de son visage, de ses cheveux, de ses lèvres ; elle s'était donnée entièrement à lui et, une fois qu'ils s'étaient mis en couple, c'était comme si le reste du monde avait cessé d'exister autour d'eux.

Esko, la fiabilité faite homme, garda bien sûr des liens avec sa famille – c'est comme ça qu'on faisait – et s'efforça d'apprendre à connaître la famille de Seija et de bâtir une relation avec elle, mais, au fond de leurs cœurs, ils n'avaient d'yeux que l'un pour l'autre, et pour leur embryon de famille. C'est quelque chose qui se sent, tout le monde le sentait autour d'eux, mères, pères, frères et sœurs, et la distance commença à croître, lentement mais sûrement.

Esko et Seija s'étaient rencontrés en novembre 1968 et mariés en mai 1970. Ce fut une petite cérémonie à la mairie de Tornio ; Esko portait un costume doré – ou beige, plus précisément – en velours et Seija une robe blanche qui, faute de mieux, peut être décrite comme respectable – col montant, manches longues et boutons recouverts le long du dos. Elle n'était pas maquillée et avait pour seul bouquet trois roses rouges, tout cela était, comment dire, extrêmement *respectable*, et on servit un pain surprise chez les parents de Seija pour la famille et les voisins, et *tutti quanti*.

Le soir ils firent une fête pour leurs amis et leurs frères et sœurs dans la maison qu'ils louaient ; on but du punch dans des verres en plastique, on mangea des toasts au saumon fumé et on dansa au rythme de musiques populaires.

Helmi prit sa première cuite et Annie dut lui tenir les cheveux tandis qu'elle vomissait dans la salle de bains.

Deux ans plus tard, au mois de mai, naquit leur premier enfant, Juhanni ; il était le premier des petits-enfants de la famille, l'enfant qui rendit Pentti si sentimental et, on peut le dire, toutes proportions gardées, heureux. L'enfant qui augurait la potentielle vente future de la ferme. Juhanni rendit aussi ses parents heureux, bien sûr, et, pendant un temps, Esko eut même l'impression que tout allait s'arranger. Puis les années passèrent et le bonheur demeurait, certes, mais il avait toujours l'impression d'attendre que sa vie, *la* vie, commence.

Ce doute permanent n'échappait pas à Seija, qui sentait une distance entre eux. Elle se consacrait pleinement à ses enfants, parce qu'ils continuèrent d'arriver, et elle les aimait plus que lui – c'est toujours le cas, me direz-vous, et c'est bien possible, mais c'était comme si elle avait cessé de partager ses rêves avec Esko. Elle aussi avait fait une pause dans sa vie en attendant que celle de son mari commence.

Les enfants avaient beau crier ou la radio être allumée, le silence régnait dans leur maison, un peu comme lorsque les premières neiges tombent à l'automne – elles se posent comme une couverture, une couche d'ouate sur l'existence. Un silence pas forcément désagréable, mais un silence tout de même.

Rien à voir avec la maison d'enfance d'Esko. D'aussi loin qu'il s'en souvienne, le tumulte avait toujours coloré son quotidien. Il y avait sans cesse quelque chose qui faisait du bruit, ou quelqu'un. Les enfants, Pentti, Siri qui fredonnait une chanson, ou bien la radio, ou encore les animaux. Il se souvenait de sa petite enfance comme à travers un rideau, tel celui qui sépare les patients à l'hôpital. Il y avait eu, semblait-il, une tristesse, des pleurs silencieux, mais il parvenait à peine à distinguer cela d'un rêve. Peut-être que ça n'avait été qu'un rêve ?

Esko avait grandi avec une mère heureuse, oui, elle était heureuse, la plupart du temps. S'il lui arrivait de pleurer, inconsolable, ces larmes ne faisaient jamais peur, car on savait déjà, enfant, qu'on ne pouvait pas la consoler, qu'il n'y avait rien à faire, qu'elle pleurait les enfants morts et que telle était la vie, injuste. Aujourd'hui, elle ne pleurait plus jamais. Il prit conscience qu'il ne savait pas quand elle avait cessé. Pourtant la tristesse habitait son corps, de façon plus évidente que quand il était enfant. Elle était plus accablante, comme une couverture humide posée sur tout son être.

L'enfance d'Esko : une mère rieuse et un père sanguin. C'est-à-dire, un père qui élevait la voix et une mère qui arrondissait les angles de son rire, ce qui marchait à peu près une fois sur deux. Une fois sur deux, le courroux se calmait ; l'ordre était rétabli. Mais au fil du temps, quelque chose avait changé, *ils* avaient changé. Pentti n'écoutait plus Siri, et désormais Siri s'en moquait comme de sa première chemise. Elle ne faisait rien pour empêcher ses crises, elle semblait les considérer comme des tempêtes marines, rien qu'elle puisse contrôler, pas son problème, pour ainsi dire, mieux valait attendre qu'elles passent, qu'elles s'amollissent.

À maints égards, le divorce n'était pas un si grand pas, se disait Esko. Les parents ne partageaient rien d'autre que l'entreprise familiale, et s'il la leur rachetait, s'il les en libérait, ils pourraient bien en profiter pour se libérer l'un de l'autre – car de l'amour, il n'y en avait plus entre eux.

Il ne pouvait plus y en avoir, songeait-il. À l'époque, quand il était petit, peut-être, mais plus maintenant, plus depuis longtemps.

Peut-être avaient-ils changé à cause des enfants, de tout le travail que cela impliquait ? Esko le savait bien : les relations se détériorent à cause du manque de sommeil, des petits petons qui peuvent entrer à pas de loup dans la chambre à n'importe quel moment, des épouses agacées qui attendent de vous l'impossible, des difficultés de communication qui surgissent quand l'un parle trop et l'autre pas assez, de tout ce qu'il advient quand deux personnes évoluent, passant d'un couple amoureux à une famille de plus en plus nombreuse.

Ou peut-être était-ce quelque chose que les enfants sont incapables de discerner ? Adulte, marié à présent, il savait que cela pouvait arriver, même s'il ne l'avait pas expérimenté lui-même : l'amour peut s'éteindre. Peut-être était-ce aussi simple que ça : l'amour s'était tout bonnement éteint.

Dans toute relation, il y a des *moments* ; on ne les remarque peut-être pas quand on les vit, mais après, avec le recul, on peut les observer et comprendre que là, à cet endroit, à cet instant précis, un petit morceau de l'amour que nous ressentions a été ôté au couteau, retranché, consommé, et si l'on continue de tailler ce bloc, il finit par ne rien subsister, or c'est irréparable. Toute incision dans la pièce de bois de la vie à deux est irrémédiable.

Quoi qu'il en soit, à un moment donné, une union fonctionnelle – quoique loin d'être heureuse – s'était muée en mariage malheureux. Peut-être avait-il été voué à l'échec dès le départ, peut-être le chemin était-il inexorable, peut-être qu'il était impossible de s'en détourner. Peut-être était-ce vrai pour eux tous ? Peut-être est-ce le cas pour tout le monde ?

En y pensant, Esko avait la chair de poule. Il ne craignait rien de plus que de se trouver entre les griffes de son destin, incapable de le déjouer. Esko refusait d'y croire. Il ne voulait rien tant que prendre le contrôle de sa destinée. Ne pas finir comme ses parents. Pour la première fois de sa vie, il était empli d'une sorte de colère calme et blanche, un sentiment d'urgence – il devait agir maintenant et il ne permettrait à quiconque de lui barrer la route.

Esko savait qu'il avait la morale de son côté, c'est ainsi qu'il voyait les choses. S'il y avait un juge là-haut qui, le jour du jugement dernier, décidait qui avait bien et mal agi, il jugerait en faveur d'Esko. Peut-être pourrait-on dire que si ses choix n'étaient pas moralement *justes*, ils étaient néanmoins moralement *défendables*. Et il avait agi tout seul, comme un homme responsable, et ça, c'était un sentiment auquel il n'était pas habitué. C'était nouveau et tellement satisfaisant.

Esko, l'homme d'action.

*

Siri l'avait rejoint dans le couloir de l'hôpital. Elle paraissait étonnamment petite dans cet environnement, cet hôpital si stérile et anonyme, ici elle n'était pas elle-même, dans cette situation si difficile, irréelle. Elle se déplaçait lentement, comme si le choc la rendait incapable de se mouvoir normalement.

— Ils disent lui avoir donné quelque chose pour qu'il dorme toute la nuit, mais je crois que je vais rester, au cas où il se réveillerait. Toi, tu peux rentrer maintenant.

Elle prit la cigarette de son fils et la porta à ses lèvres, ce qui ne lui ressemblait pas, elle ne fumait jamais d'habitude.

Comment lui raconter ? se demandait-il. Je dois le lui dire.

Il lui avait tendu sa flasque, lui avait proposé de goûter, mais elle s'était contentée de secouer la tête.

— Maman, il faut que je te raconte un truc.

Elle avait secoué la cigarette pour l'en dissuader, elle refusait de le regarder. Ses yeux étaient posés quelque part au loin.

— Esko, Esko. Ça peut attendre.

— J'en doute.

Il avait baissé les yeux sur sa mère, si petite, si... *usée* était le mot qui lui venait à l'esprit.

Et puis il le lui dit, comme ça.

Il avala quelques gorgées de la flasque pour se donner du courage et il se lança. Il raconta ce qu'il avait fait, ce qu'il avait vu ; il lui parla de Pentti. Elle écouta, le regard braqué sur un point là-bas, au loin, l'air impassible. Elle hocha la tête, émit des petits bruits d'acquiescement.

Puis elle écrasa la cigarette en la tapotant plusieurs fois contre le cendrier, comme un petit oiseau qui cherche des vers dans la terre.

Elle tourna le regard vers lui.

— Alors, maintenant, tu es au courant, lui dit-elle.

Elle gloussa, il en était sûr, et, légèrement, presque imperceptiblement, elle haussa les épaules.

— Qu'est-ce que tu veux dire ? Tu l'as toujours su ? Ça dure depuis combien de temps ? Comment peux-tu continuer comme si de rien n'était ?

Les mots avaient déferlé, impossibles à arrêter. Les questions. Ces questions saturées de rage.

Elle ne voulait pas lui raconter, il le comprenait bien. Elle ne voulait pas le laisser entrer là, dans sa sphère la plus intime, et il savait que, dès l'instant où elle le ferait, leur relation changerait pour toujours. Il ne pourrait plus être seulement son fils, ils deviendraient d'une certaine manière des égaux, des amis ; réflexion faite, peut-être pas des amis, mais leur relation se transformerait. D'une relation mère-fils à quelque chose d'autre. Elle le regarda, les yeux clairs, doux. Mais elle ne lui dit rien. Finalement, elle tendit la main vers la flasque et but quelques gorgées, elle aussi. Puis elle resta assise en silence, longtemps, si longtemps qu'Esko pensa qu'elle ne répondrait pas.

— Je le sais depuis longtemps, dit-elle enfin. J'ai su très tôt que l'homme que j'avais épousé avait une case en moins. Ou en tout cas, qu'il n'avait pas toute sa tête. Ou qu'il n'était pas comme moi, comme nous, ma famille, et vraiment pas comme les garçons du village d'où je viens. Mais au début c'est ce qui, je ne dirais pas ce qui m'a fait tomber amoureuse, mais ce qui m'a attirée.

Elle éclata à nouveau d'un petit rire, et Esko approcha la main pour l'effleurer mais quelque chose le retint.

— Je pensais que cette différence me sauverait. Me sauverait de la vie telle que je la connaissais jusqu'alors. J'avais tort. D'une prison à une autre, c'est tout. Puis vous êtes arrivés. L'un après l'autre, et je sentais que ce qui importait, c'était vous. Que vous ayez à manger, un toit sur la tête et des opportunités que je n'avais jamais eues.

Il ne l'avait jamais entendue parler ainsi ; elle semblait à peine savoir quels mots allaient jaillir de sa bouche avant qu'ils se forment, se manifestent, avant qu'ils soient là, prononcés, impossibles à ravaler.

— Beaucoup de gens diraient que ce dont les enfants ont le plus besoin, c'est un foyer plein d'amour avec des parents heureux.

Elle le regarda, étonnée par son affirmation. Elle répondit avec un sourire.

— Ces gens-là n'ont pas connu la faim. Je me rappelle mon enfance, où j'avais toujours faim. À l'époque, j'aurais de bon cœur échangé tout le bonheur du monde contre un vrai repas chaque jour.

Elle lui caressa la joue.

— J'ai cinquante-quatre ans, Esko, mon chéri. Je ne peux pas divorcer.

Puis elle retourna dans la chambre d'Arto, se lova dans le fauteuil placé à son chevet, se couvrit de son manteau du dimanche et ferma les yeux.

Esko était resté un instant à regarder sa mère et son petit frère enveloppé de bandages. Puis il était retourné à la cabine téléphonique.

Il avait convaincu Annie de continuer la discussion.

— Mais plus tard, Esko, avait-elle dit. Quand Arto sera rentré. Je ne m'entends même pas penser en ce moment.

Et puis, une fois Arto à la maison, Annie avait accompagné Esko dans le garage et l'avait écouté. Elle avait l'air fatiguée, sa sœur. Cela ne lui seyait pas d'être enceinte, songea-t-il. Pas comme Seija. À chaque grossesse, trois jusqu'ici, Seija s'était épanouie, comme sublimée, presque sanctifiée. Elle avait les joues roses, et on aurait dit que tout son corps s'était enveloppé dans une couche protectrice qui avait arrondi ses angles, physiquement mais aussi psychologiquement ; elle avait traversé toutes ses grossesses avec un petit sourire plaqué aux lèvres.

Annie ne semblait pas avoir pris de poids. Elle paraissait même encore plus maigre que d'habitude. Comme si le fœtus était un animal étranger qui grignotait son corps de l'intérieur, la vidait de sa substance et suçait toute son énergie. Esko aurait aimé qu'elle se repose, et l'espace d'un instant il sentit un pincement de culpabilité : il devrait laisser les choses telles qu'elles étaient, sa découverte dans l'étable devrait être remisée au même endroit que toutes les autres anecdotes concernant son père, dans une boîte à outils commune, dont on pourrait toujours récupérer une anecdote sur ses folies, la partager et en rire, et le temps passerait, et rien n'avait besoin d'advenir, c'était quand même le plus confortable pour toutes les parties en présence. Mais quelque chose s'était passé en lui, avait changé. Il ne pouvait plus faire comme si de rien n'était. Il ne le voulait plus.

*

Annie avait continué les préparatifs de Noël jusqu'au réveillon. Elle avait cuisiné, préparé le gratin de carottes, le gratin de rutabagas, le gratin de foie. Lahja l'avait aidée et, une fois Siri et Arto rentrés, l'ordre avait paru quasiment rétabli.

Les frères avaient amené Arto dans la forêt. Ils l'avaient enveloppé délicatement, l'avaient amarré au *spark* et lui avaient demandé de choisir un sapin qu'ils avaient abattu et rapporté à la maison – c'était le 23 décembre. Puis ils avaient sorti la boîte contenant les décorations de Noël et avaient décoré l'arbre. À la radio, on entendait le carillon, puis la prière, tous ces sons familiers, ces rituels. Tatu était rentré, seul, et il avait apporté une bouteille de Koskenkorva que les frères et sœurs avaient fait tourner. Seuls Onni, Arto et Annie avaient passé leur tour.

Depuis le début de sa grossesse, Annie ne buvait presque pas, le goût lui déplaisait. D'ailleurs, elle n'avait jamais aimé cette ivresse chaude, presque étourdissante que procure la vodka pure. Siroter un cognac, pourquoi pas, ou boire un peu de vin, mais l'alcool fort, très peu pour elle, quel que soit son état.

Esko n'était pas satisfait de la première conversation dans le garage. Il continua à appeler. Il voulait continuer à parler. Parler, toujours parler. Tous les jours jusqu'au réveillon de Noël, il téléphona ; tous les jours, Annie secouait la tête en silence quand ses frères et sœurs essayaient de lui passer le combiné, et s'ils ignoraient pourquoi elle refusait de parler à l'aîné, ils lui étaient dévoués et inventaient mille excuses pour justifier qu'elle ne prenne pas le téléphone à cet instant précis.

Esko soupirait et raccrochait.

Il allait devoir y retourner. Alors, la veille du réveillon, une fois Seija et les enfants couchés, il se rendit à nouveau à Aapajärvi. Annie le vit par la fenêtre de la cuisine, depuis la banquette où elle était assise. Elle poussa un soupir. Elle avait conscience que son frère ne lâcherait pas le morceau tant qu'il n'obtiendrait pas satisfaction. Elle avait toujours pensé que les choses étaient comme elles étaient, immuables. Même si elle aimait taquiner Siri, lui parler de divorce et d'une autre vie, elle n'ignorait pas que c'était impossible pour sa mère, que dans sa conception du monde c'était inenvisageable, chimérique.

Mais voilà qu'Esko faisait irruption. Esko qui croyait au changement. Et peut-être était-ce indispensable.

Il avait apporté un sachet des torsades de Noël de Seija. Il savait qu'Annie en raffolait. Il resta dehors, dans la cour, à balancer le sachet à bout de bras, comme un appât devant une perche. Annie lui adressa une grimace, puis elle s'habilla et sortit à sa rencontre.

Dans le garage il faisait froid et Annie s'enveloppa dans deux couvertures tandis qu'elle mangeait les pâtisseries à même le sachet. Ses mains étaient couvertes de sucre et elle les lécha soigneusement, tout pour éviter de regarder Esko.

— Siri va me vendre la ferme. Ou plutôt, *ils* vont me la vendre. Siri et Pentti. Ils en possèdent cinquante pour cent chacun, ils vont me vendre leurs parts.

— Tu as les moyens ?

Annie regarda son frère, toujours pas convaincue. Esko acquiesça.

— J'ai les moyens.

Ce qui n'était pas vrai. Esko savait, parce qu'il s'était renseigné auprès du cadastre, qu'il ne pourrait racheter que la part de sa mère. Cela suffisait. Si tout se déroulait selon son plan.

Il continua, s'efforçant de réfréner son enthousiasme, de ne pas laisser transparaître ses sentiments.

— Puis je construirai cette maison, là-bas, près du pin. Comme il l'a dit quand il est venu nous rendre visite alors que Juha était encore bébé. Tout ça va devenir réalité.

— Et Pentti pourra rester ?

— Oui, il habitera dans sa maison. Moi, je ne veux pas y vivre, ni que mes enfants y grandissent, dans cette maison de merde.

Ce n'était pas non plus tout à fait vrai. Esko aurait très bien pu vivre dans la maison où il était né mais il savait que Seija ne l'accepterait jamais. Et pour avoir les moyens de construire rapidement la nouvelle maison, il devait mettre de côté une somme bien plus importante que prévu.

— Et puis, quand Siri comprendra tout l'argent qu'elle a, je l'aiderai à acheter une nouvelle maison. Et à ce moment-là, elle le fera, Annie, j'en suis sûr.

Annie pouvait se le représenter. Sa mère, dans une maison qui lui appartiendrait. Comme elle serait heureuse.

Elle capitula face à l'ardeur de son frère, même s'il avait fait de son mieux pour la dissimuler. Annie prit conscience que c'était la bonne chose à faire. Elle se dit que, si elle aidait Esko dans cette entreprise (même si elle avait du mal à comprendre *pourquoi* il était si important qu'Esko devienne propriétaire si le père pouvait continuer à y vivre), elle pourrait se reposer ensuite. Elle pourrait rentrer chez elle, y rester, elle n'aurait plus à revenir ici, pas avant la naissance de l'enfant, et alors, quand elle-même serait mère, quand elle aurait sa propre famille à nourrir, elle serait enfin libérée : plus besoin de protéger cette famille, de toujours y mettre de l'ordre, de balayer derrière les autres, de réparer leurs bêtises.

Esko le sentait : le poisson qui n'avait fait que grignoter le leurre venait d'avaler l'hameçon tout entier. Il savait qu'il pouvait compter sur Annie.

— Je crois qu'il vaut mieux que je lui parle. Personne d'autre, peut-être maman à la rigueur, de toute façon ils vont devoir se parler, mais pas vous autres. Il comprendra que pour lui ce sera comme vivre à l'hôtel. Nourri et logé gratuitement jusqu'à la fin de ses jours.

— Que pense Seija de tout ça ?

— La même chose que moi.

Il opina du chef, regarda sa sœur droit dans les yeux.

— Ça peut marcher, dit Annie. Mais alors il faudra agir tous ensemble.

Le garçon qui haussait les épaules / le cinquième fils

Où Annie essaie de prendre une décision – ça doit être irrévocable, et grandiose. Où nous faisons la connaissance du cinquième fils, Tatu, ou plutôt Rinne, qui nous dissuade de suivre son exemple.

Une visite surprenante.

Bientôt, très bientôt, il arrivera peut-être quelque chose.

Quel étrange phénomène que le temps. Noël passa, et passa même de manière... peut-être pas paisible, mais sans grosse surprise. C'était ainsi : la période de Noël ressembla à une longue expiration. Le Nouvel An vint et repartit. Le froid resserra son étau autour de la nature, des hommes et des animaux. Les températures ne dépassaient jamais moins cinq, pas depuis qu'Arto était tombé dans la bassine de cuivre.

Arto, parlons de lui. Il allait mieux. Il n'avait que six ans, et ils ont de bons tissus de granulation, les petiots, comme avait dit le docteur Viisenmaa lorsqu'il était venu inspecter le tissu cicatriciel et refaire le bandage.

— Il ne gardera presque aucune trace, le petit moineau.

Lauri, qu'on avait réussi à faire venir à temps pour Noël, s'occupait de son petit frère. Tous les jours, il faisait faire à Arto un petit tour de *spark*, en avançant très lentement, car le gamin devait sortir à la lumière du jour, cela accélère la guérison, c'étaient les mots du médecin, pas ceux de Lauri, mais ce dernier avait trouvé là une manière de s'occuper et il en avait bien besoin pour supporter les journées, faire passer le temps.

Annie demeura à Aapajärvi pendant toute la durée de son séjour, quoiqu'elle eût préféré dormir chez Helmi en ville. Une intuition lui disait de rester dans sa maison d'enfance, même si on s'y sentait rapidement à l'étroit, oui, on s'y sentait presque claustrophobe maintenant que tous les enfants étaient revenus. Elle ne comprit pas d'abord de quoi il s'agissait, mais peu à peu elle prit conscience de ce qu'elle faisait.

Annie montait la garde. Sans s'en rendre compte, au départ, puis en connaissance de cause.

Pentti passait le plus clair de son temps dans l'étable. Ce qu'il faisait, personne n'en savait rien, car personne n'allait l'y trouver. Il rentrait pour déjeuner et pour dîner, sinon il se tenait à l'écart. Quand il était dans la maison, il se comportait comme d'habitude, peut-être était-il un peu plus gai que d'ordinaire, ou peut-être pas, peut-être qu'Annie se faisait des idées.

Le 1er janvier, il prit le pick-up et alla rendre visite à l'un de ses frères qui vivait du côté suédois, au nord d'Aapajärvi, à Lainio. Il ne prit congé de personne avant de partir, et on ne s'en offusqua pas.

C'était un voyage qu'ils faisaient chaque année, début janvier, un voyage auquel participaient d'ordinaire Siri et les jeunes enfants, mais cette année-là, il n'en fut même pas question, Pentti prépara son sac et partit au petit matin, avant que quiconque ne fût réveillé. Ce que se dirent Siri et Pentti, les enfants n'en avaient pas idée. Peut-être rien. Peut-être tout.

Annie se demandait si quelque chose avait commencé à germer en Siri, qui n'en montrait toutefois aucun signe extérieur. Elle et Esko attendaient le bon moment pour lancer leur offensive. Et l'absence de Pentti était l'occasion rêvée.

Même la maison poussa un soupir de soulagement quand Pentti s'éclipsa. Certes, il n'y avait pas beaucoup d'espace, avec Annie, Lauri et Tarmo à la maison, et même Tatu, une nuit sur deux.

Pourtant, une fois Pentti parti, ils se sentirent moins à l'étroit.

Moins les uns sur les autres.

C'était moins usant.

Tout le monde s'entraidait. Tarmo, Lahja et Valo trayaient les vaches; Annie et Helmi assistaient Siri pour les tâches ménagères. Helmi et Ptit-Pasi étaient presque toujours là : Pasi devait être dans l'une de ses *phases*, Helmi ne lui disait rien mais Annie crut voir dans les yeux de sa sœur davantage que la fatigue habituelle. Elle n'avait jamais le temps d'en parler avec Helmi et peut-être que ça n'avait pas d'importance. Chaque fois qu'elle avait envie d'arrêter sa sœur, de lui effleurer le bras et de lui demander comment elle se sentait *vraiment*, elle se retenait, après tout ce n'était pas son problème, ni même ses affaires. En outre, Ptit-Pasi était un enfant vivant, plus vivant qu'aucun d'eux ne l'avait jamais été, il grimpait partout, n'en déplaise à son jeune âge, et Helmi avait toutes les peines du monde à le surveiller.

Arto n'allait pas mourir. Pas de ça, en tout cas. Les jeunes enfants guérissent si vite. Oublient si vite.

Il semblait peu affecté par l'accident. S'il souffrait, c'était surtout la nuit. Il avait presque l'air plus gai, heureux de retrouver ses frères et sœurs et de l'attention qu'ils lui prêtaient.

Onni, qui avait deux ans de moins qu'Arto, en avait assez qu'on demande toujours à son frère comment il allait, qu'on le cajole et qu'on le câline. Cela avait failli mal finir.

Un après-midi, Onni avait fait irruption dans la maison en courant comme un dératé et en criant qu'il s'était brûlé au quatrième degré, que toute sa peau pelait, et il avait hurlé à la mort quand on avait essayé de l'aider. Il s'avéra qu'il avait écouté le docteur Viisenmaa lors d'une de ses visites et surpris d'autres conversations non destinées à des oreilles innocentes, et qu'il s'était mis dans la tête que ce qui était arrivé à Arto était grave, mais qu'il y avait pire : on pouvait perdre toute sa peau d'un coup et ressembler à une saucisse ébouillantée.

Lassé de ne plus jouir de l'attention portée habituellement au benjamin à cause des brûlures d'Arto, Onni avait épluché toutes les saucisses, appliqué les boyaux sur son corps à l'aide de colle à bois et s'était précipité dans la maison couvert de ces lambeaux qui se détachaient les uns après les autres.

Les boyaux de saucisse s'en étaient allés mais la glu avait provoqué une réaction allergique. Onni faisait peur à voir, la peau rouge et enflée, sain et sauf heureusement (ou malheureusement, selon le point de vue) mais avec des démangeaisons terribles et impossibles à apaiser.

Les frères et sœurs avaient ri de lui, et Siri aussi, une fois le premier choc passé.

— Heureusement que Pentti n'est pas là, il aurait eu une crise cardiaque en voyant ces boyaux parfaitement bons qui devront partir à la poubelle.

Annie se sentait d'humeur étrange. Le retour d'Arto le 23 décembre avait mis un coup de frein au complot qu'elle ourdissait avec Esko. Il lui en avait reparlé le soir du réveillon de Noël, il était revenu après avoir raccompagné Seija et les enfants. Cette fois, ils étaient sortis dans le sauna pour être tranquilles. Tout le monde y avait déjà fait sa toilette de Noël et dans le vestibule s'attardait une chaleur agréable. Ils pouvaient rester à discuter sans être dérangés.

Tout ce qu'Esko lui avait raconté sur Pentti, ce n'était… ce n'était pas particulièrement étonnant. C'était précisément ce à quoi on pouvait s'attendre. Pas ce qu'on avait envie d'entendre, bien sûr, mais pas surprenant pour autant. Et Esko semblait déterminé à acheter la ferme.

Annie était d'accord avec le projet. Pourtant, elle ne parvenait pas à s'y investir. C'était la raison pour laquelle Esko était venu à elle, elle le savait. Elle déambulait sur les lieux de son enfance, sur le même plancher, les mêmes terres, les mêmes chemins, et pourtant elle se sentait comme une étrangère. Ses pensées lorgnaient toujours autre chose, une autre existence, l'avenir, l'enfant.

Esko voulait qu'ils élaborent un plan. Qu'ils décident comment et quand mener à bien leur projet. À savoir, parler avec Siri.

Ils devaient se lancer. Lui dire qu'ensemble ils étaient forts. Lui enjoindre d'oser rêver à une autre vie. *Elle* devait se lancer.

Ensemble, ils pourraient y parvenir. Pourtant, cela semblait tellement... eh bien... anecdotique était le mot qui lui venait à l'esprit.

Un beau jour, tout ce qui advenait ici et maintenant serait oublié.

Personne ne s'en souviendrait, personne ne l'écrirait, ne le raconterait dans les livres d'histoire. Ces pensées la fatiguaient. Annie était fatiguée. Plus que d'habitude. Cela pouvait arriver, pendant la grossesse. Ces pensées, elle ne savait pas d'où elles venaient. Étaient-elles liées aussi au bébé ? Était-ce l'obscurité intérieure du fœtus qui la touchait ? l'empoisonnait ? Cela n'avait-il pas plutôt commencé quand elle était retournée dans sa maison d'enfance ?

Ou quand Arto était tombé dans la bassine.

Ou quand Lauri était revenu.

Avec tant de frères et sœurs à la maison, elle commençait à s'y sentir à l'étroit, elle qui était si habituée à sa liberté.

Dans sa valise, à présent rangée sous son lit, se trouvait son billet de retour marqué d'une date qui approchait. Personne ne savait quand elle partirait. Elle-même ne savait pas si elle partirait à ce moment-là ou si elle serait obligée de rester plus longtemps. S'occuper de tout ce bazar, comme d'habitude. Ou peut-être pas comme d'habitude, finalement.

Annie et Esko avaient longuement débattu. Comment l'annoncer de la manière la plus appropriée ? Pour que Siri écoute. Évidemment, Pentti ne pouvait pas être là, cela allait sans dire. Il fallait que ça se passe ailleurs, chez quelqu'un d'autre. Que diraient-ils aux frères et sœurs ? Annie s'en était ouverte à Helmi, et à Lauri, mais les autres aussi avaient le droit de connaître le sujet de ces réunions tardives. Pas Onni ni Arto, mais les autres.

Ils avaient fini par fixer une date pour se retrouver tous, et cela tombait précisément le jour où Annie devait rentrer. Elle ne l'avait pas dit à Esko parce qu'elle ne savait pas encore ce qu'elle allait faire. Rester ou partir. Faire ce qu'on attendait d'elle ou renoncer. Laisser quelqu'un d'autre s'en occuper.

Bien sûr, elle pouvait reporter son départ, rentrer le lendemain. Le restaurant dans lequel elle travaillait était fermé jusqu'à la mi-janvier, elle ne manquerait à personne, sauf peut-être à Alex, mais il survivrait. Un jour de plus ou de moins, quelle importance? Il voulait qu'elle téléphone, c'est ce qu'il lui avait dit, mais quand elle le faisait ils ne parvenaient pas à parler de quoi que ce soit. Silence radio, des deux côtés de la ligne. Il y avait tant de choses à dire, tant de décisions à prendre, sur l'avenir, leur avenir commun, Annie n'arrivait jamais à les aborder et Alex se contentait d'attendre.

Alors quoi ? Il pouvait bien attendre un jour de plus.

Ils ne vivaient pas l'amour fou. Alex l'aurait voulu, elle en avait conscience. Il avait cela en lui, la capacité d'aimer passionnément, à la folie, comme au cinéma.

Ce dont elle était capable, Annie ne le savait pas elle-même.

Partout on voyait des gens aimer comme si c'était la chose la plus belle et la plus importante dans la vie. Dans les films, bien sûr, mais aussi dans la réalité, partout, pensait-elle parfois. Elle voyait ses frères et sœurs, certains si pleins de sentiments, si affamés, si assoiffés de vivre dans cet état d'exaltation, alors que cela lui paraissait, à elle, plutôt fatigant, un peu embarrassant, gênant. Chaotique et confus, poisseux et crasseux.

Certaines personnes ont tout simplement un plus grand besoin de ça – fusionner avec autrui –, elles trouvent peut-être un sens à leur existence en la partageant entièrement avec les autres, comme si elle ne valait pas la peine d'être vécue seul. Annie n'était pas de ceux-là. Elle était une île, et elle en était pleinement satisfaite.

La date du départ arriva, le 3 janvier. Pentti était parti depuis trois jours. Les épaules avaient eu le temps de se relâcher. Et le moment était venu de parler avec Siri ; tous, à l'exception d'Onni et Arto, devaient se retrouver chez Helmi.

Ils n'avaient pas réussi à joindre Voitto, bien qu'ils aient essayé sans conviction. (En insistant bien sur *sans conviction.*) Leur frère était sans doute, d'après leurs informations, encore à Chypre, cette île exotique à la lisière de la Méditerranée.

Tatu, qui avait souvent dormi dans la maison parentale ces derniers temps, était le seul de la fratrie à partager les habitudes de sommeil d'Annie – ou, plus exactement, tous étaient sortis pour effectuer les tâches qui leur incombaient, sauf Annie et Tatu.

Si Annie dormait mal la nuit, elle traînait volontiers au lit jusqu'à ce que la maison soit vide. Ensuite, elle se faufilait dans la cuisine, se préparait une tartine, se servait une tasse de café noir, ce café resté si longtemps sur le feu qu'il était devenu noir comme poix et épais comme de la mélasse, avec cette note un peu brûlée qui la dégoûtait d'ordinaire mais qui, à présent, était sinon bonne, du moins familière. Ce jour-là, elle remonta son petit déjeuner dans la chambre et sortit sa valise de sous le lit.

Assise sur le bord du lit, elle essayait de ranger ses affaires tout en avalant quelque chose quand Tatu apparut dans l'encadrement de la porte, ricanant.

— Alors, comme ça, tu mets les voiles au moment où ça chauffe, grande sœur ?

Il se tenait là, en sous-pantalon crasseux et tee-shirt, les cheveux hirsutes, son sourire torve collé au visage, un café en équilibre dans une main. Il avait pris une des petites tasses à fleurs qu'on sortait pour les grandes occasions, mais c'était typique de Tatu de ne pas être au courant de ce genre de traditions, de ne pas les voir.

Annie ne savait pas quoi répondre. Elle ne pensait qu'à ça depuis des jours. Le réflexe de fuite s'était enclenché. Elle lui adressa un sourire désemparé. Lui avait l'air plutôt amusé.

— Bah, ne fais pas cette tête ! Je peux te conduire. Ton car part à quelle heure ?

*

La destinée de certains individus semble plus tracée que pour d'autres. Comme si, en examinant leur vie avec recul, on eût vu qu'elle n'aurait pu se dérouler autrement. Tatu était de ceux-là, depuis tout petit. Né avec une cuillère d'argent dans la bouche, adoré, avec un caractère solaire, et pourtant, ou peut-être à cause de cela, frappé de plus de malchance qu'on ne le croirait humainement possible.

Que devient un tel enfant ?

Tatu Olavi était le huitième de la famille Toimi mais ça, il ne parut jamais le remarquer. Il se prenait pour le premier et le seul. Siri aussi. Elle était incapable d'en expliquer la raison, elle ne l'aurait peut-être même pas reconnu si on le lui avait dit ouvertement, mais c'était indéniable. Quoi que fît Tatu, il ne pouvait la faire sortir de ses gonds. Lui tirer les larmes, bien sûr. (Des larmes de joie comme des larmes de douleur.)

Lui faire honte, toujours.

Mais l'amour qu'elle portait à son huitième enfant, à son cinquième fils, était comme un roc : éternel, inébranlable.

Peut-être cet amour maternel avait-il inhibé celui du père ?

Depuis ce jour d'avril où Tatu était venu au monde, Pentti ressentait contre son cinquième fils une rancœur difficilement dissimulable, une rancœur jamais éprouvée auparavant, une aversion dès les premiers instants. Jamais ces deux êtres ne parvinrent à s'entendre.

Peut-être parce que Tatu était Bélier, comme Pentti.

Ou parce que le père, instinctivement, sentait que cet enfant le supplanterait.

Le Bélier est un signe de feu, un signe agressif, celui d'un leader ; les Bélier ne regardent jamais ni en arrière ni sur les côtés. Il y a évidemment de grandes différences d'une personne à l'autre, comme pour tous les signes astrologiques, l'ascendant joue un rôle décisif, comme la position de la lune par rapport aux planètes au moment de la naissance. Pentti était bien pugnace, fonceur, mais il renfermait une obscurité qui coulait lentement en lui, comme une huile visqueuse ou du café que l'on a oublié très longtemps sur le feu, et cette obscurité laissait des traces noires partout où elle s'insinuait, des traces impossibles à effacer.

Tatu était à la fois semblable à son père et différent. Surtout différent. Il traversait la vie en riant, ou du moins avec un petit sourire aux lèvres, toujours prêt à balayer les problèmes d'un revers de manche. Il ne s'attardait pas sur les sentiments qu'il éprouvait vis-à-vis de son entourage, mère, père, frères et sœurs. Il ne nourrissait pas de ressentiments, n'était pas rancunier, s'il était fâché il ne s'en cachait pas mais se mettait rarement en colère. Il taquinait parfois ses frères et sœurs, qui essayaient de le taquiner en retour, mais il ne prenait jamais la mouche tandis qu'eux s'emportaient contre lui et sa capacité à pointer du doigt leurs défauts.

C'était une bénédiction ou une malédiction, selon la manière dont on voit les choses, mais il n'y pouvait rien, il avait cela en lui. La vie était un don qu'il avait reçu personnellement – non qu'il l'eût exprimé ainsi, mais c'était ce qu'il ressentait.

Il avait toujours été mince et beau (hormis la cicatrice, bien sûr), avec ses cheveux bruns et ses yeux marron en amande, et il était l'enfant qui ressemblait le plus à Pentti, physiquement, sauf que Pentti était petit et Tatu grand, approchant 1,90 mètre. Sa silhouette dégingandée et sa démarche chaloupée diminuaient sa stature, lui donnaient un air voûté, mais s'il se redressait et arrêtait de bouger, il en imposait. En raison de sa posture vis-à-vis de l'existence – l'idée qu'elle lui appartenait, en quelque sorte –, il menait sa vie comme s'il était *la* vedette de la Tornédalie, le cascadeur au visage balafré. En prison, le sport était par ailleurs obligatoire ; Tatu qui n'avait jusqu'alors jamais fait d'exercice avait pris du muscle, et cela lui seyait.

Tatu nourrissait depuis sa plus tendre enfance une passion pour les automobiles. Il aimait les bricoler, grimper dedans, les conduire, les dessiner, les regarder dans les journaux, par la fenêtre, et j'en passe.

Il avait acquis sa toute première voiture à l'âge de douze ans. Tout l'été, il avait aidé le voisin à conduire et à bidouiller son tracteur, voire à le réparer une fois ou deux. En guise de rémunération, l'homme lui avait finalement cédé sa vieille Lada vert pomme inutilisable, remisée dans sa cour. Tatu pouvait essayer de la retaper puis en disposer à sa convenance.

Il lui avait fallu trois mois de travail pour faire parcourir à la bagnole le petit kilomètre qui séparait les deux exploitations. Le regard triomphant, il était arrivé chez lui au volant de l'épave pétaradante. Il l'avait stationnée dans le garage, au grand dam de Pentti qui n'avait plus la place pour son pick-up, mais Siri s'était interposée, arguant qu'il ne le mettait de toute façon jamais au garage, ce qui était vrai, et Pentti s'était contenté de rouspéter et de se plaindre chaque fois que l'on parlait de la voiture, souvent, donc, puisque Tatu n'avait presque que ce mot-là à la bouche. Tatu n'était pas le genre de personne à se mettre à la place des autres, il ne comprenait pas, ou en tout cas se moquait qu'ils rechignent à écouter ses longs exposés sur les arbres à cardan, les pistons et la supériorité des Mercedes sur toutes les autres marques, d'ailleurs il fallait s'en tenir à celle-ci si on en avait dans le ciboulot. (Cette dernière allégation avait dû, consciemment ou non, influencer les membres de la famille Toimi, car, dès lors, on ne conduisit plus jamais une voiture d'un autre constructeur.)

Le garage était petit et Tatu y passait le plus clair de son temps d'éveil. Son temps de sommeil aussi, à vrai dire. Souvent, tombant de fatigue au petit matin, il se recroquevillait sur la banquette arrière de sa voiture et se couvrait de son manteau. De l'aube au couchant, et même la nuit, on pouvait le trouver là-dedans, penché sur le capot ou fiché sous la carrosserie. Il y oubliait l'espace et le temps ; même le passage des saisons le laissait indifférent. Il était moins frileux et transpirait moins que les autres dans ce garage mal isolé.

Beaucoup de gens auraient trouvé qu'il faisait trop froid pour y bricoler une nuit de janvier. Pas Tatu. Les températures négatives ne semblaient guère l'affecter. En raison du froid sec, le bois s'embrasa rapidement. Et comme l'autoradio était allumé, Tatu ne distingua que trop tard les crépitements familiers.

Manque de pot, il ne faisait pas trop froid pour Tatu. En dépit des moins vingt degrés, il se trouvait dans le garage en cette nuit de janvier 1976 où le garage prit feu, pour ainsi dire, sans crier gare. En essayant de fuir, Tatu reçut un vigoureux soufflet d'une poutre qui s'était détachée. Il perdit connaissance et fut sauvé *in extremis* par sa mère qui le traîna hors de la bicoque embrasée. Toute cette histoire aurait pu mal finir. Bien plus mal.

Tatu se retrouva à l'hôpital et garda les stigmates de l'incendie : une grande cicatrice brune sur le dos et cette pente bosselée sur la joue gauche. Pourtant, il déplorait la destruction du garage plus que ses brûlures.

Oui, il fut vraisemblablement le seul à regretter sincèrement le garage qui était parti en fumée avec sa Lada et la plupart de ses outils. Pentti semblait éhontément satisfait, et pour cause, l'assurance couvrait largement la reconstruction du bâtiment. À l'inverse, Siri fut affectée au plus haut point. Elle pleurait le visage de son fils.

Pentti se permettait souvent des plaisanteries au sujet de l'incendie mais ça n'amusait personne, hormis peut-être Valo, sans doute parce qu'il n'avait que onze ans et aucun esprit critique. S'ensuivait toujours une violente dispute entre les parents – c'étaient les seules fois où Pentti parvenait à coup sûr à mettre hors d'elle Siri, qui accueillait habituellement ses inepties avec un haussement d'épaules.

En fin de compte, l'incendie avait aussi été une aubaine pour Tatu : le nouveau garage était deux fois plus grand et bien isolé, il était plus facile d'y bricoler en plein hiver, même quand les températures tutoyaient les moins trente. Il y avait même l'électricité, qui permettait d'y travailler facilement vingt-quatre heures sur vingt-quatre. Sans que Pentti en eût l'intention, le nouveau garage fut comme un cadeau offert à Tatu, une pièce personnelle où il pouvait passer tout son temps. Il s'y réfugiait encore à présent, lorsque la vie se faisait trop dure ou oppressante. Et quand, lors de sa toute première relation amoureuse, il éprouva ce sentiment particulièrement exigeant et pénible qu'un conjoint peut susciter, il trouva du réconfort dans le garage de sa maison d'enfance. Il y était tranquille. En outre, il se moquait bien du sobriquet dont l'avaient affublé ses frères et sœurs, il se contentait de ricaner en l'entendant, mais il se présentait toujours comme Tatu, jamais comme Rinne.

Tatu cessa bientôt de respecter les chevaux-vapeur, les moteurs, la vitesse et le Code de la route. Il conduisait bien, s'il le voulait, mais le plus souvent il s'y refusait. Il manquait aussi d'égards pour l'alcool et, n'en déplaise à son jeune âge, en raison de prédispositions génétiques autant que de sa vision débridée de l'existence, on pouvait facilement déduire quels genres de malheurs liés à l'alcool l'attendaient s'il ne changeait pas. Il n'éprouvait tout bonnement aucun respect pour rien, et d'après lui il n'avait aucune raison d'en avoir. Pourquoi devrait-il changer? Les gens pouvaient-ils vraiment changer? Ne s'agissait-il pas plutôt d'apprendre à vivre les uns avec les autres et, quand ça ne fonctionnait pas, de partir chacun de son côté en se souhaitant une belle et longue vie?

Il en avait déjà ôté, des vies, au volant de sa voiture. Heureusement il était sobre au moment de l'accident, sans quoi la peine aurait été plus lourde.

C'était au moment des premières gelées de l'automne, à la tombée de la nuit. Il y avait à la sortie de Rovaniemi un virage en épingle tristement célèbre. Tatu l'avait mal négocié et n'avait pas vu les deux vieilles qui rentraient de la kermesse de l'église.

Fauchées. La première avait été tuée sur le coup et la seconde avait succombé plus tard à l'hôpital; ses hémorragies internes étaient trop importantes, on n'avait malheureusement pas pu la sauver.

Deux femmes, de soixante et soixante-deux ans, qui avaient péri à cause des virages serrés de Tatu et de son mépris des règles et de la vie en général.

Il n'était pas évident de leur dire, ou de dire à leurs survivants, que tout se serait bien passé si seulement elles s'étaient tenues à l'écart de Tatu.

C'était en novembre 1979, Tatu n'avait son permis que depuis un ou deux mois. Il avait déjà fini dans le fossé, moyennant quelques hématomes et des côtes cassées, mais jamais auparavant il n'avait blessé quelqu'un d'autre que lui-même.

Le procès avait eu lieu en avril, deux semaines après son vingtième anniversaire, et il avait été condamné à la prison, un an de réclusion criminelle, une éternité, lui semblait-il. Une peine sévère, certes, mais une bien maigre consolation pour les familles des victimes. *A posteriori*, les frères et sœurs de Tatu s'étaient demandé si l'affligeante physionomie de Tatu avait alourdi ou allégé sa peine.

Siri était présente au procès ; Pentti, non. Trop à faire et un intérêt trop limité pour le cinquième fils. Non que Tatu s'en émût. Rien de ce que son père pouvait dire ou faire n'avait de prise sur lui. Ni maintenant, ni à l'époque, ni après.

Bien sûr, Tatu déplorait l'accident, la mort de ces deux femmes, mais il oublia vite. Dans sa vie tout devait être clair et tangible. Tant qu'un phénomène était dans sa ligne de mire, il était réel ; dès qu'il s'effaçait de sa conscience, c'était comme s'il n'avait jamais existé.

Il n'avait pas mauvaise mémoire, pour ainsi dire, mais la mémoire courte.

Contre toute attente, encore moins la sienne, il se plut en prison.

Il fallait respecter des règles et un emploi du temps précis, et pourtant, même si les beuveries et les rallyes sauvages lui manquaient, il n'avait jamais été aussi épanoui que dans l'établissement pénitentiaire de Keminmaa.

Il restait dans son coin, ne se disputait avec personne, s'occupait de ses affaires et accomplissait les tâches qui lui étaient assignées ; il passait son temps libre à faire des pompes, fumer des cigarettes et démonter et remonter tout objet muni d'un moteur qui lui tombait sous la main.

Tout s'améliora en prison.

Mais toutes les bonnes choses ont une fin, et Tatu avait fini par obtenir une remise de peine pour bonne conduite, au bout de six mois seulement au lieu de douze.

Helmi et Valo étaient venus le chercher. En voiture, dans la Mercedes noire de leur frère – parce que après la Lada vert pomme Tatu n'avait possédé que des Mercedes (toute la famille aussi, d'ailleurs, on l'a vu), et c'est encore vrai aujourd'hui, pour les siècles des siècles, amen. Ils l'avaient embrassé, lui avaient donné des cigarettes et de la vodka Koskenkorva mélangée à du jus d'airelles, puis ils avaient filé à Rovaniemi pour fêter ça. Ils étaient allés au Grand Hôtel, pas parce que c'était chic, mais parce que c'était le seul endroit ouvert. C'est là que Tatu l'avait aperçue, il venait tout juste d'arriver.

Elle avec un grand E.

Elle s'appelait Sinikka et était la petite sœur de Veli-Pekka Virtunen, un camarade de classe de Voitto, un blouson noir que Tatu voyait parfois aux rencontres d'aficionados de voitures américaines ; il n'avait aucun souvenir de Sinikka, mais elle venait d'avoir dix-huit ans, ce qui pouvait expliquer la chose.

Sa beauté était celle d'une Finlandaise de Tornédalie, rehaussée d'un soupçon de Samie, une peau diaphane et de hautes pommettes qui renforçaient la forme légèrement féline de ses yeux, des yeux si clairs qu'on en était presque ébloui ; mais surtout elle avait un rire rauque, le nez criblé de taches de rousseur, les cheveux décolorés, un jean moulant et, comme elle avait grandi au milieu de vieilles bagnoles, elle était presque aussi calée que Tatu en pièces détachées.

Elle n'avait pas l'air commode, et lui, il était planté là, tout juste sorti de prison, avec ses cheveux noir corbeau, son sourire tordu, ses doigts fins maculés d'huile indélébiles – il avait beau frotter, se laver, rien n'y faisait.

Ce fut le coup de foudre.

Ils scellèrent leur union dans les toilettes du Grand Hôtel puis une deuxième fois quelques heures plus tard chez Sinikka. Ils ne fermèrent pas l'œil de la nuit mais parlèrent beaucoup, et entre les baisers ils apprirent à se connaître, se racontèrent leurs rêves et d'où ils venaient.

Ils voulaient globalement la même chose. Ou plutôt, ils ne voulaient pas grand-chose, peut-être cultiver un lopin de terre, ou simplement bricoler quelques voitures et se vernir les ongles, ça n'avait pas grande importance pour eux. Mais l'amour, cet amour, importait. Il importait plus que tout. C'est le cas pour certaines personnes, pas pour d'autres. Leur union les inondait de lumière tel le soleil. Tatu se faufila hors de chez elle au petit matin et tous deux savaient. *This is it*.

Il était rentré au moment où Siri se dirigeait vers l'étable pour traire ; elle lâcha le seau qu'elle tenait à la main, courut vers lui et se jeta dans ses bras.

— Mon cher enfant, mais où étais-tu ?

— En prison, maman, tu le sais bien.

Ils éclatèrent de rire tous les deux, Tatu souleva sa mère et la fit tourner dans les airs, puis il la serra contre lui un long moment. Jamais elle n'avait été séparée d'un de ses enfants aussi longtemps, surtout pas de son enfant préféré, le cinquième fils. Il la posa à terre et ils se rembrunirent. Elle l'écarta d'elle et l'observa, critique, de haut en bas.

— Laisse-moi te regarder. Comme tu as maigri !

Siri lui pinça les bras, le flanc, mécontente de ce qu'elle voyait.

— Bah.

Tatu prit le visage de Siri entre ses longs doigts fins.

— Maman, ça y est. Je l'ai rencontrée.

— Qui ça ?

— Elle avec un grand E. Celle que je vais épouser. Tu ne la connais pas, maman, mais je l'aime. Sinikka.

Tatu ne vit aucune réaction sur le visage de sa mère. Rien qui montrait qu'elle l'avait entendu, pourtant il en était sûr. Elle le regarda, puis s'empara des mains de son fils et les embrassa, comme elle l'avait toujours fait, depuis le temps où, nouveau-né, il reposait dans le panier à côté d'elle dans les champs, quand il fallait rentrer les foins, ou dans l'étable, quand il fallait traire les vaches. Elle lui adressa un clin d'œil.

— Dépêche-toi avant que Pentti se réveille, dit-elle en lui caressant tendrement la joue. Il y a du gratin de foie pour le petit déjeuner, ton plat préféré.

Tatu sourit à sa mère et se dirigea d'un pas nonchalant vers la maison ; Siri resta dans la cour et suivit du regard la silhouette dégingandée jusqu'à la voir disparaître dans la maison, comme pour s'assurer qu'il était bel et bien rentré avant de reprendre son chemin vers le labeur de la journée.

Tatu entra dans la cuisine qu'il n'avait pas vue depuis six mois. Tout était à l'identique. Malgré l'obscurité, il le sentait. Rien n'avait changé, c'était comme ça depuis toujours et ça le resterait sans doute jusqu'à la fin des temps.

La cuisine était plongée dans la pénombre et le feu crépitait dans le poêle. Siri allumait toujours le poêle avant d'aller traire. Il fallut quelques instants pour que ses yeux s'habituent à l'obscurité, mais Tatu vit ensuite que Pentti était assis là, à sa place habituelle dans la cuisine. Il contemplait son cinquième fils en silence, serrant une tasse de café dans son poing.

— *Voi vittu !* Tu m'as fait peur, papa !

Pentti leva un sourcil, avala une gorgée de café. La tasse semblait si petite dans sa main.

— Ah bon ? C'est toi qui le dis. Moi, je suis assis là assez souvent. Mais tu ne pouvais pas le savoir, n'est-ce pas ?

Tatu avait oublié cette sensation. Le vague malaise que faisait naître le père. Une sensation légère qui disparaissait quand on cessait d'y penser ou qu'on ne l'avait plus en ligne de mire ; une sensation comparable, se disait-il à présent, au mal des transports. Non que Tatu en souffrît, mais il imaginait que ça pouvait y ressembler.

— Je vais me marier, papa, annonça Tatu, feignant une totale indifférence au ton de son père.

C'est une chose qu'il avait apprise très tôt. Ne pas montrer au père si et de quelle manière on était affecté par ses paroles. Autrement, il le flairait, comme un blaireau. Et il ne lâchait plus prise.

Pentti se contenta de hocher la tête, comme s'il était déjà au courant.

— Alors, tu vas déménager, dit-il.

— Oui, sans doute, répondit Tatu en se servant une tasse de café.

Il se posta devant la fenêtre, les yeux braqués vers l'horizon, vers un avenir qu'il était le seul à voir ou à construire en rêve. Il n'entendait plus ce que disait Pentti, si tant est qu'il parlât encore. Il portait en lui, dans une petite boîte en forme de cœur, le visage souriant de Sinikka, prenant bien soin de la protéger du regard critique de son géniteur.

*

Annie s'était décidée. Grâce à Tatu et à son indulgence. Elle allait rentrer. Chez elle. Dans son *nouveau* chez-elle.

Elle demanderait à Alex de s'installer avec elle. Lauri devrait partir. Enfin, pas tout de suite, elle lui laisserait le temps de trouver un nouvel appartement. Mais bientôt, quand même. Dans un futur proche. Par ailleurs, il était si brusque et renfrogné, depuis qu'elle l'avait obligé à les rejoindre dans le Nord, qu'elle était soulagée de se soustraire à sa présence, d'être dispensée de ses sautes d'humeur.

Elle aménagerait une chambre d'enfant, et, maintenant qu'elle y réfléchissait, elle se sentait satisfaite, presque enjouée. La fatigue qui l'avait anesthésiée, qui s'était posée sur son existence comme une lourde couverture, s'évanouissait à présent, et elle pouvait s'évader en pensée, ébaucher des projets. La chambre disposait déjà d'un joli papier peint orné de campanules, elle conserverait donc les rideaux blancs, et il faudrait bien qu'elle achète un lit, ou qu'*ils* achètent un lit. Elle commençait à goûter, en douce, à tout ce qui s'étirait devant elle, la vie à deux, la famille grandissante, l'engagement, peut-être qu'Annie pourrait vivre ça aussi, comme au cinéma. Un tapis douillet, un fauteuil pour allaiter, quelque chose de mignon à accrocher au mur, quelque chose que l'enfant verrait à chaque réveil.

Fuir une scène désagréable pour une autre un peu moins désagréable, voire, à l'aune de la précédente, pas du tout aussi désagréable qu'elle l'avait craint. Annie pensait que c'était la grossesse qui la rendait aussi encline à fuir. Elle voulait s'en aller, tout simplement, et l'idée qu'ils allaient se réunir et affronter leur mère plus tard dans la journée lui donnait quasiment la nausée. Elle s'imaginait le visage de Siri qui s'efforcerait de ne pas perdre la face devant ses enfants. Allait-elle y parvenir ? ou bien échouer, s'effondrer ? Les enfants allaient-ils s'agglutiner autour d'elle, lui caresser les cheveux, lui murmurer « ça va aller, ça va aller » ? Les deux scénarios lui paraissaient insupportables. Face à eux il semblait tout à coup possible de rentrer, de commencer à faire son nid, à bâtir une maison pour cet animal qui frétillait dans son ventre.

Tatu grimaça en s'asseyant à côté d'elle sur le lit.

— Tu as mal ?

Tatu sourit, secoua la tête. Ce n'était pas une réponse à la question d'Annie mais une manière de l'éviter.

Elle regarda son petit frère. Pour la première fois, elle remarqua les égratignures sur son bras, les cernes autour de ses yeux et prit conscience qu'elle n'avait aucune idée de ce qui se passait dans sa vie. Il dormait plus souvent à la maison, elle avait interprété cela comme une marque d'inquiétude à l'égard d'Arto et de l'atmosphère générale dans le foyer familial, mais elle n'ignorait pas qu'il avait un autre foyer et que quelqu'un l'y attendait.

— Il y a des nœuds sur le fil ?

— Quoi ?

— C'est une expression suédoise. Ça veut dire… des prises de bec…

— Des prises de bec…

Il éclata de rire. Rit de plus en plus fort. Puis acquiesça.

— Des prises de bec, oui, grande sœur. On peut dire ça comme ça.

— Mais rien que tu ne puisses régler ?

— Non, rien que je ne puisse régler. On se tire ?

Avec une nouvelle grimace, il se leva, souleva la valise et descendit l'escalier. À présent, elle le voyait clairement, ce léger boitement dans ses grandes enjambées. Il arrivait souvent des ennuis à son frère, mais il se laissait rarement affecter. S'il ne voulait pas en parler, Annie ne comptait pas l'y pousser. Ce n'était pas désagréable d'être avec quelqu'un qui savait garder parfois le silence.

Discrètement, Tatu aida Annie à porter la valise dans la voiture et personne ne posa de questions quand ils annoncèrent qu'ils allaient en ville pour y faire « quelques courses ». C'était une belle journée de janvier, le soleil brillait haut dans le ciel, d'une blancheur éblouissante, et chauffait comme il sait si bien le faire en hiver, de manière superficielle mais perçante pour tous ceux qui tournent leur visage vers lui et sa chaleur tant attendue. Les enfants étaient tous dehors, certains jouaient dans la cour et on entendait le rire de Siri mêlé à celui de Lauri.

Annie avait regardé autour d'elle avant de sortir de la maison. Elle avait observé le lit, l'escalier, la cuisine, sa banquette, son tapis, ses rideaux. Tous les détails ressortaient nettement dans la lumière impitoyable de l'hiver. Elle jeta un coup d'œil circulaire dans la cour. Et elle avait beau savoir, elle avait beau comprendre logiquement les choses, elle avait l'impression qu'elle voyait cet endroit pour la dernière fois. Et avec cet endroit, sa famille. Elle dut se retenir de courir les embrasser, tous, l'un après l'autre. On aurait trouvé cela très étrange.

Une fois dans la voiture, Tatu poussa en riant un gros soupir de soulagement et elle dut se retenir d'éclater en sanglots. Annie qui ne pleurait jamais ! À présent, les larmes menaçaient à chaque instant d'affleurer.

— Remets-toi, dit Tatu en lui pinçant amicalement le flanc. Tu échappes enfin à cette maison de fous.

Annie ne savait pas quoi répondre, elle luttait contre les larmes, mais elle prit la main de son frère, ses longs doigts froids entre les siens, et les serra fort, fort, tandis que la voiture roulait vers le sud, vers la gare routière et l'avenir.

*

Il avait toujours été facile de voir si ça allait bien ou mal entre Tatu et Sinikka.

Quand ils étaient heureux, ils buvaient ensemble.

Quand ils étaient malheureux (ou brouillés), ils buvaient chacun de leur côté, et se retrouvaient ensuite pour se voler dans les plumes.

Sinikka avait le sang chaud et Tatu était sans frein, incapable de savoir quand il avait dépassé les bornes, quand il allait trop loin. Les disputes avaient commencé dès le début de leur relation, suivies de réconciliations passionnées, et très tôt la frustration qu'éprouvait Sinikka face au manque d'empathie de Tatu s'exprima physiquement.

Elle l'avait frappé pour la première fois trois semaines après sa sortie de taule. Trois semaines après leur première nuit ensemble. Cela avait finalement commencé de manière assez innocente, par une gifle. Il était tard, comme souvent quand débutaient leurs disputes, et il l'avait provoquée consciemment certes mais, comme la plupart du temps, sans mauvaise intention. Il n'avait pas l'intention de la fâcher, et il ne comprenait même pas qu'elle *puisse* se fâcher. Quand il s'agissait de *comprendre*, d'ailleurs... Tatu était incapable d'anticiper les conséquences de ses actes. C'était le genre à appuyer sur l'accélérateur puis à ne plus pouvoir freiner, au sens propre comme au figuré. Cela avait des conséquences, au propre comme au figuré.

S'il avait été un autre homme et peut-être, en partie, si l'époque avait été différente, elle ne s'en serait pas tirée, mais rien n'avait de prise sur Tatu. Il était dans son monde – rien ne pouvait l'atteindre.

Il fut surpris. Décontenancé. Sa joue lui brûlait, son oreille bourdonnait. Quand elle leva les yeux, Sinikka sembla aussi effrayée qu'en colère. Comme si elle s'attendait à recevoir un coup en retour. Mais Tatu ne la frappa pas. D'une part, Sinikka mesurait presque cinquante centimètres de moins que lui, elle était aussi petite que Siri, et d'autre part, il n'avait pas cela en lui, ne l'avait jamais eu. Jamais il ne frapperait une femme. Au lieu de cela il pouffa et lui tendit le bras. Il lui dit «je t'aime» pour la première fois, puis ils se réconcilièrent, plusieurs fois, dans la cuisine étroite de Sinikka, sur la table, contre l'évier, par terre, avant de s'écrouler sur le lit et de s'endormir, épuisés. Le lendemain, un voile rouge flottait sur la joue de Tatu, mais aucun d'entre eux ne fit de remarque, ni après la première fois ni après les suivantes.

Sinikka faisait son possible pour l'atteindre ; c'était toujours plus facile sobre qu'ivre et, quand les mots ne suffisaient pas, quand Tatu l'avait provoquée, les poings prenaient le relais. Il est facile de pointer un doigt accusateur sur les relations dysfonctionnelles, on pense toujours que c'est la faute de la personne qui frappe, ou qu'une fois est une fois de trop. Ce qu'on peut assurément dire, sans pour autant accuser l'un ou l'autre, c'est que leur relation n'était pas constituée d'un cocktail idéal de personnalités.

On peut vite vieillir dans une relation, y traverser plusieurs âges avant de la détruire. Certaines personnes vivent dans la tiédeur ; elles mijotent à feu doux, comme un sympathique ragoût, dont les goûts ont besoin de temps pour se développer et se complexifier. Elles ne débordent pas, n'accrochent pas au fond. Elles avancent tranquillement, comme dans un cocon mais sans passion. Tandis que d'autres vivent à fond la caisse et mènent souvent plusieurs existences en une, plusieurs âges en même temps.

Tatu et Sinikka appartenaient à cette deuxième catégorie. Pour eux, tout était allé très vite. Peut-être que leur relation aurait déjà pu se terminer à ce moment-là, au bout de quelques semaines, de quelques mois. Ça ne se passa pas ainsi. Ils s'acharnèrent, malgré la guerre permanente, ce qui les rapprocha. Reste à savoir si c'était bien ou mal.

Au bout de quelques mois, Sinikka tomba enceinte ; cela affecta leur relation, et pas dans le bon sens. Les hormones la rendirent plus irascible encore et plus prompte à en venir aux mains. Par conséquent, Tatu se tenait de plus en plus à l'écart et, quand ils finissaient par se voir, lui peut-être saoul, elle peut-être aussi, c'était encore pire que d'habitude.

Elle vivait dans une extension de la maison de ses parents, un petit appartement au-dessus du garage avec sa propre entrée et une petite cuisine. Tatu travaillait quelques heures dans le garage automobile de Tornio et Sinikka donnait un coup de main à la ferme de ses parents en échange du petit appartement et d'un peu d'argent de poche.

Ils étaient loin d'être de futurs parents idéaux et on aurait dit que le fœtus l'avait senti, et peut-être Tatu aussi, parce que, tard un soir de mi-novembre, quand il rentra et réveilla Sinikka, qui, l'interrupteur en elle actionné, commença à le frapper, il se passa quelque chose d'inédit. Accident ou acte intentionnel, nous le tairons, mais voici à quelques détails près ce qui se produisit : Tatu finit par en avoir assez et poussa Sinikka dans l'escalier. Ou bien elle trébucha et tomba. Ou un peu des deux. Les conséquences restent les mêmes. Quatorze marches plus bas, la fausse couche était une réalité.

La grossesse était si récente que ça comptait à peine, mais Sinikka se cassa aussi la clavicule, le médecin lui prescrivit des antalgiques à base de codéine et c'est dans cette ivresse qu'ils décidèrent de se marier, sans témoins, à l'hôtel de ville de Tornio. Elle, le bras en écharpe, le manteau en cuir de Tatu jeté sur les épaules. Lui, grelottant, vêtu de la chemise tachée du sang de Sinikka, l'haleine avinée.

Aucun d'eux ne l'annonça à sa famille. Presque comme s'ils avaient honte. Ils pressentaient le genre de réaction que provoquerait la nouvelle, et sans s'être mis d'accord ils choisirent tous deux de la taire. Quand Tatu rentra chez lui et vit Siri, il regretta un peu cette facétie. Il savait que Siri continuerait de l'aimer mais ne pensait pas pouvoir supporter le regard déçu qu'elle poserait sur lui s'il lui racontait qu'il s'était marié avec une fille qu'il ne leur avait pas encore présentée, et ce juste après avoir passé la nuit aux urgences à cause d'une dispute qui avait conduit à la mort accidentelle de l'enfant qu'elle portait, et qu'en outre il n'avait quasiment aucun souvenir de la cérémonie parce que son cerveau était tout ramolli, ouaté et engourdi par les opiacés.

Non, il ne dit rien de tout cela à sa famille. S'ensuivit une période où il passa peu de temps chez lui. Quelques jours seulement après la fausse couche, quelques jours après le mariage, donc, le père de Sinikka souffrit d'une hémorragie cérébrale. Il n'y succomba pas mais en sortit paralysé. On l'admit à l'hôpital dans l'espoir d'une amélioration, ou pour un séjour définitif, selon le point de vue. Il était devenu, comme qui dirait, un légume. Il avait cessé d'être un citoyen fonctionnel.

La mère de Sinikka, qui s'était mariée à dix-sept ans, passant de la protection de son père à celle de son époux, qui n'avait donc pas vécu un seul jour de sa vie d'adulte sans homme, eut du mal à accepter la situation. Elle restait à son chevet du matin au soir. Elle faisait fi des horaires de visite, et le personnel hospitalier avait bien conscience qu'intervenir ne servirait à rien. Quand, enfin, les infirmières la poussaient dehors et qu'elle rentrait chez elle, dans cette maison vide où résonnaient ses pas, elle s'allongeait de son côté du lit conjugal, tentait de trouver le sommeil en vain et fixait le mur jusqu'au matin où elle pouvait à nouveau s'habiller et se rendre à l'hôpital pour veiller au chevet de son mari.

C'est une chose qui se voit immédiatement, dans un certain type de relation où deux personnes ont vécu dans une symbiose évidente : quand l'un disparaît, le sol sous les pieds de l'autre s'efface, pas de manière temporaire mais définitive. C'est comme une amputation. Une douleur sans concessions. Irréversible. Irréparable.

L'accident vasculaire cérébral changea la donne pour les jeunes mariés. Pour le meilleur, en un sens, car on avait des soucis plus importants que leur ménage. Ce qui ne signifie pas pour autant qu'une hémorragie cérébrale chez un père ou un beau-père bien-aimé soit un événement heureux.

Il n'en demeurait pas moins qu'avec une ferme à gérer désormais, si petite fût-elle, Sinikka et Tatu avaient dû se ressaisir. Le frère aîné de Sinikka ne vivait plus dans le Nord : il avait été embauché par l'usine Saab à Nystad et n'avait ni le temps ni les moyens de prendre un congé pour venir les aider à s'occuper de quelques vaches croulantes. Tatu entendit Sinikka agonir d'injures son frère au téléphone, il la vit pleurer comme un bébé, les lèvres mouillées de deux filets de morve, sans faire grand-chose pour la consoler.

Il avait beau regretter ce mariage, Tatu essaya, à sa manière, d'être présent pour sa femme. Il l'aida dans la mesure de ses capacités, ce qui l'épuisa ; il sentait bien qu'ils aspiraient tous les deux à une existence plus insouciante. Il trouva refuge, comme toujours, dans le bricolage. Seul dans le garage, une fois terminées toutes les tâches de la journée. En temps normal, Sinikka n'était pas du genre à rester assise dans son canapé à attendre : quand elle comprenait que Tatu ne rentrerait pas le soir, elle allait frapper chez le voisin le plus proche qui, comme elle, et comme beaucoup d'habitants de la région, ne cherchait qu'une excuse, un prétexte pour déboucher une autre bouteille. À présent, elle n'en avait plus la force. Elle s'endormait sur le canapé, les poings à moitié serrés, soir après soir. Et elle se levait le lendemain matin pour accomplir les besognes, celles auxquelles on ne peut échapper. C'est déjà lourd pour un paysan chevronné ; alors, imaginez pour Sinikka, qui ne s'acquittait du boulot que parce qu'il n'y avait personne d'autre dans les parages.

Sa mère ne pouvait rien faire, bien sûr, hormis poser son derrière sur une chaise d'hôpital le jour et fixer le mur la nuit. Alors, tandis que Tatu bricolait et tentait à sa manière de cultiver les terres pendant son temps libre, puis disparaissait dans le garage le soir venu, Sinikka devait s'occuper du foyer et des sept vaches de la petite étable qui avait toujours bien tourné.

Ils n'avaient plus le temps de se disputer ou de boire.

(En revanche, pour s'envoyer en l'air, le temps ne manquait pas, et Sinikka était vite retombée enceinte.)

La veille du réveillon de Noël 1981, quelques jours seulement après l'accident d'Arto, elle lui annonça sa grossesse. Il s'en réjouit, mais pas suffisamment. Pas aux yeux de Sinikka, en tout cas.

Certaines femmes sont affectées physiquement par une grossesse, d'autres psychologiquement, d'autres encore ne le sont pas du tout. Sinikka appartenait clairement à la deuxième catégorie.

Son corps supportait tout, peut-être parce qu'elle était si jeune. Son âme, non. Depuis toujours pareille à une grenade dégoupillée, elle devint encore plus lunatique et querelleuse. Et jalouse.

Tatu avait beaucoup de défauts mais il n'était pas un homme à femmes. Il n'avait jamais été particulièrement intéressé, ça n'avait jamais été pour lui un moteur. Il aimait deux choses dans la vie : boire et conduire. Et maintenant qu'il passait son temps libre à jouer les paysans, ses autres hobbies passaient à la trappe. Il broyait du noir et, très vite, Sinikka et Tatu avaient commencé à négliger la ferme.

Esko était passé leur rendre visite dès le mois de juin, aussitôt qu'il eut appris la nouvelle responsabilité de son frère. En découvrant l'étable, il s'était senti obligé d'alerter les autorités. Les vaches crasseuses qu'on ne trayait pas régulièrement évoluaient sur un sol recouvert de fumier. L'inspecteur rappliqua, prit note de la situation et leur infligea une amende, mais rien ne changea et, les finances n'étant évidemment pas mieux gérées que le reste, Tatu et Sinikka parvinrent en un temps record à mener la petite entreprise familiale au bord de la faillite.

Ils n'étaient pas faits pour être agriculteurs. Il y avait beaucoup de choses pour lesquelles ils n'étaient pas faits. L'un pour l'autre, notamment.

Les dernières vaches, celles qui vivaient encore, furent vendues aux enchères en novembre et Tatu put se remettre à picoler et à réparer des voitures. Sinikka vivait sur la pension d'invalidité de son père, une maigre somme qui couvrait à peine les frais d'hospitalisation. La jeune fille décida donc de retourner s'installer dans la maison familiale et de mettre son ancien appartement en location. Elle trouva par miracle un locataire, un ancien détenu en liberté conditionnelle après cinq ans derrière les barreaux pour vol à main armée. Il avait la cinquantaine et boitait ; chaque jour on entendait les mêmes bruits, ceux de sa claudication irrégulière dans l'escalier. Il le descendait le matin pour aller, Tatu ne savait pas bien où, chercher du travail peut-être, et le remontait en fin d'après-midi, le plus souvent chargé d'un sac du magasin d'alcool qui émettait les cliquetis caractéristiques des bouteilles pleines.

S'il n'avait pas eu peur que Sinikka se fasse agresser par le taulard, Tatu aurait sans doute déménagé pour de bon, sur-le-champ. Désormais, il dormait chez sa femme trois ou quatre jours sur sept. Il évitait d'être trop régulier, pour qu'aucun crime ne pût être planifié en son absence. Mais c'était pénible de dormir chez Sinikka. Même Tatu commençait à se lasser de leurs empoignades.

Un soir, une dispute éclata, comme d'habitude ; ils en vinrent aux mains, comme d'habitude. Sinikka fourra quelques vêtements dans une valise et lui dit que voilà, elle le quittait, en tout cas elle prenait la voiture, se rendait chez ses cousins à quelques dizaines de kilomètres de là. Tatu, qui gardait généralement son sang-froid – enfin, tout est relatif, mais plus que Sinikka –, devint blanc de rage. Il savait ce qu'elle avait en tête : elle voulait boire quelques verres (une multitude de verres, plus précisément), médire de lui (le calomnier, surtout) et sans doute aussi se consoler chez leur beau voisin célibataire. Alors, comme il en avait assez qu'elle rentre le lendemain à l'aube, voire dans l'après-midi, avec sur elle l'odeur d'un autre corps, il la pria, d'abord gentiment, puis, comme ça ne prenait pas, moins gentiment, de rester à la maison.

Sinikka refusa. Il vit ses narines se dilater, on aurait dit un cheval en train de s'emballer, à deux doigts de se cabrer ; d'un moment à l'autre, l'écume mousserait sur ses lèvres. Tatu se posta devant la porte d'entrée pour lui barrer la route. Il était tellement plus grand et plus large qu'elle que, s'il l'avait décidé ainsi, elle ne pouvait passer. Elle le roua de coups de poing mais, voyant à quel point c'était vain, elle se rabattit sur la seule arme dont disposent les femmes, et lui décocha un violent coup de genou dans l'entrejambe.

Là, pas moyen de se protéger. Tatu s'écroula, il vit des éclairs et sentit une douleur aiguë, fulgurante, mais, entendant sa voiture démarrer, il clopina, plié en deux, aveuglé par des étoiles blanches clignotantes, jusqu'au véhicule, prêt à en arracher la portière et à extirper sa compagne du siège conducteur.

C'était la voiture de Sinikka, une Mercedes dorée que Tatu l'avait encouragée à acheter à la casse pour un prix modique, puisqu'il pouvait l'aider à la retaper. Ce qu'il avait fait ; après quelques mois de démontage et d'assemblage obstinés, elle roulait à nouveau. Seules les portières coinçaient encore.

Du côté passager, la portière était cabossée et le plus souvent impossible à ouvrir. C'était le cas ce jour-là. Tatu tira de toutes ses forces sur la poignée – en vain. En revanche, sa main se retrouva coincée. Soit Sinikka ne s'en rendit pas compte, soit elle décida de l'ignorer, toujours est-il qu'elle démarra en trombe et s'engagea sur la route enneigée.

Il resta accroché là ; il essaya d'abord de courir, puis de crier, mais Sinikka n'entendait pas, la radio allumée à plein volume crachant du AC/DC, la seule cassette que la jeune femme gardait dans sa voiture. Il n'y avait rien à faire. Il s'évanouit de douleur avant même qu'elle n'ait atteint la voie rapide.

Sinikka roula près d'un kilomètre avant de s'apercevoir que quelque chose traînait derrière la voiture. Formant comme un trait rouge sur le bas-côté tapissé de neige.

Quand Sinikka découvrit la traînée de sang, elle s'apaisa enfin. Tatu était écorché sur tout un flanc et à moitié inconscient tandis qu'elle s'efforçait de le détacher. Elle le conduisit à l'hôpital et tenta d'expliquer ce qui s'était passé ; Tatu fut admis et bandé. Il n'avait pas beaucoup de souvenirs des événements et, bourré de morphine, il dormit toute la nuit, Sinikka à son chevet.

Comme d'habitude, le lendemain de leurs disputes, même si le plus souvent elles ne se finissaient pas à l'hôpital (et on sait comment ça marche : une seule fois, ça ne compte pas), ils débordaient de tendresse et étaient tous les deux rongés par le remords (et par la gueule de bois). Cet état d'exaltation, l'instant d'après, ils semblaient tous les deux l'attendre avec impatience, suffisamment pour vouloir le retrouver encore et encore.

Lorsqu'il se réveilla le lendemain matin, Tatu vit le visage de Sinikka. Assise sur la chaise des visiteurs, elle dormait, recroquevillée en position fœtale, les bras autour des jambes.

Il l'aimait. C'était malheureusement vrai. Il soupira. Comment allait-il se sortir de ce mauvais pas ? Les disputes ne pouvaient pas continuer comme ça. Il finirait par en mourir. Ou elle. Ou les deux.

— Sinikka.

Il chuchota son nom. Elle ouvrit les paupières ; un instant, elle ne parut pas comprendre où elle se trouvait, ni se souvenir de la veille. Puis la mémoire lui revint. Tatu vit ses yeux se mouiller. Elle se jeta à son cou. La douleur le fit sursauter. Il n'empêche qu'il la serra contre lui, et sentit couler sur son épaule et dans son dos ses larmes et sa morve.

— Pardon, murmura-t-elle à maintes reprises.

— Pas grave. Ce sont des choses qui arrivent.

Ils savaient sans doute tous les deux que ce n'était pas vrai. Et quand Tatu expliqua qu'il voulait rentrer quelques jours à Aapajärvi pour se reposer, Sinikka ne protesta pas. Elle se contenta de hocher la tête en sanglotant et le serra à nouveau dans ses bras.

Tatu refusa de déposer une main courante, bien que le médecin, gentiment mais fermement, l'encourageât à y songer. Même si les blessures paraissaient bénignes, il était d'après lui impossible d'en prédire les conséquences à long terme. Pour des questions d'assurance il était fortement conseillé de garder une trace de l'événement, au cas où il devrait se retrouver en fauteuil roulant vingt ans plus tard ou souffrir d'une hernie discale qui le clouerait au lit. Tatu avait déjà du mal à prévoir vingt jours à l'avance, comment aurait-il pu se projeter vingt ans plus tard ? C'était une vie entière, et qui sait s'il vivrait aussi longtemps ?

Il bouda donc le commissariat. Sinikka pleura à son chevet, rongée par le remords. Les blessures n'étaient pas aussi étendues qu'ils le pensaient, la hanche était la partie la plus amochée, râpée jusqu'à l'os, mais pour le reste

Tatu allait plutôt bien. Il boitait légèrement au sortir de l'hôpital, mais déclina les autres antalgiques puissants qu'on lui proposait, craignant les conséquences s'ils tombaient entre de mauvaises mains, c'est-à-dire les siennes ou celles de Sinikka.

Leur amour était une émulsion impossible. Un train qui s'emballe, un cheval au galop, de l'huile sur le feu ; ça n'allait jamais bien, ça allait vite, et de plus en plus mal. La nature semblait consciente que ce cocktail ne devait pas se perpétuer, car, malgré plusieurs grossesses, aucune d'entre elles ne *prit*, pour ainsi dire.

*

Ils étaient assis sur un banc dans la salle d'attente, côte à côte. Tatu bougeait frénétiquement la jambe. Toujours cette agitation, dans le corps, dans l'âme. La température dans la pièce ne dépassait pas les quelques degrés mais il n'avait pas l'air affecté par le froid. Annie, elle, grelottait. Le car de Stockholm venait d'entrer dans la gare routière, il allait faire demi-tour et elle le prendrait dans l'autre sens. Or, avant que les nouveaux passagers puissent monter, le véhicule devait être nettoyé, les petits sacs-poubelle jetés dans de plus grands et de nouveaux sachets pour le mal des transports placés dans la pochette face à chaque siège.

Tatu avait insisté pour tenir compagnie à sa sœur. Peut-être ressentait-il aussi la gravité de la situation ? Cet adieu avait quelque chose de définitif. Et la manière dont ils avaient quitté Aapajärvi…

Sans un mot, sans une explication.

Annie contempla son petit frère. Son visage tordu pour toujours, figé à jamais dans ce rictus, et son regard hors d'atteinte. Elle se demanda à nouveau dans quel pétrin il s'était fourré. Aurait-elle dû l'interroger davantage ? le prendre par les sentiments pour le faire parler ? Son frère n'était pas du genre à livrer des confidences inutiles, non, surtout pour des choses dont il souffrait encore.

Tatu était impénétrable ; il n'ouvrait à personne la porte vers son for intérieur. Mais ce qu'il était beau ! Sec mais pas trop, juste comme il faut, juste assez pour créer du contraste, ciseler ses traits, en souligner l'harmonie. Ses cheveux sombres en boucles folles, ses yeux noirs, son nez droit, ses épaules larges. Annie était assise à sa droite et ne trouvait même pas que son visage difforme l'enlaidissait, comme si sa beauté était au-dessus de toutes ces préoccupations terrestres.

— Viens me voir à Stockholm quand tu veux.

Il acquiesça.

— Tu veux déjà m'embaucher comme nounou ? Le gamin n'a pas encore montré le bout de son nez.

— Viens quand tu veux, sans rire.

Ils ne se dirent plus rien. Annie réfréna l'envie de lui demander de partir. C'était inutile. Si Tatu avait décidé d'attendre, il attendrait.

Le bâtiment de la gare routière était petit et délabré, les bancs en bois élimés et usés, le sol en pierre abîmé devant le guichet et la porte. Son frère détonnait dans ce décor – qui ne le ferait pas ? Où ne détonnait-il pas ? Y avait-il une place pour lui ici-bas ?

Y a-t-il une place pour *quiconque* ici-bas ?

Les passagers continuaient à descendre du car ; Annie et Tatu observaient leurs visages. Les visages de gens qui rentrent chez eux.

Comme ils avaient l'air heureux de retrouver leur famille ! Pleins d'espoir. Comme si la vie leur appartenait, et qu'elle fût la somme de toutes les journées qui les avaient menés à cet instant, puis au suivant, et encore au suivant.

Au milieu de tous les passagers, Annie aperçut tout à coup un visage familier.

Elle fut d'abord incapable de le situer tant elle l'associait à un autre contexte. Il lui fallut un certain temps pour prendre conscience que c'était le père de son enfant qui débarquait, sans prévenir, qui descendait du car Tapanis en ce début d'année, qui faisait irruption à Tornio, en Finlande – dans sa ville, son pays, son monde. Alex.

Toujours ressentir de la joie

Quelles sont les conséquences, quand on repousse une prise de décision, quand on procrastine ?

Pouvons-nous, feignant que tout va bien, vivre dans le déni et la béatitude ?

Si un arbre tombe dans la forêt, pouvons-nous faire comme si rien ne s'était passé parce que nous n'avons pas vu sa chute ?

Même s'il gît là, incontestablement ? Indéniablement.

Se passe-t-il parfois quelque chose ?

Bientôt il se passera quelque chose, n'est-ce pas ?

La première moitié de janvier 1982 fut ponctuée de cachotteries. Beaucoup de conférences secrètes, de propos échangés dans les couloirs, sur le pas des portes, à mi-voix et à demi-mot. Comme tous les secrets dans la famille, il était impossible de les cacher réellement. Il y avait des allusions, des sous-entendus murmurés et, l'un après l'autre, tous les enfants finirent par découvrir la vérité. Était-ce possible ? Comment ça pouvait continuer ainsi ?

La nouvelle se diffusait, passait de bouche en bouche, comme un virus. Cela rappelait, tant sur le fond que sur la forme, le jeu du téléphone arabe. Bien sûr, l'information était relayée, mais le degré de sa véracité s'amoindrissait, les faits étaient dilués, reformulés.

La première fois que tout le monde se réunit de manière, disons, officielle, pour prononcer des mots qui ne pourraient être repris, c'était chez Helmi. Le 3 janvier (la matinée où

Annie avait essayé de rentrer chez elle). Une rencontre organisée à la hâte par Annie et Esko étant donné que… qu'il le fallait, tout simplement. Les deux aînés, après des allers-retours furtifs dans les différentes bâtisses attenantes à la maison, chaudes et froides, avaient annoncé au reste de la fratrie et à Siri qu'ils avaient à parler, et qu'il était impossible de repousser la conversation, car elle concernait entre autres des membres de la famille actuellement absents qui ne pouvaient pas participer à la conversation susmentionnée.

— Quoi ? fit Helmi au téléphone quand Annie l'appela.

Annie soupira.

— Tu sais, le sujet qu'on devait aborder avec maman. Le moment est venu, et il faut que ce soit chez toi.

— Ah bon ? Il fallait le dire !

Pentti serait de retour dans quelques jours et d'ici là tout devait être orchestré, fin prêt, pour passer des paroles aux actes. Lauri était là, à contrecœur, lui qu'on avait appelé, forcé à rentrer ; Annie était là, à contrecœur aussi (*a fortiori* à cause du visiteur débarqué à l'improviste) ; à vrai dire, ils étaient tous réunis sauf Onni et Arto qui se trouvaient avec Seija. Et Voitto qui, aux dernières nouvelles, était toujours posté quelque part en Méditerranée. Même Hirvo était là, peut-être à contrecœur (difficile à dire, comme il gardait le silence : il était toujours mal à l'aise quand ils étaient si nombreux) mais quand même. Ils étaient tous en âge de comprendre de quoi il retournait. Hormis Onni et Arto.

Lahja et Tarmo auraient pu être excusés, mais ils étaient assez grands pour saisir les implications, sans compter qu'ils avaient une grande envie de participer. Ils l'avaient même exigé. Quand Annie avait suggéré qu'ils gardent les petits, ils avaient pris un air offensé et Lahja avait fait « non » de la tête. Tarmo avait regardé Annie droit dans les yeux et déclaré qu'ils n'avaient aucune intention de jouer les baby-sitters. Ils devaient être présents, et entendre chaque mot prononcé.

Cela semblait si solennel. *C'était* solennel. Annie regarda ses frères et sœurs. À nouveau, elle fut frappée par l'impression de quelque chose de définitif ; ils étaient en train de terminer quelque chose, ou plutôt, *elle* terminait quelque chose, se dépêtrait de l'histoire familiale.

L'objectif principal de la journée était de faire comprendre à Siri ce qui était le mieux pour elle et de la faire changer d'avis. C'est-à-dire... lui faire comprendre qu'elle devait divorcer. Pas seulement que cette option existait, mais que c'était la seule possible.

Siri n'ignorait sans doute pas la raison de cette réunion, même si elle faisait son possible pour garder son flegme et son sang-froid. Annie observait sa mère. Elle paraissait si fragile, assise sur le bord du fauteuil de Pasi. On pouvait éloigner Siri de la ferme familiale mais elle y laisserait alors une si grande partie d'elle-même qu'elle manquerait de perdre son identité hors de son milieu naturel. Comme un animal dans un zoo, une coquille vide. Comment s'en sortirait-elle sans Aapajärvi ? Qui deviendrait-elle si elle n'était plus ce qu'elle avait toujours été, ou, si ce n'est toujours, du moins une grande partie de sa vie ? Restait-il autre chose ? Était-il possible qu'autre chose éclose ?

*

Helmi leur servit du café et des pepparkakor ; elle était aux petits soins avec tout le monde, comme elle l'avait toujours été, et comme elle voulait toujours l'être. C'était une seconde nature, *the natural born hostess*. Il fallait que chacun se sente à l'aise, que l'atmosphère soit détendue, que personne ne se sente lésé, offensé, oublié.

Helmi vivait avec sa famille dans le petit appartement de concierge au rez-de-chaussée d'un immeuble à Rovaniemi, une chambre et une cuisine, quarante-quatre mètres carrés. Le loyer était modique et, en échange, Pasi occupait les fonctions de gardien. L'immeuble de trois étages disposait de trois entrées, chacune desservant six petits appartements où vivaient des hommes ou femmes seuls d'un certain âge, des gens qui, autrefois ou jusqu'à récemment, étaient agriculteurs et possédaient leurs propres terres, mais qui avaient dû déménager pour différentes raisons. Certains du fait de leur grand âge, d'autres parce que leurs ressources étaient insuffisantes pour continuer à diriger leur exploitation, à cause de diverses réformes agricoles ou encore parce qu'ils étaient incapables – et l'avaient en réalité toujours été – de s'occuper d'une exploitation agricole avec tout ce que cela impliquait. Dans la quasi-totalité des cas, le changement de domicile avait été provoqué par la disparition – par la mort, donc – de l'autre moitié du couple. Dans de très rares cas, par un divorce. Ce genre de pratique moderne, ce genre de *luxe*, on n'y avait guère recours dans cette contrée.

Quoi qu'il en soit, ils étaient là, à présent, des personnes seules dans de petites boîtes empilées les unes sur les autres, ou placées les unes à côté des autres, des personnes qui avaient toujours joui de leur indépendance et de leurs terres.

Pasi avait du travail par-dessus la tête. Il y avait de nombreux petits accidents et catastrophes à éviter, liés à l'accès soudain de ces personnes au confort, au meilleur standing. En ville, fallait-il leur expliquer, on tire la chasse d'eau aux toilettes ; en ville, on ne dépose pas ses ordures devant la porte ou au pied de l'immeuble. On ne les jette pas non plus par la fenêtre. Non, par aucune fenêtre. Pas même celle de la salle de bains. En ville, on ne peut pas écouter du tango à plein volume sur son électrophone toute la nuit. En ville… la liste était longue. Mais la plupart des visites, ou des commissions, concernaient des tâches dont les locataires auraient très bien pu s'acquitter eux-mêmes, telles que changer une ampoule, rebrancher le fil du téléphone ou dégivrer le congélateur. La plupart d'entre eux se sentaient simplement si seuls. Plutôt que de l'admettre, ils trouvaient mille prétextes pour se faire aider ; ou bien ils descendaient chez le concierge pour une question et restaient sur le seuil à discuter des heures durant de ce qu'ils avaient lu dans le journal, ou entendu à la radio, ou d'une idée qu'ils avaient eue. Pasi les trouvait casse-pieds, ces vieux et ces vieilles qui venaient le déranger. Mais Helmi leur accordait généralement du temps.

Elle aimait bien les personnes âgées, elles lui inspiraient un sentiment de sécurité, de stabilité.

Helmi regarda autour d'elle dans son petit cagibi. Elle regarda ses frères et sœurs, sa mère. Elle éprouvait un amour immense pour eux, une tendresse, une joie de les avoir chez elle. Certains semblaient las de se retrouver si nombreux, comme si ça les vidait de leur substance – et c'est peut-être précisément ce qui se passait, parce que Helmi puisait de l'énergie dans leur présence.

— Comme ça me fait plaisir que vous soyez tous là ! répétait-elle.

Elle était heureuse. Parce que les choses allaient changer, maintenant.

Elle regarda Siri, tenta de se représenter sa mère comme l'une des locataires. Impossible. Elle ne le supporterait pas. Mais elle allait bien être obligée de le supporter, songea Helmi. En outre, Siri avait deux jeunes enfants qui vivraient avec elle. Plus que deux même, car Lahja et Valo n'avaient pas encore quitté le nid. Et Siri était plus jeune que les habitants de l'immeuble. Cela s'arrangerait. Helmi en était sûre. Tout s'arrangeait toujours. Avec de la volonté. C'était sa posture fondamentale dans la vie. Un optimisme inné, comme un compagnon permanent, une main protectrice. Devant un obstacle, mieux valait bifurquer, on finissait toujours par trouver un chemin avec des portes ouvertes, et c'est celui-ci qu'on était censé emprunter. C'est ainsi qu'elle voyait les choses.

La pièce fut vite enfumée, car Tatu et Lauri enchaînaient les cigarettes. Helmi n'en avait cure. Elle ouvrit la porte du balcon et *basta*. C'est comme ça qu'elle affrontait toutes les difficultés de la vie. La plupart, en tout cas.

Helmi regarda sa sœur aînée, assise sur une chaise près de l'entrée. Annie et Helmi, c'était le jour et la nuit, depuis toujours, mais maintenant que sa sœur était de retour, c'était comme si ce qui les unissait, cette porte entre elles qui avait toujours été ouverte, s'était fermée, et Helmi se demandait si elle avait dit ou fait quelque chose, ou si le changement provenait de sa sœur. Ou si elle se faisait des idées, qu'elle réagissait avec excès, comme Pasi le lui disait quand il rentrait après une de ses *phases*. Qu'elle devait se calmer.

Mais Helmi ignorait comment. Comment enfermer ses sentiments et feindre l'indifférence. Ou plutôt, elle n'avait réussi qu'une fois. Peut-être était-ce elle qui était différente, et pas Annie ? Elle secoua la tête, ces pensées ne menaient nulle part, mieux valait penser à des choses sur lesquelles il était possible d'agir, et qui permettraient de se remettre d'aplomb.

— Quelqu'un prendra bien une goutte de vin de cerise ? lança-t-elle à la cantonade, sourire aux lèvres.

*

Les murmures continuèrent et, finalement, après qu'Esko se fut éclairci plusieurs fois la voix et eut raclé le sol de son pied sans susciter la moindre réaction, Annie prit la parole.

Tout le monde se tut, comme par enchantement.

Elle regarda ses frères et sœurs. Si sérieux autour d'elle, attentifs. Helmi lui adressa un sourire encourageant.

— Eh bien, vous savez tous plus ou moins pourquoi nous sommes réunis ici aujourd'hui.

Acquiescement général.

— J'ignore comment vous voyez les choses, mais pour moi c'est assez simple : j'en ai assez de devoir m'inquiéter.

Elle savait que plusieurs de ses frères et sœurs s'étaient sentis coupables de quitter le domicile parental, avaient eu mauvaise conscience de déserter un foyer qui pouvait exploser à n'importe quel moment. D'abandonner leur mère et surtout leurs cadets. Ceux qu'on espérait encore voir grandir indemnes, sans être affectés par ces choses qui avaient façonné les plus grands. Elle continua :

— Je ne supporte plus de me trouver dans l'ombre de ce petit homme et de ses démons.

Annie écarta les bras vers eux.

— Mais tout peut changer. Je veux dire : une autre vie est possible.

Personne ne répondit. On entendait le bourdonnement de l'autoroute derrière le bosquet. Les camions qui passaient dans un bruit de tonnerre.

— Pour toi, maman, ajouta-t-elle d'une voix plus douce.

Ils se tournèrent tous vers Siri, laquelle fixait sa fille. Siri était livide. Comme si tout le sang avait quitté son visage. Si elle se levait, elle tomberait dans les pommes, songea Annie.

Puis Esko prit la parole. Il se racla la gorge et rougit. Il n'avait jamais aimé s'exprimer en public. Pas même devant sa famille. Il dit que ce qui se passait avait cours depuis un certain temps déjà, mais que l'accident d'Arto – toute cette journée – l'avait poussé à réfléchir.

L'absence de Pentti.

Esko raconta ce qu'il avait vu dans l'étable.

Il peinait à trouver la bonne formule. Il cherchait ses mots, s'interrompait, perdait le fil. Il est compliqué de parler de phénomènes qui semblent si moralement condamnables que l'on en vient à croire – ou à espérer – qu'on les a rêvés. Il est délicat d'en parler quand le souvenir est tout frais. La honte associée trop forte.

Plus tard, d'ici quelques années, quelques mois peut-être, ils pourraient tous en rire. Mais le présent est le présent, et ce jour-là personne ne riait.

Quand Esko parvint enfin à s'exprimer, c'était un peu comme si on avait crevé un gros ballon. Il se dégonfla et tout le monde resta muet. Ils attendaient que Siri prenne la parole. Mais elle ne dit rien. Elle garda le silence un long moment. Puis elle se lança :

— Je sais ce que vous attendez de moi. Je sais que vous êtes inquiets. Mais vous n'avez pas à avoir peur. Moi, je n'ai pas peur.

Helmi adressa à sa mère un sourire encourageant. Esko avait le visage cramoisi.

— Mais il n'y a pas d'autres moyens !

— Esko, il y a toujours d'autres moyens, dit doucement Helmi.

Annie s'excusa et disparut dans les toilettes. De l'autre côté de la porte, elle distinguait les voix, excitées, elle devinait que ça pouvait s'envenimer d'un instant à l'autre, que l'un d'entre eux (Tatu probablement) pourrait en venir aux mains et qu'un autre (Esko, peut-être ?) ne tarderait pas à lui emboîter le pas. Elle s'en moquait. Ils avaient tenté le coup. Ça ne marchait pas. Pas de bol. Ils n'avaient qu'à s'en sortir tout seuls, les parents. Tant pis pour eux. Elle ouvrit les robinets pour essayer de couvrir les voix de ses frères et sœurs.

Elle pensa à Alex. Qui avait insisté pour les accompagner à Rovaniemi, il voulait voir la ville, maintenant qu'il était là, dans le Nord, il voulait voir le plus de choses possible. Il ne pouvait pas rester seul à Aapajärvi.

— L'architecture me fascine.

Quelle architecture ? se demandait Annie. Cette ville n'a pas été édifiée sur un projet grandiose, ces maisons ont été construites à la va-vite, pour et par des gens assez idiots pour s'installer dans un endroit pareil.

Ils l'avaient néanmoins déposé en ville et avaient prévu de venir le rechercher à dix-huit heures devant le cinéma.

*

La situation avait été un peu embarrassante, Annie et Tatu avaient eu l'impression d'être pris la main dans le sac, mais ils avaient rapidement dû se résigner.

Il y avait eu une certaine confusion, à la gare routière puis à Aapajärvi, et tous les frères et sœurs s'étaient hâtés de rentrer pour le voir, le gigolo d'Annie.

Ils s'étaient montrés gentils avec lui, contents ou plutôt excités de le rencontrer : ils avaient poussé de petits gloussements, comme des enfants qui voient un éléphant pour la première fois.

Ou une meute de chiens affamés, jappant, heureux.

Ils n'en croyaient pas leurs yeux. Quelle chance ils avaient !

La présence d'Alex gênait Annie, mais pas seulement. Elle lui allait droit au cœur. Alex montrait son plus charmant visage, et même Siri parut lui accorder sa bénédiction. Helmi était peut-être la plus heureuse de tous, elle qui attachait tant d'importance aux choses superficielles comme la beauté.

Elle écarquillait les yeux derrière son dos et gesticulait de façon obscène, faisant pouffer ses frères et sœurs, et Alex regardait autour de lui, étonné, tandis qu'Annie rougissait de plus belle. Elle avait toujours été comme ça, Helmi, elle répandait de la joie autour d'elle, où qu'elle allât. Sinon de la joie, du moins du rire.

Pentti, qui se trouvait chez son frère, n'eut pas l'occasion de rencontrer Alex, ce qui réjouit Annie. Les côtés sombres, elle ne voulait pas les partager avec Alex, ni avec quiconque, et elle s'efforçait de l'écarter des conversations chuchotées qui se tenaient en secret dans la maison. Mais il n'était pas bête, pas *si* bête que ça en tout cas ; il comprenait que quelque chose se tramait et restait sur son quant-à-soi.

— Nous devons nous réunir cet après-midi, marmonna-t-elle contre son cou.

Alex hocha la tête, il ne posa pas de questions.

— Je comprends, vous êtes comme des agents secrets, répondit-il avec un clin d'œil.

Helmi les appela depuis la cuisine au rez-de-chaussée, le café était prêt, il fallait avaler la collation sans tarder si on voulait avoir le temps de faire tout ce qui était prévu. Alex déposa un baiser sur la tête d'Annie et descendit les marches à grands pas, à l'aise dans tous les environnements, comme s'il possédait le monde et non l'inverse. Le bruit sourd quand il parvint au bas des marches renvoya Annie plusieurs années en arrière, lorsqu'elle vivait encore à la maison, mais à l'époque c'était Helmi qui descendait l'escalier ainsi, toujours bondissant, toujours pressée.

*

Helmi avait été une enfant heureuse.

Une enfant lumineuse.

Une enfant enjouée, gaie, rieuse. On aimait être avec elle, passer du temps en sa compagnie, tous ses frères et sœurs l'appréciaient.

Tout le monde l'appréciait.

Dans ses yeux, il y avait une lumière.

Elle était serviable, attentionnée, sociable. Elle s'intéressait aux autres. Elle avait des yeux bruns, d'épais cheveux blonds impossibles à coiffer. Toujours en broussaille à l'arrière; avec des nœuds qui se formaient la nuit pour ne jamais partir. Enfant, c'était à cause de ses rêves agités : elle ne restait jamais tranquille dans son lit, elle se tournait et se retournait dans ses aventures nocturnes. Adulte, c'était surtout à cause de ses aventures nocturnes éveillées.

Elle avait été une belle fillette, elle était devenue une belle femme. Elle avait la capacité de changer ses défauts en qualités. Ses cheveux en bataille servaient de base à sa coiffure crêpée, élaborée, qu'elle fixait tous les jours soigneusement à la laque.

Son aménité contribuait évidemment à sa beauté. Helmi avait toujours su dire sans ambages ce qu'elle pensait et ressentait, un trait de caractère rare chez les Tornédaliens. Enfant déjà – elle avait appris à parler tôt –, elle savait mettre des mots sur ses sentiments et ses pensées sans que cela lui fît peur. C'était un don qu'elle possédait. De pouvoir dire librement ce qu'elle avait sur le cœur. Un francparler à la limite du sans-gêne.

Qu'elle parlât franchement et ne craignît pas les sentiments rendait sa compagnie agréable; elle passait pour quelqu'un de simple, de dévoué, des attributs qui n'étaient pas bien loin de la bêtise ou de la stupidité. Pour beaucoup de gens – qui ne comprenaient pas que ce qui lui était facile relevait pour le plus grand nombre de la gageure –, elle n'avait pas inventé la poudre, mais elle était gentille et gaie. Si gentille ! Et si gaie !

Peut-être le caractère carélien hérité de Siri ?

La première fois qu'Helmi était allée au cinéma, elle avait vu *La Mélodie du bonheur*. Elle avait accompagné Annie et passé la séance à lui chuchoter des questions à l'oreille, et qu'est-ce qu'ils disent là, et qu'est-ce que ça veut dire – son anglais était si mauvais. Annie n'était pas une sainte, elle refusait de jouer à la fois à la baby-sitter et à l'interprète, aussi Helmi n'avait-elle eu qu'une expérience sommaire de ce grandiose amphigouri musical. Ce qu'elle avait tiré de ce film, outre la musique magnifique, c'était ce que la religieuse avait dit à Maria : quand le Seigneur ferme une porte, une fenêtre s'ouvre quelque part. Helmi avait emporté cette idée avec elle, comme une expérience très personnelle de Dieu et des possibilités qu'offrait la vie.

À mesure qu'Helmi grandissait, une flamme s'éveillait en elle – le brasier ardent de l'amour. Il brûlait fort, une flambée claire qui étouffait tout le reste, le réduisait à un bruissement périphérique.

Helmi, qui n'avait jamais été très scolaire, se mit tout à coup à lire. Des romans d'amour, mais tout de même. Allongée sur son lit, elle dévorait les livres l'un après l'autre et, parfois, après avoir lu un passage particulièrement intense, elle était obligée de basculer sur le dos et demeurait ainsi, à fixer le plafond en soupirant – car ah ! quelle puissance que celle de l'amour !

Son but dans la vie devint de vivre ça un jour.

Éprouver des sentiments aussi forts pour quelqu'un, et que ce soit réciproque, qu'on l'aime aussi fort en retour, passionnément, à la folie, comme elle sentait, savait, voulait, pouvait.

Alors, quand l'amour frappa à sa porte et qu'elle put l'expérimenter de première main et non par l'intermédiaire des romans, ces derniers perdirent tout leur intérêt. Elle ne voulait plus être assise aux premières loges, elle avait envie de monter sur scène, de faire l'expérience du monde, de devenir l'actrice principale de sa propre vie.

Helmi perdit jeune sa virginité, sur la banquette arrière d'une voiture, comme beaucoup avant et après elle. Elle la perdit avec le premier du long chapelet d'amoureux dont elle allait venir à bout au cours de son adolescence. Elle la perdit bien avant sa sœur Annie, de trois ans son aînée, laquelle n'avait cependant pas le même appétit – à moins qu'elle ne l'eût enfoui très profondément.

Helmi se souvenait de son premier orgasme. Elle devait avoir six ans, parce que Siri était enceinte de Valo ; elle était allongée sur le ventre sur la banquette de la cuisine après le déjeuner, et sa mère était partie chercher du bois. Helmi écoutait le paisible crépitement de la cuisinière à bois et sentait le frottement d'un des coussins de la banquette contre sa cuisse et son sexe quand elle bougeait ; ça lui donnait presque envie d'uriner mais elle continua les mouvements de va-et-vient contre le coussin, de plus en plus vite, et au moment où elle eut le plus peur de se faire dessus, la plus agréable des sensations déferla sur elle, une pulsation entre les jambes et l'impression de tomber, une chute, mais une chute exquise.

Elle avait immédiatement, instinctivement, compris que ces choses-là étaient taboues. Que c'était sinon interdit, du moins très secret. Ce qui ne l'empêcha pas de continuer, tous les soirs, avant de s'endormir.

Les connaissances d'Helmi en matière de masturbation l'aidèrent à explorer sa sexualité avec les autres. À vrai dire, sa première expérience avec un homme ne fut pas des plus agréables, mais la deuxième le fut déjà un peu plus et, bientôt, ça le devint tout à fait. Agréable.

Elle n'avait pas peur de dire à son partenaire de quoi elle avait envie pendant l'acte sexuel, ce que bien des adultes ne réussissent pas à faire, même après une longue vie commune. À quinze ans, elle osait déjà. Cela, ajouté à son charme, faisait qu'on tombait facilement amoureux d'Helmi Toimi de Rovaniemi. Et elle voulait éprouver ce sentiment encore et encore, le sentiment pétillant du premier amour.

Son prénom signifie « perle », et elle en était une, elle brillait au fond de la mer, prête à être découverte par un pêcheur. La question était simplement de savoir qui allait gagner son cœur et où la mènerait sa rare qualité. Ou plutôt *jusqu'où*.

À l'aube de ses dix-huit ans, elle avait déjà eu cinq petits amis et couché avec un total de huit garçons ou jeunes hommes. Mais le jour de son dix-huitième anniversaire, elle et Annie étaient allées danser au Grand Hôtel à

Tornio ; c'est là qu'elle avait rencontré l'homme de sa vie. Il s'appelait Pasi et il était beau comme un dieu. Un véritable Apollon. Il ressemblait à Harrison Ford, l'humour en moins. Il portait de grands favoris, un costume en polyester blanc avec un pantalon pattes d'éléphant à large revers et une chemise à jabot ouverte d'où déferlait une toison dorée. Ses cheveux épais étaient coiffés en arrière et sa moustache reposait comme un serpent d'or sur sa lèvre supérieure. Il ressemblait comme deux gouttes d'eau aux princes des romans d'amour qu'elle lisait, enfant.

— Ce n'est pas un mec pour toi, chuchota Annie à l'oreille d'Helmi lorsqu'il l'invita à danser, mais Helmi ne le lâcha pas du regard, glissa sa main dans la sienne et le suivit sur la piste.

Elle lui accorda une danse, puis deux, puis Annie arracha sa sœur à l'étreinte du garçon. Elle était cependant incapable de se tenir à distance. Plus tard ce soir-là, Pasi et Helmi sortirent prendre l'air, il lui offrit une cigarette et l'aida à l'allumer en plaçant ses mains en coupe autour. Il y avait dans ce geste quelque chose qui la fit succomber ; sa galanterie, disons. Elle ne parvenait pas à mettre des mots sur ce sentiment, mais quand elle était avec Pasi elle avait l'impression qu'elle allait s'embarquer pour une grande aventure, effrayante peut-être mais sans danger parce qu'il était là. Cette sensation avait continué à la guider, c'était à cause d'elle que Pasi était devenu son premier, son seul grand amour, à cause d'elle qu'elle avait dit oui quand il avait demandé sa main six mois plus tard et à cause d'elle qu'elle avait continué à se soumettre à toutes ses facéties.

Car Pasi allait se révéler plein de facéties, pas du tout aussi dépourvu d'humour qu'il avait semblé au premier abord. Lui aussi était fils de paysan, mais il avait des ambitions d'ébéniste, et après quelques semaines de relation il sculpta pour Helmi une magnifique petite cuillère en bois.

Helmi comprit bien plus tard qu'il avait dû s'atteler à la tâche dès le lendemain de leur rencontre au Grand Hôtel. Le romantisme de ce geste, elle s'y référait toujours, c'est ainsi qu'elle nourrissait sa flamme intérieure, pour qu'elle ne cesse jamais de brûler, vive et forte. (Jamais il ne lui vint à l'esprit qu'il avait peut-être commencé son œuvre bien avant de la rencontrer, ce n'était pas son genre d'avoir ce type de pensée.)

Un an après leur première rencontre, le jour du dix-neuvième anniversaire d'Helmi, ils se marièrent à l'église de Karunki. Elle portait une robe longue en dentelle blanche à fleurs et une couronne de rameaux de myrtilles sur ses cheveux ébouriffés tombant sur ses épaules. Dans son ventre grandissait déjà leur premier enfant, Pasi, ou Ptit-Pasi, comme on viendrait à l'appeler. Presque tous les frères et sœurs étaient présents, ainsi que Siri et Pentti. Pendant la cérémonie, Helmi pleura tellement qu'elle dut grandement retoucher son maquillage pour les photos. Son visage était tout rayé, on aurait dit un zèbre. Annie dut lui donner un coup de main, à l'arrière de la Trabant verte du père de Pasi, mais en silence, sous peine de voir sa sœur éclater à nouveau en sanglots, ce qui les obligerait à tout recommencer.

C'est peut-être difficile à comprendre de l'extérieur, mais la Tornédalie était une société polarisée, avec d'un côté les laestadiens, pieux et austères, et de l'autre les « gens ordinaires ». Les gens ordinaires en Tornédalie étaient doués pour deux choses : picoler et mettre au monde des enfants. Même si la procréation concernait aussi l'autre partie de la population.

Helmi et Pasi étaient des gens ordinaires, avec un penchant pour la bouteille. Helmi, déjà d'un naturel joyeux, le devenait encore plus quand elle avait bu, n'ayant en elle ni colère ni agressivité ; Pasi, lui, renfermait une mélancolie qui se renforça vite lorsqu'il dut assumer précocement la responsabilité de père et de soutien de famille. Esko lui trouva un emploi à la scierie, où il travailla brièvement, se sentant un bon à rien malgré son jeune âge, comme s'il pouvait lire l'avenir et que ça lui fasse peur, se voyant prisonnier de cet endroit pour les trente années suivantes, et que cette prise de conscience l'ait aigri avant l'heure. Rien de tout cela n'affectait l'humeur d'Helmi ni l'amour qu'elle portait à son mari. Elle riait quand il disait des choses comme «je vaux mieux que ça», pas de façon méchante ou malveillante, mais ravie, comme si les mots qui sortaient de sa bouche étaient les plus merveilleux qu'elle eût jamais entendus.

Pasi ne rentrait pas directement après le travail. Il faisait différentes courses, revenait souvent tard, souvent éméché. Un soir, il était tombé sur un vieux copain qui lui avait raconté qu'il avait commencé à encaisser des chèques dans des banques suédoises à l'aide d'un permis de conduire suédois trouvé, puis qu'il s'était mis à acheter et à vendre des voitures d'occasion et avait besoin de quelqu'un pour l'aider à blanchir les fonds du côté finlandais. Quand Pasi était rentré et en avait parlé à Helmi, elle ne s'était pas fait prier.

— On pourra s'acheter une maison ! rêvait Pasi.

— Et un canapé en cuir blanc ! renchérissait Helmi.

Ils restaient dans leur lit à fumer en rêvant de leur avenir commun, se voyant riches. Le fantasme prenait le pas sur tout. C'était ainsi. Ils avaient en effet une chose en commun, outre qu'aucun d'entre eux ne considérait vraiment le travail comme une valeur : si ça ne tenait qu'à eux, ils passeraient leurs journées sur le canapé à bâtir des châteaux en Espagne. Mais de combativité il n'était pas question.

Voilà ce que provoque, peut-être, le fait de traverser sa vie en ayant l'impression de n'avoir aucune capacité particulière. Cela réfrène toute envie de se donner du mal.

Au début, c'était vraiment de l'argent facile. Ils se sentaient à peine dans l'illégalité. Ils comprirent assez vite qu'il était aisé, à l'aide d'un numéro d'identification personnel créé de toutes pièces, d'ouvrir des comptes dans des banques suédoises, puis il suffisait de déposer sur chacun de petites sommes avant de demander un chéquier, et l'on pouvait ensuite encaisser les chèques du côté finlandais sans que personne ne vérifie le solde du compte.

Lorsqu'on franchit la frontière de la légalité, qu'on entre dans la zone grise, il devient, pour ainsi dire, plus facile de repousser les limites. L'arnaque aux chèques fut suivie de l'arnaque à l'assurance, puis des ventes de voitures.

Une maison, ça coûte cher, et ils s'efforçaient d'épargner. C'était souvent Helmi qui mettait de l'argent de côté, mais, quand une transaction allait à vau-l'eau, ils étaient contraints de puiser dans leurs réserves, de sorte que leur bas de laine ne grossissait guère. Néanmoins Helmi avait obtenu son canapé en cuir blanc.

Quand Helmi tomba enceinte pour la seconde fois, ils décidèrent de faire une pause. C'est ainsi qu'ils l'exprimèrent. Une *pause* dans leur business transfrontalier. Pasi devait à nouveau essayer de se faire embaucher dans la scierie où Esko travaillait comme contremaître. Au lieu de quoi, ils finirent dans l'appartement qu'ils occupaient désormais. Cependant, lorsque Helmi voulut s'inscrire au centre de protection maternelle, on lui annonça qu'il n'y avait pas de bébé dans son ventre. Elle fut estomaquée : elle s'était rarement sentie aussi enceinte qu'à ce moment-là. Sa fatigue permanente, ses vertiges, ses mains engourdies et ses fréquentes envies d'uriner lui firent accueillir avec scepticisme l'annonce de la sage-femme et elle demanda à voir un médecin.

On l'envoya chez un médecin qui préleva son sang, lui fit subir d'autres examens étranges et, finalement, à l'automne 1981, Helmi fut convoquée dans son cabinet. Il lui parla d'une maladie qu'il soupçonnait de s'être installée dans son organisme, dans son système nerveux et qui, lentement mais sûrement, détruirait les fonctions de son corps jusqu'à ce qu'elle ne puisse plus rien faire toute seule.

On soupçonnait.

On croyait.

Il fallait des examens complémentaires pour confirmer.

Il y avait de bonnes chances de vivre une vie fonctionnelle.

Voilà des bribes du discours du médecin. Elle n'entendit pas tout. Ne se rappelait pas tout. Sclérose en plaques, ça, elle s'en souvenait. Ces mots qui devaient maintenant se juxtaposer pour la décrire. Qu'elle le veuille ou non, qu'ils soient ou non adaptés.

Elle avait immédiatement poussé la porte d'un bar où elle avait dû tanner le barman pour qu'il la serve : il n'était que dix heures quarante-cinq et le service de boissons alcoolisées commençait à onze heures. Elle avait insisté et obtenu sa bière, puis elle était restée au comptoir, les yeux dans le vague. Ptit-Pasi était chez Siri, Pasi était au travail, elle n'avait aucune obligation. Elle était complètement libérée de la société, de la famille, de tout lien.

Ce n'était pas sûr. Voilà tout ce qu'elle comptait retenir de ce rendez-vous. Rien n'était sûr tant qu'elle n'aurait pas fait des examens complémentaires. Et si elle se dérobait à ces examens complémentaires ?

La sensation d'engourdissement demeurait, mais Helmi ne retourna pas chez le médecin. Lorsqu'elle voyait le ventre arrondi de sa sœur, elle éprouvait quelque chose au creux de l'estomac, un tiraillement. Elle échappait à l'inquiétude en passant ses mains sous un filet d'eau brûlante – elle sentait moins l'engourdissement, presque pas du tout, même, quand elles étaient cramoisies.

Et puis, Helmi avait lu dans *Hymy* un article sur un Américain à qui la greffe de sang massive avait permis de guérir à la fois de sa sclérose en plaques et de son alcoolisme, et lentement une petite graine avait germé en elle ; peut-être, oui, peut-être, avec suffisamment d'argent, pourrait-elle bénéficier d'un traitement contre cette maladie, pas qu'elle en souffre nécessairement, mais le cas échéant, alors, peut-être.

Mais le plus souvent elle n'y pensait pas du tout, et si on n'y pensait pas, eh bien, ça n'existait pas.

*

Annie aurait voulu ne plus jamais sortir des W.-C. Mais au bout d'un moment, elle croisa son regard dans le miroir sale de la salle de bains et se força à ouvrir la porte. Tous ses frères et sœurs étaient assis dans le canapé. Et par terre. Et sur les chaises.

Valo se leva tout à coup au milieu de la pièce. Les bavardages cessèrent. Ce fut comme s'il se rendit compte, une fois debout, de ce qu'il venait de faire. C'était un point de non-retour.

— Oui ? dit Esko.

— Eh bien..., commença Valo à contrecœur. J'ai pensé à une chose.

Ses yeux étaient grands et écarquillés, ses longs cils sombres renforçaient cette impression.

— J'y pense depuis un moment...

— Ah bon ?

Valo jeta un coup d'œil à Tatu.

— Oui, c'est à propos du garage de Rinne.

Tatu leva la tête, soudain intéressé par la conversation, puisqu'elle le concernait.

— Ah bon ?

Valo se tortillait sur place.

— Mais bon sang, accouche, gamin !

Lauri s'était lassé de rester là à attendre, retenu en otage dans la contrée de son enfance. Son niveau de stress avait fortement augmenté à l'arrivée d'Alex, mais personne ne l'avait remarqué.

— Eh bien... vous savez que ce n'était pas un accident, n'est-ce pas ?

Siri parut sortir de sa torpeur.

— Qu'est-ce que tu veux dire par là ? demanda-t-elle.

— Non, non, rien.

Siri l'empoigna.

— Maintenant tu vas nous dire ce que tu as sur le cœur, mon petit !

Il se jeta à l'eau à contrecœur. Esko dut le relancer plus d'une fois. C'est ainsi que Valo relata les événements de cette soirée de janvier cinq ans plus tôt, quand le vieux garage avait été rasé par les flammes, et Tatu avec. À vrai dire, il omit plusieurs détails, mais il ne mentit pas, il se contenta de dire que c'était l'idée de Pentti, qu'il était responsable. Lui et Voitto. Le frère injoignable. Valo fixait ses pieds. C'était à eux qu'il s'adressait.

Ce n'était pas un accident, le garage. C'était eux.

Pendant tout le récit, Siri, debout, soutenait son fils. Il avait seize ans et venait de connaître un pic de croissance ;

quand il eut fini de parler, elle le lâcha. Ses jambes se dérobèrent, il se cogna la tête contre le rebord de la table en verre fumé d'Helmi (comment pouvait-elle avoir une table aussi dangereuse chez elle, avec Ptit-Pasi et tout ?) et se mit à saigner (ce qui n'était pas (encore) arrivé à Ptit-Pasi). Helmi vola à son secours. Elle tamponna le front de son frère, Siri ne sembla même pas remarquer ce qui s'était passé. Le regard vide, elle s'assit dans le fauteuil.

Elle était frigorifiée. Elle avait supporté cet homme tant d'années. Tant de longues années, un interminable hiver.

Il avait détruit tout ce qu'elle avait. Depuis toujours.

Elle avait appris à vivre avec. Ses agissements avaient tué son premier-né. La deuxième aussi, d'ailleurs.

Elle avait enduré tant de choses. Ses actes pervers dans l'étable. Son sens des affaires imbécile. Son incompréhension de l'économie.

Mais ça…

La limite était atteinte, franchie. Impossible de revenir en arrière.

On colla un pansement sur le front de Valo, dehors la nuit commençait à tomber.

— Désolé, maman, sanglotait-il, assis sur les genoux d'Helmi.

Si petit à présent. Ils avaient tous été si petits au départ. Puis ils avaient grandi. Le monde les avait engloutis, détruits. Siri le regarda. Elle secoua la tête.

— Ce n'est pas ta faute.

Elle contempla ses enfants, ceux qui vivaient encore, ceux qui étaient réunis là, dans cette pièce, en cette matinée de janvier 1982.

— Je vais avoir besoin d'aide, dit-elle enfin.

Toute la pièce se pencha vers elle, voulant s'assurer d'avoir bien entendu. Elle prit sa respiration.

— Je vais le faire.

— Tu ne le regretteras pas, maman, dit Annie.

— On va t'aider, ajouta Esko.

Helmi se leva d'un bond et serra la mère dans ses bras.

Il était déjà près de dix-neuf heures quand la Mercedes de Tatu s'arrêta devant le cinéma. Une dizaine de personnes piétinaient devant le lieu qui, à en croire l'affiche, passait le film *Raging Bull*, intitulé en finnois « Comme une bête sauvage ». Alex avait beau porter un manteau en daim et un bonnet de fourrure, Annie voyait bien qu'il se dandinait de froid.

— Il est toujours là, Annie ! Il a passé le test !

Tatu lui décocha un coup de coude et un sourire complice. Elle leva les yeux au ciel. Sur la banquette arrière, il y avait Tarmo et Lahja. Les autres étaient partis avec Esko. Quand Alex les aperçut, son visage s'éclaira. Il n'avait pas du tout l'air fâché.

— Ah ! je pensais que vous m'aviez abandonné, dit-il en ébouriffant les cheveux de Tarmo et en se faufilant à côté de lui sur la banquette.

— Pardon, c'était un peu long.

— Aucun problème, *principessa*, j'ai vu Rovinimi, c'était absolument merveilleux.

Elle n'avait pas le cœur à corriger sa prononciation, elle préféra augmenter le volume de la radio – c'était l'émission populaire du dimanche qui passait des hits de tango finlandais. Ils restèrent silencieux dans le noir tandis qu'ils parcouraient les quelque cent kilomètres qui les séparaient d'Aapajärvi. Pendant ce temps-là, Olavi Virta chantait la solitude, une solitude si profonde qu'on en vient à désirer la mort pour y échapper.

Annie pensait à Siri. À ce qui l'avait finalement poussée à se décider. Sa valise était toujours dans le coffre de Tatu. Une vie entière s'était déroulée depuis ce matin, songea-t-elle.

Parfois les journées se succèdent, les années aussi, sans qu'il se produise grand-chose. La vie passe, tout simplement, et l'on flotte avec elle, on est satisfait, assez pour rester. Et puis, soudain, comme ce jour-là, tout semble survenir d'un seul coup. Des années de douleur, de colère, de déceptions accumulées, des années d'espérances déçues et de rêves qui ont pris de l'ampleur, qui sont devenus forts, prêts à briser leurs chaînes, et l'on a même du mal à comprendre que seules douze heures se sont écoulées tant on a dit, fait, pensé, prononcé de choses sur lesquelles il est impossible de revenir, qu'on ne peut pas changer.

Le paysage dehors, noir, invisible, Annie le connaissait mais ne le voyait pas, comme aveugle aux éléments les plus familiers, comme si sa boussole était détraquée et qu'un autre monde se révélât à elle.

*

Dans la maison d'Aapajärvi, la lumière était éteinte à l'étage, les frères et sœurs étaient montés se coucher. Ils avaient récupéré les petits en chemin. Alex avait eu envie d'un sauna ; Tarmo et Lahja l'avaient accompagné dans le cabanon, avaient allumé le sauna et lui en avaient montré le fonctionnement. Puis ils avaient disparu dans leur chambre.

Dans la cuisine, il ne restait qu'Annie et Siri. Tant de mots, tant de non-dits reposaient entre elles comme du fil emmêlé, impossible à bobiner.

Divorce. Ce petit mot qu'Annie avait toujours jeté au visage de sa mère. Ce mot que sa mère avait repoussé avec mépris, lui avait renvoyé à la figure. Il était posé là. Dans la lumière tamisée de la lampe de la cuisine.

— Qu'est-ce qui t'a poussée à te décider ? demanda enfin Annie.

Siri ferma les yeux. Devant elle apparut le visage de Tatu, sa joue brûlée, ses cheveux calcinés, le corps inconscient qu'elle avait traîné hors du garage, il avait failli y passer, quelle chance inouïe qu'elle l'ait sorti à temps. De ce garage qu'il aimait plus que la vie elle-même. Cette image se mêla à celle du visage d'Arto, celle de son petit corps ébouillanté. Puis à celle d'un autre enfant, plus petit encore, gisant sans vie dans ses bras. Elle secoua la tête.

— Je crois que c'est une combinaison de facteurs.

— Quoi, par exemple ?

Que peut-on partager avec son enfant ? Qu'est-il à même de comprendre ?

— Valo ressemble de plus en plus à Pentti, par exemple. Exactement comme Voitto.

Toutes deux pensaient à Voitto. Quel soulagement quand il avait quitté la maison. Annie se souvenait de sa cruauté envers les animaux, elle allait croissant, et il ne prenait même plus la peine de cacher ses expériences au reste du monde.

Les pensées de Siri tournaient en rond dans sa tête. Peut-être qu'Esko avait raison, après tout, lorsqu'il parlait du besoin fondamental des enfants d'être aimés. Elle pensait à Arto, allongé là-haut, sur le lit de camp. À Onni. Au temps qui lui restait avec ses enfants, ses derniers enfants, avant qu'ils ne soient grands, adultes, qu'ils ne la quittent, ne quittent le nid pour ne plus revenir. Reviendraient-ils ? Lui rendraient-ils seulement visite ? Elle ne supportait pas de suivre ces pensées jusqu'au bout, comment elle finirait ses jours seule dans la maison vide avec cette folie qui semblait croître jour après jour en Pentti.

Mais elles gardèrent le silence. Avec tous les mots entre elles comme des fils emmêlés.

La porte d'entrée s'ouvrit et Alex pénétra dans la cuisine. Ses joues étaient rouges, ses cheveux humides.

— Ah, le sauna ! s'exclama-t-il en écartant les bras.

Il portait son manteau en cuir sous lequel on devinait la toison de son torse. Siri le regarda. Annie le regarda. Il leva le pouce vers les deux.

— Le sauna ! Mmm, Annie, pourquoi tu ne m'as jamais dit à quel point c'est fabuleux ? J'ai trouvé ça merveilleux, mon Dieu ! Mon cerveau a explosé là-dedans ! Mais c'était exquis !

Annie se leva et poussa Alex devant elle dans l'escalier. Elle fit un clin d'œil à Siri.

— Maman, je crois qu'on va aller se coucher.

Siri hocha la tête et les suivit du regard. Puis elle baissa les yeux sur ses mains. Ses mains cinquantenaires, burinées. Elle les contempla soudain avec tendresse. Ses mains n'étaient-elles pas dignes d'amour ? Ne caresseraient-elles plus jamais un autre corps ? Siri ne connaîtrait-elle plus jamais le bonheur ? Ne chanterait-elle plus jamais ? Elle était sûre à présent, elle savait ce qu'elle avait à faire. Elle devait agir maintenant, le moment était venu, il y avait soudain une brèche dans la réalité, et elle pouvait s'échapper, là-bas, vers la liberté, tant qu'il était encore temps. Elle choisirait la vie, pour une fois.

Cette nuit-là, elle se retourna longtemps dans son lit sans trouver le sommeil. Suspendue dans le ciel, la lune diffusait une faible lueur dans la chambre. Siri écoutait Arto respirer.

*

À Rovaniemi, Helmi était éveillée et fixait la même lune. C'était toujours pire le soir, ou plutôt la nuit. Elle avait toujours dormi sur le côté mais à présent elle avait à peine le temps de s'endormir qu'elle était arrachée à son sommeil par des picotements dans les doigts. Ptit-Pasi était près d'elle dans le lit. Il avait le sommeil agité : la plupart des nuits, il roulait en dormant. Pasi avait l'habitude de dormir sur le canapé, surtout les soirs comme celui-ci où il rentrait après le coucher de sa femme et de son fils. Il était un peu plus de une heure du matin et Helmi entendait les ronflements de son époux depuis le salon. À présent, elle pensait à Siri. Et à Rinne. S'il avait été son fils. Si Pasi avait fait du mal à Ptit-Pasi d'une manière ou d'une autre.

Je l'aurais massacré, songea-t-elle en frissonnant.

*

Le lundi 4 janvier 1982 dans l'après-midi, le pick-up bleu s'arrêta dans la cour. C'était presque l'heure du café. Helmi était venue, Esko travaillait. (Ce qui tombait bien, au vu des événements des mois suivants.) Les autres étaient réunis. Ils l'attendaient tous. Tous, sauf Onni et Arto. Enfin, ils étaient présents, bien sûr, mais trop petits. Il fallait les garder en dehors de ça tant que possible. Dans la mesure du possible. Alex avait proposé de les emmener faire un petit tour de *spark*. Ils l'avaient regardé tenter de manœuvrer en chaussures de cuir glissantes ce véhicule qu'il n'avait jamais vu auparavant, et échouer à plusieurs reprises, puis Annie, s'étant apitoyée sur son sort, avait enfilé ses vêtements d'extérieur et s'était précipitée à sa rescousse. Ils venaient tout juste de s'éloigner ensemble le long de la route vers chez le voisin. Tous les autres étaient rassemblés dans la cuisine. Le café était sur le feu et, dans d'autres circonstances, ou si on ignorait le contexte, on aurait pu croire qu'il y avait une fête de famille. Helmi était assise sur la banquette de la cuisine, les picotements dans ses mains n'avaient pas disparu depuis la nuit comme ils le faisaient habituellement. Elle reposa ses doigts sur la nappe, se cuirassa contre ce qui allait advenir d'un instant à l'autre.

Pentti franchit le seuil. Il ne sembla même pas surpris de les voir tous réunis.

Il posa son sac devant la porte, déboutonna son manteau d'hiver et se servit une tasse de café. Il ajouta du sucre et de la crème, soigneusement, lentement, il n'était pas pressé. Une fois son café prêt, il s'appuya contre la paillasse, ferma les yeux et avala la première gorgée, affichant une expression de pur plaisir, puis il rouvrit les yeux et les fixa, tous, l'un après l'autre, le regard alerte, curieux, comme celui d'un enfant.

— Allons bon, j'ai droit à un comité d'accueil.

Ils lui opposèrent un silence. Un silence d'une telle épaisseur ne peut exister que lorsqu'un grand nombre de personnes décident en même temps de se taire, de ne pas réagir.

— Je vous ai tant manqué ?

Personne ne répondit. Tout le monde attendait. Helmi regarda ses mains. Elle n'osait pas lever les yeux. Elle savait qu'elle ne parviendrait pas à garder le silence si elle croisait le regard de son père.

Siri prit enfin la parole.

— Nous allons divorcer.

Pentti resta longtemps muet. Helmi lui jeta des coups d'œil nerveux. N'avait-il pas entendu ?

Puis il s'esclaffa. Cela commença comme une sorte de gloussement ou un raclement de gorge, puis le rire parut lui sortir du ventre, avant de se transformer en hilarité.

Helmi jeta un regard en biais à sa mère qui lui fit un signe de tête.

Siri savait qu'il était difficile pour Helmi de garder le silence. Ce n'était pas dans son caractère.

Pentti continua de rire. Il rit longtemps, combien de temps ? Plusieurs minutes ? Il gloussait comme après une histoire drôle, un peu cochonne mais pas trop, et il essuyait les larmes au coin de ses yeux du revers de la main. C'était typique ; pouvait-on attendre autre chose de sa part ?

Comme prévu, Helmi fut la première à en avoir assez. Elle savait ce qu'ils avaient décidé : laisser leur mère dire ce qu'elle avait à dire, ne pas intervenir, ne pas s'en mêler. Simplement rester là comme des témoins silencieux. Au cas où on prononcerait des paroles impossibles à ravaler. Au cas où ça deviendrait violent.

— Tu n'as pas entendu ce qu'elle a dit ? cria-t-elle, voyant qu'il se bidonnait encore. Tu es bouché ou quoi ? C'est en train d'arriver. Tu vas vieillir seul. Tu vas mourir seul.

Il cessa subitement de rigoler et regarda sa fille de ses yeux si étrangement vides et sans expression.

— Tout le monde meurt seul, Helmi, dit-il calmement.

— Quoi ?

Elle se tourna vers Siri. Mais Siri dévisageait Pentti. Elle avait peur de le lâcher des yeux. Peur de ce qui pouvait se produire, ou était en train de se produire en lui, à ce moment-là. Pentti continua d'une voix douce et pieuse comme celle d'un pasteur.

— J'ai dit que tout le monde meurt seul. La question est plutôt de savoir ce qu'on fait de notre vie tant qu'on vit.

Ensuite il les regarda, l'un après l'autre, assis là autour de la table. Il les pointa du doigt à tour de rôle, son index légèrement tordu par une longue vie de dur labeur, couvert de callosités brunes ; il enregistra la présence de chacun.

— *Ça*, dit-il. Vous me le paierez. Je ne le pardonnerai pas.

Puis il se resservit du café et agita la main vers eux pour les chasser, comme des mouches par une chaude journée d'été.

— Allez, laissez-nous tranquilles maintenant. Nous devons parler entre adultes.

Les enfants interrogèrent Siri du regard ; elle acquiesça. Ils prirent leurs manteaux et sortirent. Annie, Alex et les petits rentrèrent de leur promenade en *spark*. Le crépuscule était déjà à l'affût, attendant son heure, le moment où il pourrait arriver et engloutir le monde, comme il le faisait toujours à cette époque de l'année ici, dans le Nord.

Au bout d'un petit moment, Pentti sortit de la maison, toujours calme, et traversa lentement la cour jusqu'à l'étable. Ils avaient tous vu le père faire cette promenade, plusieurs fois par jour, depuis toujours, et ils savaient que quand il était enragé ça se voyait clairement sur lui : on aurait dit qu'il était suivi par une colonne de fumée. Mais aujourd'hui, rien. Calme, tranquille, digne presque, il traversa solennellement la cour et entra dans l'étable, chez les bêtes, auprès de leur chaleur et de leur sécurité.

Helmi avait de la peine pour son papa. Elle comprenait que tout le monde prenne ses distances, et elle comprenait que c'était la seule manière de faire. Qu'il fallait une action commune, un courage commun, mais tout de même. Elle s'inquiétait pour lui. Il lui faisait peur, il lui avait toujours fait peur, mais son cœur s'en moquait bien, de la peur ; à présent son cœur était plein d'amour.

*

Alors pour conclure, ou pour résumer.

Au début de cette nouvelle année, plusieurs choses se mirent en branle dans la famille Toimi. Ils furent tous affectés par ce qui venait de se jouer. Ils eurent la soudaine impression de découvrir une brèche dans l'existence, dans la réalité : les choses ne demeurent pas toujours immuables, il est véritablement possible d'agir sur son destin.

Le jour déclinait, subrepticement, et avec l'obscurité venait la lenteur, celle qui oblige tout le monde à réfléchir.

Tatu, ou Rinne, le visage boursouflé, qui restait dans sa voiture, frigorifié, à fumer des cigarettes en se demandant s'il devait sortir et monter rejoindre Sinikka. Ou s'il devait redémarrer et rouler au hasard, disparaître pour ne plus jamais revenir.

Helmi, qui se couchait à côté de Ptit-Pasi après avoir bu deux verres ce soir-là, parce qu'il était plus facile d'oublier l'engourdissement et de s'endormir quand l'ivresse rendait le cerveau tout chaud et lourd, et quand l'idée d'obtenir un diagnostic n'était qu'une voix parmi d'autres dans un chœur éloigné, dont on ne distinguait pas vraiment le chant.

Lauri qui, bien qu'il n'en eût guère les moyens, voulait absolument rentrer en avion. « *I travel in style.* » Ou plutôt, peu importe comment je voyage, tant que je n'ai pas à regarder ma sœur dans les yeux après ce que j'ai fait à son homme.

Esko, qui se scrutait dans le miroir de la salle de bains. Le regard qui croisa le sien quand il se brossa les dents était celui d'un homme qui prend son destin en main. Et cette sensation le combla au point qu'il se faufila dans le lit auprès de Seija et lui fit l'amour, à la fois tendrement et violemment, plantant en elle la graine d'un nouveau petit Toimi.

Siri, qui se rendait au sauna, dans le sauna où elle se lavait depuis sa jeunesse, quand elle n'était pas encore détruite par la vie ; la vapeur ouvrait ses pores comme elle l'avait fait un nombre incalculable de fois, et son regard, clair, carélien, se projetait au loin, vers un avenir qui s'étendait comme un horizon ouvert dans le brouillard, infini.

Annie et Alex, qu'un long trajet en car attendait jusqu'à Stockholm. Annie qui ferma les yeux à Haparanda avant de faire semblant de dormir, ou de réellement dormir, la tête contre l'épaule d'Alex. Dans son cœur résonnait à plein volume cette chanson qui parle d'adieu, cet adieu qu'elle avait dit en silence, en secret ; elle entendait en elle la voix du roi du tango, et au fond d'elle vibrait une solitude si grande, si grande – était-il possible d'y survivre ? Elle se sentait comme un satellite solitaire flottant dans l'espace obscur, affranchie de son passé, sans ancrage dans l'avenir.

Et les autres aussi, mais ne vous en faites pas, vous apprendrez à les connaître plus tard, s'ils sont utiles au récit, et vous comprendrez qu'ils ont leur importance, tous et chacun d'entre eux.

Deuxième partie
THE MURDER

La vie à tout prix

De quoi a-t-on besoin pour oser résister? pour oser se défendre? Peut-on échapper à son destin? Peut-on le réécrire? Peut-on tout recommencer?

Un enfant est conçu. C'est un miracle, vous êtes bien d'accord. Tant de paramètres doivent être réunis pour que cette petite vie soit créée, tant de composantes doivent concorder, convenir très précisément, ce n'est autre qu'un hasard divin, que l'on soit ou non religieux, une magnifique coïncidence.

Tous les parents n'aiment pas leurs enfants. C'est une invention assez moderne de devoir aimer et choyer *à ce point* ses enfants. Il suffit de remonter le temps, de revenir une centaine d'années en arrière, pour voir surgir une tout autre vision de l'Homme. À cette époque-là, dans la première moitié du XXe siècle, aimer ses enfants était loin d'être la norme.

Non que tous les gens fussent mauvais ou fous – peut-être que si, d'ailleurs –, mais on n'attendait pas d'eux qu'ils partagent leur vie, leur intimité avec autrui. L'intimité n'était pas faite pour les autres, à peine pour soi.

Les sentiments, *tous* les sentiments, étaient honteux. Cela n'avait rien d'étrange. Dieu existait, c'était un vrai monsieur dans le ciel, et on ne pleurait pas, on ne faisait pas de manières inutilement. Les enfants étaient des adultes miniatures, des esquisses d'humains. Inachevées.

Il fallait si possible qu'ils se hâtent d'y remédier pour pouvoir accomplir leur devoir envers leur père, leur mère, ou tout autre détenteur de l'autorité parentale, ainsi qu'envers, peut-être pas la *société*, mais en tout cas ce qui s'en approchait le plus.

Si ces affirmations n'ont rien d'original, il est bon de les garder à l'esprit quand on prend connaissance des conditions de vie d'un enfant au début du XXe siècle.

Siri était le quatrième et dernier enfant, et la seule fille, de la famille au nom joliment poétique d'Aamuvuori. Elle n'avait de poétique que le nom, je peux vous le garantir. Quatre enfants : une petite famille, pour l'époque.

Siri vint au monde l'un des premiers jours de l'été, au moment où tous les bourgeons éclosent. Et quand la Carélie fleurit, l'explosion de couleurs fait presque mal aux yeux après l'interminable hiver et son éventail de gris.

Elle était une fleur, la prunelle des yeux de ses frères. Les enfants ont de tout temps éprouvé cette curiosité pour la vie, et les frères de Siri n'étaient pas en reste. Ils adoraient la fillette et l'emmenaient volontiers avec eux partout où ils allaient.

Siri fut le dernier enfant de la famille non pas à cause d'un accouchement particulièrement difficile, sa mère n'était pas le genre de femme à s'autoriser un accouchement difficile, personne ne décidait quoi que ce soit à sa place. Non, s'il n'y avait pas eu d'autres enfants dans la famille Aamuvuori, c'était parce que les parents savaient trop bien ce qu'impliquaient trop de bouches à nourrir.

Tous deux étaient des gens simples, travailleurs de la terre depuis des générations, d'abord comme serfs, puis, les temps ayant changé et les Finlandais ayant gagné leur indépendance, comme paysans, parmi les plus pauvres. Ils avaient vécu toute leur vie dans un rayon de deux cents mètres, à l'instar de toute leur famille avant eux, et de la plupart des gens à cette époque. On n'avait pas le choix. On n'était pas libre de rêver à une autre vie. Certes, on ne peut pas réellement le savoir tant il était honteux de partager ses pensées les plus intimes, mais en Finlande on n'assista pas à la même émigration massive que dans le pays voisin, et ce n'est pas parce que l'on vivait dans la prospérité et l'abondance. Non, autre chose faisait défaut.

Une personne qui a vécu la famine ne l'oublie jamais. Plus la disette dure, plus elle imprime sa marque sur ceux qui en souffrent. Les deux parents de Siri venaient de familles nombreuses, et avaient vu plusieurs de leurs frères et sœurs mourir de faim ou de causes connexes. On pourrait presque dire que c'est ce qui les avait rapprochés. Ils ne voulaient pas que la faim emporte l'un de leurs enfants. Parce que ce n'est pas l'amour qui les avait rapprochés, *that's for sure*.

L'amour est un luxe que seuls les riches peuvent se payer. Pour les pauvres, il n'a aucune valeur, ne cause que des tracas, fait obstacle à ce qui importe, à ce qui a du sens – manger à sa faim, survivre *à tout prix*. D'ailleurs, pourquoi veut-on survivre à n'importe quel prix ? Pourquoi une vie de merde vaut-elle la peine d'être vécue ?

L'humain est si bête, le corps et ses instincts si forts. N'aurait-il pas été plus simple de posséder un mécanisme d'extinction intégré ? Si les conditions de vie devenaient trop éprouvantes, le corps s'éteindrait, tout bonnement, renoncerait à transmettre les gènes et mettrait fin à la souffrance.

En dépit des soins et de la prévoyance des parents, ils avaient connu la faim. Les parents faisaient de leur mieux mais c'était insuffisant. Siri ne grandissait pas comme il fallait, et s'il y avait eu des puéricultrices, elles auraient été très préoccupées par sa courbe de croissance : Siri ne suivait pas la courbe ! Elle était petite et avait le teint grisâtre caractéristique des Caréliens, jusqu'à ce que l'été vienne embraser ses joues et le bout de son nez, lui donnant une carnation couleur miel foncé. Toute sa vie ça la suivrait, cette peau brun sale, ces jambes squelettiques et ces hanches osseuses incapables de faire tenir un bloomer ; sa petite taille et sa maigreur représentaient un échec, l'échec de ses parents, ce qui expliquait peut-être l'aversion toute particulière que sa mère éprouvait envers elle.

Ou peut-être était-ce le simple fait qu'elle était une fille, que la nature lui avait conféré une valeur inférieure.

Ou bien la sensation lancinante que malgré tout, même s'ils n'avaient eu que quatre enfants, elle était tout de même celui de trop ?

Les premiers souvenirs de Siri étaient physiques. Des gifles cuisantes. Des cheveux tirés. Eh oui, c'était une enfant vive. Comme ses frères, sans doute. Mais ça, pour les filles, ce n'était pas possible, ni à l'époque ni aujourd'hui. Siri fut rossée, souvent par sa mère, plus souvent encore par ses frères. Mais la flamme dans ses yeux était inextinguible.

Elle était comme la saison qui la vit naître : une explosion de fleurs diffusant la joie partout où elle allait. Elle chantait en aidant aux tâches ménagères, depuis son plus jeune âge, malgré les reproches incessants de sa mère. Elle ne parvenait pas à s'abstenir, les notes s'échappaient de sa bouche. Tout comme beaucoup de Caréliens, elle était un peu plus vivante que la moyenne des gens, comme une journée d'été particulièrement chaude, avec un ciel parfaitement dégagé.

*

L'été est bien différent lorsqu'on n'a pas à s'occuper d'animaux ni de terres. Cette saison devient un temps dévolu au repos, aux loisirs, au jardinage, aux fleurs, et surtout au repos et encore au repos. C'était le premier été d'Onni sans travail, comme celui de Siri, un enfant de cinq ans et une femme de cinquante-cinq ans. (Elle avait eu son dernier enfant à quarante-neuf ans. Le journal *Pohjolan Sanomat* en avait eu vent et avait voulu faire un reportage sur elle, cette parturiente de près de cinquante ans, mais Siri leur avait opposé un refus catégorique.)

Leur expérience à tous les deux était semblable.

Ils se réveillaient tard, d'eux-mêmes, vers neuf heures, puis ils buvaient leur café sous le porche, elle le buvait noir et il le buvait à la soucoupe, avec beaucoup de sucre et de crème. Par la fenêtre de la cuisine on entendait les voix de la radio et les chansons populaires douces-amères. Siri poussait des soupirs de bonheur et montait un peu le volume lorsque le ténor à la voix pleine de vibrato chantait les désirs profonds de son cœur et le grand amour plus fort que tout. Parfois, elle esquissait quelques pas de danse devant la porte et faisait tournoyer Onni dans les airs à la grande joie du bambin.

La journée s'ouvrait devant eux avec tant de possibles. Ils faisaient un peu de désherbage peut-être, Onni bricolait sa cabane de jeux ou sortait son chien dans les champs, ou pêchait des têtards, et quand la faim se faisait sentir, vers midi, ils prenaient une tartine, ou une pirogue de Carélie avec une épaisse couche d'œuf dur émietté mélangé à du beurre, et du salami. Le *salami*, cette nouveauté exotique que Siri avait découverte après le divorce et qu'elle achetait désormais, un des nombreux éléments apparus dans leur vie. Le goût salé du salami se mariait à merveille avec l'onctuosité du beurre et la pâte si tendre de la pirogue.

Ensuite, ils pouvaient passer un bout de l'après-midi sur la balancelle et Siri demandait à Onni ce qu'il voulait pour le dîner.

Les journées se déroulaient, paisibles, paresseuses, reposantes. La maison à Kuivaniemi n'était pas aussi grande que celle d'Aapajärvi, il y avait bien sûr moins de terres, et de la cour émanait quelque chose de calme, de propre, d'immaculé. C'était une cour que Pentti n'avait jamais foulée.

Siri s'y plaisait énormément, et de ce fait les enfants aussi. Tant ceux qui avaient déménagé avec elle que ceux qui venaient lui rendre visite.

C'est ici qu'elle vivait à présent. Tout juste divorcée, avec quatre enfants. Les plus jeunes, Onni et Arto. Arto commencerait l'école à l'automne. Lahja, à quatorze ans, passait beaucoup de temps chez son petit ami à Tornio, et Valo, qui était en avant-dernière année de lycée, était quasiment indépendant. On aurait dit d'éternelles vacances, si tant est que cela existât.

La vente de la maison lui avait rapporté une coquette somme et, ajoutée à la pension alimentaire que Pentti devait verser sur décision du tribunal, Siri n'avait pas besoin de travailler du tout.

Ce qui n'est pas tout à fait vrai, car il y a toujours du travail, mais elle n'avait pas besoin de chercher un emploi rémunéré, et heureusement, car qui l'aurait embauchée ? Une femme de cinquante-cinq ans sans aucune formation et avec plus d'enfants qu'on ne pouvait en compter sur les doigts des deux mains. Non, elle s'en sortirait en cultivant son petit lopin et en tissant des tapis en lirette pour les voisins et les proches, ou les proches des proches qui en avaient eu vent et qui étaient prêts à payer. Elle recevait de plus en plus de commandes de parents éloignés ou de connaissances qui avaient déménagé à Helsinki et qui avaient envie d'emporter un souvenir de leur région d'origine, mais si possible quelque chose de moderne, elle tissait donc beaucoup de tapis rose et vert menthe. Ou noir et blanc. Siri n'attribuait aucune valeur aux couleurs ; peu lui importait. Elle empochait les billets, reconnaissante, et se sentait riche comme Crésus, car elle savait que l'argent était à elle, rien qu'à elle, et elle avait l'impression que la vie lui donnait une deuxième chance.

Cette liberté l'enivrait. Longtemps, peut-être depuis toujours, ou du moins depuis qu'elle était devenue adulte, elle s'était sentie dépossédée de sa vie, appartenant d'abord à ses parents, puis à son mari ; elle avait presque abandonné tout espoir qu'elle lui appartienne un jour, mais voilà qu'à présent on la lui avait rendue. Siri n'était pas croyante, mais ça, c'était une expérience religieuse. Se sentir peu à peu délivrée du joug de son mariage.

Bien sûr, ça avait été un périple. Elle se souvenait de ses premiers pas hésitants, juste après la séparation, comme si on l'avait physiquement arrachée à une chose à laquelle elle avait été, d'aussi loin qu'elle s'en souvienne, attachée. Elle ne pouvait pas aller bien loin avant de tourner nerveusement la tête – est-il sur mes traces ? –, elle se sentait comme une bête échappée. Petit à petit, lentement mais sûrement, ses pas étaient devenus plus assurés. Jamais elle n'avait hésité ni regretté. Elle avait plutôt pensé qu'elle aurait dû faire ça bien avant.

Et voir le bien que ça faisait aux enfants, à ses enfants, la confortait dans son choix. Bien sûr, il y avait encore des gens qui méprisaient les divorcés, parce qu'ils ne luttaient pas, ne supportaient pas, se moquaient de leur image, de celle de leur famille, de leur village, et j'en passe. Mais Siri avait toujours fait peu de cas du regard des autres.

*

C'était une chaude journée au beau milieu de l'été. Les mouches entraient et sortaient en bourdonnant par toutes les fenêtres et tournaient autour des vaches qui, nonchalamment, broutaient l'herbe grasse. Siri et son frère aîné, Ilo, étaient sortis faire paître les bêtes ; ils ne les ramèneraient que beaucoup plus tard, dans l'après-midi.

Ilo était le frère préféré de Siri. Et réciproquement. (Siri était de toute façon la préférée de tous.) Ils avaient devant eux une longue journée et Siri débordait de joie parce qu'elle savait qu'elle serait merveilleuse, avec le baluchon qu'ils portaient entre eux plein de pain de seigle et de pommes de terre, avec un gros morceau de beurre. Un peu plus loin, les fraises scintillaient à l'orée du petit bois, le sol entre les bouleaux était piqueté de rouge et Siri en avait l'eau à la bouche tandis qu'elle marchait, chantonnant gaiement aux côtés de son frère.

Le chemin qu'ils empruntaient était long de quelques kilomètres et passait devant les champs du grand propriétaire. L'homme, qui jusqu'à la révolution avait possédé toutes les terres des environs et en possédait toujours la majeure partie, était une figure effrayante. Il était craint et haï de tous. On serrait les poings dans ses poches en le voyant, mais on s'inclinait très bas, poliment, comme le voulait la coutume.

Plus loin, on entendit des voix et, bientôt, les fils du grand propriétaire apparurent de derrière un amoncellement de pierres. Les fils étaient, si tant est que cela fût possible, pires encore que leur père, parce qu'ils étaient jeunes et bêtes et jouissaient d'exercer leur pouvoir sur les pauvres paysans du village. Ils se placèrent en travers du chemin, barrant la route à Siri, Ilo et leurs sept vaches laitières.

Ils étaient là tous les trois, trois rouquins criblés de taches de rousseur. Le soleil estival ne les avait pas épargnés : leurs nuques et leurs oreilles cramoisies semblaient brûler, Siri imaginait comme ils devaient souffrir dans le sauna ou le soir en se couchant. Ils souriaient à Siri et à Ilo, dévoilant une rangée de dents artificielles blanches comme neige. Leur père avait les moyens de payer de nouvelles dents à toute sa famille, au lieu de les laisser subir leurs vrais chicots qui auraient probablement causé les mêmes angoisses et préoccupations que chez la plupart des gens du coin. Les dents étaient encore un peu trop grandes pour eux, car leur croissance n'était pas terminée, l'aîné avait l'âge d'Ilo et le benjamin avait quelques années de plus que Siri. Leurs sourires semblaient tordus. Ils avaient beau essayer d'avoir l'air aimables, Siri savait fort bien que le vent pouvait vite tourner.

— Belle journée, n'est-ce pas ? dit le plus jeune frère.

Il s'était approché, se trouvait à quelques mètres devant eux, tenant à la main un petit panier taché de rouge avec des fraises dedans. Des fraises ! Siri n'en avait pas encore mangé cette année, chez eux elles étaient encore petites et blanches. Aigres, infectes sans doute. Elle esquissa un signe de tête vers le garçon en souriant. Il lui tendit le panier.

— Tu veux goûter ?

Elle jeta un coup d'œil à Ilo qui fit « non » de la tête, mais l'envie de fraises était trop forte. Elle hocha la tête et sourit à nouveau. Le garçon lui tendit le panier. Elles trônaient au fond. De grosses fraises juteuses, arrachées à des terres plus grasses et plus ensoleillées que les leurs. Même sans mordre dedans, Siri savait à quel point elles étaient délicieuses. Elle avança la main, mais au moment où elle s'apprêtait à en choisir une, le garçon retira le panier.

— Fais voir ta foufoune, dit le garçon en lui montrant son râtelier blanc.

Siri ôta sa main, elle regrettait déjà d'avoir été si bête, mais il avait l'air si gentil (toutes proportions gardées) et les fraises si délicieuses ! Elle vit Ilo secouer la tête, imperceptiblement, mais elle le vit tout de même.

— Pas question.

Le garçon haussa les épaules. Il choisit une très grosse fraise, en croqua un petit morceau avant de la jeter sur le sol boueux et de l'écraser sous sa chaussure. Siri regarda le fruit écrabouillé, le jus qui dégoulinait le long du menton du garçon et coulait sur sa chemise beige déjà maculée. Elle serra le poing derrière son dos. Les deux aînés avaient rattrapé leur frère et ne se trouvaient qu'à quelques mètres de Siri et d'Ilo.

— Qu'est-ce qu'ils font là, les bouseux ? fit le cadet.

Ilo lança un regard à sa sœur, elle savait qu'il fallait se taire. Elle savait que cela ne servait à rien. Elle savait, du haut de ses sept ans, qu'il y a des gens contre lesquels on ne peut gagner. Dans ce cas-là, il faut s'écraser. Ce n'était pas le genre de Siri, mais elle parvint à se maîtriser pour le bien de sa famille et, à ce moment précis, pour le bien d'Ilo. Alors elle esquissa un signe de tête vers son frère et ouvrit les poings, ça va marcher, fais-moi confiance.

— Qu'est-ce que tu as à hocher la tête, espèce de marionnette ?

Le frère cadet la poussa au niveau de l'épaule. Pas très fort, mais Siri ne s'y attendait pas et elle tomba à la renverse. Elle sentit la boue imprégner ses vêtements, elle savait qu'elle se ferait disputer le soir. Alors elle resta assise dans la fange. Ça lui était égal maintenant. Cette journée si belle, ensoleillée, pleine de promesses était à présent salie, boueuse, ruinée.

— On va juste faire paître les vaches, s'il vous plaît, laissez-nous passer, marmonna Ilo, mâchoires serrées.

Siri vit les oreilles de son frère prendre lentement une teinte rouge sombre, comme les fois où il était en colère, ce qui arrivait rarement, il avait un tempérament très différent de celui de sa sœur cadette. Lui connaissait les conséquences. À présent, il se sentait humilié, fâché. Et les fils du grand propriétaire s'en rendirent compte.

— Pardon ? Je n'ai pas entendu.

Le plus grand avait pris la parole. Ilo et lui avaient fréquenté la même classe, mais c'était il y a longtemps, Ilo n'était allé à l'école que quatre ans ; la famille Aamuvuori ne pouvait pas se permettre davantage. Les enfants du grand propriétaire pouvaient faire une scolarité complète. (Mais d'université, il n'était pas question. Ils n'avaient pas, pour le dire poliment, de prédispositions.) Il était planté là, les bras en croix, à ricaner.

— S'il vous plaît, répéta Ilo, plus fort cette fois.

Les garçons échangèrent des regards triomphants. À la différence de Siri, ils passaient une bien meilleure journée qu'ils ne l'auraient cru en se réveillant le matin. Le soleil était haut dans le ciel, Siri voyait leurs oreilles rougir à mesure que passaient les minutes, et ce n'était ni de colère ni d'excitation. C'était pour elle une petite consolation de savoir qu'ils auraient du mal à s'endormir le soir.

— Vous avez entendu, vous ? demanda le grand.

Les autres secouèrent la tête avec des grognements satisfaits – des bruits de cochons, songea Siri. D'ailleurs, ils avaient aussi des têtes de cochons. La boue empestait, comme dans la porcherie du voisin, renforçant cette impression. La rage montait en elle, telle une lumière blanche et brillante. Pourtant elle ne moufta pas. Elle resta assise à attendre, espérant qu'ils finiraient par se lasser et partir.

En vain.

— Peut-être s'il se met à genoux, suggéra le plus jeune frère qui se goinfrait de fraises sans parler depuis un moment.

Sa chemise était de plus en plus sale. Siri se demanda si les enfants du grand propriétaire se faisaient aussi corriger quand ils abîmaient leurs vêtements. Sans doute pas. Mais elle espérait qu'ils goûtaient parfois aux coups de ceinture. Peut-être sur leurs oreilles écarlates ?

— Très bonne idée !

Le frère cadet afficha une expression de contentement.

— À genoux, et supplie-nous de vous laisser passer.

Ilo ne bougea pas. Tête baissée, seules ses oreilles dévoilaient ses véritables sentiments.

Ne le fais pas, pensa Siri. Non. Mais quand elle vit Ilo s'agenouiller dans la gadoue, malgré ses prières silencieuses, salissant lui aussi son pantalon, ses yeux se mouillèrent de larmes. Elle cligna des paupières, furieuse, refusant de montrer à quiconque qu'elle pleurait.

— Excusez-nous, pouvons-nous passer ?..., commença Ilo.

— S'il vous plaît, maîtres adorés, enjoignit l'aîné.

— ... S'il vous plaît, maîtres adorés, répéta Ilo.

Ils restèrent en silence à observer Ilo dans la boue. Les mouches bourdonnaient et au loin on entendait des coups de hache.

— Bon, d'accord, conclut l'aîné au bout d'un long moment.

Il tendit la main pour aider Ilo à se relever. Ilo la saisit mais, au moment où il s'apprêtait à faire un pas en avant, le cadet avança la jambe et Ilo tomba la tête la première dans la flaque. Les trois frères éclatèrent de rire avant de s'éloigner, et Siri regarda son grand frère étendu par terre, le visage noir de boue, immobile.

La colère blanche monta en elle au point que, *a posteriori*, elle eut du mal à se souvenir de sa réaction.

Ilo, lui, s'en souvenait. Il raconta qu'elle avait pris une pierre, assez grosse pour tenir dans sa petite main noueuse, et qu'elle l'avait lancée vers les trois garçons.

La première pierre avait touché le plus jeune dans le dos, ce qui avait suffi à le faire lâcher son panier et s'étaler dans la gadoue.

Les deuxième et troisième projectiles avaient frappé le cadet, d'abord à l'arrière de la tête puis, lorsqu'il s'était retourné, surpris, au-dessus du sourcil. Un petit filet rouge avait coulé sur son visage et il avait porté la main à l'arcade sourcilière, étonné ; ensuite, découvrant ses doigts maculés de sang, il s'était également affaissé dans la boue, soudain très pâle sous ses taches de rousseur.

À la fin il ne restait que l'aîné. Il se tenait immobile, comme une statue, et fixait Siri. Elle soupesa la pierre qu'elle tenait à la main.

— Excuse-toi, dit-elle.

Les excuses ne se firent pas attendre, mais ça ne lui suffit pas. Siri secoua la tête. Du coin de l'œil, elle devina Ilo qui lui tendait une main, comme pour l'arrêter.

C'était trop tard à présent. Elle se fichait des conséquences, de ce que les gens penseraient d'elle. Elle esquissa un pas vers les garçons et réitéra sa demande.

— Désolé !

C'est presque un cri qui sortit de la gorge de l'aîné et Siri se montra satisfaite. Elle les dévisagea de ses yeux furieux, presque blancs de rage.

— Disparaissez d'ici pour qu'on puisse passer, siffla-t-elle.

Elle continua de soupeser la pierre dans sa main, la jeta doucement vers le haut.

Les frères prirent leurs jambes à leur cou, le rire troqué contre des sanglots.

Après, Siri et Ilo rirent de ce qui s'était passé. Juste après, même. Quand ils dépassèrent le panier de fraises, Siri l'envoya valser d'un coup de pied. Ils décidèrent de faire un détour par le plan d'eau pour nettoyer les plus grosses taches de boue, et en chemin ils rejouèrent la succession d'événements. Ou plutôt, Ilo rejoua les événements, ragaillardi par la détermination de sa sœur et sa capacité à viser juste.

— Tu devrais faire du tir à l'arc ! Tu es sacrément douée ! Tu pourrais participer aux olympiades !

Il imitait sa sœur, la manière dont elle s'était approchée, lentement, la pierre au creux de la main. Siri était surtout gênée par son débordement d'émotions. Elle savait que cet épisode était loin d'être fini. Elle avait gagné la première manche mais il y avait de grandes chances qu'elle perde la partie.

— Ilo, pardonne-moi.

Son frère la regarda, le visage grave à présent.

— Ça va s'arranger, dit-il avec un sourire.

Ils savaient tous les deux que ce n'était pas vrai.

Malgré les événements, ou peut-être grâce à eux, la journée fut absolument merveilleuse. La vie n'est-elle pas la plus belle juste avant la catastrophe ?

Les vaches se tenaient au bord de l'eau ou paissaient dans la plaine, leur queue balayant nonchalamment les mouches et les taons. Siri et Ilo se lavèrent, puis se baignèrent dans l'eau fraîche tandis que leurs vêtements séchaient. Ils avaient réussi à retirer presque toute la boue, peut-être ne seraient-ils pas rossés à leur retour.

*

Les derniers temps à Aapajärvi avaient été difficiles. Pour tous. Surtout pour les enfants. Elle le voyait maintenant qu'il n'y avait plus toutes ces autres choses qui lui cachaient la vue.

Les enfants étaient habitués à la relation entre leurs parents, à l'absence de tendresse et de respect, une relation où l'on profitait de la moindre occasion pour écraser l'autre, mais les désaccords avaient été de plus en plus profonds, les mots de plus en plus durs, les disputes plus nombreuses et, comme Pentti comprenait que c'était du sérieux, que Siri allait vraiment le quitter, il était devenu plus méchant, avec elle et avec les enfants. Il leur mentait, et ça, elle ne pouvait pas le pardonner.

Elle avait pardonné tant de choses pendant tant d'années, quand la coupe est pleine, il n'y a pas de retour possible et elle en était à présent incapable, elle voyait et soulignait la moindre offense. Ce qui rendait Pentti encore plus désespéré.

Il ne voulait pas des enfants. Elle le savait, et les enfants le savaient aussi, il le leur disait volontiers, qu'il n'avait plus besoin d'eux, maintenant qu'il ne possédait plus de terres agricoles. Il n'avait plus besoin d'employés, même gratuits. Mais il pouvait la menacer, *les* menacer et, s'il ne lui faisait plus peur, il *leur* faisait peur, en tout cas aux plus jeunes, et il s'en donnait à cœur joie. Elle fut obligée de veiller doublement sur eux. Si elle avait une course à faire, elle le leur expliquait pour qu'ils ne pensent pas qu'elle les avait abandonnés, parce que Pentti ne se privait pas de leur raconter ce genre de chose.

Quand elle avait trouvé la maison à Kuivaniemi, Tatu l'y avait conduite avec Onni pour une première visite. Elle avait découvert ce logement par le biais d'une annonce immobilière dans le journal, vue par hasard, alors qu'elle allumait le feu dans le sauna un samedi après-midi. Le lundi, elle avait téléphoné à l'agent et avait expliqué sa requête en balbutiant, elle cherchait une maison et disposait de telle somme – y avait-il possiblement quelque chose qui pouvait correspondre à la description ?

— Pas nécessairement en Tornédalie, s'était-elle empressée d'ajouter.

L'agent s'était esclaffé et avait dit qu'avec son budget elle ne trouverait sans doute pas grand-chose dans une autre région et que malheureusement il n'y avait rien sur le marché en ce moment. Siri perdit courage.

— Y a-t-il quelque chose plus au sud alors ?

L'agent avait soupiré et dit qu'il allait demander à un collègue, et pendant qu'elle attendait elle avait entendu des marmonnements à l'autre bout du fil. Après ce qui lui avait paru une éternité, l'homme avait repris le combiné.

— Eh bien, vous avez vraiment de la chance. Il y a une maison, et elle ne se trouve même pas en Tornédalie.

— Et j'ai assez d'argent ?

— Largement. Quand pouvez-vous visiter ?

Ils partirent le lendemain après le déjeuner et quand ils se garèrent devant la maison blanche recouverte de plaques de fibre-ciment, entourée de cinq bouleaux et d'un jardin, elle sut qu'ici elle pourrait être heureuse. Elle le serait.

Elle put enfin respirer profondément. Elle serra la main d'Onni et il la regarda.

— Qu'est-ce qu'il y a, maman ?

— On va habiter ici, mon ange, répondit Siri, les yeux baignés de larmes.

Des larmes de joie.

L'agent leur fit faire le tour du propriétaire et ils inspectèrent les terres. C'était petit. Avant on cultivait des céréales ici, mais les terres avaient été divisées et vendues par étapes, et il ne restait plus grand-chose. Ici, pas d'étable, pas de pâturages et une route carrossable passait devant le terrain. Des tracteurs et des voitures poussiéreuses défilaient lentement ou à vive allure, mais on pourrait toujours installer une barrière. Il y avait un petit sauna, une réserve à bois, une cabane de jeu (Onni ne savait pas ce que c'était, il n'était jamais allé dans une cabane de jeu auparavant) et un chenil.

— On y mettra des chiens, dit Siri à Onni.

L'intérieur était propre et lumineux, pas terne et sombre comme à Aapajärvi, où l'angoisse semblait incrustée dans les murs, impossible à nettoyer.

La cuisine était petite et assez moderne, pas de four à pain ni de cuisinière à bois. Mais dans la salle de séjour il y avait une cheminée et suffisamment de place pour une grande table et plusieurs canapés. Le couple qui vivait là avant eux avait la quarantaine et pas d'enfants, ils avaient déménagé plus au sud, la femme souffrait d'asthme sévère et les médecins pensaient qu'un climat plus chaud lui serait favorable, ils avaient donc acheté une maison en Estonie où ils s'étaient déjà installés.

La maison était vide à part quelques vieux meubles que le couple ne voulait pas garder et qui étaient compris dans la vente. Ces meubles n'avaient rien de particulier mais Siri les regardait avec avidité, elle regardait la banquette blanche de la cuisine, les meubles de jardin vert tilleul, la balancelle que l'ancien propriétaire avait construite de ses mains, et elle sentait fortement que tout était à elle, que c'était un trésor, un butin presque. Elle faisait le tour de la maison, du jardin, inspectant tout, et se sentait comme un animal qui reconnaît viscéralement son territoire, le sien et celui des enfants.

Onni était curieux de la cabane de jeu et des chiens et Tatu était content que la grande partie ouverte de la remise qui abritait auparavant une tondeuse et une moissonneuse-batteuse puisse à présent accueillir une voiture et des outils. Ils embrassèrent leur mère, ces deux enfants radieux, et elle les embrassa en retour, si heureuse de partager ce moment avec ses deux garçons, ses deux rayons de soleil.

— Je la prends, dit-elle à l'agent immobilier, et le tour était joué.

Le reste se passa en un tournemain. Elle se rendit à la banque, Esko l'accompagna et ils firent quelque chose que

Siri n'était pas sûre de comprendre tout à fait : elle transféra sa part de la propriété d'Aapajärvi à Esko, qui lui acheta la maison à Kuivaniemi, et elle ouvrit un compte épargne en son nom propre, seulement son nom, où Esko devait lui verser une somme une fois le divorce prononcé. (Chose qu'il avait faite le jour où elle avait reçu la lettre des autorités.)

— Voyons, Esko, ça représente beaucoup d'argent, dit-elle. Et la même chose pour Pentti ? Tu en as vraiment les moyens ? Et pour construire une maison en plus !

Mais il lui assura que tout était en ordre et elle n'avait aucune raison de ne pas le croire, son grand garçon, qui se comportait enfin comme le frère aîné qu'il était. Les mains tremblantes, elle signa le contrat, elle qui n'avait pas l'habitude de posséder à elle seule quoi que ce soit.

C'était une journée d'hiver en plein mois de mars, il faisait clair quand ils sortirent de la banque et Esko invita sa mère dans un salon de thé ; ils achetèrent du café et des pâtisseries, ces pâtisseries garnies de fruits en conserve enrobés d'une onctueuse gelée. Les joues d'Esko rougissaient et il parlait vite et gaiement. Et même si Siri essayait de se contenir, elle était aussi joyeuse que son fils. Les fruits sucrés et la crème à la vanille si grasse et si douce n'avaient jamais été aussi bons.

— Je vais cultiver beaucoup de choses, dit-elle entre deux bouchées.

Esko opina du chef, heureux de voir sa mère aussi enjouée.

— Des fleurs aussi. Surtout des fleurs ! Je n'ai jamais pris le temps, ça agaçait Pentti. Il trouvait ça inutile. Des coquelicots. Des bleuets.

— Ça va être magnifique, maman, dit Esko en lui caressant maladroitement la main.

— Et vous, quand emménagez-vous ?

La maison serait à elle à la fin du mois, dans deux semaines, mais le déménagement se ferait sans doute quelques semaines après. Fin avril, au plus tard.

Esko baissa les yeux.

— Eh bien, on verra. Seija commence à se méfier.

— Ah bon ?

— Oui. Avec la grossesse et tout... Elle ne se sent pas en sécurité, elle n'a pas envie de vivre sous le même toit que... Pentti. Il semblerait qu'on va rester chez nous jusqu'à ce que les travaux se terminent et qu'on emménagera à l'automne, si le chantier avance comme prévu.

Il haussa les épaules et avala une gorgée de café.

— C'est la vie.

— Alors, il va se retrouver tout seul.

— J'ai écrit à Voitto.

Esko alluma une cigarette. Siri pensait à Voitto, qui avait toujours pris la défense du père, le seul des enfants à aimer Pentti sans condition.

— Il viendra sans doute.

— Tu crois ? Il est posté très loin. Il ne peut pas partir comme ça.

— Si Pentti est seul, Voitto rentrera. J'en suis sûre. Si on peut être sûrs d'une chose, c'est que cet enfant adore son père. Il est peut-être le seul d'entre vous à l'aimer. Enfin, sauf Onni, qui aime aussi son papa Pentti. Il est trop petit pour faire autrement.

Ils trinquèrent au café ; dehors le soleil brillait, blanc et froid, comme toujours à la fin de l'hiver.

*

Ce n'était pas parce qu'il était petit qu'Onni aimait Pentti.

Onni était un enfant heureux. Il l'avait toujours été. Le plus jeune d'une fratrie de quatorze (ou de douze, selon la manière de compter, qui se donne encore la peine de compter au bout d'un moment ?), il y avait toujours quelqu'un pour s'occuper de lui, toujours quelqu'un à qui demander de l'aide. Quoiqu'il fût assez indépendant et n'eût pas besoin de grand-chose, il s'illuminait et apparaissait sous son meilleur jour quand les autres l'admiraient. En bref, il adorait être le centre de l'attention mais s'en sortait très bien sans cela.

Sans Onni, ils auraient peut-être divorcé plus tôt. Il avait offert, comme en témoignait son prénom, un petit moment de bonheur à la famille. À présent il habitait ici, à trois cents kilomètres de chez lui, ou de l'endroit où il avait été conçu, où il était né et avait grandi, mais même ça ne le gênait pas. C'était pour lui que le changement avait été le plus facile ; troublant, mais pas triste. Il trouvait simplement dommage que Pentti ne les ait pas accompagnés, car son papa avait toujours été gentil avec lui. Ou plutôt, son papa n'avait jamais été ouvertement méchant avec lui. À part ces derniers temps où il était un peu... étrange. Ses yeux avaient changé, pensait Onni. Ils avaient toujours été si noirs, noirs comme l'étendue d'eau sombre au fond du bois, mais dernièrement ils étaient devenus... laiteux. Comme si on lui avait versé un nuage de lait sur le visage et qu'il ne se soit pas donné la peine de l'essuyer. Onni savait que son père ne pleurait pas, qu'il ne le pouvait pas, que les pères ne font pas ce genre de chose, mais il se demandait si c'étaient des larmes qui rendaient ses yeux grisâtres. Personne d'autre ne paraissait l'avoir remarqué, et apparemment le père ne manquait à personne d'autre.

Onni comprit à l'attitude de sa mère et de ses frères et sœurs, et aux fragments de conversations qu'il avait le courage d'écouter, ou qu'il parvenait à entendre, que c'était la meilleure chose qui pouvait leur arriver à tous, enfin, pas à Pentti peut-être, mais ses sentiments à lui, personne n'y faisait attention. Par conséquent, Onni non plus.

Sa mère était plus heureuse à présent.

Elle était différente.

Plus heureuse mais différente.

Plus heureuse *et* différente.

Elle pleurait souvent, ce qui le mettait un peu mal à l'aise – ses larmes ne semblaient pourtant pas être des larmes de tristesse mais d'autre chose, de *quoi*, il ne le savait pas –, et elle le prenait plus souvent dans ses bras et le serrait plus fort. Elle se montrait globalement plus réfléchie, comme s'il se déroulait une conversation dans sa tête qu'elle était la seule à entendre, une argumentation avec elle-même peut-être, et ça donnait l'impression qu'elle n'était pas vraiment là, ou qu'elle cachait des secrets.

En revanche, elle était plus farceuse et disait moins souvent non. Si les enfants voulaient dormir dans la tente dans le jardin, bien sûr, aucun problème, si les enfants voulaient accompagner leurs aînés à une partie de pêche nocturne, bien sûr, pas de problème (à condition qu'ils promettent de porter un gilet de sauvetage), si les enfants voulaient dîner dans la balancelle, pas de problème. Parfois, il surprenait sa mère en train de scruter son reflet dans le miroir ; elle se tournait dans tous les sens comme pour voir son corps sous toutes les coutures. Il ne comprenait pas mais il n'en perdait pas une miette.

Onni était somnambule depuis qu'il était assez grand pour sortir de son lit, et il aimait se coucher à côté de Siri. Cela n'avait jamais été possible à Aapajärvi dans l'étroit lit conjugal mais, maintenant, elle l'accueillait chaque fois. Il y avait toujours de la place pour lui. C'était si agréable de s'endormir auprès de sa mère, de son corps chaud de sommeil, ils dormaient tous les deux mieux ensemble, voilà pourquoi ils se réveillaient si tard.

Arto, lui, se levait tôt. C'était comme ça depuis son accident. Au début, il se réveillait parce qu'il avait mal, puis, lorsque sa peau avait cicatrisé, il se réveillait parce qu'il faisait des cauchemars à cause de ce qui s'était passé, et maintenant que les mauvais rêves avaient cessé, c'était comme si son corps s'était habitué à cette nouvelle routine de sommeil, et il s'endormait toujours sur le canapé après le déjeuner, puis il veillait tard, jusqu'aux informations de vingt-trois heures au moins, pour ouvrir les yeux autour de cinq heures du matin, heure à laquelle Siri aurait dû se lever pour traire les vaches, si elle vivait encore chez elle, enfin, dans son ancien chez-elle, à Aapajärvi.

Ces derniers temps, Arto se réveillait souvent la peur au ventre. Ce qu'il craignait le plus, c'était que Pentti entre dans la maison, fusil en joue. Le fusil qu'il avait pointé vers eux quand ils avaient déménagé leurs dernières affaires. Arto, assis sur la banquette arrière de la voiture de Tatu, en avait été témoin.

Siri transportait quelques objets dépareillés, quelques tapis, un faitout en cuivre, un oreiller, une glacière. Pentti la suivait; on n'entendait pas ce qu'il disait dans la Mercedes, où Arto était coincé avec Onni au milieu de couvertures et de sacs-poubelle. Onni, concentré sur les carrés colorés d'un cube, et Arto, le cœur battant la chamade à la vue de Pentti, dans le rétroviseur, qui sortait de la maison, le fusil à la main.

Siri ne s'était pas arrêtée, et Arto avait lu sur le visage de sa mère une détermination qu'il n'avait jamais vue auparavant, ou plutôt il était moins sévère et fermé que d'habitude. Ce printemps-là, ses traits avaient changé, commencé à se relâcher. Dans ce visage dur, semblable à celui d'une statue, on commençait à voir de la douceur. Siri profitait de chaque instant, passait du temps avec les enfants, d'une manière dont Arto n'avait pas l'habitude. Il lui arrivait de lui caresser tendrement les cheveux, les yeux perdus dans le lointain.

Beaucoup d'enfants ont peur de la nouveauté, de l'inconnu, et Arto ne faisait pas exception. Il avait du mal à comprendre que sa mère puisse changer, même en mieux. On sait ce qu'on quitte, on ne sait pas ce qu'on trouve, et c'est rassurant de savoir à quoi s'en tenir; même quand on a une vie de merde, au moins c'est la nôtre.

Siri avait continué vers la voiture, Rinne arrivait du garage, il cria quelque chose au milieu de la cour, Pentti et Siri se retournèrent tous les deux, Pentti avec une expression interrogatrice sur le visage, et Rinne répéta ce qu'il avait dit. Ses bras minces gesticulaient, on aurait presque dit une danse, et il esquissait son sourire de travers en essayant d'allumer sa cigarette. Pentti ne semblait pas d'accord, car il se mit à remuer furieusement son fusil, mais Siri poursuivit son chemin. Pentti ne l'en empêcha pas, il se dirigea plutôt vers le cinquième fils et le poussa.

Le cœur d'Arto battait si vite qu'il semblait vouloir sortir de son corps, mais Rinne était impassible. Il est difficile de comprendre que chaque enfant puisse être aussi différemment affecté par les agissements d'un père. Rinne ne se débattit pas face à Pentti qui continuait de le pousser, son corps long et fin ballotté de gauche à droite, ce qui ressemblait à un drôle de ballet. Siri ouvrit la portière du siège passager et appela Rinne.

— Allez, viens, Tatu, on y va !

Voilà tout. Pas d'adieux. Pas le moindre sentiment. Voilà comment se termine une vie ensemble.

À la radio, un homme en tout point différent entonnait d'une voix grave pleine de vibrato une chanson sur l'amour éternel. Dehors, la nuit commençait à tomber. Rinne tambourinait sur le volant, Arto le vit tapoter le genou de leur mère qui souriait. Mais ses yeux étaient pleins de larmes et non de fleurs.

Lahja et Valo devaient venir à Kuivaniemi pour le week-end. Ils vivaient provisoirement en ville, Lahja chez Helmi et Valo chez Esko. La maison s'était lentement dépeuplée et vidée. De Tarmo, il ne savait rien, il viendrait sans doute pour les vacances d'été. Devant la fenêtre, il y avait encore de la neige mais le soleil montait haut dans le ciel pendant la journée, il restait donc sans doute pas mal de temps avant l'été. Arto ferma les yeux, il espérait que tout n'était qu'un rêve. Et, *si* ce n'était pas un rêve, que le temps passe suffisamment vite pour qu'il ait bientôt l'impression que ce n'était qu'un rêve lointain, une autre vie, pas la sienne, celle de quelqu'un d'autre.

*

Ils n'avaient pas emporté le vélo d'Arto et cela l'inquiétait. Toute son enfance, il avait vu Pentti démolir les choses des enfants, les rares objets qu'ils possédaient, et il se demandait comment se portait sa bicyclette, là-bas. Ce n'était pas un beau vélo, plusieurs des enfants Toimi avaient pédalé dessus et, pour être tout à fait honnête, il commençait à être trop petit pour lui, mais Arto se préoccupait de son état.

Il pouvait passer des heures à imaginer sa monture se faire martyriser et mutiler par son père, il se mettait à la place du deux-roues, adoptait son point de vue et, dans ces moments-là, se sentait submergé par l'effroi.

Quand Lahja était à la maison, les crises de panique nocturnes de son frère la tiraient souvent du sommeil. Elle entrait à pas de loup dans sa chambre où elle le trouvait assis sur son lit, à se balancer sur place en se frappant la tête, alors elle se couchait à côté de lui, le serrait dans ses bras, lui chantait une chanson ou lui racontait une histoire, le consolait jusqu'à ce qu'il retrouve un semblant de sérénité. Mais Lahja avait quatorze ans, sa relation avec Matti, le garçon plus âgé qui mettait Arto un peu mal à l'aise, s'était intensifiée depuis le déménagement, et certains soirs elle ne rentrait pas, laissant Arto seul avec ses démons.

Pour certains, les premières lueurs du matin ont quelque chose de magique. Voir le soleil se lever peut ressembler à une prière intime, un moment de pleine conscience. Pour les anxieux, la lumière peut avoir l'effet inverse. Surtout dans le Nord où le soleil se lève de plus en plus tôt, où l'obscurité a à peine le temps de se frayer un chemin avant d'être à nouveau repoussée. On ne peut se prémunir contre cette sensation oppressante, on ne peut se blottir dans le noir et se rendormir, dormir pour oublier et pour ensuite, quelques heures plus tard, se réveiller et se convaincre que tout n'était qu'un mauvais rêve mais qu'à présent tout va bien. Si l'on ne vit que dans cette impitoyable lumière blanche, il est impossible de se convaincre qu'on s'est fait des idées, impossible de se débarrasser de cette sensation. Dès lors, l'effroi et l'angoisse nous accompagnent pour toujours.

Arto ne confia pas ses inquiétudes à sa mère. Il comprenait, comme le comprennent les enfants, qu'elle avait assez de problèmes comme ça, et il n'osait pas la déranger.

Mais les enfants ont beau comprendre beaucoup plus de choses qu'on ne le pense, ils en comprennent parfois bien moins. (Et quelle égocentrisme ! Ils croient que tout tourne autour d'eux ! Ah !)

Lorsqu'il finit par avouer à Lahja qu'il s'inquiétait pour son vélo, elle éclata de rire, pas méchamment, ce qui l'aurait humilié ou fâché, mais tendrement, et il se sentit aimé.

Lahja téléphona à Seija et, au bout de quelques jours seulement, le vélo était là, appuyé contre les marches devant la maison de Kuivaniemi, sain et sauf. Arto était heureux d'avoir sauvé sa bicyclette des griffes de Pentti mais, en réalité, le problème ne venait pas du deux-roues. Il le comprit lorsqu'il fut tourmenté par de nouveaux démons, chaque nuit ; même si ses rêves avaient changé de caractère – il ne s'agissait plus du vélo –, le fond restait le même, et il ne pouvait y échapper.

Arto ne voulut pas du vélo. Il était, c'est vrai, trop petit pour lui. Arto le donna à Onni, qui apprit à rouler à bicyclette dessus. C'était le premier enfant que Siri voyait s'entraîner, elle n'avait jamais eu le temps, mais à présent elle s'asseyait sur le pas de la porte et regardait Lahja et Arto pousser leur petit frère en l'encourageant. Siri applaudissait, les larmes aux yeux. Le regard dans les yeux de son fils, la lueur qui s'alluma quand il sentit l'équilibre dans son corps, dans ses jambes, elle ne l'oublia jamais. Elle pensa à tous les instants de cette nature qui étaient passés sans qu'elle ait eu le temps, le courage ou la possibilité d'y prendre part, et elle décida, avec son caractère bien carélien, de ne pas nourrir de regrets, mais plutôt de profiter des moments qu'elle avait encore devant elle.

*

Siri avait toujours su voir le bon côté des choses. On disait des gens de Carélie qu'ils étaient idiots (pour être méchant) ou naïfs (pour être gentil) et qu'ils tendaient l'autre joue quand Dieu leur envoyait des malheurs. Ils n'étaient pas tous comme ça, mais suffisamment nombreux pour permettre une généralisation.

Il est toujours possible de généraliser. L'être humain est ainsi fait, il veut comprendre, il veut expliquer l'inexplicable, si possible avec simplicité.

Évidemment, l'épisode de la rencontre avec les fils du féodal était loin d'être fini. Quand Siri et Ilo étaient rentrés chez eux le soir, leurs parents étaient froids comme le marbre et avaient les lèvres pincées. L'heure était grave. Quand on n'est même pas accueilli par une gifle ou une admonestation, on sait qu'on ne perd rien pour attendre.

Le père de Siri avait été convoqué chez le grand propriétaire. Il savait déjà tout de sa sale gosse de fille qui avait lancé des pierres sur les pauvres garçons dont le seul crime avait été de lui proposer des fraises fraîchement cueillies, et maintenant ils allaient régler ça une bonne fois pour toutes. M. Aamuvuori avait dû multiplier les courbettes et se confondre en excuses. L'autre homme ne voyait qu'une solution : que le père de Siri lui cède une vache laitière. C'était la seule manière possible de rembourser la dette que la famille Aamuvuori avait contractée en humiliant ses fils. Une vache de moins sur sept. L'ombre de la famine planait, de plus en plus proche, sur ce foyer déjà misérable.

Le père frappait rarement sa fille. La mère, plus souvent. Siri avait pâli quand l'homme avait ôté sa ceinture et l'avait envoyée dans la cuisine. Elle avait le même caractère que son père, ce tempérament carélien, jovial et lumineux, mais son regard était bien différent à ce moment-là, quand il frappait le derrière osseux de sa fille jusqu'au sang. Après Siri, ce fut au tour d'Ilo. Elle n'osa pas le regarder quand ils se croisèrent sur le seuil de la porte.

Elle s'échappa dans le sauna et, allongée sur un des bancs, elle versa des larmes amères, parce qu'ils ne la croyaient pas, parce que certains s'en tiraient quoi qu'ils fassent, et parce que malgré les conséquences elle savait que, si la situation se représentait, elle n'était pas sûre d'agir différemment.

Il doit y avoir une autre vie, se dit-elle. Autrement, quel est le sens de tout cela ? Non, dans ce cas, je préfère mourir.

Au souper, la famille se rassembla, abattue, sauf la mère qui semblait particulièrement bien lunée. (Ce qui la rendait à peine moins revêche.) Elle avait cuisiné sa soupe estivale, le plat préféré de Siri, cette soupe claire et laiteuse avec les légumes tendres des premières récoltes. Carottes, pois, pommes de terre. Des goûts si légers et neufs qu'on pouvait presque déceler en eux la saveur de la terre. La mère servit tout le monde mais, quand vint le tour de Siri (toujours en dernier, parce qu'elle était née la dernière), elle se contenta de lui verser une petite louche de bouillon et s'assit pour manger.

Siri n'osait pas lever les yeux. Ses fesses lui brûlaient à cause des coups de ceinture, la douleur pulsait à chaque respiration. Elle se demandait comment se sentait Ilo, assis en face d'elle. Elle savait que le père le frappait plus souvent au dos qu'au derrière, et elle espérait qu'il ne souffrait pas autant qu'elle.

Tout le monde se tenait coi. Il restait de la soupe dans la casserole, ce n'était donc pas pour ça qu'elle avait été lésée.

— On va devoir se serrer la ceinture, maintenant qu'on a perdu Rosa, déclara la mère.

— Anniki, fit le père à voix basse.

La mère le dévisagea. Personne ne dit rien, on entendait les mouches voler. On aurait dit que les murs de la maisonnette retenaient leur souffle.

— La petite doit manger. Sinon elle va mourir.

La femme haussa les épaules. Puis elle se leva et servit un peu de soupe à sa fille. Siri n'osait toujours pas regarder sa mère, mais elle vit Ilo lui faire un clin d'œil et lui sourire, malgré son œil au beurre noir. Ce n'est qu'à ce moment-là qu'elle osa entamer son repas.

*

Les enfants rentraient plus souvent depuis le déménagement à Kuivaniemi, ce qui plaisait à Onni. Il pleurait à leur départ mais il ne souffrait plus du silence, moins effrayant ici, à Kuivaniemi, que dans son ancienne maison. En plus,

Siri s'était remise à chanter. Les voisins étaient gentils. C'était à eux qu'ils avaient acheté leur premier chien, celui que Siri avait promis à Onni en mars, quand ils étaient venus visiter.

— Il s'appellera Kiva, décida Onni.

Arto et Lahja se moquèrent de lui.

Kiva signifie « chouette ». Ce n'est pas un nom de chien, ce n'est pas un nom du tout, d'ailleurs.

— Ce n'est pas un nom de chien, imbécile.

— Je m'en fiche. Il s'appellera comme ça.

Onni n'avait pas cédé. C'est donc ainsi qu'ils avaient nommé le chien, le petit spitz qui était arrivé pour la Saint-Jean. Le nom lui allait à ravir, il était vraiment chouette, toujours joyeux, il faisait la fête à Onni, essayait de lui lécher le visage. Onni et Kiva étaient vite devenus inséparables. Le chien suivait son petit maître partout et, les fois où il devait rester enfermé dans son chenil grillagé, il affichait une expression de profond malheur, jappait longtemps juste devant la grille avant d'abandonner et d'aller se coucher dans sa niche.

Siri avait promis un chien à Arto aussi, s'il en voulait un. Il hésitait, non qu'il n'aimât pas les bêtes, au contraire, il les adorait, presque autant que son frère Hirvo, qui vivait à présent dans la forêt et travaillait comme charpentier, mais Arto avait du mal à s'habituer à toutes ces nouveautés et avait besoin d'un temps d'adaptation avant de pouvoir adopter un animal. Quand il se réveillait la nuit, ou à l'aube, il lui fallait toujours un moment pour s'orienter, se rappeler où il était, et dans quelle réalité il vivait.

Le divorce de ses parents est un traumatisme si profond dans la vie d'un enfant, ou plutôt, ça arrive qu'il le soit. Dans la famille Toimi, la plupart des enfants étaient assez grands pour ne pas en pâtir, mais les mondes d'Onni et d'Arto se transformèrent de manière si radicale que, même s'il était clair que les choses s'amélioreraient, qu'elles allaient déjà mieux d'ailleurs, ce fut une période difficile. Arto pleurait souvent, il voulait rentrer ; la maison, la ferme, tous les animaux lui manquaient, et peut-être même son père, parfois. Sentir sous ses pieds un sol stable lui manquait aussi, tout ce qui était familier lui manquait. Certaines personnes ont un plus grand besoin de sécurité que d'autres, un sentiment qui repose sur des routines. Comme Siri ne ressentait pas ce besoin, il était plus difficile pour elle de le comprendre chez son enfant.

Onni rappela à Arto cet épisode, au printemps dernier, seulement quelques semaines avant qu'ils partent enfin, où Pentti leur avait remonté les bretelles à cause d'une bêtise qu'ils avaient commise, il ne savait plus laquelle. Dès que le père avait quitté la pièce, Arto avait saisi le poinçon figurant la voile du bateau qu'il était en train de construire, et l'avait planté dans le pain posé sur la table de la cuisine.

— Voilà ce que je lui fais, avait-il sifflé entre ses dents serrées. Je le lui plante dans les fesses, je le lui plante dans le ventre et je continue jusqu'à ce qu'il ne reste plus rien.

Ils avaient ri aux larmes, comme des fous, mais Pentti avait tout à coup fait irruption dans la pièce. Au lieu de retourner à l'étable comme ils le pensaient, il était resté derrière la porte à écouter. Il entra, le regard noir, les joues écarlates, brandissant sa ceinture, et Arto rendit grâce à l'accident qu'il avait subi à Noël : les grandes cicatrices le protégeaient en atténuant la morsure du cuir.

Arto s'en souvenait très bien, et ici, en sécurité dans la nouvelle maison, les garçons pouvaient à nouveau rire du pain et de la frustration de Pentti quand il s'était rendu compte que ses coups ne faisaient pas aussi mal qu'il l'avait escompté.

*

Siri savait exactement quand Onni avait été conçu. Elle le savait parce qu'on pouvait compter sur les doigts des deux mains les fois où Pentti l'avait prise au cours des dix dernières années. Les relations consenties étaient encore plus rares, on pouvait les compter sur les doigts d'une seule main. Depuis la conception d'Onni, en janvier 1976, il ne l'avait plus jamais touchée.

C'était après l'incendie du garage, après une nuit à veiller à l'hôpital. Il l'avait surprise au lit, il n'était pas tard, les enfants étaient debout et auraient pu entrer à tout moment.

Il n'avait pas fait ça par désir, pensait Siri. Il ne la désirait plus depuis bien longtemps. Au cours de leurs dix dernières années ensemble, la sexualité avait été liée au pouvoir. Il cherchait à la dominer. La dompter, la soumettre.

Pourtant, cela faisait un certain temps qu'il n'avait plus de pouvoir sur elle. Même à ce moment-là, en ce début de soirée quand il avait pressé sa tête contre l'oreiller jusqu'à ce qu'un voile noir lui occulte la vue, quand il lui avait retenu les bras derrière le dos en la chevauchant, oui, quand elle s'était sentie comme un animal, une de ses bêtes, celles qu'il montait et à l'intérieur desquelles il se vidait, même à ce moment-là, il n'avait pas pu l'atteindre. Parce que son âme, ce noyau qui lui appartenait en propre, il ne pourrait jamais la toucher, l'affecter. Elle se souvenait d'avoir eu peur, peur de mourir étouffée dans le coussin, mais cette pensée, si effrayante fût-elle, n'était pas entièrement mauvaise.

Elle s'était remémoré le sentiment qu'elle avait eu, enfant, quand elle s'était allongée dans le sauna après avoir été rouée de coups de ceinture par son père. Comme la mort lui avait semblé attirante et agréable, douce et éternelle. Elle s'était dit que si elle se laissait aller, peut-être que la Faucheuse viendrait la prendre, la sauver, l'emporter au loin, vers un lieu où le soleil brille toujours, où elle serait libre de cueillir toutes les fraises qu'elle voudrait.

Puis l'instinct de survie avait pris le dessus et elle s'était débattue, parvenant à avaler un peu d'air ; sa résistance avait sans doute redoublé l'excitation de Pentti qui n'avait pas tardé à éjaculer en elle. De cette semence était né son dernier enfant, son fils radieux dont le prénom signifie « bonheur » ; elle ne l'aurait pas cru mais il l'avait rendue, et la rendait encore, vraiment heureuse.

Siri se rappelait le dernier jour à Aapajärvi, elle savait qu'elle ne l'oublierait jamais. Il était là, enfoui au fond d'elle, aux côtés de quelques morceaux choisis de son existence qui devaient rester à jamais gravés dans sa mémoire. Le jour de la mort de Riiko. Le jour où les fils du grand propriétaire avaient provoqué son frère. Le jour où elle avait appris la mort d'un de ses frères. Il y en avait encore quelques-uns, et à présent il était là, le dernier jour à Aapajärvi, en bonne compagnie.

Elle pensait à la maison avec tendresse, maintenant qu'elle ne s'y trouvait plus prisonnière. Elle se souvenait des premières années qui, bien que loin d'être heureuses, avaient été pleines d'espoir.

Elle avait contemplé l'édifice avec tristesse et, un court instant, avait même adopté le point de vue de son ex-mari. Car il était son ex-mari à présent, la décision avait été rendue en début de semaine, elle était libre de partir, juridiquement libre. Elle avait entendu le silence entre les murs et s'était dit que ça ne serait pas facile pour Pentti, même s'il s'efforçait de sauver les apparences. Elle savait qu'il se tournerait dans son lit, qu'il peinerait à s'endormir, livré à lui-même dans cette grande maison, celle qu'il avait bâtie de ses propres mains, qu'il avait remplie de ses propres gamins, qu'il avait vidée en faisant fuir tout le monde autour de lui, incapable qu'il était d'aimer ou d'être aimé.

Elle s'était même demandé s'il allait y survivre.

Un instant seulement, puis elle s'était rappelé qu'elle se foutait pas mal de ce qui lui arrivait.

Il avait brandi son fusil à leur départ. Quand il avait compris qu'elle allait vraiment le quitter, que voilà, c'était en train d'arriver. C'était déjà trop tard. Siri ne pensait pas qu'il ferait feu, quoiqu'elle ne pût pas en être certaine, bien sûr.

Il n'avait pas tiré. Il aurait pu le faire, sans doute, il avait ça en lui, pour ainsi dire. Pourtant, il l'avait laissée vivre, l'avait laissée partir. Il n'empêche qu'elle continuait à regarder derrière son épaule et elle était heureuse que le gravier dans sa cour soit si accusateur, implacable. Il ne serait jamais possible d'arriver subrepticement et de la surprendre là, dans sa nouvelle maison. Car Siri savait bien qu'un divorce, ce ne sont que de jolis mots sur un papier, qu'au bout du compte, ils ne veulent rien dire. Sauf si toutes les parties les respectent. Et Pentti n'était pas du genre à se laisser dicter sa conduite ; il était seul maître à bord, pardi !

Ce que savent les bêtes

Certaines personnes possèdent un don. Une intuition. Elle peut faire peur à leur entourage, voire à elles-mêmes. Mais si on ose l'écouter, il peut se produire des choses merveilleuses. Merveilleuses ou terribles. Les deux faces d'une même pièce.

Les jeunes gens rêvent d'amour. Ils n'ont pas le choix. Ils sont obligés d'être aussi fous. Pour eux, la vie doit être un point d'interrogation heureux. Rien à faire, ils sont conditionnés par leurs gènes. Les hormones s'emballent, les corps veulent se mêler à d'autres corps, s'approcher, fusionner, s'unir, jouir.

Nous voyons cela chez les bêtes. En cas de doute, lorsque par vanité nous nous sentons *au-dessus* des animaux, nous nous croyons *supérieurs* à eux, lorsque nous pensons avoir une raison d'être plus noble, il n'y a qu'à les observer pour découvrir chez eux la même quête absurde de reproduction, et découvrir que leurs instincts à cet égard sont plus purs que ceux de l'homme, qui ne prend pas des décisions rationnelles pour le bien de l'espèce comme le font les animaux.

Siri savait qu'elle aurait du mal à se trouver un mari. À l'âge de dix ans, elle l'avait déjà compris. Et ce pour plusieurs raisons. D'une part à cause de son physique, la pauvre enfant, sèche comme un coup de trique. Elle savait qu'elle n'était pas belle à voir, avec ses côtes saillantes – sa cage thoracique ressemblait à une tente dressée à la diable –, ses jambes noueuses, ses grandes mains, calleuses dès son plus jeune âge à force de porter les lourds seaux de lait, et ses cheveux fins plaqués contre son crâne, à moitié cachés par un fichu, à moitié seulement, heureusement ou non. Elle espérait au moins prendre un peu de poitrine en grandissant, mais elle ne pouvait être sûre que ça arriverait. Sa mère n'était pas belle, mais au moins c'était une femme, avec des formes et des fonctions de femme. Des hanches assez larges pour mettre au monde des enfants, des seins assez généreux pour les nourrir.

— À ton âge, j'avais la taille marquée et de la poitrine, les garçons se retournaient déjà sur mon passage, soupirait-elle, l'air affligé, presque peiné, quand elle allait au sauna avec sa fille.

Siri faisait le désespoir de ses parents, elle le comprenait bien, encore qu'elle ne sût pas exactement à quoi devaient servir ces attributs corporels.

Que dire ? Elle avait honte de décevoir ses parents à cause de sa laideur, de sa maigreur, mais en même temps il y avait quelque chose en elle qui refusait de s'excuser. (Il lui faudrait pourtant de nombreuses années pour accepter, sinon aimer, son corps.) Elle était ainsi faite, qu'y pouvait-elle ? Il devait bien y avoir une place – ou du moins un homme – pour elle sur cette terre.

— Qui voudra épouser quelqu'un comme toi ? lui disait parfois sa mère.

Pas par méchanceté, plutôt comme un triste constat.

Siri était incapable de répondre.

Le village de Soanlahti se trouvait, avant la guerre, à vingt kilomètres de la frontière russe, ce qui avait toujours paru une bonne distance. Or il s'avéra, pendant la guerre d'Hiver, que c'était bien trop près. Bref, je ne voudrais pas anticiper, disons simplement que Soanlahti était un petit village, restreignant les chances que Siri y rencontre son futur époux.

Une autre raison pouvant expliquer qu'il lui serait peut-être difficile de trouver un mari convenable était le détail suivant : le couple formé par ses parents ne lui donnait pas spécialement envie d'avoir la corde au cou. Pourtant, du haut de ses dix ans, elle rêvait qu'un prince ou, faute de prince, un jeune homme l'embrasse. Elle l'imaginait beau et originaire d'ailleurs – c'était là le plus important. Quand la guerre avait éclaté, l'excitation avait été à son comble, car elle savait que quelque part, dans la masse de soldats crasseux en uniforme crasseux, elle pourrait décrocher son ticket pour partir d'ici.

*

Elle l'avait senti dans son corps, dès l'âge de dix ans, cet instinct irrépressible. À l'instar des bêtes. En grandissant, elle avait appris à réfréner, à réprimer, tout en continuant à la porter en elle, la sensation qu'il existait une autre manière de vivre, un autre *moi* possible qu'elle n'avait pas encore perçu, identifié.

On apprend à se connaître par le biais des autres, surtout de ses enfants. En chacun des enfants de Siri certains des éléments de sa personnalité étaient accentués, plus explicites et, en les observant, elle pouvait découvrir quelque chose d'elle-même, si elle écoutait, si elle voulait, si elle s'y ingéniait. Certains plus flagrants que d'autres, certains plus radicaux.

En 1963, Siri mit au monde son neuvième enfant. Un enfant qui, à certains égards, s'apparentait plus à un animal qu'à un humain. Brut de décoffrage, dépourvu du fin vernis de notre civilisation. Il ne semblait pas avoir le choix. Semblait incapable d'être autrement. Ses pulsions, ses instincts, Siri les reconnaissait, ils existaient dans le tréfonds de son âme, si elle écoutait, si elle voulait, si elle s'y ingéniait.

Hirvo était différent de ses frères et sœurs, elle l'avait très tôt remarqué. Ce n'est pas qu'il avait un *problème*, mais il n'était pas comme les autres. Siri se reconnaissait en lui, il abritait les mêmes instincts. Or, tandis qu'elle était parvenue à les réprimer, lui en fut incapable, et il n'apprendrait jamais. Il était *à part*, et ça, même les bêtes humaines le remarquent, et ce que les bêtes humaines ne comprennent pas leur fait peur.

Hirvo avait eu une enfance solitaire, au milieu de la famille Toimi qui grouillait pourtant de marmots. Il n'y avait jamais de silence. Et ces bruits, les bruits des autres qui parlent sans arrêt, ces bruits le dérangeaient ; Siri voyait bien qu'ils le stressaient, tous ces gens, et qu'il devait apprendre à faire abstraction d'eux. Pourtant, elle n'avait jamais eu l'idée de lui venir en aide. Il y a beaucoup de choses qu'une mère peut faire que Siri ne fit jamais avec ses enfants, ou *à* ses enfants.

*

La forêt était un endroit calme et silencieux.

Non, *silencieux* n'est pas le bon terme, car il y avait une multitude de paroles dans la forêt, des paroles qui pouvaient s'adresser à Hirvo.

La forêt était un endroit calme et *bienveillant*.

Ni agressivité ni disputes, rien que l'instinct et la vérité. Pas de nuances, d'équivoques, d'hésitations.

Hirvo gardait toujours le silence dans les bois, ou plutôt, il ne prononçait pas de mots, mais c'était dans la forêt qu'il communiquait le plus. Dans la forêt il était ouvert au monde extérieur, pur, intrépide, libre. Personne ne se moquait de lui, il n'avait pas besoin d'être sur ses gardes.

Dans une communication sans mots, on ne bégaye pas. Les pensées d'Hirvo étaient limpides, cristallines. C'est dans les interactions avec les autres que tout se salit, que tout se détériore.

Il se souvenait de la première fois. Il avait couru dans les bois, dans un seul but, fuir, échapper à ses frères et sœurs, à ses parents, à la sueur qui coulait de la pointe de son nez quand il essayait de laisser s'échapper les mots pour les rendre compréhensibles au reste du monde.

Être prisonnier de son propre corps.

Il avait cette impression. Ses pensées, pures, claires, nettes, mais ses mots, son esprit, prisonniers.

C'était arrivé pour la première fois en 1975. Hirvo avait douze ans. Il ne s'était jamais senti aussi malheureux de sa vie – jusque-là, en tout cas. Être humain lui coûtait un peu plus chaque année. Il avait couru aussi longtemps qu'il avait pu. Pas très loin, donc. Car il était potelé, lent, maladroit, sans oublier son défaut de langage qui donnait l'impression que son esprit était aussi lent que son corps. Aucun enfant de la fratrie ne lui ressemblait. C'était un garçon à part, dans tous les sens du terme, il le savait, *eux* le savaient, et les enfants peuvent être cruels.

Il s'était assis pour se reposer sur un tronc d'arbre à quelques centaines de mètres de la maison. Son cœur battait la chamade, mais il avait senti le calme se diffuser en lui, maintenant qu'il était loin d'eux, tout seul, là où il avait sa place, dans la forêt.

Plié en deux, il reprenait son souffle quand quelque chose avait attiré son attention au coin de l'œil. Ça palpitait. Un petit moineau gisait près du tronc, le fixant de son immense regard noir, dans le plus complet silence.

Les animaux n'avaient pas peur de lui. Ils savaient instinctivement qu'il était l'un des leurs. Ils le laissaient les aider, le laissaient tranquille, et lui les aidait ou les laissait tranquilles.

Cet oiseau était différent. Hirvo savait qu'il pouvait communiquer avec les bêtes, même s'il ignorait comment, n'y ayant jamais réellement réfléchi. Et il savait que les autres n'avaient ni son don ni ses connaissances. Cela faisait partie de lui, aussi naturellement que les cheveux sur sa tête, les orteils à ses pieds ou l'air dans ses poumons. Les animaux avaient des couleurs, *dégageaient* des couleurs, il le remarquait à présent, car le moineau à côté de lui était différent.

Les oiseaux sont généralement bleus, avec des nuances allant du turquoise pâle de certaines hirondelles au gris anthracite du choucas. Ce moineau était bleu clair, mais il était surtout – et en cela il se distinguait de ses congénères – rouge. Comme un épais coup de pinceau en travers de sa conscience.

Et la couleur de l'oiseau… remuait… il le sentait à présent. Elle palpitait, légèrement mais de façon évidente, dans sa direction, s'efforçant de l'atteindre.

Hirvo sentait sa propre couleur, un brun très pâle ou un orange décoloré, et il tenta, avec sa couleur délavée, d'aller à la rencontre du pouls rouge de l'oiseau.

Il n'avait pas peur, ni de la prise de contact du moineau ni de la conscience qu'il était le seul à pouvoir, à savoir et à vouloir ce qu'il était en train d'accomplir. Au contraire, cela l'apaisait. C'était la preuve qu'il y avait une place pour lui ici-bas, et que son existence, sa vie, avait un sens.

Quand le rouge de l'oiseau se mêla à l'orange pâle d'Hirvo, ce fut comme si les couleurs se cramponnaient l'une à l'autre. Comme l'union de deux corps, en plus profond. Beaucoup plus profond. Les couleurs se mélangeaient et Hirvo voyait, *ressentait*, ce qui survenait à l'intérieur de l'oiseau ; les sensations n'étaient pas palpables et formulées comme il en avait l'habitude, mais elles étaient *authentiques*. Il savait que l'oiseau pouvait lire en lui et n'en avait pas honte, parce que les animaux ne jugent pas.

Il vit l'existence de l'oiseau depuis ses premières inspirations au sortir de l'œuf, il sentit le souffle des battements d'ailes de ses parents qui lui apportaient à manger, le vertige au creux de son estomac alors qu'il prenait son envol pour la première fois, il perçut tout, ou sentit tout. Il vit la chasse. Un chat qui attaquait, le leur, Sakari, les deux animaux qui chutaient ensemble, l'oiseau qui atterrissait sur le côté, se cassant l'aile, et qui se réfugiait dans une cavité de l'arbre, et Sakari qui se carapatait, appelé par un enfant, puis Hirvo lui-même qui déboulait dans la forêt quelques instants plus tôt en faisant un raffut de tous les diables.

Il sentit le rouge changer de forme, redevenir une unité à part entière, pressante, désireuse de lui montrer quelque chose ; il l'éprouvait dans sa chair.

Lorsqu'il vit ce que le moineau voulait lui montrer, il fut effrayé. Puis il comprit : il n'avait aucune raison d'avoir peur.

L'oiseau désignait sa propre mort. Il indiquait à Hirvo ce qu'il devait faire, comment tenir le petit corps entre ses mains et lui tordre le cou, d'un seul geste. Le garçon plongea ses yeux dans les yeux noirs du volatile, puisa du courage dans ces puits obscurs. Du majeur, il lui caressa la tête, puis saisit délicatement le petit être au cœur battant et fit ce que réclamait l'oiseau. *Couic*, terminé.

La couleur écarlate qui s'était entrelacée à lui se tarit, s'écoula de son corps, l'oiseau se vida du rouge, puis du bleu. Et lorsqu'il ne resta au creux de ses mains qu'un corps immobile et incolore, il sut que l'oiseau avait rendu l'âme.

Alors il fut satisfait. Il se sentait léger, gagné par une ivresse, presque. Pour la première fois, sa vie avait un sens. Pour la première fois, il était entré en contact avec un être vivant, pour de vrai.

Après cet épisode, quelque chose en lui changea. C'était comme si le monde tel qu'il le connaissait, auquel il était habitué – ses frères et sœurs, ses parents, ses voisins, ses camarades de classe –, avait cessé de l'effrayer, ne pouvait plus l'atteindre. Bizarrement, cela contribua à corriger son problème d'élocution. Il bégayait moins, car il était moins préoccupé par ce que les autres allaient dire ou penser de lui. Chaque jour après l'école il partait dans la forêt. Par tous les temps. Il cherchait le contact et il le trouvait.

Son corps se transforma au gré de cette errance résolue, de ses périples dans les bois où il s'enfonçait de plus en plus loin. Pour la première fois, il prit des forces. Il gardait son physique ingrat, son corps mou, dodu, ses oreilles décollées, ses yeux rapprochés, néanmoins il sentait une vigueur en lui, il pouvait soulever des montagnes, et inconsciemment il s'entraînait pour devenir aussi puissant qu'il imaginait devoir l'être un jour.

Il remarqua que tous les animaux pouvaient communiquer avec lui, mais que la plupart choisissaient à dessein de s'abstenir. Ils vivaient leurs vies côte à côte et ne sentaient aucun besoin d'entrer en liaison avec le garçon. Quand il cherchait le contact, on lui répondait, à des degrés variables, parce que les animaux, comprit-il, sont comme les humains, très différents les uns des autres. Certains timides, d'autres sociables, certains renfrognés, d'autres joviaux, et il était impossible de généraliser les caractéristiques d'une race ou d'une espèce.

Il avait changé. Les autres Toimi s'en étaient rendu compte mais leur attitude à son égard était restée la même : s'ils ne se moquaient pas de lui, ils sentaient qu'il n'était pas comme eux, pas un des leurs. Un être humain, oui; pourtant, d'une certaine manière, pas vraiment, car incapable de respecter leurs règles du jeu. Ils le laissèrent de plus en plus tranquille, dans son existence parallèle.

Hirvo se sentait puissant, hors d'atteinte. À l'école, ses bourreaux lui fichaient la paix, remarquant qu'ils n'avaient plus de prise sur lui. Il avait quelque chose d'effrayant, d'*intouchable*, c'est le terme. Il s'isolait peu à peu, comme un îlot solitaire flottant au gré du courant sans jamais toucher terre. Il se sentait bien ainsi. Il avait beau être différent, il savait maintenant qu'il n'était pas seul.

Pendant les récréations, il se tenait à l'écart, trouvait quelques insectes à étudier, à écouter, avec qui parler (ils étaient assez étroits d'esprit, les insectes), ou le chat du directeur, une créature fantasque qui craignait les lubies des enfants, mais une bête adorée, que l'on régalait de poisson frais tous les vendredis et dont on lustrait le poil. Le félin se blottissait dans ses bras, se laissait flatter. Les chats sont noirs, à l'intérieur. Différentes nuances de noir. Celui du directeur était d'un noir profond et mat, audedans. Sa fourrure mouchetée était douce et chaude. Le chat laissait Hirvo s'entrelacer à sa conscience, il lui montrait combien il courait vite, qu'il grimpait aux arbres et redescendait à toute allure, prenait de l'élan et attrapait des rats, des musaraignes, des mouches. Il fit part à Hirvo de la satisfaction animale qu'il y a à tuer un autre être vivant.

La première fois, le garçon tressaillit, recula, sortit de la conscience du chat, affolé par les ténèbres, les instincts; une fois calmé, il se rapprocha doucement et, peu à peu, s'habitua à cela, à ce que les hommes se sont efforcés de polir pendant des siècles, ce avec quoi ils ont pris leurs distances – la mort.

La mort, cette ligne de partage des eaux, ce vigile de l'effroi. L'humain si rationnel, qui s'empresse de construire sa société, d'organiser sa vie, lorsqu'il atteint sa destination finale, demeure planté là, épouvanté, à trembler, plaider, prier, et négocier. Laissez-moi vivre encore un peu, juste un peu. Tout sauf la mort. Hirvo, lui, n'en avait nullement peur. Il savait que le problème de la mort se réglerait. Le plus souvent, il oubliait jusqu'à son existence, comme les animaux, il n'y pensait pas, tout simplement.

Hirvo vivait toujours à la maison, mais passait de plus en plus de temps dans la forêt. Le seul à être plus agacé qu'effrayé par la transformation d'Hirvo, c'était évidemment Pentti.

Non seulement son fils avait un «pète» au casque et une case en moins, mais il osait se pavaner, tête haute, l'air fier, non, le père voyait cela d'un très mauvais œil. Il continua à le persécuter, et Hirvo le laissa faire ; et comme les agressions physiques et verbales ne le touchaient plus, le père frappait ou criait plus fort encore. Ou bien il reportait son courroux sur les autres enfants.

(La solidarité entre frères et sœurs est admirable. Même si, à cause du changement de comportement d'Hirvo, les autres enfants avaient effectivement dû subir une plus grande part des manifestations de la colère de Pentti, ils ne lui avaient pas jeté la pierre, car ils savaient que ça pouvait changer du jour au lendemain. Un jour toi, le lendemain moi.)

Tandis qu'Arto gisait, inconscient, dans les bras d'Annie en attendant l'ambulance, Hirvo avait *senti* son frère. Un éclat entièrement doré, qui palpitait faiblement, le tréfonds de son petit frère adoré. Hirvo avait déjà remarqué, les fois où Arto aidait à s'occuper des bêtes, dès son plus jeune âge, qu'elles se *dévoilaient* à lui. Elles venaient quand il les appelait, elles aimaient sa présence, et Hirvo savait qu'Arto possédait une sorte de faculté. Pas la même que lui, non, elle devait être meilleure parce que Arto était aimé à la fois des humains et des bêtes. Hirvo n'avait jamais eu la sensation que les animaux l'appréciaient. Ils l'acceptaient, c'est tout, ni plus ni moins. Et les gens, non plus. Vraiment pas.

Les êtres humains peuvent être si différents. D'une valeur différente. Dignes d'amour. Indignes d'amour. Impossibles à aimer.

Au moment de l'accident, il osa pour la première fois pénétrer la conscience d'un autre être humain. Il ne voulait pas en savoir trop, n'osait pas, ne voulait pas voir tout ce qui s'y passait, souhaitait uniquement s'assurer que la vie continuait à pulser dans les veines de son frère et savoir s'il pouvait faire quelque chose pour l'aider. Il se tenait juste derrière le sauna, suffisamment près pour l'atteindre, mais tout de même assez loin pour ne pas être vu. Il était si prudent, pourtant il comprit qu'Arto l'avait remarqué. Son petit frère sursauta et essaya de s'asseoir, inquiet, effrayé peut-être, et Hirvo se recula le plus vite possible, à la fois psychologiquement et physiquement. Hirvo savait qu'Annie l'avait vu, mais ça, il s'en moquait. Il ne pouvait pas rester. Mieux valait fuir, se tenir à l'écart jusqu'à ce que la tempête s'apaise.

Il se dirigeait vers l'étable, il était presque entré, quand il entendit les bruits. Les cris, l'effroi, silencieux et pourtant si évident. Cela durait depuis un certain temps déjà, toutefois, à cause de son inquiétude pour Arto, il avait dû les négliger, ces appels au secours. Mais à présent, tout près, il était contraint de tendre l'oreille. Il le sentait fortement dans tout son corps. C'était un moment critique et il était obligé d'écouter les animaux, écouter ce qu'ils avaient à dire.

Il aurait voulu prendre ses jambes à son cou, mais il s'efforça d'avancer, d'entrer dans l'étable. La neige crissait sous ses pieds, néanmoins il se sentait étrangement léger, invisible.

Dans l'entrée il faisait chaud et Hirvo était assez proche pour distinguer les voix. Celles des vaches, enfin, plus exactement, leurs âmes.

Elles avaient peur. Il le savait déjà.

Il est là, disaient-elles.

Hirvo n'avait pas besoin de demander.

Pentti.

C'est de Pentti qu'elles avaient peur.

Pourquoi avez-vous si peur? Que peut faire un seul homme ?

Hirvo posa la question quoiqu'il connût la réponse – un homme est capable de tant de choses, il peut tout détruire.

Dans l'étable il n'y avait pas de neige, juste une douce couche de foin, et il avança, le dos droit, jusqu'à arriver au box de Rosa. Là, il vit Pentti, il entendit Rosa avant de la voir, *non,* disait-elle, criait-elle, *ne me touche pas*, mais Pentti la prenait, il le vit avant de le voir, que son père violait la bête, et il vit alors toutes les vaches ensemble, lui racontant toutes ces fois, toutes ces fois où…

Elles lui demandaient d'y mettre un terme, d'arrêter Pentti.

Hirvo n'était pas prêt.

Par la suite, il se maudit de n'avoir pas agi à ce moment-là, mais il n'était pas préparé. Ni à voir ce qu'il voyait, ni à la manière dont ça allait l'affecter. À cet instant, il était redevenu un enfant, l'enfant singulier, toujours angoissé à l'idée que l'on comprenne ce qu'il était *vraiment* – fou à lier.

Il recula jusqu'à heurter le mur, continua en arrière jusqu'à la cour, puis il détala. Au loin, il distinguait des sirènes d'ambulance et il entendait les vaches ; leurs supplications résonnaient en lui, mais il prit ses jambes à son cou. La couche de neige rendait la progression difficile, il finit néanmoins par arriver à son abri, celui qu'il se construisait depuis des années, au fond de la forêt, et il s'y glissa, s'allongea sur les aiguilles de sapin, sur la peau de mouton, ouvrit le col de son pull en laine, la sueur dégoulinait dans son dos, il avait le goût du sang dans la bouche parce qu'il n'avait jamais couru aussi vite et aussi longtemps de sa vie, il ferma les yeux de toutes ses forces et attendit que sa respiration reprenne son rythme normal, puis il éteignit sa conscience, la verrouilla et s'endormit.

Quand il se réveilla, il faisait nuit. Il avait froid, mais pas envie de rentrer. Avec des gestes aguerris, sans réfléchir, entièrement absorbé par ce qu'il avait devant les yeux, il alluma un feu à l'entrée de l'abri.

Pourtant, les images de l'étable étaient gravées sur sa rétine, il ne voulait plus jamais regarder son père dans les yeux. Il ne voulait plus jamais regarder *cet homme* dans les yeux.

Aurait-il pu intervenir ? Il se morfondait, repassait les événements dans sa tête, imaginait différents scénarios, toutes les manières dont il aurait pu voler au secours des vaches, les défendre. À quoi bon ? Il ne l'avait pas fait, il n'osait jamais passer à l'acte quand la situation le requérait. Quand il le fallait vraiment.

Il avait honte. De ce qu'il avait vu. Il avait honte vis-à-vis des vaches qui lui avaient demandé de l'aide, l'avaient supplié de mettre un terme à ce qui était en train de se passer, à ce qui se passait depuis, depuis quand, il ne le savait pas vraiment, mais au fond il savait que ça ne datait pas d'hier. Comme si une couverture humide et sombre pesait sur son existence depuis… ses premiers souvenirs. Elle était posée là, et à cause d'elle le monde paraissait plus petit, obscur et effrayant. Mais elle n'était pas immuable. Il était grand temps que ça cesse. Hirvo poussa un long soupir puis se faufila hors de sa cachette, jeta quelques poignées de neige sur le feu et se mit en route vers la maison.

À tout prix. Coûte que coûte. Il fallait arrêter Pentti, et il devait payer.

Hirvo s'en assurerait.

Il ne savait pas encore comment, mais le chemin du retour serait long, il trouverait bien quelque chose, aurait bien une idée. Si rien ne lui venait aujourd'hui, il trouverait le lendemain. Ou le surlendemain. Ou le jour d'après.

À la maison, les frères et sœurs étaient rassemblés. Ils étaient assis dans la cuisine à manger ou allongés sur le canapé à regarder les actualités. Siri était absente, Arto aussi, mais la plupart des autres étaient là. Annie posa sur lui ce regard à la fois interrogateur et dénué d'expression. Elle était tout ce qu'il n'était pas et elle lui faisait peur avec tous ses mots et son regard vide. Quand elle lui demanda s'il avait entendu ce qui s'était passé, il se contenta d'acquiescer, muet, et plongea la main dans sa poche pour en sortir son couteau et sa pierre à aiguiser. Il avait besoin de se concentrer sur autre chose pour ne pas revenir à ce qu'il avait vu. Pour ne pas rejouer la scène, comme un film, un disque rayé.

La lumière était allumée dans l'étable, Pentti était toujours là-bas. À la bonne heure. Hirvo prit conscience qu'il ne savait pas si Pentti l'avait vu ou non. Cela n'avait en réalité aucune importance.

Ses sentiments pour son père, les rares sentiments qu'il avait éprouvés (si tant est qu'il en ait jamais éprouvé), avaient disparu. Il ne ressentait même pas de haine, juste une détermination qui grandissait en lui avec chaque battement de son cœur, chaque respiration. Il doit disparaître. *Bang bang*. Quand il s'armait de courage, il sentait sa couleur intérieure, elle lui semblait plus pure, plus resplendissante, plus claire qu'avant. Mais l'instant suivant le courage lui faisait défaut, il avait de nouveau honte, et sa couleur intérieure reprenait la nuance fade et sale à laquelle il était habitué. Toujours ce va-et-vient. Ce mouvement de pendule.

Cela prendrait du temps. Hirvo menait sa vie en cycles lents, d'aucuns diraient qu'il vivait en communion avec la nature et les saisons, et certes c'était bien possible, et il y avait une seconde chose, voire une troisième, qui prenait encore plus de temps que les saisons, ses cycles étaient astronomiques, pour ainsi dire, et il vivait toujours avec les conséquences du cycle précédent. L'incendie d'un garage au milieu de l'hiver glacial, et le silence qui s'était ensuivi.

Hirvo avait toujours été doué de ses mains. Il savait bricoler et bâtir, couper du bois et empiler des bûches, et surtout, il savait allumer un brasier. Certaines personnes ont ces prédispositions, elles comprennent le feu et son état d'esprit. Hirvo était ce genre de personne. Il savait faire naître une flamme à un endroit où ça semblait impossible, avec du bois bien trop humide. Il savait comment faire pour qu'un incendie paraisse involontaire, ou naturel.

Sans origine criminelle.

Hirvo passait souvent inaperçu. Il se faufilait au travers de l'existence sans qu'on le remarque. Par conséquent, il comprenait mieux son entourage que son entourage ne le comprenait. Il collectionnait, de gré ou de force, les secrets.

Il avait vu des choses, et si on le lui avait demandé il aurait pu en parler.

Il s'était offert une de ses escapades tardives en forêt comme souvent à cette époque-là – il venait de découvrir la portée de son don. (Plus tard, il choisirait d'arpenter les bois de jour, à cause d'un incident impliquant un loup, une nuit.) Il était revenu à Aapajärvi juste au moment où le garage commençait à s'embraser, en cette nuit de janvier 1976, il savait tout, il aurait pu répondre. Si quelqu'un s'était donné la peine de lui poser la question.

Il savait que ce n'était pas Pentti qui tenait les allumettes, pas physiquement, en tout cas. Il savait aussi qu'il avait fallu du temps pour qu'il prenne feu, ce vieux taudis, voilà ce qui se passe quand on envoie un enfant faire le boulot d'un homme. C'était étrange, car Hirvo avait beau être soulagé qu'on ne l'eût pas forcé à brûler le garage, et quasiment Tatu par-dessus le marché, il se souvenait encore, ou plutôt, il *ressentait* encore, une pointe de jalousie : pourquoi ne le lui avait-on pas demandé ? Dans tout Aapajärvi, personne ne savait allumer un feu aussi vite que lui. Personne ne savait comme lui faire passer ça pour un accident.

Et personne ne savait garder un secret aussi bien que lui.

Mais quelle importance, à présent ? Maintenant que tout était mis au jour, pour ainsi dire, sur le tapis, cartes sur table, maintenant que les événements avaient pris la tournure qu'on leur connaissait.

Hirvo peut vous paraître bizarre ; bizarre, il l'est. Il n'empêche qu'il nous faudra demeurer avec lui encore un moment. Il va lui arriver quelque chose qui lui fera peur, le fera fuir, et là, quelque part, figure une information importante. Voire essentielle. Voilà pourquoi il faut s'accrocher encore un peu.

Après le divorce des parents, il avait décidé de déménager. Il avait participé à tous les événements de Noël et du Nouvel An 1981-1982 que ses frères et sœurs avaient déclenchés, et il avait vu ses parents s'éloigner, et Siri et ses frères et sœurs partir sans que quiconque lui demande ce que lui comptait faire. Il avait l'habitude qu'on l'oublie, jamais personne ne lui demandait ce que telle ou telle chose lui faisait. Il n'était même pas sûr que ça lui faisait quelque chose. Mais ça aurait pu. Si quelqu'un lui avait posé la question. Si quelqu'un lui avait donné l'occasion de se poser la question.

Ça n'avait plus d'importance.

Avec le retour de la lumière et des températures plus douces, il songeait de plus en plus à s'installer dans les bois. Il était plutôt frileux, mais travaillait sa résistance. Avant de sortir en forêt, il passait beaucoup de temps dans le sauna et s'assurait d'avaler un repas chaud. En février, il y avait toujours besoin de main-d'œuvre dans la sylviculture, ce qui représentait un aller simple pour quitter le domicile parental. Il était logé dans une cabane et nourri, il trimait du matin au soir, tronçonneuse à la main. À la fin de la journée, il s'écroulait sur sa couche, évitant ainsi de réfléchir aux différentes façons de nuire à Pentti.

Or, à l'arrivée du printemps, les offres d'emploi se raréfièrent et, quand la neige commença à fondre en mai, il retourna à Aapajärvi. Sans toutefois abandonner le rêve de s'installer dans son abri. Il essayait parfois d'y dormir, mais rentrait toujours au bout d'un jour ou deux. Le plus souvent il mangeait avec son père. Qui lui demandait de glisser sa contribution aux dépenses du foyer dans la boîte en fer sur la paillasse, celle où Siri rangeait autrefois toutes les factures et qu'elle sortait juste avant que les discussions pécuniaires ne dégénèrent en pugilat.

Hirvo était déconnecté du reste de la famille, le père aussi, personne ne comptait sur lui (ni sur le père), personne ne demandait de leurs nouvelles ; ils ne manquaient à personne. Hirvo était accablé par le silence ; Siri et ses plus jeunes frères et sœurs étaient partis ; les tronçonneuses ne vrombissaient plus. Il n'y avait plus de voix humaines pour couvrir les autres voix et sons qu'il percevait. Il entendait surtout plus clairement les vaches, depuis la maison, depuis la cour. Il les entendait depuis les pâturages. Le jour, en été, elles n'étaient pas malheureuses; c'était le soir, quand Pentti les rentrait pour la traite, et le reste, que leurs voix devenaient insupportables. Plusieurs fois, Hirvo fut sur le point de se lever pour se rendre dans l'étable. Il se voyait affronter le père : il le poussait, saisissait la fourche et, une chose en amenant une autre, le mettait hors d'état de nuire, pour toujours. Cependant, le courage venait toujours à lui manquer et, quand Pentti revenait à la maison, c'était Hirvo qui détournait le regard, comme si c'était lui qui avait commis un acte honteux, un acte à faire pleurer les anges de Dieu dans le ciel.

Voilà pourquoi ce fut un soulagement quand Esko commença à couler les fondations de la nouvelle maison. La ferme se remplit à nouveau de voix, de vie, de coups de marteau; pourtant, le soir, Esko rentrait habituellement chez lui, laissant Hirvo en tête à tête avec son père.

Or rester là en ces soirées d'été, face à son père, c'était difficile pour Hirvo. Parce que l'être intérieur de son père menaçait à chaque instant de déborder. Son corps était comme un vase, une urne fêlée. L'âme voulait sortir, Hirvo le voyait clairement, et s'il n'avait plus peur des hommes, il ne voulait pas, ne pouvait pas plonger les yeux au-dedans de Pentti, il ne le supporterait pas. La couleur du père était intense et lourde, comme un néon noir, et Hirvo sentait qu'il pouvait être contaminé par cette obscurité, il éprouvait ça dans sa chair, *instinctivement*, comme quelque chose de contagieux dont il fallait se méfier. Comme si de l'huile allait suinter de son corps et souiller, tacher tout ce qui se trouverait sur son passage.

Hirvo avait parfois le sentiment que *quelqu'un* essayait de lui parler par le truchement des animaux et de leurs âmes. Néanmoins, ce n'est qu'après le divorce de ses parents qu'il se demanda si ce n'était pas en réalité Dieu. Or, s'il y avait un dieu, s'il y avait quelque chose de bon dans ce monde, ou à proximité, il devait aussi y avoir quelque chose de mauvais; ainsi, ce qu'il voyait s'écouler du corps de son père… peut-être était-ce le *mal*? Et si son père en était rempli, de ce mal, Hirvo et tous ses frères et sœurs devaient aussi en avoir en eux. Non ?

La dernière soirée avec son père avait failli mal se finir.

Pentti ne savait pas cuisiner, il n'aimait pas ça, mais il appréciait la saucisse et c'est de ça qu'il se nourrissait. Il complétait avec des pommes de terre, histoire de réduire les coûts. Esko venait quasi quotidiennement dans la maison parentale et aidait à préparer le repas – enfin, à faire bouillir les patates et frire la saucisse. Mais ce soir-là, Esko était absent. Il n'y avait que Pentti et Hirvo. Leurs face-à-face étaient pénibles – muets, silencieux –, plus personne ne jouant le rôle de tampon entre eux, ou plutôt autour d'eux. Le père émettait surtout des grognements auxquels Hirvo répondait par des haussements d'épaules.

Hirvo observa son père. Il n'était pas rasé, ses joues étaient assombries par une barbe naissante, drue et noire. La manche de sa chemise à carreaux était déchirée mais il ne semblait pas le remarquer. Ses cheveux étaient hirsutes. Il préparait du café, debout devant la cuisinière. La radio que Pentti avait transbahutée dans la cuisine braillait ; c'était un grand appareil en bois, acheté au magasin Son et Image de Tornio au début des années 1960. Lors de la séparation, Siri avait emporté le petit transistor qui avait sa place dans la cuisine et laissé à Pentti l'encombrante radio qui avait coûté une fortune. Elle bloquait désormais le passage vers le séjour. Cela n'importait guère, car presque plus personne n'y entrait.

Hirvo attendait, assis sur la banquette de la cuisine. Dans sa poche reposait un caillou lisse qu'il serrait entre ses doigts. Il était frais et du bon gabarit pour son poing fermé. Hirvo l'avait trouvé lors d'une de ses excursions en forêt et il aimait le tenir, le sentir sous ses doigts. Cela le calmait et lui rappelait qu'il était malgré tout ancré dans son corps physique, chose qu'il oubliait aisément quand il déambulait dans la forêt, dans cette communication sans mots.

Ils mangèrent en silence. Les patates étaient brunes et farineuses, ça devait être la dernière semaine avant la récolte des pommes de terre nouvelles. Le père avala son lait fermenté à grosses goulées ; quand il eut fini, sa lèvre supérieure était barrée d'une moustache blanche.

Hirvo remarqua qu'il s'attendait à ce que Pentti lui cherche des noises. Les disputes pouvaient commencer de manières très différentes, et celles qu'Hirvo craignait le plus débutaient ainsi, par un moment sympathique, où la bonne humeur s'écoulait doucement du corps d'un Pentti comme imprégné d'une sorte de satisfaction ronronnante, avant de se changer en fou furieux au sourire démoniaque, capable de vous planter sa fourchette dans la main (c'était arrivé la fois où Tatu avait essayé de chiper un biscuit à la fête des cinquante ans du père) ou de vous plonger la tête dans un seau à lait (c'était arrivé la fois où Hirvo, à l'âge de dix ans, en avait renversé un). Comme le reste de la fratrie Toimi, Hirvo était toujours prêt pour ses sautes d'humeur.

Ce soir-là, pourtant, le père paraissait trop fatigué. Hirvo voulut se lever mais n'osa pas, au cas où cela aurait déclenché chez son père une réaction. Il resta donc assis.

Il avait dû s'endormir, car, quand il ouvrit les yeux, il faisait nuit et il ne comprit pas tout de suite pourquoi tout semblait différent. Bientôt, il saisit. Quelque chose obstruait sa gorge, l'empêchait de respirer. Et pas seulement ça. Il gisait sur la banquette de la cuisine, ses jambes dépassaient du bord et l'une de ses mains pendait jusqu'au sol. Pentti était perché comme un chat sur sa poitrine. Comment pouvait-il être agenouillé comme ça ? Cette question traversa l'esprit d'Hirvo. Il était trop vieux, trop fatigué. La couleur de son père pulsa vers lui dans le noir, il la vit malgré la pénombre, ce néon noir qui semblait se déverser de son corps.

Hirvo tenta de bouger. Impossible. Combien de temps survit-on sans respirer ? Sa propre couleur palpitait fort à présent, elle était à nouveau claire et profonde, il la voyait comme un tourbillon faible descendant et il savait que lorsqu'il aurait atteint le fond (le fond de quoi ?), ce serait trop tard, terminé, il n'y aurait plus rien.

Quand il réussit enfin à repousser Pentti et à rouler au sol, un objet fut expulsé de sa bouche, il avala une gorgée d'air et la perception colorée s'effaça au profit de l'inspiration. À côté de lui se trouvait la pierre qu'il transportait dans sa poche. C'était ça qu'il avait dans le gosier.

Comment était-ce possible ?

Il entendit les pas du père dans l'escalier, lents, lourds, dignes de l'homme de soixante-deux ans qu'il était. Pas comme l'instant d'avant, où il était juché sur sa poitrine tel un félin.

Hirvo frissonna. Il n'était pas tout à fait sûr de ce qui venait de lui arriver, mais il se dit que s'il existait un dieu, alors ceci était sa seule et unique chance, c'était le moment d'écouter, et de prendre au sérieux ce qui s'était passé.

Il n'osa pas attendre. Il rassembla ses affaires et les emporta dans la forêt. C'était presque l'été et son abri pouvait quasiment lui servir de logis, il suffisait de s'habiller chaudement et d'allumer un bon feu. D'ici l'hiver prochain, il faudrait qu'il ait construit une vraie petite maison.

Puis il retourna discrètement chez lui, dénicha dans le garage une bicyclette en état de marche, hissa presque mécaniquement son corps maladroit sur le fin vélo marron de la marque Crescent et s'éloigna, tandis que le monde alentour dormait en cette douce nuit couleur d'abricot.

*

La solitude est mesquine. La solitude empeste. Y avez-vous déjà pensé ?

À la fois comme phénomène et comme état qui vide l'âme de sa substance. La solitude sent la mort, dégage une odeur de maison abandonnée, rongée par les moisissures. Une maison où personne n'a déplacé le moindre meuble depuis fort longtemps, où personne n'a ouvert une fenêtre depuis des années, où les robinets ont rouillé de l'intérieur, où l'oxygène se mêle à une troisième composante, cette humidité qui se diffuse comme un cancer, comme des tavelures noires qui se cherchent, qui forment des taches, des îlots jusqu'au délabrement total avec des murs pourris où le papier peint se décolle, gondole, s'enroule sur lui-même, la solitude fabrique cet espace, cet endroit sans vie.

Parce que les personnes qui vivent seules finissent par perdre la capacité à se positionner vis-à-vis de leur propre corps et du monde qui les entoure. En bref, il leur devient impossible de savoir où finit leur enveloppe charnelle et où commence le reste du monde. Quand on vit seul, les barrières, les frontières deviennent floues, vaporeuses. Très vite on peut se mettre à parler tout seul. Ou avec un animal de compagnie. Ou un autre animal. Ou avec autre chose, invisible pour l'œil humain.

Il peut arriver aussi que la boussole morale se repositionne, en l'absence d'entourage pour approuver ou contredire, si l'on doit soi-même inventer des lois et des normes déterminant la manière dont on a le droit de, dont on doit, dont on peut se comporter ou penser.

Dans ces cas-là, il n'est pas du tout impossible qu'on blesse quelqu'un, soi-même ou un animal ou un autre être humain, étant donné qu'on a, au fond, subi un processus de déshumanisation. Ce qui fait notre humanité, ce contrat social qu'on signe quand on participe au monde, est résilié, caduc.

Il devient moins aisé de juger quelqu'un, par exemple Pentti, si on tient compte du fait qu'il a une vision un peu divergente de ce que signifie *être humain*, de ce qu'implique ce contrat. Ajoutez à cela la solitude, ce cancer contagieux, et il est facile de deviner que ce n'est pas par méchanceté qu'il fait tout ce qu'il fait. Ou plutôt, ça peut tout à fait être par méchanceté, mais en a-t-on conscience quand on a oublié comment distinguer le haut du bas, le bien du mal ?

*

À l'instar d'Hirvo, Siri avait, adolescente, une très forte intuition. Elle ne parvenait pas toujours à expliquer certaines impressions, certains avis, néanmoins elle savait quand quelque chose était vrai et faisait confiance à cette sensation, la laissait la guider sur la bonne voie.

Le jour où elle décida de se marier avec Pentti, elle était allée pour la première fois à l'encontre de son instinct. Il fallait que sa vie change, et vite. En d'autres termes, il était grand temps de devenir adulte. Et, une fois que Siri eut *choisi* Pentti, décidé de l'épouser, elle mit de côté son flair. Ce n'était peut-être pas un choix délibéré, mais c'est ce qu'il advint. À quoi bon ruminer une décision une fois qu'on l'a prise ? Mais, toutes les autres décisions, les millions de décisions qui doivent être prises chaque jour, chaque heure et chaque minute, qu'étaient-elles devenues ?

Elle avait laissé Pentti les prendre. Elle savait que ce n'était pas à elle d'y fourrer son nez, qu'elles relevaient de la responsabilité de l'homme et qu'elle n'avait pas besoin de s'encombrer la tête avec.

À présent qu'elle était patronne chez elle, maîtresse de son destin, elle n'avait d'autre possibilité que de tendre l'oreille, écouter son for intérieur d'une manière inhabituelle. Pas inédite, mais inhabituelle. Alors, ses *instincts* revinrent. Elle éprouva à nouveau cette sensation qu'elle avait enfant et, si elle était toujours incapable de mettre des mots dessus, désormais elle s'en moquait.

La sensation était physique. Elle commençait dans son bas-ventre, mais elle était fortement liée à sa vie affective, oui, à son *cœur*, diraient les poètes, or elle n'était pas poète, Siri, ce n'était qu'une femme de cinquante-cinq ans qui n'avait jamais appris à se donner du plaisir seule, et à qui son mari n'en avait jamais donné. Et certaines personnes peuvent peut-être vivre leur vie ainsi, toute leur vie, sans jamais approcher l'extase, mais pas Siri ; ses besoins, non, ses pulsions devenaient trop fortes et menaçaient de prendre le dessus.

Elle se tournait et se retournait dans son lit une fois qu'Onni avait sombré dans le sommeil à côté d'elle ; dehors, le ciel était si trompeur, si clair, bien qu'il fût minuit passé.

Elle ne s'habituerait jamais au soleil de minuit, quoiqu'elle eût vécu ici, dans le Nord, plus longtemps que dans sa région natale. On eût dit que tout son être s'élevait contre cet endroit, qu'il criait, ramène-moi à la maison, il n'y a pas de place pour moi ici, mais il était trop tard pour rentrer chez elle, car ce *chez-elle* n'existait plus, la maison avait brûlé quarante ans plus tôt et le village ne lui était plus accessible : c'était la Russie désormais, ou plutôt l'Union soviétique. On peut donner à nos ennemis le nom qu'on veut, leur nature demeure, reste la même.

Si elle avait su se donner du plaisir, elle l'aurait fait, elle se serait caressée jusqu'à s'endormir à côté de son fils de cinq ans, déjà entre les bras de Morphée. Au lieu de cela, elle commença à errer sans but dans la chambre, au son de la lente respiration du garçon.

Elle marcha de long en large dans la petite pièce et s'arrêta devant le miroir. À travers la fine étoffe de sa chemise de nuit, elle devinait les contours de son corps. Elle passa les mains sur ses seins, ses côtes, descendit jusqu'à la taille puis aux hanches. Elle resta ainsi à s'observer, se tourna et se retourna dans tous les sens.

Est-il possible de m'aimer ? se demanda-t-elle.

Est-ce que j'existe ?

Puis Onni bougea dans son sommeil et elle se glissa à côté de lui, inquiète qu'il se réveille et se mette à la chercher, comme il le faisait chaque fois qu'il s'endormait dans son propre lit.

Allongée dans le lit à attendre le sommeil qui ne venait pas, elle décida enfin de le faire. Ce qu'Helmi lui avait suggéré, et qu'elle avait balayé d'un revers de main en riant, presque fâchée ou vexée. Ce qu'elle n'aurait jamais cru vouloir ni pouvoir faire.

Elle attrapa le bloc-notes posé à côté du lit et le crayon à papier qu'elle utilisait habituellement pour écrire sa liste de courses. Mais pas cette fois.

Elle rédigea une petite annonce.

Elle fut réveillée à l'aube par le crépitement des graviers dans la cour. Elle ne savait pas combien de temps elle avait dormi, mais il ne pouvait pas être bien tard, personne n'était levé dans la maison, pas même Arto.

Pentti. Le nom lui vint immédiatement en tête. Elle sentit l'élancement familier dans les lombaires, la terreur associée à ce nom et toutes ses connotations.

Elle eut le temps de ressentir de la peine aussi, parce qu'il l'avait trouvée, était venu jusqu'ici, et allait maintenant souiller, ruiner cet endroit, son sanctuaire, son nouveau foyer, son avenir.

Mais évidemment, ce n'était pas Pentti. Ce n'était pas le genre d'homme à arriver discrètement, à l'improviste, s'il avait des affaires à régler avec vous.

Que nenni ! Il aurait déboulé dans un bruit de tonnerre, fait un boucan de tous les diables, affirmant sa présence en tapant du pied, au sens propre comme au figuré, sans s'excuser d'être là.

Non, c'était en réalité Hirvo qui arrivait à bicyclette.

*

Ils s'assirent sur le perron et burent leur café en silence. Hirvo avait la nuque humide à cause du long périple à vélo. Il se racla la gorge, comme s'il avait quelque chose de coincé, ou s'il voulait parler mais ne savait par où commencer. Siri ne dit rien, elle attendait. Elle profitait de cette belle matinée, de ce bel endroit, son havre de paix, qui n'était pas encore sali par Pentti.

Le café était noir et brûlant, Siri se réchauffait les mains autour de la tasse, frissonnant dans sa chemise de nuit légère.

— Je crois qu'il s'est passé quelque chose…, commença Hirvo.

Il levait timidement les yeux vers elle, comme s'il craignait de croiser son regard. Elle tendit la main et lui caressa le bras pour le calmer, mais il le retira d'un geste sec et se renversa du café dessus.

— Tout va bien, Hirvo. Tu n'as pas à avoir peur. Raconte-moi ce qu'il y a.

Hirvo souffla sur son café et le remua de son index. Enfin il prit la parole, en fixant le chenil de l'autre côté de la cour.

— Je ne sais pas… Tu me connais, je perçois le monde différemment… des autres. Je vois les choses différemment. Des choses que les autres ne voient pas.

Siri opina du chef, encourageante, mais pas trop. Hirvo ne lui avait jamais parlé autant et il ne s'était jamais confié à elle. Elle n'osait pas le regarder, de peur qu'il perde le fil ou qu'il regrette de s'être lancé.

— Parfois, je ne sais pas ce qui est vrai et ce qui est… enfin, ce que j'ai inventé.

Elle aurait voulu le prendre dans ses bras, maintenant et pour toutes les fois où elle ne l'avait pas fait, mais elle n'osait pas. Elle resta immobile à attendre, comme on fait avec les animaux farouches.

— Tout va bien, Hirvo, tu peux tout me raconter, chuchota-t-elle.

— Eh bien, je ne suis pas sûr, mais je crois que Pentti… je crois qu'il a peut-être… essayé de me faire du mal.

Siri sentit un grand froid l'envahir. Elle se sentit soudain idiote. Idiote et lasse, parce qu'elle croyait pouvoir être libre. Alors qu'elle savait bien, au fond d'elle, que la liberté n'existait pas. Les pulsions qu'elle avait réprimées, celles qui lui dictaient de regarder par-dessus son épaule, étaient justifiées. Tant que Pentti vivrait, elle ne serait jamais libre.

— Qu'est-ce qu'il t'a fait ?

Hirvo secoua la tête.

— Tout va bien, maman. Il ne s'est rien passé, enfin, je n'en sais rien parce que c'était au milieu de la nuit et que je m'étais endormi, mais…

Il leva les yeux vers elle, ses yeux si clairs, grands ouverts. On aurait dit ceux d'un renard, songea Siri, ou d'un autre animal sauvage. Ses yeux couleur ambre et ce regard si expressif, ils ne semblaient pas ceux d'un homme, plutôt d'un animal que l'on croise au fond des bois. Dont il faudrait connaître la langue pour pouvoir lui parler, vraiment.

— Je crois qu'il voulait me faire du mal.

— Qu'est-ce qu'il a fait ?

Hirvo haussa les épaules. Il lui sourit. Ce n'était pas un vrai sourire, juste un mouvement ascendant affecté des lèvres.

— C’est difficile à expliquer.

Hirvo se trémoussa.

— À vrai dire, je ne sais pas. Et je n’ai pas attendu. Je suis parti *illico*.

Siri avança la main, lui caressa la joue et, cette fois-ci, il ne bougea pas. Elle vit la douleur dans ses yeux, la sentit. Mais la sensation qui se diffusa en elle, prenant le dessus, c’était la terreur.

Elle s’apprêtait à dire quelque chose (elle ne savait pas quoi – que dit-on à quelqu’un qui a peur pour sa vie, qui craint son père, quand on sait qu’on en est la cause ?) quand ils entendirent des pas dans l’escalier.

— Hirvo !

C’était Arto qui descendait l’escalier à pas de loup. Il se jeta au cou de son grand frère et l’assaillit de questions. Comment était-il venu ? Pourquoi ? Avait-il fait tout le chemin à vélo ? dans le noir ? La dynamo fonctionnait-elle ? S’était-il arrêté sur la route ? Allait-il rester longtemps ? Oh, pourquoi ? Il pouvait rester, non ? Au moins trois ou quatre semaines ?

Hirvo ébouriffa les cheveux de son frère.

— Parfois, on a besoin de demander conseil à sa maman, tu sais.

Arto acquiesça, le visage grave. Ses courts cheveux bruns avaient été éclaircis par le soleil, son front était légèrement plissé, comme souvent.

— Et de voir son petit frère.

Arto opina à nouveau, la bouche entrouverte dévoilant une béance – il avait perdu les quatre incisives pendant les grandes vacances.

— Et ensuite, quand c’est fait, il faut repartir.

Siri et Arto poussèrent les hauts cris et réussirent à convaincre Hirvo de prendre le petit déjeuner avec eux avant de repartir à bicyclette vers son avenir incertain.

Hirvo n’étant jamais venu à Kuivaniemi, Arto lui fit visiter le domaine tandis que Siri faisait frire du pain perdu – Hirvo en raffolait. C’était une belle maison, elle savait qu’Hirvo le sentait, le calme qui planait sur le lieu, ce qu’elle avait elle-même éprouvé la première fois qu’elle était venue. Un lieu où elle pouvait être heureuse. Ici, elle pouvait vivre, pas uniquement survivre. Le soleil filtrait à travers le feuillage. Hirvo ne retournerait pas chez son père, quoi qu'il eût fait. Siri le savait. Il ne voulait sans doute pas non plus s'installer à Kuivaniemi. Il était adulte. Et il avait besoin de sa forêt.

Siri lui demanda de s'installer avec elle, seulement pour quelque temps, mais il secoua la tête et dit qu'il devait s'en retourner.

— Ne t'inquiète pas, je vais juste chercher mes affaires, c'est tout. J'ai déjà un endroit où vivre.

*

Quand il approcha d'Aapajärvi, on était déjà en fin d'après-midi. Il entendit des voix au loin. Sur le dernier tronçon, il descendit de son vélo et marcha à côté pour ne pas être repéré et avoir la possibilité de se défendre au besoin. Là, dans la cour, se dressaient trois silhouettes. L'une d'entre elles était Pentti, il le voyait. Il percevait sa présence à distance. Comme elle était désagréable, cette énergie sombre et muette qu'il dégageait. Il n'était pas sûr de l'identité des deux autres – l'une d'entre elles *pouvait* être Esko, mais qui était la dernière ? Ce n'est que quand il fut suffisamment proche pour être vu qu'il prit conscience que c'était Voitto, son frère, l'absent. Il était rentré.

Voitto tourna la tête et le fixa. Hirvo chancela. Son regard était si perçant, il lui rappelait un rêve qu'il n'avait pas rêvé, mais qui était constamment présent, juste là, sous la surface.

Le regard noir de Voitto. Il l'avait presque oublié. Son regard noir et ses cheveux de jais. Il était identique au père. En plus jeune et plus agile. Comme un chat.

Voitto leva une main indolente.

— Salut, petit frère. Tu es de retour ? Je t'ai fait peur la nuit dernière ?

Il haussa les épaules dans un geste qui ressemblait, peut-être, à une tentative d'excuses, puis il se tourna à nouveau vers les deux autres.

Hirvo marmonna une réponse. Il ne s'avança pas jusqu'à eux, garda ses distances. Il se hâta de garer sa bicyclette et d'y charger quelques articles de première nécessité, puis il partit dans les bois. Il fit en sorte que personne (Voitto) ne le suive, tout en sachant en son for intérieur que si son frère voulait le trouver, il le trouverait, lui qui connaissait la forêt mieux que quiconque, mieux qu'Hirvo lui-même. Il n'y avait donc qu'à espérer qu'il aurait d'autres chats à fouetter.

Il repensa souvent à cette nuit-là, se demandant ce qui s'était vraiment passé. Il était si sûr que c'était Pentti. Mais sa mémoire lui jouait peut-être des tours ? C'était peut-être Voitto qui était assis sur lui ? Impossible de tirer cela au clair. Impossible pour Hirvo, en tout cas. Quelqu'un d'autre aurait peut-être *osé* poser la question, aurait *pu* la poser. Pas lui.

*

L'été continua.

Hirvo passait le plus clair de son temps dans la forêt. Tout en suivant les développements à Aapajärvi à une distance raisonnable. Les jours sans vent, il n'avait pas besoin de trop s'approcher pour entendre les coups de marteau résonner dans toute la contrée. Il entendait la voiture d'Esko arriver tous les matins et partir tous les soirs.

Il passait la tête chez lui, de temps à autre, veillait sur son père (sur son frère aussi), pourrait-on dire. Ou bien surveillait, guettait. Il écoutait ce que les animaux avaient à dire, les animaux domestiques et ceux des forêts avoisinantes, et il montait la garde pour s'assurer que la lézarde qui traversait l'âme de son père ne s'élargissait pas. Il apprit à ne dormir que d'un œil, car il savait que Voitto avait une idée derrière la tête, ce n'était qu'une question de temps. Quelque chose allait se passer. Quoi, il l'ignorait.

Dans sa maison d'enfance, il n'était plus chez lui, la plupart des gens pourraient en témoigner. Elle était devenue une coquille vide, un nid abandonné, inhabité.

Plus exactement : elle était toujours peuplée, pourtant personne n'en prenait plus soin, personne ne l'aimait, personne n'y faisait le ménage, personne ne luttait contre son délabrement.

Hirvo avait beau faire abstraction de certains détails, il ne pouvait s'empêcher de voir que la maison tombait en ruine, s'encrassait, puisque personne ne la balayait, ne la récurait, ne lavait ni ne battait les tapis, il voyait la vaisselle s'amonceler, puisqu'on ne demandait plus à personne de la laver après chaque repas. Son frère essayait. Pourtant, en dépit de sa discipline militaire, il lui manquait quelque chose, un regard, la capacité à *voir* la saleté. Mû par le devoir, il s'affairait, mais la crasse demeurait.

Hirvo voyait grandir les piles de journaux *Pohjolan Sanomat*, puisque Siri n'était plus là pour les remiser dans le porte-bûches ; toutes ces choses évidentes, il les voyait, et, oui, il voyait aussi des choses moins faciles à comprendre et à expliquer, comme la maison semblait se voûter maintenant, pousser de profonds soupirs sans contenu, et il savait que son père renfermait une énergie puissante et terrible dont il fallait à tout prix éviter la libération.

Voitto aussi.

Hirvo avait toujours considéré son père comme un bel homme. Mais ces derniers temps, il avait changé. Vieilli, bien sûr, mais pas seulement. Il prenait moins soin de lui, bien sûr. Mais pas seulement. Maintenant que le père vivait seul (plus ou moins), on aurait dit que son corps s'était dégonflé. Sa peau semblait pendre de ses joues, les sillons qui descendaient des ailes de son nez vers son menton s'étaient creusés, impression accentuée par l'absence de rasage. Ses cheveux, toujours noirs comme la nuit, étaient hirsutes, et ses vêtements fripés dégageaient une indéniable odeur d'urine, d'abord imperceptible, puis de plus en plus tenace à mesure que le temps passait. Et comme il était désagréable de voir Voitto marcher à côté du père au quotidien, telle son ombre, ou plutôt tel son reflet ! Sa jeunesse soulignait plus encore la décrépitude de Pentti.

Il se rappelait le corps de Voitto, l'autre nuit, le corps qu'il avait d'abord attribué à Pentti, mais qui ne pouvait pas, il s'en rendait compte à présent, être celui d'un vieillard. C'était le corps d'un animal, et c'est comme ça qu'il voyait son frère, comme quelqu'un qui suivait ses instincts. Le frère avait-il été contaminé par le mal qui emplissait le père ?

Il se souvenait d'un épisode – il ne pouvait pas être bien vieux – où Voitto l'avait emmené dans les bois. Il était un temps où Voitto essayait de s'occuper de lui, il se remémorait clairement, toutefois il était difficile de croire en ce souvenir, de croire que Voitto avait véritablement essayé d'être bon une fois dans sa vie.

Cette fois-là, ils s'étaient rendus auprès de la grande fourmilière, dans les bois, à quelques centaines de mètres seulement de la maison. Fasciné, Hirvo avait observé le grouillement des insectes, leur labeur. Il aurait pu rester toute la journée à regarder. Voitto tenait à la main une branche sèche. La branche était frêle et l'écorce qui s'en détachait rappelait à Hirvo la peau qui pèle après le sauna. Le grand frère avait mis le feu au bout du bois, lequel s'était embrasé, formant une flamme claire et puissante qui s'était bientôt éteinte, ne laissant que de la braise.

— Tiens, on va voir si les fourmis courent plus vite quand on allume le radiateur chez elles.

Voitto lui avait souri. Hirvo l'avait imité. Ce que son frère voulait dire, il n'en avait aucune idée, mais il voulait se montrer conciliant, heureux que quelqu'un lui accorde tant d'attention. Lui qui avait l'habitude d'être seul.

— Toi d'abord.

Voitto lui avait tendu le bâton. Hirvo s'en était emparé, et il lui avait fallu un moment pour comprendre ce qu'on attendait de lui. Il avait secoué violemment la tête. Voitto avait insisté.

— Alors, on le fait ensemble.

Il avait posé ses mains sur celles d'Hirvo, son corps était là, derrière le sien, Hirvo comme prisonnier d'une étreinte involontaire.

La fourmilière avait crépité quand ils y avaient enfoncé le bâton. Les fourmis grouillaient, prises de panique, et Hirvo avait fermé les yeux, voulait faire comme si de rien n'était, mais les bruits, il ne pouvait pas en faire abstraction, ni l'odeur. Cet événement, il n'en avait jamais parlé à personne. Il ignorait si ce que son frère avait fait était bien ou mal. Personne n'aurait été capable de répondre à la question, de trancher.

En dépit du malaise que ressentait Hirvo vis-à-vis de son père et de la transformation de la maison, il continua de la surveiller. Il avait la vague impression qu'un « sinon… » planait et que la responsabilité lui incombait de s'assurer que ce mot ne devienne pas réalité.

Siri se souvient, première partie

What goes around comes around. *De la justice supérieure, si elle existe. De l'ironie supérieure, peut-être ?*

Esko savait que Pentti la ressentait. La solitude. Il l'avoua même à son fils, l'un des premiers jours après le départ de Siri, quand Esko arriva à l'approche du soir avec un gratin fait par Seija et qu'il demanda si son père voulait manger un morceau et s'il pouvait éventuellement lui tenir compagnie. Pentti avait semblé content. Authentiquement content. Si content qu'Esko avait presque regretté sa proposition. Seulement presque.

— Quel enfer, la solitude ! Je n'arrive pas à dormir. C'est trop silencieux.

Il avait marmonné ses réflexions entre deux bouchées. Ils avaient mangé puis étaient restés en silence dans la pénombre. Esko acquiesça.

— Personne ne me manque, tu comprends ? Pas un seul d'entre eux. Mais le silence. Je n'y étais pas préparé.

Pentti regardait par la fenêtre. Un morceau de nourriture au coin des lèvres. Sa barbe de plusieurs jours. Son regard toujours en mouvement, jamais fixe, jamais totalement focalisé.

— Je savais bien qu'elle n'était pas heureuse, mais bon sang, moi non plus !

(Esko ne répondit pas : il trouvait que son père ne pouvait s'en prendre qu'à lui-même, mais ne voulait rien laisser paraître parce qu'il voulait surprendre son père plus tard, or il devait gagner sa confiance pour pouvoir lui préparer une vraie surprise. Une ultime surprise.)

*

Toute la vie de Siri avait été une surprise, un curieux hasard. Elle était née dans une maison à peine plus grande qu'une cabane – selon nos critères contemporains –, sans électricité, la dernière-née de la fratrie, avec trois frères aînés et un père qui ne la battait pas mais une mère qui le faisait pour deux.

Siri naquit à Soanlahti dans le canton de Salmi, dans la province de Viborg, en territoire finlandais à l'époque. Comme beaucoup d'autres, elle ne pardonna jamais à la Russie de lui avoir dérobé sa région natale, mais elle ne se laissa pas gagner par l'amertume, elle aimait la vie, elle ne pouvait s'empêcher de voir les opportunités qui s'offraient à elle au milieu des vicissitudes. Ils déménagèrent à cause de la guerre. Or c'est à cause de ce déménagement qu'elle rencontra ce jeune soldat aux cheveux noirs et aux yeux à la profondeur insondable, et parce qu'elle tomba amoureuse de lui (si l'on peut nommer ça ainsi) qu'elle devint femme de paysan en Tornédalie, et à cause de la virilité de cet homme qu'elle devint mère, et de tant d'enfants. Et à cause du côté sombre de son mari que ses enfants moururent. Elle en était convaincue. S'ils perdirent Elina, et juste après Riiko, les deux aînés, tout ça, c'était à cause de Pentti.

Siri était athée, elle ne croyait pas en Dieu, mais elle savait que ses enfants auraient été en vie et avec elle aujourd'hui si elle les avait eus avec un homme d'une autre espèce. Bien sûr, il ne se serait pas agi de ces enfants mais d'autres. Et pouvait-elle regretter les morts, au dépens de vivants ?

C'est étrange, parce que Siri l'aimait vraiment, au début. Elle s'y était résolue. Elle l'avait aimé pendant de nombreuses années. Mais il était habité par une force, une force destructrice. Une force stimulante, au début, mais à cause de laquelle, sans doute, l'amour avait fini par s'épuiser. Elle l'avait acceptée, la fin de l'amour, elle avait accepté que la vie soit différente à partir de ce moment-là, et cela ne l'empêcha pas de ressentir de la joie, de la reconnaissance pour les enfants qu'il lui avait donnés. Ceux qui vivaient. Qui survivaient. Le divorce n'était pas envisageable.

À chaque nouvelle naissance, penser à ceux qu'elle avait perdus était un peu moins douloureux, c'est pour ça qu'ils en avaient eu tant. Siri tout du moins. Ce que Pentti pouvait bien en tirer, elle ne le savait toujours pas. Elle pensait que cet homme était incapable d'aimer, d'éprouver de l'amour. Mais il n'y a pas nécessairement de raison à tout, si ?

Siri savait, elle se rappelait encore la sensation de serrer dans ses bras un petit corps, de sentir la flamme vitale vaciller de plus en plus faiblement. À cette époque, elle avait plus de temps. Le temps de vivre les choses. D'être présente et de perdre. Avant que les enfants ne soient si nombreux. Quand elle y repensait, elle avait l'impression que les heures étaient interminables à l'époque. Que son petit garçon avait vécu longtemps.

Mais il n'avait vécu que deux ans. Deux années et quelques petits mois de rien du tout.

Une vie entière, pourtant.

Ils vivaient dans la maison qu'ils avaient eux-mêmes bâtie. C'était avant qu'ils la surélèvent, avant qu'ils agrandissent l'arrière. Juste une chambre et une cuisine, et un cabanon extérieur avec les toilettes sèches d'un côté, la réserve de bois de l'autre.

Siri était assise sur la banquette-lit de la cuisine avec Riiko sur les genoux. Dans ses souvenirs, il faisait toujours noir dehors. Jamais il ne faisait jour. Mais il avait vécu deux saisons lumineuses, elle le savait, même si elle n'avait pas cette impression. Même si elle ne se rappelait que l'obscurité.

Quand il était né, la sage-femme leur avait dit que quelque chose n'allait pas. Tous les enfants doivent crier, c'est une loi tacite, s'ils ne crient pas, c'est qu'il y a un problème. Dès le début, il était faible, telle une petite ficelle bleue, il ne hurlait pas, ne mangeait pas, et Siri se souvenait qu'elle était inquiète mais qu'elle aussi était faible. Elle avait perdu beaucoup de sang pendant l'accouchement, elle était constamment essoufflée, prise de vertiges, fatiguée. Et ce petit qui refusait de s'alimenter. Du lait, elle en produisait en abondance, ça dégoulinait, ça gouttait, elle était comme une passoire. Pentti avait fini par les conduire à Tornio, chez le médecin, lequel avait diagnostiqué au petit un souffle au cœur et dit que cela disparaîtrait probablement, peut-être, avec l'âge, que c'était possible. Peut-être que oui, peut-être que non. Rien à faire. Il fallait prendre son mal en patience, l'avenir nous le dirait.

Siri était assise là, comme une enfant, à vingt-quatre ans, avec son deuxième bébé dans les bras, effrayée parce qu'elle savait ce qui pouvait arriver, ce qui arrive aux petits qui ne parviennent pas à respirer. Le médecin en avait profité pour la féliciter pour sa nouvelle grossesse ; il était le premier à la découvrir, elle-même n'en savait rien. C'était peut-être aussi pour ça qu'elle était si lasse, incapable d'accomplir la moindre tâche. Le médecin lui prescrivit du repos et ils envoyèrent chercher l'une des sœurs de Pentti pour les aider avec les vaches, les repas, la lessive et les enfants. Elle vint à contrecœur, sceptique, elle les regarda, ces âmes damnées sans foi ni ténacité, incapables de s'en sortir seules, des bons à rien qui ne savaient pas mettre des enfants au monde et les nourrir ; Siri était une demi-femme aux yeux de sa belle-sœur, et peut-être aussi à ses propres yeux.

Siri se sentait jugée par sa mère depuis l'autre côté du pays, elle qui n'avait jamais perdu d'enfant. Pas besoin de parler, elle avait posé des bases solides, la haine de soi épiait Siri, prête à affleurer à tout moment. Elle savait, sans que sa mère lui écrive, lui fasse signe, lui rende visite, elle savait.

La situation s'améliora, pour un temps. Siri put se reposer et Pentti était si gentil, il tenait sa sœur éloignée d'elle, lui évitant d'être exposée aux commentaires les plus désobligeants, et Siri l'entendait parfois la réprimander dehors, au fond de la cour. Et Riiko, leur amour de petit garçon, si gentil, si doux, contrairement à sa sœur ; il avait fini par manger, il était maigre mais grandissait et survécut, encore un temps. C'était un bébé calme, avec des cheveux bruns soyeux et un doux duvet dans le dos. Quand il plongeait son regard sombre et franc dans les yeux de sa mère, elle se sentait toujours apaisée. À cet instant, il ne pouvait rien lui arriver.

Mais elle l'avait perdu.

Siri se souvenait de son regard. C'était le même, toujours le même. Toute sa courte vie, il l'avait regardée en cherchant des réponses, il avait voulu qu'elle l'aide, qu'elle lui explique ce qui lui arrivait, pourquoi il ne guérissait pas, pourquoi il faiblissait de jour en jour. Jusqu'aux dernières minutes, où il avait cessé de s'interroger.

Ç'avait été pareil avec Elina, elle était dans cet état particulier, comme déjà en chemin vers la demeure céleste. C'est ainsi qu'elle sut que ça allait arriver.

Il était si placide, et semblait empreint d'une telle sagesse dans sa sérénité.

— Maman, dit-il. *Äiti*.

Sa petite main avait serré la sienne, faiblement, puis plus rien.

Il était parti.

C'était le soir. Pentti était assis à la table, Esko dormait, la sœur de Pentti avait aussi regagné sa chambre, elle n'aimait pas quand ils allumaient la radio le soir.

— Pentti, chuchota Siri, qui ne voulait pas réveiller sa belle-sœur.

Il leva les yeux du morceau de bois qu'il était en train de tailler et comprit immédiatement.

Ils avaient secoué la tête, c'est ainsi qu'elle s'en souvenait à présent, trente ans plus tard, ils avaient secoué la tête à l'unisson et s'étaient regardés, longuement. Leur regard, la seule amarre dans l'obscurité ce soir-là.

Siri avait gardé toute la nuit l'enfant mort dans ses bras. À l'aube, Pentti l'avait enveloppé et porté dans le cabanon extérieur, là où ils entreposaient le bois et les outils, là où ils avaient déposé Elina, seulement dix mois plus tôt. Puis il avait bordé Siri dans son lit, elle y était restée plusieurs jours et il l'avait laissée se reposer. Ses seins étaient douloureux, ils coulaient. C'est comme ça qu'elle avait arrêté d'allaiter Esko, il devait avoir un an environ. Elle ne pouvait pas s'occuper de lui, elle avait oublié jusqu'à son existence. Comment pouvait-il exister alors qu'elle-même n'existait plus ?

Chaque fois que Siri revenait à la conscience, elle sentait dans son corps le souvenir physique de la petite main qui lâchait la sienne, et elle sombrait à nouveau. Comment Pentti s'en sortait, elle n'en avait pas idée. Elle pensa très peu à lui pendant cette période. Siri avait toujours pensé très peu à lui. Dès qu'elle avait eu des enfants, c'était comme si sa conscience avait changé et que toute son attention se fût portée sur eux, les bambins. Avec eux vint le manque de sommeil et avec la fatigue vint l'oubli, puis la peine, bien sûr, et avec la peine, Siri accueillit l'oubli à bras ouverts.

Finalement, elle se mit à chanter et fredonner en permanence, c'est ce qui lui permit d'étouffer ses pensées, de faire taire l'obscurité, d'échapper aux images. Elle finit par ne plus voir que ce qui était juste devant elle. Ça, elle était capable d'y faire face.

C'est ce qui lui permit de se rétablir. Elle se leva de son lit et se mit à travailler. Posa un pied devant l'autre, continua jusqu'à sortir de sa chambre, de la maison, marcher jusqu'à l'étable puis revenir à la maison.

Le rétablissement de Siri sembla venir de sa volonté d'aller de l'avant, de tenter de fuir ce qui s'était passé, de ne jamais regarder en arrière. Alors ils firent d'autres enfants. Mais l'acte de procréation ne lui procurait aucun plaisir. Siri savait que certaines femmes en éprouvaient, avaient appris à en éprouver, ou du moins *disaient* en éprouver, mais elle n'était pas de celles-là. Peut-être étaitelle enfouie, cette sensation, cette possibilité, mais elle ne l'entendit jamais, ne la trouva pas, et continua, tout simplement, en fredonnant, un pied devant l'autre.

Onni, son enfant radieux, ne serait jamais venu au monde si elle avait éprouvé du plaisir à l'acte de procréation. Il n'aurait pas existé si elle avait eu plus de force, si elle s'était défendue plus obstinément, si elle avait crié, résisté davantage. Pendant un long moment, elle était restée couchée sans un bruit, le visage dans l'oreiller contre lequel Pentti lui pressait la tête, employant toutes ses forces à essayer de respirer, au point de ne pas pouvoir lutter, ne pas pouvoir le repousser quand il s'introduisait en elle de force, encore et encore.

Maintenant que c'était fait, elle comprenait que c'était indispensable, qu'elle avait été obligée de le quitter tant qu'elle vivait encore. Qu'autrement elle aurait disparu, cessé d'exister, elle serait morte. Elle aurait dû le faire bien plus tôt, quand elle était jeune, au moment où leur amour s'était fané, mais elle était alors justement trop jeune, et conne.

D'aucuns diraient qu'à cinquante-cinq ans on est encore jeune, et, certes, parfois elle se regardait dans le miroir de la chambre, ou de la pièce attenante au sauna, et elle voyait ses seins, ses hanches, son ventre qui s'était distendu et resserré quatorze fois et qui n'avait rien de repoussant, et elle entrevoyait une autre vie, une possibilité, un monde où elle serait désirée et où lui, l'homme sans visage, l'étranger, l'homme qu'elle n'avait pas encore rencontré, la caresserait d'une manière qui la ferait s'embraser, d'une manière qu'elle devinait possible au fond d'elle-même, où l'homme ne se contente pas d'utiliser la femme pour satisfaire ses propres besoins, en la retournant comme le faisait Pentti, pour éviter de la voir, pour échapper à son regard.

Elle avait vu des gens tourmentés par une dévorante passion. Elle savait que ça pouvait arriver à n'importe qui, que même la personne la plus inattendue pouvait être assaillie par une excitation telle que l'espace et le temps se dissolvaient. Que tout était sens dessus dessous, *head over heels*.

Elle se rappelait le court séjour chez Pappi Toimi, dans cette maison à la religiosité stricte où de jour on se comportait d'une certaine manière mais où, sous le couvert de l'obscurité, on laissait libre cours à la passion et à des désirs tout autres que le seul amour pour Dieu. Ces souvenirs, elle ne les avait partagés avec personne, sans doute la suivraient-ils dans sa tombe, ceux de son beau-père dans la pénombre – elle n'était qu'une enfant à l'époque, n'est-ce pas ?

Longtemps elle avait été convaincue que la seule chose qui se profilait à l'horizon était une longue attente, une ligne droite vers la mort. C'est ainsi qu'elle avait vécu, supporté son quotidien. En attendant que la mort vienne la libérer. En fredonnant. Elle avait mis au monde ses enfants. Elle les avait portés et, parfois, elle accouchait d'un enfant qu'elle aimait un peu plus. Cela semble fou quand on le formule à voix haute, mais c'est l'impression qu'elle avait.

Un enfant qui avait *besoin* d'elle. Qui la regardait avec ce regard-là.

Le regard de Riiko. Bien sûr qu'elle aimait tous ses enfants, cela va de soi. Il n'y a pas un seul enfant qu'elle regrettait d'avoir mis au monde. (On ne regrette jamais.) Elle déplorait néanmoins qu'ils n'aient pas tous eu la même place dans son cœur, ou dans celui de leur père d'ailleurs ; en tout cas ils avaient été là les uns pour les autres. Ils avaient eu un toit au-dessus de la tête, ils n'avaient pas eu faim, ils s'étaient serré les coudes. Elle n'en regrettait pas un seul, non, et elle était convaincue que, puisqu'*elle* le savait, ils le sentaient. Quelque part au fond d'eux, ils le savaient. Ils devaient le savoir, n'est-ce pas ?

*

La mère de Siri disait souvent à sa fille qu'elle regrettait de l'avoir mise au monde. Ça peut paraître cruel, ça l'avait sans doute affectée et expliquait pourquoi elle était devenue celle qu'elle était – une femme qui ne se croyait pas digne d'être aimée. *A posteriori*, ce n'était pas si grave, elle y avait survécu, n'est-ce pas, tous les coups et les mots durs de sa mère avaient été compensés par le reste de son existence. Il en allait de même pour les enfants Toimi. Ils étaient là les uns pour les autres (la plupart d'entre eux, du moins) comme un parachute humain collectif qui se déploie quand quelqu'un tombe trop vite. S'ils ne se rattrapaient pas les uns les autres, Siri était là. (Ça, elle était bien obligée d'y croire.) Elle continuerait ainsi jusqu'à la fin de ses jours. Un amour et une curiosité innés, une lumière en elle qui ne s'éteignait pas. Une flamme qui tremblotait quand elle fermait la porte à clé le soir, quand elle entendait des pas sur les graviers de la cour, ou quand le téléphone sonnait. Mais le plus souvent, la bougie brûlait ardemment.

*

Au début, seul Esko rendait visite à Pentti. C'est presque trop facile, se disait-il, et la mauvaise conscience l'assaillait. Et était vite oubliée. Il écoutait son père, bien sûr, puisqu'il passait tout son temps libre là-bas, tant pour commencer à construire la maison que pour gagner sa confiance, le bercer d'une illusion de sécurité. Et bientôt il s'était retrouvé à pleurer dans ses grandes mains, Pentti, à maudire tous les autres enfants qui ne lui rendaient jamais visite, qui prenaient sans équivoque le parti de leur mère.

Esko ne pipait mot. Il ne disait de mal ni de Siri ni de ses frères et sœurs. Qui ne dit mot consent, pensait Pentti, et il réfléchissait à la manière dont il pourrait leur faire du mal, à tous ces gens sur lesquels il n'exerçait plus son pouvoir.

— L'argent, c'est la seule chose qui compte pour ces vautours ! Tu m'entends ? disait-il en plongeant son regard dans celui de son aîné.

Esko ne répondait pas, se contentant d'opiner du bonnet. Il allait couler les fondations de la nouvelle maison, celle qui se dresserait là-bas, près du grand pin, là où on s'accordait à dire – un tel consensus était touchant ! – qu'on aurait dû construire la maison dès le début.

Un soir, quand Pentti était sorti avec le café, Esko lui avait annoncé :

— Je sais comment tu pourrais les déshériter.

Pentti avait levé les sourcils. Au coin de la bouche, un peu de moutarde séchée que personne ne lui disait d'essuyer.

— Transfère la maison à mon nom, tout simplement. Je n'ai pas beaucoup d'argent en ce moment mais, si on rédige une reconnaissance de dette, je te rembourserai tous les mois. Les papiers sont de pures formalités. Ainsi, au cas où il t'arriverait quelque chose, tu ne possèdes plus rien. Personne ne peut rien hériter de toi. Ils n'auront reçu en partage que ton grand pif.

Après ces paroles, Esko avait retenu son souffle, faisant semblant de rien. Il avait examiné avec minutie les ongles de sa main gauche, patient. Pentti avait contemplé son fils en sirotant son café. Esko s'était demandé si son père pouvait lire dans ses pensées, voir ce qui bouillonnait en lui. Finalement, Pentti avait hoché la tête et dit qu'il allait y réfléchir.

— Fichtre ! Je ne te croyais pas si malin, Esko ! Va falloir que je revoie mon jugement.

La connotation était positive, Esko en était convaincu.

*

Un soir d'été, peu après le retour de Voitto, Esko avait débarqué à Kuivaniemi, avec des nouvelles.

— Dès que la maison sera terminée, il devra plier bagage.

Il avait un air triomphant qui ne lui seyait pas, songea Siri.

C'était l'instant qu'Esko avait tant attendu.

— Sans blague !

Helmi était en visite à Kuivaniemi. Elle fumait, accroupie sur le perron.

— Je t'assure. On rasera la vieille maison et il sera bien obligé de déménager.

Esko alluma une cigarette, lui aussi. Siri garda le silence.

— Mais où est-ce qu'il ira ?

— Je n'en sais rien et c'est le cadet de mes soucis. Franchement, je crois qu'il s'en fout aussi.

Siri savait où il irait. C'était un miracle qu'il se soit tenu à l'écart aussi longtemps. Maintenant que ses verrous avaient sauté, plus rien ne l'arrêterait. Elle voyait d'ici son regard noir. Helmi acquiesça.

— Comme ça, il saura ce que ça fait.

Mais ce qu'il devait ressentir exactement, personne ne le formula. Siri se représenta Pentti là-bas, seul, un fantôme dans un lieu abandonné. Prêt à venir la hanter, ne jamais la laisser en paix.

— Ça ne doit pas être facile pour lui, déclara-t-elle.

Qui mieux qu'elle connaissait Pentti et son côté sombre, son trou noir qui s'était agrandi ? Siri secoua la tête, elle tentait de calmer quelqu'un, les enfants, pensait-elle, mais sans doute était-ce elle-même.

— Il n'est pas à plaindre, dit Esko. Il ne travaille plus aussi dur, maintenant qu'il sait que la terre ne lui appartient plus. Que son départ n'est plus qu'une question de temps. Il reste assis sur la chaise à bascule à maugréer. Parfois, il enfile sa veste, se peigne à l'eau et grimpe dans son pick-up pour aller en ville, à la banque, je crois, et en revient avec ce sourire cruel, vous savez…

Siri se le représentait parfaitement. Ce sourire. Que Pentti se rende en ville, ce n'était pas de bon augure. Cela signifiait qu'il avait une idée en tête. Trouvé une manière de survivre, de faire du mal, bien après avoir disparu. Parce qu'il était comme ça, Pentti. Impossible à arrêter, à ignorer. Il voulait perdurer, continuer d'exister. Elle se rappelait ses paroles, l'un des derniers jours, dans la maison qu'ils avaient construite près d'un demi-siècle plus tôt :

— Une partie de moi subsistera à jamais, quand tu regarderas les enfants dans les yeux, ou avant de t'endormir le soir.

Siri fixa son aîné avec sérieux.

— Esko, prends garde, tu n'as pas encore gagné. Ça n'est pas si facile que ça.

— Je sais mais je m'en fiche. Je me fiche de ce qu'il prépare. Ce qui est fait est fait.

Helmi soupira.

— Souvenez-vous de ce que disait Annie, fit-elle.

Ils se rappelaient tous ce que leur sœur avait l'habitude de dire : « Méfiez-vous de Pentti, car Pentti n'oublie jamais. Une chose est sûre, il a une mémoire d'éléphant. »

*

Annie appelait sa mère plus souvent. Siri était contente. Sa grande fille, si loin. Annie avait toujours été loin, isolée, mais à présent elle était aussi physiquement loin, dans un autre pays. Elle avait pris la poudre d'escampette dès qu'elle avait pu, sans jamais se retourner. Siri ne s'attendait pas à ce qu'elle lui donne des petits-enfants. Enfin, elle n'avait pas encore accouché, et... Même si la mortalité infantile avait baissé, un enfant pouvait encore mourir.

Non, quelle pensée atroce ! Elle ne souhaiterait cela à personne, pas même à son pire ennemi.

Annie avait été le genre d'enfant qui faisait les choses à sa manière. Depuis toujours. Les filles de Siri avaient toujours porté des nattes. Petite, Siri adorait que sa mère prenne le temps de peigner et de tresser ses cheveux si fins et électriques. Elle se sentait dorlotée et, quand sa mère la coiffait ainsi, elle savait qu'elle n'était pas en colère. C'était un moment de partage, une activité à laquelle sa mère ne pouvait pas s'adonner avec ses frères. Siri voulait offrir la même chose à ses enfants, à ses filles. Avec Helmi, ça marchait bien, elle était toujours si gentille et si docile, mais Annie... Elle devait être sensible des cheveux, en tout cas elle avait horreur qu'on la peigne. Ça lui faisait mal. Elle pleurait. Elle courait se cacher.

Un jour, elle devait avoir sept ou huit ans tout au plus, elle avait déniché les ciseaux, Siri se trouvait dans l'étable, c'était l'après-midi, au printemps. Elle ne se rappelait pas exactement ce qu'elle faisait mais, dès qu'elle avait ouvert, elle avait compris que quelque chose ne tournait pas rond : il y avait ce silence qui imprègne une maison quand les enfants ont désobéi. Quand quelque chose de plus grand se passe dans leur univers.

Comme elle avait l'air contente d'elle, Annie, juchée sur un tabouret dans la salle de séjour, ses mèches blondes éparpillées par terre à ses pieds ! Elle était hideuse. Si maigrichonne, autant que Siri petite, avec ce ventre protubérant qui semblait toujours gonflé par rapport à ses bras et ses jambes pareils à des allumettes, et puis ces cheveux tombés, oui, on aurait dit qu'ils étaient tombés, ces cheveux dispersés en paquets, coupés par des mains maladroites d'enfant.

Siri avait pensé aux images que l'on voyait après la guerre, ces images d'enfants au crâne rasé et vêtements rayés. C'est sans doute ce qui l'avait mise hors d'elle. Elle avait eu peur. Peur qu'Annie meure aussi.

La gifle avait renversé la fillette de son tabouret, et elle avait jeté à Annie ce regard, insondable, profond. Annie avait toujours eu un regard qui juge. Peut-on dire cela d'un enfant ? Comment se permettait-elle de juger ? Elle n'aurait jamais survécu à ce à quoi j'ai survécu, se disait parfois Siri. Tout en sachant à quel point ces pensées étaient injustes. Parce que nous faisons du mieux que nous pouvons, tous, en fonction des aptitudes qui sont les nôtres. Et nous ne choisissons pas nos aptitudes. Siri savait qu'Annie allait partir, elle l'avait su très tôt, dès qu'elle en aurait la possibilité, elle partirait explorer le monde, elle quitterait le foyer, elle *les* quitterait, elle *la* quitterait.

Cet été-là, Annie ressemblait à ses frères, à qui Siri rasait la tête chaque année avant les grandes vacances. Elle était remontée sur le tabouret, suivie de ses frères, pour passer entre les mains expertes de sa mère. Ils faisaient la queue, attendant de pouvoir grimper sur le tabouret dans la cour où Siri leur passait un coup de tondeuse. Cet été-là, on aurait dit qu'il y avait un fils de plus dans la famille. Siri se rappelait qu'Annie avait sauté du tabouret une fois la coupe terminée. Cette démarche légère, cet état d'apesanteur, ce bonheur, oui peut-être : le bonheur.

Siri se souvenait de cet été, était-ce en 1961 ou 1962, un été où elle n'était pas enceinte, un été particulièrement chaud où tous les enfants se baladaient avec le crâne glabre, tous sauf Helmi, auréolée de ses cheveux blonds en pagaille, toujours hirsutes.

Le soir, une fois les enfants endormis, elle les bordait et leur caressait les cheveux, et toujours à ce moment-là elle pensait à ceux qu'elle avait perdus, elle se demandait quelle aurait été la sensation de leurs cheveux, là, sous la pulpe de ses doigts, et s'ils auraient fait au cours de la journée une bêtise pour laquelle ils auraient été punis, ou au contraire une plaisanterie dont on rirait longtemps. Tout ça, elle ne le saurait jamais ; pourtant, incapable de se contrôler, elle se retrouvait là, chaque soir, avançant les doigts vers une autre réalité, un avenir impossible.

*

Siri était certaine que Pentti lui survivrait. Son corps semblait indestructible. Elle était sûre qu'il vivrait jusqu'à cent ans et puis, un soir, quand il en aurait assez, il irait se coucher pour ne plus jamais se relever. Il laisserait la maison dans un état aussi bordélique que possible pour que les survivants aient tout un tas de merdes à régler. Le sale coup qu'il préparait n'apparaîtrait qu'*a posteriori*. Il était comme ça, Pentti. Plein d'inventivité lorsqu'il s'agissait de défendre son pré carré. Et il était toujours seul. Son moi ne s'étendait pas, il n'alla jamais jusqu'à inclure ses enfants.

Passé maître dans l'art de faire souffrir les autres.

Avait-il des côtés que l'on pouvait aimer ? Oui et non. Pour Siri, il avait été un choix, le seul possible à ce moment-là, même si ce n'était pas tout à fait vrai. Parce qu'on a toujours d'autres choix possibles, si invisibles soient-ils.

Très tôt, Siri avait dû se prendre en charge. L'un de ses premiers souvenirs remontait au jour où sa mère l'avait punie parce qu'elle avait essayé de téter une de leurs vaches. Pas tant parce que ça ne se faisait pas – bien sûr que ça ne se faisait pas – que parce que Siri ne devait pas boire ce lait qui devait servir à autre chose, ou être vendu pour mettre du beurre dans les épinards.

Si on a connu la faim durant une période prolongée, on sait à quel point elle affecte le psychisme. Les maux de tête, on apprend à vivre avec, mais il faut du temps pour cesser de s'étonner des conséquences sur le corps ; il devient flasque, il cesse d'obéir. Les jambes, lourdes et engourdies, ne peuvent, ne veulent pas courir, même s'il s'agit de sauver sa peau. Cette indolence dans la tête, la brume qui enveloppe les pensées, qui se pose comme une couverture sur l'existence, qui empêche de formuler des phrases entières, qui empêche d'envisager un quelconque changement, parce que les idées n'arrivent jamais plus loin que la première courbe du cerveau et ensuite, le noir. Il est difficile pour les crève-la-faim d'aller à l'école, d'apprendre, quand on a l'esprit ailleurs.

Le frère aîné de Siri, Ilo, était doué pour les études, disait-on, et, lui, on l'avait envoyé à l'école, il devait recevoir un enseignement, se perfectionner, faire quelque chose de sa vie. Sa scolarité dura quatre ans, et le soir il transmettait à ses frères ce qui lui avait été enseigné au cours de la journée. Sans doute aussi à ses parents, même s'ils ne l'auraient jamais avoué. Le père avait appris à lire, de façon lente et sonore, mais tout de même. Sa mère, en revanche, n'avait jamais appris (en tout cas, elle ne le montra pas) et cela ne lui avait pas porté préjudice ; *ça*, elle l'affirmait volontiers. Pourquoi se bourrer la cervelle de telles bêtises ? Une femme ne devait pas faire ainsi son intéressante et se mettre en avant. Âneries. Folie. Ouvertement et à tous ceux qui voulaient l'entendre, elle exprimait son mépris pour les érudits. Tout en bas de son échelle de valeurs se trouvaient les prêtres. La famille Aamuvuori fréquentait l'église, comme toutes les familles de la contrée dans les années 1930, mais Siri savait que sa mère croisait les doigts derrière son dos, refusait de donner crédit aux inepties qui se tramaient devant l'autel. Siri se souvenait combien elle avait pleuré quand la benjamine du voisin, qui avait son âge, avait été emportée par la tuberculose. Siri avait cherché consolation auprès de sa mère, laquelle avait haussé les épaules et répondu que ni Dieu ni la lecture ne protégeaient de la mort, et qu'il n'y avait qu'à se faire à l'idée, ou une phrase de ce style.

En cachette, Siri avait toutefois appris à lire, se soustrayant aux regards inquisiteurs de sa mère. Enfin, en cachette, pas vraiment, car il était impossible de freiner cette soif d'apprendre, son cerveau avalait le savoir comme une éponge, avidement. Ses frères l'adoraient et la vénéraient, ils ne la considéraient pas comme leur jouet, leur poupée, mais comme une âme vivante, un esprit ouvert, son père aussi et, grâce à cet amour, Siri s'épanouissait, se sentait vivre.

Siri adorait apprendre. S'il y avait bien une chose qu'elle regrettait à l'automne de sa vie, c'était de ne jamais être allée à l'école. Elle se disait qu'elle avait peut-être des facilités. Que *c'était son truc* – comme pour Tarmo. Et que ça aurait pu lui ouvrir des portes. Lesquelles, elle ne voulait pas se perdre en conjectures.

Car si on commence à regretter sa vie, on s'avance sur une pente glissante !

Il ne faut pas se plaindre, pensait Siri.

Finalement, elle ne s'en était pas trop mal sortie, dans l'ensemble, malgré tout. Si elle ne s'était pas mariée, elle aurait continué à être une esclave, une bonniche, sous le joug de ses parents ou d'une autre famille plus aisée. Elle aurait trimé jusqu'à ce que mort s'ensuive, comme bien d'autres avant elle. Du reste, à quoi avaient servi les quatre années d'école d'Ilo ? Quand la guerre avait éclaté, une tête bien faite ne lui avait été d'aucune utilité, il avait fallu se battre par d'autres moyens.

*

Esko tremblait comme une feuille. Il avait annoncé à son père qu'il lui fallait déménager, qu'il ne possédait plus rien, qu'ils ne voulaient plus entendre parler de lui. Il n'avait accusé ni Seija ni les enfants, il l'avait regardé dans les yeux, le dos droit, et lui avait dit la vérité. Qu'il devait se trouver un autre toit, prendre ses cliques et ses claques et la poudre d'escampette.

Voitto, qui était rentré au bercail, avait passé la tête dans l'étable pendant la discussion. Il n'avait rien dit mais il avait affiché un air étonné et, quand Esko s'était retourné pour partir après avoir fini son discours, leurs yeux s'étaient rencontrés et il avait lu dans son regard que son frère ne le lui pardonnerait pas.

Esko avait sauté dans sa voiture et démarré, mais il n'avait roulé que jusqu'à la grande route, juste assez loin pour qu'on ne le voie pas depuis la cour. Alors, il s'était arrêté.

Le fossé était envahi de hautes herbes et le cerfeuil sauvage fleurissait partout sur le bas-côté, comme de petits nuages blancs autour de la voiture. Les mains d'Esko tremblaient tellement qu'il n'osait plus conduire. Il fuma cigarette sur cigarette et sentit le calme, la quiétude, se diffuser lentement dans son corps. Au bout d'un moment, il remarqua le bourdonnement des mouches et l'extrême saleté du pare-brise de la voiture. Ces pensées et ces considérations l'accompagnèrent sur la route de la maison.

Siri se souvient, deuxième partie

Où l'on rencontre l'amour au milieu de la guerre. Des drapeaux et de longues processions. Une digression, voire une transgression.

La première fois que Siri vit Pentti, c'était au début de la guerre.

Il faisait partie des troupes qui avaient été stationnées à Soanlahti, le village où vivait la famille Aamuvuori, canton de Salmi, province de Viborg. Bref, en Carélie. L'endroit était un dernier avant-poste important contre les Russes.

La famille Aamuvuori menait sa vie, comme la plupart des petits paysans, toujours à la limite de la famine, livrée aux caprices de la météo. Mais les deux parents avaient le nationalisme dans la peau. Ils se rappelaient la guerre d'Indépendance à l'hiver 1918, toutes les exécutions, les voisins qui s'entretuaient, et il était hors de question qu'ils laissent les Russes infliger un nouvel outrage à leur patrie. Parce que tout était la faute de la Russie, ou de l'Union soviétique, plus exactement. C'était comme ça, depuis toujours, pour toujours.

C'est pourquoi ils avaient logé des soldats, ce que tout le monde ne faisait pas dans le village, les provisions s'amenuisaient, mais en temps de guerre il fallait s'entraider, sifflait la mère de Siri. Siri se souvenait de la guerre comme d'une période où elle avait constamment mal au ventre. Le pain à base de farine de seigle mélangée à de l'écorce, le morceau de beurre dans le porridge pas plus gros qu'un campagnol, le goût fade de la fougère, la forêt faisant de plus en plus office de garde-manger, à mesure que perdurait le conflit.

L'été, ça ne se passait pas si mal, il y avait toujours quelque chose à se mettre sous la dent même si les quantités étaient parfois limitées : les poissons peuplaient les rivières, les fruits et les baies mûrissaient dans les champs et la forêt. À l'automne il fallait cueillir et encore cueillir, ramasser et encore ramasser, sécher et encore sécher, saler et encore saler, parce qu'on savait que, quand viendrait l'hiver, il n'y aurait plus qu'à espérer qu'il ne serait ni trop long ni trop rude et qu'on réussirait à échapper aux Russes. Un long hiver forçait à être inventif pour trouver toutes les manières possibles de faire durer les réserves.

Pentti Toimi ne logeait pas chez la famille Aamuvuori mais plusieurs de ses camarades, oui.

Les soldats sont élégants. C'est un fait.

Pentti était différent des autres. La plupart des jeunes Finlandais du 16e régiment d'infanterie stationnés à Soanlahti (seuls deux des bataillons du régiment s'y trouvaient), à vingt kilomètres de la frontière russe, ressemblaient à de jeunes bouleaux majestueux.

Ils étaient grands, dégingandés, leur peau semblait éclairée de l'intérieur, la sève bouillonnait en eux, diffusant dans leur corps une bonne humeur. Certains étaient couverts de boutons, la production de sébum n'étant pas toujours bien au point à cet âge, mais même ceux-là paraissaient plus beaux qu'ils ne l'étaient réellement, grâce au pouvoir et à l'attrait de l'uniforme.

Pentti était coulé dans un autre moule. Il était plus petit que les autres, bien que ce ne fût pas manifeste, du moins pour Siri qui n'était pas non plus très grande. La sève ne bouillonnait pas dans ses veines, il ne pétillait pas : au contraire, on aurait dit que son corps recelait un grand calme.

C'était étrange, car il avait beau être plutôt petit, objectivement parlant, Siri avait l'impression que sa tête dépassait, qu'il se trouvait au-dessus de ses camarades, légèrement en surplomb, comme s'il veillait sur eux. Pentti prenait part à leurs plaisanteries, participait à leurs conversations enjouées dans leur jargon universel, mais n'en était jamais à l'initiative. Et s'il arrivait que certains soldats s'adressent à Siri avec effronterie, lui était toujours très respectueux et poli. Il avait même dit à l'un de ses camarades, qui avait essayé, pour rire, de soulever un peu, juste un chouïa, la jupe de Siri, qu'il valait mieux pour lui qu'il arrête. Un véritable ange gardien – ou quelque chose dans le style.

Plusieurs fois, il offrit à Siri de porter ses seaux de lait et, lorsqu'ils parcouraient côte à côte le bref chemin qui menait de l'étable à la route, ils discutaient toujours, et jamais de la guerre. C'est ce dont elle se souvenait le plus clairement. Pendant ces moments, elle oubliait l'éternelle famine, l'interminable conflit. Il lui parlait de la Tornédalie. Cela semblait à Siri un endroit magique avec des arbres qui s'élevaient jusqu'au ciel, indomptables. Il lui parlait des forêts où il avait grandi, des routes qu'il avait parcourues à bicyclette, toujours le plus rapide (c'est ce qu'il disait mais, comme il ne faisait pas partie du bataillon à vélo, ce n'était peut-être pas vrai), il lui parlait de ses sœurs, de ses nouveaux petits frères et sœurs, de la nouvelle épouse suédoise de son père, de la foi qui imprégnait tout, là-haut, dans le Nord, cette foi bien particulière qui y était née, avec la glossolalie et le fanatisme, l'abstinence et l'alcoolisme qui allaient de pair, ces frères d'armes, et Siri comprit, bien qu'il fît bien attention à ne pas le clamer, qu'il n'était pas croyant malgré les valeurs de sa famille, ou peut-être à cause d'elles. Mais il ne haïssait pas non plus la religion à la manière de la mère de Siri.

C'était la fin de l'automne, ou le début de l'hiver, et ils attendaient le véhicule du laitier – peut-être étaient-ils un peu en avance, ou peut-être était-ce le laitier qui était en retard. Siri était assise sur le banc, les seaux à côté d'elle. Pentti était debout et regardait vers la route.

— Chez moi, il est déjà tombé plusieurs dizaines de centimètres de neige.

— Oh, les pauvres !

Il leva les sourcils, très légèrement, mais assez pour que Siri le remarque.

— Pourquoi ? C'est plus facile de se déplacer à skis. Et puis, ce grand manteau blanc, c'est assez beau, quand on y pense. Comme si le monde devenait un peu plus doux, comme enveloppé dans du coton.

Il la regardait sans ciller. Avec sérieux, attention. Siri ne pouvait s'empêcher de sourire.

— Pourquoi ris-tu ?

Elle secoua la tête. Son regard, si grave, n'avait pas honte, ne se détournait pas.

— Dis-le-moi.

— Non, je me demande seulement ce qui se passe dans ton cerveau. Tes pensées, elles sont... bien à toi.

Il lui sourit.

— Eh bien, à qui pourraient-elles être sinon à moi ?

Oui, bonne question.

Siri se doutait que c'était rare – que quelqu'un vous surprenne à ce point. Elle n'avait jamais rencontré quiconque capable de la surprendre ainsi.

Elle le considéra ; il se tenait là, le dos droit, si élégant dans son uniforme, et, stupéfaite, elle sentit quelque chose en elle qui ressemblait à du bonheur – ce n'en était pas mais, pour une personne qui n'avait jamais été heureuse, ça s'en approchait suffisamment pour qu'elle éprouve comme une fascination, un amour grandissant, pour le soldat aux yeux noirs de Tornédalie.

Très tôt, elle pensa que ses parents accepteraient cet homme, voire qu'ils consentiraient au mariage, et c'est à ce moment-là que l'idée germa en elle. Elle ne dit rien. Ils n'avaient nullement abordé ce sujet, ni de près ni de loin, mais Pentti revenait tout de même la voir, continuait à porter ses seaux, et ça devait bien signifier quelque chose, songeait Siri.

Quand la Finlande avança ses positions et que le 16e régiment d'infanterie s'apprêta à partir, Pentti passa chez elle pour un adieu formel. Il serra la main de ses parents, les remercia de leur hospitalité, et elle fut impressionnée par son attitude si mature, si grave, il était comme une unité propre, quelqu'un qui prenait sa vie en main, qui n'avait pas besoin de la protection de son foyer, sa famille, quelqu'un de totalement indépendant.

Impressionnée, façon de parler. Que comprenait-elle à tout cela ? Elle n'avait que quatorze ans, mais elle voyait en tout cas que son père était impressionné, et elle pleura longtemps, cet après-midi-là, le front appuyé contre Mai, sa vache préférée.

Siri regrettait leurs conversations, c'était si agréable de penser à autre chose qu'à la guerre, et elle était sûre que lui aussi avait apprécié sa compagnie puisqu'il était revenu jour après jour, malgré le poids des seaux et les anses qui lui sciaient les paumes. Sa mère avait suivi l'évolution de la situation de loin, toujours avec son regard dur, comme un rongeur ou un rapace, et Siri sentait sa désapprobation muette.

Elle disait souvent à Siri comment se comporter pour trouver un époux. Ou plutôt, l'inverse.

Si tu te conduis comme ça, Siri, tu ne te marieras jamais.

Si tu…

Si tu…

Mais depuis que Pentti était passé, avait serré la main des parents et les avait remerciés de leur solidarité, même la mère s'était déridée. Elle mentionnait souvent Pohjolanmaa, cette contrée au nord, comme ça, en passant, et disait que là-haut, dans le Nord, on savait ce qui était important dans la vie. Le ciel était haut et clair et les enfants ne souffraient pas de malnutrition parce que l'air était plein de confiance en l'avenir. Ce genre de chose. Elle n'était jamais allée là-bas, sa mère, elle n'avait jamais quitté sa région natale, comme tous les habitants de son village, mais sa vision du Nord avait changé, passant d'une sorte de *no man's land* sombre à un lieu idyllique, où vivaient les vrais Finlandais, des hommes d'une trempe exceptionnelle. Pas le genre à s'avouer vaincus et à se battre du côté des Russes le jour où le vent tourne.

L'hiver livra son combat à cet endroit, depuis les derniers mois des années 1930 jusqu'au début de la décennie 1940, mais la guerre, la vraie, se déroulait ailleurs. Deux des frères de Siri avaient été appelés sous les drapeaux et postés, et à la maison on se battait pour assurer ses moyens de subsistance. Siri se rendit compte qu'elle pensait souvent à Pentti Toimi, elle se demandait s'il était encore en vie et s'il lui arrivait de penser à elle là où il se trouvait, chez l'ennemi, là où dans son imaginaire il y avait des Russes sanguinaires derrière chaque bouleau, chaque caillou.

Elle écoutait des reportages à la radio, contre l'avis de ses parents, et elle se sentait tout à coup si adulte, elle qui aurait quinze ans l'été suivant.

C'est alors qu'arriva le premier avis de décès. Le grand frère de Siri, Onni, pas l'aîné mais le deuxième de la fratrie, avait été blessé au combat et n'avait pas survécu.

Siri se rappelait les halètements qui s'étaient échappés du corps de sa mère, on aurait dit qu'ils s'enfuyaient; elle avait plaqué la main sur sa bouche comme si elle avait peur des sons qui pouvaient en sortir. Siri pleurait son frère mais en secret, et faisait des signes de croix et remerciait Dieu de ne pas encore avoir reçu une autre annonce de mort.

Que savait-elle de la peine? Que comprenait-elle de la perte d'un fils? Non, elle ne comprenait rien. Elle n'était elle-même qu'une enfant.

À la fin de l'hiver 1940 vint l'annonce qui avait fait l'objet de spéculations mais qu'on espérait depuis longtemps n'être qu'une rumeur. Mannerheim s'adressa à la nation. La guerre était finie. Elle avait été gagnée, qui plus est, semblait-il dire. Il remerciait le peuple de tous ses sacrifices. Or, même la victoire s'accompagnait de sacrifices, et l'un d'entre eux était, confirmant la rumeur en question, que la Carélie devait être donnée à la Russie. Ce qui signifiait en bref qu'Aamuvuoren Kivi, la ferme du village de Soanlahti, canton de Salmi, province de Viborg, là où Siri avait vécu toute sa vie, là où ses parents étaient nés et avaient grandi, devait être évacuée. Toute la province, d'ailleurs, à moins de vouloir rester et se soumettre aux Russes. Cela signifiait qu'ils devaient fuir. En laissant tout derrière eux.

Les mots durs de la mère, les mâchoires serrées du père.

Ils avaient trois jours pour ranger dans des valises tout ce qui pouvait l'être. Tout ce qu'on pouvait emporter.

Siri ne possédait pas grand-chose. Une bible (même si sa mère poussait des soupirs de mépris en la voyant – à quoi ce bouquin pouvait-il bien lui servir ?), une robe du dimanche, quelques rubans de soie, un peigne, des vêtements de rechange, le tout très anonyme, rien qui révélât quoi que ce soit de sa personnalité. Dans son sac il restait un peu de place, elle n'avait même pas assez d'effets pour le remplir. Une valise à moitié pleine de babioles, est-ce ainsi que l'on mesure sa valeur ? Qui suis-je ? se demandait-elle.

Elle aida ses parents à emballer les objets les plus utiles et les plus précieux. Ils ne cessaient de se disputer. Sa mère voulait brûler la ferme avant de la quitter, pour ne rien laisser aux Russes. Son père disait qu'ils reviendraient, ce n'était qu'une question de temps, qu'il valait mieux laisser la maison bien propre et bien fermée, pour qu'il y ait une chance qu'elle demeure intacte jusqu'à leur retour. Sa mère ne croyait pas en un retour, son mari était fou de nourrir de tels fantasmes, pourtant elle devait conserver une once d'espoir puisqu'elle n'avait pas mis à exécution son projet d'incendie.

Le samedi 16 mars 1940, avant le lever du soleil, ils verrouillèrent la porte de la ferme d'Aamuvuoren Kivi, dans le village de Soanlahti, canton de Salmi, province de Viborg, pour ce qu'ils pensaient être la dernière fois. Ils suspendirent la clé au crochet près de l'entrée et entamèrent leur long périple vers l'ouest, la charrette remplie et les six vaches laitières (qu'ils possédaient à ce moment-là, depuis ce fameux jour d'été) cheminant en file indienne derrière eux.

Siri avait froid, juchée au sommet du chargement, en équilibre entre le métier à tisser démonté de sa mère (va savoir à quoi il allait lui servir ! Il s'agissait surtout de ne pas le laisser aux Russes), quelques seaux à lait, les sacs de linge et Pojs, le chat de la famille, qui allait et venait, inquiet, entre les objets. Tournant le dos à l'avenir, Siri voyait la maison familiale rapetisser jusqu'à disparaître totalement derrière les arbres.

Sur le bord de la route se dressaient des bouleaux noir et blanc aux branches dénudées, témoins muets du flot de migrants qui se déplaçait lentement vers l'ouest. Et des pins aux branches alourdies par les masses de neige.

D'autres familles les rejoignaient en chemin. Toutes avec leur paquetage bien serré et ficelé, monté sur des charrettes de différentes tailles, et suivies de vaches, parfois d'autres chevaux, qui avançaient au petit trot. La plupart étaient des paysans pauvres qui ne possédaient qu'un cheval (cela suffisait pour labourer les champs ou transporter des marchandises). De temps en temps on apercevait une épaisse fumée, et Siri comprit que la position de sa mère l'avait emporté dans d'autres familles.

Des trois frères de Siri, seuls deux étaient encore en vie, et un seul se trouvait à la maison au moment du départ ; il n'avait que cinq ans de plus que Siri et se faisait appeler Rauha.

Personne n'avait reçu de nouvelles d'Ilo qui était positionné plus au nord, alors on se persuadait que c'était une bonne chose, pas de nouvelles, bonnes nouvelles, en vertu d'un accord tacite.

Siri pensait à Pentti. Elle se représentait ses yeux noirs, mais le reste de son visage s'effaçait dans la brume obscure de sa mémoire, seul demeurait son regard sombre, et la vigueur de ses pas quand il marchait à côté d'elle avec les lourds seaux de lait à la main.

Elle se dit que c'est tout ce qui resterait de lui, le seul souvenir qu'elle garderait du jeune soldat qu'elle avait appris à connaître furtivement dans son adolescence, avant que sa vie ne commence sérieusement.

Nous savons bien, nous, qu'elle se trompait.

Ils voyagèrent toute la journée et, quand la nuit tomba, ils n'étaient toujours pas arrivés. Le frère et le père se relayèrent pour conduire la charrette et mener les vaches afin que Siri et sa mère pussent dormir. La caravane s'étiola. Partout les familles s'arrêtaient et faisaient du feu le long de la route, et ceux qui avançaient encore se déplaçaient comme la famille de Siri, lentement, lentement. Au petit matin, Muru, leur jument, se mit à protester, et la famille Aamuvuori dut faire une halte. Siri sortit du foin pour la jument et les vaches. Elle sentit leurs mufles chauds contre ses doigts ; cela l'apaisa. Les animaux se montraient impassibles, stoïques, mais Siri se dit qu'ils avaient dû remarquer eux aussi les cadavres gelés sur le bas-côté, d'autres animaux avant eux qui n'avaient pas supporté le froid aussi bien qu'eux et que leurs propriétaires avaient dû abandonner, pour toujours. Siri n'avait pas encore vu de dépouille humaine.

Après un petit déjeuner composé de café et de pain de seigle (point de beurre) dans une atmosphère glaciale – un passant leur annonça qu'il faisait moins trente (ce qui fit pester la mère de Siri qui savait mieux qu'un vulgaire étranger quelle température il faisait) –, le voyage continua, vers l'ouest, vers l'avenir, et plus concrètement vers Joensuu, une petite ville située dans la commune finnophone du même nom, dans le nord de la Carélie. Une petite communauté rurale (spécialisée dans la viande et le lait) dont l'économie reposait surtout sur les scieries et de pâte à papier à la périphérie nord-est de la ville.

À leur arrivée, les réfugiés furent d'abord frappés par la puanteur dégagée par la papeterie. Comme un présage, un augure, elle s'engouffra dans leurs narines bien avant leur entrée dans la ville. Les petits éclatèrent en sanglots et les femmes se couvrirent le visage de leurs châles – de loin on aurait dit une troupe de bandits de grand chemin.

S'il n'y avait pas eu la peur du lendemain, de la guerre, de tout, presque, Siri aurait trouvé tout cela fort excitant. Le fait est qu'elle *trouvait* cela fort excitant, mais se gardait bien de le montrer.

Jamais elle ne s'était autant éloignée de chez elle. Personne de sa famille ne s'était autant éloigné, à plus de cent kilomètres de Soanlahti. Dans la ville, il y avait de grandes maisons en pierre, hautes de plusieurs étages, des rues bordées de trottoirs, des magasins, et même des voitures (quoique peu nombreuses), et tous les gens avaient l'air si sûrs d'eux. Siri regardait discrètement sa mère pour voir si elle était aussi fascinée qu'elle, mais son visage était pétrifié, de terreur, sans doute, se disait Siri qui avait pitié d'elle, tellement perdue quand on la sortait de son environnement naturel.

— Ça empeste, répondit-elle sèchement quand Siri lui demanda ce qu'elle pensait de Joensuu.

— On s'habitue, dit une des volontaires de la ville, une femme bourrue originaire de Viborg qui avait également été évacuée et qui ne parlait finnois qu'en cas d'extrême urgence.

Et elle servit son porridge de seigle au suivant dans la queue, c'est tout ce qu'il y avait à dire.

Bien que la ville eût semblé si fascinante au début, Siri détesta Joensuu. Elle détesta tout de cette ville, hormis l'odeur, qui ne la dérangeait pas plus que ça.

Quand ils arrivèrent l'après-midi, le lendemain de leur départ, on leur indiqua l'école municipale, et ils garèrent leur charrette dans la cour à côté des autres voitures à cheval. Les vaches et la jument furent installées provisoirement dans une ancienne écurie transformée en garage rattachée au logement du maître d'école. Ce dernier avait dû sortir son automobile pour protéger des températures fortement négatives les nombreux animaux caréliens. L'automobile, cet objet moderne, monstrueux, étranger. Siri la trouvait intrigante, postée là, tel un squelette métallique, mais la mère se contentait de grogner et de secouer la tête avec mépris.

Les familles étaient logées dans les classes. Les Aamuvuori et trois autres familles se retrouvèrent dans la salle de sciences naturelles. Aux murs étaient suspendues des planches anatomiques que la mère recouvrit de tissu (barbarie !) et, à l'avant de la pièce, derrière le bureau de l'enseignant, sur des étagères, il y avait des bocaux contenant de petits animaux dans du liquide transparent. Siri resta longtemps à fixer les yeux noirs d'un écureuil et, la nuit, elle était tourmentée par des cauchemars où les animaux dans le formol ressuscitaient et l'attaquaient.

Dans le réfectoire, des femmes de la défense civile et d'autres bénévoles cuisinaient pour les réfugiés et, assis sur de longs bancs, on mangeait en silence, sans savoir de quoi le lendemain serait fait, et l'heure suivante non plus, d'ailleurs. Siri trouvait que les journées se passaient bien en général mais, à la tombée de la nuit, le malaise s'emparait d'elle et les respirations étrangères de l'autre côté de la classe l'empêchaient de dormir. De nouveau, au petit déjeuner, la journée lui paraissait neuve et pleine d'espoir.

Après le petit déjeuner, Siri et sa mère allaient traire leurs vaches et rapportaient les seaux remplis au réfectoire où ils étaient entreposés avec ceux des autres familles. Au dîner, les enfants pouvaient boire autant de lait frais qu'ils le souhaitaient; l'expérience n'était donc pas pour eux entièrement négative. Siri s'en régalait aussi, bien qu'elle limitât sa consommation, car, se trouvant dans cette région frontalière entre l'enfance et l'âge adulte, elle ne voulait pas ôter le lait de la bouche des plus jeunes. Sans compter qu'elle sentait les regards réprobateurs de sa mère dès que ses agissements blessaient les convenances. Et elle avait beau être raisonnable, elle avait tous les soirs des crampes d'estomac.

Un soir que la jeune fille était à la fenêtre à regarder la rue principale, elle vit encore un bataillon entrer dans la ville depuis l'est. Les soldats défilaient depuis le début de l'après-midi, on les voyait marcher au pas, à l'inverse des paysans qui se déplaçaient à leur propre rythme, comme s'ils cherchaient quelque chose, sans savoir où leurs pas les mèneraient.

Étendue sur un matelas de paille, sous ses propres couvertures et édredons, lesquels ne paraissaient pas à leur place ici, sur le sol de la salle de classe, Siri se demandait si, éventuellement, par un heureux hasard, Pentti Toimi pouvait arriver à Joensuu ce soir-là et, sinon, peut-être au cours des prochains jours ou semaines, en tout cas avant qu'on leur annonce qu'ils devraient continuer leur voyage vers leur destination finale. Les parents de Siri ne lui disaient rien, et elle n'était pas sûre qu'ils en sachent quelque chose. Elle n'osait pas demander, car elle redoutait la colère de sa mère. Elle préférait attendre. Les jours languissants se suivaient et se ressemblaient.

Le bataillon de Pentti ne fut pas l'un des premiers à atteindre Joensuu, mais le troisième jour il était là.

La ville débordait déjà, et pas moins de huit familles vivaient à présent dans la salle de sciences naturelles. On entendait dire que les familles seraient relogées dans l'ordre où elles s'étaient enregistrées en arrivant, et que l'État tentait d'annexer suffisamment de terres et de maisons pour que les petits paysans puissent continuer comme avant, à la seule différence qu'il s'agissait d'un tout nouveau foyer, dans un tout nouveau lieu, dans une maison sans histoire. Ou plutôt avec une très longue histoire, mais pas la leur. Pour l'instant cependant, aucune information. Le père et le frère se rendaient tous les jours à l'hôtel de ville, où ils patientaient parfois toute la journée, et rentraient chaque soir découragés et pas plus éclairés.

Siri et sa mère restaient à l'école pour s'occuper des bêtes et surveiller leurs affaires, et c'était à peine si Siri pouvait aller aux toilettes sans que sa mère la suive et la tienne à l'œil. Mais tout à coup, au milieu de la journée, le troisième jour, alors que Siri se rendait à l'étable de fortune pour aider au nettoyage, conformément à l'emploi du temps fixé pour toutes les familles, eh bien, il était là, au milieu de la cour, avec tout son équipement d'hiver. Il n'avait pas changé, Siri le reconnut de loin. Plus maigre, plus pâle, avec des cernes sous ses yeux noirs, mais avec la même vigueur, faute d'un meilleur terme, ou du moins la même énergie. Si ce n'est qu'il s'appuyait sur des béquilles. Il boitait légèrement d'une jambe. (Ce boitement devait durer toute sa vie.)

Elle se jeta à son cou. Elle savait que ce n'était pas convenable, tant pis !

La nature de leur relation n'aurait pas dû permettre pareille liberté, mais Siri n'avait pas pu se retenir. Ses larmes dégoulinaient sur l'uniforme de Pentti qui la serra dans ses bras en riant doucement, la bouche dans ses cheveux. Autour d'eux passaient d'autres soldats, ou camarades, de-ci de-là quelqu'un siffla ou tapa Pentti dans le dos, mais malgré ça ils restèrent longtemps enlacés, dans leur première embrassade.

— Qu'est-ce qui t'est arrivé, tu t'es blessé ?

— Bah, marmonna-t-il dans ses cheveux. C'est juste une égratignure. Mais apparemment ils me renvoient chez moi.

Siri sursauta et le regarda droit dans les yeux. Bien qu'ils se trouvassent si proches l'un de l'autre, elle ne voyait aucune nuance dans son iris, ses yeux étaient noirs comme du jais.

— En Tornédalie ?

Il s'esclaffa.

— Oui, où d'autre ?

Elle lui sourit. Puis elle l'enlaça à nouveau.

— Je suis si contente de te voir.

— Moi aussi, Siri Aamuvuori.

*

Après la première embrassade, il n'y avait plus vraiment de questions à se poser. Pentti devait retourner chez lui, dans le Nord, en Tornédalie, et Siri allait l'accompagner, à quatorze ans seulement (bientôt quinze). L'avenir était incertain pour la famille Aamuvuori et, vu les temps difficiles qui s'annonçaient, elle se passerait bien d'une bouche à nourrir, surtout s'il s'agissait d'une femme en âge de procréer, en dépit du travail qu'elle fournissait.

— C'est peut-être plus facile là-haut, ce serait bien que tu manges à ta faim, dit la mère, s'efforçant d'être gentille.

Ils se marièrent le 23 mars ; deux jours après le vingtième anniversaire de Pentti et à peine six mois avant les quinze ans de Siri.

Avec la dot (minimc) et la solde de Pentti (à peine plus importante), ils achetèrent des billets pour le train qui les mènerait en Tornédalie, à Rovaniemi, dans la maison des parents de Pentti. Sa jambe n'était toujours pas remise et le médecin à Joensuu ne pouvait dire avec certitude s'il serait à nouveau apte au combat. Aussi valait-il mieux le renvoyer chez lui.

Bien sûr que les parents de Siri avaient été surpris, mais pas tant que ça ; bien sûr qu'ils avaient remis en question cette union, mais pas avec tant d'insistance que ça, et le père avait serré très fort la main de sa fille en la conduisant à l'autel et lui avait murmuré de ne pas oublier ses racines. Siri ne comprenait pas vraiment ce qu'il voulait dire par là, mais elle ne posa pas de questions, elle garda simplement les mots en elle, incontestés, et ils devaient demeurer là, comme une barrière protectrice autour d'elle, une carapace, pour toujours.

N'oublie pas tes racines.

La cérémonie avait été à l'image du reste des noces, brève et concise. Sans excès. Siri portait sa robe du dimanche, sa mère lui avait tressé les cheveux avec des rubans de soie et lui avait attaché son plus beau fichu sur la tête, mais son bouquet se résumait à un faisceau de foin non égrainé qu'on pouvait faire passer pour des fleurs avec beaucoup de bonne volonté.

Pentti arborait son uniforme de permission et il avait lustré ses godillots d'hiver élimés du mieux qu'il avait pu. Pour toutes alliances, ils utilisèrent les anneaux en étain fabriqués à cette fin par l'État, avec le lion guerrier finlandais gravé à l'extérieur, et l'année à l'intérieur. Ces *ersatz* étaient distribués à l'hôtel de ville à ceux qui soutenaient l'effort de guerre, en échange de leurs authentiques alliances, et à ceux qui, comme Siri et Pentti, bâtiraient la nouvelle nation. Cette bague avait été le premier bijou de Siri. (Au moment du divorce, elle l'avait retirée et rangée dans un tiroir de sa commode avec ses sous-vêtements.)

Après la cérémonie, les mariés et leurs invités allèrent boire un café et manger des tartines de pain de seigle au salon de thé de l'hôtel de ville. Tout était très civilisé, et bouclé en une heure. On n'avait pas plus de temps. Et puis, de quoi aurait-on parlé ?

Sur ces entrefaites, on alla chercher les valises et on se dit adieu sur le quai de la gare d'un geste de la main, et à nouveau Siri se retrouva dos à l'avenir et vit ses parents (son frère ne les accompagna pas) et tout ce qu'elle connaissait de la vie rapetisser devant ses yeux. Lorsqu'ils eurent totalement disparu, elle se tourna vers son époux.

Ils étaient assis là. M. et Mme Toimi. En route vers un avenir inconnu pour les deux, quoique plus pour l'une que pour l'autre. Siri voyait le paysage changer devant la fenêtre. Elle sentait très clairement qu'ils s'acheminaient vers l'obscurité. Le compartiment était vide hormis une petite vieille qui était montée au sud de Nurmes, mais elle semblait à la fois aveugle et sourde, ou tout comme, assise avec les bras autour de son panier et émettant des ronflements sonores de temps à autre.

Sinon, personne. Ils étaient seuls, pour la première fois.

Siri jeta à Pentti, son époux, un regard de côté. Il contemplait le paysage, la nuque droite, comme le nez. Soudain, il tourna la tête vers elle.

— Tu regrettes ?

Elle rougit.

— Comment ça ? Non, non.

Mais Pentti lui sourit et serra sa main dans la sienne.

— Je plaisantais, dit-il, et il déposa un baiser sur sa tête.

Jamais il n'aurait pu imaginer qu'elle puisse réellement regretter. (Elle ne regrettait pas. Pas à ce moment-là, en tout cas.) Pendant le reste du voyage, elle somnola contre l'épaule de Pentti et, chaque fois que le train s'arrêtait et qu'elle ouvrait les yeux, l'obscurité avait encore resserré son étau, comme s'ils se dirigeaient vers le cœur des ténèbres.

Lorsqu'ils descendirent du train, plus de vingt-quatre heures plus tard, après trois correspondances et des heures à grelotter dans des halls de gares glaciales, il faisait toujours nuit. Siri attendit que Pentti organisât le transfert vers la maison de ses parents. Elle patienta sur le quai dans le noir, le train repartit et les passagers descendus s'éloignèrent chacun de leur côté. Soudain, elle entendit un craquement et le ciel se teignit de vert. Les coups de pinceau semblaient synchronisés avec le bruit. Siri resta comme pétrifiée, elle n'avait jamais rien vu ni entendu de tel.

— C'est ta première aurore boréale ?

Pentti arriva derrière elle à pas de loup et lui prit la main.

Elle hocha la tête. Son cœur tambourinait dans sa poitrine.

— Les Suédois pensent que ça veut dire quelque chose, quand elles se montrent.

— Qu'est-ce que ça veut dire, alors ?

— Eh bien… ils disent que ça annonce des temps difficiles.

Siri dut avoir l'air terrorisée parce que Pentti ajouta :

— Ça, ou bien le fait que les Lapons ont poursuivi des rennes dans le ciel.

Siri avait du mal à quitter la voûte céleste des yeux mais elle finit par suivre son mari vers l'attelage qui devait leur faire parcourir les derniers kilomètres jusque chez eux.

Elle ne s'était jamais habituée, encore aujourd'hui elle interrompait toute tâche lorsque la lumière et les sons offraient leur imposant spectacle dans le ciel.

*

La maison des parents de Pentti était grande et pleine de monde, il y avait le père de Pentti, le prédicateur terrifiant (tant par la taille que par la mine) et sa nouvelle épouse, belle mais sèche et sévère, avec un cœur de pierre, une Suédoise qui rechignait à apprendre le finnois et ne pouvait donc parler ni avec les enfants issus du premier mariage de son époux ni avec Siri.

Bien sûr, il y avait aussi les nouveaux frères et sœurs de Pentti, âgés de cinq mois à quinze ans, sept enfants pour le moment, mais il y en aurait plus ; il y avait aussi les sœurs de Pentti issues du premier mariage de son père, deux sœurs aînées seulement, parce que Pentti avait causé la mort de sa mère lors d'un accouchement difficile. Toujours célibataires, elles vivaient à la maison et blâmaient encore Pentti pour la mort de leur mère.

C'était un foyer qui courbait l'échine sous un lourd fardeau, et Siri avait littéralement du mal à se redresser lorsqu'elle franchissait le seuil. Dans ce foyer, il fallait être sur ses gardes, économiser ses mots et son souffle. Tant l'atmosphère que l'espace physique différaient grandement de la maison d'enfance de Siri. Celle-ci était petite mais lumineuse, avec des rideaux aux fenêtres, des moustiquaires trouées devant les vitres ouvertes l'été, et pleine de bruit. Ici régnait un tel silence ! Et comme il faisait sombre ! Il n'y avait pas de rideaux aux fenêtres, pas de nappes sur les tables, et malgré le feu qui crépitait agréablement dans la cheminée, Siri grelottait constamment dans la grande maison.

Personne n'était ouvertement désagréable et tout le monde la traitait avec respect, mais elle se sentait comme une invitée, quelqu'un de passage, pas comme un nouveau membre de la famille, et elle ignorait si c'était sa faute ou celle de son mari. Parce qu'il ne semblait pas réellement appartenir à cette maisonnée.

Il ressemblait à son père, avec les mêmes cheveux et le même regard noir, mais les traits de son père étaient plus fins, comme si on avait utilisé un plus petit ciseau pour sculpter son visage, et son regard était voilé – il ne vous considérait jamais directement, mais fixait un point un peu plus loin. Peut-être était-ce le résultat de son lien direct avec le divin ; il regardait toujours plus haut, vers une puissance supérieure, comme pour dire que rien de petit, rien d'*humain*, ne pouvait l'atteindre.

Siri, qui n'était pas particulièrement croyante (et de moins en moins à mesure que passaient les années), ne considéra jamais le père de Pentti comme un bon chrétien, à la différence du pasteur de chez elle (même si sa mère avait toujours été sceptique à son égard). Au contraire, cet homme avait l'air de contenir une grande obscurité qu'il faisait de son mieux pour enfermer en lui. Par conséquent, il se révélait incapable d'entrer en contact avec les autres.

A posteriori, les mois où les jeunes mariés vécurent sous le toit de Pappi Toimi lui apparurent un peu comme un rêve, ou un fantasme éloigné. Les nuits étaient souvent interrompues par les cauchemars de Pentti ; ils le tourmentaient depuis la guerre, mais il ne voulait pas en parler. Siri pouvait se réveiller et le trouver à côté d'elle, les yeux grands ouverts, fixant quelque chose que lui seul pouvait voir, mais parfois elle se réveillait aussi parce qu'il se tournait et reniflait dans le noir. Les nuits renforçaient la portée onirique, irréelle, de cette expérience.

Longtemps après, Siri se souvenait encore de la maison, quand elle fermait les yeux, elle voyait l'étable, impressionnante par sa taille, avec les nombreuses vaches, et tous les enfants, les adultes aussi, mais elle ne se rappelait pas que quiconque lui ait posé une seule question durant son séjour là-bas.

Il semblait qu'on avait fait taire à jamais ce qui la constituait, le cœur de son être. Elle n'était pas comme eux, ils l'avaient compris avant qu'elle le comprenne elle-même. Ils avaient été effrayés par son tempérament différent, son rire différent, son dialecte différent, sa différence. Bien avant qu'elle-même saisisse qu'il y avait là un objet de honte, la honte avait pris possession de son corps. Si elle fredonnait, elle prenait vite conscience que tous, les vieux comme les jeunes, cessaient leurs activités pour l'observer. Alors elle se taisait, se sentant maladroite. Et seule. La solitude allongeait ses journées.

Elle trouvait refuge dans l'étable où elle s'occupait de la traite. Pas toute seule, son temps n'y suffisait pas, mais elle aidait les sœurs dans leur travail, les soulageait ; pourtant, il ne leur venait jamais à l'idée de la remercier ou de lui faire savoir d'une manière ou d'une autre qu'elles étaient contentes que Siri soit venue vers elles, au contraire, elles lui paraissaient encore plus hostiles après cela, comme si elle avait essayé de leur voler quelque chose qui leur appartenait, un bien, en plus de leur frère. Elles échangeaient des regards au-dessus de sa tête, d'abord en secret puis, une fois la timidité passée, elles pouvaient mal se comporter vis-à-vis d'elle, lever les yeux au ciel si elle ne comprenait pas ce qu'elles disaient, ou rire en imitant son dialecte si différent de leur meänkieli.

Siri se souvenait de la Saint-Jean de l'année 1940. Ils se trouvaient devant le brasier, la chaleur brûlait ses joues, et Pentti l'avait soulevée au-dessus de lui, l'avait fait tourner dans les airs, à la grande joie des petits et sous l'œil désapprobateur de sa belle-mère, puis lui avait murmuré à l'oreille qu'ils allaient déménager. Qu'il avait reçu le terrain que son père lui avait promis avant qu'il parte à la guerre. Le lopin était séparé du reste des terres de la famille Toimi, et c'était presque la meilleure partie de la bonne nouvelle : ils allaient échapper à la famille, s'occuper de leurs affaires, bien loin des regards pleins de jugement.

Pappi Toimi était un homme raisonnable, il ne voulait pas posséder plus que ce dont il avait besoin (même si on peut contester le fait qu'il eût vraiment besoin de tout ce qu'il possédait) et il voulait donner à son fils le nécessaire pour que lui aussi ait ce dont il avait besoin (ni plus ni moins), c'est pourquoi les jeunes mariés purent emporter quelques meubles, du linge, de la porcelaine et même trois vaches laitières ainsi que quelques poussins qui grandiraient pour devenir des poules pondeuses. Ce n'était pas beaucoup, mais c'était suffisant. Plus que ce dont beaucoup de gens auraient pu rêver. Et avec la pension de soldat de Pentti, ils pouvaient acheter du bois pour bâtir une maison, leur maison, leur foyer.

Ce n'était pas une grande maison, et ils l'avaient construite à la va-vite, l'essentiel étant d'avoir un toit au-dessus de la tête quand viendrait l'automne, mais elle était à eux, sans compter qu'on pourrait l'agrandir. Un étage. Des toilettes avec chasse d'eau.

Le terrain avait appartenu à l'oncle paternel de Pentti qui était mort sans laisser ni épouse ni enfants et qui, bien qu'on n'en parlât pas ouvertement, ne semblait pas avoir été un bon chrétien. Le jeune couple avait presque le sentiment de rendre service au père en le dépossédant de ce lopin, il n'avait plus à assumer la responsabilité de ces terres impies et décadentes. C'est peut-être pour ça qu'il leur rendait rarement visite. Quoi qu'il en soit, l'arrangement convenait aux deux parties.

Sur le terrain se dressait également une étable délabrée dont l'un des murs, pourri, devait être rasé. Mais les fondations tenaient. Il suffisait de les étayer. Ainsi, même les animaux avaient leur maison.

Le seul autre bâtiment était une cabane en ruine et à moitié brûlée. C'est donc dans l'étable que Siri et Pentti passèrent les premiers mois d'été tandis qu'ils bâtissaient leur nouvelle maison. Son emplacement avait fait l'objet d'un désaccord entre les époux, et en fin de compte Pentti avait décidé unilatéralement qu'elle se dresserait légèrement en contre-haut de la cour, à un endroit où l'on pouvait se mettre à construire immédiatement, sans avoir à déblayer et à ôter la végétation. Siri voulait la construire plus bas, plus près de l'étable, à l'ombre d'un grand pin, mais comme son unique argument était qu'elle trouvait ça *mieux*, ils avaient adopté la proposition de Pentti et commencé les travaux.

(Une fois la maison achevée, Pentti avait dû admettre qu'il avait peut-être choisi son emplacement un peu trop vite, et toutes les années qui suivirent il rêva, à voix haute et à voix basse, d'élever une autre bâtisse à l'endroit suggéré par Siri. C'était le seul sujet pour lequel il avait jamais reconnu s'être trompé.)

Il y avait beaucoup à construire et ils se firent aider par les plus âgés des petits frères de Pentti, quinze et treize ans, et par son père, qui passait quelques jours par-ci par-là. Mais il paraissait presque accablé par cet endroit impie et les fils n'aimaient pas travailler en présence de ce père taciturne. Il ne restait jamais longtemps, on avait besoin de lui à la maison.

Hormis quelques semaines en juillet où il fallait rentrer le foin, la construction se déroula sans encombre. Quand vint l'automne, ils purent s'installer dans leur maison, et Pentti se lança dans le chantier du sauna. Un sauna était aussi indispensable qu'un lit pour dormir, et tant qu'on ne l'avait pas terminé on n'avait pas la possibilité de se laver. Il faisait maintenant trop froid pour faire sa toilette dans la rivière, comme pendant la période estivale.

Siri avait trimé comme une bête tout l'été : en plus d'aider au chantier du mieux qu'elle pouvait, elle s'était occupée des vaches. Chaque jour elle les avait traites et menées paître, chaque soir elle les avait rentrées à l'étable. Il fallait aussi s'occuper des poules, les nourrir, ramasser les œufs. Et nettoyer l'étable. Sans compter qu'il fallait cuisiner pour tout le monde, faire la vaisselle, mettre de l'ordre. Son sommeil était profond, comme celui de son époux. Même les petits frères s'endormaient rapidement sur leurs matelas de paille.

C'était une année à baies, l'année 1940, les forêts étaient pleines de myrtilles et d'airelles et les tourbières débordaient de mûres arctiques.

Siri avait l'habitude des moustiques, mais elle était tourmentée par les moucherons, surtout les cératopogonidés à la piqûre très douloureuse, surnommés « brûlots », qui se faufilaient à travers les moustiquaires et le tissu ; malgré ça, elle partait de longues journées et revenait avec des seaux remplis. Il fallait bien s'occuper des baies pour éviter qu'elles fermentent et se perdent.

Car ils avaient beau posséder à présent une maison à eux, ils savaient que l'hiver serait difficile. Et moins ils auraient besoin de l'aide de Pappi Toimi, mieux ils se porteraient.

Dans son souvenir, ils avaient tout de même été heureux, le premier hiver, les premiers temps. Leur maison était petite, une chambre et une cuisine seulement, mais ils dormaient serrés l'un contre l'autre dans le lit conjugal, épuisés par le dur labeur qui reprenait tous les matins et durait jusqu'au soir, pour recommencer le lendemain, sans la moindre journée de repos.

Ils allaient à l'église par devoir, mais il arrivait qu'ils manquent un dimanche par-ci par-là. C'était plus difficile quand le père de Pentti vivait du côté finlandais, parce qu'il s'attendait à ce qu'ils participent aux réunions laestadiennes, ce qui n'intéressait ni Siri ni Pentti. S'ils ne venaient pas, ils savaient qu'on leur passerait un savon, souvent plus long que la visite à l'église.

De temps en temps, Pentti possédait sa femme, mais pas souvent, il pouvait s'écouler pas mal de temps d'une fois à l'autre. Leur première fois avait eu lieu dans l'étable, le premier été dans leur nouveau chez-eux. Les frères n'étaient plus là, ça devait être en juillet lorsqu'ils étaient rentrés pour aider à s'occuper du foin, et Siri et Pentti étaient pour la première fois en tête à tête.

Il n'y avait personne autour d'eux, seulement les vaches avec leurs corps lourds et rassurants de l'autre côté du bâtiment. Siri n'était pas excitée, ce ne serait pas le bon mot, mais elle se sentait en confiance. La première fois, c'était doux, il était allongé sur elle, sur le matelas de paille, et serrait sa tête entre ses mains. Ce regard noir qui l'aspirait, dans lequel elle sombrait. Il ne lui faisait pas peur à l'époque, pas encore, mais il lui tenait la tête si fort, les mains en coupe autour de ses joues. Sa respiration était rapide, haletante.

Il entra en elle et se figea, puis ils restèrent ainsi tous les deux, immobiles. Quand il se mit à bouger, il eut le temps de faire quelques mouvements de va-et-vient, et c'était fini. Mais il demeura longtemps couché sur elle, son regard dans le sien.

Après, ils étaient tous les deux gais, heureux peut-être, leur mariage était consommé, enfin, et Siri se sentait... elle ne savait pas trop... mais elle croyait se sentir libre. Libérée du passé, comme un bateau qui a largué les amarres et peut voguer à sa guise. Cette liberté disparut par la suite, petit à petit, jusqu'à ce qu'il n'en subsiste plus une miette. Cette première fois n'avait pas été agréable, mais elle l'avait remplie d'une joie de vivre, une reconnaissance. L'impression que sa vie lui *appartenait*.

Au début, ils étaient un peu timides. Après tout, ils ne se connaissaient pas, Siri et le jeune soldat, mais ils étaient tout de même un embryon de famille, l'esquisse d'un foyer, d'une vie, d'une réalité. La timidité renforçait la politesse et ils se traitaient avec respect. Durant ces premières années. Les cauchemars de Pentti semblaient disparaître au fur et à mesure, il ne se réveillait plus aussi souvent, ne tenait plus sa femme en éveil en tournant dans son lit, tourmenté par des images que lui seul voyait. Il lui arrivait de se presser contre elle quand ils se croisaient et, même s'il n'allait pas vers elle toutes les nuits, elle devinait clairement son excitation. Mais son désir ne lui faisait pas peur, elle était plutôt touchée. Elle se sentait bien lotie, chanceuse que tout se soit si bien arrangé pour elle ; quant à sa propre excitation, elle n'y pensait pas un seul instant.

Le temps nous traverse étrangement, nous, les êtres humains. Il est à la fois tout à fait transparent, comme un ruisseau gazouillant il coule, doucement, gentiment, et on nous fait croire qu'il n'est qu'instant présent, immobile, léger comme une plume. Mais le temps ne se réduit pas à ce cours d'eau. Il coule partout, en tout lieu, à tout âge, et là où nous ne sommes pas, le temps est dur, impitoyable. Il refuse tout compromis, avance à un rythme implacable et, si l'on parvient à s'arrêter et à le regarder de l'extérieur, on découvre que tous les corps sont interchangeables et que la vie est bientôt finie, avant même d'avoir commencé, on a disparu, on est retourné à la terre, prêt à être balayé et effacé de la mémoire du temps, pour ne plus jamais y revenir.

Les frères de Siri lui écrivaient des lettres et elle en envoyait à sa famille. Elle racontait la construction de la maison et ils lui parlaient du village dans lequel ils avaient atterri, la ferme qui leur avait été attribuée, dans la contrée où la plupart des gens étaient suédophones et ne voulaient nullement de ces Finlandais de Carélie qui venaient d'arriver avec leurs exigences.

Sa mère était la plus affectée, et sa haine des Suédois empoisonna lentement la famille. Elle ne daigna pas apprendre la langue, se rendit insupportable, refusa tout compromis, ne facilitant pas la vie à ses fils. Quand la maison d'Aapajärvi fut achevée, en octobre 1940, Siri leur proposa de lui rendre visite, mais ils ne répondirent pas à ses invitations et ne vinrent jamais. Ses parents vivraient jusqu'à la fin de leurs jours sans rendre visite à Siri, leur benjamine, dans sa nouvelle maison à Aapajärvi.

Quel était l'intérêt de voyager ? En Carélie, tout était mieux, plus lumineux, plus heureux, l'écorce du bouleau plus blanche, l'herbe des champs plus verte. Si on ne pouvait y vivre, plus rien n'avait d'importance. Envolés, les rêves de sa mère, peuplés de Tornédaliens avec leur rectitude et leurs forêts. Envolées, ses propres forêts.

Mais les arbres sont des arbres, la chlorophylle de la chlorophylle et le soleil brille inexorablement sur toutes les petites créatures de Dieu. Même si on rêve de ces bouleaux, plus blancs qu'ailleurs, de ces cieux, plus bleus. Le sang, plus rouge ; la haine, plus noire.

À l'arrivée du printemps, la guerre éclata de nouveau en Carélie, mais cette fois Pentti ne fut pas appelé. Il était classé comme invalide avec sa patte folle, qu'il exagérait quand ça servait son propos. En revanche, ils reçurent des nouvelles des frères de Siri, des bonnes et des moins bonnes. Sa famille allait rentrer chez elle ! Siri sentit son cœur se serrer quand elle les imagina arriver à Soanlahti en avril, à la plus belle saison, lorsque les dernières neiges fondent et la nature bourgeonne.

Plus jamais elle ne vivrait cela, enchaînée comme elle l'était dans le Nord, à suer sang et eau. Ici, le printemps n'arrivait qu'à la fin du mois de mai, voire début juin dans le pire des cas. Alors, il arrivait pour de bon, et la nature explosait d'un coup, tout fleurissait en même temps, de façon extravagante et de mauvais augure.

Rauha, le plus jeune de ses frères, fut mobilisé. Ilo, le plus âgé, était en réserve, mais put tout de même accompagner ses parents à la maison. Siri pensait aux autres membres de sa famille, comme ils avaient vieilli peut-être, tout comme elle, qui découvrait une version plus âgée d'elle-même quand elle se regardait dans le miroir. Elle avait mal au cœur en pensant à Onni, son frère mort à la guerre, pour toujours prisonnier de son corps et de ses traits juvéniles ; lui ne serait jamais plus âgé qu'il ne l'était à l'époque. Ça la rendait mélancolique, et elle aurait bien voulu pleurer, mais elle se retenait : elle n'avait pas le temps pour ça, il fallait accomplir sa besogne, le travail n'attendait pas.

Elle n'avait pas encore donné d'enfants à Pentti et, même si lui s'en moquait, sa belle-mère et ses sœurs se demandaient quel genre de fille il avait épousée, incapable de lui offrir une descendance. Elles posaient souvent la question, d'abord discrètement, puis, à mesure que le temps passait sans qu'aucun enfant naisse, plus du tout discrètement, très ouvertement même.

Un jour, une nouvelle lettre arriva de Carélie ; Siri l'avait attendue avec impatience près de la boîte aux lettres.

De retour chez eux à Soanlahti, ils avaient trouvé leur village en grande partie transformé en kolkhoze, leur maison, qu'ils avaient laissée si propre, était sens dessus dessous, et là où ils avaient cultivé du seigle, du blé, des pommes de terre, poussait à présent du chou, du chou et encore du chou.

« Qu'est-ce qu'on va faire de tout ce chou ? » écrivait Ilo, et Siri les imaginait en train de longer les champs, de plus en plus surpris et impuissants, entourés de ces plants de chou bas, d'un vert uni, à larges feuilles, pressés les uns contre les autres.

Même les paysans russes durent s'en aller, c'est là la nature de la guerre. Les vaincus n'ont pas le choix et les vainqueurs... pas beaucoup plus. Quoi qu'on imagine.

L'été suivant, l'ordre était rétabli. Les plants de pomme de terre et de blé se balançaient à nouveau au gré du vent. Les deux frères étaient à la maison, et Ilo, le plus âgé, avait épousé une femme originaire de Soanlahti elle aussi. Les jeunes mariés vivaient à Aamuvuoren Kivi, chez les parents, où ils étaient entassés les uns sur les autres. Bien que son frère ne le lui écrivît jamais noir sur blanc, Siri comprit que la belle-mère et la belle-fille s'entendaient comme chien et chat. Mais la belle-fille tomba bientôt enceinte, ce qui parut apaiser l'animosité de la mère.

Le frère écrivit à nouveau à la naissance de son premier fils et, cette fois, ajouta qu'il voudrait présenter sa famille à sa sœur. Siri répondit qu'elle viendrait avec plaisir quand les choses se seraient un peu calmées. Quand ? Personne ne le savait. Le temps passa et les visites n'eurent jamais lieu.

À la fin de l'été 1944, le vent du changement souffla à nouveau. La Finlande fut vaincue, la Carélie perdue et, *encore une fois*, il fallut plier bagage, vider les lieux.

Cette fois, ils écoutèrent la mère : la ferme, certes petite, qui appartenait à leur famille depuis sa construction au milieu du XIXe siècle fut réduite en cendres.

Siri espérait qu'ils viendraient la voir. Ils lui manquaient, pas parce qu'elle les aimait sans réserve, pas sa mère en tout cas, mais son lien avec eux lui faisait défaut. Elle leur écrivit et leur demanda de venir, leur dit qu'elle se languissait d'eux, et elle le pensait vraiment, de plus en plus.

Après quatre ans dans le Nord, elle avait compris qu'il existait une différence fondamentale entre elle et les gens d'ici.

Siri parlait beaucoup, riait souvent, chantait en travaillant. Elle n'était pas la seule. Dans son village natal, ils étaient tous comme ça, ou presque. Il y avait bien sûr des exceptions, des personnes comme sa mère, qui voyaient tout en noir, mais celles-ci partageaient tout de même un peu de son tempérament, de son caractère. Les gens d'ici, Pentti le premier, étaient totalement différents. Un autre peuple *altogether*.

Ils étaient là, muets, droits, indomptables. Comme les pins. Grands, droits, hors d'atteinte.

Siri et Pentti se tenaient de part et d'autre d'un fossé invisible, et voyaient la distance s'accroître entre eux ; ils ne pouvaient, ne voulaient pas se comprendre. C'est en tout cas ainsi que le vivait Siri.

Au bout de quatre ans de mariage, ils n'avaient toujours pas d'enfants, et ce n'était pas faute d'essayer. Ou, plus exactement, Pentti essayait. Il la possédait plus fréquemment qu'au début. Il ne lui tenait pas la tête aussi fort qu'au début, et il ne la regardait plus dans les yeux. Souvent, il fermait les yeux, ou semblait fixer le cadre du lit, et Siri à son tour se focalisait sur les nœuds du bois, au plafond, qui formaient de petits visages, comme de minuscules créatures qui la regardaient, la jugeaient en silence, marionnette. Autrement, elle ne pensait jamais aux personnages dans le bois, mais quand elle était allongée là et qu'elle les voyait bouger en haut, elle se sentait moins seule, comme si eux la voyaient, au moins. Comme s'ils étaient témoins de sa situation, cette situation qu'on appelle la vie.

Mais les enfants se faisaient attendre.

Ils se feraient attendre encore plusieurs années après la fin de la guerre, la mère de Siri aurait le temps de quitter cette terre avant, et aucun des siens ne viendrait la voir. Non, c'est Siri qui dut aller leur rendre visite dans leur nouvelle ferme ; ses deux grands frères et leur famille, ainsi que leur père, vivaient ensemble dans un petit domaine mis à disposition par l'État au nord de Linnanpelto, dans la partie suédophone de la commune de Sipoo, dans l'extrême-sud du pays.

Siri s'y rendit avec Elina, lorsqu'elle avait à peu près un an. Elina, leur premier enfant. Elle était venue au monde au printemps 1946, un minuscule paquet. Comme ils sont petits, les nouveau-nés ! Siri avait été surprise quand elle était sortie, ils n'y croyaient pas. Quelle chance ! Un bébé si parfait, qui mangeait, dormait et grandissait comme il fallait. Elina était de nature curieuse, et elle adora le voyage en train, se promenant à pas hésitants entre les compartiments tandis que le train filait vers le sud et que Siri regardait le paysage changer, devenir plus familier. Elle faillit perdre sa fille en gare de Pyhänta, au sud d'Oulu. Heureusement qu'elle l'aperçut sur le quai et l'attrapa *in extremis* avant le départ du train. Elle était comme ça, Elina, toujours à vagabonder, pour une aventure passionnante, vers un endroit qui avait attisé sa curiosité.

Ce fut un voyage merveilleux dans lequel Siri puiserait souvent des forces. Elle vit ses frères, leur femme, leurs enfants, et son père qui la regarda de son regard doux – si doux maintenant que sa mère était morte ! Il prenait le temps de chahuter avec Elina. Une enfant facile à aimer.

Pentti adorait cette fillette, c'est peut-être la seule qu'il aima jamais, contrairement aux enfants qui suivirent. Il l'aimait en tout cas plus qu'il n'aimait Siri. C'est ainsi qu'elle le voyait. Ce n'est que bien plus tard qu'elle se rendit compte que c'était aussi son premier enfant, et que la fatigue et le chagrin qui firent ensuite leur entrée dans leur vie se mirent en travers de la possibilité d'aimer sans réserve, si tant est que cette possibilité eût existé.

Siri avait eu du mal à comprendre ce qui se passait pendant la grossesse, l'enfant qui grandissait en elle lui ôta des forces. Elle n'avait l'énergie de rien, et l'une des sœurs de Pentti dut venir vivre chez eux à l'hiver 1945, lorsque Siri était au plus mal. Siri ne supportait pas la sœur, qui ne la supportait pas davantage, d'autant qu'elle n'avait pas d'enfants. Pourtant, elle avait le culot de la juger. À ses yeux, Siri n'était pas une vraie femme, parce qu'une vraie femme supporte, résiste, et Siri ne faisait ni l'un ni l'autre, elle qui était si faible et si bruyante. À vingt ans à peine.

La sœur faisait ce que Pentti lui demandait sans broncher, les lèvres pincées, le chignon serré au point que ses sourcils semblaient frôler ses tempes ; elle trayait les vaches, cuisinait, faisait la vaisselle, le ménage, la lessive, tout ce que Siri ne parvenait pas à faire.

Lorsque vint le moment d'accueillir l'enfant, la sœur ne fut pas d'une grande aide, ce qui représenta, d'une certaine manière, la victoire de Siri sur elle. La sœur avait assisté aux accouchements de sa belle-mère et avait donné un coup de main, mais elle ne put aider Siri, qui n'eut pas besoin d'elle. Les contractions commencèrent tard dans la soirée, presque à minuit, et Siri fit ce que son corps lui demandait ; elle respirait profondément au plus fort de la contraction, poussait lorsque le ventre se contractait, et fit sortir le bébé sans trop de douleur ni de difficulté. Toutes proportions gardées, bien sûr.

À l'heure de la traite matinale, la petite Elina était née (pas plus grosse qu'un chat ! Ou qu'une bûche de bois !), et la sœur de Pentti put aller traire leurs vaches, les laissant profiter d'un moment ensemble, tous les trois. Ils étaient dans le lit, Pentti serrant Siri dans ses bras et Siri, Elina, et le couple resta immobile à regarder la petite. Ils n'échangèrent pas un mot, se contentèrent de fixer l'enfant qui dormait là, emmaillotée dans un lange de coton blanc. Cette enfant aux cheveux noirs comme ceux d'un troll, et aux yeux clairs comme l'eau des lacs de Carélie. Ils s'assoupirent et, quand ils ouvrirent les yeux, elle était encore là, elle existait. Dès le lendemain, Siri se sentit assez forte pour se remettre au travail et ils purent renvoyer cette maudite femme. Ils étaient une famille à présent.

*

Siri avait pleuré la mort d'Elina. Mais pas autant que Pentti. Elle ignorait comment elle le savait, mais elle le savait, elle le sentait en elle.

Quant à elle, elle n'avait pas encore touché le fond.

Elle avait toujours senti que cette fille avait quelque chose de particulier, qu'on la leur avait prêtée, rien de plus. (Elle n'osait pas en parler à Pentti.) Cette curiosité sans bornes. Sa capacité à disparaître sans regarder autour d'elle, sans aucune peur des dangers et des conséquences. C'est comme ça que c'était arrivé. Elle s'était perdue lorsqu'elle et Pentti étaient sortis en forêt pour abattre un sapin de Noël. Il s'était mis à neiger fortement et elle avait skié dans la mauvaise direction, faisant fi des exhortations de son père. Quand Pentti était rentré et avait raconté ça à Siri, elle avait pensé à l'épisode du train, où la fillette avait disparu. Presque disparu. Mais elle ne lui en avait pas parlé, l'avait sermonné et il était ressorti, dans la tempête de neige, assailli par la culpabilité et la mauvaise conscience, et le matin suivant aux aurores il l'avait retrouvée, en hypothermie sévère, mais étonnamment encore en vie.

Elle était décédée une semaine plus tard, le 1er janvier 1952. Quel commencement pour une nouvelle année. Assise à son chevet, Siri lui tenait la main. C'était en fait la tâche de Pentti, ou plutôt, c'est lui qui avait passé le plus de temps auprès du lit de l'enfant, à lui faire boire à la cuillère du bouillon qu'elle avalait, apathique, et à lui tamponner le front tandis que la fièvre montait. Mais Pentti était sorti pour allumer le sauna. À son retour, Elina s'était éteinte. Siri se sentit coupable de lui avoir ôté la possibilité de lui dire adieu, mais elle ne le lui montra pas. Au lieu de cela, ils se serrèrent la main très fort et ravalèrent leurs larmes, car ils n'avaient pas le temps de pleurer, Riiko n'avait que deux ans, il fallait s'occuper de lui, lui qui était si malingre et qui souffrait du cœur.

La mort d'Elina devint un rappel, comme un souvenir à l'envers. Quand Riiko mourut dans les bras de Siri, elle se remémora soudain tout, tout ce qu'elle avait oublié, ou s'était interdit de ressentir.

*

Un jour de juin en fin de soirée, le téléphone sonna à Kuivaniemi. Les enfants dormaient et Siri avait commencé à préparer le repas du lendemain. Elle allait confectionner un Kalakukko, ce plat improbable qui survivait en grande partie parce que les Caréliens s'attachaient à le préserver, Siri la première. Elle le préparait chaque année en cette saison.

Elle le faisait pour honorer ses enfants morts, elle l'avait toujours fait, depuis l'été 1952, où pour la deuxième fois elle avait perdu un enfant, à la période de la fumaison des ablettes.

Elle était en train de pétrir la pâte quand la sonnerie retentit, et elle sut immédiatement qui c'était.

Elle entendit sa respiration au téléphone bien avant qu'il prenne la parole. Enfin, il se racla la gorge.

— Tu es aux fourneaux ? demanda-t-il.

Elle hocha la tête contre le combiné, elle savait qu'elle n'avait pas besoin de lui répondre.

— Elina aurait eu trente-six ans ce printemps.

— Et Riiko trente-trois.

Elle reprit son souffle. C'est une conversation qu'ils avaient eue à maintes reprises. C'était facile, au téléphone. Si on voulait, on pouvait fermer les yeux et faire comme si de rien n'était, comme si rien n'avait changé, comme si les années ne s'étaient pas écoulées, et comme si tout l'amour, ou du moins l'accord qui les unissait, était encore intact. Elle étala la pâte pour former la base de son pain et y disposa les petits poissons.

— J'ai du mal à croire que nous ayons des enfants si vieux !

Dans sa voix, elle entendait le jeune soldat dont elle était tombée amoureuse il y a une éternité – une vie entière était passée. Mais elle entendait aussi l'homme de soixante-deux ans dont elle avait divorcé. Il poursuivit, prononçant même les répliques de Siri :

— Ça veut dire que nous sommes vieux ! Mais ce n'est pas le cas, si ?

Siri ne dit rien. Elle savait la réponse qu'il attendait, c'était un jeu auquel ils avaient déjà joué, une manière de parler des enfants disparus sans s'aventurer dans l'espace le plus intime, là où la douleur ne disparaîtrait jamais.

Mais elle n'était plus à lui. Elle ne voulait plus partager cette douleur avec lui. Elle ne voulait plus rien partager avec lui.

Elle raccrocha. (Puis elle posa le combiné à côté du téléphone. Pas qu'elle crût qu'il allait rappeler, mais sait-on jamais.) Elle rangea son pain au poisson dans le garde-manger, le couvrit d'un torchon humide ; il devait lever au froid pendant la nuit. Le lendemain, elle le servirait et les enfants le mangeraient sans grand enthousiasme, mais ils se garderaient bien de le critiquer, ils savaient que quand maman préparait le pain au poisson, cela signifiait quelque chose qu'il ne fallait pas chercher à comprendre.

Elle alla se coucher le cœur lourd, comme toujours quand elle avait préparé son Kalakukko, mais elle était heureuse de ne pas avoir à partager ce moment avec Pentti. La peine ne lui avait jamais semblé plus facile à porter lorsqu'ils la partageaient, au contraire elle avait toujours l'impression qu'il la tirait vers le bas, vers des profondeurs insondables, et que, si elle ne résistait pas, elle coulerait de plus en plus bas pour ne plus jamais refaire surface. Ce n'est pas ça, l'amour.

*

C'est par curiosité qu'elle avait publié la petite annonce.

Femme de cinquante-cinq ans.

Puis elle avait dû réfléchir.

Née en Carélie.

Capable de cultiver la terre.

Qui aime chanter.

Cherche homme gentil et curieux pour se fréquenter, s'aimer peut-être.

Elle n'était pas arrivée plus loin. Que voulait-elle encore de la vie ? Qu'y avait-il à dire de plus à son sujet ?

Il s'avéra que c'était amplement suffisant. Les forêts finlandaises grouillaient visiblement d'hommes seuls, veufs ou célibataires qui aspiraient à rencontrer quelqu'un, entre autres pour chanter ensemble.

La première semaine, elle reçut dix lettres. Dix ! Elle qui avait l'habitude de recevoir une facture de temps en temps, et peut-être une lettre de ses frères, au maximum une fois par mois. (Et, depuis qu'on pouvait téléphoner, encore moins.)

La plupart des hommes intéressés étaient veufs. C'est ainsi que se terminaient les mariages dans la région, à l'époque. Le divorce ? Ah ! peut-être en Suède. À la rigueur à Helsinki.

Siri répondit à toutes les missives. Elle regardait plusieurs fois autour d'elle quand elle achetait les timbres et glissait les enveloppes dans la boîte. Elle ne voulait pas que les voisins répandent des ragots. « Cette garce qui vient d'emménager se cherche maintenant un jules ! Ah, on connaît bien ce genre de femmes ! »

Certains des prétendants n'étaient pas assez modernes pour fréquenter une divorcée (ils écrivaient d'ailleurs ouvertement ou entre les lignes qu'ils détestaient les femmes). Une sélection naturelle s'opérait par ce biais. Mais durant tout l'été, les lettres avaient continué à arriver, une ou deux par semaine. Il restait donc encore un tas de candidats. Comment choisir ?

— Oh, maman ! Mais c'est fantastique ! s'écria Helmi au téléphone.

Elle lui promit de venir la voir au plus vite pour l'assister dans son choix. Elle était un peu préoccupée, voire mécontente : sa mère ne lui avait pas demandé d'aide pour rédiger l'annonce, et elle n'avait pas exigé de photo « pour voir s'il n'est pas trop repoussant ». Il n'empêche, dans la plupart des cas, les hommes avaient tout de même joint leur portrait.

Il fallait maintenant oser rencontrer quelqu'un. Oser continuer. Malgré cette autre chose, toujours à l'affût, chaque heure, chaque minute.

Une vie meilleure ?

Comment faire pour ne plus s'excuser d'exister, ne plus avoir honte de qui on est ? Comment arrive-t-on à la conclusion qu'on ne vaut pas moins que les autres ? Est-ce possible ?

Quand on se trouve au fond du gouffre, comment fait-on pour en sortir ?

Les plus jeunes frères et sœurs entrent en piste, l'un après l'autre.

L'un d'entre eux appelait ça « la tournée ». Pour Siri, c'était un besoin physique. De réunir ses enfants. Dans les cas où c'était impossible, elle voulait au moins entendre leurs voix. Elle se demandait quelle tragédie il faudrait la prochaine fois pour réussir à les rassembler chez elle. Elle sortit son paquet de cigarettes et s'installa sur le tabouret de la cuisine. Puis elle passa des coups de fil en fumant, en admirant la prairie, ce paysage qu'elle affectionnait tant parce qu'il était à elle, rien qu'à elle.

La prairie était pleine d'herbes folles et toutes les plantes étaient en fleurs. Des coquelicots, du cerfeuil sauvage, du laurier de Saint-Antoine, des boutons-d'or. Si Siri avait su peindre, elle l'aurait peinte. Mais elle se contentait d'absorber avidement cette riche polychromie en parlant au téléphone. Peut-être cela la rendait-il plus affectueuse, plus aimable avec la personne au bout du fil.

Elle composa le numéro d'Annie (et Lauri). C'est Alex qui décrocha, dès la seconde tonalité. Elle l'aimait bien, ce jeune homme aux boucles brunes, il avait des yeux gentils et il avait l'air réellement amoureux d'Annie. Qu'importe s'ils ne se comprenaient pas ! Elle lui parla quelques instants, il répondit dans ce qui devait être sa langue maternelle, un dialecte doux et sonore, semblable au russe qu'elle avait entendu pendant les années de guerre. Annie finit par revenir du magasin et Siri put parler à sa fille.

Siri fut étonnée d'apprendre que Lauri avait déménagé, avant la Saint-Jean, même, et qu'il était descendu jusqu'à Copenhague. C'était vertigineux de se dire qu'un de ses enfants se trouvait si loin dans le monde. Là-bas, sur le continent. Si loin, au-delà de la portée de ses pensées.

Lauri n'avait laissé ni adresse ni numéro de téléphone. Annie suggéra à sa mère d'envoyer une lettre poste restante dans l'un des bureaux du centre de Copenhague si elle tenait vraiment à le joindre.

— Il était si bizarre les derniers temps ici, maman. Pire que d'habitude. Et, maman, il buvait tellement. Je sais que tu lui passes tout parce que c'est un de tes chouchous, mais ça n'allait pas.

Une fois qu'elles eurent raccroché, Siri garda un instant le combiné à la main.

Elle pensait à son petit Lauri. C'est vrai qu'il était son préféré, l'un de ses préférés. Les choses auraient peut-être été différentes s'il était resté avec elle dans le Nord. Il exerçait une influence sur Pentti, possédait une aptitude dont il n'était pas conscient lui-même – c'est en tout cas ce que pensait Siri. Elle était convaincue que Pentti écoutait ce fils, bien qu'il se fût toujours efforcé de lui faire croire le contraire. Et Lauri aurait pu aider Siri à choisir des habits.

Son corps était en train de changer. Elle avait pris du poids. Elle aimait sa nouvelle morphologie et accueillait ses formes avec gratitude, mais elle ne savait plus quoi se mettre sur le dos. Lauri aurait pu l'assister. Il aurait pu l'accompagner jusqu'à Tornio renouveler sa garde-robe. Elle en avait besoin pour… oui, elle en avait besoin, pour la première fois de sa vie. Des vêtements qui auraient flatté sa nouvelle physionomie, qui l'auraient rendue belle.

Elle regarda sa montre. Presque dix-huit heures. Bientôt temps de préparer le dîner. Elle entendait les enfants jouer avec le chien dans la cour. Tarmo ne devrait pas tarder à rentrer chez lui, à Helsinki. Elle savait que son job d'été dans le grand magasin l'occupait beaucoup. Elle savait aussi, parce qu'il le lui avait dit, que les autres jeunes de son âge n'assumaient pas autant de responsabilités que lui. Il était si dégourdi qu'il avait déjà le droit d'aider à compter les caisses et à fermer avec ses collègues plus expérimentés. La fierté dans sa voix, son accent qui s'était presque effacé, cela la rendait triste, pourtant elle n'ignorait pas que Tarmo avait besoin de ça pour survivre, il avait besoin de se transformer, de chenille en chrysalide, puis en papillon. C'était la seule issue. Il était content quand elle lui téléphonait. Il ne le lui disait pas, mais elle l'entendait à sa voix, la solitude, toujours au coin de la rue. Son petit garçon si intelligent, si doué à l'école.

*

Tarmo était heureux d'être parti, vraiment. Mais voir Lahja le rendait malheureux.

Il savait que ce qui se passait, leur éloignement, pouvait avoir des conséquences décisives, et véritablement détruire quelque chose. Pour qui ? Qui vivra verra.

Mais il savait également qu'il ne pouvait pas rester.

Toute sa vie, du moins d'aussi loin qu'il s'en souvînt, il avait vécu avec le nez juste au-dessus de la surface de l'eau. Il n'aurait pas survécu s'il était resté.

Lahja, elle, survivrait, elle était d'une autre étoffe, plus forte, et supportait plus de choses, quand lui aurait été incapable d'aller au lycée avec tous ces enfants de bouseux, au corps et à l'esprit balourds. Il n'arrivait pas à faire abstraction de son entourage. Bon Dieu, il supportait à peine l'existence au sein de sa propre famille, où il était pourtant entouré de gens avec qui il était lié par le sang.

C'était en grande partie grâce au professeur Strålfors. Sans son regard, Tarmo n'aurait jamais eu la possibilité de sauter une classe et, sans leurs conversations intimes, il n'aurait jamais pu postuler et intégrer le lycée privé huppé Arkadia à Helsinki, spécialisé dans le commerce et la logistique. Un excellent choix pour un futur économiste.

Le professeur Strålfors et sa femme n'avaient pas d'enfants et ils s'étaient attachés à Tarmo, cet oiseau rare dans une famille de corbeaux.

Le professeur Strålfors avait déjà eu dans sa classe plusieurs de ses frères et sœurs et c'était en tremblant qu'il avait accueilli un autre des enfants Toimi. Or, dès le premier jour, il avait compris que celui-ci était entièrement différent.

De toute sa carrière, le professeur n'avait jamais rencontré pareil élève.

Ou plutôt si, lui-même.

Cet homme possédait une intelligence hors du commun, et pourtant il n'avait jamais osé passer son doctorat, ce qui lui faisait défaut pour être à présent reconnu, oser s'affirmer sur la scène scientifique. Non, il ne l'avait pas fait et il le regrettait souvent. Toutefois, grâce à Tarmo, il avait pu se faire à l'idée et accepter qu'il y eût tout de même une raison à sa présence sur terre. Bref, le professeur espérait se réaliser par le biais des performances de Tarmo. Il avait gardé des contacts dans le monde académique à Helsinki et il réussit, sans trop de difficultés (mais en déboursant une grosse somme d'argent qu'il avait réussi à faire passer pour une bourse auprès de Tarmo et sa famille, qui n'avaient aucune raison d'en douter), à obtenir une place à Arkadia pour Tarmo, ainsi qu'un logement, chez sa sœur qui vivait à Töölö, un quartier de l'ouest d'Helsinki.

Comme lui, sa sœur n'avait pas d'enfants et était enseignante, dans une école privée de la capitale. Elle habitait dans un appartement de trois pièces dont elle avait hérité et c'est avec plaisir qu'elle accueillit Tarmo.

Il faisait de longs trajets pour se rendre à l'école située dans le quartier d'Eira, plus près de la mer. La plupart des élèves vivaient à proximité, soit à Eira même soit à Kaivopuisto, mais quelques-uns vivaient dans le quartier plus chic de Töölö. Les enfants de Töölö étaient cependant généralement envoyés en internat à Turku, ce sur quoi Tarmo allait se faire une idée bien à lui lors de sa première année à Helsinki.

Tarmo avait promis des rapports hebdomadaires à son professeur et sa femme, et il prenait cela très au sérieux. Car ils n'étaient pas les seuls à avoir été sauvés par Tarmo et son talent, bien sûr. Non, c'est Tarmo qui avait été sauvé au premier chef.

S'échapper de l'existence, se diriger là où la vraie vie commence.

Il se demandait souvent (tout comme ses parents) pourquoi il était né dans la famille Toimi. Il n'avait rien à y faire. À part s'y déplaire et souffrir. Lahja était la seule à ne pas remettre en question l'existence de ce frère. (Elle la voyait comme une preuve de sa propre raison d'être, et sans lui elle peinait à garder en tête son objectif, le but de sa propre vie. Mais vous en saurez davantage ultérieurement.)

Tarmo avait été baptisé d'après le brise-glace qui avait joué un rôle déterminant dans la guerre civile finlandaise de 1918 et pendant la Seconde Guerre mondiale. Comme il avait honte de son prénom ! Comment peut-on appeler son fils comme ça ?

Tarmo faisait partie des enfants que Siri aimait un peu plus que les autres. Quand il était venu la voir et l'avait mise devant le fait accompli à la fin de l'hiver 1981 – il avait été accepté au lycée, trouvé un logement et un financement –, il lui avait été impossible de le retenir. Elle savait que la vie dans le Nord ne lui convenait pas, qu'il était spécial, son petit garçon aux grands yeux graves, son petit garçon hanté par tant de questions, auxquelles elle était incapable de répondre. Il avait besoin d'une grande ville pour s'y épanouir, un endroit avec suffisamment de monde pour qu'il se fonde dans la masse. Il avait besoin de plus. Elle était néanmoins triste qu'il soit parti, autant que Lahja – voire plus, même si elle le cachait.

Tarmo rappelait à Siri son propre père. C'était un homme bon, jovial, sympathique. Tarmo était doux, comme lui. Il n'y avait pas une once de méchanceté en lui. Il était en même temps très semblable au père de Pentti, le prédicateur.

Même corps aux membres fins, mêmes doigts de pianiste (bien que ce ne soit pas une expression utilisée dans leur contrée), même regard affûté et pénétrant. Mais il n'avait pas encore appris à en tirer avantage, comme l'avait fait Pappi Toimi, pour obtenir ce qu'il désirait, pour modeler son environnement à sa guise, puis qualifier cela de volonté divine.

Tarmo n'était en revanche pas l'un des préférés de Pentti. Il ne comprenait pas ce garçon, cet intellectuel, peut-être même qu'il était effrayé par son apparence, son propre père en version plus jeune. Il parut quelque peu soulagé quand Siri lui dit que Tarmo allait déménager.

— Ça fera une bouche de moins à nourrir, grogna-t-il en engloutissant une cuillerée de soupe à la saucisse. Mais il devra rentrer pendant les vacances pour bosser, qu'il se fasse pas d'illusions !

Siri sourit à Tarmo, assis dans l'escalier, les bras autour de ses genoux, et Tarmo se dit que sa vie allait enfin commencer.

Après l'été.

Lequel passa et le jour du départ approcha. Lahja, qui avait fêté ses treize ans et refusait de lui parler depuis plusieurs semaines, finit par craquer. Elle l'aida à faire ses bagages et il lui offrit ses vieux livres, des livres d'occasion donnés pour la plupart par le professeur Strålfors. Elle les avait déjà tous lus mais c'était le geste qui comptait, si triste et si attentionné à la fois.

Ils étaient assis sur le lit dans leur chambre – ils dormaient dans le même lit, comme l'avaient fait et le faisaient encore nombre des enfants Toimi, les parents n'ayant ni la place ni les moyens de leur procurer un lit chacun ; d'ailleurs, si on commençait comme ça, il leur faudrait chacun sa chambre, et son cheval pendant qu'on y était ? Et des vacances, et des congés. Tarmo et Lahja n'avaient rien contre le fait de partager leur lit. Ils lisaient souvent sous la couverture à la lueur de la lampe de poche jusque tard dans la nuit.

Mais c'était fini.

— Je reviendrai pour toutes les vacances, promit Tarmo.

Lahja grimaça.

— Je te parie que non.

— Si, Pentti m'y obligera.

Elle lui décocha un coup de poing dans le bras, un coup de poing sans force, à la place d'une accolade qui était trop dangereuse, trop risquée. Elle lui sourit, du genre de sourire qui n'a pour but que de tenir les autres sentiments en échec, et elle secoua la tête.

— Il ne le fera pas, tu le sais aussi bien que moi.

Le divorce n'avait pas encore eu lieu au moment où Tarmo partit, c'était à la fin de l'été 1981, mais Lahja savait que dès que son frère serait monté dans le car, il serait libéré de cet endroit. Il reviendrait, elle n'en doutait pas, mais ce serait sa propre décision, pas celle de quelqu'un d'autre, surtout pas de Pentti.

Tarmo essuya une larme, incapable de se retenir, malgré les coups de poing, malgré ses efforts.

— Arrête de chialer, grand frère, ou je t'en colle une.

Tarmo pleura tout de même et Lahja, ne pouvant se retenir plus longtemps, craqua aussi, et ils demeurèrent assis côte à côte, leurs têtes si près l'une de l'autre, pour la dernière fois, leur semblait-il.

Ils le déposèrent à la gare en voiture, et Siri l'étreignit si fort qu'il dut lui dire :

— Aïe, maman, tu me fais mal.

Les yeux brillants de larmes, Siri lui tendit un sachet plein de roulés à la cannelle, des gifles, comme on les appelait, les pâtisseries préférées de Tarmo. Elle les avait faites la veille et il en emporta une douzaine, comme une petite amarre à emporter lors de son voyage dans le grand monde.

Pentti lui serra la main et lui souhaita bonne chance. Lahja resta dans la voiture. Elle avait insisté pour les accompagner, refusant de surveiller Arto et Onni, mais, une fois arrivée à la gare, elle ne voulut pas sortir de la voiture, gardant les yeux rivés sur le siège devant elle.

*

Tarmo répondit dès la deuxième sonnerie. Il était dix-huit heures quinze et il savait avant de décrocher que c'était sa mère. Personne d'autre ne téléphonait un soir en semaine au beau milieu de l'été. L'appartement était vide, il l'avait pour lui seul, il avait même l'impression d'avoir la ville pour lui seul. Tous ceux qui en avaient la possibilité la quittaient pendant l'été. Ils partaient à la campagne, sur une île de l'archipel d'Helsinki, en mer, ou à Åland.

Helsinki n'est pas une ville où l'air tremble de chaleur pendant la saison estivale, obligeant les habitants à s'octroyer une sieste en milieu de journée pour ne pas mourir de chaud, mais Tarmo trouvait la ville vraiment agréable lorsqu'elle était vide, qu'il y faisait chaud, en tout cas assez chaud, et que les journées étaient longues. Il arpentait les rues après le travail, n'ayant ni devoirs ni horaire de dîner à respecter. Le soir, il se préparait une tartine, la mangeait debout sur le petit balcon en fixant le vide et oubliait le monde, se laissant remplir par cette tartine et ce qui l'entourait.

Après son repas chiche mais amplement suffisant, il se rinçait le visage à l'eau froide et se changeait, il suspendait soigneusement son pantalon de costume et sa chemise blanche sur une chaise et enfilait un jean et un tee-shirt.

Il se dirigeait presque toujours vers le monument à Sibelius, ce colosse dressé sur un rocher dans le parc homonyme. La représentation de la tête du compositeur, il n'en avait cure, ce qui l'attirait c'était cette drôle de structure composée de tuyaux d'orgue soudés ensemble.

La sculpture était en métal brillant et dans ses tubes dansaient de magnifiques reflets lorsque le soleil l'éclairait. Tarmo aimait surtout se placer sous la sculpture et regarder vers le haut, vers le ciel, à *travers* elle. Le bruit dessous était étonnant et lui donnait presque le tournis, c'était une sorte de bruissement étouffé, il avait l'impression que son conduit auditif avait été retourné comme une chaussette, il ne pouvait pas le décrire mieux que ça, et cette sensation dans son corps avait quelque chose de spécial, il se sentait si pur, plein de sens.

Il y avait parfois d'autres personnes près du monument, alors il n'osait pas se tenir dessous, de peur de paraître bizarre.

Et parfois la météo l'arrêtait, il pleuvait beaucoup l'été à Helsinki.

Mais le plus souvent il essayait d'y aller.

L'appel de Siri pouvait aussi être un obstacle. Si sa mère était d'humeur bavarde, la conversation pouvait traîner en longueur, à tel point qu'il était ensuite trop tard pour sortir, il était fatigué.

— Comment ça va, mon chéri ? Ils sont gentils avec toi au travail ?

— Ça va, maman, répondit-il, comme toujours, soucieux de ne pas l'inquiéter sans raison. Comme d'habitude.

C'était à Lahja qu'il avait coutume de se confier, mais il ne lui avait pas parlé de tout l'été.

Sa mère lui tenait le crachoir. Elle racontait que Voitto était rentré, que Pentti allait se retrouver à la rue, qu'Esko l'avait mis à la porte. Tarmo n'écoutait qu'à moitié, détaché qu'il était de tout ce qui se passait là-haut. Il voyait le soleil du soir descendre sur Helsinki. Son cœur flancha, la déception l'envahit, jusqu'à ce qu'il l'accueille, l'accepte ; de cette manière il pouvait la mettre à distance et se projeter au lendemain, avec hâte, parce que alors il aurait le temps d'aller voir le monument. Siri n'appelait jamais deux jours d'affilée.

*

Quand Tarmo descendit du car à Helsinki, en août 1981, une partie tout à fait inconnue de ses poumons s'ouvrit, comme s'ils avaient doublé de volume, annihilant toutes ses pensées liées au smog et à l'air pollué de la capitale. Tarmo avait eu l'impression de rentrer chez lui. Cette ville était *faite* pour lui, comme taillée sur mesure. Sa logeuse, la sœur du professeur Strålfors, l'attendait à la gare. Hilma, c'était son nom, avait des yeux doux et un manteau démodé. Elle n'était ni belle ni élégante, pourtant elle ressemblait à une vedette de cinéma, pensa Tarmo, par rapport à toutes les vieilles bonnes femmes qu'il voyait habituellement.

Par rapport à Siri. Il avait un peu honte. De quoi, il ne le savait pas vraiment. Honte vis-à-vis d'Helsinki ? Ou de Siri ?

Ils rentrèrent en tramway. C'était la première fois pour Tarmo qui fut bouche bée devant la magnifique décoration, les parois lambrissées et les sièges en velours vert. Puis-je m'y asseoir ? se demanda-t-il. Ai-je ma place ici ? Ah, si seulement !

Et l'appartement d'Hilma, *son chez-lui* à présent, si élégant, haut de plafond, percé de grandes fenêtres, pas du tout ce à quoi il était habitué. Sa chambre, la chambre de bonne, était minuscule, mais c'était la sienne, rien qu'à lui. Elle renfermait un lit étroit, un bureau et une commode, et chaque soir il restait allongé un moment dans son lit avant d'éteindre, il s'appropriait les murs.

Ici, il se sentait renaître.

Comme un mort qui revient à la vie. Beaucoup de gens ignorent ce qu'est la gratitude, ne comprennent pas le concept. Tarmo, oui. On n'avait pas besoin de le lui rappeler, chaque jour il la sentait en lui. Quand il se rendait à l'école en tramway, quand il faisait ses devoirs, quand il se lavait les dents le soir et quand, allongé dans son lit, en cherchant le sommeil, il écoutait les bruits de la ville, si différents des bruits auxquels il était accoutumé, à chaque instant éveillé en somme, il savourait sa chance. Il comparait toutes les minutes ici avec les minutes chez lui.

Et il n'avait pas peur de rendre visite à ses parents (contrairement à Annie), car il savait que personne ne pouvait lui ôter cela.

Il détenait dorénavant, et pour toujours, une clé lui permettant d'accéder à une autre vie. C'est pourquoi il ne lui serait pas difficile de rentrer pour Noël, parce que chez lui n'était plus chez lui ; chez lui, c'était Helsinki. Il aurait le temps de se passer bien des choses avant ces journées décisives autour de Noël qui se situaient encore dans son avenir et celui de toute la famille Toimi.

Tarmo savait qu'il était différent des autres enfants de la famille, qu'il ne pensait pas comme eux, mais ça n'avait jamais été aussi vrai qu'à présent.

Il avait atteint la puberté, quelque chose que, certes, ses frères avaient attrapé avant lui. *Attrapé*, comme une pénible maladie, qui avait aussi frappé ses camarades d'école, de manière physique, presque brutale. Pour Tarmo, ce n'était pas pareil. Son cœur avait mûri plus vite que son corps. Il n'avait pas beaucoup de poil au menton et sa libido, eh bien, il ne savait pas vraiment.

L'éveil à la sexualité de la plupart de ses frères lui avait paru presque violent, ça les avait tellement affectés, ces érections mal dissimulées, cette odeur, une odeur d'éjaculation, et ces draps tout raides de semence séchée ! Tarmo n'avait rien vécu de tout cela.

Des rêves avaient toutefois commencé à le hanter, des rêves vivants, à la fois abstraits et concrets. Ils renfermaient des corps – ni féminins ni masculins, c'étaient des sortes de créatures androgynes sans rien entre les jambes, ni orifices ni sécrétions.

Son propre corps, il avait fait comme s'il n'existait pas, il aurait voulu qu'il soit aussi lisse que ceux qui peuplaient ses rêves, pur, insalissable, incorruptible.

Un soir au début du semestre, il avait assisté avec sa classe à un opéra au théâtre Alexander, qui avait produit sur lui un effet considérable. D'abord le lieu, ancien, resplendissant de dorures et de riches ornements, un lieu nouveau où il se sentait mal à l'aise, puis l'histoire, celle d'une famille de pauvres fermiers dans la région d'où Tarmo était originaire, la musique ensuite, provenant de la fosse d'orchestre et enfin, et surtout, les corps, tels ceux des rêves qu'il avait faits ces derniers temps, des corps asexués, élégants, incroyablement excitants avec leur luxe hautain et glacial.

Les corps des danseurs étaient si parfaits, leurs lignes si évidentes, comme s'il n'avait pas pu en être autrement !

Cela l'avait fasciné. Il n'avait jamais compris auparavant que le corps humain, ça pouvait être *ça*.

Pour la première fois, Tarmo avait ressenti ce qui ressemblait à de l'excitation. Les joues en feu, il était resté assis au bord du strapontin en velours rouge pendant tout le premier acte, puis, à l'entracte, il avait dû se forcer à suivre ses camarades de classe dehors. En silence, il s'était tenu à côté d'eux dans la rue à les écouter à distance parler de choses dont parlent les adolescents d'Arkadia à Helsinki : les devoirs, le week-end, mais aussi le ballet, l'orchestration, des conversations qu'il n'aurait jamais rêvé d'avoir, ni même d'écouter, depuis la ligne de touche.

Mais ses pensées étaient ailleurs, il voyait ces corps devant lui, et ce qu'ils accomplissaient, pouvaient accomplir. Il se demandait quel effet ça faisait de toucher un de ces corps, de caresser ces muscles, d'explorer les recoins, les cachettes, de chercher des manières d'entrer.

Quand sonna la fin de l'entracte, une de ses camarades de classe, Mirja, le prit sous le bras et il l'accompagna dans la salle. Ses cheveux lui arrivaient juste au-dessus des épaules et flottaient librement de droite à gauche quand elle parlait.

— C'est bien, non? lui chuchota-t-elle à l'oreille. C'était comme ça quand tu étais petit?

Tarmo ne pouvait qu'opiner du chef, il déglutit mais la boule dans sa gorge ne disparut pas; il n'avait pas mal pour autant, il était pris de vertige, il avait trouvé un groupe où il se sentait bien, chez lui, *son* groupe.

Après la représentation, ils étaient allés manger ensemble dans une cafétéria. Tarmo était resté silencieux, pensif, regardant les conversations se dérouler, se poursuivre autour de lui.

Il pensait à son ancienne vie, essayait d'imaginer aller au restaurant avec sa famille après avoir assisté à un opéra, et l'idée était si risible qu'il secoua la tête.

De l'autre côté de la table, il remarqua que Tomas, l'un de ses camarades de classe, le contemplait. Tarmo sentit ses joues brûler. Il détourna le regard. Quand il le dirigea de nouveau vers lui, Tomas l'observait toujours, d'un air amusé et gentil. Tarmo lui sourit en retour ; il se sentait bien. Il était entouré d'amis. Personne ne menacerait de lui mettre une raclée ou n'essaierait de lui faire porter le chapeau, ici il pouvait souffler.

Inspirer et souffler.

Les garçons étaient différents à Helsinki. Les filles aussi. De purs citadins. Tellement à l'aise, sûrs d'eux, bien dans leur peau. Comme ils avaient l'air heureux ! Ils l'accueillirent à bras ouverts, enfin, à bras aussi ouverts que le peuvent des jeunes de quinze ans, si bien qu'en quelques semaines il se sentit plus accepté qu'il ne l'avait été durant toute sa scolarité. C'est dire. Tarmo se fit rapidement un groupe d'amis, intégrant une bande de jeunes garçons intellectuels. *Et* de filles, même si elles n'étaient pas aussi nombreuses. Ils avaient tous la même apparence sérieuse, la même posture bien droite et le même regard clair, et la même vision du monde.

Tarmo n'avait pas autant de budget à investir dans les vêtements, mais ce n'était pas très grave. Même le manteau chaud dont il avait hérité et ses chaussures d'hiver élimées semblaient aller de soi et appropriés au contexte.

Pour l'obtention de son diplôme, le professeur Strålfors lui avait offert une paire de gants en cuir et un bonnet de fourrure qui renforçaient son image de jeune intellectuel.

Peu après la sortie à l'opéra, Tarmo et Tomas se lièrent d'amitié. Les deux garçons se ressemblaient physiquement, ils auraient pu être frères si ce n'est que Tarmo avait les yeux sombres. Ceux de Tomas étaient bleu clair, comme ceux des loups, se disait Tarmo. Tomas habitait à Töölö, tout comme lui, mais dans un quartier plus huppé. Ils parlaient facilement ensemble mais pouvaient aussi partager des moments de silence. C'est comme ça que l'on reconnaît ses vrais amis, ce sont ceux avec qui le silence n'est pas gênant, comme on dit souvent. Naturellement, ils se mirent à rentrer ensemble, et assez vite ils allèrent l'un chez l'autre. Ils faisaient leurs devoirs en silence ou, s'ils étaient chez Tomas, ce qui était le plus souvent le cas, ils écoutaient des vinyles sur le tourne-disque dans sa chambre.

Grâce à son ami, Tarmo apprit que la musique, comme le corps humain, est protéiforme, et peut receler une multitude de choses à la fois. Là, il découvrit Sibelius et Miles Davis, et bien d'autres qu'il apprit rapidement à aimer.

La musique qui jusque-là avait été pour lui une grande inconnue s'ouvrit à lui. Il engloutit avidement tout ce qu'il trouvait sur son chemin.

De la musique sans mots, comment n'y avait-il pas pensé plus tôt ?

Tomas était l'enfant unique d'un couple de médecins issus de familles aisées depuis des générations. Ils résidaient dans un grand appartement de la Topeliusgatan avec vue sur le joli parc Topelius. Tomas avait la plus grande chambre, il y avait de la place pour un lit, un canapé, un bureau et plusieurs étagères pleines de livres.

Tarmo se sentait bien chez Tomas et passait des heures allongé sur le véritable tapis d'Orient, à écouter *Bitches Brew* de Miles Davis, se laissant envelopper par ces sons étranges et incompréhensibles. Tomas s'allongeait souvent à côté de lui, ou bien il se recroquevillait devant la fenêtre pour fumer une cigarette.

C'est à une de ces occasions, courant octobre, quelques mois après le début du semestre, que Tomas embrassa Tarmo pour la première fois. Au son des notes envoûtantes de « Pharaoh's Dance », Tarmo sentit son cœur courir comme la batterie, et le jeu espiègle de la trompette en vint à symboliser sa surprise face à la tournure des événements et à ses propres sentiments.

Son étonnement fut d'abord immense, mais, quand il plongea son regard dans les yeux bleu clair de Tomas, seulement à quelques centimètres des siens, cela lui apparut comme une telle évidence qu'il ne put faire autrement que l'embrasser en retour. Il n'avait jamais rien vécu de tel. Pour la première fois, il fut violemment projeté dans son propre corps, dans sa chair. Cette autre langue qui touchait la sienne. La chaleur de cet autre corps qui irradiait. Ils consacrèrent tout l'après-midi à des explorations buccales. Quand Tarmo rentra ce soir-là, Hilma lui demanda s'il avait mangé un aliment auquel il était allergique chez son camarade tant ses lèvres étaient enflées.

Tarmo lui donna une réponse évasive et se faufila dans les toilettes. Là, il vit sa bouche gonflée de baisers, ses yeux brillants et ses joues roses. Il croisa le regard de quelqu'un qui avait l'air, comment dire, heureux. Ce soir-là, Tarmo s'endormit pour la première fois avec les mains sous sa couverture et, à partir de ce moment, ses rêves changèrent de caractère. Ils renfermaient encore des corps qui dans une certaine mesure étaient androgynes, sveltes, purs et élégants, mais ils avaient un sexe, aucun doute là-dessus.

Tarmo n'avait pas saisi le caractère protéiforme de l'homosexualité, et de la sexualité en général. Il n'avait qu'un point de comparaison : son frère et cette vulgarité qu'il dégageait. Lauri représentait une tendance inverse avec laquelle Tarmo avait du mal à s'identifier, voire qu'il méprisait carrément. Apparemment, il pensait pouvoir devenir femme, qu'il lui suffisait de bien rouler des fesses en marchant, de se maquiller, de porter un jean moulant ou de gesticuler avec le poignet en parlant. Or Tarmo se rendait compte qu'en dépit de son intelligence il n'avait pas compris que l'amour et la sexualité avaient plusieurs visages, que sa sexualité n'attendait que d'affleurer, qu'il lui suffisait de reconnaître le visage de son propre désir. Et il était désormais fermement résolu à explorer et apprendre à connaître son for intérieur. Qui sait, il recelait peut-être des trésors !

Les premiers baisers sur le tapis de la chambre de Tomas furent suivis de bien d'autres. Les camarades de classe parurent accepter leur… comment qualifier cette relation qui s'approfondissait ? Ils ne se touchaient que dans la chambre de Tomas. Dans le tramway ou à l'école, il arrivait que leurs doigts se frôlent, mais cela n'allait jamais plus loin. Bien sûr, on voyait qu'il s'était passé et continuait de se passer quelque chose entre eux. Des coups d'œil complices, des regards et des expressions échangés quand quelqu'un prononçait un mot qui les ramenait à leur propre univers, leur difficulté à se retenir de rire parfois, et la manière dont ils dissimulaient leurs fous rires en quintes de toux ou autre subterfuge ingénieux. Leurs camarades de classe étaient discrets et encourageants, et ils n'eurent jamais l'impression de devoir en parler ou prendre position. Ces jeunes intellectuels préféraient faire abstraction du réel et échanger sur ce qu'ils avaient lu dans tel ou tel livre ou les expositions qu'ils avaient vues. Les ragots n'étaient pas fréquents, la plupart ne semblaient pas s'y intéresser et considéraient qu'ils étaient sur terre pour un but supérieur, plus noble. Les cancans étaient réservés aux gens qui n'avaient rien de mieux à faire.

Un après-midi, alors qu'ils s'embrassaient comme d'habitude, la porte de la chambre s'ouvrit tout à coup. Apparut le père de Tomas, le docteur Annerdahl, chirurgien-chef, un homme maigre aux chaussures cirées et costume onéreux, avec un regard gris acier et les cheveux aussi sombres que ceux de Tomas, mais avec des tempes d'un gris presque artificiel, comme si elles avaient été teintes pour renforcer encore son autorité.

Le chirurgien regarda son fils et le camarade de celui-ci, les secondes passaient, cinq, dix, quinze, Tarmo ignorait combien, on aurait dit que le temps s'était arrêté, comme si le docteur Annerdahl avait la capacité de le figer de son regard de glace, ensuite il tourna les talons et claqua la porte. Il disparut aussi vite qu'il était venu. Seul perdura l'écho de ses pas.

Tomas fut affecté physiquement par la visite impromptue de son père. Il se mit à transpirer et à claquer des dents. Son regard devint fuyant et il refusa catégoriquement que Tarmo le touche ; il sursauta quand Tarmo lui effleura l'épaule.

— S'il te plaît, je crois qu'il vaut mieux que tu partes.

Il n'arrivait pas à le regarder.

— Mais je ne peux pas te laisser comme ça, essaya Tarmo.

— Ne t'inquiète pas, j'ai besoin de me reposer, c'est tout.

À contrecœur, Tarmo rassembla ses affaires et sortit de la chambre à reculons. Il pensa à son propre père et se demanda ce que Pentti aurait fait s'il l'avait surpris dans la même situation et comment ça l'aurait affecté. Tomas n'était ni désagréable ni énervé, plutôt apathique, et Tarmo se sentit abattu, inquiet pour son camarade, lorsqu'il chemina vers chez lui en cette soirée d'octobre teintée de rose. Cette nuit-là, il dormit mal, et vit plusieurs fois le visage de son ami. Le lendemain, Tomas n'était pas à l'école. Tarmo fut rongé d'inquiétude toute la journée. Personne d'autre ne parut remarquer l'absence de Tomas. Tarmo, lui, ne pensait qu'à cela et avait du mal à se concentrer sur les cours. Il réussit à peine à avaler ses sandwichs du midi, le fromage formait dans sa bouche une boule qu'il fut contraint de recracher dans sa serviette.

Il prit le tramway pour rentrer et passa par habitude devant la maison de Tarmo.

Il s'arrêta à proximité, indécis.

Pourquoi ses pieds, son corps l'avaient-ils mené ici et que devait-il faire à présent ?

Il leva les yeux vers la chambre de Tomas et vit que la lumière était allumée.

Que faire ? Qu'aurait voulu Tomas ?

Il se souvenait de la prise de distance de Tomas, de sa réaction quand son père était venu et reparti.

Mais il se rappelait aussi les baisers de son ami, son érection pressée contre lui, et c'est ce souvenir érotique qui lui donna finalement le courage dont il avait besoin pour passer la porte de l'immeuble et grimper l'escalier de marbre jusqu'au quatrième étage, accompagné par l'écho de ses pas. Il demeura longtemps devant l'appartement des Annerdahl sans oser sonner. Puis il enfonça le bouton. Quand Tomas ouvrit la porte au bout d'un long moment, Tarmo prit conscience qu'il retenait sa respiration. Il pouvait enfin souffler. Tomas était toujours pâle, il semblait presque anémié, ses cheveux sombres contrastaient avec son teint transparent et sa peau était tendue sur ses membres fins. À présent le contraste était renforcé. Il avait l'air fragile, comme s'il pouvait se briser si on le heurtait trop vite. Comme une poupée de porcelaine. Tarmo voulait le toucher, mais n'osait pas.

— Comment vas-tu ? parvint-il enfin à dire.

Les mots sonnaient faux en sortant de sa bouche. Tomas haussa les épaules.

— Tu es malade ?

Tomas fit « non » de la tête. Son regard, qui se posa sur Tarmo pour s'en détacher immédiatement, était celui d'un animal traqué.

— Ou plutôt si, peut-être que oui. Malade et pervers. Quelqu'un qu'on devrait enfermer.

Il éclata en sanglots et tomba dans les bras de Tarmo, qui serra contre lui son ami qui pleurait à chaudes larmes contre son épaule. Ils restèrent un long moment sur le palier, tandis que Tomas sanglotait sans bruit, mais violemment. Tout son corps tremblait.

— Je peux entrer ? murmura Tarmo contre les doux cheveux de son ami.

— D'accord, mais juste un petit moment. Je crois qu'ils ne vont pas tarder.

Dans la chambre de Tomas, Tarmo s'assit à l'extrémité du canapé. Il avait gardé son manteau, n'avait ôté que ses gants et son bonnet de fourrure. Tomas s'allongea, posa la tête sur les genoux de son ami et ils contemplèrent longuement le ciel d'Helsinki par la fenêtre. Parsemé de nuages derrière lesquels le soleil luttait pour se montrer, il semblait peint en rose et violet, comme une symphonie silencieuse.

Ils avaient dû s'endormir tous les deux, car, quand Tarmo ouvrit les yeux, il faisait nuit noire, le ciel était entièrement gris, et il entendait des pas à l'autre bout de l'appartement. Il regarda la tignasse sombre de Tomas sur ses genoux et se dégagea le plus délicatement et silencieusement possible. Il savait où se trouvait l'entrée de service. Il pouvait s'y rendre sans être vu. Mais quelque chose en lui refusait de demander pardon. Il ignorait d'où lui venait ce sentiment, peut-être parce que toute sa vie (de seulement quatorze ans, certes) il s'était plié à la volonté d'autrui, il avait courbé l'échine et essayé de ne pas se faire remarquer. Il ne comptait plus jamais s'excuser d'être celui qu'il était. Au lieu de longer le couloir de service vers la cuisine, il fit tout à coup volte-face et retourna vers les bruits.

Dans le grand couloir se tenaient les deux parents, plongés dans leur conversation. Ils se turent en l'apercevant. Le docteur Annerdahl ouvrit la bouche et s'apprêta à prendre la parole, mais la referma lorsque Tarmo leva la main pour signifier qu'il avait quelque chose à dire. Il savait que les mots qu'il allait prononcer étaient importants, peut-être les plus importants qu'il ait jamais prononcés, et il les pesa soigneusement. Les parents de Tomas avaient l'air fatigués. Ils portaient des manteaux en laine onéreuse rehaussés de cols en fourrure et des couvre-chefs, elle en fourrure et orné d'une broche et lui un bonnet de laine grise assorti à son manteau et à son costume. On aurait dit deux régents épuisés, se dit Tarmo.

— Monsieur et madame Annerdahl. Je ne sais pas si je me suis présenté comme il se doit. Je m'appelle Tarmo Toimi.

Les parents se tournèrent vers lui. La mère croisa les mains comme si elle se préparait à écouter un morceau de piano. Tarmo poursuivit :

— Je sais que nous nous sommes croisés, mais je crois que vous ne me connaissez pas. Je me suis attaché à votre fils Tomas et lui à moi. Sachez que chaque matin je suis étonné et reconnaissant de me réveiller ici, à Helsinki, et non là où je devrais être. Je viens d'un petit village loin dans le Nord, mes parents sont paysans et je suis l'un des derniers d'une grande fratrie.

Les deux parents le fixaient. Il ne savait pas ce qu'ils pensaient, mais maintenant qu'il avait commencé il ne comptait pas se laisser interrompre. Il reprit son souffle.

— Mes parents savent lire, mais guère plus que ça, et ma mère n'est jamais allée à l'école. Mon père est un homme plein de haine qui n'a fait tant d'enfants que pour les utiliser comme main-d'œuvre gratuite dans sa ferme. La plupart de mes frères et sœurs leur ressemblent, physiquement et mentalement, d'une manière ou d'une autre. On comprend qu'ils aient pu être engendrés par ce couple.

À cet instant, Tarmo tourna les paumes vers le ciel comme pour dire, comme pour *souligner* : regardez-moi, regardez à quoi je ressemble.

— Mais pas moi. J'ai certes les cheveux bruns et les yeux sombres de mon père, mais il est petit et trapu ; en revanche, mon caractère, mon cerveau, je ne sais pas d'où ils viennent.

Il les regarda en reprenant son souffle. Ils ne parlaient pas, écoutaient attentivement.

— J'ai toujours été différent. J'ai appris à lire tout seul vers trois ans, puis j'ai appris à ma petite sœur. J'ai eu la chance d'avoir un professeur qui m'a remarqué, qui a vu mon potentiel et qui m'a aidé à obtenir une place au lycée Arkadia. C'est là que j'ai connu votre fils.

Quand il mentionna Tomas, un voile noir passa sur le visage du père. La mère posa doucement sa main sur son bras, comme pour l'empêcher de bouger.

— C'est sans doute difficile à comprendre pour quelqu'un qui n'a pas grandi dans ces conditions, c'est même difficile à comprendre pour moi, mais tous ces jeunes gens à Arkadia, à commencer par votre fils, m'ont permis de croire en moi. Et m'ont convaincu que je n'ai pas besoin de m'excuser d'exister.

Il sentit monter les larmes. Il jeta un coup d'œil circulaire dans le couloir, avec son parquet luisant, son papier peint foncé à médaillons, et puisa des forces dans les objets sans vie autour de lui. Nous sommes morts, semblaient-ils lui dire. Toi, tu es vivant, ne l'oublie pas, Tarmo Toimi !

Et c'est avec cette sensation qu'il termina son discours, en concluant :

— Que je fais l'affaire comme je suis. Tous les jeunes devraient ressentir ça.

Il esquissa un petit sourire.

— Les moins jeunes aussi, d'ailleurs.

Ils gardèrent le silence un long moment.

Tarmo sentit que tout le courage qu'il venait de convoquer, cette impression de maturité et d'évidence qui l'habitait le délaissait petit à petit, et qu'il avait à nouveau quatorze ans, là, devant le chirurgien-chef de l'hôpital renommé d'Eira et sa femme, le docteur Annerdahl, elle aussi renommée et respectée.

Comment allaient-ils réagir ?

Comme il s'en doutait, comme il l'avait pressenti, il avait affaire à des personnes raisonnables, intelligentes, bref, modernes. Elles avaient été effrayées par l'inconnu, par l'impression d'avoir été dépossédées de leur petit garçon, par cette période répugnante qu'est la puberté, néanmoins il leur suffit de mettre un visage sur cet inconnu pour que leur bon sens soit rétabli et les aide à comprendre.

Ce n'est pas à cause de ce qu'ils dirent mais, lorsque Tarmo reprit le chemin de chez lui, il avait l'impression qu'il avait gagné leur respect. Le chirurgien-chef Annerdahl lui avait serré la main, pas de manière distante, non, il avait pris sa main dans les siennes et Tarmo avait senti la chaleur qui en émanait pour l'envelopper, et il était rentré chez lui d'un pas léger ce soir-là. Les premières neiges tombaient sur la ville, renforçant l'impression qu'il avait d'être seul mais fort, capable de se défendre.

Le lundi suivant, Tomas n'était pas au lycée. Quand Tarmo s'en enquit auprès de Mirja, l'une de ses camarades de classe, elle répondit que Tomas allait être placé à l'internat de Brinkhall, à Kakskerta, une île située au sud de Turku.

Elle haussa les épaules, ses lèvres rose clair esquissant une moue désinvolte. Tarmo, lui, avait l'impression d'étouffer.

— Ce n'est pas bien grave. Les plus indisciplinés d'entre nous sont souvent envoyés là-bas. Quand ils veulent nous avoir à l'œil. Ou nous réformer.

Puis elle se tourna vers la fille à côté d'elle pour poursuivre la conversation que Tarmo avait interrompue.

Il sortit de l'établissement en courant. C'était la première et la seule fois qu'il avait quitté le lycée avant la fin des cours. Son cœur battait dans sa poitrine et, quand il eut monté les marches jusque chez Tomas, il sentit le goût du sang dans sa bouche.

Il tambourina à la porte, eut le temps de se calmer. Il prit rapidement conscience qu'il n'y avait personne.

Il se laissa tomber sur une marche, resta assis sur le marbre froid jusqu'à ce que ses larmes cessent de couler. Alors, il se redressa sur des jambes flageolantes et reprit lentement le chemin de la maison à la lueur du crépuscule.

Jamais plus il ne revit Tomas. (En revanche, il apprit dix ans plus tard dans le journal qu'il s'était fiancé, mais ça, c'est une autre histoire.)

Quant au docteur Annerdahl, il suivit de très près le parcours académique de Tarmo et l'aida à avancer dans la vie. Il ne se fit jamais connaître, ne contacta jamais le garçon, mais il était toujours là, à veiller, flottant silencieusement au-dessus de lui, tant il avait apprécié le courage du jeune homme. C'est lui qui recommanda Tarmo pour le boulot d'été qu'il occupa plus tard, lui encore qui, faisant partie du bureau du lycée Arkadia, lui accorda, avec d'autres, une bourse.

Après la perte de Tomas, Tarmo se jeta corps et âme dans les études. Il y excella. Ses camarades étaient tous intelligents et bons élèves, mais la plupart n'avaient pas de grandes ambitions. Ils réussissaient leurs examens parce qu'ils écoutaient en cours, mais ils préféraient consacrer leur temps libre à lire Sartre et à parler existentialisme que mémoriser des dates et des tableaux périodiques.

Tarmo, qui passait le plus clair de son temps le nez dans les livres, se démarqua bientôt dans toutes les matières. Ses professeurs étaient impressionnés, on lui dit que s'il continuait ainsi il y avait de grandes chances pour qu'il obtienne une bourse, or tous les boursiers d'Arkadia avaient poursuivi leurs études et accompli de grandes choses, le chirurgien-chef Annerdahl en était un parfait exemple.

*

Une fois Tomas parti, Tarmo commença à écouter Sibelius chez lui. Hilma possédait un électrophone et un disque du compositeur, et elle appréciait qu'il écoute de la musique.

— Autrement, personne ne l'utilise, cet électrophone, lui dit-elle avec un sourire.

Tarmo aimait tout particulièrement la quatrième symphonie. Elle était sombre et portait en elle une grande solitude et un grand chagrin. Le grondement du violoncelle faisait trembler son cœur. Il paraissait avancer dans un paysage tandis que le son s'amplifiait, et avec lui les sentiments, le désespoir de Tarmo. Il se représentait la glace qui se détachait, l'eau noire déchaînée qui coulait à flots, impossible à arrêter.

Lorsqu'il avait découvert le monument Sibelius, il s'était mis à pleurer. Il entendait en lui les puissantes mesures et voyait les tuyaux étrangement soudés ensemble, qui semblaient léviter au-dessus de la roche. Cela lui rappelait un abîme, l'abîme en lui. Il n'en avait pas touché le fond et ne savait pas où s'interrompaient les ténèbres, jusqu'où elles s'enfonçaient.

Le monument était beau, mais ce n'est pas ce qui l'attirait. C'était cet abîme. Car chaque fois qu'il s'en éloignait, sa peine devenait un peu plus profonde, et il était accro à cette sensation. Il y avait une chose qu'il pouvait contrôler, c'était cette obscurité qu'il renfermait. De plus en plus noire, elle déferlait en tourbillonnant, pareille à l'eau gelée au moment où un bloc de glace se détache.

Quand il téléphonait à sa famille, il faisait mine de rien. Il ne voulait pas inquiéter Siri, Lahja ou le professeur Strålfors, ni qu'on tente de le convaincre de rentrer. Ça ne s'était pas passé comme prévu. L'air frais venait à manquer. Il écoutait distraitement Lahja lui parler du tumulte à la maison, des crises de colère de plus en plus fréquentes de son père, et il essayait de partager son enthousiasme autour de l'une ou l'autre nouvelle mais il avait l'impression que ça se passait si loin de lui, pas seulement physiquement, mais spirituellement, qu'il était incapable de convoquer le moindre enthousiasme.

— Imagine s'ils le font ! Mon Dieu, Tarmo, imagine si elle le quitte !

— J'ai du mal à y croire.

— Bien sûr, moi aussi, mais la situation n'a jamais été aussi mauvaise. Tu verras quand tu rentreras à Noël.

— Oui, oui, on verra. Écoute, je dois te laisser. Je vais au cinéma avec quelques copains. Passe le bonjour à tout le monde !

Il raccrocha rapidement, avant que sa voix ne se brise, avant qu'elle ne le perce à jour et se rende compte à quel point il était malheureux.

*

Quand Tarmo fit ses valises pour les vacances de Noël, il s'assura de ne pas laisser d'affaires dans l'appartement. Il pensait au dernier jour d'école, la veille. Ses camarades de classe semblaient tellement heureux d'être en congé, ils prévoyaient de se retrouver le soir même chez l'un d'entre eux dont les parents étaient partis en voyage. Mirja lui avait demandé s'il serait des leurs mais il s'était contenté de secouer la tête et il était parti dans l'autre sens. Personne ne l'avait retenu, même s'ils avaient dû voir qu'il n'était pas dans son assiette.

Non que Tarmo se sentît exclu par ses camarades, nullement, ils étaient aussi ouverts qu'avant, c'est lui qui avait perdu quelque chose, qu'il n'arrivait pas à retrouver.

Quand Tarmo monta dans le train pour Tornio le jeudi avant Noël, il pensa à tout ce qui avait changé depuis son départ.

Il avait connu l'amour et l'avait perdu.

Il avait connu l'espoir et l'avait perdu.

Il savait maintenant que le monde n'était pas mieux ailleurs, que ça n'avait rien à voir avec l'endroit, seulement avec l'âge, et il lui restait tant d'années avant de devenir maître de son destin.

Trop d'années.

Il se dirigeait vers l'obscurité du Nord et son âme faisait le même voyage. Dans le train sa pensée prit forme.

Ce serait son dernier Noël. Il n'allait pas continuer.

*

Il attendit longtemps à la gare en grelottant avant que Rinne arrive dans sa voiture noire.

— Oh là là, mon petit, dit-il à Tarmo, oh là là.

— Comment tu vas ?

— Il s'est passé des choses, oh là là.

Tarmo savait que son frère aurait voulu qu'il demande des détails, mais il n'en avait pas la force, pas maintenant, car son âme était aspirée par une grande obscurité. Alors il appuya la tête contre la vitre froide et ferma les yeux.

Il sentit que son frère l'observait.

— Tarmo ? Tu es malade ?

Tarmo secoua la tête.

— Seulement fatigué.

Il eut mauvaise conscience ensuite, quand Rinne finit par lui raconter ce qui était arrivé à Arto, quand il comprit que sa maison d'enfance était plongée dans le chaos. Aussi se reprit-il, suffisamment en tout cas, autant qu'il put.

Lorsqu'il passa la porte, il vit tout de suite Lahja, debout devant la cuisinière, qui remuait le contenu d'une marmite. Bien qu'elle eût le dos tourné, il percevait qu'elle était tendue, inquiète. Annie et Helmi le serrèrent dans leurs bras, riant, souriant, se comportant à peu près, quasiment, comme d'habitude.

Elles le taquinèrent à cause de ses vêtements, de sa coupe de cheveux et du *beeeel* accent qu'il avait pris, et tout semblait presque normal.

Puis Lahja fit volte-face et le dévisagea. Ce fut comme si son cœur s'affaissait. Toute l'énergie qu'il avait convoquée se déversa de son corps et il se sentit comme une chiffe molle.

— Comment ça va ? demanda-t-il du bout des lèvres.

Personne n'entendit ; Lahja, si. Elle secoua la tête puis se retourna et continua à cuisiner. Tarmo ne savait pas si c'était à cause de lui ou d'Arto, ou s'il y avait autre chose, les disputes des parents, une chamaillerie avec son copain, ce motard abruti qu'elle avait commencé à fréquenter juste avant son départ pour Helsinki. Il ne pouvait pas le lui demander. Il ne pouvait rien faire pour aider sa sœur.

Il s'allongea sur le lit, dans la chambre qu'ils partageaient jadis et qui était désormais uniquement à Lahja. Il observa les nœuds du bois et il les vit se troubler tandis que les larmes coulaient du coin de ses yeux vers ses oreilles, son cou.

Ah ! pourquoi la vie était-elle si compliquée, si désespérée ? Il n'aurait jamais dû partir. Mais rester aurait été tout aussi impossible. Il ne voyait qu'une issue.

La mort.

Facile, aisée, attrayante.

Comment allait-il s'y prendre ? Sauter sous un train, un tramway ? Se pendre à la poignée de sa porte chez Hilma Strålfors ? Depuis le jour où l'idée avait germé, quelques semaines après qu'il eut perdu Tomas, il n'avait cessé de réfléchir au procédé.

C'est pourquoi il tardait.

Or, maintenant qu'il était rentré chez lui et qu'ici aussi, dans sa maison d'enfance, il se sentait désespéré, bloqué dans une impasse, il s'était décidé. Ça se passerait ici. Bientôt. Pas avant Noël mais juste après. Dans une semaine. Deux, tout au plus. Et il avait choisi la méthode.

*

Il passa à l'acte quelques jours après le Nouvel An. C'était en milieu de journée et chacun vaquait à ses occupations. Il se glissa dans le sauna, toujours vide à cette heure-là – à quelques rassurantes exceptions près.

Dans sa poche, il cachait un sac en plastique et un rouleau de ruban adhésif trouvé dans le garage. C'était de la bande adhésive argentée, aux fibres tissées, extrêmement résistante. Tarmo savait qu'elle tiendrait même si, pris de panique, il regrettait son acte.

Il avait aussi glissé dans sa poche une lettre destinée à Lahja. Au fond de lui, il espérait que ce ne serait pas sa sœur qui le trouverait. Plutôt Rinne. Ou Pentti. Ou Lauri, qui était rentré quelques jours plus tôt. Quelqu'un qui ne l'aimait pas autant qu'elle.

Le sauna était plongé dans la pénombre, les fenêtres étaient petites, l'éclairage mauvais, mais il n'avait pas besoin de lumière pour ce qu'il s'apprêtait à faire. Il se laissa tomber sur le banc du bas, là où s'installaient les enfants avant d'être suffisamment grands pour supporter la chaleur, là aussi où s'asseyaient les adultes pour se laver ou laver les enfants. Il regarda autour de lui, ému par la gravité de l'instant.

Dans sa tête, il entendait les cordes de Sibelius. Déterminé, il s'enfonça le sac sur la tête, puis se hâta de coller le scotch. Il devait rendre le sac hermétique avant de perdre connaissance ou de regretter son geste – il ne savait pas ce qui se passerait en premier.

Un tour, puis un autre, le sauna à travers le sac vert et blanc. Quand il eut fini, il s'allongea sur le banc et attendit. Attendit la mort.

Avant même que la panique ne le gagnât, quelqu'un se jeta sur lui et déchira le sac avec les mains. L'air s'y engouffra, frais contre son visage brûlant. Lahja était assise à califourchon sur lui. Elle arracha le sac en plastique de son visage. Quand elle comprit qu'il respirait, qu'il n'était plus sur le point de s'étouffer, elle le foudroya du regard.

Puis elle le frappa en plein visage. La gifle le réveilla.

— Eh ! qu'est-ce que tu fabriques ?

— Tu te fous de moi ? Qu'est-ce que *tu* fabriques ? Tu ne crois quand même pas que je vais te laisser te suicider ! Pourquoi tu aurais tout dans la vie, hein ?

Tarmo regarda sa sœur, perplexe. De quoi parlait-elle ?

— Ta vie est pleine de chances et de possibilités. Si tu ne comprends pas ça, tu es vraiment idiot.

Il regarda sa sœur, avec ses cheveux courts qui lui couvraient à peine les oreilles.

Il la regarda comme il l'avait regardée un nombre incalculable de fois mais, à présent, il la voyait avec des yeux nouveaux, ceux qu'on acquiert quand on prend du recul. Il eut honte. Elle avait raison. Il avait vraiment obtenu tout ce qu'il voulait. En tout cas comparé à Lahja. Tu ne te plais pas à l'école ? dans ce trou ? Pas de problème, tiens, voici un billet gratuit vers une autre vie, une vie palpitante, nouvelle. Où recommencer. Échapper aux vieilles rengaines, aux préjugés, parce qu'on est différent, qu'on aspire à autre chose, à plus, à mieux, à plus. Être reconnaissant d'être né homme, même si on est mal dans sa peau. Mieux vaut être un homme qu'une femme. Il s'en rendait compte à présent, de l'extérieur. Cette prise de conscience lui donnait la nausée. Il avait honte.

— Pardon, dit-il enfin.

Il passa les mains dans ses cheveux.

— Merde alors ! Ce que je suis con !

Lahja répondit avec un calme olympien.

— Oui.

Elle lui assena un coup de poing sur l'épaule.

— Mais ce n'est pas grave, je vais m'occuper de toi.

Après l'épisode du sauna, Lahja se mit à veiller sur lui, il le sentait. Ça ne le dérangeait pas. Il savait gré à sa sœur d'être avec lui, il y avait au moins une personne qui ne se fichait pas de le savoir vivant ou mort. Ces événements contribuèrent à les rapprocher et heureusement, parce que dans le chaos qui s'ensuivit, avec la réunion de la fratrie chez Helmi, la confrontation avec le père et tout le tralala, ils purent puiser l'un dans l'autre la même force qu'auparavant. Tarmo commença à penser que tout finirait peut-être finir par s'arranger. Pour tous. Mais surtout pour lui. Il se persuada qu'à quatorze ans il avait la vie devant lui et que, s'il se le répétait suffisamment, il finirait par l'assimiler.

Quand Alex arriva de Stockholm telle une grande surprise chevelue, Tarmo se proposa de lui montrer le sauna et de l'allumer. Lahja les accompagna, évidemment. Pour elle, la tentative de suicide de son frère était toujours tangible – n'ayant pas accès aux pensées de Tarmo, elle ne savait pas s'il comptait de nouveau essayer de mettre fin à ses jours.

Les deux adolescents furent frappés par la solennité de l'instant : la veille, ils s'étaient trouvés dans le sauna avec un objectif tout autre.

À présent, ils y amenaient Alex, cet étranger qui ferait bientôt partie de la famille.

Jamais il ne se taisait. Il chantait ou fredonnait, ou leur parlait dans un mélange de suédois, d'anglais et au moins une langue de plus.

Tarmo et Lahja se regardèrent. Tarmo prit la parole.

— *Yes, this is the sauna*, dit-il en écartant les bras.

— *And where do you swim?*

Alex fit des mouvements de nage avec les bras.

— *No.*

Tarmo secoua la tête. Lahja gardait les yeux rivés au sol. Tarmo savait qu'il y avait de grandes chances pour qu'elle éclatât de rire si elle croisait son regard.

— *No swimming. Just sit here. Sweating.*

Alex eut l'air déçu.

— *And then maybe... rolling in the snow?* suggéra Lahja.

— *Ah, perfect.*

Alex afficha le large sourire qui était sa marque de fabrique et entreprit de se déshabiller.

Tarmo et Lahja le laissèrent dans le sauna et se dirigèrent vers la maison. Bras dessus bras dessous, ensemble, pour quelques jours encore.

*

Siri n'avait jamais parlé à personne du jour où elle s'était arrêtée près de la rivière Torne, à contempler le torrent noir avec l'envie de s'y jeter, de laisser les bouillons l'engloutir.

Elle ne parvenait pas à se rappeler ce qu'elle faisait près de la rivière, au milieu de la journée, elle aurait dû être en train de vaquer à ses occupations quotidiennes, le travail, les enfants, la cuisine, la lessive, la vaisselle, le bois, l'une des mille tâches qui composaient le quotidien, qu'il fallait sans cesse accomplir, et qu'elle eût oublié lui conférait une impression d'irréalité. Cet épisode avait-il vraiment eu lieu ou l'avait-elle rêvé ?

Non, ce n'était pas un rêve. Elle pouvait encore, en fouillant les recoins les plus éloignés de son âme, retrouver de petites traces de cette sensation. Une aspiration à se dissoudre, à laisser son moi disparaître. À abandonner. Cesser de se battre, de lutter, cesser de survivre. À présent, cette aspiration était si profondément enfouie qu'elle ne lui faisait plus peur.

Quelle différence avec le jour où elle s'était postée près de la rivière aux flots tumultueux ! Elle l'avait fixée longuement, à la manière dont on regarde les choses sans les voir, quand l'attention s'aiguise et se tourne vers l'intérieur, vers les flots sombres de notre âme, et elle avait entendu une voix clamer qu'il serait si facile de s'y jeter. La chute. L'eau glacée. Le courant, puissant même pour un bon nageur.

Quelque chose lui fit pourtant tourner les talons. Quoi, elle ne s'en souvenait pas non plus, mais elle se remémorait une autre sensation, celle de franchir le seuil de la maison à Aapajärvi. C'était en début de soirée ou en fin d'après-midi, il faisait encore jour. Tout était comme avant, et en même temps différent, nouveau. Alors que rien ne s'était produit.

Elle avait embrassé les enfants qui s'étaient précipités vers elle, lesquels, elle ne se rappelait pas, mais elle avait senti leurs corps, la chaleur qui en émanait, et su qu'elle avait pris la bonne décision.

Pourtant, il lui avait fallu du temps pour se mettre à vivre, et ne plus se contenter de survivre.

*

Siri avait beaucoup discuté avec Tarmo au cours du printemps. Quand il téléphonait, il demandait à parler à Lahja mais elle était souvent absente, partie baguenauder avec ce garçon qu'elle s'obstinait à fréquenter. Siri en profitait pour lui parler, pour une fois qu'il appelait.

Elle avait plus de temps ou en prenait davantage, maintenant qu'elle se trouvait devant le fait accompli. Tarmo avait été le premier à entendre parler de la maison à Kuivaniemi et il l'avait encouragée – ça avait l'air superbe et il lui tardait de lui rendre visite là-bas.

— Et toi ? avait demandé Siri. Comment ça se passe dans la grande ville ?

Après un moment d'hésitation, il avait répondu :

— Bien, maman, merci. Ce n'était pas facile au début mais je crois que le vent a tourné.

Une piètre petite amie / la fille et le secret / deux oiseaux rares

La vengeance d'une femme. Le fond de l'âme d'une femme, est-ce le même fond pour toi, pour toutes les femmes ? Peut-on reprendre les rênes de son destin ? contrôler le cours des choses ? A-t-on le droit d'être heureuse ? Peut-on l'être ? Et quel est ce coup de fil qui va tout changer ?

Assise au bar, elle déchiquetait sa serviette en papier, en attendant. Elle regrettait de ne pas avoir bu un petit verre avant de quitter la maison.

Siri n'avait pas honte de son divorce. D'une certaine manière, elle en était même fière. Fière d'avoir pris, pour la première fois de sa vie, une décision qui lui appartenait ; de s'être autorisée à tout recommencer.

Mais pouvait-on recommencer ? Ne revivait-on pas indéfiniment la même chose ? Comme la vie semblait impossible quand le regard, la poitrine, le cœur devenaient noirs ! Les gens ne changent pas. Si ? N'est-il pas vain de croire que c'est possible, que l'on peut changer ? Non, on ne change pas. Pour autant, peut-on être tenu pour responsable des décisions qu'on a prises à quatorze ans, avant même d'être accompli ? Est-ce vraiment juste ?

Mais quand devient-on un être accompli, prêt à assumer ses actes et ses décisions, ou leur absence ?

Jamais Siri n'aurait pu imaginer que sa vie renfermerait tant de péripéties. Qui peut vraiment le prévoir ? Elle ne pensait pas que le monde dans lequel elle était née, tel qu'elle le connaissait, prendrait cette forme, difficile à décrire.

D'une certaine manière, elle avait toujours cru, bien qu'elle sût au plus profond d'elle-même que les temps changent, que le monde était immuable, qu'il ressemblerait toujours à celui de sa jeunesse.

On doit toujours s'adapter, se préparer à l'idée que le monde dans lequel on voit le jour aura disparu à l'automne de sa vie. Il y avait beaucoup de choses que Siri ne comprenait pas, ne savait pas, face auxquelles elle ignorait comment se comporter. Elle en prenait conscience à mesure qu'elle touchait du doigt le rêve qu'elle tentait de réaliser. Le rêve de l'amour. Pourquoi n'y aurait-elle pas droit, après tout ?

Helmi avait fait de son mieux pour lui prêter main-forte et Siri acceptait son aide avec gratitude, même si elle était parfois obligée de freiner les ardeurs de sa fille – elle avait cinquante-cinq ans et venait tout juste de divorcer. Helmi avait beau essayer, il y avait un trait particulier, quelque chose de la génération passée qu'elle ne voulait ni ne pouvait effacer.

Ses paumes étaient moites. Sa robe lui labourait la peau. Une robe toute neuve, en polyester, d'une taille supérieure à tous les vêtements qu'elle avait jamais possédés, car Siri gonflait à vue d'œil. Le vêtement était beau, *moderne* – elle grimaçait en pensant à ce mot mais on avait beau dire, il était splendide et très seyant. Une étoffe noire rehaussée de motifs bleus et blancs, des manches trois quarts et une jupe qui s'arrêtait sous le genou (pas beaucoup plus bas, un compromis avec Helmi).

Siri savait qu'elle n'était pas mal. Aussi belle que possible. Mais sa robe la gênait, ça la démangeait, et elle sentait la sueur perler entre ses seins. Elle rendait grâce au fond de robe qui absorbait l'humidité avant qu'elle soit charriée dans le tissu extérieur et transparaisse, formant des auréoles sous les bras, dans le dos, au milieu de la poitrine. Helmi lui avait dit que le noir était une couleur indiquée parce que les taches de transpiration étaient moins visibles, mais on ne pouvait pas en être sûre à cent pour cent.

Siri aperçut son visage dans le miroir derrière les bouteilles d'alcool et cela l'apaisa. Ces yeux, là-bas, qui la regardaient bien droit, ces yeux n'avaient pas peur. Ils étaient heureux d'être venus ici, de l'autre côté. « La vie est une aventure », se remémora-t-elle, comme disait le vieux tango.

Il était moins cinq, elle le savait parce qu'il y avait une horloge à un bout du bar et si jamais elle l'avait ratée elle avait aussi une montre qu'elle arborait en honneur de cette journée spéciale.

Une montre ou des bijoux, c'était inhabituel chez Siri, qui n'avait longtemps porté que son alliance. Elle en possédait néanmoins une petite collection, surtout grâce à ses filles qui lui en offraient pour Noël ou son anniversaire. Or, même si elle les adorait, de manière profonde et irresponsable, davantage comme un enfant que comme une mère de famille nombreuse, ou comme une pie (comme lui aurait dit sa mère), elle n'avait jamais eu l'occasion de les porter. Cela aurait même semblé bizarre qu'elle aille traire ses vaches affublée de perles et de broches. Pourtant, elle était attirée par ce qui brille. Désormais, elle se parerait de bijoux au quotidien, il n'y avait personne pour la juger.

*

L'ironie du sort. Elle pensait souvent à l'ironie de son prénom – Lahja. Savaient-ils qu'elle se considérerait comme une ratée ? Une moins-que-rien ?

Lahja signifie « don ».

Lahja se demandait si Siri regrettait d'avoir donné à sa dernière fille ce joli prénom, ou plutôt si elle le regrettait souvent. Elle se demandait à quel point exactement sa mère était déçue d'elle, elle qui n'était vraiment pas un cadeau.

Si on se juge trop longtemps comme une déception ambulante, on finit par n'être plus que ça. Avant, Lahja pouvait toujours compter sur Tarmo. Grâce à lui, elle s'était sentie sinon comme un *don*, du moins un être important. Depuis le départ de son frère, tout avait changé. Tarmo et Lahja étaient des pseudo-jumeaux. Ils ne le savaient pas eux-mêmes, mais c'est bien ce qu'ils étaient. C'est-à-dire qu'ils étaient aussi proches que peuvent l'être des jumeaux sans avoir partagé l'utérus maternel. Ils ne se rappelaient pas la vie l'un sans l'autre. Ils étaient nés à un an et quatre mois d'intervalle et partout où allait Tarmo Lahja allait aussi. Ils étaient soudés depuis leur plus tendre enfance et avaient formé une alliance, au milieu de cette famille pleine d'enfants et de conflits, constamment en manque d'espace. Un havre sûr où décompresser. Physiquement et mentalement.

C'était ainsi jusqu'à ce que Tarmo prenne la poudre d'escampette. Laissant Lahja dans ce bourbier.

Et quand je dis bourbier, je ne parle pas seulement du bourbier familial, mais surtout de ce bourbier qu'était pour Lahja la puberté.

Lahja et Tarmo, Tarmo et Lahja. Ils avaient toujours été là l'un pour l'autre.

Physiquement, ils ne se ressemblaient pas. Il était brun, mince, grave. Elle était blond cendré, d'une corpulence athlétique (si on voulait être gentil ; ronde si on ne le voulait pas), petite comme une sprinteuse, avec des yeux bleu clair en amande, des yeux samis diraient certains et ce n'était pas un compliment, et ces lèvres légèrement tordues dans un éternel petit sourire. Comme si elle cachait un secret connu d'elle seule. Un sourire railleur qui avait toujours agacé Pentti et qui commençait à présent à agacer Matti.

Matti, son petit ami.

Il s'était immiscé entre elle et Tarmo, voire avait pris la place de son frère en son absence.

Pour Lahja, ça n'avait pas été une sinécure. Elle n'était pas entourée, ne trouvait pas sa place, ni à la maison ni à l'école. Elle était constamment à l'écart, non qu'on se moquât d'elle, mais elle était seule, tout simplement, presque invisible, or ce n'est pas facile de traverser la vie en étant invisible. On finit par le devenir à ses propres yeux. Invisible, comme un négatif de photographie, vague, inachevé. Et, quand on peine à se voir soi-même, on se livre aisément à des choses et des personnes sur lesquelles on n'aurait pas au premier abord jeté son dévolu, si on avait eu le choix. Mais Lahja n'avait pas le choix, elle voyait les choses ainsi. Et lorsque Matti se présenta devant elle et lui proposa une possibilité d'exister, de prendre forme, elle accepta. Voilà comment elle était devenue la petite amie de Matti. Ce garçon qui n'avait pas terminé le lycée et qui travaillait au tri postal.

Tarmo n'aimait pas Matti et *vice versa*. Lahja n'aimait pas non plus Matti, elle s'en était rendu compte. Enfin... rendu compte... Elle le savait sans doute depuis le début, mais la situation devenait de moins en moins tenable. Même si elle ne l'avait confié à personne. C'était une sensation, quelque chose qui la grignotait, qui la gênait aux entournures. Ah ! pourquoi avait-il fallu qu'elle se mette en couple ? Avec un garçon de quatre ans son aîné, qu'elle n'aimait pas, ni même ne respectait, et qui, pour être honnête, ne l'aimait pas non plus.

Mais Matti était obstiné (ou borné !). S'il s'était mis un truc en tête, il ne lâchait pas prise. Comme un blaireau qui mord jusqu'à ce que ça craque. Il s'était mis en tête de posséder Lahja. Et Lahja n'avait pas trouvé de bonne raison de dire non. Au lieu de cela, elle laissait le temps passer. Elle se disait que ça allait faire long feu, qu'il allait se lasser. Ou qu'un événement allait se produire.

Elle espérait tomber amoureuse.

Si possible de Matti, ç'aurait été le plus simple.

Mais elle tomberait tout aussi volontiers amoureuse de quelqu'un d'autre. Elle avait souvent la sensation (une sensation qu'elle partageait d'ailleurs avec Siri, même si aucune des deux ne le savait) que sa vie ne lui appartenait pas, qu'elle n'était pas libre, pas vraiment, qu'elle avait simplement devant elle un nombre prédéterminé de possibilités et que chaque fois qu'elle prenait une décision, faisait un choix, une porte s'ouvrait vers de nouvelles options, également prédéterminées, alors qu'au même moment se fermaient d'autres portes dans un long couloir devant elle.

Elle ne pouvait que déplorer l'injustice de la situation. Que Tarmo soit plus âgé qu'elle. Qu'il ait pu partir comme ça. Et qu'il soit un garçon, parce que c'est la raison pour laquelle il en avait eu le droit. Si Lahja était née en premier et s'était découvert des *facilités*, comme on dit, ils ne l'auraient jamais laissée partir sans cérémonie. Et le professeur, cet homo refoulé, n'aurait jamais rien inventé de pareil, «protéger ce talent rare», ou peu importe les conneries qu'il avait débitées pour convaincre Siri, car Lahja était quasi invisible, même aux yeux du professeur. Fréquenter une école pour rupins de la capitale ne faisait pas partie des choix possibles pour elle.

Avec Tarmo, les adultes restaient toujours un peu perplexes, sur la défensive, emplis d'une curiosité teintée d'effroi, ils voulaient voir ce qui pouvait se passer, jusqu'où il pourrait aller si on lui offrait une chance.

Si Lahja essayait de suivre le même chemin, on l'enverrait sur les roses, c'est Tarmo qui est destiné à l'université, et tu sais combien ça coûte, ça tu peux l'oublier, etc., jusqu'à ce qu'elle ne puisse rien faire d'autre que tourner les talons, les poings serrés dans les poches.

Elle naviguait entre un sentiment de colère parce qu'elle était née dans le mauvais ordre, à la mauvaise époque, dans la mauvaise ville, avec le mauvais sexe, le mauvais corps, et un sentiment de désespoir et de honte, comme si c'était sa faute, comme si elle ne pouvait s'en prendre qu'à elle-même.

Lahja se souvenait quand elle avait appris à lire. Elle avait quatre ans et c'était Tarmo qui lui avait appris. Difficile de dire qui avait enseigné la lecture à son frère, peut-être qu'il avait compris tout seul, déchiffré le code.

Oui, Tarmo était plus malin qu'elle, il l'avait toujours été, mais Lahja possédait quelque chose qui faisait défaut à son frère : une voix, une vivacité, un courage, quelque chose qui détonnait. Une curiosité – peut-être le caractère carélien ?

Ils étaient installés sur la banquette de la cuisine, c'était en fin d'après-midi et certains des aînés faisaient leurs devoirs (à contrecœur et à grand-peine). Tarmo et Lahja n'avaient bien sûr pas de devoirs, mais ils avaient une soif d'apprendre et ils étaient impatients de commencer l'école.

Ils étaient les seuls enfants de la famille Toimi à être mus par cette soif de connaissance. Tarmo lisait déjà depuis quelques mois, personne ne savait exactement depuis quand : on l'avait découvert par hasard quand il avait lu sur le calendrier mural qu'il allait fêter ses quatre ans (il l'ignorait, car ce n'était pas le genre de chose qu'il savait, mais il avait lu les mots « mai » et « Tarmo quatre ans ») et à présent il avait aussi appris à sa sœur.

Ensemble, ils avaient déchiffré l'un après l'autre les articles du *Pohjolan Sanomat* jusqu'à ce que Pentti, installé dans le séjour, se mît à râler parce qu'il n'arrivait pas à se concentrer sur les actualités avec tout ce boucan, alors ils avaient remis leur lecture au lendemain.

— Tu as toute la vie pour lire, lui dit Esko, ne sois pas si pressé.

Elle se souvenait que la colère de son père ne lui avait pas fait peur. Elle avait compris, instinctivement, qu'elle maîtrisait *maintenant*, à l'âge de quatre ans seulement, un outil qu'utilisaient les adultes, ou une arme. Qu'elle avait gagné du terrain sur son père, et plus elle collectionnerait ces victoires, ces conquêtes, plus elle en gagnerait, jusqu'à ce qu'un jour (bientôt, espérait-elle) il ne puisse plus triompher d'elle.

Un jour, elle le battrait à plate couture, pas physiquement, mais grâce à son cerveau.

Elle le comprenait, à quatre ans déjà. (Quand bien même elle fut incapable pendant longtemps de mettre des mots dessus.) Ce soir-là, elle alla se coucher des étincelles dans les yeux et le cœur léger. Les lettres l'avaient accueillie dans leur monde et elle s'y sentait à son aise.

Rapidement, elle avait commencé à lire et, dès lors, pour Noël ou pour son anniversaire, elle ne demandait rien d'autre que des livres.

Lahja avait vécu son meilleur été à dix ans lorsqu'elle s'était cassé le bras. Elle était tombée d'un espalier en cours de gymnastique et avait dû être conduite à l'hôpital en ambulance. Siri était venue la chercher, lui avait acheté une glace, et elles étaient rentrées en bus. Lahja se rappelait la glace fondue qui gouttait et s'insinuait sous son plâtre. Elle se rappelait l'odeur dans le trou au niveau du pouce, aigre et collante, désormais cette odeur serait toujours associée pour elle à de la glace.

Elle avait devant elle tout un été, un été entier libérée du travail, et elle avait pu passer des journées complètes à bouquiner sans que personne ne puisse le lui reprocher ou s'en mêler. Parfois elle était obligée de donner un coup de main pour surveiller ses cadets, mais la majeure partie de l'été elle était libre, libre de plonger dans le monde magique que la littérature lui avait un jour ouvert et dans lequel elle continuait de l'accueillir.

Tarmo et elle se promenaient toujours un livre à la main, ouvrage qu'ils se racontaient mutuellement. Aussi se constituèrent-ils rapidement un important bagage littéraire.

Lahja, qui avait l'esprit plus pratique, préférait la non-fiction, mais elle aimait aussi rêvasser avec Tarmo, le plus souvent à son initiative, attendu qu'il était féru de romans d'aventures. Il emmenait Lahja dans des avions de guerre en plein bombardement, en randonnée à skis au milieu des montagnes, ou dans des missions secrètes au sud du Sahara. Quant à Lahja, elle expliquait à Tarmo le fonctionnement d'une machine à vapeur, ce qu'était la photosynthèse (bien avant qu'ils ne l'apprennent à l'école), et grâce à Lahja ils découvrirent aussi l'existence de l'apartheid, de la guerre des Six-Jours ou encore de Martin Luther King – la liste était longue.

C'était fini. Ils continuaient désormais leur voyage culturel chacun de leur côté, et toutes les expériences qu'ils partageaient autrefois, qui les avaient rapprochés, les éloignaient désormais.

Et Lahja doutait. Le doute avait pris possession d'elle, progressivement. Allait-elle un jour l'emporter sur son père, conquérir sa vie, la reprendre en main, faire ses propres choix, prendre ses propres décisions ?

La vie de Lahja était si vide, si silencieuse à présent. Tarmo lui écrivait, elle répondait, mais la distance entre eux était prégnante, physique, et ne cessait de croître de jour en jour à mesure qu'ils vivaient des expériences chacun de leur côté – surtout lui, mais elle aussi. C'est drôle, la vie. Elle continue, se poursuit, partout et en même temps. Toutes les vies s'écoulent, minute après minute, et elles se remplissent, qu'on le veuille ou non, de contenus et d'expériences. Et, quand elles se déroulent chacune de leur côté, qu'elles ne sont plus intrinsèquement liées mais séparées, c'est comme si chacun labourait son propre champ. Les vies ne progressent plus en parallèle, mais tout à fait distinctement, et s'éloignent de plus en plus.

*

Il était arrivé en retard. Mais il s'était excusé. Il avait eu du mal à se garer. Puis il était parti dans le mauvais sens. Il n'avait pas l'habitude de venir en ville.

— Ce n'est pas grave, cinq minutes de plus ou de moins, dit Siri.

Il était bel homme, mais elle le savait déjà puisqu'il avait envoyé sa photographie avec sa première lettre. Il ne ressemblait pas à Pentti, il avait un physique plus carélien, se disait Siri. Il aurait presque pu être un de ses cousins éloignés.

Il était grand, une tête de plus qu'elle, il avait de hautes pommettes et une petite bosse sur le nez, les traits nobles, des cheveux blonds clairsemés mais bien coiffés, et il portait un jean et une chemise à petits motifs.

— Je n'avais pas d'autre pantalon présentable, s'excusa-t-il avec un sourire.

De petites rides apparurent aux coins de ses yeux.

— Mais ma chemise est toute neuve, ajouta-t-il en passant les doigts sur l'étoffe.

Ce détail n'avait dû échapper à personne, car le vêtement portait encore la trace des plis dans le carton. Mais il avait quelque chose de sympathique et d'émouvant, se disait Siri.

— Elle est neuve aussi, dit Siri en montrant sa robe.

— Est-ce qu'elle est aussi chaude ? C'est dingue ce que je transpire avec cette chemise, dit-il, et ils éclatèrent ensemble d'un rire libérateur.

Il s'appelait Mikael et était en réalité, techniquement, suédois. Il venait du côté suédois de la frontière, mais il habitait depuis longtemps du côté finlandais, et son finnois était plus que bon, il le parlait couramment. Il conduisait néanmoins une Volvo.

Ils commandèrent du café et restèrent longtemps assis à une table un peu à l'écart, à bavarder.

Siri passa un agréable moment. Elle ne savait pas à quoi s'attendre, mais pas à ce que ce soit aussi agréable, ou *facile*. D'ailleurs, avec Mikael, ou Mika, comme il se faisait appeler, tout semblait facile. Il était veuf et père de deux enfants, un garçon et une fille, qui avaient tous les deux déménagé à Stockholm, et qu'il voyait rarement.

— Ils venaient plus souvent du vivant de leur mère, mais maintenant, ils ont leur vie. Et je ne descends pas non plus là-bas pour un oui ou pour un non. Mais c'est vrai que ce serait bien d'y aller.

Siri hocha la tête et lui parla de sa fille Annie qui vivait là-bas et qu'elle voulait aller voir après la naissance de l'enfant, elle verrait bien quand exactement.

— Nous pourrions y aller ensemble, suggéra Mika en mélangeant le sucre de sa deuxième tasse de café. Ce serait quelque chose !

Il lui sourit et cligna de ses petits yeux gris clair, malicieux et, même s'ils venaient de se rencontrer, Siri ressentit sans aucun doute quelque chose au niveau du ventre, ou peut-être même encore plus bas, et elle sut qu'elle voudrait revoir Mika.

Ils discutèrent pendant près de deux heures, jusqu'à ce qu'il soit temps de partir. Il l'accompagna à sa voiture, lui demanda s'il pouvait lui donner un baiser sur la joue (elle répondit oui !) et si elle avait envie de le revoir.

Siri sourit.

— Volontiers.

— Alors, comment fait-on ?

— Je n'en sais rien, je dois demander à ma fille. C'est elle qui a choisi ma robe. Et le lieu de rendez-vous !

Ils éclatèrent d'un rire un peu gêné, ils riaient de la situation, d'eux-mêmes, de cette chose indicible qui commençait à grandir en eux, au bout d'un temps si court. Mais quand on sait, on sait.

Siri s'assit dans la voiture et s'engagea sur la route de la maison. Elle se surprit à sourire jusqu'à avoir mal aux joues. Quand était-ce arrivé la dernière fois ?

L'été s'annonçait bien.

*

Ces grandes vacances seraient différentes. Lahja le sentait dans son corps tout entier. Pas seulement parce qu'ils avaient déménagé à cause du divorce, mais aussi parce que c'était son premier été sans Tarmo.

Lahja passait ses journées à lire, accomplir des tâches ménagères et rouler des pelles à Matti, à l'arrière de sa Saab beige, en se frottant contre son érection.

Ses baisers, aussi fades que la couleur de sa voiture, n'éveillaient pas la moindre émotion en elle. Son frère lui manquait et en même temps elle était en colère contre lui. Et de ce fait, contre elle-même, parce qu'elle savait que c'était la seule voie possible pour lui, la seule façon qu'il avait de s'en sortir. Se rendre dans un endroit qui lui correspondait. Où il pouvait survivre. Ça aussi, ça la mettait en rogne, qu'elle n'eût d'autre possibilité que supporter, survivre.

C'est épuisant de passer sa vie à côté d'un génie. Et d'adorer ce génie tout en le jalousant, l'enviant. Sentir que, peut-être, on mérite un peu mieux, juste un peu, même si personne ne semble (encore) l'avoir compris.

Tarmo appelait plus souvent depuis l'épisode du 1er janvier dans le sauna. Lahja remarquait que son frère se sentait toujours proche d'elle, et ignorait si lui voyait qu'elle était différente, distante. Elle s'éloignait de plus en plus.

Elle inventait souvent des excuses pour ne pas rentrer, ou pour raccrocher quand Tarmo réussissait enfin à l'avoir au bout du fil, et cette distance entre eux l'attristait, *a fortiori* parce qu'elle se savait responsable, mais elle ne pouvait s'en empêcher.

Lahja ne doutait pas que Siri l'aimait, suffisamment, autant qu'il le fallait.

Pas un soupçon de plus.

Il faut être idiot pour croire que les enfants ne remarquent pas ces choses-là, ne les perçoivent pas, car ils le font toujours.

Certes, Lahja était une enfant très spéciale, mais surtout, c'était une fille. Si elle était née dans un corps de garçon, elle aurait sans doute été plus aimée de ses parents et de son entourage. D'elle-même aussi, probablement. Il y avait une personne à qui elle avait toujours pu se livrer, se fier, se confier ; c'était Tarmo. Les autres frères et sœurs étaient là, bien sûr, surtout les plus jeunes, mais elle s'était toujours sentie seule. Et elle s'était toujours dit que ça ne posait pas de problème parce qu'elle avait Tarmo, ils seraient toujours là l'un pour l'autre et ils pourraient traverser l'existence, la vie, en se serrant les coudes.

Mais il était parti.

Sans Tarmo il était plus difficile de supporter les piques de ses camarades, la solitude, toutes ces petites choses – ne plus avoir quelqu'un avec qui partager son quotidien. Cette personne qui comprend toujours ce qu'on veut dire, pour qui on conserve les événements marquants ou dérisoires du quotidien, les drôles et moins drôles, bien au chaud dans une boîte à l'intérieur de soi, qu'on ouvre quand on se revoit pour les partager, rire des histoires drôles, rire des malheurs et survivre.

Désormais, avec Tarmo à sept cent trente-huit kilomètres, elle s'entraînait à se laisser traverser par les événements. Dernièrement, elle s'était même tournée vers la douleur avec zèle. Elle s'était efforcée de la recevoir, avait essayé de s'y habituer, d'atteindre l'endroit au fond d'elle où elle se sentait en sécurité. Où rien ne lui faisait plus mal.

C'est une attitude provocante que de se plier à la douleur, toujours recevoir, ne jamais se rebiffer. Ça peut même agacer des gens qui disent vous aimer.

Matti n'était pas d'un naturel violent. C'est juste qu'il y avait quelque chose dans le comportement de Lahja, sa veulerie, qui l'énervait au plus haut point. Il n'était jamais certain qu'elle ait envie, vraiment envie, d'être avec lui, ou qu'elle l'aime, vraiment, parce qu'elle ne montrait jamais ses sentiments. Elle se contentait de hausser les épaules. Rien ne semblait avoir de l'importance pour elle.

Et lui, il était prêt à l'aimer, bien qu'elle ne fût ni jolie ni populaire (lui non plus, mais ça, ça ne comptait pas). Or elle n'accueillait pas son amour, elle n'était même pas reconnaissante, et ça le rendait... comment dire, fou de rage, et violent.

Il l'avait frappée pour la première fois un jour où elle avait refusé de l'accompagner chez lui après l'école. Elle lui avait dit qu'elle devait réviser pour un contrôle, mais Matti savait, même s'il n'était pas très malin, qu'elle n'avait jamais besoin de réviser pour quoi que ce soit, qu'elle connaissait déjà tout par cœur, qu'elle avait déjà tout lu quelque part, dans un livre, un des millions de livres qu'elle s'obstinait à trimbaler avec elle. Donc ça le mit hors de lui, qu'elle lui mente, comme ça. Il l'attendait devant l'école sur sa Puch tunée, le soleil brillait et se reflétait dans le réservoir à essence, tout était si beau en somme, jusqu'à ce qu'elle dise non.

Il la poussa et elle tomba en arrière.

Pourtant, Lahja ne dit rien. Sa bouche s'ouvrit et se ferma plusieurs fois, et une ombre d'étonnement passa sur son visage, mais rien d'autre. Puis elle se leva, épousseta son jean et partit.

Il regretta après coup, comme le font tous les hommes qui frappent.

Il se rendit chez elle et toqua à la porte bien qu'il détestât sa famille, et Lahja sortit sur le perron. Elle ne le laissa pas entrer, elle resta là à le regarder en silence, appuyée contre la rampe, la mine impassible.

Il lui avait acheté un petit médaillon en argentan, un cœur que l'on pouvait ouvrir et fermer. Puis il avait découpé une petite photographie de lui et l'y avait insérée. L'autre partie était vide, il imaginait qu'elle y glisserait une image d'elle. Elles pendraient ainsi autour de son cou, à quelques millimètres l'une de l'autre, pour toujours entrelacées.

Elle fixa longuement le médaillon au creux de sa main. Quand il lui demanda s'il pouvait l'aider à le lui attacher autour du cou, elle refusa d'un signe de la tête. Elle le regarda avec quelque chose qui pouvait s'apparenter à de la peur.

— Je veux dire : je vais aller au sauna. Je le mettrai après, quand je me serai lavée. Merci.

Elle l'embrassa sur la joue et se faufila dans la maison.

Matti resta sur le perron. Il se sentait comme le dernier des imbéciles. Il ne s'était pas excusé, pas à ce moment-là, il n'avait pas prononcé le mot « pardon », mais cet épisode posa les jalons de ce qu'il adviendrait chaque fois que Matti frapperait Lahja. Il s'excuserait toujours d'une manière ou d'une autre, il le fallait bien, mais pas forcément avec des paroles (même si parfois c'était le cas), et pas toujours très sincèrement.

Elle ne porta jamais le médaillon, elle le garda au fond d'un tiroir en souvenir de cette fois, la *première* fois.

*

Siri décida d'inviter Mika à déjeuner. Elle avait d'abord pensé le cacher à Helmi, surtout ne pas lui demander conseil, mais elle avait fini par craquer.

— Tu vas vraiment l'inviter chez toi ? Qu'est-ce que tu vas faire de tous les petits ?

— Je me suis dit qu'ils pourraient rester avec nous.

Elle entendit Helmi prendre une profonde inspiration.

— Mais maman, c'est *impossible* ! Tu vas le faire fuir !

Siri vit un papillon citron voleter devant la fenêtre de la cuisine. Des détails auxquels elle n'avait jamais prêté attention, qui semblaient à présent exister partout autour d'elle. Des signes de bonheur, si on les cherchait. Elle esquissa un sourire indulgent dans le combiné.

— Enfin, Helmi, il sait que j'ai des enfants. Beaucoup d'enfants. Et que certains vivent encore à la maison.

— Il le sait peut-être. Il dit peut-être que ça ne le dérange pas. Mais quand il les verra, il sera pris de panique. Maman, fais-moi confiance, je connais les hommes.

Siri sourit à nouveau. Elle appréciait les conseils de sa fille, mais ne comptait pas suivre celui-ci.

— Oui, oui, on verra bien ce que ça donnera.

Puis elle l'avait appelé. Il avait répondu au bout de quatre sonneries, la voix essoufflée.

— J'étais en train d'arracher les mauvaises herbes et j'ai entendu le téléphone. Personne ne m'appelle jamais, mais, là, j'espérais, enfin, je pensais que c'était peut-être toi.

— Ah bon ? Tu as pensé à moi ?

— Tu le sais bien, Siri Aamuvuori, tu le sais bien.

Et elle avait encore souri et ils avaient décidé qu'il viendrait dès le dimanche suivant. On était jeudi. Plus que quatre petits jours.

*

La première fois que Matti avait frappé Lahja, c'était en septembre 1981. Nous étions en juin 1982, près d'un an plus tard. Dix mois plus tard, elle était tellement habituée à la douleur qu'elle ne réagissait presque plus. Les limites avaient été repoussées au point d'être gommées. L'excès était devenu leur mode de vie.

Après le déménagement à Kuivaniemi, la violence s'était accrue. C'était la seule manière pour Matti d'espérer se rapprocher de Lahja. Il couchait souvent avec elle, mais la plupart du temps elle restait allongée en silence, immobile. Parfois, elle n'avait pas envie ; là, au moins, elle remuait. Il préférait presque ça à son immobilité, sa posture de cadavre.

Lahja ne connaissait rien d'autre et n'avait personne à qui parler de tout ce qu'elle portait en elle, ce sentiment de n'être bonne à rien, ce sentiment que la vie se déroulait ailleurs.

Si Tarmo était resté, elle aurait peut-être pu lui parler, il aurait peut-être pu la sauver de Matti, comme elle avait sauvé son frère à Noël. Tout son entourage semblait tellement soulagé qu'elle ait quelqu'un, que quelque chose dans sa vie soit normal. Elle avait au moins un mec, et il était, à défaut d'un autre mot, normal. Il travaillait au tri postal, il avait son propre appartement, un petit studio dans un immeuble à Tornio, lequel n'était constitué que de studios, et il y avait toujours la fête quelque part, la police y descendait plusieurs fois chaque week-end.

Lahja détestait cet immeuble, craignait de s'y rendre, car elle sentait que, si ça se gâtait, si Matti la frappait au point de mettre sa vie en péril, personne ne réagirait à ses appels au secours.

Quand Siri lui avait annoncé qu'elle avait « invité un homme à déjeuner », Lahja avait été surprise. Elle n'avait pas compris que sa mère cherchait à rencontrer quelqu'un.

Puis elle s'était fâchée contre Siri.

Qui était-elle pour aspirer à l'amour ?

Croire qu'elle le méritait ?

Qu'elle méritait quelqu'un qui serait gentil avec elle ?

Quelqu'un qui la ferait se sentir bien ?

Lahja voulait hurler, hurler qu'elle n'avait pas besoin d'un nouveau papa, et qui était Siri pour prendre ce type de liberté ? Mais elle n'était pas du genre à crier sur sa mère, alors elle préféra hausser les épaules et monta dans sa chambre où elle pouvait disparaître dans le livre qu'elle était en train de lire, sur la grandeur et la décadence de l'Empire romain. Elle avait du mal à se concentrer, mais elle savait que la colère finirait par passer. Ah, si Tarmo avait été là ! Ils auraient au moins pu glousser ensemble, rire de cette situation cocasse.

Lahja rêvait souvent de mettre fin à ses jours. La plupart du temps, elle s'imaginait se faire écraser par un train à l'aube ou au crépuscule. Dans la pénombre entre la nuit et le jour, entre chien et loup.

Il y avait un passage à niveau non loin de la maison où ils habitaient désormais, il n'était pas surveillé et, souvent, le système de signalisation dysfonctionnait. Parfois, elle s'avançait sur les rails, pour voir, mais, dès qu'elle entendait le bruissement, elle s'éloignait. Elle commença une lettre, plusieurs fois, une lettre à Tarmo. Mais elle ne la termina jamais, quelque chose la bloquait. Elle n'était pas encore prête. Et puis, elle était inquiète de ce qui pouvait se passer si Matti tombait sur la lettre. Non, ces derniers temps, beaucoup d'ébauches de lettres d'adieu avaient fini dans le poêle.

Ce n'était pas la *mort* en soi, pas de la manière dont elle avait vu Tarmo s'approcher de la mort, plein de courage et de sang-froid, non, elle utilisait plutôt la mort comme une sorte d'antalgique. Si elle s'imaginait cesser d'exister, le présent ne faisait plus aussi mal. Aussi pouvait-elle tranquillement, méthodiquement, faire défiler l'événement dans sa tête, la marche jusqu'au chemin de fer, le choc, l'enterrement et les visages baignés de larmes de sa famille. Alors, ce n'était plus aussi douloureux.

*

Siri avait longtemps hésité au sujet du menu. Elle se savait bonne cuisinière, mais elle voulait que le repas dise quelque chose de plus sur elle. Mika était une personne attentive, il remarquerait ses efforts et les associerait à une entité supérieure. Cela impressionnait Siri, elle se sentait fière, ou intéressante peut-être. C'était aussi source de nervosité.

Elle avait finalement opté pour des toasts au saumon fumé et un gâteau à la crème. Les enfants lui couraient autour tandis qu'elle s'affairait en jupon et bustier, des bigoudis dans les cheveux (Helmi les lui avait achetés et lui avait montré comment les placer). Il faisait chaud dans la cuisine et il était déjà treize heures trente. Il était attendu à quatorze heures, et elle houspillait Arto et Onni, essayait de leur faire enfiler les chemises qu'elle leur avait sorties.

Ils ne l'écoutaient pas, ils continuaient à jouer au chat et à la souris autour de ses jambes.

Elle entendit le bruit familier des pneus contre le gravier. Il était déjà là ? Il n'était que… ce n'était pas encore l'heure. Elle jeta un coup d'œil dehors et vit une Mercedes noire. Tatu en descendit, puis la porte côté passager s'ouvrit et Lauri apparut. Lauri ? Que faisait-il ici ? Il portait un short en jean trop court, même pour une femme.

Non, pas Lauri, pas maintenant ! Ça va tout gâcher. Cette pensée lui traversa l'esprit et elle en eut honte. Elle était arrivée trop vite, Siri n'avait pas eu le temps de l'arrêter. Elle secoua la tête. Bien sûr qu'il était le bienvenu à la maison. Tatu aussi. Elle ne s'était pas habituée à un ménage réduit, elle cuisinait encore suffisamment pour tous les enfants alors que seul un tiers d'entre eux vivaient encore avec elle.

— Mon cher enfant, qu'est-ce que tu fais à la maison ?

Lauri se contenta de hausser les épaules et alluma une cigarette en observant le visage maquillé de Siri.

— Qui est cette jolie dame ? Et qu'a-t-elle fait de ma maman ? La dernière fois que je l'ai vue, elle ne portait pas de bigoudis.

Puis il planta un baiser mouillé au beau milieu des lèvres de Siri.

Onni apparut dans l'encadrement de la porte.

— Il y a un vieux qui va venir !

Siri le fit taire.

— Non, pas un vieux.

C'était Lahja qui descendait nonchalamment l'escalier, le nez dans le troisième volume de *Grandeur et décadence de l'Empire romain*.

— Il y a un monsieur qui vient déjeuner.

Lauri et Tatu firent les gros yeux et taquinèrent leur mère qui dut les faire taire d'un geste de la main, là dans la cour.

C'est à ce moment-là qu'arriva la Volvo bleue de Mika.

Siri eut envie de disparaître sous terre. Elle grimpa à la hâte l'escalier pour enfiler une robe et ôter ses bigoudis, entendant les mots qu'aurait prononcés Helmi si elle avait vu la scène.

Seigneur ! Qu'allait-il penser d'elle ?

Il s'avéra qu'il avait pris les choses avec bonhomie. Les enfants s'étaient conduits de manière exemplaire (bien qu'indiscrète) ; ils l'avaient invité à s'installer sur la balancelle et lui avaient même servi un verre de mahla, la sève de bouleau qu'ils avaient récoltée quelques jours plus tôt.

Il était là, entouré de ses enfants. Il y avait Tatu et Lauri, Valo et Lahja, Arto et Onni. Il discutait tranquillement avec eux et les écoutait avec intérêt lorsqu'ils prenaient la parole. Siri resta sur le perron à observer la scène. Puis leurs yeux se rencontrèrent et le visage de Mika s'illumina, il lui adressa un clin d'œil avant de se retourner vers Onni qui était en pleine explication.

— *It's a keeper!* dit Lauri le même soir, une fois que Mika fut monté dans sa voiture pour rentrer.

Il était près de vingt-deux heures et le ciel était rose.

— Ce qui veut dire ? s'enquit Siri.

— Ce qui veut dire que celui-*là*, expliqua Lauri avec un geste de la main vers la voiture qui s'éloignait sur la route, il ne va pas falloir le laisser filer.

— Tu trouves ?

Elle savait déjà que les enfants l'avaient adoré, mais elle voulait l'entendre encore et encore.

— Mais qu'est-ce qu'il fait avec une Volvo ? ajouta Tatu avec un sourire.

Les gens amoureux sont des gens généreux. Pas toujours, mais souvent. Quand la vie semble facile, quand la vie nous sourit, on sourit facilement en retour, à tout le monde et à tout ce qui croise notre chemin. Siri aurait pu pardonner à Pentti. C'est l'impression qu'elle avait. S'il s'était trouvé là, devant elle, elle aurait peut-être placé les mains sur ses épaules et lui aurait dit sans ambages qu'elle lui pardonnait. Or, comme elle ne le croisa pas, elle n'eut pas l'occasion de le lui dire.

À défaut, elle essaya de témoigner à ses enfants davantage d'amour et d'estime. Pas seulement à ceux qu'elle aimait le plus, mais à tous.

Lauri ne lui avait toujours pas expliqué pourquoi il avait fait irruption comme ça, sans prévenir, à part qu'il avait des vacances et avait envie de lui faire une surprise. Siri était sûre que ce n'était pas tout, mais elle n'insista pas. Quelques jours plus tard seulement, il lui annonça qu'il allait dormir plusieurs nuits chez Helmi.

— Mais ne t'en fais pas, maman, je reviendrai. L'été est encore long.

Puis il l'embrassa à nouveau et se dirigea vers la voiture de Tatu qui l'attendait. Siri savait qu'il y avait autre chose qu'il ne lui racontait pas, elle espérait simplement qu'elle n'allait pas s'en rendre compte plus tard. Car tout était en train de s'arranger. N'est-ce pas ?

*

D'un côté, la vie était plus facile pour Lahja depuis le divorce de ses parents ; de l'autre, elle était plus ardue, plus compliquée. Siri semblait à présent l'aimer davantage, ou peut-être la détester un peu moins.

Ou bien était-ce qu'elle était devenue encore plus invisible ?

Elle était heureuse d'échapper à Pentti. Mais Matti avait resserré son emprise sur elle, sur sa vie, elle le sentait parfois physiquement, comme si elle avait du mal à respirer, comme quand il refermait son gros poing autour de son cou, écrasait son œsophage jusqu'à ce que tout s'obscurcisse. Mais chaque fois qu'il le faisait, il le regrettait, et parfois il n'y avait pas besoin d'une main réelle, parfois il lui suffisait de penser à son gros poing pour qu'elle peine à respirer.

Quelque part à l'horizon elle voyait la lumière, elle vacillait faiblement, mais elle la devinait parfois, tout de même. Il lui restait un an de scolarité avant de pouvoir partir de chez sa mère. Matti voulait qu'elle s'installe chez lui tout de suite, mais la jeune fille avait menti, lui avait dit qu'elle n'avait pas le droit, que c'était impossible, quoiqu'elle ne sût pas si c'était vrai, sans doute pas. Elle lui avait dit que Siri avait besoin de son aide maintenant qu'elle était seule, plus que jamais, mais en réalité on lui confiait moins de tâches depuis le divorce de ses parents. Elle ignorait si Matti la croyait, mais en tout cas il n'insistait pas.

Tarmo aurait dû rentrer dès la fin des cours. C'était décidé depuis longtemps, depuis *toujours*. Ils devaient passer cet été ensemble. Or, autour de Pâques, Tarmo avait appelé pour expliquer qu'il avait décroché un job d'été à Helsinki. Il allait travailler à Sokos, le célèbre grand magasin sur Mannerheimintie, dans le centre de la capitale finlandaise. Il ne pouvait pas rentrer à la fin de l'année scolaire. Il devait bosser, il commencerait dès le lendemain du dernier jour d'école et continuerait jusqu'à la fin du mois de juillet; du reste, son école lui avait octroyé une bourse parce qu'il excellait dans toutes les matières et qu'il avait obtenu des 10 partout, et en août, avec cette bourse et son salaire, il irait à Pompéi voir les fouilles en compagnie de quelques camarades. Et *après*, il avait dix jours de libres avant la rentrée et c'est *là* qu'il viendrait.

Lahja resta coite pendant tout l'exposé, et il n'avait pas non plus grand-chose à ajouter. Alors, au bout d'un long silence, elle annonça :

— Il faut que j'y aille.

Tarmo hocha la tête, muet, et ils raccrochèrent.

Mais, dès le lendemain, il appela pour lui parler de la banque de graines.

Lahja se dit que c'était sa mauvaise conscience qui l'obligeait à l'aider, en lui donnant quelque chose à faire au lieu de passer tout l'été avec lui, ou se faire maltraiter par Matti.

Quoi qu'il en soit, il lui avait dégoté un boulot d'été. À Kuivaniemi, en plus. Elle et une autre fille devaient collecter et trier des échantillons de plantes et des graines pour une étude réalisée à la faculté d'agriculture et de sylviculture de l'université d'Helsinki. C'était un travail assez libre, qui reposait sur du catalogage. Difficile de dire si c'était une bonne ou une mauvaise chose, en tout cas c'était nouveau. Il y avait au moins cet attrait.

Lahja était impatiente de commencer à travailler, mais elle se demandait avec appréhension qui était cette fille qui serait sa collègue. Lahja n'avait jamais eu d'amie fille. Elle craignait de se coltiner une étrangère tout l'été et d'être obligée de collaborer, de partager l'air avec elle.

Certes, elle avait ses sœurs aînées, mais on ne pouvait pas comparer, en partie parce qu'elles étaient liées à elle par le sang, mais surtout parce qu'il y avait entre elles une grande différence d'âge, quatorze ans avec Annie, dix avec Helmi. Elles ne seraient pas sur un pied d'égalité avant d'être toutes adultes, et encore.

Les sœurs Toimi se traitaient avec une sorte de respect silencieux. Un accord implicite stipulant qu'on s'entraidait, qu'on se défendait les unes les autres, et qu'on se fichait la paix. On ne se mêlait pas des choix des autres, on vivait sa vie, côte à côte.

*

Le roi-de-rats se réunit à nouveau. C'était comme si quelque chose les attirait, sifflait depuis la profondeur des abîmes que le moment était venu de se rassembler.

Pas tous, mais presque. L'un après l'autre, ils approchaient, subrepticement, à pas feutrés.

*

Lahja partit de bon matin et pédala jusqu'à la mairie de Kuivaniemi, qui faisait aussi office de poste et de bibliothèque. Les vacances estivales avaient commencé la semaine précédente et elle venait de passer un week-end atroce, le pire de sa vie. Il avait fallu aller de fête en fête. Si Matti ne fréquentait pas le lycée, c'était le cas de plusieurs de ses copains, et il avait entraîné Lahja dans un week-end de débauche à nul autre pareil. Peu de sommeil, beaucoup d'alcool et une humeur de chien.

Quand elle avait fini par appeler Valo pour qu'il vienne la chercher à une fête en périphérie de Tornio le dimanche matin, elle n'avait pas dormi depuis la nuit du jeudi au vendredi et elle avait si mal à ses orifices inférieurs qu'elle ne parvint pas à réprimer une grimace en s'asseyant le plus doucement possible à l'avant de la voiture, à côté de son frère. Valo, qui vivait toujours chez sa mère et fréquentait encore le lycée, avait le même âge que Matti, mais la comparaison s'arrêtait là. Remarquant que sa petite sœur n'avait pas l'air en forme, il lui demanda s'il pouvait l'aider, mais elle secoua la tête et il garda le silence. Ça faisait longtemps qu'ils n'essayaient plus de se parler, de cette manière dont on ferme les portes à l'autre. On finit par en fermer tellement que les rouvrir demanderait un effort trop important, plus que ce qu'on peut supporter. Aussi est-il plus facile de vivre sa vie côte à côte, sans vraiment se montrer les uns aux autres.

Mais lorsqu'elle l'avait malgré tout appelé, il avait compris que c'était du sérieux.

Quand la voiture entra dans la cour à Kuivaniemi, Arto était levé, il était assis sur le perron à boire du lait à même l'emballage, une épaisse moustache blanche barrant sa lèvre supérieure. Siri et Onni dormaient toujours, Lahja se traîna jusqu'au grenier dans sa chambrette et tomba de fatigue sur son lit, sans même avoir la force de retirer ses chaussures.

Dans la soirée, elle se réveilla, la bouche sèche, une douleur sourde à la tête et au bas-ventre. Les autres étaient réunis dans la cuisine, pour une fois il y avait tout le monde, et à présent elle humait l'odeur de pâtisserie tout juste sortie du four qui flottait comme une brume dans toute la maison. Les roulés à la cannelle de Siri ! Les beignets à l'anis de Siri ! Lahja en raffolait. Ce goût de réglisse quand les dents s'enfoncent dans la surface grasse et sucrée, et l'air à l'intérieur qui constitue cette résistance parfaite lorsqu'on mâche. La sensation de satiété après en avoir mangé quatre ou cinq ou six.

Elle remarqua le regard de ses frères, ils savaient que leur sœur adorait les sucreries, ils savaient qu'elle serait ravie.

— On prend notre en-cas du soir, dit Onni gaiement, et il porta à ses lèvres la soucoupe pleine de café qu'il aspira bruyamment.

Siri passa la tête depuis la cuisine et annonça qu'il y avait du café frais sur le feu pour ceux qui voulaient. Lahja prit un beignet à l'anis dans le plat posé sur la table de la cuisine et s'assit doucement sur une fesse, à l'extrémité du banc en bois. Elle faisait comme si de rien n'était, comme si rien n'avait changé, comme si rien n'avait été perdu, elle écoutait les querelles de ses frères et les voix de la radio. Et elle mâchait. Mâchait. Mais elle avait beau essayer, elle ne parvenait pas à avaler le beignet, il semblait grossir dans sa bouche. Le soleil filtrait à travers le rideau en dentelle, se reflétait sur la montre de Valo et, l'éblouissant, déclencha un haut-le-cœur; elle se précipita dans la cuisine et vomit dans l'évier.

Siri ne la regarda pas une seule fois, ne lui demanda pas comment elle allait.

— Ben alors, on a un peu trop fait la fête, dit-elle seulement, sereine, et elle continua à étaler la pâte.

La Siri d'avant aurait tancé, réprimandé, mais la Siri d'avant avait disparu. Pour un temps ou pour toujours, telle était la question.

Depuis le séjour, on entendait les questions d'Onni, et Valo qui essayait d'expliquer comment il était possible de vomir son dessert préféré alors qu'on avait dormi toute la journée, qu'on n'avait mangé ni le matin, ni le midi, ni le soir.

Que dit-on quand on s'est fourvoyé, perdu en soi-même si loin qu'on ne voit plus que du noir? Comment fait-on pour se remettre à nager vers la surface? Le chemin est si long pour y parvenir. Lahja était remontée dans le grenier et s'était recouchée, puis, le lundi matin aux aurores, après s'être délicatement lavée dans le sauna où l'eau l'avait réveillée, encore un peu tiède de la veille, elle avait enfourché son vélo et pédalé les trois kilomètres jusqu'à Kuivaniemi, et maintenant elle était là.

Transpirante, tremblante, mais bien vivante.

Le soleil lui brûlait la nuque et la sueur gouttait de son nez dans sa bouche et entre ses seins, le goût était salé.

Une fille de son âge était assise sur une marche, le nez dans un livre épais. *Les Sept Frères* d'Aleksis Kivi, lui semblait-il. Les crissements du gravier sous les pieds de Lahja lui firent lever les yeux. Elle avait de longs cheveux presque noirs, coiffés en deux tresses fines qui lui tombaient sur les genoux, une peau pâle, presque transparente, que le soleil n'avait jamais dû caresser et d'épaisses lunettes. Ses sourcils étaient grands mais étrangement clairsemés. Elle était maigre, un peu à la manière de Tarmo, songea Lahja.

Elle avait dû avoir faim, enfant.

La fille tendit la main à Lahja sans se lever.

— Maire, dit-elle.

Lahja lui serra la main. Elle était fine et fraîche dans la sienne, moite et calleuse.

— Lahja.

Puis elle ne savait plus quoi dire, alors elle ne dit rien, et s'assit dans l'escalier à côté de Maire. Elle avait encore mal quand elle posait ses fesses, mais ça allait mieux que la veille. Elle guérirait sans doute, physiquement.

Devant elle, il y avait une route asphaltée, quelques maisons, des buissons, une voiture stationnée. Elle se dit qu'elle n'avait jamais rencontré quelqu'un qui lisait sans qu'on l'y oblige, en dehors de l'école, à part bien sûr Tarmo et elle-même.

— Toi aussi, tu es là pour trier des graines ? demanda Maire, le nez dans le livre (c'était bel et bien *Les Sept Frères*).

Lahja acquiesça, mais comprit que Maire ne pouvait pas le voir avec le visage plongé entre les pages, elle fut donc obligée de dire oui.

Elle détesta le son de sa voix, si gêné, si peu naturel. Elle était mal à l'aise à côté de Maire. En sueur, petite, avec ses cheveux qu'elle avait elle-même coupés court et son short en jean, son débardeur sale et sa veste en denim sans manches.

Elle se sentit soudain ridicule. Maire portait une robe d'été délavée à motif floral, beaucoup plus adaptée à une chaude journée de juin lorsqu'on s'apprête à commencer son boulot d'été consistant à trier des graines. Lahja ignorait d'où lui venaient ces pensées. Elle n'avait jamais fait attention à son apparence ni n'avait porté de robe de sa vie, sauf pour son baptême. Elle ne s'était jamais comparée à une autre fille.

— Tu es toi-même, lui dirait Maire plus tard. Tu n'essaies jamais de ressembler à quelqu'un d'autre, et ça me plaît. La plupart des gens de notre âge cherchent encore leur identité, comment s'habiller, quoi penser, comment parler, mais pas toi. Dès la première fois que je t'ai vue, j'ai su qui tu étais.

— Et qui j'étais ?

— Ça, je ne le savais pas encore, bien sûr, mais je savais que tu étais toi-même à cent pour cent. Pas comme moi. Ou ceux que je connais. Qui sont faux.

Lahja soupira.

— Si seulement je pouvais être un peu plus fausse.

— Ah non ! Surtout pas. C'est un don très rare que tu possèdes. D'où ton nom.

Elle lui chatouilla le flanc, d'un geste tendre et taquin. Lahja grimaça.

— Toi, tu n'es pas fausse. Tu ne t'excuses pas d'exister. Tu es sans doute la personne la plus courageuse que je connaisse.

— Ha ha, *very funny*, dit Maire.

Elle secoua la tête puis ajouta :

— J'ai peut-être l'air courageuse, mais je ne le suis pas. Je le sais.

Mais peu importait ce que disait Maire, peu importait ce qu'elle racontait, rien ne changerait l'image que Lahja avait d'elle.

*

Siri eut donc son premier orgasme cet été-là. Elle venait de fêter ses cinquante-cinq ans. C'était bouleversant, renversant, surprenant et même un peu effrayant (que se passait-il ? Ses jambes tremblaient de manière incontrôlable, est-ce qu'elle avait une sorte de crise ? Ah non, d'accord) et, une fois remise de ses émotions, elle le regarda avec un regard si plein de confiance et d'admiration qu'il ne put s'empêcher de rire.

— C'est la première fois que ça m'arrive.

Il lui embrassa la tête.

— Ça t'a plu ?

— C'était fantastique.

Ils étaient au lit, dans le lit de Siri, ils avaient déplacé Onni et profité de l'occasion, espérant qu'il dormirait encore un peu.

La couverture était enroulée autour de leurs jambes et Siri reposait sur le bras de Mika ; elle se sentait comme une vedette de cinéma, enfin, du moins comme une personne très importante, qui était allongée là, drapée dans une couverture orange à petites fleurs, à fumer une cigarette tandis que son amant au poitrail velu et au front luisant lui caressait doucement le dos.

— Ça, je pourrais m'y habituer, soupira-t-elle.

— Oui, ce n'était pas désagréable.

La voix de Mika était douce et ses doigts glissaient, légers comme une plume, sur son corps comme s'ils le connaissaient par cœur, comme s'ils connaissaient le chemin.

Siri pensa à toutes les fois où Pentti était venu vers elle et l'avait prise. Elle avait honte, honte vis-à-vis d'elle-même et vis-à-vis de Mika. Ah, s'il savait toutes les années et tout le temps qu'elle avait perdus à maltraiter son corps ainsi !

Elle était si jeune, à l'époque. Elle ne connaissait rien d'autre. Elle n'avait pas compris que la vie, la vie à deux, pouvait aussi être comme cela.

Jamais elle n'avait partagé une cigarette avec Pentti, appuyée contre son épaule, après l'amour, jamais il ne lui avait effleuré le dos comme ça.

— C'était comme ça avec ta femme ?

Mika la regarda, il réfléchissait.

— Non, répondit-il. Nous nous sommes mariés jeunes, parce que c'est ce qu'on attendait de nous. Mais nous étions timides. Nous n'arrivions pas à nous parler. Nous n'avions pas les possibilités que nous avons aujourd'hui. Ça ne vient qu'avec l'âge, je crois.

Siri hocha la tête. Elle avait toujours pensé qu'en vieillissant, passé cinquante ans, la vie adopterait un rythme plus lent, tout se passerait au ralenti, le corps se consumerait, l'esprit également. Mais à présent, elle était là, avec un esprit qui venait de renaître et un corps qui, loin de se consumer, semblait au contraire enfler et grossir à chaque instant. Elle baissa les yeux sur sa poitrine. Elle n'avait jamais été particulièrement pulpeuse et elle ne l'avait jamais considérée comme autre chose qu'un outil pour nourrir et sustenter ses enfants. Mais à présent !

Elle prit la main de Mika et la plaça sur l'un de ses seins.

— Je me demandais, dit-elle, si tu pouvais refaire ce que tu as fait tout à l'heure.

Elle le regarda droit dans les yeux et il acquiesça, écrasa sa cigarette et, lentement, commença à embrasser sa peau, descendant le long de son corps jusqu'à la faire trembler et frémir, frissonner et vibrer.

Jamais elle ne s'était sentie aussi vivante qu'aujourd'hui.

*

La personne en charge de l'étude sur place, ou plutôt celle qui devait donner les instructions aux jeunes filles, était la bibliothécaire, une femme d'un certain âge, mais incertain, aux longs cheveux gris tressés en deux nattes, et qui ressemblait un peu à Maire.

— C'est Oili, la sœur de ma grand-mère, murmura Maire en emboîtant le pas à la femme dans le bureau de la bibliothèque. Elle est vieille fille. Et je crois qu'elle s'est fait lobotomiser.

Lahja écarquilla les yeux.

— Peut-être, ajouta Maire. Peut-être lobotomisée.

Oili, donc, avait à son tour reçu toutes les informations par téléphone et on lui avait envoyé un gros colis contenant des éprouvettes, des spatules, des chemises et des polycopiés. Elle lut les instructions d'une voix monocorde, sans lever une seule fois les yeux vers les filles.

— Placer ensuite l'échantillon dans l'éprouvette fournie à cet effet. Il est important que les échantillons ne soient pas contaminés par d'autres échantillons.

Lahja jeta un coup d'œil à Maire qui haussa les épaules et lui sourit.

Elle répondit à son sourire.

Quand Oili eut achevé la lecture, elle les regarda en silence un long moment.

— On va s'en sortir, dit Maire en hochant la tête avec conviction en direction de sa grand-tante.

— Bien, répondit Oili, soulagée.

Elle tourna les talons, laissant les filles avec tout le matériel.

— Tu as pigé quelque chose ? s'enquit Maire.

Lahja secoua la tête.

— Peut-être qu'on devrait lire nous-mêmes. En mettant le ton.

Lahja imita Oili et Maire éclata de rire. Elles plongèrent le nez dans le classeur et tentèrent de comprendre ce qu'elles devaient faire ici tout l'été.

C'était une mission assez intéressante : il s'agissait de collecter des échantillons et de classer la flore autour de la rivière Kuivajoki, qui prenait sa source au lac Oijärvi et se jetait dans le golfe de Botnie. Cela s'inscrivait dans une étude sur la flore et les cours d'eau. Elles devaient mesurer, photographier et collecter des échantillons et des exemplaires dans leur zone de répartition.

— Bah, dit Maire en repoussant une mèche échappée de ses tresses. On va y arriver, j'en suis sûre. Tu as l'air super dégourdie. Moi, je le suis aussi, je le sais déjà. D'un autre côté, on est encore presque des enfants. Alors, d'abord…

Elle fit le V de la victoire avec les doigts.

— On va s'acheter des glaces !

Ainsi commencèrent le job d'été de Lahja et ses grandes vacances. Elle n'avait pas pensé une seule fois aux événements du week-end depuis qu'elle avait rencontré Maire. Elle sentait poindre en elle une question : la vie pouvait-elle être aussi simple ? Une aventure ? Quand elle rentra à bicyclette cet après-midi-là, la sensation dans son corps était radicalement différente de celle qu'elle avait éprouvée le matin même. Le vent lui caressait les joues et faisait pleurer ses yeux, mais ses larmes venaient cette fois de l'extérieur, pas de l'intérieur.

*

Lauri était revenu à Kuivaniemi. Quand Lahja arriva, il était allongé sur la balancelle à manger des fraises. D'habitude, elle l'aurait ignoré et serait montée dans sa chambre, mais elle se sentait fortifiée par sa journée, gaie et pleine d'énergie. Elle s'assit à l'extrémité de la balancelle et Lauri posa ses pieds sur les genoux de sa sœur.

— Où tu étais ? demanda-t-elle.

Il la regarda.

— Chez Helmi.

— Tu es allé à Aapajärvi ?

— Pourquoi cette question ? Non, je n'y suis pas allé.

Lahja haussa les épaules. Elle prit une fraise dans le bol.

— Et toi, petite sœur, où étais-tu ?

— Au travail.

Elle haussa les épaules.

— Avec Maire.

Lauri leva les sourcils.

— Ah, je vois.

— Quoi ?

Il secoua la tête en gardant les sourcils levés.

— Rien, petite sœur. Rien.

*

Maire habitait chez ses grands-parents. En réalité, elle vivait à Helsinki avec sa famille, mais elle avait décidé de passer l'été chez ses grands-parents pendant que ses parents travaillaient.

— Je n'avais pas envie de passer encore un été en ville, ça me rend complètement dingue, dit-elle avec son élégant accent.

Elle s'exprimait comme une présentatrice de télévision, comme un personnage imaginaire, qui s'efforce d'articuler le temps de l'émission, mais qui retrouve son débit habituel hors antenne. Non, Maire parlait comme ça tout le temps. Lahja ne cessait de s'en étonner.

Maire lui faisait penser à Tarmo, parce qu'il s'exprimait de plus en plus comme elle. Il utilisait des mots finnois au lieu des mots tornédaliens.

Lahja ne savait pas ce qui était le plus étonnant, le fait que la fille avec laquelle elle travaillait s'avérât être une... vraie personne. Une personne qui comprend. Ou bien que Lahja, qui pensait que son job d'été serait comme le reste de sa vie, une longue attente – peut-être pas de la mort, mais de l'espoir d'un avenir (même s'il semblait aussi lointain et inatteignable que la mort) –, découvrît qu'elle appréciait son travail, qu'en se glissant entre ses draps le soir elle se réjouissait d'y retourner le lendemain.

Les tâches étaient simples, fascinantes parfois, mais le plus souvent juste assez intéressantes pour que Lahja demeure concentrée et ne fasse pas d'erreurs. Le plus souvent, il était possible de discuter en même temps et il fallait régulièrement s'entraider. C'était comme fait exprès pour travailler avec une copine.

Car Maire et Lahja s'étaient liées d'amitié dès le premier jour. L'attitude de Maire, son visage boudeur, sa manière si évidente de s'assumer, avec ses livres, ses lunettes, Lahja n'avait jamais vu ça. Elle se dit que si Maire avait fréquenté son école, elle aurait été le souffre-douleur des autres élèves. Puis elle se dit que c'était impossible, car, si Maire avait rejoint la classe de Lahja maintenant, les autres auraient essayé de se moquer d'elle mais elle aurait été inatteignable pour eux, en raison de son attitude, si supérieure, se disait Lahja, et, si elle avait fréquenté cette école depuis l'enfance, Maire n'aurait pas existé, car ce genre de personnalité aurait été incapable de survivre et, faute de meilleur mot, de s'épanouir. Ses spécificités auraient été gommées jusqu'à ce qu'il ne subsiste qu'une ombre de personnalité, de personne, moins que rien.

Mais Maire allait à l'école à Helsinki, comme Tarmo, et elle avait le même âge que Lahja. À Helsinki, différents types d'existences avaient apparemment droit de cité. Comme dans la littérature.

En passant du temps avec Maire, Lahja se sentait plus proche de Tarmo. Comme si elle faisait partie de son monde par le truchement de la jeune fille, qui lui parlait de sa ville, de ses rues, de ses endroits préférés, de son école et de tous les imbéciles qu'elle y côtoyait, mais, bien que Maire semblât prendre la plupart des gens de haut, il était évident qu'elle n'était pas seule, qu'elle avait beaucoup d'amis.

Lahja espérait qu'il en allait de même pour Tarmo.

Qu'il s'était constitué un groupe d'amis, que les gens qui l'entouraient voyaient la beauté en lui, et savaient aimer et apprécier l'être fantastique qu'il était, même si personne ici ne le remarquait. Hormis Lahja, bien entendu.

L'avantage de ce job, outre qu'elle s'était fait une amie pour la première fois de sa vie, c'est qu'elle avait moins de temps à consacrer à Matti.

Après le week-end qui avait suivi la fin des cours, ils ne s'étaient vus qu'une fois, un soir où il était venu chez elle. Deux semaines s'étaient écoulées depuis le fameux week-end, depuis le début des vacances de Lahja, de son job d'été, et sa rencontre avec Maire.

Ils avaient passé un long moment en silence sur la balancelle ; Matti savait qu'il devait lui demander pardon, et bien, parce que ce qui était arrivé pouvait envoyer un jeune homme derrière les barreaux, avec un peu de malchance. Mais il avait beau chercher une porte d'entrée, Lahja demeurait aussi fermée et inaccessible que d'habitude. Il était resté près de deux heures. Valo, qui était à la maison (c'était rare pour un vendredi soir), s'était assis discrètement sur une marche devant la maison avec une bière, et de là il avait une bonne vue sur Lahja et Matti. Lahja comprit que son grand frère faisait ça pour la protéger et il est possible que ça ait eu l'effet escompté, car Matti ne leva pas la main sur elle ce soir-là.

— Oh là là, quel week-end de dingue, fit Matti d'une voix hésitante. Purée, je ne me rappelle presque plus rien.

Il jeta un coup d'œil à Lahja.

— Et toi ?

Elle répondit oui d'un hochement de tête. Sans le regarder. Elle fixait ses mains avec insistance. Elle se souvenait. Tout comme lui.

Matti repoussa de son front une mèche humide de sueur, alluma une autre cigarette avec le bout de la précédente, sortit une canette de bière d'un sac en plastique et demanda à Lahja si elle voulait aller faire un tour.

Elle refusa d'un mouvement presque imperceptible, mais un mouvement tout de même.

— Je bosse demain.

— Merde alors, quel boulot de chien ! Six jours par semaine. Tu vas m'inviter au resto après, avec tout le fric que tu auras gagné ?

Lahja ne répondit pas. Elle attendait, immobile.

Elle attendait qu'il fume sa cigarette et qu'il boive sa bière, en silence ; quand il eut fini, il émit un rot sonore et jeta son mégot d'une chiquenaude avant de s'acheminer vers sa Saab.

— Bon alors, à plus ! lança-t-il sans se retourner, et Lahja resta sur la balancelle jusqu'à ce que la voiture ait quitté la cour et que le bruit du moteur se soit estompé.

Les moustiques dansaient autour de sa tête, mais elle s'en moquait.

Elle avait trouvé une manière de s'éloigner de Matti, de s'éloigner de cette partie d'elle-même qui pensait ne pas mériter plus.

Elle entra dans la maison et Valo la suivit. Puis tous s'assirent dans le canapé, toute la famille réunie, et regardèrent les actualités en silence. On n'entendait que le cliquetis des tasses à café contre les soucoupes et le chant des grillons par la fenêtre ouverte.

Avec Maire, elle prit conscience qu'elle avait des droits. Que le monde lui appartenait, à elle aussi, pas seulement aux autres, à tous les gens normaux. C'est Maire qui lui parla pour la première fois du féminisme.

C'était au moment d'une pause-déjeuner, trois semaines environ après le début de leur contrat. Elles étaient étendues sur la pelouse derrière la bibliothèque-poste-mairie à contempler les nuages qui flottaient dans le ciel. Lahja avait d'abord éclaté de rire. Elle avait roulé sur le côté et dévisagé son amie qui mâchait un brin d'herbe, allongée sur le dos, les mains sous la tête. Cette dernière ne riait pas. Lahja s'était figée.

— Dis-m'en plus.

— Quelle partie ?

— Dis-moi tout ce que tu sais.

Cet après-midi-là, le catalogage se fit très lentement tant elles étaient absorbées par leur conversation. Quand elles se séparèrent, Lahja se sentait comme une nouvelle personne. Elle marcha jusqu'à son vélo le dos droit, ouvrit l'antivol et s'en retourna chez elle avec un regard neuf, sur elle et sur le monde qui l'entourait.

Sur les conseils de Maire, elle avait emprunté quelques livres à la bibliothèque. Une fois à la maison, elle s'allongea sur la balancelle et se mit à lire. Et ne s'arrêta plus.

Siri cria que le repas était prêt et Lahja prit place à table sans lever les yeux de son livre, elle poursuivit même sa lecture en mangeant et, tard ce soir-là, elle s'endormit sur *Le Deuxième Sexe*.

Chez elle, personne ne s'étonnait de ce comportement. Ils étaient habitués à ce que Lahja se perde dans ses lectures et ils la laissaient tranquille. Elle termina le livre en cinq jours, dont le week-end, pendant lequel elle y consacra les journées entières. Le dimanche soir, quand elle eut refermé le livre, elle resta longtemps dans la salle de bains à se contempler.

Le regard qui rencontrait le sien était empreint de courage, c'était celui d'une personne qui, quoiqu'elle ne sût pas exactement qui elle était, connaissait sa propre valeur.

Pour la première fois, elle voyait une femme. Elle pouvait même éprouver une certaine tendresse pour son reflet, pour cette jeune femme qui la regardait depuis le mur.

Le lundi, Maire apporta quelques-uns de ses livres préférés et, les semaines suivantes, Lahja combla ses lacunes en dévorant des centaines, voire des milliers de pages écrites par des féministes contemporaines. Elle lut Märta Tikkanen, bien sûr, et d'autres féministes scandinaves telles que Suzanne Brøgger, Maria-Pia Boëthius, mais aussi Erica Jong et Germaine Greer, et elle lut les générations précédentes avec Bremer, Wägner et Södergran. Les ouvrages qui ne se trouvaient pas à la bibliothèque-poste-mairie de Kuivaniemi, la grande majorité en réalité, elle pouvait les emprunter à Maire qui, malgré son jeune âge, possédait déjà une bibliothèque impressionnante.

— C'est grâce à ma frangine, expliqua-t-elle.

Sa sœur aînée écrivait sa thèse de doctorat sur le nouveau féminisme.

Le catalogage et le recueil de plantes en prirent un nouveau coup ; elles passaient leurs journées à lire et à discuter des différentes penseuses et de leurs théories, abordant tant la qualité littéraire que des questions purement idéologiques.

Lahja changea.

Elle ne savait pas si Maire avait aussi changé, parce que pour elle il n'y avait rien de nouveau dans tout cela. Lahja imaginait son amie avec ses camarades de classe, assises autour d'une grande table dans une bibliothèque de la capitale à se chamailler pour décider si oui ou non Simone de Beauvoir aurait dû quitter Sartre. Ce qui était sûr, c'est que leur amitié grandissait et se renforçait. Lahja s'était mise à fumer. Ça faisait partie de sa résurrection. Et à se maquiller. Elle avait toujours eu les cheveux courts, avec une frange un peu plus longue pour dissimuler son regard. C'était fini. Elle glissait ses cheveux derrière les oreilles, levait les yeux, regardait dans les yeux, croisait tous les regards.

*

Siri voyait sa fille changer.

Cela ne lui plaisait pas.

La mère était soulagée qu'elle ne fréquentât plus autant ce garçon désagréable, ce garçon qu'elle soupçonnait d'être responsable des hématomes de sa fille et de son attitude de plus en plus soumise, mais ce qui déplaisait à Siri, c'était que sa fille sentait de plus en plus souvent la cigarette quand elle rentrait.

Du reste, son comportement avait changé.

Elle était devenue insolente.

Elle avait cessé de courber l'échine.

Lahja avait toujours esquivé, quitté la pièce en tapant du pied quand elle était en colère ou insatisfaite ; désormais, elle restait postée tranquillement, expliquait à sa mère qu'elle était prisonnière d'une structure patriarcale et que les femmes devaient coopérer pour la transformer. Il ne fallait pas laisser les hommes diviser les femmes, comme ils le faisaient depuis des siècles et des millénaires.

Tous ces beaux discours effrayaient Siri, qui faisait son possible pour ne pas écouter ce que sa fille essayait de lui dire. Elle avait peur que… difficile de dire de quoi elle avait peur. Car, à plusieurs égards, Siri était une femme neuve, une femme forte et libre, mais pour le moment elle était surtout occupée par l'amour, tard le soir quand personne ne la voyait. C'était à travers le regard d'un homme qu'elle se découvrait à présent quand elle se scrutait dans la psyché de sa chambre à coucher. Pas n'importe quel homme, mais l'élégant Suédois de Tornédalie qui lui rendait visite de plus en plus souvent.

Siri se demandait ce que sa mère aurait pensé d'elle si elle avait vu sa transformation. Maintenant que ses journées n'étaient plus aussi intenses, qu'elle ne trimait plus du matin au soir, son corps avait changé, s'était arrondi.

Ses hanches s'étaient élargies, et ses cuisses, son ventre, ses fesses aussi, elle n'entrait plus dans certaines de ses robes, celles qui avaient une taille marquée, et elle aimait cette sensation. Lorsque le soir, dans son lit, elle se caressait distraitement le ventre, les hanches, elle ne sentait plus les os, et elle était contente quand elle pensait à la crevette qu'elle avait été, dont on moquait toujours la maigreur et la petite taille, en partie causée par la malnutrition infantile, elle était fière d'être devenue autre, d'avoir changé. Mais, plus que sa métamorphose physique, c'était sa métamorphose intérieure qui l'intéressait. Qu'aurait vu sa mère dans ses yeux ? Quelque chose qui lui aurait fait peur, ou bien qui les aurait rassemblées, dans une sorte d'équilibre ? En tout cas, la Siri enfant, celle qu'elle avait un jour été, aurait été heureuse et impressionnée si elle s'était vue aujourd'hui.

À cinquante-cinq ans, voilà qu'elle était une vraie femme, pour la première fois lui semblait-il.

— Ta fille te ressemble, déclara Mika un soir en se rhabillant.

Siri ne l'autorisait toujours pas à dormir chez elle, elle insistait pour qu'il rentre. Pour qu'Onni ne tombe pas sur un homme quand il se faufilait la nuit dans le lit de sa maman. Et pour que ses autres enfants ne la taquinent pas. Ou parlent de lui à Pentti, sans réfléchir.

Quel enfer si son histoire revenait aux oreilles de Pentti ! Siri se réveillait toujours à l'aube, à l'heure de la traite, et guettait ses pas dehors. Elle l'imaginait ouvrir la porte de la chambre à coucher et flanquer une raclée à Mika, même s'il faisait une tête de moins que lui. Car Pentti était mû par des forces plus puissantes.

— Tu trouves que Lahja me ressemble ?

Elle le regardait boutonner sa chemise depuis le lit.

— Oui, ou plutôt j'imagine que tu étais comme ça, plus jeune.

— Comme ça ?

Il s'arrêta et lui sourit.

— Oui, sauvage, libre et intelligente comme elle.

Siri secoua la tête. C'était trop à digérer pour elle, qu'on puisse utiliser tous ces adjectifs pour qualifier sa fille, que ce soit en plus des attributs positifs et enfin qu'il veuille aussi lui prêter ces qualités.

— Je n'étais pas comme ça, jeune, affirma-t-elle.

Mais au fond d'elle, elle n'en était pas si sûre.

*

Lahja voyait sa mère changer. Personne ne pouvait rater ça, sans doute, mais sa fille remarqua même la transformation intérieure de Siri, celle qu'elle ne montrait à personne et qu'on ne pouvait deviner qu'à certains moments. Quand elle voyait sa mère, elle pressentait que les enfants Toimi auraient bientôt à se positionner vis-à-vis de quelque chose de nouveau.

Ils avaient beau essayer de le cacher, Lahja entendait le moteur démarrer tard le soir quand toute la maison était éteinte et elle voyait le regard de sa mère, si doux quand il se posait sur cet homme.

L'amitié entre Lahja et Maire avait grandi et s'était renforcée à mesure que l'été s'écoulait ; c'était comme si, par le biais du féminisme théorique, elles avaient osé partager d'autres pensées plus banales.

Maire lui confia qu'elle était vierge.

— Je ne suis pas du tout intéressée par le côté physique. Rien que l'idée d'une verge et de poils de barbe, beurk !

Lahja ne pouvait qu'acquiescer, et elle repensait à celle qu'elle était avant l'été, une personne sans volonté, niant sa propre valeur, au point de tomber entre les griffes du premier salaud venu. Elle parla de Matti à son amie, elle ne lui raconta pas tout bien sûr, pas ce qui la faisait le plus souffrir, mais suffisamment de choses pour que Maire en déduise d'autres ; c'était étrange, car quand Maire la regardait avec ses yeux clairs si pleins d'empathie et de… – n'était-ce pas de la tendresse ? – Lahja n'éprouvait pas la honte qu'elle aurait ressentie devant n'importe qui d'autre. Elle avait l'impression d'être vue, et comme

Maire ne la jugeait pas pour ce qu'elle était et avait été, elle pouvait aussi se pardonner à elle-même. C'était enivrant, libérateur.

Un soir d'été, en rentrant de chez Maire à bicyclette, elle se surprit à chanter à tue-tête tandis qu'elle descendait quasiment en roue libre la petite pente qui menait jusque chez elle.

Lahja filait à toute allure, forte, intrépide, et elle s'égosillait, se moquant bien qu'on l'entende. Elle passa devant les fermes voisines, les vaches qui paissaient, des bouleaux et des champs en fleurs.

Environ cinq cents mètres avant l'embranchement qui conduisait chez elle, elle aperçut la Saab garée sur le bas-côté.

Il était trop tard pour faire demi-tour et elle ne pouvait pas continuer son chemin comme si de rien n'était. Elle n'irait pas bien loin si Matti décidait de lui barrer la route.

Il était là, appuyé contre le capot, une cigarette entre les lèvres et les yeux rougis. Sans doute à cause d'un excès de fumée. Car il ne pouvait pas avoir pleuré, si ?

Il la regardait en souriant.

Lahja sauta de sa bicyclette et la guida vers la voiture.

— Qu'est-ce que tu fais là ? demanda-t-elle, bien qu'elle le sût très bien.

Matti haussa les épaules. Il la reluqua de la tête aux pieds.

— Tu as minci ?

Lahja haussa les épaules à son tour. Elle se dit que ce qui avait changé c'était sa posture. Elle n'avait plus le dos voûté, la nuque cassée, mais ça ne valait pas la peine d'expliquer ça à quelqu'un comme Matti.

— Tu es jolie, tenta-t-il en s'approchant d'elle.

Lahja se figea. Elle sortit une cigarette de la poche de sa veste en jean et l'alluma.

— Tu fumes ?

— Il y a beaucoup de choses que tu ne sais pas de moi, répondit-elle lentement en soufflant la fumée vers lui.

— Tu ne veux pas me les montrer ?

Sa main furetait là, entre les jambes de Lahja. Prenait des libertés, comme tant de fois auparavant.

C'était fini maintenant.

Elle lui empoigna fermement les testicules et serra, pas trop fort, juste ce qu'il fallait, comme pour marquer son pouvoir. Ce qui eut l'effet escompté. Matti poussa un gémissement et retira immédiatement sa main.

— Je n'ai plus rien à te montrer, dit-elle sans relâcher son étreinte. C'est fini tout ça. C'est fini entre nous.

Elle soutint son regard jusqu'à ce qu'il soit obligé de détourner les yeux. Alors elle lâcha ses attributs masculins.

Matti recula. Elle le regarda. Pour la dernière fois, se dit-elle. Puis elle enfourcha son vélo et pédala vers la maison qu'on apercevait plus loin, au bord de la route.

— C'est ce que j'allais dire ! cria Matti derrière elle.

Lahja continua son chemin.

— Tu es trop tarée pour moi !

Elle pédalait, pédalait.

— Je ne peux pas sortir avec quelqu'un comme toi.

Elle sourit.

— Tu es un laideron !

Elle ne l'entendait presque plus.

— Et un mauvais coup !

Elle n'entendait que le vent sifflant dans ses oreilles, et la brise faisait pleurer ses yeux quand elle regagna de la vitesse.

*

Lorsque leurs lèvres se rencontrèrent, elle comprit pour la première fois ce phénomène qu'elle avait lu dans tous les romans. Le baiser électrique. Elle éprouva cette sensation que les êtres humains expérimentent depuis des siècles et des millénaires, mais, ne connaissant que les baisers de Matti, qui étaient loin d'être électriques, elle avait commencé à croire que tout cela n'était que fiction.

Or, quand sa bouche entra en contact avec celle de Maire, tout son organisme s'en trouva affecté. Sa bouche lui paraissait directement reliée à son ventre, ou plutôt à son nombril, comme si quelqu'un essayait de lui faire faire un tour de vis, elle avait des fourmillements dans le sexe, sa peau semblait endolorie, presque fiévreuse, son cœur battait la chamade, s'emballait, tout son corps était submergé par ce petit baiser.

Après, elles se regardèrent, longtemps. Lahja alluma une cigarette, quoiqu'elle sût que Maire n'aimait pas le goût, ou peut-être justement pour ça.

Elle ignorait ce qu'elle ferait si Maire tentait de l'embrasser à nouveau.

— Ça fait très longtemps que j'en ai envie, avoua Maire au bout d'un moment.

— Ah bon ?

— Depuis la première fois que je t'ai vue, à peu près.

Lahja sourit. Elle n'avait jamais pensé à ça, ou plutôt elle n'avait jamais autorisé ses pensées à prendre ce chemin, et elle vit immédiatement les difficultés pratiques. La distance. La société. La famille. Siri. Mon Dieu, Siri.

Pourtant, elle ne put s'empêcher d'effleurer la main de Maire qui reposait sur le couvre-lit à côté d'elle.

*

Siri se demandait pourquoi il s'était agenouillé devant elle dans le séjour, jusqu'à ce qu'il lui tende le petit écrin ; c'est là qu'elle comprit.

— Veux-tu devenir ma femme, Siri Aamuvuori ?

Elle dut avoir l'air bouleversée, car il ajouta :

— Enfin, il n'y a pas le feu ! Pas tout de suite. Plus tard.

Elle secoua la tête. Elle avait les larmes aux yeux.

— C'est un peu trop pour moi, tout ça.

Il hocha la tête, toujours compréhensif.

— Bien sûr, bien sûr.

Il leva les mains en l'air, comme si quelqu'un menaçait de la tuer.

— Prends tout le temps qu'il te faut. Je voulais t'en parler. Pour que tu comprennes mes sentiments. Et mes intentions.

Qu'allait-elle faire à présent ? Elle savait que c'était impossible.

Certes, elle était divorcée, libérée de Pentti, libre juridiquement, une femme indépendante, etc. Elle savait pourtant qu'elle ne pourrait pas se remarier tant que Pentti serait en vie. Il ne le permettrait pas.

Elle hocha la tête et sourit à Mika, mais à l'intérieur elle se sentait vide.

*

L'été touche à sa fin. Le foin est fauché et rentré, pas à Kuivaniemi mais ailleurs dans la contrée, un peu partout alentour, là où il y a des animaux qui ont besoin de fourrage pour l'hiver. À Aapajärvi, par exemple. Dans les bois, les baies mûrissent. Il y aura beaucoup de myrtilles, des grosses, il a fait chaud et il a plu de manière inhabituelle pour la Tornédalie, presque comme des moussons tropicales, quand le ciel s'ouvre tout à coup et qu'on le voit, l'instant d'après, quasiment dépourvu de nuages. Les myrtilles aiment ça, elles grossissent, se gorgent de sucre.

Des mûres arctiques, il y en a moins. La faute à la vague de froid fin mai, au moment de leur floraison. Les pauvres petites fleurs blanches ont gelé, et le vent n'a rien arrangé.

*

Tous les frères sont partis se baigner. Lahja et Siri sont restées à la maison.

Lahja est allongée dans le canapé, occupée à lire, quand le téléphone sonne.

C'est la voix de Seija au bout du fil.

— Il y a le feu, dit-elle. Il y a le feu. Toute la maison brûle. Je suis arrivée et, oh mon Dieu, tout brûle !

— Qu'est-ce que tu racontes ? Il y a le feu ? Où ça ?

Lahja ne comprend pas de quoi parle sa belle-sœur.

Puis c'est la voix d'Esko.

— Passe-moi maman.

— Elle désherbe le jardin.

— Va la chercher tout de suite, Lahja, tu m'entends ?

C'est la première fois qu'Esko élève la voix, donc Lahja s'exécute. Elle sort à l'arrière, pieds nus, d'un pas trébuchant, appelle sa mère, encore et encore.

— Maman, viens vite, il y a Esko au téléphone, où tu es ?

Un ciel bleu, des prés verts. Siri apparaît tout à coup, au beau milieu de l'étendue verte, en sueur, son fichu est un peu sale, de la terre, sans doute.

Siri s'essuie le front, la mine renfrognée, presque sinistre.

— J'arrive. Dis-lui que j'arrive.

Plus tard, elle s'en souviendra comme si sa mère avait sifflé ou chuchoté cette phrase. Lahja retourne dans la cuisine, attrape le combiné qui pendouille le long du mur.

— Elle arrive, annonce-t-elle à son grand frère, puis elle s'assied sur les marches devant la maison, allume une des cigarettes de sa mère, peu importe si on la voit, elle a d'autres soucis.

Peu après, Siri sort et s'assied à côté d'elle. Elle prend une cigarette dans le paquet, ne semble pas remarquer que Lahja fume aussi. Ses mains tremblent. Son regard est perdu au loin. Elles restent assises en silence un long moment. Lahja contemple le ciel sans nuages.

Quand Siri prend la parole, sa voix est posée, calme. Ses mains ne tremblent plus.

— Aapajärvi a brûlé. Toute la maison.

Lahja ne répond pas.

Juste après, la voiture de Tatu entre dans la cour. Puis ils arrivent tous. Onni, Arto, Valo, Lauri. Pas Tarmo. Tarmo est loin, là-bas, à Helsinki.

— Ils ne savent pas ce qui a provoqué l'incendie. Et ils ne trouvent pas Pentti, c'est impossible d'entrer dans la maison pour le moment, mais tout porte à croire qu'il est parti.

— Parti ?

Lahja sent qu'elle ne comprend pas vraiment.

Ou plutôt que maintenant, à ce moment précis, il est important que Siri s'exprime plus clairement qu'elle ne l'a jamais fait.

— Oui. C'est-à-dire, mort.

Troisième partie

WHO DONNIT

Un accident arrive rarement seul

Une enquête de police.

Tous les enfants se réunissent à nouveau. C'est la fin de l'été. Une grande fête. Ou quelque chose dans le genre.

Enfin, il s'est passé quelque chose !

N'est-ce pas ?

Il s'est passé quelque chose, non ?

Ohé, pourquoi personne ne réagit ?

Hé ho ?

Où va-t-on après la mort ? Se transforme-t-on en angelot assis sur un nuage moutonneux dans le ciel azur qui regarde, le menton posé sur les mains, les gens en contrebas, loin loin loin, semblables à de minuscules poupées, ou à des fourmis qui s'affairent, courent dans tous les sens, sans s'arrêter ?

Ou bien renaît-on ? Se réincarne-t-on en fourmi, en nouveau-né (celui de la voisine ?) ou en arbre, en fleur, en mouette, en moustique ?

Ou bien est-on mort, tout simplement ? Comme si on dormait, que l'on continue à dormir sans jamais se réveiller.

Va-t-on au ciel ? dans un endroit nouveau qu'on n'a jamais visité, où tout est beau et lumineux, et où on rencontre d'autres personnes décédées ?

Si on a été méchant, est-ce qu'on se retrouve en enfer ? À quel point faut-il avoir été mauvais pour y être envoyé ?

Arto l'ignorait, mais il pensait beaucoup à ce genre de choses du fait des récents événements.

*

Annie poussa un profond soupir, comme seules les femmes enceintes peuvent le faire, et raccrocha.

Dans la chambre plongée dans la pénombre, il faisait chaud, la lumière de l'aube poignait comme elle le fait à Stockholm en juillet, bien que les persiennes soient fermées. C'était un été caniculaire, le corps d'Annie était lourd et difforme. Elle était à présent très, très enceinte.

Elle regarda les chiffres rouges du radioréveil. Il n'était que cinq heures passées de sept minutes.

— Qu'est-ce que c'était, *principessa* ? marmonna Alex contre l'oreiller, toujours lové dans l'interstice entre le sommeil et l'éveil.

Annie ne répondit pas. Elle resta assise, sans ciller.

Alex se frotta les yeux, la contempla, à peine réveillé, en attendant qu'elle prenne la parole. Mais elle demeura muette, immobile, presque nue, avec son ventre énorme et ses seins uniquement couverts par une fine chemise de nuit, et les jambes qui pendaient au bord du lit. Ses cheveux, qu'elle avait laissés pousser pendant la grossesse, en pagaille.

— Annie ?

Quand elle l'entendit enfin, c'était comme si on avait appuyé sur « Play ».

Elle bougea vite, aussi vite que le lui permit son état.

— C'est mon père. Je dois rentrer. Il… Ça a brûlé. Ils ne le trouvent pas. Ils pensent que… Il…

Elle fondit en larmes. Et les larmes renfermaient les souvenirs. Les aubes d'été de son enfance, quand elle accompagnait son père à l'étable. Son regard, si franc et ouvert quand il répondait à toutes ses questions, sur la vie, sur la mort, du mieux qu'il pouvait, selon ses capacités. Pentti n'avait jamais établi de distinctions entre les enfants et les adultes et maintenant il était mort. Son enfant n'aurait jamais de grand-père maternel, autrement que sur une photographie jaunie dans un vieil album. Sans histoire. Sans ancrage dans le passé.

Alex voulait venir. Il insistait. Annie était inflexible. C'était impossible. Il devait continuer à travailler, ils avaient besoin de tout l'argent qu'ils pouvaient gagner.

— Mais c'est ton père.

Elle avait cessé de pleurer, mais elle sentait que les larmes menaçaient à tout instant de couler. Le visage encore boursouflé, comme si son corps savait que ça recommencerait bientôt. Bien sûr, ça pouvait être autre chose aussi. Annie regarda Alex.

— Et maintenant il est mort.

Elle se rappelait son odeur, cette odeur de café, de bouse de vache et d'un troisième élément, de la vieille crasse, peut-être ? Comme une vague réminiscence.

Elle secoua la tête.

Alex persévérait. Il lui serra l'épaule.

— Je dois te soutenir. Être là pour toi.

Son insistance l'agaça. Elle se dit, comme souvent au cours de cette grossesse, depuis qu'Alex avait emménagé chez elle – ou qu'ils avaient *emménagé ensemble* comme il disait, comme s'il y avait quelque chose qui les unissait, les liait l'un à l'autre –, qu'il ne saisissait pas que c'était vain d'essayer de s'introduire dans cet espace intérieur que l'on renferme tous. Cette pièce secrète qui est à soi et rien qu'à soi. Elle soupira et repoussa la main de son épaule.

— C'est impossible. Tu ne le comprends donc pas ?

Quand elle vit à quel point il était blessé, elle regretta d'avoir été aussi brutale. Elle lui caressa le dos.

— Quand je suis là-bas, c'est moi, le soutien, tu aurais l'impression de gêner. Tu ne te souviens pas comment c'était la dernière fois ?

Elle regrettait toujours après, en le voyant tout triste.

Mais on aurait dit qu'elle n'apprenait pas de ses erreurs, qu'elle ne pouvait pas s'en empêcher, incapable de réagir autrement.

— Je dois m'occuper de ma mère, elle doit être effondrée. Et de mes frères et sœurs. Oh mon Dieu !

Elle éclata à nouveau en sanglots.

Finalement, Annie eut le dernier mot, parce que Annie avait toujours le dernier mot.

Assise dans le train, ses pensées vagabondaient, des détails apparemment insignifiants lui revenaient en mémoire. Pentti qui se raclait la gorge avant de prendre la parole devant des gens qu'il connaissait mal. Ses longues tirades au sujet de la guerre. Des récits interminables, sans dénouement. Tout le monde décrochait. Personne n'avait la force de l'écouter.

Elle se souvenait d'avoir été assise sur ses genoux et d'avoir levé les yeux vers lui, le jour où elle était tombée de vélo et s'était écorché les deux genoux et le menton, le sang ruisselait, quel âge pouvait-elle avoir, sept ou huit ans, ou dix, onze ?

Elle se souvenait que ses yeux pétillaient parfois quand quelqu'un disait quelque chose de drôle ou, comme il l'exprimait, de spirituel.

Elle se souvenait de ses mains sèches et rêches, qui n'étaient jamais vraiment propres, même s'il les frottait avec du savon au fiel.

Elle se souvenait de sa voix si rauque les rares fois où il ne criait pas, lui qui était peu habitué à parler doucement.

Elle se souvenait de toutes ces choses et de millions d'autres, elle voyait l'image de son père sous ses paupières closes.

C'était apaisant de se dire que le temps passait pendant son voyage : elle partait d'un présent éprouvant et chaque kilomètre parcouru l'en éloignait.

Le paysage de cette fin d'été changeait devant ses yeux, comme si elle remontait le temps, car plus on avance vers le nord plus on se rapproche du début de l'été. C'était une sorte de voyage dans le passé, pouvait-on s'imaginer, vers un avant où elle n'était pas encore orpheline.

Le bébé dans son ventre bougeait, comme souvent pendant la journée. On lui disait qu'elle devait être reconnaissante que le bébé ne remue pas la nuit, qu'il la laisse dormir, et que c'était aussi un signe que l'enfant, une fois dehors, s'adapterait à son rythme à elle, et qu'elle pourrait se reposer.

Annie se rendit d'abord à Aapajärvi. Elle prit le bus, comme à l'époque où elle vivait encore chez ses parents, quand personne ne faisait de manières et n'allait vous chercher en ville.

Il fallait finir à pied. Il restait près de trois kilomètres et elle se rendit vite compte qu'elle avait surestimé ses capacités, au bout de quelques centaines de mètres ses pieds gonflés la faisaient déjà souffrir, l'été 1982 avait battu des records de chaleur en Tornédalie. Heureusement, elle n'eut pas à marcher jusqu'à destination, car au bout d'environ un kilomètre, le voisin passa en tracteur et que diable, jura-t-il, faisait-elle à marcher dans son état ? Il l'aida à grimper dans son véhicule.

Ils rirent un peu de sa lourdeur.

Une fois installés tous les deux dans la cabine exiguë, il marmonna des condoléances et lui demanda pour quand était prévu le bébé.

Quand elle lui répondit qu'il restait deux semaines, il jura de nouveau, que diable faisait-elle ici ? La vie devait passer avant la mort. Annie répondit de manière évasive et la fin du trajet cahotant se déroula en silence.

C'est étonnant comme certains lieux sont à ce point inscrits dans notre être. Le long de la route, tout était à l'identique, comme elle se l'était représenté dans le train, et elle avait beau fermer les yeux cela ne changeait rien. Le paysage était ancré, toutes ses saisons gravées en elle. La maison, elle, n'était plus là.

Elle se souvenait du jour où elle avait pris congé du bâtiment, l'hiver dernier, elle s'était arrêtée dans la cour, avait jeté un regard circulaire, quasiment sûre que c'était la dernière fois. Parce qu'*elle* ne reviendrait pas, pensait-elle. Pas parce que la maison allait disparaître.

Deux voitures de police étaient garées dans la cour et derrière elles Annie vit les vestiges de ce qui avait été sa maison d'enfance.

Quelques pans de la façade extérieure tenaient encore debout et la cheminée trônait au milieu, noire de suie. Hormis cela il ne subsistait pas grand-chose.

Quelques marches de l'escalier, arrachées, comme détachées de leur contexte.

Ça ne fumait plus, mais l'air tremblait, elle le voyait de loin, comme au-dessus d'un objet brûlant, comme l'asphalte en une chaude journée d'été. Comme l'été à Stockholm.

Plus bas de l'autre côté de la cour se dressait le squelette de la maison d'Esko. Les murs n'étaient pas encore montés, il n'y avait que les traverses. Mais la charpente était en place et on pouvait voir à quoi allait ressembler la construction, ou se le représenter avec pas mal d'imagination.

La demeure d'Esko se trouvait vraiment au bon endroit. Là où ils auraient dû construire le logement dès le début. Là où depuis toujours il aurait dû y avoir une maison. Le pin s'élevait haut dans le ciel bleu, stoïque, éternel.

L'ancienne maison n'était plus.

Elle avait existé. Mais elle n'existait plus. L'étable était encore là et soudain Annie, oubliant ce qui s'était passé, s'attendit à voir son père ouvrir la porte, traverser d'un pas nonchalant la cour et lever une main indolente en guise de salut. S'approchant des véhicules de police, elle vit le chef de la police locale Juha Sotilainen plongé dans une conversation avec un commissaire en costume qui devait venir tout droit de Kemi, pensa-t-elle, de la grande ville, là où ils disposent de ressources, plus qu'ici dans la cambrousse. Juha Sotilainen doit approcher la soixantaine, se dit-elle, et elle se rappela toutes les fois où il s'était garé dans leur cour, le visage sévère, avec un des enfants Toimi sur la banquette arrière. Annie n'avait jamais été escortée par la police, mais la plupart des autres enfants oui, certains plusieurs fois.

L'homme était de plus en plus épais chaque fois qu'elle le voyait, son enveloppe charnelle gonflait avec l'âge. Il n'avait même pas eu la force de fermer la portière et elle voyait les mouches tournoyer au-dessus des sièges en cuir. Quand il aperçut Annie, il s'avança vers elle et lui donna une accolade maladroite en lui présentant ses condoléances.

Il sentait ou plutôt empestait la vieille sueur, et Annie dut retenir sa respiration pour ne pas vomir.

Ça non plus, elle n'y était pas préparée, au fait que toutes les odeurs semblaient soudain l'envahir, au point qu'elle était parfois incapable de s'en protéger. Elle ne vomissait plus aussi souvent qu'au début de sa grossesse. Mais la chaleur de l'été renforçait les effluves.

Sotilainen la regarda comme s'il attendait qu'elle prenne la parole.

— C'est comme ça, dit Annie, parce qu'il n'y avait rien à y faire, et pas grand-chose à en dire.

Sotilainen hocha la tête.

— C'est triste que ça se soit fini ainsi pour lui.

Annie ne répondit pas. Il poursuivit :

— En tout cas, on sait maintenant ce qui a provoqué l'incendie.

Il se tapota la poche de poitrine. Annie le regarda dans les yeux, mais comme elle restait muette, il sortit une cigarette du paquet de North State orange et lui en proposa une. Elle refusa d'un signe de tête.

— Alors, qu'est-ce que c'était ?

Le policier lui lança un regard interrogateur.

— Qu'est-ce qui a provoqué l'incendie ?

— Bah.

Il avala une bouffée de sa cigarette et l'agita en l'air.

— Une comme ça. Il devait fumer dans son lit. Et il s'est endormi. Le vieux bougre.

Annie secoua la tête, sûre d'elle.

— Non, il ne fumait pas.

Sotilainen haussa les épaules, sans l'écouter.

— C'est en tout cas la conclusion à laquelle nous sommes arrivés.

Il écrasa son mégot et s'apprêta à monter dans sa voiture.

— Allez, grimpe, ma petite, je te ramène en ville. Ne reste pas ici à regarder. Dans ton état…

Annie refusa. L'homme haussa à nouveau les épaules et encastra péniblement son gros corps adipeux derrière le volant. Pour aller stationner son imposant postérieur dans son bureau. C'est là qu'il était le mieux. Qu'importe s'il faisait ou non son travail.

À travers la fenêtre baissée, il la dévisagea. Elle voyait les gouttes de sueur perler sur ses tempes. L'odeur de transpiration mêlée à celle de la cigarette lui donna à nouveau la nausée. Son visage se ratatina dans un sourire.

— Tu sais, ma petite, les gens changent. Ton père n'était plus le même homme après le divorce.

Sur ces mots, il démarra sa voiture et s'éloigna. Les autres policiers adressèrent un signe de tête à Annie, montèrent dans le deuxième véhicule et partirent, eux aussi. Ils laissèrent derrière eux un nuage de poussière qui continua à virevolter bien après qu'eurent cessé les bruits de moteur.

Annie demeura seule près des ruines.

Le bébé se retourna dans son ventre, elle le caressa distraitement. Elle n'osait pas entrer dans la maison, dans ce qu'il en restait. Elle se dirigea plutôt vers la nouvelle bâtisse et y pénétra, passant à travers l'un des murs en devenir.

Elle s'assit sur une poutre. La maison se dressait à l'ombre du grand pin, et elle imaginait comment on s'y sentirait une fois le chantier achevé.

Cette maison serait tout ce que l'ancienne n'avait pas été. Elle serait solide dès le départ, il n'y aurait ni réédification ni agrandissement. Elle serait située au meilleur endroit de tout le terrain. Pendant les chaudes journées d'été, les arbres lui offriraient leur ombre et leur fraîcheur ; l'hiver, ils la protégeraient des tempêtes de neige.

C'est ici qu'ils allaient vivre, Esko et sa famille. Comme il en avait toujours rêvé. La ferme serait à lui. Il y avait pas mal de terres, et des vaches ; ça devait valoir au moins quelques centaines de milliers de marks.

Elle ignorait comment ils avaient arrangé la question pécuniaire, mais elle espérait que tout était réglé. Elle imaginait déjà que le partage des biens du père pouvait tourner au vinaigre. Elle se représentait Tatu, Helmi, et plusieurs autres de ses frères et sœurs.

Elle-même ne voulait rien. Elle n'avait jamais rien voulu. Annie mettait son point d'honneur à ne pas demander d'aide, depuis toute petite. C'était ce genre de personne. Elle n'avait jamais emprunté d'argent, s'en était toujours tirée toute seule. S'il devait y avoir des disputes à propos de l'héritage, elle se retirerait de la conversation, quitterait la pièce, *that's for sure*.

*

Comment enterre-t-on une personne qui a brûlé ? Essaie-t-on de ramasser les fragments reconnaissables ? Le cas échéant, dans quel récipient ? Un sac en plastique ? Un seau ? Comment reconnaît-on un corps calciné ? Comment le différencie-t-on du reste des décombres ? Comment sait-on s'il s'agit du pied de son père ou d'un pied de lit ? d'un vieux bonnet de fourrure ou d'une touffe de cheveux brûlés ? Ou, par crainte de se tromper, recueille-t-on tout ce qu'il y a, en croisant les doigts ?

*

Annie se trouvait toujours dans la maison en construction quand Esko arriva en voiture. Il fut étonné de la voir. Elle ne lui avait pas parlé depuis la conversation téléphonique au sujet de l'incendie. En réalité, elle n'avait adressé la parole à aucun de ses frères et sœurs depuis la dernière fois qu'elle était venue ici, l'hiver précédent, là où tout s'était joué.

C'est Siri qui l'avait appelée pour le lui dire. Elle paraissait calme, impassible. Elle s'était excusée de téléphoner si tard, ou si tôt, puis elle le lui avait annoncé. Sans détour. Elle ne lui avait pas demandé si elle était assise, elle lui avait dit, tout simplement, que la maison avait brûlé, et Pentti aussi, selon toute vraisemblance.

— J'arrive, avait rétorqué Annie.

Rien d'autre.

Puis elle avait fait sa valise et gagné la gare centrale. Elle avait pris le premier train vers le nord, était arrivée jusqu'à Luleå avec le train de Boden puis avait sauté dans un car, direction Haparanda.

Quand Annie avait aperçu Esko, elle avait à nouveau fondu en larmes. Elle était tombée dans ses bras ouverts et il l'avait serrée contre lui, embrassée.

— Tu devrais venir plus souvent, petite sœur, si je te manque à ce point, chuchota-t-il à son oreille.

Annie n'osa pas répondre, elle était accablée par les sanglots, elle les laissait déferler, plus violents qu'avant.

Dans les moments difficiles, on peut toujours compter sur sa famille. Quand Annie pleurait contre l'épaule de son grand frère elle se sentait en sécurité, bien plus qu'avec Alex. Elle pensa au chagrin, ils allaient le partager, s'entraider.

Cela le rendrait moins lourd à porter, plus supportable.

— Ce n'était qu'une question de temps, dit Esko.

Annie regarda son frère à travers ses larmes. Il avait les yeux secs. Il était égal à lui-même. Bronzé. En chemise à manches courtes. Les bras dorés aux muscles saillants.

— Tu as raté les policiers, dit Annie.

Esko haussa les épaules. Elle prit son élan.

— Ils disent que c'est une cigarette qui a mis le feu.

Annie contempla son frère. Il répondit par un « hum ». Il observait la maison en construction, Annie avait même l'impression de deviner un petit sourire sous sa moustache.

— Et ça, qu'est-ce que tu en penses ? demanda-t-il en écartant les bras.

On n'aurait pas dit qu'il venait de perdre son père. Annie hocha la tête.

— Elle se trouve là où elle aurait toujours dû être.

— N'est-ce pas ?

À présent, il lui souriait, ça ne faisait aucun doute, on voyait même les dents.

— Allez, on va à Kuivaniemi pour que tu voies les autres.

Il souleva sa valise et se dirigea vers la voiture sans cesser de parler.

— Et la maison ! Elle est belle. Toute blanche. La façade en fibre-ciment.

Il ne se retourna pas, totalement indifférent au squelette noir qui trônait à la place de leur ancienne demeure.

— Tu as entendu parler du mec de maman ? Allez viens, Annie, je vais tout te raconter !

*

Kuivaniemi était exactement comme ce qu'on avait dit à Annie, comme elle se l'était représenté.

Un havre de paix.

Un endroit heureux sur terre.

Un lieu qui n'était pas encore souillé par la douleur.

La possibilité d'un nouveau départ pour ceux qui y vivaient, en particulier Onni et Arto.

Les deux garçons accoururent quand la Mercedes beige d'Esko entra dans la cour. Ils se jetèrent au cou de leur sœur. Elle eut à peine le temps de sortir de la voiture qu'ils lui firent la fête comme deux jeunes chiens fous. Ils étaient d'ailleurs suivis d'un chiot, Kiva, le petit spitz d'Onni. Ils avaient grandi depuis la dernière fois qu'elle les avait vus.

L'été produit cet effet sur les enfants, particulièrement ceux qui grandissent dans le Nord, qui passent une grande partie de l'année dans le noir, une obscurité inhospitalière et stérile, un climat où rien ne pousse, où tout est en jachère, à attendre la lumière, la lumière et la chaleur. À l'instar des arbres, des fleurs, de toute nature, les enfants connaissent une croissance fulgurante pendant les mois lumineux.

Ils étaient plus grands, les cicatrices d'Arto avaient pâli, leurs mouvements étaient, elle le voyait à présent, libres. Ils n'étaient pas retenus par je ne sais quelle crainte sous-jacente de conséquences qu'ils ne pouvaient pas deviner. C'est ainsi qu'elle avait traversé son enfance, avec la sensation que d'un instant à l'autre quelque chose de terrible pouvait advenir.

Ils ne lui réclamèrent même pas des cadeaux comme ils le faisaient toujours quand elle revenait.

Elle les serra dans ses bras, l'un après l'autre, et elle saisit leurs petits visages entre ses mains, les regarda dans les yeux pour chercher, tenter d'y déceler quelques traces de la catastrophe.

Onni rit et la laissa faire. Dans les yeux de son plus jeune frère, elle vit une lueur, une lueur qui s'y était toujours trouvée et qui s'y trouverait peut-être toujours. La vie était pour lui une surprise, une merveilleuse aventure prête à commencer.

Arto était gai, lui aussi, peut-être même heureux, mais ça le rendait nerveux qu'elle le dévisage comme ça et il baissa les yeux. L'avant-dernier de la fratrie avait toujours été de nature inquiète, ou bien c'était de son âge, il était suffisamment grand pour comprendre certaines choses, pour en deviner les contours. Toujours est-il qu'il lui demanda :

— Tu y es allée ? Tu as vu ?

Annie hocha la tête, prise de court, incapable de répondre.

— Ça a brûlé ? Tu as vu papa ? Ma chambre était encore là ? Et l'escalier ?

Il la mitrailla de questions, sans lui laisser le temps de répondre. Avec son regard grave.

— Je lui ai montré la nouvelle maison, dit Esko en ébouriffant les cheveux courts d'Arto.

Il y avait certaines traditions auxquelles Siri ne dérogeait pas, même si beaucoup de choses avaient changé. La coupe d'été demeurait, les petits garçons étant tondus comme des moutons le premier jour des vacances estivales.

À l'intérieur de la maison, les autres enfants étaient réunis, pas tous, mais un bon nombre d'entre eux.

La radio débitait de la musique dans la cuisine et contribuait au niveau sonore élevé et à l'atmosphère étonnamment joviale. Presque heureuse, même.

Lahja était là, elle aussi avait changé. Annie n'arrivait pas vraiment à mettre le doigt dessus, mais sa plus jeune sœur adoptait une posture plus fière, elle serra son aînée dans ses bras, l'embrassa sur la joue et poussa des petits rires ravis à la vue de ce ventre rebondi qui les gênait pour se donner l'accolade. L'ancienne Lahja n'aurait osé ni embrasser ni étreindre Annie.

— Je ne savais pas qu'il était si dur, gloussa-t-elle.

— C'est ce qu'elles disent toutes, renchérit Lauri, caché derrière le journal qu'il lisait, assis dans un fauteuil à bascule.

Helmi lui boxa l'épaule en sortant de la cuisine avec une assiette pleine de beignets à l'anis tout frais.

— Surveille ton langage, petit frère ! Il y a des enfants.

Puis elle se jeta au cou d'Annie avec son plus grand sourire.

Annie se sentait étrangement anonyme dans cette accolade, le corps de sa sœur était tellement plus mince que dans son souvenir. Elle avait perdu du poids, non ?

Mais Helmi haussa les épaules et continua à mettre la table pour le café avec une telle énergie qu'Annie eut un instant l'impression qu'il y avait autre chose derrière la gaieté presque exagérée de sa sœur. Quoi qu'il en soit (ou qu'il n'en soit rien), elle ne le saurait pas tout de suite.

Annie essaya de croiser le regard de Lauri, mais il était dissimulé derrière son journal, lui non plus n'avait pas les yeux rougis. La dernière fois qu'elle l'avait vu, c'était courant mars, quand il était venu chercher ses affaires à Brandbergen. À l'époque, il n'avait pas non plus voulu lui parler et elle avait eu la sensation qu'il lui cachait quelque chose. Bêtises, se persuadait-elle.

Valo roupillait sur le canapé. Comment pouvait-on dormir avec tout ce boucan ?

Mais il en avait toujours été capable. Elle se rappelait encore le poids de son petit corps quand on le portait dans son lit le soir, il s'endormait toujours derrière le canapé, là où tout se passait – quel que fût le niveau sonore.

Tatu buvait son café à table et devant lui trônaient de grandes assiettes garnies des pâtisseries de Siri.

Les pirogues de Carélie, avec le beurre à l'œuf à côté, les beignets à l'anis, fraîchement saupoudrés de sucre, les roulés à la cannelle encore si chauds qu'ils diffusaient un parfum de pain frais dans toute la maison.

Siri était dans la cuisine en train de frire d'autres beignets, les cheveux retenus en arrière par un foulard à fleurs. Quand Annie entra dans la pièce, sa mère s'immobilisa et la contempla, songea la jeune femme, avec une bienveillance qu'elle ne se souvenait pas lui avoir jamais vue, en tout cas pas quand elle la regardait.

Elles s'observèrent longtemps, puis Siri ouvrit les bras.

— Viens là.

Annie serra sa mère contre elle. Son corps aussi avait changé, il était si doux, si accueillant, et elle fondit à nouveau en larmes. Elle devait être la seule à avoir encore des larmes en réserve, car Siri ne pleura pas non plus. Au lieu de cela, elle lui essuya le visage avec le coin de son tablier, comme elle le faisait quand Annie était petite, et elle la prit par le bras. Arrête tes bêtises ! se dit Annie, et elle laissa sa mère la guider jusqu'à la table.

— Prends un beignet et raconte-nous ce qui s'est passé.

— Viens, Annie, je veux sentir les coups de pied !

C'était la voix d'Onni.

Ils se massèrent tous autour du ventre rond d'Annie, et à l'intérieur Oscar ne bougea pas d'un iota malgré les bourrades, les encouragements et les murmures, apparemment effrayé par tant d'attentions.

— Je me souviens quand tu étais dans le ventre de maman, dit Annie en caressant le crâne rasé d'Onni.

— Moi aussi, j'étais timide ?

— Toi, tu n'as sans doute pas été timide un seul jour de ta vie !

Les autres frères et sœurs éclatèrent de rire, Annie les regarda, tout paraissait si simple quand ils étaient réunis, on pouvait presque faire comme s'il ne s'était rien passé, comme si tout était exactement comme d'habitude. Ils étaient installés autour de la longue table sur laquelle courait un chemin de table bleu et blanc tissé par Siri. Il y avait même un petit drapeau finlandais tout en bois. Il ne manquait que le gâteau pour compléter l'image de la fête.

Arto se tenait toujours sur le seuil de la porte, muet. Attentif. Ou plutôt, aux aguets. Les raisons d'une telle joie autour de la table semblaient lui échapper.

Annie lui fit signe d'approcher. À contrecœur, il s'assit à côté d'elle.

— Tu sais ce qui va se passer maintenant, n'est-ce pas ?

Il secoua la tête, baissa les yeux sur ses mains posées sur ses genoux.

— Papa va aller en enfer ?

Il leva les yeux vers elle. Elle vit qu'ils étaient mouillés de larmes. On avait beau faire comme si de rien n'était, tout était différent. Annie lui caressa la tête, elle avait l'impression de glisser ses doigts sur un canapé en velours.

— Non, mon petit chou, il va y avoir un enterrement. On mettra nos habits du dimanche, une cravate, plein de gens viendront à l'église, le pasteur parlera, quelqu'un jouera de la musique sur le grand orgue, ça résonnera dans toute l'église et ensuite on prendra le café dans le presbytère.

Elle le serra contre elle, parla tout bas pour que lui seul entende.

— Tu pourras me donner la main pendant toute la cérémonie si tu veux.

Arto hocha la tête, déglutit, puis prit une pirogue de Carélie, mais ne voulut pas de beurre à l'œuf.

*

Il poussa un soupir de soulagement.

Il pouvait compter sur Annie.

Arto prévoyait de rester près d'elle.

Annie pouvait le calmer pour le moment, mais ça n'empêchait pas ses pensées de tournoyer. Arto savait ce qu'était la mort : c'est quand on cesse d'exister. Les gens décédés, on ne les voit plus jamais. Il n'en savait pas beaucoup plus. Il avait vu des vaches périr, mais il n'avait jamais vu une personne morte. À part les frères Kekkola, bien sûr, mais ils étaient déjà dans leur cercueil, personne dans les environs n'avait pu passer à côté de ça.

Les frères Kekkola avaient toujours été un peu particuliers. On disait en riant que leurs parents étaient consanguins ou que leur mère les avait allaités jusqu'à l'âge de cinq ans, qu'ils avaient bu du lait de sorcière qui leur avait empoisonné le cerveau, avait arrêté les pendules, fait reculer le temps, mais à vrai dire personne ne pouvait expliquer pourquoi ils étaient comme ça.

C'étaient de grands gaillards, et leurs yeux étaient rapprochés, certes, mais leurs visages étaient si larges qu'il était difficile de dire qui de l'œuf ou de la poule… Leur rire ressemblait à un grognement interminable, comme s'ils étaient prisonniers d'une mauvaise blague, qui tournait en boucle, et ils ne cherchaient jamais à croiser votre regard. Ils l'évitaient même, comme le font les animaux quand ils ont honte, quand ils savent qu'ils ont fait quelque chose de mal ou d'impardonnable.

Les frères Kekkola traînaient au volant de leurs tracteurs trafiqués, ou à pied, ils n'avaient pas d'amis et on savait, c'était écrit sur leurs visages, qu'ils étaient *up to no good*, dans leurs bleus de travail d'occasion, rapiécés aux genoux et aux fesses, et leurs casquettes trop petites, ces casquettes gratuites qui sont distribuées les jours de marché, il suffisait de signer un formulaire d'abonnement à un journal pour en recevoir une. Comme la plupart des enfants du village, ils étaient attirés par la rivière, mais dans les sociétés rurales, peu de gens savent nager, on n'a pas le temps d'apprendre. On n'a pas le temps d'emmener ses enfants à la plage pour le leur enseigner. Pas un seul des membres de la famille Toimi ne savait nager et la plupart des voisins non plus.

Il y a toujours des choses plus importantes, des choses à régler avant le petit déjeuner, avant le déjeuner, avant le soir, avant la nuit, avant l'été, avant l'hiver, il y a toujours des choses plus importantes que patauger avec les enfants. Pour devenir paysan, nul besoin de savoir nager.

Les frères Kekkola ne savaient pas nager. Ce qui ne les empêchait pas de rôder près de l'eau, sur le ponton, sur le pont ou dans une vieille barque de guingois, une canne à pêche à la main. Oui, ils étaient attirés par l'eau, inéluctablement.

Arto n'avait jamais eu le droit de descendre à la rivière, malgré sa proximité avec la ferme d'Aapajärvi. Il était difficile de l'interdire aux aînés, même si, bien sûr, Siri eût préféré qu'aucun d'entre eux ne s'en approche. Mais avec Arto, elle était claire :

— Je ne veux pas que tu y ailles en même temps que les frères Kekkola. Imagine qu'ils essaient de te noyer ou de te jouer un autre mauvais tour ?

Ce que pouvait être cet autre mauvais tour, Arto l'ignorait, mais il avait compris qu'il valait mieux ne pas discuter.

Arto était un enfant doux et obéissant, le plus souvent.

Il garderait toujours ses cicatrices, mais elles pâliraient. Et il était si gentil, si stable qu'il aurait toujours des amis et plus tard des petites amies et ensuite une femme et des enfants et tout le tralala jusqu'à la mort.

Arto était comme ça, facile à aimer. Il se fichait de ses cicatrices, et si on riait à ses dépens, il s'en moquait également, la seule chose qui l'intéressait, c'était de s'occuper de sa famille et de ne pas causer de problèmes inutilement. C'est peut-être ça que sa mère voyait en lui, cette bonté, cette naïveté.

Puis était venu le jour où les frères Kekkola avaient bravé la mort une fois de trop, ils avaient tenté leur chance une dernière fois et ils avaient perdu, cette fois la faucheuse les avait dupés.

C'était au printemps 1982, quelques semaines seulement avant le déménagement à Kuivaniemi, et il faisait plutôt chaud.

La rivière Torne s'écoulait à gros bouillons, le courant était dangereux, l'eau noire et glaciale.

On raconta qu'ils avaient essayé de repêcher un caneton qu'ils avaient eux-mêmes laissé choir dans l'eau « par regarde » et lors de l'opération de sauvetage, le premier garçon tomba, puis le deuxième. Ils ne savaient pas nager (et même s'ils avaient su, il aurait fallu qu'ils soient des professionnels pour maîtriser ce torrent froid d'avril).

Ils furent emportés jusqu'à Kukkola où ils restèrent coincés, près de dix kilomètres plus bas.

Les frères Kekkola dans les rapides de Kukkola. Est-ce qu'on en riait ? Osait-on plaisanter ? En secret, peut-être.

Il paraît que leur mère sombra dans un profond chagrin. Les gens trouvaient ça bizarre. Surtout parce que pour un étranger, quelqu'un d'extérieur, il était difficile de comprendre comment on pouvait aimer ces garçons. On faisait totalement abstraction du fait qu'ils étaient les enfants de quelqu'un et qu'eux aussi avaient été jadis petits et innocents.

Ils avaient été aimés, comme tous les enfants de Dieu, espérons-le.

Eila Kekkola vivait dans le dénuement. Elle n'avait pas les moyens de payer des obsèques, des cercueils, une réception à l'église, une pierre tombale.

Dans ces circonstances, le miséricordieux État finlandais finançait les funérailles des citoyens les plus démunis, c'est tout de même ce qui nous sépare des animaux. Or, à cette époque, les municipalités les plus désargentées cherchaient à réaliser des économies, rognant çà et là, quand c'était possible, c'est pourquoi on expérimentait de nouveaux matériaux pour fabriquer les cercueils, s'inspirant de l'Allemagne de l'Est où l'État avait fait un pas de plus vers la rationalisation de la mort.

À Tornio, entre autres, les pauvres étaient inhumés dans les cercueils les plus simples qui soient, confectionnés dans une sorte de carton rigide appelé en langage populaire « le pin du pauvre ». Il brûlait bien lors des crémations et se décomposait bien aussi, à vrai dire. Ces bières existaient même en taille XXL, un impératif pour les frères Kekkola.

D'ailleurs, auraient-ils eu la place dans des cercueils ordinaires ?

En préparant les funérailles, on avait cependant omis un détail : la réaction du carton à l'humidité.

Leurs obsèques furent célébrées à la fin du mois d'avril. Après la cérémonie, on déposa les cercueils dans la cour de l'église en attendant de les transporter au crématorium après la collation, elle aussi gracieusement offerte par l'État. (De toasts au saumon fumé il ne fut point question, uniquement de gâteaux secs, mais il y en avait au moins quatre types différents : les biscuits à la confiture, les « échiquiers », les « rêves à la mûre arctique » et les « garçonnets », appelés également « biscuits paysans ».)

Il avait aussi fallu passer quelques coups de fil : on avait besoin de renforts pour porter les cercueils qui, plus pesants que la normale, s'avéraient trop lourds pour le personnel de l'église.

Quoi qu'il en soit, tandis qu'on buvait le café, qu'on mangeait des gâteaux et que des hommes forts se dirigeaient vers l'église, il s'était mis à pleuvoir à verse. On sait bien que le carton humide perd de sa solidité. Après quelques vaines tentatives, il avait fallu se rendre à l'évidence : on ne pouvait pas déplacer les cercueils en l'état. Les deux pauvres garçons avaient donc été abandonnés tout le week-end dans la cour de l'église jusqu'à ce qu'on se procure une tracto-pelle assez grande pour pouvoir les transporter. De toute la contrée, on était venu tout le week-end observer les boîtes en carton, et cette image était restée gravée sur toutes les rétines pendant bien longtemps.

Pour Arto, la vue de ces cercueils représenta sa première véritable rencontre avec le sommeil éternel.

Comme nous l'avons dit, la mort ne lui était guère étrangère, il la croisait presque quotidiennement d'une manière ou d'une autre à Aapajärvi, mais le trépas comme phénomène humain, qui pouvait arriver à sa famille, à lui, c'était nouveau. La disparition des frères Kekkola ne l'affecta pas plus que ça, elle était surtout la preuve que les admonestations de Siri étaient fondées et qu'il fallait écouter sa mère (il était bien placé pour le savoir, déjà avant). Mais ces cercueils ! Dans sa conscience d'enfant de six ans, ces cercueils provoquèrent l'effroi.

Être couché là, dans une boîte imbibée d'eau, où les insectes pouvaient entrer, traverser la peau, pour pénétrer dans le corps… Les sentir creuser de petites galeries à travers les pores ou entrer par le nez, sous les paupières, sous les ongles, par le zizi, par les fesses, partout où ils pouvaient se frayer un chemin.

Et tout le monde pouvait les voir ! N'importe qui pouvait passer, s'arrêter, soulever le couvercle et regarder les corps gisant là, sans défense, incapables de se déplacer, se protéger, se cacher.

Arto n'avait qu'une idée en tête : son père, ou ce qu'il subsistait de lui, ne devait pas, ne *pouvait pas* être placé dans un cercueil comme ceux-là, et être oublié.

Quand il posa la question à Tarmo, son frère éclata de rire.

— Les frères Kekkola étaient trop grands pour des cercueils ordinaires, c'est pour ça qu'on les a mis là-dedans. Ils n'avaient pas les moyens d'en faire fabriquer sur mesure. Leur mère est tellement radine qu'ils n'ont même pas de pierre tombale.

La réponse n'avait pas rassuré Arto.

Son père lui manquait et ne lui manquait pas à la fois. Cet homme lui faisait peur et ne lui avait jamais manifesté le moindre intérêt.

Arto s'inquiétait toujours quand il fallait faire quelque chose pour la première fois. Un enterrement paraissait si solennel, débordant de gens et de sentiments. Il tripotait sa cravate, serré entre Tarmo et Lauri sur la banquette arrière.

Aucun des autres ne semblait se faire de mouron. En tout cas pas pour le genre de choses auxquelles lui pensait. Peut-être Annie, elle avait pleuré au moins. Arto n'avait pas versé de larmes en apprenant la mort du père. Il n'avait vu aucun autre des enfants pleurer non plus. Peut-être qu'ils se réservaient pour l'église.

Quand ils pénétrèrent dans le temple, Arto fut surpris de découvrir tout au fond un cercueil en bois sombre. Il avait l'air si petit, à mille lieues de celui des frères Kekkola, mais Tarmo lui assura que Pentti était bien dedans, qu'il y avait assez de place pour lui. Le cercueil était brillant et le soleil qui filtrait par une fenêtre latérale se reflétait sur la surface polie qui semblait presque dorée. Arto ne pouvait s'empêcher de penser que c'était un peu comme un cocon, une cabane luxueuse rien que pour son papa. Même si le garçon aurait préféré avoir un petit trou par lequel couler un regard. Il se demanda si Dieu entendait ses pensées et, le cas échéant, si ça le mettait en colère.

Arto se demandait si Pentti était curieux.

Où qu'il fût.

S'il était curieux de savoir qui était présent à ses obsèques – sa dernière fête, la grande sortie, la *grande finale*, comme disait Lauri.

Le mieux avec la mort de Pentti, c'est que tout le monde était rentré. Pour la première fois depuis, depuis… il ne savait pas depuis quand, tout le monde était à nouveau réuni.

Lauri était arrivé le premier, mais ça, c'était avant l'incendie, non ? Arto n'en était pas sûr, mais il avait l'impression que son frère était là depuis longtemps. Il avait même apporté des cadeaux pour Onni et Arto. Des chocolats en forme de tortues ! Jamais ils ne mangeaient de chocolat à la maison.

Puis Annie était revenue, et la veille au soir des funérailles de Pentti, Tarmo était arrivé d'Helsinki.

Ils passèrent devant Aapajärvi en chemin vers l'église. Ils devaient juste s'arrêter un moment, vérifier l'avancement du chantier. Peut-être avaler une gorgée de ce breuvage interdit aux enfants. Elle se dressait là, la grande demeure d'Esko, mais Arto ne pensait qu'à l'ancienne maison, ou à ce qu'il en restait.

Elle ressemblait un peu, se dit-il, à un bateau pirate, avec des mâts noirs qui dépassaient de ce qui avait été la coque, le navire.

Arto ne parvenait pas à se faire à l'idée qu'il s'était trouvé à l'intérieur, que c'est là qu'il était né, là que Pentti était mort. Personne n'avait le temps de parler, personne n'expliquait quoi que ce soit si on ne demandait pas. Impossible de savoir à l'avance quelles étaient les bonnes questions, celles qui ouvriraient la porte aux réponses que l'on cherchait.

Arto se remémora le méchoui chez le voisin, où ils avaient grillé un cochon entier à la broche, il se souvenait de l'animal tournoyant au-dessus des braises, roussi, et le garçon avait beau savoir que son père n'avait pas été cuit comme ça, quand il se réveillait en nage au milieu de la nuit, c'était à cause de cette image, elle l'avait effrayé, tiré du sommeil, elle le hantait.

Quoique Pentti ne fût pas un homme apprécié, ni même respecté, l'église était presque pleine. C'est comme ça, quand on a douze enfants en vie et dix frères et sœurs de ce monde, la plupart laestadiens.

C'est comme ça, en Tornédalie.

Et s'il n'y a rien d'autre à faire dans le coin, comme souvent en une chaude journée de juillet quand tout le foin est déjà rentré, il est fort probable que les voisins, et les voisins des voisins rappliquent aussi.

Le pasteur prononça un bref sermon, intimidé par tous ceux dont la foi était plus ardente, et quand l'un des demi-frères de Pentti, Olli, un grand homme brun aux joues creusées de profonds sillons, prit la parole, personne ne protesta. Il tint un long discours dont les non-initiés et les enfants avaient du mal à comprendre la portée.

Il parla du baptême du Saint-Esprit, de son déroulement, ce baptême qui ne passait pas seulement par l'eau ou par le Saint-Esprit, mais aussi par le feu ; il dit que le diable avait déféqué sur tous les Hommes (ce qui provoqua l'hilarité dans les rangs) et que le parent céleste ne pouvait pas prendre son enfant dans ses bras avant qu'il ait été lavé de ses péchés. Que le sauveur lui-même avait dit être venu sur terre pour y mettre le feu. Mais que ceux qu'il appelait les enfants du monde, c'est-à-dire les non-croyants, craignaient le feu, persuadés qu'il venait du diable. Qu'ils se pensaient purs, mais qu'ils se trompaient.

Cette harangue était ponctuée d'« Amen ! » et d'« Alléluia ! » clamés par une partie de l'assemblée.

Arto regarda autour de lui. Il y avait son petit frère d'un côté, Lauri de l'autre. Ce dernier regardait fixement l'oncle qui avait pris la parole, les yeux secs. Arto entendait renifler d'autres de ses frères et sœurs. Ah, c'est bien ce qu'il pensait, ils avaient gardé leurs larmes pour l'église. Mais c'était tout de même étrange : personne ne semblait triste *au fond de soi*. On plaisantait, on se querellait, et on continuait à vivre comme si rien ne s'était passé. Pourtant, tout avait changé, n'est-ce pas ?

— On peut pleurer, même quand on n'a pas de chagrin ; ça peut être à cause de l'ambiance, précisèrent Tarmo et Lahja *a posteriori*.

— Ou parce qu'on pense à une autre situation douloureuse.

— Ou à quelqu'un d'autre qui est mort.

— Ou peut-être qu'on veut faire croire qu'on est ému.

Arto ne comprenait pas vraiment ce qu'ils racontaient, mais une chose était sûre : ce qu'il trouvait étrange ne l'était pas du tout pour des personnes plus âgées et plus expérimentées.

Heureusement que Tarmo et Lahja pouvaient éclairer sa lanterne. Siri n'était pas le genre de mère à donner des explications et dernièrement elle était tellement accaparée, par les voisins, la police, ses enfants, les frères et sœurs de Pentti, l'incendie, la famille d'Esko... Et Mika, le Suédois, cet homme si doux. Mais pourquoi la dureté était-elle à ce point valorisée ? Arto l'appréciait. Avec lui, on ne craignait jamais que ça tourne au vinaigre.

Et puis, ils s'occupaient les uns des autres, tous les enfants de la fratrie, comme ils l'avaient toujours fait, et le feraient toujours.

L'orgue final était assourdissant, pensait Arto, et Onni, à côté de lui, s'égosillait. Il chantait l'amour de Dieu, grand et brûlant, il chantait à se casser la voix. Arto aurait voulu se boucher les oreilles, mais il n'osait pas. Alors, il resta sans bouger, assis sur ses mains pour qu'elles ne s'aventurent pas on ne sait où, et fixa le cercueil.

Après la cérémonie, il y eut un long défilé de poignées de main et d'ébouriffage de cheveux avant de pouvoir enfin gagner le presbytère pour la collation.

C'était drôle de voir tous ces gens sur leur trente et un. Tant ceux qu'on reconnaissait et qu'on croisait habituellement en salopette crottée, un fichu sur la tête, que ceux qu'on n'avait jamais vus, ou du moins dont on ne se souvenait pas, même s'ils répétaient qu'ils étaient leur tante, leur oncle, leur cousin ou autre.

Ils étaient endimanchés, douchés, parfumés, les femmes en robe noire et en bas, permanentées, avec du fard sur les joues et peut-être du rouge à lèvres. Des taches sombres se formaient çà et là sous les aisselles.

Oncles et tantes étaient si élégants qu'Arto les identifiait à peine, de même que ses frères, sœurs, voisins, cousins…

Il trouvait Siri très belle. Elle ne portait pas son fichu, mais quelqu'un (Annie, peut-être ?) lui avait frisé les cheveux. Ses boucles bien dessinées bougeaient quand elle tournait la tête pour regarder autour d'elle. Avec son maquillage azuré, ses yeux semblaient plus bleus encore.

Annie était jolie aussi, avec son gros ventre, son visage également plus rond, et ses cheveux plus longs.

Elle avait les yeux rouges. Depuis le début. Annie était la seule à pleurer, mais Arto ignorait pourquoi. Peut-être qu'elle avait hâte que son bébé sorte ? Peut-être qu'elle était triste que Pentti et le bébé ne puissent pas se rencontrer ? Peut-être qu'Alex lui manquait.

Annie était arrivée seule, sans son amoureux. Il ne l'avait pas rejointe plus tard non plus.

Tarmo était arrivé après. Son haleine sentait les pastilles au goudron, il avait un air de grande ville très, très lointaine. Arto avait eu peur qu'il rate l'enterrement. Lui n'aurait pu envisager d'être absent, même s'il avait été adulte et qu'il ait habité très loin, dans un endroit super excitant. Tarmo non plus, semblait-il.

Tout le monde était là, comme on dit. Même la police. Apparemment personne ne voulait louper ça.

Arto jeta un coup d'œil à Voitto, assis de l'autre côté de la longue table, en diagonale par rapport à lui. Il voyait son profil anguleux, son air renfrogné. Voitto ne pleurait pas.

Quelque chose dans la physionomie de son frère lui fit peur.

Il constata qu'Hirvo ressentait la même inquiétude. C'était souvent comme ça, Arto savait ce que pensait Hirvo sans avoir besoin de lui parler, et maintenant il l'observait regarder leur frère en bout de table. Voitto gardait le silence, n'adressait la parole à personne.

Au bout d'un moment, Voitto se leva et sortit; peu après, Valo se mit debout, puis Hirvo, et tous trois disparurent par la même porte. On s'empressa de débarrasser après eux et d'autres invités s'installèrent avec leur assiette pleine et leur café.

On parlait de l'affluence record et heureusement qu'on avait fait comme on faisait toujours, qu'on avait cuisiné beaucoup plus que ce qu'on pensait nécessaire. Manquer de vivres était la pire chose qui puisse arriver, c'était le genre de mésaventure que les invités se rappelaient longtemps, plus encore que si on jurait à l'église, par exemple, ou si on cherchait des noises à la maîtresse de maison. En l'occurrence, il n'y avait pas de maîtresse de maison, du fait de la situation. C'était la succession qui payait, on aurait dit un riche parent éloigné. C'était difficile à comprendre, à appréhender.

Le soleil dardait ses rayons et vers quinze heures la température extérieure avait grimpé. Arto et Onni s'amusaient tout seuls, comme la plupart des enfants qui avaient accompagné leur famille.

Comme s'il s'était agi d'une tout autre sorte de fête, le volume sonore augmenta, les éclats de rire se succédèrent, de plus en plus rapprochés à mesure que l'alcoolémie montait dans l'organisme des adultes.

Les hommes s'étaient rassemblés sur les marches devant la porte, pas les plus croyants, mais les autres, et les enfants s'étaient agglutinés autour d'eux. C'était l'occasion d'entendre une multitude de nouveaux gros mots et sans doute aussi des anciens.

Le vieux Viihtinen, qui habitait dans la ferme de son fils, située elle aussi à Aapajärvi, était assis, jambes croisées, et versait de la vodka Koskenkorva dans son café. Dans la poche intérieure de sa veste, il cachait une demi-bouteille qui apparaissait et disparaissait régulièrement.

Le vieux fanfaronnait et éclatait d'un rire communicatif. C'était toujours le boute-en-train de la fête, jusqu'à ce qu'il s'endorme ou que sa femme le ramène de force à la maison. Il racontait des plaisanteries qui faisaient se tordre la majorité de son auditoire. De temps en temps, il jetait un coup d'œil vers la maison paroissiale pour jauger le temps qu'il lui restait avant de devoir partir. Il était en sursis, la fête pouvait se terminer pour lui d'un moment à l'autre, alors à chaque histoire drôle il en rajoutait une couche.

À présent il racontait l'histoire du garçon et de sa grand-mère dans le sauna. Onni et Arto se lancèrent des regards. Ils l'avaient déjà entendue, celle-là, elle était rudement bonne !

— Une grand-mère et son petit-fils sont dans le sauna. Soudain, le garçon s'écrie : « Mamie, mamie, on voit ta foufoune ! » Bien sûr, la grand-mère se fâche. Elle attrape l'enfant par les cheveux.

L'homme montra d'un geste circulaire la correction infligée à son petit-fils.

— Et elle lui demande : « Et qu'est-ce qu'on voit maintenant ? » Et l'enfant de répondre : « Foufoune, fenêtre, seau, foufoune, fenêtre, seau. »

S'ensuivirent des éclats de rire plus tonitruants encore.

Les enfants pouffèrent, s'efforçant de mémoriser l'histoire pour la répéter à la récré ou derrière l'étable, près du kiosque ou le soir, dans la chambre.

*

Une légère brise s'engouffrait de temps en temps par les fenêtres grandes ouvertes de la maison paroissiale. Annie était reconnaissante de cette touche de fraîcheur. Elle transpirait dans sa robe noire en polyester achetée pour l'occasion chez Mme Kaunio. Le vêtement était bien trop grand pour elle, ou plutôt, dans son état actuel il lui allait parfaitement, mais ensuite, quand l'enfant serait né, elle nagerait dedans. Sans compter qu'il serait pour toujours souillé par ces funérailles. Elle serait obligée de le jeter malgré son prix exorbitant.

Annie touchait sa tarte à la crème du bout de la cuillère et essayait de boire un peu de café.

Le café n'était pas bon. La tarte non plus. Même si elle était garnie de mûres arctiques qui avaient eu le temps de mûrir, même si c'étaient ses baies préférées. Toute son enfance, elle avait attendu juillet avec impatience, le mois où ces fruits arrivent à maturité. Cette fois, elle ne parvenait pas à les avaler. Elles dégageaient une odeur de renfermé ; elle s'était demandé si ça venait des fruits ou de son entrejambe.

Autour d'elle, il y avait des parents et des voisins, les frères du père, que l'on reconnaissait à leurs cheveux de jais et à leurs vêtements, çà et là elle voyait ses frères et sœurs, même si la plupart d'entre eux avaient renoncé depuis longtemps et étaient sortis de la pièce irrespirable, peut-être dans la cour.

Annie ne supportait pas l'idée du soleil cuisant dehors et elle entendait les éclats de rire qui s'enchaînaient avec régularité. Elle savait exactement ce qui se tramait là-bas et elle préférait encore être à l'intérieur. C'était un moindre mal.

L'un des oncles, Olli, le veuf à qui ils avaient rendu visite enfants, était venu la voir après la cérémonie, l'avait embrassée et avait béni sa grossesse. Annie appréciait l'homme, mais pas le discours qu'il avait prononcé à l'église. Les frères de Pentti s'étaient approprié les obsèques.

La plupart des frères de Pentti, profondément croyants, appartenaient au courant laestadien, et même si leur frère aîné n'en avait jamais fait partie, ils s'étaient sentis autorisés à parler de Dieu dans la maison du Seigneur, attendu que des infidèles avaient eu le droit d'y pénétrer.

Annie se força à avaler une baie, mais les graines croustillantes lui retournèrent l'estomac et elle abandonna la partie, posa la fourchette à dessert sur l'assiette.

— Excuse-moi de te déranger, fit une voix derrière son dos.

C'était Teuvo Mäkilä, dans toute sa splendeur pâle et suante. Il était l'avocat de la famille. Ou, plus exactement, l'homme qu'on allait voir si on avait besoin d'une aide juridique.

Certes, la famille Toimi avait rarement besoin d'aide juridique. À l'instar de la majorité des familles de la contrée. Mais Mäkilä était en tout cas l'homme de la situation, si besoin.

— Je voulais te présenter mes condoléances et en profiter pour te féliciter pour le mariage et le reste, dit-il avec un signe de tête vers le ventre d'Annie.

— Ah, d'accord, merci.

Ça ne valait pas la peine de se lancer dans des explications sur son état civil avec lui.

Mäkilä sortit un mouchoir taché de la poche de son pantalon, s'essuya le front et le remit à sa place. Il avait toujours eu l'air maladif, à cause de son teint cireux et de son abondante transpiration. Le temps n'avait rien fait à l'affaire. Il se balançait d'un pied sur l'autre, visiblement mal à l'aise.

— Veux-tu t'asseoir ?

— Comment ? Euh, non, je ne veux pas déranger. Je voulais simplement... Enfin... aborder un sujet avec toi.

Elle leva un sourcil.

— Il s'agit du testament de Pentti.

— Le testament ? Je ne savais pas qu'il en avait écrit un.

— Non, justement. Je crois que personne n'est au courant. Il était... Il y travaillait assez intensivement au cours de ses derniers... au printemps.

Il soupira.

— Après le divorce. Il venait me voir tous les deux jours avec ces liasses de papiers et il voulait que je certifie, que j'homologue, que je lui donne des conseils juridiques et je ne sais quoi.

Annie avait du mal à imaginer son père dans le bureau d'un avocat. Y allait-il en salopette crasseuse ? Ou en costume du dimanche ? Se coiffait-il ? Se rasait-il ? Elle avait tant de questions à poser à Mäkilä, mais elle ne dit rien. L'avocat se racla la gorge.

— En tout cas, il y a maintenant un testament. Et il y a quelques instructions annexes.

— Des instructions ?

Mäkilä lâcha un rire à mi-chemin entre éternuement et toussotement.

— Eh bien, ce n'est pas... ordinaire, si je puis dire... Mais ce n'était pas non plus quelqu'un d'ordinaire, ton père.

Il sourit et Annie crut voir dans ses yeux humides quelque chose qui ressemblait à de la peine. Peut-être qu'elle avait devant elle quelqu'un qui regrettait la mort de Pentti.

— Il faudrait que tu passes me voir un de ces jours, pour qu'on y jette un œil ensemble.

Annie acquiesça.

— Je dois en parler aux autres ?

— Surtout pas !

Mäkilä regarda autour de lui, l'air gêné de cette effusion de sentiments. Il baissa la voix.

— Les instructions étaient très claires sur ce point. Tu dois venir seule.

— Seule ?

— Oui, il est écrit que seule Annie doit être contactée en cas de décès.

*

Ils rentrèrent à Kuivaniemi vers dix-neuf heures et Siri mit le couvert pour le dîner. Sur la table il y avait des pommes de terre froides, du pain, du fromage, du hareng et, pour une fois, la bouteille d'eau-de-vie et de la bière. Pour une fois servis par Siri, plutôt. Les frères et sœurs mangeaient et buvaient, trinquaient et poussaient la chansonnette, pas tous bien sûr mais la plupart. Mika était aussi de la partie, il avait entonné une chanson à boire d'une voix claire et grave. Annie était au sauna, pour se rafraîchir, avait-elle dit, et Arto avait un peu chaud, il était allé prendre l'air sur la balancelle.

Bercé par le fauteuil, il réfléchit de nouveau à la mort. Il songea à tout ce qu'il avait vécu pendant la journée. Tout ce qu'il avait vu pour la première fois. Perdu dans ses pensées, il remarqua à peine qu'Annie était sortie du sauna et s'approchait de lui. Ses cheveux, plus longs qu'avant, ruisselaient sur ses épaules nues. Elle était enroulée dans une serviette.

— Ah, tu es là, toi ?

Arto hocha la tête.

— Ils ont fini de picoler là-dedans ?

Il sourit et haussa les épaules. Le genre de sourire qui ne ressemble pas à un sourire et qu'on ne ressent pas non plus comme tel. Un frémissement sur son visage.

Ils se turent. La balancelle grinçait. Il y avait étonnamment peu de moustiques.

Tiens, il pourrait parler à Annie de ce qu'il avait entendu. Elle pourrait peut-être lui expliquer.

— Annie, dit-il en levant les yeux vers elle. Comment il est mort, papa ?

Elle caressa ses cheveux courts.

— Il a brûlé dans la maison, le vieux.

— Oui, je sais, mais comment le feu s'est allumé ?

— Je ne sais pas, personne ne le sait.

Arto ne répondit pas.

— Je crois que... Je crois qu'il y a peut-être quelqu'un qui le sait, déclara-t-il enfin. Ou plutôt, je les ai entendus en parler tout à l'heure.

— Qui ça ?

Arto ne répondit pas.

— Je l'ai entendu dire que ça avait brûlé plus vite que le garage. Et ils ont rigolé.

Il regarda sa sœur.

— Rigolé, peut-être pas. Toussé, juste. Mais Annie, je crois que quelqu'un est au courant.

Avant qu'Arto ait le temps de finir, la porte s'ouvrit. Lauri et Tatu sortirent en dansant, torse nu, et annoncèrent qu'ils allaient faire un sauna et jeter beaucoup d'eau sur les pierres pour se sentir dépouillés de leur peau. Après eux surgirent plusieurs des frères et sœurs Toimi, comme déferlant d'une fourmilière ; Helmi se fraya une place à côté d'Annie et Siri apparut, suivie de Mika. Siri prit Arto dans ses bras et lui dit qu'il était l'heure de se coucher, alors le garçon, qui était obéissant, rentra avec sa mère dans la maison.

Un testament

La fratrie se réunit. L'idée d'un testament étonne. Les effets d'une minutieuse préparation sont révélés. Rira bien qui rira le dernier, aurait pu dire quelqu'un – peut-être.

Le lendemain des funérailles, Annie ouvrit les yeux de bonne heure. Le bébé bougeait dans son ventre, elle ne savait jamais si c'était elle qui l'avait tiré du sommeil ou l'inverse. Elle savait seulement qu'elle n'arriverait pas à se rendormir.

C'était rassurant de se réveiller dans cette maison, une maison entièrement propre, qui n'était pas souillée par les souvenirs, et pourtant familière, agréable, car toute la famille s'y était rassemblée.

Pas toute, bien sûr, et pas Pentti. Plus jamais Pentti. Elle sentit la peine l'ébranler, tous les petits détails sans importance continuaient à lui apparaître, comme des diapositives : sa manière de gratter ses chaussures contre les marches devant la porte bien qu'il se plaignît ensuite qu'il y ait de la bouse de vache dans la maison, sa manière de renifler quand Siri avait préparé un plat qu'il aimait.

Dans la cuisine, le café était déjà en train de couler. Le ciel était clair et la brume de la nuit restait encore suspendue comme de toutes petites gouttelettes dans l'air.

Comme de toutes petites larmes.

Tatu buvait son café, assis sur les marches devant la maison. Annie se laissa tomber à côté de son petit frère. Ils regardèrent la rosée s'évaporer, le jour se lever.

Avec aucun autre de ses frères ou sœurs elle n'avait ce sentiment de connivence. L'impression que tout avait déjà été dit.

— Comment ça se passe, la vie de famille ? demanda-t-elle enfin.

Tatu haussa les épaules.

— Et toi ?

Annie grimaça.

— Heureusement, c'est bientôt fini.

Elle caressa son ventre. Son frère y posa une main. Il éclata de rire, surpris.

— Quel boxeur ! Je ne pensais pas que tu avais ça en toi.

— On a tous ça en nous, non ?

Elle se tourna vers son frère et lui parla de Teuvo Mäkilä.

Tatu l'écouta ; il lui rappela un chien, à fixer le vide, et quelqu'un d'inattentif aurait pu croire qu'il n'écoutait pas, mais Annie le vit se grandir, tendre tout son corps, dresser, presque littéralement, les oreilles.

— Qu'est-ce que ça veut dire ? demanda-t-il ensuite.

Annie haussa les épaules.

— C'est ce qu'on va savoir.

— Mais... pourquoi toi ? Vous étiez en contact ?

Elle secoua la tête.

— Je ne l'ai pas revu depuis l'autre fois, après le Nouvel An. Je ne sais pas de quoi il s'agit. Mais ce n'est sans doute rien de bon.

Annie prit son élan.

— Où étais-tu quand tu as appris la nouvelle ?

Tatu haussa les épaules.

— Je ne m'en souviens pas, à vrai dire.

— Tu ne t'en souviens pas ?

Annie fronça les sourcils.

Cela lui semblait impossible. Ne pas se souvenir où on se trouvait quand on a reçu l'annonce d'un décès. Elle, elle ne l'oublierait jamais.

— Comment tu peux ne pas t'en souvenir ?

Ils furent interrompus par Lahja, qui les rejoignit pour boire son café. Puis elle les salua de la tête et leur souhaita une bonne journée. Ils la regardèrent s'éloigner sur son vélo. La brume dansait au-dessus du pré.

— Je peux te déposer, proposa Tatu.

— Ne dis rien aux autres, lui demanda Annie.

Elle savait que c'était inutile. Tatu ne parlerait pas.

*

— Je t'offre un café ? un thé ?

Annie secoua la tête.

— Venons-en au fait.

— Hum, bien sûr, évidemment, marmonna l'avocat en se dirigeant vers le coffre-fort encastré dans le mur derrière son bureau.

Annie essaya de se représenter son père dans cette pièce pleine de vieux papiers.

Pentti qui, certes, savait lire, mais qui n'avait pas lu un seul livre de sa vie. Qui méprisait profondément les gens instruits, mais se fiait suffisamment à Teuvo Mäkilä pour lui remettre son testament.

Un testament.

C'était étrange que son père en eût rédigé un. Quand Annie avait prudemment posé la question à Siri le matin, avant qu'elle et Tatu ne s'en aillent, sa mère avait répondu que Pentti n'avait rien écrit pendant leur mariage, mais ce qu'il avait fait ensuite elle ne pouvait ni ne voulait le deviner.

Dans le bureau de Teuvo Mäkilä, l'air était irrespirable et empreint d'une odeur de vieux bouquins, un mélange de papier et de vieille peau qui avait toujours dégoûté Annie (c'est pourquoi elle n'allait jamais à la bibliothèque), mais qui lui retournait carrément l'estomac ces derniers temps, sans doute à cause de la grossesse. Elle demanda si elle pouvait ouvrir la fenêtre, l'avocat au visage pâle opina, marmonna que c'était une bonne idée et sortit de sa poche un mouchoir fripé pour s'essuyer le front et le cou. Annie se demanda si c'était le même que la veille.

De toute façon, cette opération était vaine, car quelques minutes plus tard il dégoulinait à nouveau de sueur.

Il l'invita à prendre place sur le canapé en cuir et se percha lui-même sur le bord, à grand-peine, car son corps n'était pas fait pour s'asseoir sur le bord de quoi que ce soit.

Il s'éclaircit la voix et fit claquer ses lèvres, Annie songea qu'il n'en avait même pas conscience, on aurait dit qu'il faisait avancer un cheval.

— Bon, il s'agit du testament…

— Oui, tu me l'as dit.

— Je dois tous vous réunir pour le passer en revue.

Il fit de nouveau claquer ses lèvres.

— Mais je veux te parler aujourd'hui d'un document que ton père a rédigé. Il n'a pas de force juri… comment dire… Ce n'est pas… C'est plus comme une lettre.

— Une lettre ?

— Oui.

Il la fixait avec un regard qu'elle n'arrivait pas à interpréter, était-ce de la peur qu'elle voyait dans ses yeux ?

— C'est à moi qu'elle s'adresse ?

L'avocat respira profondément et dodelina de la tête, en une sorte d'acquiescement incertain.

— Oui et non.

Annie devait sembler désarçonnée, car Mäkilä posa une main sur son bras. Ses doigts lui firent penser à un poisson visqueux, resté trop longtemps sur le ponton. Il se pencha en avant.

— C'est une lettre que ton père a écrite, il y a passé pas mal de temps pendant les derniers mois de sa vie et il ne l'a sans doute pas tout à fait finie. Mais il a dit clairement qu'elle devait être lue par ses survivants.

Le soleil scintillait par la fenêtre, Annie ne comprenait pas que la vie puisse continuer comme ça. Elle se trouvait là, le soleil brillait et son père était mort, mais il chuchotait le nom de sa fille depuis l'au-delà.

— En fait, je prendrais bien un peu de café, dit Annie.

— Mais bien sûr !

L'air soulagé, Mäkilä passa dans la pièce d'à côté, une petite cuisine, et Annie l'entendit s'affairer avant de revenir avec un plateau sur lequel étaient posés une tasse de café, un pot de lait et un sucrier. Ainsi qu'une assiette avec quelques biscuits sous plastique qui ne semblaient pas d'acquisition récente.

— Il voulait que ce soit toi qui la lises aux autres.

— Pourquoi moi ?

Le café était brûlé, amer, mais Annie se força à en boire quelques gouttes malgré la nausée.

— Eh bien, il ne l'a jamais vraiment expliqué. Je n'ai jamais pensé à demander non plus. Je pensais que tu comprendrais. Ce n'est pas le cas ?

Annie secoua la tête. Elle était prise de vertiges. Elle devinait que *ça*, les dernières volontés de son père, son message d'outre-tombe, ça n'augurait rien de bon. En bref, ça ne pouvait pas être un cadeau qu'il lui envoyait, plutôt une sanction.

— Bon, je me suis dit, puisque c'est un peu long… que tu devrais avoir la possibilité de te préparer avant d'en faire la lecture aux autres.

À voir sa mine, elle comprit qu'il l'avait parcourue.

— De quoi s'agit-il ?

Il ne répondit pas.

— Il vaut peut-être mieux que j'aille la chercher.

Il retourna auprès du coffre-fort derrière le bureau et en retira une liasse de papiers qu'il tendit à Annie.

— Je te laisse lire tranquillement.

Il s'empara de sa veste et ferma délicatement la porte derrière lui.

Annie observa le tas de papiers. On aurait dit un petit compendium, agrafé d'un côté et intitulé : « Tentative d'explication de mon testament. De Pentti Toimi. »

Il était daté de la première moitié de juillet, c'était si récent ! Presque comme si on pouvait tendre la main en arrière et toucher le passé.

« Tentative d'explication de mon testament.

« Lorsque à l'automne de ma vie j'écris ceci, quasiment d'outre-tombe, j'en sais plus sur ce qui va advenir que vous, qui me survivez, vous qui errez encore dans l'obscurité, l'effroi et la confusion.

« Je ne m'attends pas à ce qu'on me comprenne. Mon but n'est pas non plus qu'on me pardonne, je ne m'attends pas à ça. Je ne m'attends pas à ce qu'on me pleure. Je ne m'attends pas à ce qu'on m'aime.

« La seule chose dont je suis sûr au crépuscule de ma vie, c'est qu'on se souviendra de moi. C'est en cette qualité que je survivrai.

« Je survivrai. À travers vos récits, oraux ou écrits, vous qui étiez ma famille. Je sais que je resterai gravé en chacun de vous.

« Je pourrais essayer d'expliquer. Présenter mes excuses. Me justifier. Je pourrais raconter ce que j'ai vu. Ce que j'ai vécu. Peut-être le ferai-je, qui sait ? En fin de compte, est-ce que ça intéresse quelqu'un ? Les êtres humains sont-ils capables de se comprendre ? Et cela a-t-il une quelconque importance ? Bientôt, tu seras morte, toi aussi, éliminée. »

Elle regarda les mots. C'était étrange. Elle reconnaissait la voix de son père, là, sur la page. Elle eut soudain l'impression qu'il se trouvait dans la pièce. Elle ressentit pour la première fois quelque chose qui ressemblait à une présence. Elle essaya de se débarrasser de cette sensation, prit son élan et tourna la page.

« *L'amour*

« Beaucoup de choses ont été dites sur la force de l'amour qui, pour bien des gens, semble un moteur universel. Une partie fondamentale de la vie. Il aurait pu en être ainsi pour moi. J'aurais peut-être pu devenir un garçon assez normal.

« Malheureusement, ma mère n'était pas faite pour enfanter. À moins que ce soit moi, comme on me l'a dit, qui étais trop gros. Ou peut-être était-ce la faute de la voisine qui est arrivée trop tard pour l'accouchement. Enfant, je me suis posé une multitude de questions, mais le pourquoi du comment n'a aucune importance. Car ce qui devait arriver arriva, et la nuit où je suis né, ma mère, Elina Toimi, est morte.

« Mon père s'est retrouvé seul, avec trois jeunes enfants à élever.

« Il n'en était pas question, c'est impossible pour un homme. Grâce à ses contacts, mon père a fait venir une bonne suédoise. La plupart des membres de notre famille habitaient du côté suédois et il rêvait sans doute aussi de s'y établir. Quoi qu'il en soit, Asta s'est installée chez nous. Elle s'occupait des enfants et elle trayait les vaches. Elle cuisinait. Elle reprisait les vêtements. Elle faisait tout ce qu'on attendait d'elle. Je me souviens qu'elle baissait la tête en prière chaque fois qu'il le fallait, chose dont j'étais incapable. Asta était irréprochable.

« Comme nombre de ses compatriotes, Asta éprouvait une aversion pour le finnois. Elle n'a jamais rien fait pour l'apprendre, mais dans notre vallée la plupart des gens étaient plus ou moins bilingues. La poésie dit que le langage du cœur est universel, ou quelque chose de ce style. Il s'est avéré qu'à mon premier anniversaire, un nouveau mariage approchait déjà.

« Asta aurait pu être ma mère. Je l'aurais laissée, si elle avait voulu. J'aurais pu l'appeler “mamma”. Mais elle ne le voulait pas. Elle ne voulait pas des gamins des autres. Elle voulait des enfants à elle. Elle voulait établir une distinction entre eux, la chair de sa chair, et nous autres, des gosses dont elle s'occupait par obligation.

« Je suis né et j'ai grandi ici, en Tornédalie, près des berges de la rivière. Cette terre de paysans. Les temps étaient durs, à l'époque. Comme jeune garçon, on pouvait s'attendre à travailler d'abord comme ouvrier agricole puis, à l'âge de prendre les armes, à devenir soldat, et ensuite, si on avait eu la chance de s'en être sorti indemne, c'est-à-dire de ne pas avoir été mutilé par un jeune Russe dans la même situation que soi, on pouvait possiblement devenir soi-même fermier. Et là, à un moment donné, l'amour viendrait nous délivrer, on se trouverait une épouse. Une femme aux hanches larges et à l'esprit tranquille, qui ferait ce qu'on lui dirait et ne dirait pas non à l'acte de chair, et mettrait au monde beaucoup d'enfants. Si possible des fils, même s'il fallait aussi quelques filles, pour ne pas avoir à se ruiner en main-d'œuvre.

« Voilà mon rêve.

« Ce n'était pas un avenir dont je rêvassais allongé dans le grenier à foin, mais c'était un fantasme. Un fantasme qui se réalisait pour la plupart des garçons de Tornédalie. Sauf si on était une grosse tête. Dans ce cas, on pouvait prétendre au pastorat. Mais ce n'était pas donné à tout le monde.

« Vous me connaissez, les intellectuels, je leur ris au nez, mais coucher sur le papier mes pensées pour les rendre compréhensibles, je ne suis pas trop bête pour le faire.

« Mon père, qui était un mélange de paysan et de pasteur, était doué pour les études, suffisamment en tout cas. Mais il possédait à l'entendre quelque chose d'encore plus important. Une boussole morale qui le conduisait dans la bonne direction sur la piste jalonnée de la vie.

« Le droit chemin, l'étroit chemin, est difficile à emprunter, mais on n'a pas le choix, et la vie n'est pas censée être facile. Certaines personnes jouissent plus que d'autres de souffrir, de supporter, de se sacrifier pour l'amour de Dieu. Mais vous en saurez davantage plus bas.

« Quand la guerre a éclaté, je n'avais pas encore possédé une femme, à la différence de plusieurs de mes camarades. Peut-être qu'ils fabulaient, qu'est-ce que j'en sais ?

« Siri, tu allais devenir ma première et ma seule femme.

« Je ne comprenais rien à l'amour et je ne m'étais jamais vraiment intéressé aux filles avant de te rencontrer. Ce n'était pas pour moi, les filles, avec tous leurs secrets et leurs rires difficiles à interpréter. Pourquoi les filles rient-elles alors qu'il n'y a rien de drôle ?

« Siri, tu étais différente de toutes les autres. Tu étais si… joyeuse, mais tu ne gloussais pas bêtement, sans raison, comme les autres… Tu travaillais dur et tu ne savais pas garder le silence. Tu étais toujours en train de fredonner.

« Siri, tu parlais beaucoup, mais ce n'était jamais dérangeant. Tu étais jeune et timide, tu ne connaissais rien du monde, mais tu n'avais pas peur. Tu me regardais toujours dans les yeux. Pas comme les filles de chez moi.

« Elles me regardaient comme si j'étais, eh bien, bizarre, ou tout bonnement inquiétant.

« Siri, tu posais sur moi un regard pur, je n'ai pas de meilleur mot. Je le sentais. Nous, les Tornédaliens, nous sommes plutôt taiseux, mais je me sentais bien en ta présence, même si j'étais incapable de te le dire en face. Je crois que tu appréciais ma compagnie aussi, car tu me laissais toujours porter tes seaux de lait. Et tu me gardais à manger pour le dîner, pas parce que tu savais que je viendrais, mais parce que tu l'espérais. Tu te rappelles que tu me l'as dit ? Personne ne m'avait jamais dit ça avant. Qu'on espérait me voir venir. »

Annie reprit son souffle. Les mots de son père, adressés à sa mère… elle avait honte, oui, honte, comme si elle s'était placée entre eux dans une pièce où personne d'autre ne devait entrer. Ça doit être ça, le propre de la mort : elle change toutes les règles du jeu.

« Lorsque nous avons commencé à avancer vers le front et que je ne te voyais plus tous les jours, je me suis mis à penser à toi tout le temps. Comme j'étais ridicule ! Mais ça m'a permis de survivre. C'est ce que je crois. Après coup, quand on y réfléchit, ou qu'on essaie de raconter la guerre à quelqu'un qui ne l'a pas vécue, qui n'était pas là, ça semble tellement insensé.

« Je crois que c'était toi, Lauri, qui disais ça, tu voulais toujours en entendre parler, quand tu étais petit. Avant de devenir ce que tu es devenu. Tu disais que ça avait l'air complètement fou, incroyable, effrayant, et tu avais raison. Toutefois, au beau milieu de la guerre, la vie continuait.

« J'ai tendance à faire des digressions, j'en ai bien conscience. Dans ma poche de poitrine droite, je gardais une lettre, je m'en souviens comme si c'était hier. Je sentais le papier à travers le tissu. Elle n'était pas longue et je ne savais pas si j'aurais le courage de l'envoyer, mais je l'avais écrite et je me sentais hardi. Comme si le simple fait d'avoir couché les mots sur le papier les faisait exister.

« Siri, veux-tu devenir ma femme ? Si tu lis ces mots, je suis peut-être déjà mort, mais sache que je n'ai jamais rencontré quelqu'un comme toi. Veux-tu venir avec moi ? Je m'occuperai de toi. M'aimer ? Parce que je veux t'aimer.

« Voilà les mots, même s'ils étaient moins poétiques et plus directs, que j'ai prononcés quand nous nous sommes revus à Joensuu en mars 1940. Tu te rappelles ?

« Toi qui n'étais jamais silencieuse, tu es restée coite. Moi qui n'avais jamais été aussi vaillant, je sentais la panique courir dans mes veines pour atterrir dans mon ventre. Ça m'a rappelé le combat, ou l'instant juste avant une catastrophe. Les longues secondes avant que tu hoches la tête. Tes lèvres étaient pincées, formant un trait. Tu as acquiescé, de façon presque imperceptible. Mais ça ne m'a pas échappé. Alors, je n'avais plus peur et je t'ai prise dans mes bras. Notre sort était scellé.

« À l'époque, quand j'étais jeune, la flamme brûlait, forte, stable et claire. Mon feu était vif. J'étais beau. Cela semble ridicule aujourd'hui, mais c'est vrai. J'avais de grandes mains. J'avais des sentiments. Devant moi s'étirait un chemin vierge. L'herbe était haute et douce, personne ne l'avait fauchée.

« Siri, tu te rends compte ? Je me rappelle encore la première fois que je t'ai vue. J'ai eu l'impression que mon cœur avait cessé de battre. Je n'avais jamais rien vu de tel. Et tu allais être à moi.

« Ta peau était si pâle, presque transparente. Tes yeux étaient gris. Ton regard franc.

« Tu souriais souvent. Je m'en souviens. Tu souriais souvent. Tu étais si différente de toutes les femmes que j'avais rencontrées. Tu étais presque russe. Ce devait être ça, mais moi je ne le comprenais pas. Moi qui n'avais vu que les femmes robustes et taciturnes du Nord. Des femmes comme Asta, ma mère adoptive, des femmes sans sourire. Comme mes sœurs. Leur bouche ne servait qu'aux admonestations, jamais au chant.

« Je me rappelle combien tu fredonnais. Il y avait en toi une mélodie. Un chant intarissable. Il était faible parfois. Et parfois il s'épanouissait, retentissait, claironnant. Siri, tu avais une belle voix. Je ne te l'ai jamais dit, mais c'est vrai. Tu ne le pensais pas, mais tu avais une belle voix. Au début, tu y dissimulais toujours un rire. Mais tu ne te moquais pas de moi, j'en étais sûr. Puis ce rire s'est éteint. Je sais à quel moment il s'est évanoui, ce rire qui teintait toujours ta voix. Quand Elina nous a été arrachée. Tant de choses se sont assombries à ce moment-là, pour nous deux.

« Il n'y a pas eu d'amour en moi pendant tant d'années. Depuis tant d'années. »

Plus bas, il était écrit au crayon à papier : *Insérer un paragraphe sur le fait de mériter l'amour, je n'ai pas encore trouvé la bonne formulation.*

« *La peine*

« Eh bien, cela nous mène au sujet suivant, il est difficile d'en parler, mais parfois on est obligé de faire certaines choses, même si c'est dur.

« Elina s'est perdue dans la forêt. Vous devez le savoir. Dans la neige. À skis. Son absence a duré si longtemps que nous pensions ne plus jamais la revoir. Mais je suis ressorti, je sentais en moi qu'il le fallait. Pour la première et dernière fois, j'ai prié. Seigneur, montrez-moi si elle est encore en vie. J'ai prié. Si vous faites ça, je… et je me suis mis à négocier avec Dieu. Il m'a guidé vers elle. Elle est revenue. Elle n'était pas morte. J'ai remercié le Seigneur de nous avoir donné une seconde chance. C'est ce que nous pensions.

« Ce n'était pas une deuxième chance. Parce qu'elle était déjà malade. Elle n'était plus à nous. On nous l'avait prêtée, c'est tout.

« Elle était notre premier enfant. Mon premier enfant. Je me souviens encore de son visage. Elle était la plus jolie des petites filles. Nous lui avions donné le nom de ma mère, Elina. Ma mère qui nous a aussi quittés trop tôt. Est-ce son nom qui l'a prédestinée, qui l'a punie ?

« Est-ce parce que j'ai prié le Bon Dieu, que j'en ai trop demandé sans renoncer à rien ?

« Bah ! le Bon Dieu n'existe pas. S'il y a bien une chose à garder à l'esprit, c'est celle-là.

« Elle a attrapé une pneumonie. Elle en est morte. Je peux vous dire qu'on avait beau s'y être préparés, il n'y a rien de naturel à sentir la vie s'écouler du corps de son enfant.

« Sentir la présence de son enfant, puis plus rien. Une coquille vide.

« On ne peut se préparer à une chose pareille. Je me serais volontiers arrêté à ce moment-là. Ne plus avoir d'enfants, laisser les choses se faire. Laisser la vie devenir autre.

« Mais tu ne le pouvais pas, Siri. Ta peine était trop grande, elle menaçait de t'engloutir.

« La seule manière pour toi de conjurer la mort était de triompher d'elle, de la duper. D'avoir de plus en plus d'enfants, jusqu'à ce que leur valeur globale soit divisible en tant d'unités qu'elles perdent de leur importance. Pour qu'une enfant disparue, la douleur laissée dans son sillage, le chagrin, soient moins grands. Ne comptent plus. Ne veuillent plus rien dire, ou pas grand-chose en tout cas.

« Tu ne m'as jamais pardonné, je le sais.

« Nous avions encore le garçon, il s'appelait Riiko, je crois. Je ne me souviens plus d'après qui nous l'avions nommé. Peut-être personne. Peut-être que nous avions donné au garçon un nom qui ne l'engageait à rien. Moi, Pentti Toimi, je suis né le 21 mars 1920. On m'a baptisé Pentti parce que je suis né le jour de la Saint-Bengt[1]. »

Annie marqua une pause. Que voulait-il dire, qu'il avait oublié le nom de son premier fils ? Y avait-il un message caché ? quelque chose qu'il voulait leur faire comprendre, à ses enfants ou à Siri ? Parce que ça ne pouvait pas être la

1. Pentti est l'équivalent finlandais de Bengt (Benoît).

vérité ? Il ne pouvait pas avoir oublié ? Elle poursuivit sa lecture.

« À chaque nouvelle naissance, elle retrouvait sa joie de vivre, en quelque sorte. Elle s'est remise à chanter. On aurait dit qu'un chant montait en elle, comme la sève dans le bouleau au printemps. Pour un court moment en tout cas. Parce que le garçon avait un problème. Cardiaque, je crois.

« Et à nouveau le noir. Quand il est parti, j'ai vraiment cru qu'elle allait sombrer dans la folie. Ou mourir. Ou les deux. Elle est entrée dans sa coquille, en quelque sorte, je ne vois pas de meilleure manière de le dire. Pendant très, *très* longtemps, on ne pouvait pas communiquer avec elle.

« Finalement, j'ai été obligé de la secouer pour la ramener à la vie. Annie, tu as été conçue d'une manière qui est loin d'être idéale, mais je n'avais pas le choix. Mettre au monde un autre enfant, c'était sa seule chance de survie, j'ai pensé. Son salut.

« Je l'ai sauvée en la prenant de force, en plaçant de force dans son ventre un enfant. Enfin, de force, je ne sais pas, elle était à peine là. Je ne sais même pas si elle l'a remarqué.

« Mais quand elle a eu compris qu'elle allait mieux, que le chagrin pâlissait, elle a voulu avoir d'autres enfants, et encore d'autres. De plus en plus. *A posteriori*, peut-être aurait-il été plus judicieux de la laisser mourir à ce moment-là ? Siri, tu aurais préféré ça ? Je me serais peut-être trouvé une austère épouse suédoise, comme mon père. Quelqu'un qui n'avait jamais connu un seul jour de bonheur de toute sa vie.

« Nous ne l'avons pas enterrée au cimetière. C'était impossible. Elle est ensevelie dans le pré, là où nous avons mis tous les êtres qui sont morts dans notre ferme, humains et animaux. Vous pouvez bien m'y mettre aussi quand vous vous serez débarrassés de moi.

« *La religion*

« Je suis né le 21 mars 1920 dans le culte laestadien. J'ai toujours su, j'ai toujours porté en moi l'idée que j'étais spécial. Que j'avais quelque chose de particulier, pour le meilleur et pour le pire.

« J'ai appris très tôt que la parole de Dieu est ce qui pèse le plus lourd. Et très tôt j'ai réfléchi, je n'étais pas du tout sûr que ce Dieu avait raison, après tout. Beaucoup de ce qui se passait à l'église ou au nom de Dieu semblait si obsolète, si injuste, si fortuit et, plus généralement, inutile. Or, des réflexions de ce genre n'avaient pas leur place dans le foyer de mon père.

« J'ai été élevé par des femmes, mais pas par ma mère. J'ai été élevé dans un respect rigoureux de la foi, le plus rigoureux, mais dès ma plus tendre enfance j'ai compris que Dieu n'existait pas.

« Je ne l'ai jamais dit tout haut, c'était inutile. Mon père savait qu'il avait un fils impie. Non content de lui avoir arraché sa femme, j'avais eu le culot de survivre et même d'être quasiment heureux, parfois. Je crois que mon bonheur a cessé le jour où j'ai compris que tout ce que je voulais sur cette terre, j'allais devoir me le procurer tout seul. Je n'avais pas peur de mon père mais je me suis rendu compte très tôt que nous n'étions pas coulés dans le même moule.

« Mon père a pris une nouvelle femme. C'est allé vite, il a fait ce qu'on attendait de lui, de tous les hommes pieux. Qui sont sur terre pour travailler et se reproduire. Qui était-il pour s'y opposer ? Mon père a fait ce qu'on attendait de lui, et même s'il ne l'a jamais dit ouvertement, je crois qu'il me craignait, c'est pourquoi il ne voulait pas éprouver de sentiments à mon égard, il ne voulait rien risquer.

« Mes frères et sœurs étaient différents, ils étaient ce qu'on attendait d'eux. Pieux. Turbulents, bien sûr, comme tous les gamins, mais je voyais en eux une foi, une piété. Un dieu.

« Ils étaient tout ce que je n'étais pas. Nous étions laestadiens, et mes frères et sœurs ont continué à vivre dans ce culte, ils habitent du mauvais côté de la frontière, du côté suédois, et continuent à faire des courbettes. Pas moi. Mes sœurs aînées, je ne sais pas à quoi elles croyaient, elles se déplaçaient dans la ferme, toujours en silence, toujours haïes par notre belle-mère, sans aucune liberté de choix. Elles ont fini par s'effacer, tomber dans l'oubli, se rayer elles-mêmes de l'histoire.

«Ne laissez pas mes frères prendre la parole à mon enterrement. Empêchez-les de se ridiculiser, de *me* ridiculiser. Empêchez-les de déverser ces fadaises.

«Quand j'ai pris femme, je me suis efforcé de me marier aussi loin que possible de mon père. Malgré la distance, j'ai ressenti de l'hypocrisie à promettre tout un tas de choses devant un pasteur et devant Dieu. Mais je l'ai fait pour elle, j'ai pensé que je pouvais le faire, dire tout ça pour lui faire plaisir.

«J'ai appris très tôt que personne au monde ne me comprendrait ni ne m'aimerait pour ce que je suis. Je ne savais pas qui j'étais vraiment, mais je sentais bien au fond de moi que j'étais seul dans ce monde et que tout ce que je ferais, je le ferais seul, tout ce que je réussirais serait le résultat de mes propres efforts. Ça m'a consolé.

«Quand mon père est mort, toute la paroisse a pleuré. Une paroisse pleine de fous qui n'avaient rien compris.

«Ils l'adoraient, ils voyaient une bonté en lui. J'étais bien placé pour connaître sa vraie nature. Il n'était pas bon. Il avait peur et se tapissait dans l'ombre de la religion, il remettait toutes ses décisions entre les mains de Dieu et n'avait jamais besoin de répondre de ses actes, c'est pourquoi on le prenait à tort pour un bon chrétien.

«Tout ça, c'est des conneries. Dieu n'existe pas et rien n'a de sens.

«Toute ma famille a déménagé, ou fui, du côté suédois. La seule qu'il me reste, c'est ma mère, elle est enterrée au cimetière de Karunki. Ça, vous le savez. Annie, tu m'y as accompagné plusieurs fois, tu t'en souviens? La femme qui a donné sa vie pour moi, la seule vraie bonne chrétienne.

«Ne faites jamais confiance à un homme chrétien.

«On sait ce qu'on sait, et il n'y a pas de Dieu, gardez bien ça en mémoire.

«*La guerre*

«Il y a tant de choses à dire sur la guerre qui ont déjà été dites, et avec l'obsession documentaire que connaît notre monde personne n'ignore les horreurs de la guerre.

«Quand la guerre a fini par arriver, j'avais dix-neuf ans. Je m'étais déjà engagé dans l'armée, depuis l'automne, sans attendre l'ordre de mobilisation générale. Je n'avais aucune envie de combattre, de tirer sur des soldats, mais je n'avais pas le choix. Je ne pouvais pas rester chez moi. Pas si je voulais rester en bons termes avec mon père. Je l'ai toujours su, contrairement à ce que vous pensez, surtout toi, Helmi. En réalité, je savais déjà qu'un beau jour mon sang ne ferait qu'un tour et que c'était un problème. Je craignais de commettre l'irréparable. Je me suis dit qu'il valait mieux tuer des Russes que des Finlandais. (Mon père, en l'occurrence.)

«Les Russes que j'avais appris à exécrer dès le berceau. Comme la plupart des gens de ma génération. Notre haine était solide et féroce, sans réserve ni nuance. Parce que nous n'avions pas vécu le temps d'avant, le temps où nous n'étions pas libres. Avant l'indépendance. Mais autour de nous, tout le monde se rappelait encore ce que c'était que d'être enchaîné. Ils en connaissaient toutes les implications. Et je ne pense pas que nous, qui étions nés dans les années 1920, étions capables de comprendre : nous ne connaissions que ce qu'on nous avait raconté. Les conséquences des agissements des générations précédentes. Il n'y avait pas de place pour des nuances de gris ou des gradations.

«Après un bref service militaire, nous avons été déployés dans la région de Suomussalmi, nous étions des centaines de garçons dans la même situation. L'entraînement consistait entre autres à apprendre à charger et à tirer avec le fusil qu'entre nous nous appelions "l'oreille pointue", j'ignore quel était son véritable nom. Ces choses ne m'ont jamais intéressé. Les marques de voitures et ce genre de choses. Non, je ne suis pas comme toi, Tatu.

«Nous nous placions en file indienne et devions utiliser la même arme chacun notre tour, trois fusils à partager entre les quatre-vingts garçons de mon unité. On nous a informés qu'il n'y aurait peut-être pas assez d'armes pour tout le monde. Mieux valait pour nous savoir skier vite, en silence, affûter notre couteau et arracher les fusils des mains des Russes.

« Nous avons également appris la langue des signes, les mots codés, et la lecture des cartes. Je rêvais de décrocher une place dans le bataillon à bicyclette, même s'il se déplaçait plutôt à skis qu'à vélo, en hiver. Dans ma jeunesse, avant d'être blessé au combat, j'étais un bon cycliste. Mais je n'ai pas eu de place dans ce bataillon. Au lieu de ça, je me suis retrouvé avec la piétaille, comme on nous appelait, nous qui faisions partie des autres bataillons de notre régiment d'infanterie, le seizième, qui prendrait plus tard le nom de groupe Talvela.

« Il n'y a sans doute que toi, Voitto, que ça intéresse. »

Annie imaginait son père en train d'écrire, de longues heures durant et à grand-peine (elle en était sûre, car elle l'avait vu rédiger des lettres adressées au conseil municipal et c'était une véritable plaie pour lui, il lisait à haute voix en traçant les mots), ce document qu'elle se fatiguait à lire. Elle se demandait pourquoi il l'avait écrit. S'il avait une raison de l'avoir fait à ce moment-là. Se sentait-il menacé ? Attendait-il la mort avec impatience ? S'y préparait-il ?

« Quoi qu'il en soit, après trois mois d'entraînement, à la fin de l'hiver glacial 1939, nous avons été envoyés avec le 16e régiment d'infanterie en Carélie pour être postés dans des villages le long de la frontière. Là, à Soanlahti, j'ai rencontré une certaine Siri Aamuvuori.

« Je me souviens encore de mes camarades de bataillon. Nous n'étions encore que des garçons, la plupart des autres étaient joviaux, libres, facétieux et aimaient lancer des piques, rire les uns des autres, c'était notre genre de jargon, surtout avant que les choses sérieuses commencent, avant que nous ayons vu les combats. Nous n'avions encore vécu aucune des folies de la guerre, celles qui transforment l'être que nous sommes et qui éteignent des lumières en nous pour toujours. Tous les civils étaient si heureux et reconnaissants là où nous arrivions. Nous étions traités avec respect, presque comme des têtes couronnées à certains endroits. Les autres s'amusaient beaucoup du pouvoir d'attraction de l'uniforme sur les femmes, mais ça ne m'intéressait pas.

« Je me rappelle le froid. Comme il faisait froid ! Il pénétrait jusqu'à la moelle. Pourtant, j'avais l'habitude.

« Je me rappelle aussi l'excitation. À aucun moment je n'ai eu peur. Quand le pain a commencé à manquer, que les températures sont descendues bien en dessous de zéro, que nous perdions plusieurs camarades chaque jour, je me souviens que beaucoup étaient très affectés. Certains pleuraient, pas tous, mais un certain nombre. Moi, je trouvais ça grisant, c'était si différent de tout ce que je connaissais.

« Je n'ai jamais eu peur de rien. Je n'ai jamais regardé en arrière. Ma famille n'a jamais compté pour moi. Quand j'ai quitté la maison de mon enfance, j'ignorais ce qui m'attendait, mais je me suis tout à coup senti libre.

« Je n'ai eu peur qu'une seule fois – c'était pendant la guerre. Il faisait nuit. On se faisait canarder. La plupart du temps nous avions le dessus. Notre commandant, un vrai dur à cuire qui avait connu l'armée du tsar avec Mannerheim et avait été formé en Europe continentale, nous entraînait dans une offensive après l'autre, mais à cette occasion il se trouvait ailleurs, je ne sais où, peut-être qu'il avait été convoqué à une réunion de stratégie, et je me souviens d'avoir eu le sentiment qu'aucun adulte n'était présent, seulement des gamins apeurés de part et d'autre de la frontière qui se tiraient dessus comme des abrutis.

« J'entendais les balles siffler, je voyais les soldats tomber autour de moi. Je savais que je devais agir. J'ai chaussé mes skis aussi silencieusement que possible. J'ai pris avec moi deux soldats, un grand type boutonneux de la région d'Oulu et un autre aux oreilles décollées de Joensuu, car je savais qu'ils skiaient vite, comme moi, et qu'ils seraient utiles. J'ai empoigné ma baïonnette et nous sommes partis, pliés en deux, je me suis dit que si nous faisions un détour suffisamment grand, je pourrais les surprendre par-derrière, une manœuvre royale, une sorte d'attaque dont notre commandant nous avait parlé l'un des premiers jours de la guerre. Quand on avait encore le temps de parler.

« En bref, l'objectif était de gagner la guerre grâce à la ruse et avec l'aide de la nature. Je n'avais pas peur en partant, mais j'ai eu peur quand nous sommes tombés nez à nez avec un Russe que j'ai été obligé de transpercer de ma baïonnette.

« J'ai vu son sang rougir la neige, j'ai vu le blanc de ses yeux. J'ai vu l'effroi dans son regard quand il a compris ce qui se passait, la tache sombre sur son pantalon. Il ne portait qu'un uniforme d'été léger, pas comme moi, pas comme nous, dans un râle il est tombé à genoux. Il était mort.

« C'était le premier homme que je tuais, mais pas le dernier. Il n'avait rien de valeur sur lui, juste une breloque d'argent renfermant un portrait de femme, rien qui puisse m'être utile. Plus tard pendant la guerre certains des soldats russes avaient été équipés d'uniformes d'hiver. Je me rappelle un des Russes que j'ai tués : imaginez ma surprise et ma joie lorsque je me suis aperçu qu'il faisait exactement la même pointure que moi et que ses bottes d'hiver étaient en meilleur état que les miennes ! C'était le genre de chose qui vous requinquait pendant les combats.

« Quoi qu'il en soit, nous avons réussi à faire le tour et à attaquer le mitrailleur solitaire par-derrière et, nom de Dieu ! nous avons réussi à le poignarder lui aussi !

« Je me sentais comme un vrai guerrier, capable de me sauver et de sauver mes camarades grâce à cette petite manœuvre. C'est le boutonneux qui l'a frappé, et je crois que c'était son premier, parce qu'il est devenu tout pâle et il a rendu tripes et boyaux.

« Ça devient plus facile de tuer quand on l'a fait plusieurs fois. On s'habitue. Certains disent que ce n'est pas vrai, mais je crois qu'ils sont poltrons ou qu'ils racontent des histoires, mais qu'est-ce que j'en sais, ils sont peut-être différents de moi. Différemment constitués.

« Je n'ai pas peur de la mort. Ça ne sert à rien. La mort nous prend tous. En temps de paix comme en temps de guerre, elle finit par nous rattraper, quoi qu'on fasse pour tenter de lui échapper. Et si on ne comprend pas ça, tant pis. C'est comme ça.

« *La justice*

« J'ai été votre père. Ça, vous ne pouvez pas le nier. Peut-être pas le père espéré, le père rêvé, le père que vous voudriez être pour vos enfants. On pourrait dire que j'ai été le père que vous avez mérité, que j'ai fait de mon mieux, que j'ai fait ce que j'ai pu. Tous les hommes ne sont pas pieux. Et tous les hommes ne vivent pas pour leurs enfants. Moi, non.

« Votre mère l'a fait pour nous deux. J'ai vécu ma vie du mieux que j'ai pu et vous ne m'avez pas tous aimé, je le sais. Je suis juste, pas selon des critères universels, mais j'ai ma propre justice, mes propres règles. C'est le seul point commun que je puisse trouver entre mon père et moi, j'ai fini par lui ressembler à cet égard. Il possédait aussi des principes moraux, une boussole intérieure, personne pour lui dire s'il agissait bien ou mal.

« Personne ne peut me juger, vous ne pouvez pas m'atteindre, personne ne le peut.

« Esko, c'était moins une, je te le concède volontiers. Je ne sais pas si tu as dit aux autres quel bon prix tu m'as offert pour la ferme.

« Que nous avons rédigé une reconnaissance de dette et que tu devais payer plus tard, comme tu disais. Jusqu'à ce que tu égares le document, comme par hasard. Et que tu oublies. Que tu oublies complètement son existence. Mais l'autre lettre, tu ne l'as pas oubliée ? La lettre de donation. Par laquelle je te cède toute la ferme. Non, celle-là, tu ne l'as pas oubliée. Heureusement, j'ai une copie des deux lettres. Sur ma table de chevet.

« D'accord, Esko, Aapajärvi t'appartient.

« Mais comment auras-tu les moyens de payer tous tes frères et sœurs ? Vous pensez peut-être à cette assurance-vie ? Vous en souvenez-vous ? Oui, sans doute. Certains d'entre vous en tout cas. En cas de décès, les survivants reçoivent une somme de cent mille marks. Mais cette assurance, je l'ai résiliée. Contre l'avis de Mäkilä.

« Je veux récompenser les enfants que j'ai aimés, désirés. Les autres, je m'en moque. Est-ce choquant à entendre ? Quel dieu va me punir ? Avancez, montrez-moi. Je regarde volontiers. Je lui ris au nez, quel que soit votre dieu.

« Passons, l'assurance-vie est résiliée. Vous auriez bien planté vos griffes dedans, non ? Ça, vous pouvez l'oublier. Je lègue ma part de la ferme et les quelques deniers qui me restent à ma fille aînée, Annie. Les autres peuvent prendre mes vieux dictionnaires et se torcher le cul avec. Enfin, je l'ai déjà fait. Na !

« *La mort*

« Au moment où vous lirez ces lignes, je ne serai plus là.

« Je n'existerai plus. Tout ce qui me constituait aura disparu. Mes souvenirs. Ma chair.

« Je n'ai rien gardé. Mais je veux croire que j'ai planté des petits bouts de moi tout au fond de vous.

« Vous ne parlerez peut-être pas de moi, ou bien vous le ferez, peu importe. Je veux seulement dire que, même si vous ne prononcez plus jamais mon nom, des morceaux de moi continueront à vivre. En vous, en vos enfants, en vos petits-enfants. Ils ne le sauront peut-être pas, ne s'en souviendront peut-être pas, mais ce qui était *moi* restera, restera enfoui, comme une graine qui attend de germer.

« *La vérité*

« Qui s'y intéresse ? Sérieusement ? Qui a envie de l'entendre ? Elle ne réside pas dans les détails, mais dans l'ensemble. Qui se souviendra de petits faits particuliers, qui a du temps et de l'énergie à dépenser pour ça ? »

Quand Mäkilä entra à pas de loup dans le bureau après le déjeuner, Annie n'avait pas bougé du canapé.

Devant elle, sa tasse de café.

Elle n'avait pas pleuré.

— Eh bien..., commença l'avocat en s'essuyant le visage. Qu'est-ce que tu en as pensé ?

Annie le regarda.

— Comment vais-je pouvoir lire ça à mes frères et sœurs ?

Mäkilä se racla la gorge.

— Tu n'es pas obligée, bien sûr. Mais les détails sont exacts. Il te lègue tous ses biens par testament.

— Même la ferme ?

— La ferme ?

Mäkilä parut étonné.

— Non, je pensais que tu étais au courant. Il l'a cédée à Esko. Il existe une lettre qui justifie la donation.

— Mais la reconnaissance de dette qu'il mentionne ?

L'avocat secoua la tête.

— Ce document n'existe pas.

*

Quelques jours plus tard, Annie lut la lettre de Pentti à l'ensemble de la famille. Quand elle eut terminé, ils restèrent muets, assis dans le bureau poussiéreux de l'avocat.

Mäkilä se tortillait, en sueur, comme d'habitude, et il se racla la gorge à plusieurs reprises.

— Eh bien, c'est une situation un peu inhabituelle. Vous pouvez contester le testament, bien sûr, mais je vous préviens, c'est une longue procédure qui n'aboutit pas souvent...

Annie l'interrompit.

— Je pense que personne ici ne veut contester le testament.

Elle jeta un regard circulaire dans la pièce. Son cœur battait la chamade. Bien qu'elle eût déjà lu le testament une fois, elle en était encore affectée.

— Ah bon ? s'étonna Helmi.

Son regard habituellement chaleureux, qui vous *remarquait*, vous prenait en compte, était noir à présent.

— Facile à dire pour toi qui hérites de tout.

Annie se rappela les disputes à l'adolescence. Helmi et elle ne s'étaient pas chamaillées souvent, mais quand elles le faisaient, c'était violent.

— Arrête ton char. Tu comprends bien qu'il n'y a pas d'argent et même s'il y en avait je n'en voudrais pas.

Mais Helmi n'avait pas l'intention d'arrêter. Elle venait tout juste de commencer.

— Pourquoi voulait-il que tu le lises ? Tu l'as aidé à l'écrire, c'est ça ?

— N'insiste pas, Helmi, je suis sûr que c'est ce qu'il voulait..., dit Esko.

Il était appuyé contre le mur, juste derrière le canapé où se serraient plusieurs des enfants Toimi.

— Qu'on continue à se voler dans les plumes.

Helmi le dévisagea.

— Tu te fous de nous ? Facile à dire pour toi aussi ! Tu t'en tires le mieux. Et c'est toi qui as tout commencé.

Annie sentit une goutte de sueur perler entre ses seins. Elle lorgna Mäkilä qui, la main sur la poignée de la porte, semblait prêt à fuir. D'abord, il devait s'essuyer le front.

— Laisse-le tranquille, fit Annie. Personne d'autre ne voulait de la ferme.

— La ferme, non, intervint Lauri, mais on aurait pu la vendre. Je n'aurais pas dit non à quelques deniers. Ce n'est pas très élégant de l'admettre, c'est ça ? Il vaut mieux faire comme si on n'avait besoin de rien ?

Helmi avait les yeux noirs de rage. Ses mains tremblaient. Annie trouva que sa sœur avait l'air maigre. Et épuisée. Tatu aussi paraissait fatigué. Suis-je trop focalisée sur moi-même ? Après la naissance de l'enfant, j'essaierai de m'intéresser à nouveau au monde qui m'entoure, décida-t-elle.

— Ça ferait un bon paquet de fric ! Mais ça ne t'a pas échappé, si ?

Helmi jetait à son grand frère des regards haineux. Annie ne comprenait pas la colère de sa sœur. Elle n'avait jamais été particulièrement intéressée par l'argent, si ? Qu'est-ce qui avait changé ?

Esko ne semblait même pas avoir honte. Il haussa les épaules et alluma une cigarette.

— Que dis-tu de tout ça, maman ?

Helmi était la première à impliquer Siri. Leur mère paraissait si petite dans le fauteuil. Elle les regarda, l'air embarrassé, et soupira.

— Qu'est-ce que vous voulez que je vous dise ? Votre père était une personne dérangée. Je crois que je l'ai toujours su.

Annie se demanda si sa mère avait entendu tous les compliments que Pentti avait écrits à son égard. Annie en avait presque eu les larmes aux yeux. Son père était un *self-made man*. Si seulement il était né à une autre époque, sur un autre continent, sous une autre étoile.

— Ne dis pas de mal des morts.

C'était la première fois que Voitto prenait la parole. Il se tenait debout, le dos droit de l'autre côté du canapé. Bien qu'il fût en civil, il avait l'air d'être au garde-à-vous.

Helmi gesticulait dans sa direction, agacée, comme on chasse une mouche ou un taon.

— Ça, on s'en fout, ce n'est pas ce que je voulais dire, maman. Je veux savoir pourquoi tu as donné toute ta partie de l'héritage à Esko.

Valo bondit du canapé. Il était resté assis en silence à côté d'Helmi, mais à présent il haussait le ton.

— Elle n'a jamais fait ça. Tu es complètement bouchée ou quoi ? Il lui a acheté sa part ! Même moi, je comprends ça.

— Et la valeur de marché, alors ? Tu y as pensé ? Même si on n'en avait pas tiré autant, ça aurait quand même fait un paquet de fric.

La conversation piétinait. Mäkilä s'attendait sans doute à des effusions de sentiments au moment de la lecture du testament, mais pas à ce que ce soit si pénible. Tous ces frères et sœurs qui portaient tant de colère.

Aucun ne semblait se souvenir qu'ils venaient de perdre leur père dans un tragique accident. Certes, Pentti n'était pas un être facile à aimer, mais c'était tout de même leur père. En tout cas, il l'avait été.

*

Siri ne dit plus rien. Immobile dans son fauteuil, les yeux rivés sur ses mains. Onni, Arto, Lahja et Tarmo étaient restés à Kuivaniemi. Ou plus précisément, Lahja était au travail, mais Tarmo était resté à garder ses petits frères. Seuls les aînés étaient présents et la plupart d'entre eux prenaient part à la discussion. Enfin, la discussion… Ce n'était qu'un chapelet d'inepties.

Siri les entendait parler, mais leurs voix paraissaient si lointaines. Elle voyait leurs visages, la rage et la peine.

Tous ces individus. Ils étaient adultes à présent, tous ses enfants majeurs (et en vie) étaient assis là. Elle pensa au jeune homme que Pentti avait été. À son silence. Tellement significatif pour lui.

Tous ces mots avaient-ils toujours existé en lui ? Jamais il ne lui avait dit des choses pareilles quand il était en vie. Cela aurait-il changé quelque chose ? Sans doute.

Elle pensait qu'il n'avait pas remarqué. Qu'il ne la voyait pas. Ne l'avait pas aimée. Seulement maintenant elle pouvait faire le deuil de l'homme qu'elle avait un jour épousé. Il avait disparu depuis longtemps, transformé en autre chose, en une personne impossible à aimer.

Siri ne souffrait pas de son absence. Pas un seul jour depuis le divorce il ne lui avait manqué. Elle éprouvait autre chose, la sensation que ça s'était terminé dignement. Une émotion fugace qu'elle fut par la suite incapable de convoquer, dont elle se souvenait à peine. Ceux qui croient aux fantômes auraient pu dire qu'un spectre avait traversé la pièce. L'instant d'après, tout était redevenu comme avant.

Les pensées de Siri s'arrêtèrent sur Elina. Qu'un enfant meure, l'*un* de vos enfants, ça peut arriver. Mais quand un autre décède aussi, quelque chose en vous se brise. C'est ce que Siri avait vécu.

Elle n'avait pas réussi à s'armer contre le chagrin causé par la mort de Riiko. Elle avait été ébranlée longtemps. Depuis peu elle remarquait que son regard avait regagné sa netteté, comme si elle sortait soudain la tête de l'eau après toutes ces années.

Pourtant, tous les matins au réveil et tous les soirs en s'endormant, elle pensait au garçon.

À Elina, la fillette déterminée aux boucles en tire-bouchon qui n'en faisait toujours qu'à sa tête, Siri ne pensait jamais. Si, deux fois par an, le jour de son anniversaire et celui de sa disparition. Pentti avait vécu toute sa vie avec le sentiment que Siri le tenait pour responsable de sa mort.

C'était vrai au début. Mais en y réfléchissant plus avant, elle se rendait compte que ça faisait de nombreuses années qu'elle avait cessé de l'accuser. Elle lui avait sans doute pardonné, au fond d'elle, mais elle avait omis de l'en informer. Ce menu détail.

Oui, la fillette était avec Pentti. Ils étaient sortis à skis dans les bois abattre un arbre de Noël, rien que tous les deux. Siri était restée à la maison avec Riiko et Esko. Dans la forêt, Pentti et Elina s'étaient disputés, comme on le faisait souvent avec elle, cette enfant difficile et butée qui n'écoutait jamais rien, qui n'obéissait pas, et quand elle s'était éloignée à skis, Pentti n'avait pas bougé.

Ils n'étaient pas très loin de la maison, un kilomètre à tout casser, et par fierté il n'avait pas suivi l'enfant. Il avait coupé le sapin qu'il jugeait le plus approprié et non celui qu'Elina avait rageusement exigé, puis il avait skié vers la maison.

— Je croyais qu'elle rentrerait avant moi, avait-il répété quand il s'avisa qu'elle n'était pas là et qu'on ne la trouvait nulle part.

Toute la nuit il l'avait cherchée et toute la nuit Siri avait veillé, marchant de long en large dans la maison, regardant de temps à autre par la fenêtre, entre les arbres, et quand Pentti était enfin revenu, à l'aube, elle devait s'être assoupie dans le fauteuil, car elle n'avait pas tout de suite compris où elle était, puis, quand elle avait vu le petit paquet dans ses bras, elle avait été si sûre que l'enfant était déjà morte qu'elle avait eu du mal à écouter son mari, ne comprenant pas pourquoi il s'obstinait à envelopper le corps sans vie dans des couvertures. Non, il lui avait fallu plusieurs minutes pour que son Elina lui revienne, pour comprendre qu'elle était encore en vie. En sévère hypothermie, mais bel et bien vivante.

Ce fut un Noël en demi-teinte. Le lendemain, Pentti était retourné dans la forêt pour abattre l'immense sapin qui avait provoqué la dispute, qui était la cause de la disparition d'Elina et, même s'il touchait le plafond et occupait la moitié du séjour, c'est cet arbre qu'ils avaient décoré d'anges en pâte à sucre et de pepparkakor. Parce que Elina était malade. Elle était déjà enrhumée depuis longtemps et la nuit dans les bois n'avait pas amélioré son état. Le matin du 24 décembre, elle toussait si fort qu'elle avait vomi son riz au lait.

Le soir de la Saint-Sylvestre, Pentti était allé quérir le médecin, qui avait diagnostiqué une pneumonie. Il n'y avait plus qu'à prier et espérer qu'elle guérirait. Ce qui n'arriva pas, et l'après-midi du 1er janvier 1952 la maladie l'avait emportée. Elle avait toussé, toussé jusqu'à ce qu'elle ne tousse plus. Esko venait de naître, il n'avait que quelques mois, mais son désarroi était immense, il ne trouvait pas le sommeil, non qu'il sût ce qui s'était passé, mais il devait sentir quelque chose, car il était inconsolable. Riiko non plus n'était pas en âge de comprendre.

Ils l'avaient déposée dans la remise où il faisait froid. Elle y était restée jusqu'à ce qu'ils puissent l'enterrer. Jusqu'à ce que le sol dégèle. Mais s'il y avait du bois ou autre chose à aller chercher dans le bâtiment, Pentti s'en chargeait. Siri, elle, n'y mettait pas les pieds.

Avec le recul, Siri se rendait compte que Pentti était celui qui avait le plus pleuré la fillette. Pas elle, comme elle l'avait toujours cru. Non, c'est comme s'ils avaient perdu un enfant chacun.

Quelque part dans ce présent lointain que constituait la pièce où ils se trouvaient, la conversation avait dégénéré. Esko et Voitto en étaient venus aux mains. Les autres tâchaient de les séparer, sans succès. Siri regardait Voitto qui, à califourchon sur son grand frère, lui boxait le visage tandis que Lauri et Tatu essayaient de le tirer en arrière. Mais Voitto était fort et déterminé. On appela la police et Sotilainen dut à nouveau voler au secours de la famille Toimi.

*

On ne dut coffrer personne, la dispute était finie jusqu'à nouvel ordre, mais Sotilainen s'offrit de déposer Voitto à Aapajärvi, proposition qu'il n'avait pas le droit de décliner. Valo, qui avait pris le parti de Voitto, exigea de l'accompagner. Et qui pouvait s'y opposer ? Il était quasiment majeur, libre de faire ce que bon lui semblait. Helmi sortit de la pièce comme une furie et Annie eut une terrible sensation, l'impression qu'elles se parlaient pour la dernière fois. Puis elle se dit que c'était peut-être à cause de la mort de Pentti qu'elle était à fleur de peau.

Tatu raccompagna Annie, Lauri et Siri ; Hirvo se dirigea avec Esko vers le chantier.

Dans la voiture personne ne parlait. Annie pensait à leur père – sans doute aurait-il été satisfait de voir que sa lettre, son testament, avait eu *exactement* l'effet escompté.

Le crime d'un enfant de onze ans

Il est vraiment arrivé quelque chose. C'est de plus en plus manifeste pour certaines personnes impliquées. Un feu est un phénomène puissant qui exerce une grande influence sur l'entourage. De quelque feu qu'il s'agisse.

Quelque chose ne tournait pas rond. Annie le savait. La sensation était là, impossible à ignorer. Ils avaient été débordés, comme on dit, depuis qu'ils étaient rentrés après cette lecture de testament assez particulière. Annie n'eut pas le temps de s'y attarder, mais juste sous l'épiderme sa conscience était à l'affût, comme une démangeaison, rappelant qu'il y avait un hic.

La sensation familière du roi-de-rats rassemblé, cette sensation qui devait exister, avait disparu, on aurait plutôt dit que les enfants Toimi couraient comme des poules affolées. Ils ne voulaient pas avoir affaire les uns avec les autres, voilà leur seul point commun.

À l'exception d'Annie. Elle avait à nouveau tenté de parler à Arto, ce qui n'avait pas été une mince affaire. N'oublions pas qu'il n'était qu'un enfant, plutôt jeune qui plus est, et que les jeunes enfants peuvent dire à peu près n'importe quoi si on les y pousse, et même si on ne les y pousse pas, pour la bonne raison que ce sont des enfants.

Arto avait fini par admettre qu'il avait entendu quelqu'un qu'il croyait être Valo parler avec quelqu'un qu'il croyait être Hirvo, mais il n'en était pas sûr. Il avait ajouté un peu plus tard qu'ils devaient sans doute parler de Voitto.

— Ils parlaient des chaussures de Valo.

— De ses chaussures ?

Arto acquiesça.

— Elles étaient pleines de neige.

— Pleines de neige ? Tu es sûr ?

Arto haussa les épaules, ça suffisait comme ça, et Annie n'arriva pas à lui soutirer davantage d'informations. Elle songea qu'elle devait en discuter avec Valo pour tirer ça au clair. Mais parler à Valo n'était pas chose facile. Il était soudain très occupé, injoignable. Quelqu'un, Lahja peut-être, expliqua qu'il aidait Esko au chantier.

— Mon cul, oui ! répondit Tatu. Ce rat ne se fait aider par personne.

Les mots restèrent là, en suspens dans l'air torride et frémissant de l'après-midi.

*

Allumer un feu est un acte sensible : plusieurs sens doivent être en éveil pour que ça brûle.

La vue, pour apercevoir le vacillement de la flamme, l'ouïe, pour reconnaître le crépitement, l'odorat, pour identifier l'émanation familière et enfin, surtout, il faut un je ne sais quoi supplémentaire, impossible à usurper si on ne le possède pas. Car il y a dans ce processus quelque chose d'indéfinissable, certains parleraient d'intervention divine ou spirituelle.

Il faut posséder une qualité permettant de reconnaître le feu, de savoir quand il est sur le point de prendre ou, au contraire, de mourir. Cette expérience s'acquiert avec de l'entraînement et de la passion.

Les hommes qui découvrirent le feu se sentaient déjà invincibles, et aujourd'hui rien n'a changé : c'est toujours aussi grisant d'avoir entre ses mains le pouvoir des flammes. Certains individus de notre monde se sentent intimement liés au feu, plus exactement ils se sentent appelés à perpétuer l'élégante tradition de la maîtrise de cet élément. Ils se heurtent à l'incompréhension du reste de la société. On les considère souvent comme des individus dérangés, on les affuble d'épithètes insultantes, pyromane, incendiaire, etc., pour renforcer le fossé entre eux et nous.

Les amis des flammes, eux s'en moquent. Ils font fi des regards de la société qui les réprouve, car le désir de mettre le feu est plus fort que la peur d'être exclu ou jugé pour ses actes.

Même si la criminalité dans une société baisse avec l'amélioration des conditions de vie ou l'augmentation de la présence policière, le nombre d'incendies volontaires ne baisse pas. Ce chiffre n'est influencé ni par le bien-être ni par la répression, il est lié à quelque chose de totalement différent, à une sorte d'appel intérieur. Quand le feu nous convoque, on se doit de répondre.

Enflammer un édifice en bois est plus difficile qu'il n'y paraît. Surtout au beau milieu d'un hiver glacial, mais parfois aussi en automne, au printemps, voire en été. Si de surcroît on veut, pour une raison ou pour une autre – l'escroquerie à l'assurance, par exemple –, faire croire que le feu a pris d'une certaine manière, il faut une minutieuse préparation.

La température du point de départ d'un incendie sera toujours plus élevée que le reste du bâtiment brûlé. Si on veut faire croire qu'une personne a succombé parce qu'elle a fumé dans son lit, il faut allumer le feu non loin du lit. Difficile de dire combien de temps il faut l'alimenter, mais, pour que l'incendie paraisse accidentel, il faut lui laisser du temps.

*

Allongée sur le canapé, Annie sentait son ventre se contracter comme il le faisait de plus en plus souvent. Il devenait dur comme une pierre et l'enfant cessait de bouger. Les contractions étaient brèves et survenaient presque toujours pendant la journée. Elles étaient indolores et, lorsque son ventre se détendait, l'enfant recommençait à bouger, visiblement indifférent aux mouvements de son utérus.

Dehors, elle entendit une voiture approcher. Annie était seule à la maison, les autres étaient allés se baigner et Siri était partie faire des courses à vélo.

Par la fenêtre, Annie vit une Volvo bleue s'arrêter. Il en sortit un homme qu'Annie n'avait rencontré qu'une fois, le soir où ils avaient enterré Pentti. Elle l'avait salué, rien de plus.

Il s'arrêta devant la maison et lui sourit.

— Tu te souviens de moi ? Je suis Mika.

Sa voix douce et mélodieuse avait une inflexion particulière, la trace d'un accent, peut-être. Annie opina.

— Elle est partie au magasin.

Mika sembla se contenter de la réponse. Il s'assit sur une marche pour, de toute évidence, attendre Siri. Annie ne savait que faire. Elle resta debout en haut du perron. Puis elle dit :

— Pardon de demander ça, mais comment connais-tu ma mère ?

Il eut l'air perdu.

— Quel genre de relation avez-vous ?

— Ah, elle ne t'a rien dit ?

Il sourit de nouveau.

— Ce n'est peut-être pas à moi de te l'annoncer.

— Annoncer quoi ?

Mika lui sourit, d'un air toujours aussi doux, tandis qu'il l'observait. Enfin, il se décida.

— Nous sommes fiancés.

*

Il se faufila sous le couvert de la nuit, conscient que le contenu de la poubelle devait brûler un bon moment pour que le point de départ du feu paraisse évident s'il y avait une enquête.

Parce qu'il y aurait une enquête.

À la faveur de l'heure tardive, il s'affairait, conscient que tout le monde ou presque dormait. Il attendit que le feu ait pris, puis il embrasa les coins.

Le feu était beau. Son corps, sa voix. Certains ne trouvent rien de plus sublime que le chant unique d'un feu qui prospère. C'est un alliage parfait de sons graves et aigus, un battement rythmique alternant avec un bruit de fanfare, provoqué par les nœuds dans les planches, il l'avait découvert lors de précédentes expériences. C'était formidable, comme si on entendait la *vie* bouillonner dans le bois.

Il n'avait jamais mis le feu à quelque chose d'aussi grand. Il n'avait jamais mis le feu de cette manière. Il était anxieux, mais il savait (*pensait ?*) qu'il était à la hauteur. Ils lui avaient dit qu'il y arriverait. Et qu'ils allaient lui expliquer exactement comment s'y prendre. Ils l'avaient aidé. Lui avaient enseigné une ou deux choses.

Notamment la question du point de départ du feu, un détail qu'il avait peut-être remarqué les fois où il avait allumé des feux dans la cour, mais auquel il n'avait jamais réfléchi.

On ne peut pas exiger que les enfants aient la science infuse. Il avait commencé à l'intérieur, il avait minutieusement aspergé d'essence les plinthes, ou les endroits où se seraient trouvées les plinthes si les finitions avaient été bien réalisées.

Quand il eut terminé à l'intérieur, il continua à l'extérieur du bâtiment. Puis il entra pour enflammer la poubelle, facile à embraser, comme prête à l'emploi, puisqu'il s'y trouvait toujours des torchons pleins d'huile.

Ensuite il attendit. Il entendait les flammes crépiter dans la poubelle, comme un bon feu flambant dans une cheminée ; quand les flammes dépassèrent les bords, il fit doucement le tour de la maison avec un bout de bois enflammé qui brûlait lentement, une parfaite petite torche ou une grosse allumette, et effleura les murs avec, prudemment. Aussi le feu gagna-t-il en vigueur et le garçon put avec satisfaction rentrer chez lui, ôter avec délicatesse ses chaussures pleines de neige, se faufiler dans l'escalier et se glisser à côté de ses frères et sœurs endormis.

On n'entendait rien de ce qui se passait dehors. Pas une trace de la flambée. Il faut dire que les fenêtres de la chambre donnaient de l'autre côté.

Il parvint même à trouver le sommeil, mais fut réveillé une demi-heure plus tard par l'un des autres enfants, il ne se rappelait plus lequel, qui hurlait : « Au feu ! Au feu, Herrajumala ! »

Tout le monde se réunit dans la cour en pyjama (en plein mois de janvier !) pour regarder le garage illuminer le ciel noir comme un feu de la Saint-Jean. Ça réchauffait bien aussi.

On appela les pompiers qui rappliquèrent, avec sirènes et gyrophares. Tout cela était très excitant et peu d'entre eux parvinrent à se rendormir cette nuit-là.

Comment cela avait-il pu arriver ? On parlait avec exaltation, des phrases courtes, saccadées, on haussait les épaules, on secouait la tête.

À travers les planches enflammées de la façade du garage, Valo vit quelque chose bouger. Sans doute la fumée d'un produit chimique en train de se consumer, tenta-t-il de se convaincre. Un pot de peinture qui avait pris feu ? Siri l'aperçut aussi et elle se précipita dans le garage avant que Pentti ou un pompier ne puisse l'arrêter. On entendit un craquement. Traversant la fumée et les flammes, la mère ressortit en traînant Tatu. Ses vêtements étaient carbonisés et il était inconscient. Valo sentit un pincement au creux du ventre qui passa dans son membre et ses testicules. Évidemment que ce pauvre diable était dedans ! Pourquoi n'avait-il pas vérifié ? Sa voiture était là, c'était pratiquement le garage de Tatu, son garage privé.

Les larmes de Siri, ses bras autour du corps inerte. Bien sûr, on transporta Tatu à l'hôpital. Mais est-ce vraiment normal d'avoir sa propre bagnole à quinze ans seulement, hein ? C'était une vieille Lada déglinguée, comme disait Pentti, qui ne valait pas un clou, mais Tatu semblait incapable de s'en débarrasser.

Valo ne comptait pas culpabiliser. Certes, c'était lui qui avait cramé ce foutu hangar, mais ce n'était pas son idée et il n'était pas seul. De toute façon, il n'y avait pas mort d'homme. La seule conséquence, c'est que cette vieille épave était partie en fumée, le bâtiment aussi, et avec un peu de chance on pourrait toucher l'argent de l'assurance.

Ce n'est pas des choses auxquelles pensait Valo du haut de ses onze ans, mais elles traversèrent d'autres esprits plus âgés ce soir-là, les dieux en furent témoins.

Non, Valo n'avait pas honte, il était même plutôt fier. C'était bien fait pour ce crâneur qui perdait son temps et accaparait le garage à jouer au mécanicien. Valo ne portait pas Rinne dans son cœur et, bien qu'il ne souhaitât pas sa mort, il trouvait tout de même qu'il l'avait un peu cherché. Tant pis pour lui.

Nul besoin de croire à l'astrologie pour penser (ou savoir) que les individus sont attirés par, ou liés à, différents éléments. Dans chaque personne, ou presque, un élément domine clairement. Ça peut s'arrêter là, mais ça peut aussi aller plus loin.

Arto, par exemple. Son élément était évidemment l'eau. Elle l'attirait tout en le terrifiant. L'eau le punissait et le consolait à la fois, pourrait-on dire. C'est pareil pour tout le monde. De la même manière, tous les enfants Toimi possédaient en eux un élément dominant. Leurs parents aussi.

Siri, c'était l'air, très nettement.

Pentti, le feu. La rage sacrée en lui, c'était le feu, assurément. Et sa mort !

Le feu était aussi l'élément de Valo. Ce n'était pas un garçon – ou un jeune homme, maintenant – expansif. Au contraire, il était plutôt taciturne. Il était attiré par le feu comme les phalènes par la lumière, et de même qu'il se sentait possédé par le feu, il voulait lui-même le posséder, le dompter. Il avait commencé à jouer avec des allumettes à l'âge de quatre ans et avait été à deux doigts de mettre le feu à la maison à l'époque, à la fin des années 1960. Il avait toujours fallu le surveiller d'un peu plus près que les autres, justement parce qu'il était si doux, si calme, pas comme certains enfants qui hurlent, réclament de l'attention, revendiquent leur place sur terre. Non, Valo, lui, ne se faisait pas remarquer, depuis tout petit. Il se lançait dans des projets, se laissait absorber par sa tâche et il n'y avait qu'à espérer que ce ne serait pas dangereux, que ça ne finirait pas par le tuer. Lui ou les gens autour de lui.

*

Annie prépara du café et en offrit au fiancé d'un certain âge. Ils s'installèrent à une extrémité de la grande table.

— C'est pour bientôt, on dirait.

Mika indiqua le ventre d'Annie d'un signe de la tête.

— Oui, ça approche.

— C'est le premier ?

Annie soupira. Elle contempla le chemin de table, posé comme un mur très bas entre eux. Elle pensait à cet autre mur, celui qui sépare les gens les uns des autres, le mur invisible à cause duquel on vit sa vie depuis un îlot, sans avoir accès à l'intériorité des autres. Elle ne connaissait pas sa propre mère. Ce bonhomme prétendait-il la connaître ? Au bout de combien de temps ?

— Je sais que tu veux juste être gentil. Tu es sans doute très gentil. Trop, peut-être.

Annie essaya d'imaginer sa mère avec cet homme. Si différent de… tout. Si différent de tout dans la vie de Siri. Si différent de Pentti, surtout.

— Mon père vient juste de mourir. Notre père. Et il y a quelques… incertitudes que nous devons tirer au clair. Je crois qu'il vaudrait mieux que tu te mettes un peu en retrait.

Mika buvait son café en silence. Il posa sur elle son regard bienveillant. Il n'eut pas sur elle un effet apaisant, au contraire, elle sentit à quel point cet homme l'agaçait. Elle ne voulait pas de sa compassion. Elle voulait que tout soit comme avant, se trouver à mille deux cents kilomètres d'ici et ne pas être obligée de prendre part à tout ce désastre.

— Je ne te connais pas et, même si tu dis que tu vas épouser ma mère, je trouve que tu devrais agir de manière appropriée et nous laisser faire notre deuil en paix.

Il se leva et poussa sa chaise. Il apporta sa tasse dans la cuisine et la posa dans l'évier. Il faisait comme chez lui. Du reste, il avait sans doute passé plus de temps ici qu'elle, se dit Annie.

— Oui, je comprends. Siri semblait tellement... indifférente, j'en ai oublié de penser à vous, les enfants, enfin... vous avez perdu votre père.

Il hocha la tête et se dirigea vers la porte. Sur le seuil, il fit volte-face.

— Quand ma femme est décédée, ma fille était très en colère. C'est tout à fait naturel. C'est une étape du deuil.

Mais pour qui se prenait-il ? Quel toupet ! Il était là, adossé à la porte, avec une réponse à tout ! Annie serra les poings. Ses ongles s'enfoncèrent dans ses paumes. Si je le regarde maintenant, je ne sais pas ce que je suis capable de faire.

Mika resta longtemps à la contempler, puis il sortit. Annie entendit sa voiture démarrer, s'éloigner, et le bruit du moteur qui s'estompait jusqu'à disparaître.

*

Lorsque la maison était partie en fumée, cinq ans plus tard, c'était l'été. Par une nuit claire et chaude.

Valo avait demandé à Voitto qui avait mis le feu cette fois-ci, mais ce dernier avait haussé les épaules et répondu que tous les incendies ne sont pas des complots. Il avait refusé d'aborder à nouveau le sujet. Valo avait essayé, mais il s'était heurté à un mur.

Voitto était une porte fermée. Valo trouvait que son frère avait changé. Ce n'était pas du tout ainsi qu'il se le rappelait. Il avait le souvenir qu'ils étaient toujours unis, contre le monde ou le reste de la famille. À présent, il se sentait seul. Il soupçonnait que ce n'était peut-être pas Voitto qui avait changé, mais lui-même.

Valo comprit vite qu'Annie était tourmentée par ce qui s'était passé, elle aussi. Qu'elle était hantée par cette sensation, la même que lui, pensait-il, une sensation que quelque chose clochait, allait légèrement de travers. Il le voyait sur elle. En réaction, il tenta d'accepter qu'il devait s'agir d'un accident, après tout. Qu'il se faisait des idées, et que si les événements le perturbaient tant c'était parce qu'il se souvenait de l'incendie du garage. Tous les incendies ne sont pas criminels. Ce pacte évident qu'ils avaient conclu à l'époque était rompu. Il ne savait pas quoi en penser, car personne ne le lui avait dit. Quoi qu'il en soit, former une alliance avec sa grande sœur ne l'intéressait pas le moins du monde. Elle qui se croyait supérieure à tout le monde ! Qu'est-ce qu'elle foutait en Suède ? dans la grande ville ? Pour qui se prenait-elle ?

Dans une fratrie se forgent toujours des alliances. Elles peuvent être temporaires, ou bien durables. Comme pour Lahja et Tarmo. Leur relation était si cimentée qu'en comparaison les autres enfants ne ressemblaient pas vraiment à des frères et sœurs, plutôt à des sortes de cousins, des cousins éloignés, en périphérie.

Valo avait éprouvé de l'admiration pour tous ses frères aînés, mais l'un après l'autre ils l'avaient déçu en ne se conformant pas à l'image qu'il se faisait d'un homme.

À onze ans, l'année de l'incendie du garage, un seul de ses frères n'était pas tombé en disgrâce à ses yeux. Voitto.

Voitto ne vivait pas à la maison à l'époque, il se trouvait dans un lieu secret (secret pour Valo en tout cas, ce qui voulait peut-être dire inconnu) pour finaliser son entraînement des forces spéciales.

Le fait que Voitto soit le seul de la famille à vouloir embrasser la carrière militaire impressionnait Valo.

À l'instar de Voitto et de Pentti, Valo voulait défendre la mère patrie quand il aurait l'âge. Il considérait avec tristesse les imposantes guerres qui avaient fait rage pendant la jeunesse de leur père et se demandait s'il vivrait quelque chose d'aussi grandiose au cours de sa vie.

Les autres frères, des demi-hommes, ne s'intéressaient qu'à eux-mêmes et leurs petites affaires, d'ailleurs certains d'entre eux n'étaient même pas des demi-hommes. Valo ne parvenait pas à aller au bout de ses pensées, mais leurs penchants avaient quelque chose de profondément dérangeant. Leurs désirs étaient malsains.

Le frère qu'il haïssait le plus était Rinne. Lui aussi était un fils du feu, animé par une flamme ardente, mais il était l'exact opposé de Valo. Tatu n'avait jamais prêté attention à son apparence, par exemple.

Valo était un bel enfant.

Il faut le dire, objectivement, la plupart des nourrissons sont laids comme des poux. Pas Valo.

Il était venu au monde parachevé, un vrai petit ange. On le lui répétait depuis son plus jeune âge et peut-être que cela entra en jeu lorsqu'il commença à se contempler dans le miroir : il pouvait y rester des heures – mais il aurait peut-être agi de la même manière si son entourage ne lui avait pas fait remarquer sa beauté. Il imaginait déjà toutes les filles et les femmes qui l'admireraient, l'aimeraient, tous les garçons et les hommes qui voudraient lui ressembler.

Et honnêtement, la puberté peut frapper durement même les enfants les plus ravissants, mais pas Valo. Il gardait de l'argent dans une boîte en métal qu'il cachait derrière une planche détachable près de son lit, ça faisait un bon bout de temps qu'il économisait pour se faire opérer.

Pour Valo il ne suffisait pas d'être beau comme il était, il voulait devenir plus beau encore, le plus beau. Il se disait que cette sensation – se regarder dans une glace sans vouloir rien changer –, il ne l'éprouverait que quand il se serait occupé de son physique, quand il l'aurait arrangé. Il était encore trop jeune pour comprendre qu'il faudrait un autre type de travail que le bistouri pour supporter son reflet. Certains ne comprennent jamais que l'apparence importe peu, qu'elle est dans l'œil de celui qui regarde et dans le comportement. Cette information avait échappé à Valo. Il avait passé tant d'heures à se mirer qu'il savait exactement ce qu'il devait modifier et dans quel ordre.

Les oreilles en premier, sans aucun doute. C'était la seule chose vraiment gênante. Il s'était laissé pousser les cheveux pour couvrir ses grandes esgourdes, mais ce n'était pas une solution pérenne. Il avait les cheveux fins, pas comme Lauri avec son épaisse crinière ondoyante. Les cheveux de Valo ne pourraient jamais cacher tout à fait des oreilles décollées.

Après, ce serait au tour du nez. S'il en avait les moyens. Il avait hérité du nez de Pentti. Et même s'il n'était pas hideux aujourd'hui, le garçon savait que le nez et les oreilles poussent toute la vie et il ne comptait pas attendre de devenir complètement difforme. Il comptait s'approprier son apparence. La modeler selon son désir.

Certaines personnes sont fascinées par la beauté au point que rien d'autre ne compte, n'importe.

Elles pensent qu'il leur suffit de devenir plus belles, les plus belles, pour être plus heureuses, avoir plus de pouvoir, d'amis, plus de tout.

Valo n'était pas, à l'inverse de ce qu'on pourrait croire, populaire auprès des femmes.

Il aurait dû l'être, ou aurait pu l'être, du moins, mais ce n'était pas le cas.

Quelque chose, en lui ou qui lui faisait défaut, les maintenait à distance.

Au début, quand il arrivait quelque part, à Kuivaniemi par exemple, une ribambelle de filles frappait à la porte sous différents raisons ou prétextes pour souhaiter la bienvenue à la famille Toimi. À présent, au bout de plusieurs mois, l'attrait de la nouveauté avait disparu et personne ne semblait plus voir ni remarquer le charme de Valo.

Il embarquerait l'an prochain ; d'ici là, il aurait recours à la chirurgie plastique pour ses oreilles. Invoquant une souffrance psychique, il avait fait une demande de prise en charge, laquelle avait été rejetée, car ses oreilles, objectivement, n'étaient pas assez décollées. C'était l'avis du médecin, on ne pouvait pas le contester, mais qu'en savait-il, cet imbécile ? Aussi Valo paierait-il de sa poche. Après, il embrasserait la carrière militaire et ferait fortune (c'est ce qu'il croyait) et après, il pourrait se faire opérer de tout ce qu'il voulait, et après, il reviendrait chez lui et tout le monde serait impressionné, et après… eh bien, il n'avait pas tout le plan en tête, mais il se trouverait tôt ou tard une femme, et si elle voulait des enfants il lui en donnerait, il deviendrait un bon père de famille qui saurait subvenir aux besoins des siens.

*

Valo se fourrait le doigt dans l'œil s'il pensait pouvoir échapper à Annie.

Elle cherchait à lui parler de ce qu'Arto lui avait dit avoir entendu : l'histoire de ses chaussures mouillées, le soir de l'incendie du garage. Valo comptait tout faire pour se soustraire à un face-à-face. Il espérait que le problème finirait par disparaître s'il ignorait sa sœur suffisamment longtemps.

C'était voué à l'échec, il le savait au fond de lui, ce qui ne l'empêchait pas d'essayer. Il savait que, s'ils commençaient à discuter, il ne serait pas seulement question de l'incendie du garage en 1976, mais de *tous* les incendies, et il n'avait pas envie d'aborder le dernier d'entre eux. Il ne voulait vraiment pas penser à ce qu'il avait vu lorsqu'il avait fait le tour des décombres carbonisés quelques jours après le sinistre.

Ça ne pouvait pas avoir été causé par une cigarette.

C'était étrange, songeait Valo, qu'il ait remarqué des détails qui avaient échappé aux policiers, mais ces derniers ne devaient pas être experts du feu comme lui l'était. Grâce à de nombreuses années de bons et loyaux services.

L'idée de la cigarette, par exemple. *Primo*, il faut que la personne en question soit fumeuse. *Secundo*, l'endroit où le feu s'est déclaré aurait été brûlé en profondeur parce qu'une cigarette se consume longuement et à une faible intensité, à l'instar du bois humide ou des chaumes.

Or, la maison de leurs parents avait flambé de manière régulière, sans foyer évident, ce qui aurait dû susciter l'interrogation des policiers.

Certes. Une enquête, ça coûte bonbon. Valo le comprenait bien, ça nécessiterait que ce gros lard de flic mouille sa chemise, pour une fois.

Pentti n'était pas apprécié des gens du coin. Pas étonnant, puisque même sa famille ne l'aimait pas. Il n'était pas aimé. Respecté, peut-être. Craint, sûrement.

Bon débarras semblait être la réaction consensuelle. (Et aboule le fric !)

Valo, lui, souffrait de son absence, ou plutôt, il souffrait de n'avoir personne pour lui dicter sa conduite et ses opinions.

Il regrettait d'avoir déménagé à Kuivaniemi. Si seulement il avait été un peu courageux quand les autres étaient partis, il aurait osé dire qu'il souhaitait peut-être rester à Aapajärvi. N'est-ce pas ce qu'il aurait voulu ? Pas que Valo *aimât* Pentti, mais il avait besoin de lui. Maintenant que plus personne ne lui disait quoi penser, il se sentait étrangement triste et perdu. Il songeait, imaginait que ce sentiment, c'était peut-être ce qu'on appelle le chagrin.

*

Annie savait qu'elle réussirait à lui tirer les vers du nez. Cela prendrait peut-être un peu de temps, mais il finirait par cracher le morceau. Valo ne pouvait pas lui mentir, pas sur le long terme. Il essayait, il se dérobait. Avait toujours des choses à faire, s'était mis à aider Esko au chantier tous les jours et revenait tard, quand Annie était déjà endormie.

Elle avait toutefois fini par le coincer. Un matin elle s'était réveillée tôt, avant son départ, et l'avait trouvé dans la cuisine, la brique de lait dans une main, les clés de voiture dans l'autre. À contrecœur il l'avait suivie sur le perron.

Le soleil s'était déjà levé, le ciel était un peu brumeux, comme souvent les matins d'été à Kuivaniemi, à cause de la proximité avec le golfe de Botnie, situé non loin côté ouest. Annie frissonnait dans sa chemise de nuit légère, mais elle savait que dans quelques heures seulement les températures grimperaient, et l'air tremblerait à nouveau avec cette retenue caractéristique des jours où le sol se réchauffe.

Il avait fait si chaud depuis leur arrivée ! Ses pieds, qui s'étaient reposés pendant la nuit, entamaient de nouveau la trajectoire à l'issue de laquelle ils auraient doublé de volume, comme ils le faisaient ces temps-ci. Ils gonflaient tous les jours, tantôt avant midi, d'autres fois, si elle avait la chance qu'il ne fasse pas trop chaud, ou si elle ne se déplaçait pas trop, dans l'après-midi. L'unique remède pour calmer un brin les picotements de sa peau était de faire rouler ses pieds sur des bouteilles réfrigérées, de vieilles bouteilles de jus d'orange qu'elle avait préalablement passées au congélateur.

Annie était assise sur une marche, tournée vers son frère. Il la fixait, bon gré mal gré. Elle voyait bien à son regard que quelque chose n'allait pas, qu'il n'avait pas tout dit. Elle ne pensait pas qu'il soit coupable de l'incendie, mais il était au courant de quelque chose, assurément.

— Valo, tu sais, le garage... personne ne t'accuse. C'était il y a si longtemps.

Il avait eu l'air apeuré.

— Qu'est-ce qu'on t'a dit ? demanda-t-il.

L'une de ses jambes tremblait. Il tentait d'en faire abstraction, de changer de position. En vain. Annie ne répondit pas. Elle poursuivit comme si de rien n'était, sans le quitter des yeux.

— Valo, tu n'étais qu'un enfant, à l'époque.

Elle tendit le bras et lui caressa les cheveux. Elle lui glissa une mèche derrière l'oreille et il rectifia sa coiffure d'un geste automatique.

— Valo, personne ne te blâme.

Sa voix était douce comme des bras ouverts, accueillants. Elle espérait qu'il lui suffirait de rester là à proposer du réconfort pour qu'il finisse par se laisser convaincre et qu'il lui dise ce qu'elle voulait entendre – la vérité.

— Mais Valo, tout le monde le sait. Tout le monde sait qui a mis le feu au garage. Et bientôt, tout le monde saura qui a mis le feu à la maison. Tout le monde l'apprendra.

Valo réagit enfin.

— Ce n'est pas moi !

Elle vit la peur dans les yeux de son frère. À nouveau, elle approcha la main, effleura son épaule cette fois.

— Je ne le crois pas. Personne ne le croit.

Annie lui serra l'épaule. Il semblait si petit. Elle pensa à l'été où elle l'avait porté partout où il souhaitait aller. Il devait avoir trois ou quatre ans, il avait la varicelle, et pas seulement quelques boutons, non, son corps entier en était couvert, chaque millimètre carré de sa peau. C'était le plus douloureux sous les pieds, il ne pouvait pas marcher, il avait trop mal. Annie l'avait porté. Lui avait rappelé de ne pas se gratter pour échapper aux cicatrices. Ça avait eu de l'effet. Il ne voulait pas de marques, tout petit déjà c'était important pour lui d'être beau, d'avoir la peau lisse.

Elle se souvint comme ils étaient proches, cet été-là, comme il se détendait quand quelqu'un lui accordait toute son attention, rien qu'à lui, pour une fois. Dès que les boutons étaient partis, elle avait cessé de le porter, il n'y avait plus de raison de le faire. Le lien avait été rompu, coupé.

Elle reprit la parole, la voix toujours douce, douce comme une caresse.

— Mais quelqu'un a bien allumé le feu, non ? Et tu sais qui c'est, Valo.

*

Valo ne répondit pas. Ses pensées tournoyaient dans sa tête.

Complice. Incendiaire.

Valo ne s'était jamais senti chez lui dans sa famille. Il avait toujours eu l'impression d'être à côté, de les observer depuis l'extérieur, de voir ce que les autres voyaient quand ils regardaient les Toimi. Il les trouvait si sales. Lui se sentait distingué. Il avait réussi à s'en convaincre. Si brave et bon et propre, mais la vérité c'est qu'il n'était lui aussi qu'un gosse de péquenauds, un gamin crasseux, comme tous les autres. Il fallait l'accepter. Dans ses veines coulait le même sang de cinglé que dans les leurs, et il portait la même responsabilité que les autres dans les événements de janvier 1976, peut-être même plus étant donné que c'était lui, personnellement, qui avait tenu les allumettes. Le fait qu'on l'ait poussé ou influencé, profitant de son jeune âge, n'était pas une excuse.

Complice. Incendiaire.

Quand Annie reprit la parole, sa voix était toujours aussi douce, comme pour lui dire qu'il n'y avait rien à craindre, que personne ne se fâcherait, tant qu'il raconterait la vérité.

— Tu dois comprendre que j'ai du mal à te croire, connaissant ton histoire d'amour avec le feu. Et sachant que tes chaussures étaient couvertes de neige cette nuit-là. Cette fois-là.

Complice. Incendiaire.

— D'accord, je l'avoue, c'est moi qui ai mis le feu au garage cette fois-là !

Les mots s'écoulaient de sa bouche, impossibles à arrêter.

— Mais ce n'était pas mon idée, c'est Pentti qui m'a envoyé. Voitto et lui parlaient de ce vieux taudis, c'était à Noël, Voitto était en permission, ils disaient qu'on pourrait toucher quelques sous si ça cramait.

C'était la première fois que Valo assumait sa part de responsabilité. Il avait toujours laissé croire que Pentti avait provoqué l'incendie, qu'il avait vu, ou entendu, son père par hasard. Même s'il lui avait traversé l'esprit que des soupçons avaient pesé sur lui, quoique non formulés.

— Pentti disait qu'on pouvait bien se passer de cette foutue bagnole.

Les larmes coulaient le long de ses joues. Étonné, il les essuya du revers de la main. Il leva les yeux sur sa sœur.

— Annie, j'ai arrêté avec le feu. Et je n'aurais jamais, jamais, pu faire ça.

Si seulement son père avait été là. Il aurait pris sa défense. Au sujet du garage en tout cas. Il était seul à présent. Sa sœur était assise à côté de lui, le bras autour de ses épaules, mais Valo était rentré en lui-même, s'était éloigné.

— Je te crois, petit frère. Pourtant, tu sais aussi bien que moi que quelqu'un l'a fait. N'est-ce pas ?

Il hocha la tête. Il ne la regarda pas, mais il hocha la tête.

*

Annie observa son frère.

Une vague de tendresse déferla sur elle.

Elle le croyait. Il n'était pas impliqué cette fois-là.

Elle croyait qu'il lui avait dit ce qu'il savait, même si elle ne pouvait pas en être sûre. Il était si influençable. Surtout quand il admirait quelqu'un. Peut-être que Voitto avait dit quelque chose qui avait donné envie à Valo de l'impressionner ? Ou avaient-ils monté le coup ensemble ? Annie avait pitié du garçon de onze ans qu'il était, qu'on avait poussé à incendier le garage. Et qui n'avait pas osé en parler pendant toutes ces années. C'était un secret lourd à porter. Ne semblait-il pas un peu soulagé ?

Finalement, Annie avait dû aller aux toilettes. À son retour, Valo et la voiture avaient disparu. Annie ne pouvait pas espérer une aide de sa part, elle le savait. Mais le seul fait qu'ils aient eu cette conversation avait renforcé ses doutes. Il y avait quelque chose de louche. Elle devait découvrir quoi. Elle s'était décidée, elle irait voir la police.

Le plus souvent, on ne veut pas penser du mal d'autrui, surtout dans son entourage, sa famille proche. Il n'en demeure pas moins que des choses terribles et affligeantes se passent partout, même de nos jours, figurez-vous. Et le coupable est toujours le fils ou la fille de quelqu'un, le frère ou la sœur de quelqu'un, la mère, le père ou le fiancé de quelqu'un.

Dès qu'on a entrouvert la porte et jeté un coup d'œil là-dedans, dans le soupçon, la suspicion, il arrive fréquemment que les pensées se mettent à tourbillonner. Une fois lancées, elles sont quasiment impossibles à arrêter.

Dans l'imagination, il peut se passer n'importe quoi.

*

Dans l'imagination, il peut se passer n'importe quoi.

Sotilainen éclata de rire, comme si c'était la chose la plus amusante qu'il ait jamais entendue.

Il se tapa les genoux. Annie attendait, assise de l'autre côté de son bureau, les mains en prière. Elle était parfaitement immobile. Le bébé dans son ventre aussi.

On aurait dit que lui aussi attendait, retenait sa respiration.

Son accès d'hilarité se termina en quinte de toux et la réceptionniste passa la tête pour voir si tout allait bien. Il lui fit signe de partir. Son ventre ballottait. Sa toux se changea en gloussement, il s'essuya les coins des yeux et soupira, satisfait.

— Alors, si j'ai bien compris, tu veux qu'on rouvre notre enquête ?

Annie acquiesça.

— Je sens qu'elle n'a pas été menée de manière assez approfondie.

Sotilainen devint grave. Il se pencha vers elle.

— Écoute-moi bien, ma petite demoiselle.

Il pointa vers elle son index gras, si elle s'était trouvée plus près de lui elle était sûre qu'il l'aurait touchée. Elle était heureuse que la table les sépare, elle ne voulait pas savoir ce que ça faisait de sentir le doigt de cet homme contre son épaule ou sa poitrine ou peu importe où il atterrirait. On aurait dit un saucisson. D'ailleurs, l'homme sentait la saucisse. Peut-être qu'il avait des saucisses planquées dans le bureau. En cas de petit creux.

— Tu crois que tu peux débarquer de Stockholm comme une fleur, et m'expliquer comment faire mon travail ?

Il postillonnait et la fixait de ses yeux renfoncés.

— *Voi helvetti !* Et puis quoi encore ? Cette affaire est classée. Nous n'avons pas assez de ressources pour rouvrir toutes les enquêtes que les gens nous apportent. Non, ce qui est fait est fait.

Sotilainen se mit à fouiller dans ses papiers. Apparemment calmé. Il leva les yeux et sa voix était maîtrisée. Il articula distinctement chaque mot, pour qu'elle ne rate pas une miette de son discours.

— Annie Toimi. Je suis navré que ton père nous ait quittés. Toutes mes condoléances. Mais il va falloir trouver une autre façon de surmonter ta perte.

Il secoua la tête.

— Je vais te demander de partir, je dois travailler.

Sur ce, il se replongea dans ses piles de papiers et fit comme si elle avait quitté la pièce.

Elle ne pouvait rien faire de plus. La rage bouillonnait en elle, elle était en colère contre elle-même parce qu'elle avait oublié à qui elle s'adressait. Et qui elle était. Une femme ne pouvait jamais faire appel à un policier (pas ici ; nulle part ?) en insinuant ou, comme elle l'avait fait, en *affirmant* qu'il ne faisait pas son travail. Maintenant qu'elle l'avait agacé, il ne l'écouterait plus.

Devant le commissariat, elle s'assit sur un banc et contempla la ville. Il n'y avait presque personne, une voiture solitaire passa, et un adolescent au dos voûté avec un jean trop chaud pour la saison. Le bébé ne bougeait toujours pas. Elle lui donna un petit coup et il lui en décocha un prudent. Comme si le fœtus aussi voulait qu'elle se calme. Le patriarcat qui s'impose, déjà dans l'utérus. Annie soupira. Autant rentrer. Il lui fallait trouver une autre solution.

*

Annie n'eut pas besoin de réfléchir longtemps à son prochain coup.

Une fois les calculs faits, et les frais d'obsèques couverts, on l'avait mise devant le fait accompli. Il était question de l'argent dont elle devait hériter. Il n'y avait pas grand-chose à en dire. En revanche, les choses étaient un peu plus nébuleuses s'agissant des droits de propriété d'Aapajärvi. Pentti avait cédé sa part à Esko, les documents avaient été signés en avril. Or il n'y avait aucune trace de la reconnaissance de dette mentionnant qu'Esko devait remettre à son père quelque somme d'argent que ce soit. Un incendie n'est pas sans conséquences.

La valeur vénale du bien s'élevait à deux cent cinquante mille marks, une somme qui aurait permis de faire pas mal de choses. Annie avait décidé de partager l'héritage avec ses frères et sœurs, officieusement, mais en l'état il ne restait pas un sou. Il n'y avait rien à partager.

La maison appartenait à Esko, et *basta*. Ce n'était pas très étonnant, tout indiquait qu'il allait en être ainsi, mais tout le monde avait espéré, attendu. On était au courant, mais on patientait, sans rien dire.

À présent, l'enfer s'était déchaîné.

Helmi était la plus virulente. Tatu aussi. Fauchés comme les blés. Leurs portefeuilles étaient de vraies passoires, depuis toujours, depuis leur plus jeune âge. Ils se trouvaient tous les deux chez Siri lorsque l'avocat avait téléphoné à Annie. Pourquoi il avait pris l'habitude de l'appeler, on ne le savait pas. Peut-être parce qu'elle était une des plus âgées. Ou parce qu'elle allait hériter du père. Au sujet de cette nouvelle information, appeler le grand frère n'avait aucun intérêt : il savait sans doute déjà qu'il était propriétaire de leur maison d'enfance.

Ou ce qu'il en restait. Les terres étaient à lui, et tout ce qu'il y avait dessus.

Helmi, Tatu et Lauri étaient assis sur le perron, renfrognés. Annie les entendait depuis l'intérieur de la maison. Ils s'étonnaient de l'audace de leur frère.

— Je ne comprends pas comment il a fait pour échafauder son plan ! s'écria Helmi.

Et Lauri de renchérir :

— Et pour le mener à bien !

Esko, l'homme qui ne prenait jamais d'initiative… Ça montre une fois de plus à quel point il était incompris.

— J'ai l'impression de ne pas le connaître, dit Tatu.

Helmi répéta plusieurs fois qu'il était le seul gagnant dans cette affaire, puisque Esko était le seul propriétaire de la ferme. Les autres enfants n'auraient pas un sou.

Ou plutôt si, quelques sous. Une fois les comptes du père arrêtés, il s'avéra qu'Annie allait recevoir la somme de cinq mille marks. Cinq mille, c'est tout ce qui restait d'une vie.

Cinq mille marks finlandais au début des années 1980 représentent à peu près huit mille couronnes suédoises. Vingt mille couronnes, si on tient compte de l'inflation. Un salaire mensuel moyen pour un agriculteur d'aujourd'hui. Pas une somme qui permet de construire une villa de luxe ou de faire le tour du monde, nul besoin d'être un matheux pour le comprendre. Or, pour ceux qui n'ont pas grand-chose, chaque couronne – chaque mark, en l'occurrence – compte.

Annie demanda à Tatu de lui prêter sa voiture; cette fois, elle refuserait qu'on la conduise. Elle était bien consciente de ce qui arriverait si un membre de sa fratrie l'accompagnait pour parler à Esko.

Elle ne dit pas où elle se rendait, mais elle percevait la froideur des autres et leurs accusations tacites. Pourquoi avait-il légué tout son argent à *Annie*? Quel rôle jouait-elle dans tout cela? Peu importait la raison, et peu importait qu'Annie ait proposé de leur céder tout l'héritage. Aux yeux de ses frères et sœurs, elle était du mauvais côté.

Le vent dans les cheveux, elle poussa la radio à fond. Elle trouvait du réconfort à rouler dans la Mercedes noire à l'odeur de fumée en écoutant les tubes de l'été grésillant et les voix enjouées des présentateurs qui se volaient dans les plumes.

Le temps d'un éclair, une respiration ou un clignement de paupières, elle parvenait à oublier qui elle était. Cette sensation était merveilleuse. Si seulement c'était toujours comme ça, songeait-elle. Je pourrais partir d'ici et ne jamais revenir.

Puis les obligations du quotidien déferlaient à nouveau sur elle.

Annie fut soulagée d'arriver enfin. Esko aussi, voyant qu'elle était seule.

— Tu as apporté la hache?

Il lui sourit, c'était une référence commune à Pentti qui, pour les faire obéir, menaçait de décapiter leur chien. (Ce qu'il ne fit pas. Le chien périt plusieurs années plus tard de sa belle mort, et ils n'en eurent jamais d'autre.)

Annie ne souriait pas. Les mains sur les hanches, elle attendait qu'Esko prenne la parole. Mais si son frère détenait des réponses, il ne comptait pas les partager avec elle. Il haussa les épaules en tripotant son mètre.

— Je ne sais pas pourquoi il a accepté. Pourquoi il m'a fait confiance. Il devait bien se douter de quelque chose, pourtant. Voir la haine qui m'animait. Comprendre que j'allais profiter de ses faiblesses.

Annie ne savait pas quoi dire.

— Les gens voient sans doute chez les autres ce qu'ils veulent y voir. Mais je ne suis pas ici pour parler de la manière dont tu lui as soutiré tout ce qu'il possédait. Je veux parler de l'incendie.

Esko ne semblait pas vouloir l'écouter. Il continua à radoter. Annie se trouvait dos à la vieille maison, ou à ce qui en restait, et Esko était en face, le visage inexpressif, le regard tourné vers le tréfonds de son âme.

— Le pire, c'est que je me suis senti bien, après. Pas seulement pour l'avoir entubé, pour avoir gagné contre lui. Mais pour vous avoir tous trompés.

Il lui décocha un sourire figé, si semblable à celui de Siri, ça faisait longtemps qu'elle n'y avait pas pensé. Longtemps qu'elle n'avait pas vu son frère sourire. C'était un sourire qui avait perdu son pouvoir de réconciliation. Un sourire dévalué.

— Vous n'avez jamais cru en moi. « Esko est un bon à rien. » Mais ça, je l'ai réussi. Je dois dire que j'ai eu un peu de chance. Je pensais la subtiliser, cette reconnaissance de dette. D'ailleurs, elle n'était pas certifiée, donc je ne sais pas si elle était valable, mais enfin.

Il haussa les épaules.

— Maintenant, je n'ai plus à m'en inquiéter.

— Esko, tu peux toujours nous donner notre part, c'est ce qui aurait été juste.

Il secoua la tête, éclata d'un rire proche d'un grognement. Son visage portait toujours les traces des poings de Voitto.

— C'est trop tard, Annie, je sais que tu ne le crois pas, mais c'est trop tard. Je vois bien comment ils me regardent. Ils ne me pardonneront jamais. Ils me tailleront en pièces si je montre la moindre faiblesse.

Elle secoua la tête.

— Ce sont tes frères et sœurs.

Il ricana, son rire était sec, tel un aboiement.

— Justement.

Il alluma une cigarette avec la braise de la précédente.

— De toute façon, je n'ai pas d'argent. Tout ce qu'on a épargné a servi pour le chantier. Et pour racheter la part de maman.

Il s'appuya contre la maison en construction.

— C'est assez incroyable, en fait. Il a réagi exactement comme je l'avais prévu. Tout ce que j'avais imaginé, il l'a fait. On le connaissait assez bien tout de même, notre vieux.

Il continua à raconter les choses à Annie. Sans la regarder. Elle eut l'impression qu'il avait oublié sa présence, absorbé qu'il était par son histoire.

Après que Siri eut demandé le divorce, il s'était arrangé pour être là quand le père avait besoin de lui. Il passait souvent à Aapajärvi. Préférait l'étable à la maison où se trouvait la mère. Pour lui faire croire qu'il avait choisi son camp, que lui, au moins, avait pris le parti de Pentti.

Leur père devait sentir qu'il pouvait compter sur Esko. Malgré la tempête. Esko ne retournait pas sa veste. On pouvait se fier à lui.

— J'ai continué à y aller, même après le déménagement de maman et des autres.

Quand le reste de la famille avait quitté la ferme, Esko avait débarqué avec ses valises ; il était allé dans l'autre sens, emménageant alors que les autres déménageaient. Il avait commencé à construire sa nouvelle maison, mais il demandait souvent conseil à son père et restait toujours un moment avec lui avant de partir. Puis il avait proposé de s'installer avec sa famille dans la vieille maison, puisqu'elle était désormais quasi vide. Seija pourrait faire la cuisine, le ménage, la vaisselle, et Pentti fut d'accord, oui, c'est vrai, l'idée n'était pas mauvaise.

— Le seul problème, c'est que Seija a refusé. Ou essayé de refuser. Elle a finalement dû céder.

Elle pouvait bien tenir quelques semaines si ça lui permettait d'obtenir ce dont ils rêvaient, ce à quoi ils aspiraient depuis si longtemps. Ils avaient passé quelques semaines dans la maison, jusqu'au jour où Seija, face à un Pentti qui rabrouait un de ses enfants, avait perdu patience et dit ses quatre vérités à son beau-père. Résultat, tandis qu'Esko coulait les fondations de la nouvelle maison, Seija pliait bagage. Elle avait mis son mari devant le fait accompli : elle et les enfants rentraient. Esko était resté. Annie se représenta la situation. C'était réconfortant de savoir que quelque part, partout en fait, il existait un monde où le comportement de son père n'était pas normal et où les gens se rebiffaient quand il dépassait les bornes.

En tout cas, Pentti avait observé Esko, l'avait testé et l'avait finalement trouvé à la hauteur.

— Je le sentais clairement... Il me mettait à l'épreuve, en quelque sorte, pour voir de quel côté je me situais.

L'histoire des petits-enfants et de Seija avait pesé dans la balance, le fait qu'Esko ait choisi de rester malgré le départ de sa famille avait suffi à Pentti, vaniteux comme il l'était. Peut-être avait-il compris ce qui se tramait, lui qui était un as du complot, mais même Pentti pouvait se sentir seul, et il n'était plus très jeune. Aussi, lentement mais sûrement, avait-il commencé à ouvrir son cœur à son aîné.

— J'avais presque pitié de lui. On aurait dit un vieillard, tout à coup.

Esko avait parfois douté, raconta-t-il. Ce qu'il faisait, était-ce vraiment juste ?

Mais il avait chassé ces pensées. S'était forcé à tout revivre. Pentti dans l'étable, toutes les fois, tous les mots, tout. Alors, il était plus facile de garder le cap.

— C'était ma force. Je pensais à tout le mal que cet homme avait fait.

Pentti aimait l'argent, lequel avait plus de valeur que les êtres humains à ses yeux. Esko le savait. Il lui avait présenté ses arguments : il pouvait toucher des aides sociales tous les mois s'il n'était pas propriétaire de son logement. C'était une simple formalité, il garderait toujours sa maison, ils s'occuperaient toujours de lui, il n'avait pas à s'inquiéter. Vint enfin le jour où Pentti transféra la propriété de sa moitié de la ferme à son fils aîné. C'est ce qu'Esko attendait – bientôt, le père entendrait un autre son de cloche.

Désormais, il se fichait bien de Pentti. Maintenant qu'il avait eu ce qu'il cherchait. Qu'il avait obtenu ce qu'il voulait.

— Je lui ai donné trois mois. Je lui ai dit que je pouvais l'aider à trouver un appartement à Rovaniemi. Puis je suis rentré chez moi. Et au même moment, comme par hasard, Voitto a débarqué. C'était au printemps dernier, en mai, peut-être ? Ou en avril ? Il ne lui restait pas beaucoup de temps. Avec ou sans maison.

Esko adressa à Annie un sourire figé et leva les mains au ciel comme pour signifier : qu'y a-t-il à dire, à faire, à penser ?

Elle regarda son frère. Il lui devenait de moins en moins familier à mesure que les minutes passaient. Il finirait par lui être tout à fait étranger.

Son frère était-il capable de tuer ? Lui qui était visiblement capable de bien des choses dont elle ne se serait pas doutée...

— Je suis obligée de te poser la question, tu comprends, non ?

Esko parut surpris d'entendre sa voix.

— Vas-y, demande. Ah, ça ? Non, je ne suis pas un incendiaire. Tu le sais au fond de toi, si tu y réfléchis. En revanche, je me sens coupable quand je pense que je l'ai peut-être poussé à le faire.

— À faire quoi ?

Esko s'esclaffa. Ses cheveux blonds voletèrent dans le vent.

— Mais enfin ! Cet homme ne s'est pas laissé surprendre une seule fois dans sa vie. Tu ne crois pas qu'il a planifié tout ça ?

— Tu veux dire qu'il s'est suicidé ?

Annie fronça les sourcils. Esko haussa les épaules.

— Ce que je dis, c'est : laisse tomber, Annie. Trouve une manière d'aller de l'avant au lieu de regarder en arrière. Prends l'argent et tire-toi. J'ai eu la chance que cette reconnaissance de dette brûle. Mais enfin, Annie, si on te rend trop de monnaie au magasin, tu ne vas pas réclamer, si ? Tu empoches l'argent et tu t'en vas.

C'était inutile. Elle essaya pourtant d'en appeler à la part de lui qui était liée aux autres par le sang. Le sang, l'hérédité, toutes les expériences communes.

— Mais pense aux autres. Nous sommes tout ce qui nous reste. Nous, tous les frères et sœurs.

Esko la regarda.

— Ne te fais pas d'illusions, ils ne te pardonneront pas non plus. Et si tu veux mener une enquête de ton côté, tu devrais peut-être t'intéresser au lien entre le retour de Voitto et l'incendie de la maison ?

Avant qu'Annie monte dans la voiture, Esko voulut partager avec elle une dernière réflexion.

— Je n'y ai pas pensé plus tôt, mais en un sens c'est peut-être le vieux qui sort gagnant de tout ça. Impressionnant, il faut le reconnaître.

*

Valo se trouvait dans la salle d'attente du médecin. Sur ses genoux, la boîte en métal rouillé. À l'intérieur, toutes ses économies.

Valo espérait que le médecin accepterait de l'aider bien qu'il n'ait pas assez d'argent. Ce n'était pas très plausible, il le savait, mais il pourrait peut-être payer une première partie maintenant et le reste à crédit, comme Pentti avait fait pour le nouveau tracteur.

Valo avait du mal à accepter l'idée que son père l'avait déshérité. Qu'il les avait *tous* déshérités. Ou presque. Il *comptait* sur cet argent, même s'il ne s'agissait que de quelques centaines de marks.

Le médecin esquissa un sourire compatissant de l'autre côté du bureau.

— Valo, ce sont des bêtises, dit-il d'une voix douce en repoussant la boîte sur la table.

Valo la fit à nouveau glisser vers le médecin et persévéra :

— Peut-être qu'on pourrait faire une oreille, au moins ?

Le médecin secoua la tête.

— Valo, même si en théorie on pourrait opérer une oreille, on ne fait pas comme ça habituellement. Par ailleurs, je ne pratique pas ce genre de chose.

— Pourtant, vous êtes médecin ?

— Oui, mais pas ce genre de médecin. Pour ça, il faut aller dans une ville plus grande, Kemi, voire Vaasa.

Valo secoua la tête. Quel imbécile ! Comment avait-il pu croire que tout allait s'arranger pour lui ?

Le médecin ouvrit un tiroir de son bureau et en sortit un miroir. Il le leva devant Valo qui aperçut son reflet.

— Regarde. Regarde ce jeune homme.

Valo s'observa dans la glace.

— Il est très bien.

Valo vit les larmes couler le long des joues du jeune homme dans le miroir.

— Tu es très bien comme tu es.

Valo s'empara de sa boîte et essuya ses larmes du revers de la main.

— Je ne vous remercie pas, alors, lâcha-t-il en partant.

Il s'assit sur un banc près d'un terminal de cars et mangea une crème glacée, il avait acheté l'une des plus grosses, qu'il avait payée avec les sous de sa boîte en métal. Quelle importance, à présent ? Il ne parviendrait jamais à épargner suffisamment en si peu de temps.

C'était une glace à la vanille avec, au centre, un motif au goût de fraise qui changeait chaque fois qu'il donnait un coup de langue.

La crème glacée était bonne et il faisait agréablement chaud. La boîte à côté de lui renfermait de l'argent. Il avait dix-huit ans. Il pouvait acheter ce qu'il voulait. Un billet, par exemple. Il pouvait partir. Il arriverait assez loin avec ses économies, presque mille deux cents marks.

Les cars passaient avec une régularité rassurante. Il suffisait de monter dans l'un d'eux. Partir vers l'ouest, en Suède ? Ou vers le sud, vers Turku, Helsinki ? Jusqu'où pouvait-il aller ?

Il fut frappé par l'idée que personne ne le chercherait. Il se demanda combien de temps passerait avant que quelqu'un remarque son absence. Quelques jours, peut-être. Ou plus.

C'était un homme libre. Il ne devait rien à personne. Il était libre de partir. Il goûta cette sensation. Il goûta le mot. Il goûta la glace.

Il n'était peut-être pas si grave que ça, son problème d'oreilles. Il pensa à Rinne, à son visage déformé. Ça ne l'empêchait pas de vivre. Peut-être que tout s'arrangerait pour Valo aussi. Il pouvait bannir les miroirs de sa maison. Éviter les vitrines. Il pouvait s'entourer de gens plus laids que lui. Ou de gens comme Rinne, pour qui l'apparence ne comptait pas.

C'était la première fois qu'il se sentait libre. La première fois qu'il était libre. Il avala le reste de la glace, mais jeta le cornet, il n'avait jamais aimé le goût de la gaufrette.

Il ferma les yeux, se laissa caresser par le soleil qui chauffait son visage comme un brasier. La lumière traversait ses paupières, colorant l'obscurité en orange. Valo eut envie de s'allonger sur une plage de sable. Et s'il partait à l'étranger ? Un endroit où s'allonger pour cuire au soleil ? Après tout, le soleil est un feu éternel qui brûle là-haut, sur la voûte céleste.

*

Annie monta dans la voiture et roula vers Kuivaniemi. Dans le rétroviseur, elle voyait Esko qui la regardait partir.

Elle soupira. En un sens, elle comprenait les motivations de son grand frère. Elle ne le défendait pas, mais elle le comprenait. Elle comprenait que ça ne lui servait à rien de regretter.

Annie savait qu'elle lui pardonnerait. Elle l'avait presque déjà fait. Il devrait plutôt s'inquiéter de la réaction de ses cadets. Enfin, s'inquiéter… il n'avait pas besoin de s'inquiéter. Il avait déjà montré qu'il se fichait d'eux et de leurs réactions, qu'il s'en foutait complètement.

C'est ce qui était le plus dur à comprendre pour Annie. Comment pouvait-il se moquer à ce point de ce qu'ils pensaient de lui ? Peut-être était-ce parce qu'il avait sa propre famille, que c'était la seule chose qui comptait, qui importait. À l'automne, ils pourraient emménager dans leur nouvelle maison.

Annie se demanda si elle ressentirait la même chose après la naissance d'Oscar. Si l'enfant et Alex deviendraient les choses les plus importantes de sa vie. Au point de rendre insignifiant le reste du monde.

À l'instant, c'était difficile de se l'imaginer.

Pourtant, à bien y réfléchir, au fond, qu'est-ce qui était vraiment important pour elle ? Qu'est-ce qui lui tenait à cœur ? Ses parents ? Ses frères et sœurs ? Qu'est-ce qui revêtait la plus grande importance dans sa vie ? Elle était là depuis près d'une semaine et elle avait appelé une fois chez elle pour parler à Alex, parce qu'elle s'y était sentie obligée. Elle s'efforçait de se représenter sa vie, son avenir, comme une longue ficelle, ou comme la route sur laquelle elle conduisait, une ligne droite vers l'inconnu, et elle avait beau essayer, elle ne voyait rien devant elle. Un grand néant sans nom.

Un prénom lourd de sens

Ce chapitre est l'avant-dernier du livre : Annie essaie de creuser pour faire la lumière sur ce qui s'est vraiment passé quand la maison a brûlé. Hit me baby one more time.

Nous faisons aussi la connaissance du dernier frère, fils, de la fratrie. Un personnage peu fréquentable.

Annie rentra chez elle. À Kuivaniemi. Chez elle, vraiment ? Rien n'est moins sûr. C'était néanmoins ce qui se rapprochait le plus d'une maison d'enfance. L'image de la bâtisse réduite en cendres, de ce vrai foyer qui fut le sien, ne la quittait pas, mais tout de même, chaque fois qu'elle s'en approchait en esprit, c'était moins douloureux.

Un jour, le présent sera du passé. Le présent sera du passé, et tout cela paraîtra si futile et lointain : cette pensée l'accompagnait, la tenait par la main, une pensée rassurante, consolante.

Sa maison d'enfance par intérim était pleine de monde. Ses frères, ses sœurs. Remplie. C'était un peu étrange parce qu'ils ne semblaient pas avoir envie d'être ensemble ou d'avoir besoin les uns des autres, pourtant ils étaient (presque) tous là, à se tourner autour comme des insectes prisonniers sur une trop petite surface, et ils n'avaient pas l'air de comprendre, à l'instar des insectes, qu'ils avaient en réalité le choix. Il suffisait de s'envoler par la fenêtre et disparaître vers l'avenir. L'avenir inhabité.

Avant, il y avait le père, une force étonnamment unifiante, un ennemi commun contre lequel se rallier, s'arc-bouter, mais maintenant qu'il n'était plus là, que restait-il ? Il avait, indépendamment des circonstances entourant sa mort, pris conscience que la vie n'était pas éternelle, et il avait fait des projets, c'était ça, à tous les coups.

Qu'est-ce qu'un héritage ? De quoi est constitué ce qu'on laisse derrière soi ? Des biens physiques. Du sang qu'on transmet et qui coule dans les veines des générations suivantes, toujours là, silencieux. Et après ? Il y a ce patrimoine qui fait qu'on élève des statues et des bibliothèques en votre honneur, qu'on donne votre nom à des rues. Ce capital qu'on amasse toute sa vie et qui est rassemblé après qu'on a quitté la vie terrestre. Qu'est-ce qui demeure ? Quelle est l'image qui reste après notre départ ? Une figure paternelle ou un simple baiseur de vaches ?

*

Voitto n'était pas comme les autres. Siri avait mis au monde assez d'enfants pour le savoir. Son nom signifie « profit ». C'est Pentti qui avait insisté pour le lui donner. D'habitude, il ne participait pas au choix du prénom, mais Voitto devait s'appeler « profit », point final. Personne dans la famille ne s'appelait ainsi, mais Pentti n'en démordait pas. Ce serait Voitto et ce fut Voitto. Pas d'explications.

Voitto était le fils de Pentti. Il suivait partout son papa, qui ne s'énervait pas comme avec les autres quand ils lui collaient aux basques, de sorte qu'ils arrêtaient vite. D'une certaine manière, les autres enfants étaient donc ceux de Siri, et Voitto celui de Pentti.

Ses premières années avaient peut-être imprimé leur marque et renforcé le côté sombre de Voitto.

Siri s'était maintes fois demandé si elle n'avait pas abdiqué trop vite. Le garçon avait-il été façonné par l'absence affective de la mère ? Il ne pouvait se tourner que vers un père dont les valeurs n'étaient peut-être pas exemplaires.

*

Voitto se rappelait la première fois qu'il avait tué un grand animal. C'est-à-dire une bête plus grande qu'un oiseau, qu'une grenouille ou qu'un rat.

Tous les enfants font sans doute à un moment donné des expériences avec la vie et la mort, avec des fourmis, des araignées, des escargots. Voitto avait treize ans, Lahja était encore bébé, elle avait presque douze mois, Tarmo deux ans, et il faudrait attendre six ans avant que l'avant-dernier enfant, Arto, vienne au monde. Un long intervalle dans cette fratrie où les naissances étaient généralement espacées de moins de trois ans. Mais l'amour, ou plutôt l'absence d'amour, avait des conséquences.

L'incident eut lieu une journée d'été où Voitto avait attrapé l'un des chiots du voisin.

Ces spitz finlandais, ils s'échappaient sans cesse de leur chenil, et ils étaient incapables de la boucler, ils aboyaient sans cesse, le jour comme la nuit, à vous rendre dingue. Un simple papillon et ils se mettaient à glapir et personne ne leur apprenait les bonnes manières, on laissait faire.

Pentti disait souvent que s'il attrapait l'un de ces sales clébards, il le noierait dans le puits du voisin pour lui donner une bonne leçon.

— Après, je ressortirais le cadavre et je l'accrocherais à la boîte aux lettres, ou au mât comme un drapeau. Ce serait quelque chose !

Quoi qu'il en soit, un jour que Voitto traînait dans la forêt séparant les deux fermes, il avait reconnu ces aboiements qu'il détestait tant.

Et là, derrière un arbre tombé recouvert de mousse, se trouvait l'un des chiots du voisin en train de creuser la terre.

Les chiots sont tellement bêtes ! L'animal n'avait même pas eu peur en voyant Voitto approcher.

Il avait presque ri de cet imbécile de toutou qui remuait la queue quand le garçon l'avait soulevé et s'était dirigé à grandes enjambées vers son endroit secret, son petit laboratoire personnel. Pauvre cabot ! Trop idiot pour avoir peur avant qu'il soit trop tard (de toute façon, son sort était scellé depuis longtemps). Voitto le fourra dans un sac-poubelle qu'il ferma, et le noya dans le petit lac. Il regarda le sac remuer, le chien tentait avec une énergie folle d'échapper à son destin.

Ses jappements étaient si désespérés ! Dans sa langue, incompréhensible pour l'homme si ce n'est dans son intention profonde, le chiot suppliait qu'on le laisse vivre. Voitto l'écoutait quasiment avec indifférence. Il comprenait que chez quelqu'un d'autre, un autre enfant, la situation aurait sans doute fait naître un malaise, un instinct le poussant à tenter de sauver cette petite vie.

Pas chez Voitto. Il éprouvait de la satisfaction. Ce genre de fadaises ne le touchait pas. Il se sentait invincible, ici et maintenant. Comme s'il flottait à quelques centimètres au-dessus du sol, surhumain. Comme un dieu.

La prochaine fois, il perforerait le sac dès le début.

Cette fois, il avait eu de la chance, le chien avait réussi à percer de ses griffes quelques orifices qui laissaient passer l'air, mais la prochaine fois le garçon jetterait peut-être un animal inconscient ou déjà mort dans le plan d'eau, se dit-il, alors il n'aurait pas cette chance.

La prochaine fois…

Il resta à regarder jusqu'à ce que les rides s'effacent de la surface de l'eau, et qu'on ne puisse plus deviner ce qui s'était joué durant les quatre minutes et trente-deux secondes qui venaient de s'écouler. Le soleil brillait haut dans le ciel et les rayons filtraient à travers les cimes des arbres. Avec sa montre, Voitto avait chronométré l'événement, depuis l'instant où il avait jeté le sac jusqu'au moment où il avait disparu sous la surface de l'eau et où les bulles avaient cessé de remonter, le lac redevenant lisse comme un miroir.

Il rentra lentement chez lui. En chemin, il essaya de retenir sa respiration. Il y parvint pendant une minute et vingt et une secondes. (Mais au cours des années qui suivirent, il apprit à retenir son souffle près de trois minutes.)

Il se sentait pris de vertige.

Ivre.

Toutes les couleurs autour de lui étaient plus claires, toutes les odeurs plus limpides, on aurait dit que ses sens s'étaient affinés grâce à cette expérience, et cette impression dura plusieurs jours, il lui suffisait de se remémorer l'événement, de retourner dans le recoin de sa mémoire où il était rangé pour le revivre, alors il lui était possible d'augmenter le volume de ce qui l'entourait.

Il y avait un avant et un après. Il se rappelait à peine l'*avant*. Le monde inaccessible, incontrôlable, la vie qui semblait se jouer ailleurs, à un endroit hors d'atteinte pour lui.

Et *après*, il y avait ça. Cet état de présence totale, la sensation que tout se trouvait là, à portée de main, et qu'il lui suffisait de tendre le bras pour le toucher, l'attraper, le capturer, le posséder.

*

Dès lors, Voitto ressentit une fascination toute nouvelle pour le monde alentour.

Siri fut d'abord contente, ou soulagée, que son fils commence à s'intéresser à son environnement. Il lui posait des questions, des questions anodines, le nom d'une plante, ou la durée de la gestation d'une vache, ce genre de choses. Elle ne jugeait pas ses interrogations, elle était simplement soulagée qu'il demande. Qu'il semble enfin s'ouvrir au monde autour de lui. La joie se changea en tourment le jour où, rentrant d'un tour dans les bois, elle le trouva accroupi à l'arrière de la maison près d'un tonneau rempli d'eau. Des réservoirs étaient disposés à différents endroits de la ferme pour recueillir l'eau de pluie, c'était avant l'accident d'Arto, à une époque où on pensait encore qu'un grand baquet ne représentait pas une menace pour un enfant. Il y avait des barils, des contenants plus bas, des seaux, en tout et pour tout une quinzaine de récipients.

Siri se demanda ce que faisait le garçon. Il était si immobile et concentré qu'il ne remarqua pas qu'elle s'approchait de lui par-derrière. Ce qu'elle découvrit la terrifia.

Les plus jeunes de la fratrie avaient fini par obtenir à force de supplications des lapins pour l'été, et ces petites bêtes s'étaient évidemment reproduites à la manière des lapins, chose dont se plaignait Pentti.

— Satanés rongeurs ! Petits pervers ! Incapables de se retenir.

Siri vit que Voitto jouait avec l'un des lapins.

C'est du moins ce qu'elle crut.

En s'approchant, elle constata que le lapin essayait désespérément de sortir du seau sans trouver de prise sur le bord et, chaque fois qu'il parvenait à s'agripper, Voitto le repoussait dans l'eau pour qu'il continue sa lutte sans merci.

Siri fut choquée, mais guère étonnée. Le lapin souffrait visiblement d'être traité ainsi. Et au fond de l'eau, elle aperçut des corps, elle ignorait combien, mais au moins deux autres lapins étaient là, inertes.

Noyés.

Intentionnellement.

— Voitto !

Il se leva, effrayé.

— Qu'est-ce que tu fabriques ? demanda-t-elle, mais c'était une question qui n'attendait pas de réponse – et à laquelle il ne pouvait répondre.

Elle voyait bien ce qu'il faisait.

Il ne pouvait pas trouver d'excuses. Et tandis qu'ils se tenaient là sans rien dire, le lapin réussit enfin à escalader le seau et à s'en aller à grands bonds, ou plus exactement à prendre ses pattes à son cou, terrorisé.

L'instant était passé, Voitto haussa les épaules et fit mine de partir, mais Siri lui barra la route. Ils faisaient la même taille, cet été-là, le dernier été avant qu'il la dépasse. Ils se faisaient face, mais Voitto ne voulait pas croiser son regard.

— Et ceux-là, alors ? Qu'est-ce qu'ils vont devenir ?

Elle esquissa un geste vers le seau. Voitto resta impassible.

— Tu vas me faire le plaisir d'aller les enterrer quelque part. Et renverse cette eau, elle est inutilisable maintenant.

Sur ces mots, elle disparut dans la maison, mais son cœur battait la chamade, à tel point qu'elle dut s'asseoir sur le coffre à bois de la cuisine et respirer pour essayer d'en calmer le rythme.

(En réalité, l'eau aurait très bien pu servir à arroser, mais Siri était si choquée par l'événement qu'elle voulait en effacer les traces le plus rapidement possible.)

Si on fait comme si de rien n'était, comme si on n'avait rien vu ni entendu, peut-on effacer les événements de sa conscience, du monde, de l'histoire du monde ? C'est une question du même ordre que celle sur l'arbre solitaire qui tombe dans la forêt.

Comme il est douloureux de prendre conscience que la terre tourne, que l'on tourne ou non avec elle. Que tous les gens, leurs petites vies, continuent, se poursuivent, qu'on les regarde ou non, qu'on participe ou non.

Mais un petit événement ? Ne peut-on pas fermer les yeux et l'effacer de l'histoire ?

*

Il regarda sa mère s'engouffrer dans la maison. Son cœur battait à vive allure et l'espace d'un instant il songea à la suivre pour lui montrer qui faisait la loi. Il avait treize ans maintenant et avait la même taille qu'elle.

Ça pourrait être lui.

Ne pouvait-il pas être celui qui commande ? qui ôte la vie d'un être humain ?

Finalement, il s'empara du seau et l'apporta cahin-caha dans la forêt. Il était troublé, sentait ses oreilles brûler, rougir, il avait honte. C'était idiot de mener ses expériences si près de la maison, mais il ne pensait pas poursuivre si longtemps, il ne pensait pas noyer tant de lapins, c'était juste allé tellement vite, alors il avait continué sur sa lancée, tout simplement.

Il ne regrettait pas, il ne craignait pas non plus les représailles, car il connaissait le fonctionnement de Siri.

Elle voudrait tourner la page le plus rapidement possible.

D'ailleurs, quand bien même elle aurait voulu le punir, qu'aurait-elle pu faire ? Personne ne pouvait l'atteindre, aucune sanction ne pouvait le blesser. Il se sentait libre en ce sens.

Il se dirigea vers la forêt avec son seau et ses lapins morts. Il ne savait pas bien ce qu'il allait faire, mais il avait dans la poche le couteau dont Pentti lui avait fait cadeau pour ses douze ans.

Siri n'avait pas voulu lui donner un couteau, ça porte malheur, disait-elle. Il fallait toujours *acheter* une lame, mais Pentti avait poussé un soupir désapprobateur, secoué la tête, ri de la superstition carélienne de sa femme, ils sont fous, ces Russes ! et avait offert à son fils ce bel objet au manche en bois de sapin joliment sculpté, avec une gaine en fourrure de renne, si douce au toucher.

Voitto emportait son couteau presque partout. On ne savait jamais quand il pourrait lui servir, se disait-il.

Depuis peu, il l'apportait même à l'école, en cachette, et chaque fois qu'il était fâché ou indigné, il caressait la peau de renne dans sa poche, et étonnamment ça l'apaisait. Il savait que, si un jour ça bardait, s'il était obligé de se battre ou de se défendre, s'il se passait quelque chose, il aurait son auxiliaire dans sa poche, fin prêt.

Certains enfants ont des poupées ou des peluches, d'autres un animal de compagnie. Certains ont un frère ou une sœur, ou un ami. Le meilleur ami de Voitto était ce couteau, et il aurait pu lui donner un nom, mais il n'avait pas ce genre de dispositions.

Il ne se sentait jamais aussi bien que quand il se trouvait dans la forêt, seul avec son couteau.

Il n'était pas le seul des enfants Toimi à aimer la forêt. Hirvo était celui qui y passait le plus de temps, mais Voitto savait que son frère n'aurait jamais la force de marcher aussi loin que lui, grassouillet comme il était, baigné de sueur après une petite course.

Pour échapper aux regards curieux, Voitto avait choisi un endroit reculé.

Dans la forêt, il avait son refuge, il s'y rendait pour être tranquille, tailler le bois ou effectuer ses expériences.

Sa cachette était située à deux pas du petit lac où il avait noyé le chiot. S'y trouvait une grande pierre plate, assez spacieuse pour qu'on y monte, avec une petite cavité en dessous. Là, sur la surface plane, Voitto pouvait s'asseoir ou s'allonger et les objets ne tombaient pas. C'est ici qu'il taillait des flèches, des lances et où, pour la première fois, il allait disséquer un animal.

Il fut surpris de voir tout le sang que contenait le petit corps. Un filet continu coulait sur la pierre et maculait son jean. Il allait devoir le rincer dans le lac, heureusement c'était une belle journée d'été. Le soleil qui filtrait à travers les frondaisons lui réchauffait le corps, mais cela n'avait aucune importance, il était indifférent au monde alentour, il aurait continué son ouvrage sous une pluie verglaçante ou une tempête de grêle.

Il avait entaillé la dépouille du cou jusqu'à la queue. Comme il avait vu Pentti tuer les cochons. Mais les cochons étaient vivants et leur cœur expulsait le sang plus vite que chez cet animal mort.

Le sang s'écoulait lentement. Voitto avait dû le vider avant de continuer l'exploration. Puis il avait lentement et méthodiquement extrait les viscères. Quelques-uns des organes avaient été abîmés par sa lame, mais la plupart étaient intacts, notamment le cœur qu'il examina avec grand intérêt. Cette petite masse indispensable à tout organisme vivant. Elle paraissait tellement anodine. Mais ne l'était pas. Sans elle, la vie était impossible.

Il ôta les organes et les aligna sur la pierre. Un minuscule foie. Quelque chose qui ressemblait à des reins. Les poumons. Il passa un temps fou à les soupeser, les humer, pour enfin les découper.

Il possédait un talent inné. C'est un moment étrange que celui où l'on se découvre un don. Comme si tout faisait sens, comme si on s'inscrivait dans quelque chose de plus grand. Le dessein de Dieu, peut-être ? Les pièces du puzzle s'imbriquent, le corps s'apaise. On sait qu'il n'est plus nécessaire de s'arrêter sur des vétilles, de courir après la réussite, après les autres. Si on connaît son point fort, il n'y a plus à craindre ce qu'on ignore, ou à se sentir raté parce qu'on est différent.

Voitto était doué pour donner la mort ; à présent, il le savait.

Visiblement aussi pour manipuler des cadavres, même si cela ne lui procurait pas la même ivresse. Il s'agissait plutôt d'un travail précis dont la satisfaction découlait du fait d'organiser, plutôt que de se sentir exister. Pour lui c'était comme classer, archiver.

Pour l'autre lapin, ce fut plus rapide et il n'y eut pas autant de margouillis et d'éclaboussures. Cette fois, il trancha la gorge de l'animal, le saisit par les pattes arrière et laissa le sang couler. Il regarda les myrtilliers se teindre en rouge et fut de nouveau envahi par l'impression de vivre un peu plus intensément. Tous ses sens semblaient plus réceptifs, il humait le parfum doucereux, un peu métallique, du sang, imaginait sa saveur sur sa langue sans avoir besoin de le goûter tant ses perceptions résonnaient à l'unisson.

Une fois le sang tari, Voitto écorcha le lapin. C'était facile, mais quand il eut fini la déception se fit sentir. L'excitation se perdait maintenant que le lapin était là, soigneusement dépouillé, devant lui. Dans le seau, il lui restait deux bêtes qu'il disséqua avec le même intérêt, la même précision.

Le soir était tombé et des nuées de moustiques de plus en plus nombreuses lui tournaient autour.

Il se demanda longuement ce qu'il allait faire des cadavres. Les abandonner là, pour voir ? Les accrocher à un arbre comme appât ? En faire un piège pour attraper un animal plus gros ? Il était tenté, mais ne se sentait pas encore tout à fait prêt.

Il opta pour une sorte d'entre-deux. Il suspendit le lapin dépouillé à un petit bouleau, ficela le premier, le plus souillé, à une souche. Il empala le troisième à l'aide d'un bâton planté au sol avec une pierre, pour éviter qu'on le déplace. Il dépeça le quatrième et le posa sur la pierre plate. Il trouvait ça presque beau de le laisser comme ça, même si l'un de ses frères et sœurs pouvait tomber dessus, bien sûr, comme les autres lapins. Ce n'était pas assez dérangeant pour qu'il les cache ou les déplace dans un endroit secret. Hirvo était probablement le seul capable de s'aventurer aussi loin et, même s'il arrivait jusqu'ici, il ne dirait ni ne ferait sans doute rien. Ses oreilles rougiraient, il baisserait les yeux, mais n'oserait pas parler.

Voitto était impatient de revenir les jours suivants pour voir comment la nature se réappropriait les corps, pour étudier le processus de décomposition.

Quand il rentra à la maison, la famille avait déjà dîné.

C'est à ce moment-là seulement qu'il se rendit compte qu'il mourait de faim. La marmite était toujours sur la cuisinière, la casserole de pommes de terre aussi.

Il se servit une généreuse portion qu'il avala debout, penché sur la paillasse avec vue sur la cour. Il mangea vite, engloutit avidement la nourriture, manqua plusieurs fois de s'étouffer.

Il se sentait comme une bête de proie, il ne percevait pas le goût des aliments, il savait seulement que son organisme avait un irrésistible besoin d'énergie et il écoutait, répondait aux exigences de son corps.

Pentti et Esko se trouvaient dans le sauna ; il entendait les rires étouffés d'Annie et d'Helmi dans leur chambre. La vie se déroulait autour de lui, il était seul et savait où tout le monde se trouvait, tel un animal préhistorique, une baleine peut-être, muni d'un sonar, capable de localiser instinctivement les corps, et il sentait que tout était sous contrôle. C'était un instant de bonheur auquel il repenserait plus tard dans sa vie. Un lieu rassurant qu'il revisitait quand le présent devenait trop pesant. Une impression de maîtrise totale. Rien de grave ne pouvait arriver.

*

Avec le temps, Siri apprit à accepter les particularités de ses enfants.

Ils étaient comme ils étaient, un point c'est tout. Quand Voitto avait quitté le nid, elle s'était sentie soulagée. Soulagée de ne plus l'avoir si près d'elle. Il faisait souvent des crises de somnambulisme et, même quand il était tout jeune, ça la rendait mal à l'aise d'être réveillée en pleine nuit par sa présence à côté du lit conjugal, ou ses pas dans l'escalier, quand il se dirigeait quelque part en rêve, vers un endroit qui ne pouvait être que l'enfer. Ce lieu en bas, au fond. Généralement, Siri réveillait son mari d'un coup de coude afin qu'il ramène le garçon à bon port. Quand Voitto était parti, que l'armée était désormais responsable de lui, pour ainsi dire, elle avait pu souffler. En cachette seulement, car une maman n'a pas le droit d'avoir une telle aversion pour son enfant, n'est-ce pas ?

C'était en partie parce qu'il n'avait pas besoin d'elle. Mais pas seulement. Plusieurs de ses enfants s'en sortaient très bien sans elle, depuis toujours ou en grandissant. Helmi, par exemple. Enfant, elle était indépendante, ce qui ne l'empêchait pas d'être pleine d'amour, elle adorait sa mère, et sa mère l'aimait tout en sachant que sa fille n'avait pas besoin d'elle. C'est pourquoi elle avait été un peu étonnée quand, le jour où elle allait rencontrer Mika pour la première fois, Helmi lui avait révélé son secret.

Elle n'arrivait pas à remonter la fermeture à glissière de la robe de sa mère. Les doigts de sa main droite s'étaient bloqués. Ils semblaient tout tordus. Elle avait d'abord tenté de s'en sortir par une pirouette, mais comme Siri ne riait pas, Helmi était devenue grave. Ses yeux s'étaient remplis de larmes et elle s'était laissée tomber sur le bord du lit.

— Oh, maman ! Je ne l'ai dit à personne. Mais le médecin pense que… c'est incurable. Que ça va empirer jusqu'à ce que…

Elle avait éclaté en sanglots si désespérés que Siri avait senti son cœur se serrer, car rien qu'elle puisse dire ou faire ne pouvait aider sa fille. Helmi avait pleuré, pleuré, ses épaules tressautaient et elle avait parlé à sa mère d'un tout nouveau médicament testé actuellement sur des patients aux États-Unis, si seulement elle trouvait assez d'argent, elle pourrait aller là-bas, tout s'arrangerait alors et Ptit-Pasi ne grandirait pas orphelin.

Elles avaient été interrompues par Onni qui avait fait une entrée fracassante, il s'était blessé en bricolant sa cabane de jeu, le pouce dégoulinait de sang. Helmi n'en avait plus reparlé, mais Siri, qui savait où regarder, voyait à présent comme sa fille s'efforçait de cacher sa main à ses frères et sœurs et comme elle changeait rapidement de sujet de conversation si quelqu'un faisait mine de s'intéresser à elle.

Tous mes enfants ! Quand s'arrêtera donc la sollicitude d'une mère ? S'en sortiront-ils sans moi ? Siri connaissait déjà la réponse, elle en était à la fois heureuse et triste.

*

Voitto était mal à l'aise en société, où qu'il soit. Il ne savait pas communiquer avec autrui et n'avait pas la force d'apprendre. Il se mettait à l'écart et se disait que ces choses, l'amitié, l'amour, c'était pour les autres, pas pour lui.

Il savait que dans son avenir il n'y aurait pas beaucoup de monde. Il ne rêvait ni de femmes ni d'amis. Rêver n'était pas le genre d'occupations auxquelles il s'adonnait. Mais lui aussi aurait un avenir, même s'il n'en rêvait pas, ne l'imaginait pas.

Pentti avait dit à son fils qu'il le verrait bien dans l'armée, Voitto l'avait cru et s'était engagé dès qu'il avait pu. Il n'était toutefois pas préparé à la difficulté des interactions sociales et son service militaire fut beaucoup plus douloureux qu'escompté.

Les soldats sentaient qu'il était différent et, contrairement aux autres personnes de son entourage, ils n'avaient pas peur de lui. Ils le rejetèrent, d'abord tacitement puis, comme le temps passait et que Voitto n'opposait aucune résistance, de plus en plus violemment. Il dut essuyer les moqueries, les insultes et les coups. Il se coltinait les basses besognes. Lors des sorties sur le terrain, il était préposé au creusage des latrines, par exemple. Les gradés fermaient les yeux et comme Voitto ne se plaignait ni ne se rebiffait, il était facile de laisser faire.

Voitto avait trouvé une manière de mettre à distance les expériences pénibles. Son esprit était plein de sentiers sinueux qu'il pouvait suivre, des détours qu'il pouvait emprunter pour éviter de ressentir la douleur, pour contourner un conflit.

Il lui arrivait tout de même de s'aventurer dans les recoins où il savait que ça faisait mal. Il se persuadait qu'il le faisait pour s'entraîner, se cuirasser, que c'était une manœuvre utile au cas où il serait fait prisonnier par l'ennemi lors d'un conflit armé, mais en réalité cette préparation était une manière de gérer sa guerre contre le reste du monde, si elle dégénérait au point de devenir globale.

Cette tentation de remuer le couteau dans la plaie pour l'empêcher de cicatriser, cette attirance pour la douleur servaient surtout, à vrai dire, à préserver une part suffisante d'humanité en lui, à conserver son amour-propre d'une manière ou d'une autre, parce que si ses recoins intérieurs disparaissaient, que resterait-il à défendre, à maintenir en vie ?

Voitto se sentait seul dans sa fratrie. Depuis toujours. Il savait que ses frères et sœurs l'approchaient rarement sans arrière-pensées.

On pourrait dire qu'ils se servaient de lui à des fins personnelles, quand ils avaient besoin de quelqu'un pour faire ce qu'ils ne pouvaient ou ne voulaient pas faire. Comme effrayer un tortionnaire ou un autre membre de la fratrie. Il était leur nervi, leur homme de main.

Car Voitto n'avait pas de limites, il n'avait jamais peur ; ainsi, dès qu'ils avaient besoin de quelque chose d'un peu délicat, ils se tournaient vers lui.

Voitto ne refusait jamais.

Il avait fait peur à beaucoup d'enfants du voisinage, il les avait plaqués contre le mur ou roués de coups et, quand les adultes lui demandaient pourquoi il avait fait ça, il se contentait de hausser les épaules. Il était capable de garder le silence, une qualité pour un militaire. Il avait essuyé bien des coups à la place de ses frères et sœurs, mais cela ne le dérangeait pas. Dès son plus jeune âge, il s'était entraîné à résister à la douleur physique, même si Pentti ne levait jamais la main sur lui comme sur les autres enfants s'ils faisaient une bêtise (ou pas). C'étaient les autres adultes de son entourage qui le rossaient. De l'instituteur aux voisins en passant par les gérants de boutiques. Voitto n'était pas du genre à moucharder. Il encaissait sans rien dire. Il se préparait. À quoi, ça restait à voir.

N'allez pas penser que Voitto se laissait exploiter par ses frères et sœurs. Non, il le leur rendait bien. Comme souvent dans les fratries. Dans un éternel échange, un cycle qui se perpétue jusqu'au jour où l'un d'eux se vexe au point de sortir du jeu.

Hirvo avait toujours eu une relation particulière avec les animaux (même avant d'apprendre à communiquer avec eux). À six ans, il avait apprivoisé un écureuil qui venait lui manger dans la main. Voitto avait demandé à voir le nid de l'animal, et Hirvo, simplet comme il était et heureux d'être soudain l'objet de tant d'attention, avait accepté qu'il l'accompagne et lui avait montré où vivait le rongeur avec ses nouveau-nés. Grosse erreur. Un jour que son petit Orri n'avait pas pointé le bout de son nez à l'horaire habituel, Hirvo était retourné auprès de l'arbre et avait trouvé le nid désert. Les écureuils avaient disparu. Il ne les revit jamais. Quand il demanda à Voitto s'il savait ce qui s'était passé, ce dernier haussa les épaules et dit qu'il n'en avait pas la moindre idée. Pourtant, Hirvo fut longtemps hanté par ce qu'au fond de lui il savait être le meurtre de son écureuil et de ses petits.

Voitto ne demanda plus jamais à accompagner Hirvo. Il aurait refusé.

C'était le même été que celui des lapins, de la disparition du chiot du voisin, et on commençait à s'inquiéter de la présence de loups ou d'ours dans les forêts de Tornédalie.

Voitto ne fut plus jamais aussi négligent. Il accusait sa jeunesse, son ignorance, sa naïveté, mais aussi le fait que l'excitation était si forte qu'il peinait à la réfréner. Il ne comprenait pas non plus, même s'il s'en doutait, la manière dont le monde extérieur allait percevoir et réagir à son comportement. Il était plus averti désormais, il savait ce qu'il faisait, et comment effacer les traces.

*

Les enfants normaux existent-ils ? Lesquels de ses enfants étaient normaux ? À bien y regarder, n'étaient-ils pas tous spéciaux, déviants, étranges, bizarres ? Est-ce le cas de tous les enfants ou seulement ceux de la famille Toimi ? Comment était Siri, petite ? Elle n'était pas normale, c'est certain. Mais peut-être que de tout temps les gens, les enfants ont été anormaux, profondément dérangés, et que la seule chose qu'on puisse espérer, c'est réunir les conditions pour que nos enfants soient un peu moins détraqués qu'on ne l'a soi-même été. Est-ce notre seule aspiration ? Si on a trop d'enfants pour pouvoir les compter sur les doigts des deux mains, c'est peut-être beaucoup demander qu'ils soient tous des versions améliorées de soi-même. Il y a toujours un peu de perte, non ?

Siri ne savait pas pourquoi Lauri était revenu, comme sorti de nulle part. Mais elle était heureuse de l'avoir chez elle.

*

Noël 1975. Arto n'avait que six mois et Voitto était en permission. Il servait dans l'armée depuis un an et demi et devait être envoyé pour la première fois en mission, on parlait de Chypre, et Voitto se réjouissait d'échapper enfin à ses bourreaux.

À la maison, tout se passait comme d'habitude. Voitto suivait son père, c'était pour ainsi dire naturel pour lui, parce que son père était le seul à ne pas le traiter comme un être bizarre, différent. Était-il devenu un étranger ? Pour sa famille ? Pour lui-même ?

Tous les autres semblaient soit simplement l'ignorer, soit l'éviter, ils fuyaient son regard, répondaient de manière évasive s'il posait une question ou leur adressait la parole. Pas Pentti.

Pentti se comportait exactement comme d'habitude, il était même plutôt joyeux.

Ils étaient fauchés, se plaignait-il, mais il disait toujours ça, ce n'était pas nouveau. Cette fois cependant, il ajoutait qu'un voisin du village avait par mégarde incendié son sauna, un soir de cuite, et que l'assurance lui avait versé un bon paquet de fric.

— Tu imagines ! Je devrais peut-être foutre le feu à la baraque, je deviendrais millionnaire.

Il rit de bon cœur, puis redevint grave.

— Dans ce cas, tu devrais demander à Valo s'il peut te filer un coup de main, répondit Voitto.

Il savait que son frère cadet jouait encore avec les allumettes, même si tout le monde pensait qu'il avait arrêté. Voitto avait vu les doigts de son frère maculés de suie quand il était allé chercher du bois ou de l'eau, ou avait fait quelque autre corvée. Valo n'avait que onze ans, mais Pentti n'était pas le genre d'homme à établir de grandes distinctions entre les adultes et les enfants. Il traitait tout le monde de la même façon. (Aussi mal ?) La suggestion de Voitto fut accueillie par un « hum » et un hochement de tête discret.

Avant que Voitto reparte pour la base militaire le 1er janvier, Pentti le convoqua avec Valo dans l'étable. Il leur dit qu'il avait réfléchi et était arrivé à la conclusion que cette saloperie de garage, on pouvait bien s'en passer. Si on le faisait cramer, on pourrait construire un *vrai* garage à la place de ce taudis avec cette saleté d'épave qui était dedans et qui prenait toute la place.

— Pourquoi ce gosse devrait-il avoir son propre garage ? Hein ? Chacun de mes fils doit avoir son garage, c'est ça ? C'est plus important qu'avoir à bouffer sur la table ?

Le père savait être très convaincant.

Voitto haussa les épaules, dit que ça lui semblait une bonne idée, mais qu'il fallait un expert en feu pour faire passer ça pour un accident.

Les deux tournèrent la tête vers Valo.

Valo, heureux d'avoir été invité à participer à cette conversation confidentielle entre les deux vrais hommes de la famille, ne tarda pas à se porter volontaire.

Voilà comment on planifia l'incendie du garage en janvier 1976.

*

Voitto avait vingt-cinq ans quand il était revenu s'installer dans sa maison d'enfance. C'était après la Saint-Jean. Siri et les plus jeunes étaient partis depuis plusieurs mois. Esko avait aussi déménagé. Voitto servait dans l'armée depuis sept ans. Le jour où il avait reçu la lettre relatant les événements, il avait demandé à partir. Il avait compris que son père voulait qu'il rentre. Même s'il ne l'écrivait pas noir sur blanc, on pouvait le lire entre les lignes.

« Ils m'ont roulé. Tous. Il ne me reste que les miettes... »

Il plia bagage et se mit en route dès le début de la semaine suivante.

En temps normal, le processus de retrait des forces spéciales était plus long, mais compte tenu du fait que Voitto venait de rentrer d'une longue période de service à l'étranger, que personne ne savait vraiment où l'affecter ensuite et que, même s'il n'était plus mis à l'index, ses supérieurs ne le portaient pas spécialement dans leur cœur, il put obtenir un congé sans solde pour une durée indéterminée.

Entre les lignes, on pouvait lire que s'il ne revenait jamais c'était aussi bien, mais officiellement il n'avait pas démissionné ni été renvoyé. Il était juste en congé.

Voitto traversait la vie sans jamais tisser de liens avec d'autres individus. Cela affecte l'esprit, cela affecte l'âme.

Même quelqu'un de « normal » finirait par devenir fou à force de flotter dans l'existence comme une bouée sans ancrage, comme un navire naufragé.

Voitto considérait les autres comme des curiosités. Ou plutôt, il les regardait sans établir de distinction entre les êtres humains et, disons, des endroits qu'il aurait visités. Un individu, un palais, un sous-marin militaire, un olivier bicentenaire, c'était du pareil au même. Ça ne le regardait pas.

Il avait fait carrière dans l'armée, mais il n'était pas particulièrement doué et sa carrière n'avait pas été fulgurante.

Beaucoup des hommes avec qui il avait fait son service militaire étaient désormais des galonnés alors que Voitto n'avait jamais dépassé le grade de lieutenant. Ce qui avait déjà pris un certain temps.

Personne ne l'avait jamais vu commettre une *erreur*, mais… il y avait ce malaise diffus qu'il provoquait chez les autres, auquel il ne pouvait échapper, qui l'empêchait de se lier d'amitié avec ses camarades. Sans amis, il est difficile de gravir les échelons, surtout dans l'armée, il en avait fait l'expérience.

Voitto faisait partie de ce qu'on appelle les « forces de maintien de la paix », mais il n'avait jamais, de toute sa carrière, approché le moindre conflit armé. À vrai dire, il avait consacré toute sa période chypriote à nager, courir, faire de la musculation et du vélo, se maintenir en forme, tout simplement, pour le cas où il se passerait quelque chose requérant une intervention militaire.

Il se trouvait à Chypre depuis dix-huit mois quand il vécut sa première relation intime avec une femme. Il aurait préféré que ce ne fût pas une prostituée, mais les femmes ne supportaient pas non plus Voitto et, toujours puceau à vingt-trois ans, il avait fini par aller voir une professionnelle pour connaître pour la première fois ce qu'on appelait l'amour physique. Pour examiner, de façon purement clinique, si c'était « quelque chose pour lui ».

L'expérience fut décevante.

La femme n'était ni particulièrement belle ni particulièrement jeune, mais elle avait été recommandée par le supérieur de Voitto, un général alcoolique qui attendait tranquillement la retraite sur l'île méditerranéenne et qui avait, d'une certaine manière, pris Voitto en pitié. Il ne lui était pas aussi hostile que ses supérieurs précédents, mais Voitto n'avait de toute façon pas l'ambition de faire quelque chose de plus de sa vie.

— Elle connaît son affaire, lui avait confié le général en riant à en faire tressauter son gros ventre.

Il n'avait rien dit de plus et Voitto n'avait pas osé poser de questions, du reste il n'aurait pas su quelles questions poser, ne connaissant rien à rien. Il ne savait même pas ce qu'il aimait, les jeunes, les vieilles, les grandes, les petites, les plantureuses ou les menues, il ne savait rien de sa sexualité. Rares étaient les fois où il s'était adonné consciemment à la masturbation, même s'il se réveillait souvent avec le caleçon mouillé. Quand l'excitation montait, ce n'était pas parce qu'il fantasmait sur quelqu'un; les quelques fois où il s'était péniblement frotté à l'aide de la main droite jusqu'à l'éjaculation, il n'avait imaginé qu'un paysage. Il se trouvait au sommet d'une haute montagne et ne voyait rien d'autre que l'air, ou l'*atmosphère*, et il n'y avait rien de vivant dans les parages, si loin que l'œil pût porter.

La situation était gênante, il se sentait oppressé dans cette ruelle de Nicosie; Maria, en revanche, était sympathique, c'était une femme pulpeuse avec un léger duvet sur la lèvre supérieure et une chevelure sombre et bouclée. Elle dissimulait son odeur de transpiration sous un parfum musqué, mais ses yeux pétillaient et elle était maternelle et tendre avec lui.

— *Good boy*, lui répétait-elle quand il s'affairait sur elle, en elle.

Il trouvait cela agréable, plus agréable que le plaisir solitaire, ou plus surprenant en tout cas, mais pas spécialement excitant.

Une fois qu'on a payé pour du sexe, il devient plus facile de le refaire, de franchir la frontière de ce que la société accepte.

Quand il en vint à chercher lui-même des filles de joie, il choisissait celles qui ne travaillaient pas chez elles. Elles devaient du reste être jeunes et sveltes. Après quelques expériences, il se rendit compte qu'il les préférait quasiment dépourvues de formes et qu'il aimait qu'elles l'étranglent pendant l'acte. Fort. Jusqu'à ce qu'un voile noir passe devant ses yeux.

Il était pénible pour lui de s'exposer à des rencontres : il sentait que les gens avaient toujours un mouvement de recul, même s'il n'était que mental. Aussi n'y allait-il pas aussi souvent que ses collègues, il n'avait pas le même besoin de proximité. Il ne retournait jamais non plus auprès de la même femme, comme la plupart de ses camarades qui avaient des favorites, pour lui tout ce qui était familier était inimaginable, le pire que l'on puisse imaginer.

Pentti s'était réjoui de le voir rentrer.

Il n'avait rien dit, mais Voitto le savait.

Ils avaient toujours apprécié la présence l'un de l'autre.

Sans mot, sans accroc, sans heurt.

Mais son père avait changé. Voitto aussi, sans doute. C'est plus difficile à percevoir chez soi. Le père avait vieilli, il était, pour ainsi dire, entré plus profondément en lui-même, dans sa citadelle intérieure, c'est là qu'il passait le plus clair de son temps, quand il ne dormait pas. Les yeux rivés sur un point inaccessible aux yeux des autres.

Il était aussi plus susceptible qu'avant, même avec Voitto, sur qui il n'avait jamais élevé la voix, qu'il n'avait jamais rabroué, à qui il avait épargné ses remarques acerbes. Désormais, le fils avait sa part du gâteau. En fait, Voitto était le seul à partager les sentiments de son père, fussent-ils positifs ou négatifs.

Car il ne restait plus personne.

Hirvo avait fui dans les bois comme un animal effarouché au retour de Voitto, et on ne l'avait pas revu.

Esko restait près du chantier, il n'approchait jamais ni la vieille maison ni l'étable (il n'y retourna pas une seule fois du vivant de son père). Esko et son père se traitaient avec indifférence, menaient l'un contre l'autre une sorte de guerre froide.

La seule personne que Pentti fréquentait avec assiduité était Teuvo Mäkilä, l'avocat de la ville, mais Voitto ne l'accompagnait jamais, ignorait le sujet de leurs conversations et le climat de ces rencontres.

Parfois, Pentti rentrait gai comme un pinson, avec des étincelles dans les yeux et son rare sourire aux lèvres.

Ce sourire qui dans le temps pouvait faire fondre des icebergs (c'était il y a longtemps maintenant), au sujet duquel les enfants Toimi plaisantaient à l'époque, mais qui ne se laissait quasiment plus entrevoir. D'ailleurs, il ne restait personne pour plaisanter au sujet de Pentti.

Il n'y avait que Voitto.

Les matins se suivaient et se ressemblaient. Voitto se réveillait à l'aube, le plus souvent entre trois et quatre heures. Il commençait son entraînement : il courait les quelque cinq kilomètres qui séparaient la maison de la rivière Torne pour ensuite, si le temps le permettait, la traverser en crawl une ou plusieurs fois selon la force du courant. Il séchait pendant le jogging du retour.

Puis il allumait la cuisinière à bois, si Pentti ne s'était pas déjà levé et ne l'avait précédé, et rejoignait l'étable pour la traite du matin.

Ils prenaient ensuite leur petit déjeuner, souvent du pain de seigle (pas celui de Siri mais du pain industriel : insipide) surmonté d'épaisses tranches de saucisson à l'ail, de moutarde et de margarine, accompagné de café noir, puis la journée se poursuivait avec les tâches à accomplir, ce jour-là comme chaque jour.

Voitto se débrouillait pour avoir un moment à lui dans la journée, un moment où il pouvait sortir dans les bois, dans *son* bois.

Là, il respirait.

Il marchait jusqu'au lac, si petit maintenant qu'il était adulte, et rejoignait sa grande pierre, celle des sacrifices ; il y grimpait et s'y installait pour écouter, se reposer. Elle n'était pas plus haute qu'un mètre, un mètre vingt peut-être, et il se rappelait que, enfant, l'escalader s'apparentait à gravir une montagne.

Pentti occupait l'ancienne chambre conjugale, là où Siri et lui avaient dormi depuis la construction de l'étage, et Voitto avait pris la chambre des filles, qui était devenue la chambre de Tarmo et Lahja puis, Tarmo parti, celle de Lahja, Onni et Arto.

Elle renfermait un lit superposé, une commode et un lit de camp.

Voitto dormait dans le lit de camp.

Pourquoi ? Il l'ignorait. Sans doute s'était-il habitué pendant plusieurs années à des lits de camp grinçants et inconfortables. Il savait que, s'il se couchait dans le lit superposé, en haut ou en bas, il se réveillerait au milieu de la nuit, baigné de sueur, terrifié, incapable de se rendormir.

Il avait cessé de tuer des animaux quand il était entré dans l'armée.

La fascination et l'appétence avaient disparu.

Voitto possédait une grande maîtrise de soi, il était capable de battre en retraite pour entrer en lui-même, éteindre ses antennes vers le monde alentour, étouffer le désir au berceau ; alors, il ne sentait plus aucun besoin. Un peu comme les crocodiles qui peuvent contrôler leur cœur et leur circulation sanguine, rester à attendre sous l'eau jusqu'à ce que vienne le moment d'attaquer. S'il y avait bien une chose que son pénible service militaire lui avait apprise, c'était décortiquer ses propres envies jusqu'à ce qu'il ne reste quasiment plus rien. Il pouvait s'en sortir longtemps sans sommeil, sans lit, sans nourriture et, s'il s'avérait qu'il doive ne plus jamais avoir de relation intime avec une femme, il s'en sortirait aussi. Son intérêt pour la vie et la mort n'était pas non plus suffisamment fort. Ce sentiment d'invincibilité était tellement libérateur !

Il pouvait lui suffire.

Savoir qu'il pouvait traverser la vie comme un îlot solitaire, comme un bateau sur un océan, et qu'il n'aurait jamais plus besoin de croiser quiconque. Plus jamais.

Depuis qu'il était rentré, quelque chose avait changé, bien sûr. Revenir à cet endroit, dans le foyer originel, *le* lieu, là où tout avait commencé.

Il restait souvent assis sur sa pierre à penser à son enfance, il s'y enlisait.

Il pensait aux petits animaux, à ses camarades de classe, à sa famille, il pensait à tous les gens qui avaient croisé son chemin et qui l'avaient d'une manière ou d'une autre blessé, ou qui avaient essayé. Voitto était sûr qu'il y avait peu de gens sur qui il avait imprimé une marque durable. Et il se persuada que c'était ce qu'il voulait.

Il avait passé toute sa vie d'adulte à étouffer ses sentiments, à se suffire à lui-même. À présent, de retour dans sa maison d'enfance, avec un père qui avait perdu toute sa force, telle une bête de proie acculée, désespérée, il devenait plus difficile pour Voitto de se brider.

Brider quoi ?

Il savait qu'il avait effrayé Pentti. Ce n'était pas à dessein, néanmoins il l'avait fait, pas vraiment dans son sommeil, mais presque.

Dans un état de somnolence.

Il avait rêvé, de quoi il ne s'en souvenait pas, mais c'était violent, il s'était senti traqué et avait dû se défendre, il avait essayé de se cacher sous le lit de camp, cependant il avait été découvert, et d'une manière ou d'une autre il s'était retrouvé dans la chambre où dormait Pentti et il n'était revenu à lui qu'au moment où il se trouvait penché au-dessus de son père, au beau milieu de la nuit.

— Retourne te coucher.

La voix de Pentti l'avait réveillé, c'était sans doute ça.

Lui qui n'avait jamais vu son père dormir de sa vie. Il n'avait sans doute jamais vu son père allongé, même.

Voitto avait eu peur, son papa semblait si petit, si vulnérable, maigre, les cheveux hirsutes. Sans son dentier, il paraissait encore plus vieux, et Voitto avait senti son pouls accélérer et la sueur couler dans son dos, il ne savait pas ce qu'il était sur le point de faire, ce qui serait advenu s'il ne s'était pas réveillé, s'il n'avait pas été réveillé.

— Retourne te coucher.

Pourtant, il savait, au fond, ou plutôt, il sentait.

Difficile d'oublier le regard de Pentti cette nuit-là. C'était le même regard que les lapins dans le seau d'eau. Enfin, pas le même regard, mais le même sentiment qui en émanait, une sorte d'effroi à l'état pur.

Voitto avait toujours été somnambule, mais il n'avait jamais représenté un danger pour sa famille. Il risquait simplement de sortir pieds nus au milieu de la nuit et de finir avec des engelures aux orteils, ou de trébucher dans l'escalier ; jamais il n'avait essayé de se blesser lui-même ou de faire du mal à autrui. Ça, c'était nouveau. Un état onirique apparu pendant son service militaire.

La première fois, il s'était réveillé en position fœtale dans les sanitaires, le corps fiché entre les toilettes et le mur. Il ignorait combien de temps il avait passé là-dedans. La fois suivante, il s'était réveillé, les mains autour du cou d'un autre soldat. Il ne serrait pas fort, mais suffisamment pour tirer du sommeil son camarade épouvanté. Les épisodes survenaient de manière irrégulière ; parfois plusieurs nuits de suite, et parfois, il pouvait s'écouler plusieurs semaines, voire plusieurs mois, entre les occurrences.

Mais ça ne disparaissait pas tout à fait. Et ça continuait. Aucun psychiatre de l'armée n'avait trouvé la racine du problème et réussi à le soigner.

Cela faisait cinq ans qu'il n'était pas rentré. Depuis l'incendie du garage. Il s'était tenu à distance, consciemment ou non, et il avait été un peu choqué à son retour.

Il avait eu l'impression de retrouver un demi-foyer, peut-être même moins que ça. Les débris d'un foyer. Beaucoup des meubles avaient disparu. Et toute la vie.

Ne restaient que les animaux, les vaches, les cochons. Pas les humains.

C'était sale et désordonné, Pentti était sale, les animaux étaient sales, les vitres, les draps dans les lits, la vaisselle.

Il avait trouvé Pentti dans l'étable, où il s'efforçait de réparer un seau rouillé. Il n'était pas rasé et il marmonnait, ses pensées semblaient déferler sur lui en mesure, comme des vagues, et n'aboutissaient jamais.

Le contraste était saisissant. Voitto en uniforme militaire, rasé de près, coiffé, avec son sac vert kaki sur l'épaule.

Il avait serré son père dans ses bras et l'avait prudemment guidé jusqu'à la maison où il avait préparé deux œufs au plat et du café. Le jaune d'œuf liquide s'était accroché dans la barbe de Pentti qui n'avait rien remarqué, il causait sans s'arrêter comme il l'avait toujours fait avec Voitto, *son* fils, de choses et d'autres.

Par la fenêtre, on voyait la nouvelle maison, celle d'Esko, laquelle se trouvait de l'autre côté de la cour, près du grand arbre, là où tout le monde s'accordait à dire qu'il aurait fallu bâtir la première. Esko, lui, n'était pas là.

— Lui ?

Pentti haussa les épaules.

— Lui, j'en ai à peine vu la couleur depuis que j'ai signé ses papiers. Lui qui devait m'aider, on devait faire ça ensemble, oui, oui, de belles paroles, très belles, jusqu'à ce que je signe bien sûr, jusqu'à ce que la ferme lui appartienne.

Pentti se curait les ongles avec une dent de sa fourchette.

— Soudain, il y avait une tripotée de problèmes : Seija qui ne voulait pas vivre ici parce qu'elle avait peur de moi, alors il a fallu retourner habiter en ville, et puis la route est longue pour venir ici, et tout à coup ils n'ont plus les moyens de démissionner de la scierie, pas tout de suite, alors Esko, tu sais, je ne le vois plus beaucoup. Il a fini par se mettre en rogne contre moi et maintenant j'ai trois mois – moins, peut-être, deux mois ? – pour déguerpir.

Voitto était assis en face de son père à la grande table, conçue pour dix à quinze personnes, à présent encombrée de vieux numéros de *Pohjolan Sanomat* et de vaisselle, et çà et là quelques outils et des projets en cours. Un tel désordre et en même temps un tel vide.

*

Siri pensait à Esko. Elle n'avait jamais eu à s'inquiéter pour lui. Il faisait partie des enfants normaux, ceux qui s'en sortiraient. Qui avaient toujours semblé fonctionner. Esko, son grand garçon, son aîné depuis que Riiko était parti. Il avait changé, depuis Noël. Ce garçon qui avait été incapable de mentir se rattrapait, il rattrapait les mensonges de toute une vie. Non seulement il avait tout organisé, tout le côté pratique, pour le divorce, l'achat de la maison, la reconnaissance de dette et la lettre de donation, mais il ne s'était pas arrêté là. Non, il avait roulé Pentti.

Siri n'était pas au courant de ses intentions, et quand elle les avait apprises (c'est Helmi qui le lui avait raconté), elle avait d'abord été étonnée.

— C'était simple comme bonjour, maman, lui avait-il dit quand elle l'avait interrogé.

Elle avait entendu la fierté dans sa voix à l'autre bout du fil.

— Je lui ai promis qu'il pourrait rester. Jusqu'à la fin de ses jours. On a même signé un papier.

Esko s'était lancé. Dorénavant, Aapajärvi lui appartenait. Il avait promis à Pentti qu'il pourrait vivre dans la maison toute sa vie, ils avaient même signé un papier. Et il avait tenu ses promesses, celles écrites sur le document. Mais pour le reste, ce qui n'était pas stipulé, c'était une autre histoire. Les travaux de modernisation dont il leur avait toujours rebattu les oreilles, pour améliorer la rentabilité. Siri en avait entendu parler : la trayeuse mécanique, le fourrage, les nouveaux investissements coûteux qui, selon Esko, rendraient la production laitière à nouveau rentable, ou plus rentable, ainsi que la construction de la maison, la nouvelle, là où il vivrait avec sa famille.

Puis Voitto était revenu.

Siri savait qu'il rentrerait aussitôt qu'il apprendrait la nouvelle. Lui qui n'avait jamais supporté sa mère. Alors que Pentti, il l'adorait, bizarrement, ou peut-être pas. Elle avait l'impression qu'il avait toujours attendu ce moment : rentrer chez lui pour se trouver en tête à tête avec son père.

Voitto. C'était aussi son fils, mais il avait toujours provoqué chez elle une certaine gêne, depuis son plus jeune âge. C'était un des enfants anormaux, un des enfants perdus. Quoi qu'il en soit, comme il était le seul à ne pas être impliqué dans le divorce, quand Pentti lui avait enjoint de rentrer (pas Pentti lui-même, en l'occurrence, mais la fâcheuse situation dans laquelle il se trouvait), il était accouru, aucunement influencé par les récents événements. Il venait aider son père du mieux qu'il le pouvait. Voitto était le fils de son père, le doute n'était pas permis.

Tout cela en vain. Siri ne l'avait pas vu, à part aux funérailles et à la lecture du testament, et, bien qu'il fût son fils, il était pour elle un étranger.

— Maman, il n'a nulle part où aller, il va retourner au travail, lui avait dit Esko quand elle lui avait demandé de faire attention à Voitto.

Mais il n'était pas encore parti, pas encore retourné d'où il venait.

*

Voitto aimait son père, non, aimer n'est pas le bon terme, Voitto était incapable d'aimer, mais ce qu'il *sentait*, ce qu'il portait en lui, ce qu'il *savait* au fond de lui, si on avait pu transformer ses impressions en sentiment, ç'aurait été de l'amour. Il voulait prendre soin de son père et ne voulait pas qu'il lui arrive malheur.

Or ses années dans l'armée avaient émoussé les dernières onces d'humanité qu'il renfermait et quand il était rentré il avait éprouvé avec intensité le sentiment qu'il gâcherait sa vie à faire des choses sans intérêt.

Alors qu'il devrait accomplir ce pour quoi il était venu au monde.

C'était une question de vie ou de mort, pensait-il.

La nuit où la maison avait brûlé, il était dans la forêt à relever ses pièges. Il en avait installé une dizaine et espérait attraper une bête assez grosse. Un blaireau. Un loup. Un ours.

Il avait peur de s'endormir le soir, peur que ses pulsions soient trop fortes, qu'il tue son père dans son sommeil.

Plus tard, il avait pris conscience qu'il avait senti une odeur de fumée pendant un bout de temps sans l'associer à quoi que ce soit. Quand, s'approchant de la ferme, il avait vu cette drôle de lueur dans le ciel d'été déjà clair, il avait compris. Il avait couru jusqu'à la maison, mais c'était inutile.

Elle était déjà dévorée par les flammes.

La ferme était vide. Il n'entendait que les vaches dans l'étable. Pentti nulle part.

Ou plutôt si.

Voitto comprit tout de suite.

*

Voitto l'avait aperçue de loin.

Il était resté dans les bois depuis l'incendie.

À présent, il observait sa grande sœur dans la nouvelle maison d'Esko, avec son ventre rond.

Il ne l'avait pas vue depuis des années.

Comme c'était étrange de penser à ces gens. Des gens liés à lui.

Le même sang. Leurs vies continuaient dans le monde, en parallèle de la sienne.

Bien qu'il n'ait pas pensé à eux, ils avaient continué à exister.

Il les vit parler, il vit sa sœur éclater en sanglots, puis les vit partir.

Pourtant, il attendit plusieurs heures avant de quitter la forêt protectrice et de se diriger vers ce qui avait été sa maison, cette maison qui n'existait plus, vers le lieu de la disparition de son père.

Voitto ne pleura pas, mais il ressentit de la tristesse, de la manière dont Voitto Toimi était capable de ressentir de la tristesse.

Alors qu'il errait dans les décombres, il décida que ce congé sans solde touchait à sa fin.

Il resterait jusqu'aux obsèques, mais ensuite il voulait réendosser l'uniforme. Cette liberté, ces arbres. Ces frères et sœurs. Tous ces sentiments.

Non, ce n'était pas pour lui.

L'ultime bataille d'Annie

Annie boucle la boucle. Elle fait ses adieux à sa famille. Elle quitte la Tornédalie pour toujours. Dans son sac, l'argent. Dans ses bras, l'enfant ?

Les enfants, si petits soient-ils, portent en eux d'immenses univers. Même ce nouveau-né tout emmailloté recèle une masse d'informations, de gènes qui, après une longue jachère, n'attendent que de germer.

Tu peux faire ce que tu veux dans la vie, disent les parents en admirant leur petite merveille. C'est faux. Un enfant peut faire beaucoup de choses, mais pas ce qu'il veut. Pas tout. Dès la naissance, les portes commencent à se fermer.

Avant d'en avoir, on se dit que nos enfants auront toutes leurs chances, des possibilités infinies, et que notre rôle de parents sera de les pousser vers quelque chose de grand, ou au moins le bonheur. On pense que c'est notre boulot de bâtir un individu heureux, plus heureux que nous, en tout cas.

Devenir parents est un grand traumatisme, plus grand que de venir au monde, parce que la naissance est, hormis le moment de l'expulsion, simplement un heureux hasard, une surprise.

Naître. Vivre. Commencer à mourir.

Il serait ridicule de dire que les parents ne sont aucunement garants du devenir de leurs enfants, qu'ils sont ce qu'ils sont, deviennent ce qu'ils sont prédestinés à devenir.

Cela dit, notre part de responsabilité et notre capacité de contrôle sont bien moins importantes qu'on pourrait le croire.

Lorsqu'on a un deuxième enfant, on commence à comprendre que la possibilité d'influer sur le monde est extrêmement limitée. Car les enfants sont différents. Ils naissent différents et deviennent différents, en fonction d'une foule de facteurs.

L'amour des parents importe, bien sûr. Mais il est loin de tout expliquer.

Nulle part la biologie n'affirme qu'il est dans notre nature d'*être heureux*.

Siri se souvenait du jour où elle avait accouché d'Annie. Pour la première fois lors d'un accouchement, elle s'était sentie en harmonie avec son corps, pour la première fois, elle avait été capable, avait osé écouter les signaux de son corps, voguer au gré des vagues déferlantes des contractions.

L'accouchement avait été rapide, et elle était seule. C'était au milieu de l'été, il faisait chaud et il fallait rentrer les foins, ça ne pouvait pas attendre. Dès le matin Siri avait senti qu'il se passait quelque chose. Elle était comme enfermée dans une bulle, elle n'avait pas d'appétit, elle n'avait même pas envie du café que lui servait Pentti. (Dire qu'il fut un temps où Pentti lui servait du café !)

— Veux-tu que j'aille chercher Aila ? demanda Pentti.

Aila était la voisine qui avait assisté à la naissance d'Esko.

Siri secoua la tête.

— Prends Esko avec toi, tout va bien se passer.

Esko avait trois ans, presque quatre, et il adorait suivre son père aux champs pour ramasser le foin dans la petite charrette que Pentti lui avait fabriquée.

Mettre au monde des enfants, c'est une occupation de femmes. La responsabilité leur incombe entièrement. Pentti n'aurait jamais eu l'idée de contester la manière dont Siri choisissait de donner naissance. Bien qu'elle ne sût pas elle-même ce qu'elle voulait, c'était le seul domaine où il ne faisait pas valoir son droit sur elle.

Après le petit déjeuner, les deux hommes de la maison disparurent dans les champs et Siri resta à la ferme. Elle sortit pour nettoyer l'étable – ce n'était pas aussi difficile l'été, car les vaches paissaient à l'air libre la majeure partie de la journée –, mais elle n'eut pas le temps d'aller bien loin avant de sentir l'eau couler le long de ses jambes et les premières contractions, légères.

Elle remonta à la maison et se prépara pour l'enfantement. Elle sortit des serviettes propres et de vieux draps, fit bouillir les ciseaux et les posa près du lit, puis elle se glissa entre les draps et attendit.

Très vite, les contractions se rapprochèrent, mais elles ne l'effrayaient pas. La première fois seulement, elles lui avaient fait peur. Avant qu'elle comprenne qu'elles ne feraient pas plus mal. Ça, c'était le sommet de la douleur. Savoir qu'elles n'allaient pas empirer permettait de les supporter. Siri respirait pendant les contractions, commençait à sentir la pression familière. Le plus difficile était la poussée. De toute manière personne ne pouvait l'aider, alors autant traverser cela seule, en ce temps de labeur où on avait besoin de tous les hommes, femmes et enfants valides aux champs.

Les douleurs de l'expulsion, celles qui font parcourir à l'enfant le dernier tronçon, lui font emprunter le chemin de la vie, le font descendre vers la vie terrestre, étaient les douleurs que Siri appréhendait le plus. Elles faisaient mal *pour de vrai*. Mais elles aussi avaient une fin. Cette fois, elle n'avait pas peur. Elle attendait. Elle se prépara en sentant la vague de douleur familière approcher et il ne lui fallut que trois poussées pour donner le jour à cette enfant, cette fille, son quatrième enfant, Annie.

Affamée, cette dernière chercha immédiatement le sein, et Siri observa, fascinée, ce petit corps ramper à l'aveuglette vers son mamelon, le trouver et s'y accrocher pour téter. Les autres enfants n'avaient pas fait ça. Une fois qu'elle eut fini de manger, elle regarda le visage de Siri, le contempla longtemps, sourcils froncés, presque avec méfiance, songea Siri, avant de décider qu'il faisait l'affaire et de s'endormir dans les bras de sa mère.

Aucun autre accouchement ne l'avait affectée de la même manière ; mettre au monde une fille est quelque chose de particulier. Cette fille survivrait. Elle en était sûre. Elle avait une telle soif de vie.

*

Annie avait pris son temps, cette fois. Elle les avait tous rassemblés, leur avait dit qu'elle voulait leur parler avant de monter dans le car. Le car qui la ramènerait chez elle. Loin d'ici. Chez elle. Son sac était fait, il était posé dans l'entrée. Tatu allait la conduire. Le car partait dans quatre heures. Alex viendrait la chercher à la gare centrale le lendemain. Il avait insisté.

D'abord, il s'était fâché parce qu'elle voulait prendre le car, dans son état, imagine si tu accouches dedans, qu'est-ce que tu fais, mais Annie était partie d'un petit rire désapprobateur et avait dit quelque chose sur les femmes et les accouchements à travers les âges, et quel homme peut rétorquer quelque chose à cela ? Du reste, elle avait eu ce qu'elle voulait, comme d'habitude.

Annie était assise à la tête de la grande table, à Kuivaniemi. C'était une journée chaude et ensoleillée. Elle sentait son pouls dans ses pieds gonflés, comme des coups réguliers. Le bébé est exceptionnellement tranquille, songea-t-elle, mais ne dit-on pas qu'ils remuent moins à la fin, tant par manque d'espace que parce qu'ils savent que le moment est bientôt venu, et qu'ils ont besoin de se reposer pour prendre des forces en vue de l'accouchement ?

Tous les membres de la fratrie étaient rassemblés, solennels. Assise à l'autre bout de la table, avec son fichu sur la tête et son tablier, Siri confectionnait des pâtisseries, comme souvent depuis le déménagement. Dans la cuisine, les plaques de cuisson étaient alignées, et les pâtes reposaient, levaient, sous les torchons.

Annie regarda ses mains. Elle eut l'impression qu'elle ne les avait jamais vues auparavant. Jamais *vraiment* vues.

— Je me lance. Pourquoi suis-je la seule à vouloir savoir ce qui s'est vraiment passé ? Je me suis longtemps posé la question, je dois dire.

Elle les regarda.

— Puis j'ai compris. Vous ne voulez pas savoir, vous n'êtes pas curieux.

Personne ne fit mine de répondre. Ils restaient silencieux.

— Parce que vous savez déjà ce qui s'est passé.

Elle continua à les fixer, tous ces gens, assis autour de la table à Kuivaniemi.

Immobiles. C'était ça, sa famille ? Ils partageaient tant de choses. Pourquoi se sentait-elle donc si seule parmi eux ?

— C'est votre faute à tous si on est dans ce pétrin.

Annie se caressait le ventre en parlant. Comme le font inconsciemment les femmes enceintes. Une communication tacite avec un autre être.

— Ce divorce. Ça s'est mal passé. C'est vrai que Pentti n'était pas un père idéal, mais… Il ne lui restait rien. À cause de vous.

— N'oublie pas que c'est maman qui est partie, toute seule. Et ce n'était pas trop tôt.

C'est Tatu qui avait fini par répondre. Les autres ne disaient rien.

— Vous l'avez fortement encouragée.

Helmi leva les yeux au ciel.

— Ne sois pas si dramatique, elle voulait partir, et personne ne l'a forcée. Si je ne m'abuse tu étais la première à lui dire : il faut que tu le fasses, maman, c'est ta seule chance. Et toutes ces belles paroles.

Même si personne ne disait rien, elle savait. C'est comme ça que ça avait dû se passer. Ils lui avaient tout pris. Maintenant, elle voulait les détails. Qui avait fait quoi ? Qui avait eu l'idée ? Qui avait mené la barque ? Comment ça s'était passé ?

Esko se racla la gorge.

— C'est vrai, nous l'avons peut-être menacé, un peu. Et roulé dans la farine. Moi, en tout cas. Et certes, je lui ai tout pris, tout ce que j'ai pu. Mais tu étais d'accord. Puis tu as pris tes cliques et tes claques. Tu es rentrée chez toi.

— Et tu viens nous voir maintenant. Tu nous regardes de haut. Tu apprécies le paysage en contrebas ?

C'était Lauri. Il la fusillait du regard comme il le faisait depuis longtemps maintenant, sans qu'Annie comprenne pourquoi.

Esko esquissa un geste vers Lauri comme pour le faire taire avant de continuer.

— Nous ne sommes pas coupables. Nous n'avons pas élaboré de plan machiavélique pour nous débarrasser de lui, Annie, tu ne peux pas croire ça. C'était trop pour ce vieux con, c'est tout.

Il écarta les bras comme pour dire : nous sommes ta famille, enfin.

Et si elle ne voulait plus de famille ?

Elle hésitait à présent. Peut-être qu'elle se faisait des idées ? Peut-être qu'il ne s'était rien passé ? Rien de plus que ce que les autres voulaient, pouvaient, et semblaient voir. Un vieil homme seul qui à l'automne de sa vie se met à fumer. Un vieil homme qui s'endort, une cigarette à la main. Un simple accident. Un tragique accident.

Mais pourquoi personne n'était même surpris ? Pourquoi ne se livraient-ils pas à des hypothèses ?

— La maison n'a pas brûlé toute seule.

Elle ne voulait pas céder, ne le pouvait pas, tout simplement. Il y avait comme une démangeaison en elle, dans son cerveau.

— Non, personne n'a dit ça.

C'est Voitto qui avait soudain pris la parole.

Elle le regarda. Son visage était si semblable à celui du père à certains moments, on aurait dit un voyage dans le temps.

— Qu'est-ce que tu veux dire par là ?

Helmi gesticulait avec sa cigarette allumée.

— Il n'avait pas l'habitude de fumer, c'est ce qui a en partie causé l'accident. Il a fumé dans son lit. Et s'est endormi. Il n'a pas pensé à bien écraser son mégot.

Tatu acquiesça.

— Oui, c'est ce qui s'est passé. Pense à toute la vieille paille dans les murs. Ça a fait *pschitt*, et la maison est partie en fumée. Elle a même mieux brûlé que le garage, c'était comme si on l'avait préparée exprès.

Il avait l'air content de lui. Il alluma une cigarette.

— Vous oubliez une chose, dit Annie.

Helmi la fixa. Son regard était impénétrable. Annie sentit clairement que sa sœur avait fermé une porte quelque part dans sa citadelle intérieure, impossible à ouvrir pour Annie. Elle avait perdu l'accès à une partie de sa sœur et, si la vérité n'éclatait pas, elle ne pourrait plus jamais y accéder.

— Ah bon ?

— Il ne fumait pas.

— Ah non ? Comment peux-tu le savoir ? dit Lauri. Tu n'étais pas là.

Esko intervint.

— Ça n'a plus aucune importance. Il a peut-être commencé. Ou peut-être pas. Tu n'en sais rien. Le divorce l'a peut-être affecté au point de…

— Ce n'était pas le genre à se suicider, vous le savez aussi bien que moi. Toi, Voitto ? Tu étais là ? N'est-ce pas ? Tu vois ce que je veux dire.

Elle implorait son frère, mais ce dernier restait de marbre et la dévisageait. Le dos droit, sans broncher.

— Ah, comme ça doit être bon, Annie, d'avoir réponse à tout ! Tu ne comprends donc pas ? Il en a chié, après le divorce. Ce n'était plus le même homme, mais ça, tu n'en sais rien, tu n'étais pas là. N'est-ce pas, maman ?

C'est Helmi, assise à côté de Siri, qui avait prononcé ces dernières phrases. Elle tendit la main vers sa mère. Siri ne dit rien. Elle se tortilla juste un peu sur sa chaise.

*

Siri avait remarqué très tôt que sa fille était d'une tout autre trempe que ses premiers enfants.

Elle semblait indépendante, dès les premiers jours, une unité à part entière, un individu autonome. Elle ne pleurait jamais. Elle ne demandait jamais d'aide. Quand elle avait décidé quelque chose, impossible de la raisonner. C'était la même chose maintenant qu'Annie avait décidé de savoir ce qui était arrivé à Pentti. Elle ne lâcherait pas le morceau tant qu'elle n'aurait pas découvert la vérité.

Et quelle était cette vérité ?

Eh bien, la vérité, cette vérité, était plurielle. *Une* vérité, c'est que Siri se sentait libre. Malgré le divorce, elle n'avait jamais cessé de redouter que Pentti se matérialise devant sa porte et fasse irruption chez elle, dans sa vie.

Cela n'arriverait plus et la vérité, c'est qu'elle en était heureuse. Le Pentti qui s'était adressé à elle depuis le royaume des ombres était un homme bien différent de celui avec qui elle avait coexisté. De son vivant, il n'avait jamais laissé Siri pénétrer dans sa citadelle intérieure.

Pour qu'une relation s'approfondisse et qu'un couple puisse vivre dans l'amour, en harmonie, ou en tout cas en bonne intelligence, il faut que les deux partenaires, du moins l'un d'entre eux, maîtrise les outils permettant de s'approcher, de voir, et de laisser entrer les autres. De baisser la garde, de se livrer.

Pentti n'en avait pas été capable. Siri non plus. Mika, oui. Et il était en bonne voie pour le lui apprendre.

D'ailleurs, il lui avait déjà appris certaines choses, montré certaines choses.

*

C'était désespérant.

Ça n'avançait pas. Annie avait l'impression de parler à un mur. Ou à une multitude de petits murs. Elle sentait qu'à chaque question ils se soudaient, s'unissaient davantage.

Le roi-de-rats dans sa symbiose. Mais elle sentait qu'elle n'y était plus amarrée, que sa queue, son ancrage dans le groupe, avait commencé à lâcher, et elle se retrouvait là sur la rive à les regarder s'éloigner sans rien pouvoir y faire. Leur ennemi commun avait été détruit, ils n'avaient plus besoin les uns des autres.

Elle aurait préféré continuer à vivre en symbiose et ne rien savoir. Ne pas douter. Pas se retrouver seule, comme maintenant. Mais elle n'avait pas le choix. Une fois que le voile tombe de nos yeux il est impossible de retourner dans l'ignorance, comme aurait dit Lars Levi Laestadius.

Esko lui effleura le bras.

— Annie, écoute-moi. Personne ici n'aimait Pentti, ce n'est pas un secret. Il n'y avait rien en lui d'aimable. Il s'en était assuré. Tu le sais aussi bien que nous. Est-ce que sa mort nous attriste ? Franchement ? Bah, peut-être pas. Cela fait-il de nous des assassins ? Regarde-nous.

Il écarta les bras.

— Sommes-nous des assassins ?

Annie regarda ses frères et sœurs.

Étaient-ils des assassins ?

Esko, assis à côté d'elle, en bleu de travail. Il avait interrompu son chantier et était venu quand Annie lui avait téléphoné. Esko, qui voulait la maison pour lui seul. Sa motivation était économique, mais surtout personnelle. La trahison de son père avait transformé ses principes, le fond de son âme.

Helmi, de l'autre côté de la table, en minishort en jean et chemise à carreaux qui devait appartenir à Pasi, aux manches retroussées et nouée à la taille. Helmi qui refusait de dire pourquoi ses mains se mettaient soudain à trembler, au point qu'elle devait s'asseoir dessus quand elle croyait que personne ne la voyait. Annie voyait. Ce doit être l'alcool, se disait-elle. Et son mari. Son mari à cause duquel ils étaient toujours un peu dans le rouge. Aucun des enfants Toimi ne s'était mis aussi en colère qu'Helmi quand elle avait réalisé qu'elle n'aurait pas un sou. De l'argent, pour quoi faire ? Peu importe. Les gens comme Helmi ont toujours besoin d'argent.

Là-bas, à côté de Siri, il y avait Valo. Qui semblait vouloir disparaître sous terre. N'avait-il pas l'air coupable ? Ça ne l'aurait pas étonnée que ce soit lui. Incendiaire un jour, incendiaire toujours. Qu'il ait ou non allumé ce feu, Annie était sûre qu'il savait des choses, mais elle avait beau le prendre par les sentiments, il refusait de parler.

Son pouvoir ne s'étendait pas jusqu'à lui. Avant, quand elle vivait à la maison, ou au début, quand elle venait de rentrer, elle savait qu'ils comptaient encore sur elle. Qu'ils l'écoutaient. À Noël dernier, c'est elle qui les avait rassemblés, qui les avait encouragés à parler à Siri, unissant leurs forces. C'est elle qui avait défendu l'idée du divorce, qui avait déclenché l'engrenage, lequel avait mené à la situation actuelle. Valo savait quelque chose, de toute évidence, mais quoi ? Elle ne parviendrait pas à lui faire cracher le morceau.

À côté de Valo se trouvait Voitto. Voitto qui avait deux ans de moins qu'Annie. Il était resté fidèle à Pentti, elle le savait. Non qu'il fût capable d'aimer ou de ressentir de l'amour comme les autres, mais il était le seul de la fratrie à avoir été façonné par son père. Le seul que la peur n'avait pas, à un moment donné, coupé de l'amour paternel, cet amour qu'éprouvent tous les enfants, spontanément, jusqu'à ce qu'ils aient une raison de ne plus le faire. Mais Voitto avait changé. Certes, ça faisait longtemps qu'Annie ne l'avait pas vu, mais elle se rappelait encore la relative insouciance de son visage d'enfant. Un sourire, un haussement d'épaules accompagnaient toujours ses transgressions. Maintenant, il avait gagné en assurance, assis là, le dos droit, les mains sur les genoux. Comment était-il parvenu à dompter ce qui était enfoui au plus profond de lui ? Avait-il vraiment réussi ? Était-ce possible ? Le souffle vital ne s'échappe-t-il pas d'une manière ou d'une autre, si ce n'est en suintant des recoins et réduits obscurs sur lesquels nous n'avons aucune prise ?

Hirvo était assis en face de Voitto. Il se curait les ongles avec sa cuillère à café comme Pentti avait l'habitude de le faire. Hirvo, qui avait dormi quelques nuits à Kuivaniemi et avait aidé Onni et Arto à agrandir le chenil, maintenant qu'Arto avait décidé qu'il voulait bien un chien, finalement. Hirvo, qui avait la nuque et les bras tannés, souvenirs de tout ce temps passé dehors. En forêt. C'est là qu'il aimait être. Au milieu des bêtes. Qui ne le jugeaient pas, ne le remettaient pas en question, qui le laissaient tranquille. Annie soupçonnait qu'il avait vu le père avec les vaches, le jour où Arto était tombé dans le baquet de cuivre, ou un autre jour. Cela aurait-il pu le pousser à… à quelque chose ? Il pouvait aussi allumer un feu en deux temps, trois mouvements, Annie le savait, même s'il n'était pas le genre de personne à faire étalage de ses compétences.

Tatu remuait frénétiquement la jambe, comme toujours, son genou n'était jamais tranquille, reflet de son agitation intérieure. Toujours en mouvement. Jamais au repos. Comme un requin, *keep on swimming*. Tatu n'avait pas dit un mot de l'incendie du garage, maintenant qu'ils savaient ce qui s'était vraiment passé. Enfin, tout bien réfléchi, ils étaient au courant depuis cet hiver, non ? Qu'est-ce que ça fait de savoir qu'un de ses parents vous veut du mal à ce point ? Annie n'arrivait pas à se l'imaginer. Comment Pentti était-il parvenu à contourner les écueils moraux dressés sur son chemin ? Tatu n'était pas du genre à le clamer, mais il ne laisserait personne s'en sortir impunément. Serait-il à l'origine de l'incendie cette fois-ci, en représailles de cette fois-là, en janvier 1976 ? L'incendie à cause duquel, aujourd'hui, la moitié de son visage ressemblait à une pente irrégulière et à cause duquel il ne pourrait jamais être vraiment beau ? À cause duquel on ne le perçait pas vraiment à jour, on ne comprenait ni ses mobiles, ni sa véritable volonté ?

Lauri avait voulu partir dès le lendemain de l'enterrement, mais les autres l'avaient forcé à rester. Il évitait Annie depuis le début, elle avait presque dû s'agripper à son frère pour réussir à lui parler. Elle savait qu'elle l'avait perdu bien avant de comprendre qu'elle était en train de perdre les autres. Lauri, qui l'avait toujours admirée, qui l'avait toujours suivie comme un petit chien. Il lui était arrivé quelque chose et elle ne saurait jamais quoi. Qu'est-ce qui l'avait poussé à rentrer, à point nommé, environ une semaine avant l'incendie ? Il ne voulait pas répondre. Annie savait qu'il détestait être à la maison, qu'il avait besoin d'une vraie bonne raison pour regagner ses pénates. Quelle était-elle ? Et pourquoi était-il si pressé de repartir ? Même s'il n'avait pas encore de domicile fixe ? Il lui avait promis de lui envoyer son adresse à Copenhague dès qu'il en aurait une. Annie savait qu'il n'en ferait rien.

Siri se leva, marmonna quelque chose et sortit.

Annie ne comprenait pas comment sa mère pouvait afficher une telle indifférence. Cette conversation. Cette zone aveugle entre les frères et sœurs qui s'agrandissait, comme de la glace qui craquelle et qui fond, comme une mer entre eux. Jusqu'à ce qu'ils finissent par se perdre de vue. Tout ça la laissait de marbre. Peut-être que l'amour maternel a ses limites ? que l'on cesse de se sentir responsable de ses enfants une fois qu'ils ont atteint un certain âge ? ou qu'ils sont suffisamment nombreux ?

Tarmo, Lahja, Arto et Onni étaient dehors. Annie ignorait à quoi ils s'occupaient, mais de temps en temps on entendait les éclats de rire de Lahja, si neufs, si libres, si inhabituels, et les jappements de Kiva. Cela formait une étrange toile de fond à l'atmosphère pesante qui dominait autour de la grande table. Elle entendait le rire de Siri se mêler à celui des autres. Dehors, là où la vie continuait, là, au milieu des enfants que le jeune âge dispensait de comprendre.

*

Siri pensa à la chance qu'elle avait eue, malgré tout, dans la vie. On deviendrait presque croyant pour moins que ça. Après toutes ces années, elle avait rencontré un homme, un homme bien, et qu'importe s'il était suédois ! Il était doux mais pas efféminé, il était déterminé quand il le fallait.

Ils se complétaient.

Ils se faisaient rire.

Ils étaient comme d'excellents partenaires de danse. Ceux qu'on voit à la télévision pendant les Jeux olympiques. Bien sûr, c'est l'homme qui guide, mais les deux doivent être à l'écoute des pas de l'autre, avant, arrière, côté.

Même s'ils ne se connaissaient pas depuis longtemps, ils avaient confiance l'un en l'autre, et pouvaient partager leurs pensées les plus secrètes, celles qu'on a honte de partager avec autrui, rien que les avoir en tête étant difficile pour beaucoup.

Et ils étaient libres désormais. Siri était enfin libre, la mort l'avait libérée.

*

— Qu'est-ce que tu vas lui dire, à ce vieux schnock de flic ? Tu crois que ça l'intéresse d'enquêter sur un homicide ? Il préfère rester assis sur son cul, coller des P.-V. de stationnement et se remplir la panse, ce gros lard. Il n'a pas de temps pour un crime, commis ou pas commis.

C'était à nouveau Tatu.

— Personne ne pense qu'il s'est passé quelque chose, alors laisse tomber, renchérit Lauri.

— C'est peut-être les hormones de la grossesse ? Apparemment, les femmes enceintes peuvent devenir zinzins. Seija reste généralement assez calme, mais ça dépend des nanas.

Esko affichait un sourire moqueur.

Le ton était si désinvolte. Pourquoi ne percevaient-ils pas la gravité de la situation ? que c'était la dernière fois qu'ils se réunissaient ainsi ? Et, s'ils le saisissaient, pourquoi cette indifférence ?

— Lâche l'affaire, Annie. Vois ça comme de la justice divine. Dieu accomplit enfin une bonne action. Enfin, le Bon Dieu, on s'en fout. Appelons ça... l'univers. C'est l'univers qui essaie d'arranger les choses, pour une fois.

C'était Hirvo qui parlait. Il braquait les yeux sur elle.

— Pour une fois que la famille Toimi a un coup de veine ! On n'aurait pas le droit d'en profiter ?

Il sourit. Ça faisait bizarre sur son visage. Comme si ses muscles n'avaient pas l'habitude de cette utilisation.

— Tu n'as qu'à faire comme si tu avais reçu un cadeau. Un peu de fric qui... Tu n'es même pas obligée de le dépenser. Mets-le à la banque pour le gosse. Reverse-le à une œuvre caritative. Ou donne-le-moi !

Helmi souriait aussi.

— Je suis à sec, frangine.

Dans son sac, qui était fait et l'attendait dans l'entrée, se trouvait une enveloppe pleine de coupures de cent marks. C'était ce qui restait une fois les obsèques payées. Quatre mille deux cents marks. Une liasse de quarante-deux billets de cent. De l'argent, oui, c'était indéniable. Mais pas suffisamment pour faire une différence. Pas *life changing*.

Ou plutôt si, ça changeait la vie, l'héritage, la mort. La dynamique de la fratrie. Le point de mire se déplaçait, maintenant qu'ils étaient débarrassés de leur bourreau commun.

Ça changeait la vie, ni trop ni pas assez. C'était sans doute ce qu'il avait prévu, Pentti, en décidant de léguer tout son argent à un seul de ses enfants.

Une fissure irréparable.

*

Ce n'est que plus tard qu'Annie s'en aperçut. Cela devint tellement évident.

Toutes ces pièces de puzzle qu'elle avait désespérément tenté d'assembler. Elles ne s'imbriquaient pas. Ou plutôt si, mais pas comme elle le voulait.

Ils étaient tous responsables de la mort de Pentti, elle en était sûre. Elle-même l'était aussi.

Et elle n'était pas sûre que ce soit uniquement néfaste.

Certaines personnes méritent peut-être de mourir ?

Avant de faire encore plus de mal.

De continuer à répandre leur semence malade.

Certaines choses doivent être tuées dans l'œuf.

L'incendie du garage.

L'absence d'intérêt de Voitto pour tout, sauf l'anatomie des animaux morts.

L'intérêt d'Esko pour le calfeutrage de la maison.

Valo qui aimait faire du feu plus que tout au monde.

Tatu qui ne pardonnerait jamais l'incendie du garage de 1976.

Et tous les autres.

Tous leurs traumatismes.

Tout ce dont leurs corps avaient hérité. Ce qui y était stocké, prêt à ressurgir quand il le fallait, ou quand on s'y attendait le moins.

Toutes les pièces étaient là, mais Annie n'arrivait pas à les placer correctement.

Ça lui rappelait le sentiment d'être arrachée à un rêve dont on aimerait se souvenir, dans lequel on voudrait rester, mais on aura beau lutter, essayer de trouver une branche à laquelle s'accrocher, c'est impossible. Ça reste juste là, juste sous la conscience, inatteignable, *access denied*.

*

Annie était assise sur les toilettes au moment où c'était arrivé. Elle avait entendu un craquement. C'était physique.

Quand ça avait commencé à couler dans la cuvette, Annie avait compris qu'il s'était produit, ce phénomène qui survenait, disait-on, assez rarement. Elle avait perdu les eaux.

Étonnée, elle avait titubé jusqu'au perron. Siri l'avait regardée et avait semblé comprendre instinctivement.

— Ça y est ?

— Je crois, oui.

— Alors, allons-y.

Le sac d'Annie était posé dans l'entrée, elle s'en empara. Ses frères et sœurs étaient assis dans la salle de séjour, elle entendait leurs voix.

Tarmo, Lahja, Onni et Arto ne se montrèrent pas. Eh bien, tant pis.

Les contractions commencèrent dans la voiture. Elles déferlaient l'une après l'autre, proches et régulières.

— Ça va bien se passer, dit Siri. Écoute ton corps, simplement. Le corps sait.

Elle serra la main de sa fille. Au même moment, Annie ressentit une contraction particulièrement puissante, elle serra en retour la main de Siri et les deux femmes s'immobilisèrent ainsi pendant tout le trajet jusqu'à l'hôpital.

Lorsqu'elles furent arrivées à destination, Annie se tourna vers sa mère. Siri semblait éclairée de l'intérieur. Elle a l'air heureuse, se dit Annie. Sa mère la regarda dans les yeux et il se créa une sorte de communication silencieuse, une impression de présence intensifiée. Tout appartenait au passé, tout était pardonné.

Siri ne lui proposa pas de l'accompagner, et Annie ne lui dit pas de l'attendre, ou qu'elles se retrouveraient après.

La mère caressa la joue de sa fille, sourit et déclara :

— Ne te préoccupe pas de tout ce qui s'est passé. Bientôt, tu auras ta propre famille.

Annie acquiesça et, en faisant les quelques pas qui la séparaient de l'entrée, elle vécut une expérience quasi religieuse, elle eut l'impression de marcher vers l'avenir, pure, purifiée, libre. Elle fut obligée de s'arrêter et de s'appuyer contre l'encadrement de la porte quand la contraction suivante s'abattit sur elle.

*

Tout allait vite dans la vie d'Annie. Il en alla de même pour son accouchement. Elle arriva à l'hôpital vers seize heures et le bébé naquit juste après l'heure du dîner. Elle était seule dans la salle pendant toute la durée de l'accouchement, elle n'avait pas d'accompagnateur. Quand on lui proposa d'appeler quelqu'un, Annie refusa d'un signe de la tête. Il y avait une sage-femme et une infirmière. La pièce était lumineuse, on n'entendait rien d'autre que ses râles à chaque contraction.

Puis des cris de nouveau-né. Le bruit d'un humain, le premier cri d'un humain. Le premier humain.

— Félicitations ! C'est une fille, annonça la sage-femme.

Annie leva la tête.

— Comment ça ?

La sage-femme sourit.

— Tu t'attendais à autre chose ?

Elle lui tendit l'enfant. Le petit être.

— Oui, c'était un garçon, furent les seuls mots qu'Annie parvint à articuler.

— Apparemment, elle a changé d'avis.

On posa l'enfant sur son sein. La fillette. Elle était velue. Couverte d'un doux duvet noir.

— On dirait un troll, dit Annie.

Elle vit de l'eau couler sur le nouveau-né, c'étaient ses larmes qui dégoulinaient le long de ses joues.

— Oui, c'est vrai qu'elle est poilue, rit la sage-femme.

Cette petite vie. Elle sentait le fer, une odeur presque enivrante, songea Annie.

— Son papa est très brun ? demanda l'infirmière.

Son papa. Annie sourit, et en répondant elle ne quitta pas des yeux l'enfant. Son enfant.

— Non, ça vient de moi, de moi seule. Du sang sami, du sang wallon, et je ne sais quoi d'autre. Mais c'est mon sang.

*

Elle me regarda, regarda mon petit visage velu, et elle sut, dès ce moment, qu'elle était libre. Elle avait brisé le joug de son passé, elle était liée au présent, à l'avenir, et à cet héritage, pas celui qu'elle portait mais celui qu'elle s'apprêtait à me transmettre, à moi et à mes enfants, à mes petits-enfants, à toutes les générations à venir. Parce que nous n'avons pas de comptes à rendre au passé, mais nous avons le devoir de témoigner, de ne jamais oublier ce qui a eu lieu, ce que nous savons, de le raconter pour que les enfants nés, les enfants à naître et les enfants qui vivront bien après notre départ puissent partager notre testament.

Ce livre existe grâce au travail de toute une équipe.

Communication : Caroline Babulle, Sandrine Perrier-Replein, Typhaine Maison, Adélaïde Yvert.

Coordination éditoriale et administrative : Céline Poiteaux, Martine Rivierre.

Studio : Pascaline Bressan, Barbara Cassouto-Lhenry, Joël Renaudat.

Fabrication : Muriel Le Ménez, Céline Ducournau, Bernadette Cristini, Phousa Chantharath, Isabelle Goulhot, Émilie Lapan (Canada).

Correction : Emmanuelle Coppeaux, Valérie Gautheron.

Commercial, relation libraires et marketing : Laetitia Beauvillain, Alexandra Profizi, Élise Iwasinta, Morgane Rissel, Aurélie Scart, Clément Vekeman.

Cessions de droits : Isabelle Votier, Benita Edzard, Lucile Besse, Sonia Guerreiro.

Gestion : Sophie Veisseyre, Chloé Hocquet, Isabelle Déxès, Camille Douin.

Services auteurs : Viviane Ouadenni, Jean-François Rechtman, Catherine Reimbold.

Ressources humaines : Mylène Bourreau.

Juridique : Laëtitia Doré, Anaïs Rebouh, Valérie Robe, Jean-Benoît Vassogne, Julia Crosnier.

Diffusion : Aurélia Spalacci (directrice des ventes), Nadine Eugénie, Céline Pitt, Arnaud Weill, Hervé Adamczyk, Annie Bourgade, Éric Charpentier, Gilles Couillard, Sandrine Ducrocq, Élisabeth Ehlinger, Guillaume Loras, Jean-Philippe Pilloux, Philippe Maulnier, Gilles Torché, Élisabeth Gastaldo, Jean-Pierre Stephany (Belgique), Olivier Béguin (Suisse), Jean Bouchard et Marie-Ève Provost (Canada), Emmanuelle Cadot, Virginie Godet et Caroline Pan.

Ainsi qu'à toutes les équipes d'Interforum et d'Editis qui participent à la création, la diffusion et la distribution de ce livre.

Canoros Vehit Canentes

La photocomposition de cet ouvrage
a été réalisée par
GRAPHIC HAINAUT
59410 Anzin

MIXTE
Papier
FSC FSC® C003309

L'éditeur de cet ouvrage s'engage dans une démarche de certification FSC® qui contribue à la préservation des forêts pour les générations futures.

Pour en savoir plus :
www.editis.com/engagement-rse/

Imprimé en France par CPI
en juin 2021

N° d'édition : 62138/01
N° d'impression : 164420

Composé et édité par les
*éditions*Harlequin

Achevé d'imprimer en Allemagne
par GGP Media GmbH, Pößneck
en octobre 2010

Dépôt légal en novembre 2010
N° d'éditeur : 15300